N&K

MARCELO FIGUERAS

Das schwarze Herz des Verbrechens

Roman

Aus dem Spanischen von
Sabine Giersberg

Nagel & Kimche

Die Veröffentlichung wird unterstützt im Rahmen des Übersetzungsförderprogramms «Sur» des Ministeriums für Äußeres, internationalen Handel und Kultur der Republik Argentinien.

Titel der Originalausgabe: *El negro corazón del crimen*
Buenos Aires, Alfaguara S. A. © 2017 Marcelo Figueras

1. Auflage

Satz: Eva Kaltenbrunner-Dorfinger, Wien
Autorenfoto: Alejandra López
Umschlag und Motiv: Hauptmann & Kompanie, Zürich
Fotos: © plainpicture/Millennium/Ross – aus der Kollektion Rauschen – und © Colin Hutton/Trevillion Image
Foto S. 2: Rodolfo Walsh, Datum und Quelle unbekannt
Druck und Bindung: GGP Media GmbH, Pößneck
ISBN 978-3-312-01066-0
Printed in Germany

MIX
Papier aus verantwortungsvollen Quellen
FSC® C014496

«How, how can I ever return,
to the soft quiet seasons?»
T. S. ELIOT, *Murder in the Cathedral*

«Die Strafe kann zurückgenommen
werden, das Verbrechen währt ewig.»
OVID

PROLOG

Das also ist der Tod

1.

«He, Leute, hört mal», sagte Valerga. Die Stimme des Dicken entfernte sich vom Tresen, bollerte durch die Kneipe und brach sich auf den Schachtischen. Der Befehlston ließ die Gäste aufhorchen. «Was ist das? Kracher? Schüsse?»

Die National-Registrierkasse hatte aufgehört, für die Trinkfreudigen zu klingeln. Das Einzige, was sich im Lokal noch regte, war die stetig aufsteigende Qualmwolke. Dumpfe Schläge, *Bumm, Bumm, Bumm*, durchbrachen die Stille. Sie kamen von draußen, aus der ebenfalls in Schachbrettmuster gebauten Stadt.

«Sie haben wirklich Ohren wie ein Luchs», sagte Don Chicho. Er servierte gerade mit dem Metallmaß einen Leguí, als die Knallerei losging. Hinter ihm, flankiert von einem Arsenal Flaschen, hing eine Uhr. Ihre Zeiger trafen sich zum Mitternachtsgebet.

«Da spielt wohl einer Karneval», meinte ein unbekannter Gast.

«Jetzt? Im Juni?», widersprach man ihm von allen Seiten.

Alle Köpfe drehten sich wie Kompassnadeln zum Fenster. Doch die Scheiben waren beschlagen. Und hinter dem Schleier war nichts als Dunkelheit.

«Die Jungs nutzen doch alles, um Krawall zu machen», sagte einer mit spanischem Akzent. Er spielte Briscola, seine Hände waren mit Gold behangen. «Das sind Knallfrösche, ganz klar!»

Die Kneipe füllte sich mit immer schrilleren Hypothesen. Einer ging zur Tür, um nachzusehen.

Durch den Spalt schlüpfte ein verängstigter Hund herein und suchte sofort im Dickicht der Beine Zuflucht. Die Gäste beruhigten sich. Keiner wusste, ob er das Schaudern dem eisigen Wind oder den Explosionen zuschreiben sollte.

Valerga verließ die Theke, die ihm als Krücke diente. Den massigen Körper in Bewegung zu setzen war eine Aufgabe, die eher eines Homer würdig war denn eines Rabelais, und er nahm sie nicht auf sich, um sich an den Spekulationen an irgendeinem Tisch zu beteiligen oder einen Blick auf die Straße zu werfen.

Er marschierte auf den einzigen Gast zu, der die ganze Zeit über kein Wort gesagt hatte.

Ein Mann, der inmitten der allgemeinen Aufregung über das Schachbrett gebeugt dasaß.

2.

«Und? Was meinen Sie?»

Nichts, dachte R, ohne aufzusehen. *Ich meine gar nichts.*

Er spielte Weiß, und sein Gegner, der Jude Broitman, wurde allmählich ungeduldig.

«Böller oder Schüsse?» Valerga ließ nicht locker. Auf dem Schachbrett standen die Figuren noch in Ruheposition: Die Partie hatte noch nicht angefangen.

Eben darum ging es. Um die Eröffnung, nicht mehr und nicht weniger. Nicht leichtfertig loszulegen. Schon Aristoteles wusste um die Bedeutung dieses Moments: Der erste Zug – der erste Beweger – bestimmt alles Weitere.

Und Valerga hatte offenbar vor, ihm die Partie zu verderben.

Er ließ das Schnapsmaß los und umfasste mit verschränkten Händen seinen Wanst.

Ohne den Blick vom Brett zu nehmen, richtete R seine Brille – wie immer schob er sie mit dem linken Zeigefinger auf den Nasenhöcker – und sagte: «Mausergewehre.»

Blitzschnell setzte der Dicke sich in Bewegung (*er wird Mühe haben anzuhalten, man sollte immer an die Konsequenzen denken*) und rief in einer Lautstärke, dass es noch auf der Straße zu hören war: «Mausergewehre! Es sind Schüsse aus Mausergewehren!»

Der Gastraum war auf einmal wie leergefegt. Der Hurrikan Valerga hatte die Gäste an seinem Windschweif hängend alle mit sich fortgerissen. An der Theke standen nur noch Don Chicho und der Kassierer, und an einem Tisch plauderte eine Gruppe junger Frauen.

«Woher wollen Sie das wissen?», fragte Broitman, der die Partie inzwischen völlig vergessen hatte.

R ließ sich zurücksinken. Valerga hatte keine Beweise für seine Behauptung verlangt, die brauchte er nicht: R hatte ihm gegenüber seinen Bruder, den berühmten Marinepiloten, schon mal erwähnt, als sie über den Artikel in *Leoplán* diskutiert hatten. Aber Broitman hatte keinen blassen Schimmer, sie hatten nie über etwas anderes als über Schach gesprochen.

Hätte er den Mund gehalten – hätte er der Versuchung widerstanden, sein Wissen kundzutun –, wäre die Partie schon im Gange. Am Ende hatte er auf Nummer Sicher gesetzt: a2–a4, ein Klassiker, und hatte sich damit Broitmans Spott eingehandelt (*Dafür haben Sie mich so lange warten lassen?*), aber jetzt war es zu spät. Er hatte seinen ersten Zug Valerga geopfert. Jetzt musste er mit den Konsequenzen leben.

«Welche Art von Musik mögen Sie?», fragte er.

«Klassik», erwiderte Broitman. «Beethoven!»

«Das heißt, Sie würden die *Fünfte Symphonie* sofort erkennen, wenn ich Ihnen ein paar Takte vorpfeifen würde?»

«Klar.»

Die Ballerei draußen ging weiter. Zwei Gäste kehrten in die Kneipe zurück, aber nur, um ihre Mäntel zu holen und gleich wieder zu verschwinden. Der eine legte Geld auf einen Tisch und pfiff nach Don Chicho; der andere war so umsichtig, die Unverwüstlichen zu warnen, die, wie R, von allem nichts mitzubekommen schienen.

«Das ist kein Spaß da draußen», meinte er. «Keine Ahnung, was los ist, aber … Ich an Ihrer Stelle würde sehen, dass ich Land gewinne!»

Der Einzige, der den Rat beherzigte, war Broitman. Er schnappte sich seinen Mantel, erklärte die Partie mit einem vielsagenden Blick für beendet und verschwand.

R erhob sich und knöpfte sein Jackett zu. Das Buch wog schwer in seiner Tasche. Es handelte sich um *Hamlets Rache* von Michael Innes. Einen der wenigen Kriminalromane aus der Reihe *El Séptimo Círculo*, die er noch nicht gelesen hatte.

Bei Hachette drängte man ihn, einen Roman zu schreiben. Der Premio Municipal, der Literaturpreis von Buenos Aires, war zu einem Fluch geworden: Seitdem wollte der Verlag unbedingt, dass er eine weitere Geschichte um Hernández schrieb – den leidenschaftlichen Detektiv, seines Zeichens Korrektor wie er –, die vor allem eins sein sollte: lang.

Und R hatte es wahrlich versucht. Wer würde schon die Gelegenheit verstreichen lassen, noch einen draufzusetzen, den Ball ins Tor zu schießen, wenn er direkt davorlag? Doch es fehlte ihm der lange Atem. Er gab dem Schema die Schuld: bühnenreifes Verbrechen, kurze Ermittlung, Aufklärung durch den Detektiv vor dem Kreis der Verdächtigen. Manch einer konnte aus diesem Rezept unglaublich viel machen; allen voran die gute alte Agatha Christie. Das machte ihn wütend: Warum schafften die anderen es und er nicht?

Jetzt, da er stand, brachte das Gewicht des Buches ihn aus dem Gleichgewicht.

Er schlug es auf. Ihm gefielen die einleitenden Sätze des Prologs: «Die Schauspieler sind eingetroffen, Milord … Morgen gibt es eine Vorstellung.»

«Im Radio kommt nichts darüber.»

Es war Don Chicho. Er war hinzugetreten, um die Tische abzuräumen.

«*No news, good news*», erwiderte R.

«Ich denke, da ist eine Revolution im Gange.»

«Aramburu hat Lonardi gestürzt. Und wer stößt jetzt ihn vom Thron?»

Rs Hand glitt über das Brett. Politik war wie Schach. Eine Figur frisst die andere, um selbst gefressen zu werden. Die Bauern erledigen die Drecksarbeit, und an die Mächtigen kommen sie nicht ran.

«Und wenn *er* zurückkommt?»

Hatte Don Chicho ihm zugeflüstert. Das war völlig übertrieben, keiner außer R konnte ihn hören. Die jungen Frauen waren mit sich selbst beschäftigt. Der Kassierer ließ unermüdlich die alte Kasse klingeln, um noch vor der Zeit abzurechnen. Die Schießerei wurde heftiger.

Trotzdem hatte Don Chicho Angst, den Namen des Unaussprechlichen zu nennen.

«Gibt's dafür 'n Namen?», fragte er.

R überlegte, worauf sich das beziehen sollte.

«Na, die Eröffnung», ergänzte Don Chicho, der auch manchmal spielte, wenn in der Kneipe wenig los war.

Der Bauer vor dem linken Turm hatte sich aus seinem Trupp gelöst und war zwei Felder vorgerückt.

«Keine Ahnung», erwiderte R. «Hab ich heute zum ersten Mal gespielt.» Dann ging er.

Doch Don Chicho rief ihn zurück: «He, Ihr Buch!»

«Mögen Sie Krimis?»

«Ein idealer Zeitvertreib», erwiderte Don Chicho, der seine Stimme wiedergefunden hatte.

R wich dem Hund aus und zog weiter seines Weges. Er fühlte sich erleichtert.

3.

Mausergewehre, in der Tat. Auf der Straße, nicht durch die Scheiben gedämpft, war der dumpfe, unverwechselbare Klang klar zu erkennen.

Ein Taschendonner, wie C sagt.

Die Gäste standen immer noch auf dem Bürgersteig, den Blick auf den verlassenen Platz gerichtet. Die Bäume waren wie eine spanische Wand, sie verwehrten den Kiebitzen den Blick auf das Spektakel.

R schlug die Reverskragen seines Jacketts hoch und vergrub die Hände in den Taschen (*Elina hatte recht, ich hätte den Mantel anziehen sollen*), zwängte sich durch das Grüppchen und trat auf die Fahrbahn.

«Wo wollen Sie hin?», fragte Valerga.

«Sehen, was da los ist», sagte R, ohne stehen zu bleiben. «Wollen Sie's denn nicht wissen?»

«Schon, aber …»

«Wer wissen will, muss sehen. So sprach der ungläubige Thomas. Und trotz seiner Neugier hat man ihn heiliggesprochen!»

R setzte seinen Weg fort. Er spitzte die Ohren. Er ahnte, dass er mehr zu hören bekäme als Schüsse und Gemurmel.

«Warten Sie!», rief Valerga.

Einige Männer hatten sich aus der Gruppe gelöst und folgten ihm.

«Warten Sie!» Schon nach wenigen Schritten hatte Valerga zu keuchen begonnen. «Wir kommen mit!»

R marschierte weiter.

Seine Neugier war echt, doch das war nur die halbe Wahrheit. Natürlich wollte er wissen, was da vor sich ging (*und wenn der Du-weißt-schon wiederkommt?*), aber das war nicht der einzige Grund.

In dem Teil, aus dem die Schüsse kamen, lag seine Wohnung.

Dort wartete Elina auf ihn. Und dort schliefen – sofern bei dem Lärm überhaupt an Schlaf zu denken war – seine kleinen Töchter.

4.

Die Stadt wirkte vollkommen verlassen. Es waren sogar die Läden geschlossen, die sonst die ganze Nacht geöffnet hatten: Kneipen, Kioske.

Es waren auch keine Autos unterwegs. Das einzige Auto, das vorbeifuhr, war ein Chevrolet Bel Air, in dem ein verdrossen dreinblickendes Paar saß. Entweder hatten sie etwas beobachtet, das ihnen einen ordentlichen Schrecken eingejagt hatte, oder – was wahrscheinlicher war – es war das Ende eines verdorbenen Abends.

Diese Verlassenheit an einem Samstagabend hatte etwas Unnatürliches. Oder besser gesagt: Übernatürliches. So sähe die Stadt aus, wenn eine Invasion von Außerirdischen die Bevölkerung auslöschte: nackt und grau, mit einer geometrischen Konstruktion, die von finsteren Absichten kündet.

Doch ich fürchte, die Marsmenschen werden ihre Invasion der Erde nicht unbedingt in La Plata starten.

R wäre gern schneller gegangen. Aber die anderen bremsten ihn. Drei hatten desertiert. Der Gesang der Schüsse mahnte zur Vorsicht. Die Gruppe war inzwischen übersichtlich: Außer R und Valerga waren noch der Rotschopf, der Kleine, der Paraguayer, Cardigan, Schlips und Pomade bei dem wahnwitzigen Abenteuer dabei.

«Ich glaube, das sind Streitkräfte des Generals», sagte Valerga. Wie Don Chicho traute auch er sich nicht, den Namen des Flüchtigen Tyrannen zu nennen, aber immerhin gab er ihm Amt und Würden zurück. «Wissen Sie mehr?»

«Wenn im Radio nichts kommt …»

Valerga glaubte ihm kein Wort. Er wusste, dass Rs Bruder ein bekannter Marinepilot war. Er hatte es ihm anvertraut, als der Artikel in *Leoplán* erschien. Valerga war klug und gebildet, aber er war auch Peronist. (*Das ist der springende Punkt.*) Wegen dieser Parteizugehörigkeit waren sie auch das erste Mal aneinandergeraten. R hatte behauptet, «gebildet» und «Peronist» sei ein Widerspruch in sich, und Valerga hatte gekontert, und zwar durchaus elegant, das musste man ihm lassen. (Er war aggressiv gewesen, da hatte der Dicke recht. R hatte sogar noch einen draufgesetzt und gesagt, der Peronismus beleidige seine Intelligenz.) Und als Valerga die Ausgabe von *Leoplán* in die Hände gefallen war, kam die Revanche.

Valerga war kein Schachspieler – der Dicke hatte es eher mit dem Kartenspiel Truco, R hatte gesehen, dass er schon viele in die Knie gezwungen hatte –, aber das war ein meisterlicher Zug. Der Angriff erfolgte nicht über die politische Flanke, wie R erwartet hatte. Er machte sich stattdessen über seinen Schreibstil her.

Der sei pennälerhaft, sagte er. Er hatte sich die Mühe gemacht, ein paar Sätze herauszuschreiben und sie mit seinem lauten Organ zur Freude der Anwesenden zum Besten zu geben.

«Das revolutionäre Gedankengut, für das er sein Leben geben würde», las er. «Die verdiente Ehrung der Argentinier», las er. «Ein Akt der Verwegenheit», las er. «Einer der kenntnisreichsten Meister einer Waffe, die mehr als einmal ihre Überlegenheit unter Beweis gestellt hat», las er.

Und zum krönenden Abschluss hatte er sich über die Stellen lustig gemacht, in denen es um seinen Bruder C ging, ohne dass dieser namentlich genannt wurde. Aus denen seine Bewunderung, ja geradezu *Ehrfurcht* sprach.

Er hatte sich das letzte Mal so gedemütigt gefühlt, als man ihn als Kind ins Internat verfrachtet hatte. Valerga hatte recht: Der

Artikel war alles andere als ein großer Wurf. Er hatte sich von seinen Überzeugungen leiten lassen, dabei gehen Literatur und Naivität nicht zusammen. Wilde hatte es vorweggenommen: «Ein wenig Aufrichtigkeit ist gefährlich und viel davon geradezu fatal.»

«Ich hab auch keine Ahnung!», sagte Valerga.

Der Dicke ging kein Risiko ein. Falls er recht behielt – falls der Angriff tatsächlich mit dem General zu tun hatte – und der Putsch fehlschlug, stand er wenigstens nicht vor dem Bruder eines heroischen Offiziers mit heruntergelassenen Hosen da.

Das Epizentrum des Kampfes war ganz in der Nähe. Im Freien, wo keine Mauern die hohen Töne schluckten, hörte man die rauhen Salven der Mausergewehre ausgezeichnet. Und die Ballerei in der Ferne? Waren das Echos oder weitere Scharmützel?

Als R sich umdrehte, um seine Kameraden zu warnen, stellte er fest, dass Cardigan, Krawatte und Pomade inzwischen ebenfalls das Weite gesucht hatten.

5.

Er würde nicht aufgeben. Vom Baum aus würde er sich zu dem Pfosten, von dort zum Denkmal und aus dem Schutz des Marmors zum nächsten Baum vorpirschen. Doch wo sollte der Dicke Deckung nehmen?

Er drehte sich zu Valerga um und tippte sich unter der Brille auf die Wange. *Obacht.* Die Gefahr war real. Doch in seiner Aufregung vermischten sich Angst und kindliche Freude am Kriegsspiel.

Valerga nickte. R bildete die Vorhut und löste sich von den anderen.

Wenn Elina mich hier sähe, würde sie mich töten.

Zügig, aber ohne zu rennen, huschte er im Zickzack von einer

Deckung zur nächsten. Kneifen kam für ihn nicht in Frage, das wäre unter seiner Würde.

Auf halber Strecke erinnerte er sich an das, was er über den Platz wusste: Man hatte das ursprüngliche trostlose Erscheinungsbild verändert, weil die Anwohner geklagt hatten, «das sieht ja aus wie ein Friedhof». Ein unerquicklicher Gedanke, den er sogleich *ad acta* legte.

Gedanken haben magnetische Kräfte. Sie haben die Macht, die Wirklichkeit zu verändern, sie in ihr Kraftfeld zu ziehen.

Als er sich umblickte, war keiner der Kameraden mehr zu sehen. Entweder waren sie gut getarnt, oder sie hatten ihn im Stich gelassen.

Eine Kugel pfiff an ihm vorbei. Aber er vermochte nicht zu sagen, ob das tatsächlich passiert oder ob er ein Opfer seiner Angstphantasien geworden war.

Er hatte lange von einer militärischen Karriere geträumt, sogar noch vor C. Die Waffen, die Uniformen, die Rituale, das hatte ihn fasziniert; die Kunst der Strategie, die Planung auf der Landkarte. Er hatte sich vorgestellt, dass er dort hineinpassen könnte, sein Vater und die Aufseher im Internat hatten ihm Disziplin mit Peitschenhieben eingebleut. Doch mit einem einzigen Satz hatte ein Arzt seine Zukunftspläne vernichtet.

«Untauglich wegen Sehschwäche», hatte er gesagt, als bei der Musterung seine Kurzsichtigkeit offenkundig wurde. «Sie können Ihren Wehrpass abholen.»

Zum Trost hatte C ihn mit auf den Schießplatz genommen. Und immer, wenn er unter den zunehmend vertrauten Mauserklängen das Ziel verfehlte, kam die frustrierende Erkenntnis: Blindheit und Schießen, das ging einfach nicht zusammen.

Als Elina die Stelle als Leiterin der Blindenschule bekommen hatte und sie nach La Plata zogen, hatte er sich einen platten Witz nicht verkneifen können: «Jetzt weiß ich, warum du dich in mich verliebt hast. Weil ich blind wie ein Maulwurf bin.»

Elina konnte darüber nicht lachen. Sie fand seinen Humor plump, oder vielleicht bereitete sie sich schon auf ihre neue Rolle vor.

Ihre Wohnung befand sich ganz in der Nähe, nur wenige Blocks entfernt, auf der anderen Seite des Kampfgebiets.

Er hatte allen Grund zur Sorge: um Elina, um die Mädchen, wegen der Zwickmühle, in der er sich befand. Er blieb am Rand des Platzes stehen und horchte in sich hinein (das hatte er schon oft getan: Sein Leben lang hatte man ihm vorgeworfen, er sei herzlos, kalt – ein Eisschrank auf zwei Beinen), doch er konnte das Gefühl beim besten Willen nicht finden.

Sein Herz flatterte wie ein Blatt Papier in der Schublade der Brust. Doch – so viel wusste er – was er fühlte, hatte mit Sorge nichts zu tun.

6.

Der Busbahnhof wirkte verwaist. Kaum hatte er sich auf einen Punkt konzentriert – einen leeren Bus mit laufendem Motor –, da entdeckte er einen Jungen im schwarzen Anzug. Er hockte vor den Reifen und hoffte, nicht gesehen zu werden. Kurz darauf bemerkte der Junge auch ihn hinter der Säule. Sie wechselten einen Blick, Kameraden im Unglück.

Als er nach der nächsten Deckung Ausschau hielt, gewahrte er eine bekannte Gestalt: den Rotschopf, der den Platz verlassen und sich unter einen blauen Plymouth geflüchtet hatte. Ein Querschläger – und das Auto würde sich in einen Scheiterhaufen verwandeln.

R begann wild zu gestikulieren. Doch der Rotschopf war mit etwas anderem beschäftigt. Was sah er, was R von seiner Position aus nicht sehen konnte? Soldaten? Bewaffnete Zivilisten? Leichen? Lautes Rufen würde ihn verraten. Doch R wollte keinesfalls riskieren, dass der Rotschopf wegen seiner Vorbehalte in Flammen aufging: Er hob zwei Finger an den Mund und pfiff.

Als der Rotschopf zu ihm hinsah, wedelte er mit den Armen: Mach dich vom Acker.

Nach kurzem Zögern (*er fragt sich wohl gerade, was ICH sehe und er nicht*) verließ der Rotschopf sein Versteck. Er rannte einfach los, hemmungslos. Da der Rotschopf zuvor das Terrain sondiert hatte, schloss R, dass dort freie Bahn herrschte, keine Soldaten, keine Zivilisten – den Leichen waren sie ja egal. R würde ihm folgen.

Ein Zwischenstopp wäre ratsam. Der Plymouth schied aus. R entschied sich für eine dunkle Ecke mit aufgestapelten Reifen. Das Gummi würde die Kugeln zwar nicht abhalten, aber immerhin den Einschlag dämpfen, und vor allem konnten Reifen nicht explodieren.

Er sprintete los. Immer noch keine Spur von Soldaten oder Militärfahrzeugen, doch die Schüsse verrieten, dass sich der Kampfschauplatz in unmittelbarer Nähe befinden musste.

In dem Moment, als er hinter den Reifen abtauchen wollte, bemerkte er, dass sich dort schon jemand verschanzt hatte. Er sah nur ein nervöses Blitzen vor dem schwarzen Hintergrund. Doch auch wenn R im Vergleich zu Valerga ein Hänfling war, war an Abbremsen nicht mehr zu denken, und so nutzte er das Gesetz der Trägheit und ließ sich fallen.

Er landete weich – wie zu erwarten –, aber zugleich wurde er an der Schläfe und am rechten Ellbogen von etwas Hartem getroffen, und er verspürte einen stechenden Schmerz.

Bei der Aktion war seine Brille zu Boden gefallen. Zum Glück lag sie in greifbarer Nähe.

Er setzte sie wieder auf und blickte in eine Gewehrmündung.

Die Waffe war weniger als einen Meter entfernt und direkt auf ihn gerichtet.

7.

Der Kerl trug eine Uniform. Aber er war kein Soldat, er sah eher aus wie ein Wachmann oder Verkehrskadett. Wie R lag er zwischen den Reifen, nur eben mit dem Gewehr in seinen zittrigen Händen. Ein uraltes Mausergewehr.

Aber selbst wenn es nagelneu gewesen wäre, war es ein eindeutiger Verstoß gegen die Regeln: Verkehrskadetten trugen keine Gewehre als Dienstwaffen.

R hob die Hände und sagte: «Verzeihung. Ich hatte Sie nicht gesehen.»

Der Wachmann ließ die Waffe sinken. Er war blutjung, jünger als R, keine fünfundzwanzig, ein dunkler Typ mit kurzem, borstigem Haar und einer Igelfrisur.

«Keine Angst», sagte er, «es geht nicht um Leute wie Sie.»

«Und um wen geht's dann?»

«Was weiß ich. Mir sagt ja keiner was. Wissen Sie Näheres?»

R hätte sich zu gern eine Zigarette angezündet. Doch eine glimmende Zigarette war in der Situation nicht angeraten. Also antwortete er lieber.

«Für mich riecht das nach Revolte.»

«Schon wieder?»

«Sieht ganz so aus.»

«Und gegen wen diesmal?»

«Keine Ahnung.»

«Hat Rojas, der Zwerg, vielleicht aufgemuckt?»

«Das hört sich nach Infanterie an. Kommt wohl eher von Perón.»

Als der Wachmann den Namen des Unaussprechlichen hörte, errötete er. Sein Blick wurde glasig: Er nahm seine Umgebung nicht mehr wahr und konzentrierte sich stattdessen auf das Postkartenkarussell in seinem Kopf. Bis er auf ein Szenario stieß, das ihm gar nicht behagte – der Beitrag, den man als Ersatz für das zerschlagene Porzellan der Revolution von ihm fordern würde –, und er umklammerte fest das Mausergewehr.

«Das Gewehr gebe ich nicht aus der Hand», stieß er zornig hervor. «Das hat meinem Vater gehört. Ein Familienerbstück!»

Das Gewehr wirkte wie aus dem Museum. Wahrscheinlich würde das ganze Ding explodieren, wenn man einen Schuss abfeuerte.

Der Uringestank in der Ecke war unerträglich. Offenbar pinkelten die Betrunkenen auf die Reifen, wenn sie nicht schnell genug eine Toilette fanden. Aber vielleicht hatte sich der Wachmann auch in die Hose gemacht, egal, der Gestank war nicht das Problem.

Wieder hatte er Lust auf eine Zigarette. Er wollte seine Nasenhöhlen mit Rauch füllen, den penetranten Geruch ausblenden.

R hatte keine Ahnung, dass es ihn noch zwei Stunden kosten würde, bis er endlich zuhause war.

8.

In diesen zwei Stunden versuchte er vergeblich, die Feuerlinie zu überqueren. Die Barriere der Gewalt hinderte ihn daran: Soldaten liefen umher und suchten Deckung, Heeresfahrzeuge mit Truppen und Kriegsausrüstung und Militärkrankenwagen fuhren vorbei.

Ein Sherman-Panzer in den Straßen von La Plata. Kann ich jetzt behaupten, dass ich wirklich alles gesehen habe?

Von einer Ecke aus sah man ein Feuer. Ein Geschäft für Damenschuhe brannte. R hörte laute Befehlsrufe und schmerzverzerrte Stimmen, die antworteten. In einem Hauseingang kauernd, schwor er sich, nie wieder in die Nähe einer Kommandostelle oder eines Polizeireviers zu ziehen.

Hatte er sich ein Stück vorgekämpft, wurde er von der beweglichen Kampffront zurückgeworfen. Die Seitenstraßen führten ihn immer wieder zum Busbahnhof zurück. Alle Wege des Labyrinths führten in dieselbe Falle, wie in den von ihm so geliebten phantastischen Erzählungen.

Der frühe Morgen hat mit einem Hauch von Science-Fiction begonnen. Dann Wechsel ins Kriegsszenario. Und jetzt komme ich mir vor wie in einer gothic novel. *In welches Genre werde ich in den nächsten Stunden katapultiert?*

Den Duft der Linden hatte er noch nie gemocht. Doch jetzt wiesen sie ihm, wie Hänsels Brotkrumen, den Weg.

Im Schutz eines alten Baumstamms spähte er zur Ecke 54 und 4. Er war fast angekommen. Doch seine Odyssee war noch nicht zu Ende.

Er nutzte die geparkten Autos als Schutzschild und lief weiter. Doch an der Straßenecke ließ ihn eine Stimme auf der Stelle gefrieren.

«Haaalt!»

Weitere gebieterische Stimmen im selben Tenor. R schnaubte, immer noch geduckt gegen das Fahrzeug gelehnt. Sprachen die mit ihm?

Ein Kerl zielte mit einer Maschinenpistole auf ihn. Er war aus der Deckung getreten und bewegte sich seelenruhig im Kugelhagel – die Schlagzeuger der Komparserie waren inzwischen außer Rand und Band.

Soldat war er jedenfalls nicht: Er trug eine Lederjacke und eine tief ins Gesicht gezogene Kappe, und seine Figur war alles andere als athletisch. Obwohl, er hatte etwas von einem Polizisten, vielleicht wegen des Schnurrbarts. In dem Fall musste er allerdings einen gewissen Rang haben; erst ab Sergeant aufwärts konnte man sich solch eine Wampe leisten.

«Wo wollen Sie hin?»

«Nach Hause. Ich wohne gleich da drüben. Ich will zu meiner Frau und meinen Kindern!»

Der Kerl blickte in die Richtung, in die R deutete. Es war das Gebiet, in dem weit heftiger geschossen wurde. Abfällig betrachtete er den von schwarzen Rußflecken verunstalteten jungen Mann mit den dicken Brillengläsern, und sein Schnurrbart hob sich süffisant, als er sagte: «Nur zu, wenn Sie den Mut haben.»

R reckte den Hals und riskierte einen Blick über das Autodach.

Der Kerl hatte mit seiner Bemerkung ins Schwarze getroffen. Hatte er den Mut?

9.

Elina und die Mädchen fielen ihm um den Hals und wollten ihn gar nicht mehr loslassen. Und als gäbe es weit und breit keinen Schusswechsel, fragte er, warum sie denn um diese Zeit noch wach seien. Ohne die Antwort auf die absurde Frage abzuwarten, schickte er die Mädchen auf ihr Zimmer.

«Schnell aufs Klo und ab ins Bett.» Die allabendliche Leier.

Elina begann zu gestikulieren. Erst da bemerkte R die übrige Rasselbande.

Na endlich. Das war allein nicht zu schaffen, sagte Elina mit Händen und Lippen gleichzeitig.

Die Kinder kauerten trotz der Kälte barfuß und im Schlafanzug in einer dunklen Ecke. Eng aneinandergeschmiegt, als suchten sie Halt. Es waren fünf der zehn blinden Schüler, die sich in Elinas Obhut befanden, alle im Alter zwischen sechs und zwölf. Das Haus diente als Schule, und sie wohnten auch dort. Die Wochenenden verbrachte die Hälfte der kleinen Bewohner bei ihren Familien, das hier war die hilflose andere Hälfte.

«Keine Angst, Kinder», sagte R. Ihre Zimmer gingen nicht auf die Straße hinaus, somit bestand für sie keine Gefahr. «Das hört sich schlimmer an, als es ist. Und jetzt wird geschlafen!»

Und um sie zu ermuntern, begann er die *Ouvertüre von 1812* zu trällern – die Kanonen dazu donnerten ja bereits – und den Takt zu klatschen.

«Wo hast du denn gesteckt?», fragte Elina leise, als die Kinder weg waren. Sie hatte die Angewohnheit, im Haus zu flüstern; sie glaubte, die Blinden könnten alles hören.

Anstelle einer Antwort nahm er ihre Hand und zog sie ins Kinderzimmer. Was für ein Paar: Elina, die eher wütend als verängstigt wirkte, im Morgenmantel und R mit schwarzer Tarnbemalung.

Das Zimmer von V und P war sicher, das einzige Fenster ging auf den Innenhof hinaus. Sie deckten die Mädchen gut zu und legten sich zu ihnen ins Bett.

Die Mädchen waren bei dem monotonen Geballer schnell eingeschlafen.

«Das geht doch auf das Konto dieses Faschisten», raunte Elina. Ihr war der Unaussprechliche ebenfalls verhasst. «Deswegen haben sie das Standrecht verhängt. Das war das Einzige, was sie im Radio gesagt haben!»

Nervös rieb sie sich die Hände an den Knien. R wollte sie beruhigen. Er sagte, sie solle sich keine Sorgen machen, die hätten schon alles unter Kontrolle. Wenn es in unmittelbarer Nähe einen Aufstand gegeben hätte, sei er bestimmt längst niedergeschlagen worden.

Da die Lüge keinerlei Wirkung zeigte, berichtete er ihr von seinem nächtlichen Abenteuer im Ton eines Schelmenstücks.

Doch die Worte versiegten bald. Die Zitadelle wurde weiter mit Schüssen und Kriegsgeschrei belagert. Die Stille dazwischen war noch beunruhigender als das Kampfgeschehen.

Unter dem Vorwand, sich einen Kaffee machen zu wollen, verschwand R in die Küche.

Auf halbem Weg hörte er von draußen den verzweifelten Ruf: «Lasst mich jetzt nicht allein, ihr Arschlöcher!»

Es ging ihm durch Mark und Bein, die Stimme gehörte eindeutig einem jungen Kerl.

Da draußen verblutete ein Junge.

10.

Aufgeschreckt von dem Lärm, wollte Elina nachsehen. Sie traute ihren Augen nicht: Ihr Mann stand in der offenen Haustür, und es spazierten nacheinander immer mehr Soldaten herein. Fünf. Zehn. Fünfzehn. Sie verteilten sich überall im Haus. Einer wagte es sogar, sich ihr mitten im Flur mit gestrengem Blick in den Weg zu stellen, das Mausergewehr wie eine Schranke auf den Boden gestützt; er machte eine Miene, als sei sie der Eindringling.

Elina schob sich an ihm vorbei. Wie viele waren inzwischen im Haus? Zwanzig? Dreißig? Das Wohnzimmer war komplett belagert: An jedem Fenster standen zwei Soldaten und verschmierten ihre Kretonne-Vorhänge mit Waffenfett. Sie warf einen Blick in die Küche. Auch dort hatten sie sich niedergelassen. Sie fürchtete um den Inhalt des Kühlschranks, in dem sie das Essen für ihre Schüler aufbewahrte. Elina wollte zu ihrem Mann, der immer noch als Wachposten in der Tür stand. Der letzte Uniformierte, ein Offizier, trat ein. Elina hörte, wie er sich als Feldwebel Cruset oder de Cruset vorstellte und R für sein Entgegenkommen dankte.

«Sie knallen uns ab wie die Hasen», klagte er. «Und keiner hat uns reingelassen.»

Er bat um Zutritt zur Terrasse.

R begleitete ihn. Unterwegs traf sein Blick auf Elina. Sie wechselten kein Wort, aber die Botschaft war klar. Sie, vorwurfsvoll: *Was machst du? Warum lässt du diese Ungeheuer ins Haus?* Er mit Unschuldsmiene: *Hast du nicht gehört, dass sie im Kugelhagel standen?*

Elina ließ ihn passieren. Für eine Aussprache war später noch Zeit. Jetzt musste sie sich erst mal darum kümmern, dass die Kinder sich nicht zu Tode ängstigten.

Sie schloss sich mit ihren Schülern ein. Ihr lagen Worte auf der Zunge, die einem Kanonier die Schamröte ins Gesicht getrieben hätte.

11.

Die Truppen verließen das Haus im Morgengrauen. Elina schloss hinter ihnen ab und begann sofort mit dem Aufräumen. Sie wollte die Spuren der ungebetenen Gäste beseitigen. Doch allein war das unmöglich zu schaffen: verdreckte Böden, die Toilette versifft mit Spuren von Urin und Erbrochenem. Bis die Ordnung wiederhergestellt wäre, stünde die Sonne schon am Himmel. Doch noch mehr belastete sie der Gedanke, künftig nicht mehr durchs Haus gehen zu können, ohne an allen Ecken Soldaten mit dem Gewehr im Anschlag vor sich zu sehen.

Sie wollte R bitten, ihr ausnahmsweise zu helfen, doch der war schon wieder auf dem Weg zur Tür. Er zog gerade den Mantel an.

«Wo willst du hin?», fuhr sie ihn an.

«Nachsehen, was los ist», erwiderte er. «Ich bin gleich wieder da.»

Elina hatte keine Ahnung, dass R schon zum zweiten Mal in dieser Nacht einem inneren Impuls folgte und dass er durch seine Neugier um ein Haar Bekanntschaft mit einer Kugel gemacht hätte. (Diese kleine Anekdote hatte er ausgespart.) Es war nicht zu fassen. Welcher Mann verließ sein Haus, nachdem er es gerade erst zurückerobert hatte? Ein weiteres Mysterium auf der Liste, zu der das Zusammenleben mit R sie inspirierte. Es verschlug ihr immer wieder die Sprache.

Als sie selbige wiedergefunden hatte, bellte sie: «Sag mal, spinnst du?»

Doch es war zu spät, R war schon weg.

12.

Während die Soldaten des Haus besetzt hielten, hatte R es vor Unruhe kaum ausgehalten. Die Eindringlinge, das Kauderwelsch aus den Walkie-Talkies, waren ihm auf die Nerven gegangen, und selbst Elina hatte am Ende ihre Schüler sich selbst überlassen, um Cruset – oder hatte er de Cruset gesagt? – die Herrschaft über das Haus streitig zu machen. R hatte nicht eine Sekunde gezweifelt, dass Elina sich durchsetzen würde. Sie hatte die Soldaten zusammengeschissen, als wären es ihre Zöglinge; für Elina machte es keinen Unterschied, ob man Blinde oder Soldaten anleitete. Er war sich überflüssig vorgekommen, hatte noch einen Blick ins Kinderzimmer geworfen – die Mädchen schliefen tief und fest – und sich dann vors Radio gesetzt.

Die Ausbeute an Informationen war spärlich, es wurde lediglich bestätigt, dass es sich um einen peronistischen Aufstand handelte und dass man, wie von Elina bereits erahnt, das Standrecht verhängt hatte. Dem Sprecher zufolge hatte die Regierung die Revolte niedergeschlagen, und die Situation war unter Kontrolle. R bezweifelte das; es entsprach wohl eher dem Wunschdenken des militärischen Nachrichtendienstes als der Realität – *inteligencia militar,* Militär und Intelligenz, ein Widerspruch in sich. Doch eine andere Information schien unanfechtbar: die Nachricht, dass man in Lanús achtzehn Zivilisten erschossen hatte.

Es lief ihm eiskalt den Rücken hinunter, es hielt ihn nicht mehr auf seinem Platz. Da war kein Windstoß gewesen, das Schaudern war allein seinem Hirn entsprungen. Er fragte sich, ob die Soldaten in seinem Haus imstande wären, jemanden zu erschießen, und ob einer der Erschossenen womöglich gar kein Verschwörer, sondern lediglich ein Neugieriger gewesen war, der in die falsche Straße eingebogen war.

R trat in der Hoffnung hinaus auf die Straße, dass nach dem Rückzug alles wieder sei wie zuvor. Doch eine solche Schießerei hinterließ zwangsläufig Spuren. Angefangen bei seinem Haus: Löcher in Wänden und Rollläden, Blutflecken, die man rasch abwaschen musste, bevor sie in das poröse Material eindrangen (*das übernehme ich, Elina rastet sonst aus*).

Er trat auf Glasscherben, sammelte Patronenhülsen ein, bog um eine Stoßstange. Ein Auto stand quer auf der Straße. Es war von Kugeln durchsiebt, nicht eine einzige Scheibe war heil geblieben. Und es saß noch jemand – etwas, das sich nicht mehr regte – am Steuer.

R blickte sich um. Zu beiden Seiten der Straße geschlossene Türen, Fenster und Läden. Nicht ein einziger Vorhang bewegte sich.

Die Marsmenschen waren zumindest durch dieses Viertel gezogen. Sonst blieb ja nur die Schlussfolgerung, dass er der einzige Neugierige war. Oder der einzige Leichtsinnige?

Er ging zwei Schritte auf das von Kugeln durchsiebte Auto zu, aber nicht weiter. Anhand des aufsteigenden Qualms zu urteilen – es handelte sich um einen Ford Fairlane, der nicht mehr zu gebrauchen war –, konnte der Wagen jeden Moment explodieren. Sogar aus der Entfernung konnte er den Toten sehen.

Jackett aus grobem karierten Stoff. Einfarbige Krawatte. Glattrasiert. Er klemmte zwischen Sitz und Lenkrad. Sein Körper war zum Fenster hin geneigt, als wollte er aller Welt zeigen, dass ihm die Schädeldecke abhandengekommen war.

Schwer zu sagen, ob er schwarzes Haar hatte oder ob das Blut die Haarsträhnen dunkel färbte, die nicht durch den Schuss verbrannt waren. Bei der Hirnmasse gab es keinen Zweifel; sie sah genauso aus wie auf den Anatomiebildern. Nicht unähnlich dem Bries, das Elina in ihren Ravioli verwendete.

Das ist also der Tod, dachte er. Auf den ersten Blick wirkte er auf ihn lediglich wie eine Abwesenheit von Bewegung, von Farbe. Er hatte nicht mal einen eigenen Geruch. Der beißende Geruch in der Luft hatte eine andere Ursache: das Pulver und das verbrannte Gummi.

Zum zweiten Mal in dieser Nacht wusste er nicht, was er fühlte.

13.

Er entfernte die Flecken von der Straße und ging unter die Dusche.

Zu seiner Überraschung gesellte sich Elina zu ihm. Das hatte sie nur zweimal getan, als sie noch nicht verheiratet waren, seitdem nicht mehr. Schnell wurde ihm klar, dass das nichts mit Romantik zu tun hatte. Elina wollte nur so schnell wie möglich heiß duschen und die Haut abrubbeln, die mit diesen Leuten in Berührung gekommen war, bis alles wieder sauber wäre.

Bereitwillig machte R ihr Platz. Er war gekränkt, nicht weil Elina die Dusche für sich beanspruchte, sondern weil die Berührung ihrer Körper sie völlig kalt zu lassen schien.

«Heute wollten mich in der Kneipe ein paar Mädchen verführen. Ohne jede Hemmung», sagte er.

Elina seifte sich weiter mit dem Schwamm ein.

«Und, wie hast du reagiert?», fragte sie schließlich.

«Sie haben sich vollkommen albern aufgeführt und mich um Feuer gebeten. Und ich, ganz Kavalier, bin dem Wunsch natürlich nachgekommen.»

Elina drehte sich zu ihm um. Ihr Gesicht war feuerrot. Nicht nur wegen des heißen Wassers. Sie kochte vor Wut.

«Aber weil ich Kavalier und dazu verheiratet bin», fügte er rasch hinzu, «habe ich das Streichholz mit der linken Hand entzündet und ihnen den Ehering unter die Nase gehalten. Was sagst du dazu?», meinte er und ließ den Ringfinger tanzen. «Da waren sie bedient.»

Elina runzelte die Stirn. Sie konnte noch so wütend sein, wenn er mit einem seiner Scherze kam, musste sie einfach lachen.

«Es hätte nicht mehr viel gefehlt, und der verheiratete Kavalier hätte keine Eier mehr in der Hose.»

Und um keinen Zweifel an ihrer Absicht aufkommen zu lassen, packte sie das Körperteil von R, das sie im Ernstfall abzuschneiden gedachte.

Sie vögelten schnell, animalisch und leise. (*Geräuschlos zu vögeln ist für Eltern unumgänglich, umso mehr, wenn man mit Blinden in einem Haus lebt.*) Während er sich abtrocknete, dachte er an den Teil der Anekdote, den er seiner Frau – wieder mal – vorenthalten hatte.

Das Mädchen hatte ihn durch den Rauchschleier gefragt: «Was macht ein verheirateter Mann samstagnachts allein in einer Kneipe?»

Worauf er mit einer Aufrichtigkeit, die Oscar Wilde erschreckt hätte, geantwortet hatte: «Das frage ich mich auch.»

14.

Elina lag noch keine fünf Minuten im Bett, da schnarchte sie schon. R dachte darüber nach, wie paradox das war. Jeder in Elinas Umfeld wusste, dass sie sich um alles kümmerte: um die Kinder, die Blinden, das Geld, die Schule, den Haushalt, ihre Karriere, Rs Karriere, die Stadt, das Land, die Welt und Unzähliges mehr. Bei der Belastung fiel es schwer zu glauben, dass sie irgendwann mal ein Auge zumachte. Doch da lag sie: Obwohl sie die Nacht inmitten einer Schlacht verbracht hatte, schlief sie, als ob es das letzte Mal wäre. R hingegen, der sich Elina zufolge um nichts anderes sorgte als um die Kunst und seine eigene Zukunft – ein wahrer Dandy, *careless & free* –, lag todmüde im Bett und konnte keinen Schlaf finden.

Das hatte natürlich seinen Grund. Er befand sich an einem Höhepunkt seines Lebens, dessen war er sich bewusst. Er war verheiratet mit der Frau, die er liebte, Vater von zwei wunderbaren Töchtern, mit einem sicheren Job und glänzenden Karriereaussichten in dem, was er anstrebte: Er würde Erfolg mit seinen Anthologien haben, ihm standen die Türen offen, um in *La Nación* zu publizieren, er hatte einen Roman in petto, den er bald herausbringen würde. Man könnte sagen, er hatte alles gut gemacht, er sei vom Glück gesegnet. Und doch … Manchmal dachte er, er hatte im Leben so oft den Kürzeren gezogen, dass er die gegenwärtige Glückssträhne einfach nicht aushielt.

Da entdeckte er die Gestalt im Türrahmen.

15.

Es war V, die Ältere. Sechs Jahre alt, ein echter Sonnenschein, schlauer und stärker als die meisten Jungen in ihrem Alter. Abwartend stand sie mit zerzaustem Haar in ihrem Pinguinnachthemd da. (Das ihrer Meinung nach eigentlich ihrer Schwester gehören sollte: Pinguine, das ist was für P, argumentierte sie; ihr stand ein Hemd mit Vögeln oder Vipern zu.)

R gab ihr ein Zeichen, dass er gleich käme. Er stand vorsichtig auf, um Elina nicht zu wecken. Er warf V wie einen eingerollten Teppich über die Schulter und ging mit ihr in die Küche.

Ein Glas Milch. Ein Glas billigen Whisky. Und alle sind zufrieden.

«Wieso bist du wach?», fragte R.

«Ich hab gar nicht geschlafen», sagte V. «All die vielen Männer im Haus … Ich habe ihre Schritte über mir gehört. *Bumm, Bumm, Bumm* … Das hat mich ganz verrückt gemacht!»

«Aber ich war bei dir am Bett und hab mit dir gesprochen und so. Und du hast nicht mal mit der Wimper gezuckt.»

«Ich dachte, du wärst einer von ihnen. Er hätte nur so getan, als wäre er du!»

«Hör auf mit dem Blödsinn. Ich hab sogar die Zauberworte zu dir gesagt.»

«Das beweist gar nichts. Die können sie herausgefunden haben.»

V saß auf dem Hocker, die Hände unter die Schenkel geklemmt, und ließ die nackten Füße baumeln. Selbst ungekämmt und halbnackt hatte sie etwas Majestätisches.

Einmal hatte sie ihm ins Ohr geflüstert: «Papi, ich liebe dich unmenschlich.» Normalerweise korrigierte R all ihre Fehler – Elina fand das übertrieben –, doch in dem Fall hatte er sich jeden Kommentar verkniffen. Sie würde schon lernen, wie es richtig heißt. Es gab Wichtigeres als die Unendlichkeit.

Er stellte den Whisky ab und trat zu ihr. Er wollte ihr Gesicht ganz nah vor sich haben.

«Ich würde unsere Worte nie jemandem verraten. Nicht einmal deiner Mutter oder deiner Schwester. Sonst verlieren sie ihre Zauberkraft!» Er sah ihr in die Augen. «Außerdem sind das keine üblen Kerle. Es sind Soldaten. Sie sind für uns da. Sie haben auf uns aufgepasst.»

V hob eine Augenbraue. «Aber sie stinken», sagte sie. «Ich mag sie nicht, nein, nein!»

V hatte recht. Die Soldaten stanken, der ätzende, alles durchdringende Geruch lag immer noch in der Luft. Das lag nicht daran, dass sie sich nicht wuschen, es kam von der Angst: durch Uniformen gefilterte säuerliche Ausdünstungen. Wie sollte er V erklären, dass diese Kinder – denn nichts anderes waren sie, kaum älter als zwanzig – Angst hatten zu sterben, noch bevor ihr Leben richtig begonnen hatte, und noch dazu arbeiteten sie zu den denkbar schlechtesten Bedingungen: schlechte Bezahlung, übergriffige Vorgesetzte, fragwürdige Befehle und ein Feind, bei dem sie nicht sicher waren, ob sie ihn tatsächlich hassten.

Sie sträubte sich ein wenig, aber dann ließ sie sich umarmen. Mit etwas Glück würde die Berührung eine Erklärung überflüssig machen, für die er ohnehin nicht die richtigen Worte fand.

«Und du stinkst nach Whisky», sagte V.

«Halt den Schnabel.»

Draußen wurde es hell. Eine kleine Unannehmlichkeit, der man begegnen konnte, indem man einfach die Rollläden runterließ. Es war Sonntag, er hoffte, dass Elina P in Schach hielt und ihn ausschlafen ließ. Aber die Spatzen hatten schon mit ihrem lauten Gezwitscher begonnen. Das ließ sich schwieriger abstellen. Die Fenster boten keinen Widerstand gegen den Lärm von draußen. Und mit Watte in den Ohren zu schlafen war ungewohnt und unbequem.

Verdammte Spatzen. So leid es ihm für Shakespeare tat, der behauptet, sie hätten ihn zu einer seiner besten Zeilen inspiriert: *The readiness is all.*

R war nicht bereit. Nicht für diesen Tag, der ihn vor der Zeit ereilte, noch für die Tage danach.

Trotzdem trieb ihn sein Herz weiter Richtung Zukunft.

ERSTER TEIL

Ein Regen von Blut

EINS

Der Hund, der vom Mann gebissen wurde

1.

Ende 1956 war Buenos Aires Opfer einer glühenden Hitzewelle. Die Stadt war zu der Zeit schon ein Leviathan, ein Moloch, ähnlich dem Ungeheuer, das Jahwe während der Genesis einen ganzen Tag in Atem gehalten hatte.

Mit jedem Sonnenaufgang schien die Stadt näher am Äquator und immer weiter von dem kalten, schmutzigen Fluss entfernt zu liegen, der seit ihrer Gründung ihre Ausläufer umspülte.

Hauswände und Straßen speicherten die Wärme. Durch die Hochhäuser konnte die Luft nicht zirkulieren. Die Wasserhähne spuckten nur noch lauwarme Brühe aus. Die Motoren der Autos glühten. Wenn ein paar Tropfen Regen fielen und auf den Stein träfen, wäre die Luftfeuchtigkeit nicht mehr auszuhalten.

Doch Regen war noch lange nicht in Sicht. Unterdessen waren die Gebäude im Zentrum – Erben der Altstadt, zwischen dem Bajo und der 9 de Julio – eine Zweigstelle der Hölle, nur ebenerdig.

2.

In den Verlagshäusern war die Hitze am schlimmsten. Täglich entbrannte in den Räumen über der Avenida de Mayo ein zäher Kampf um die Ventilatoren und ihre Ausrichtung.

Gregorio positionierte seinen General Electric so, dass der

Luftstrom die Seiten nicht durcheinanderwirbelte, an denen er gerade arbeitete. (An dem Nachmittag lag auf seinem Schreibtisch ein bunter Stapel mit Werken von Faulkner, Alberdi, Holmberg, Leguizamón und George Musters in unterschiedlichen Phasen des Editionsprozesses: Larve, Puppe oder Schmetterling.) Doch aus diesem Winkel blies der Ventilator den kühlen Wind zu Horacios Tisch hinüber und wirbelte die Reproduktionen von Cézanne auf. Also drehte Horacio – der zu dem Zeitpunkt schon alle verbalen Möglichkeiten der Einflussnahme ausgeschöpft hatte – seinen Westinghouse so, dass er der von Gregorio erzeugten Windböe Paroli bot. Dabei hätten sowohl Gregorio als auch Horacio die sinnlos vergeudete künstliche Brise dringend benötigt, um *la Hitze* zu überleben. So aber landeten die aus dem Streit entstandenen Luftmassen bei Enriqueta. Und es ging aus der Schlacht diejenige siegreich hervor, die sich aus allen Scharmützeln heraushielt.

Wie ihre männlichen Kollegen ging auch Enriqueta einer geistigen Tätigkeit nach. Sie studierte gerade den Brief einer Leserin, die die Übersetzung eines Verbs in ihrer Übertragung des *Rolandslieds* kritisierte. (Man könne *esclargier* nicht im Sinne von *apaiser* übersetzen, man müsse bei allem, was mit *la granz ire* von Karl dem Großen zu tun hat, vorsichtig sein.) Doch im Unterschied zu ihren männlichen Kollegen war sie durchaus in der Lage, sich auf ihre Aufgabe zu konzentrieren, ohne alles andere auszublenden.

Sie war strikt pragmatisch. Sie betrachtete die kleinen Probleme des Alltags nicht als Hindernis, sondern als Herausforderung für ihre Intelligenz. Auf diese Weise sparte sie Zeit und Spucke: Sie hatte den Brief mit Büroklammern an einem Heft befestigt; so war er vor den Windstößen geschützt. Immer wieder bot sie ihre Hilfe an, in dem Wissen, dass ihre Kollegen sie ablehnen würden. Der Mann müsste erst noch geboren werden, der nicht alles in eine Grundsatzdiskussion münden ließ.

Rs Erscheinen hatte sie irritiert. Plötzlich war er am Ende der Treppe aufgetaucht. Wenn jemand an einem solchen Tag den Aufzug scheute wie der Teufel das Weihwasser, musste er den Verstand verloren haben. R war natürlich nicht immun gegen die Hitze: Er trug das Jackett in der Hand, war knallrot, und das Hemd hatte Schweißflecken unter den Achseln.

Die Art, wie er sich zwischen den Schreibtischen bewegte, sagte einiges aus. Er war in Eile oder zumindest angespannt. Ohne ein Wort des Grußes sah er sich um. Als er nicht fand, was er suchte, begab er sich in die Umlaufbahn des nächstgelegenen Gestirns.

«Gibt es irgendwo eine Schreibmaschine?»

«Nimm meine», sagte Gregorio.

R warf seine Aktentasche auf die Underwood und begann den Tisch wegzuschieben. Die quietschenden Rollen übertönten mit ihrem Ostinato die Ventilatoren. Das ließ erst nach, als die Wand ihn ausbremste.

Dort schlug er in einer Ecke sein Lager auf. Er besorgte sich einen Stapel Papier, holte eine Mappe heraus, spannte zwei durch Kohlepapier getrennte Seiten ein und begann zu schreiben.

Und sich zu vertippen.

Den ersten Fehler strich er wütend aus. Das Geratter der Maschine war ein eindeutiges Indiz: Solch eine Musik entsteht nur, wenn der Schreibende unterstreicht – und R hatte es zu eilig, um einen Gedanken auf das Erscheinungsbild des Textes zu verschwenden – oder wenn er durch Aneinanderreihung des Buchstabens X einen barmherzigen Schleier über das Missglückte legt.

Beim zweiten Fehler verkniff er sich das Fluchen und ersuchte ein anderes Gestirn um Beistand.

«He, Horacio – Korrektur?»

Horacio, ebenso ein Anhänger sprachlicher Ökonomie, griff

in die Schublade und warf ihm ein Fläschchen zu. R fing es in der Luft.

Männer mögen unpraktisch sein, aber werfen und fangen können sie, dachte Enriqueta.

Beim ersten Pinselstrich war R noch sparsam. Beim nächsten Fehler sah das schon anders aus; Enriqueta beobachtete, wie er sich mit einer Geste, die zu van Gogh gepasst hätte, über seine Leinwand hermachte. Sie dachte an den Durchschlag: Wenn R das Original allzu stark übermalte, wäre das zweite Blatt vollkommen unleserlich.

Eine Minute später hatten sich die Hämmerchen verhakt, weil er drei Buchstaben gleichzeitig heruntergedrückt hatte. Der Fluch, eine Anspielung auf das weibliche Geschlecht, war laut und deutlich zu hören.

Enriqueta zögerte. Sie kannte R schon eine Weile, aber sie hatten sich beide davor gehütet, ihren *rapport* zu vertiefen. Ihre Beziehung zu ihm war wie die zu Greg und Horacio: professionell und belanglos. Doch von den dreien war R der Einzige, der nicht gleich nervös wurde, wenn sie ihnen in manchen Situationen etwas voraushatte. Das gab den Ausschlag. Sie legte den Leserbrief beiseite, stand auf und ging auf ihn zu.

«Guten Tag», sagte sie. Grundsätzlich wusste sie es zu schätzen, wenn sich jemand jede Form von Galanterie sparte, es gefiel ihr, dass R sie «wie einen der Jungs» behandelte. Doch jetzt ging es darum, die Karten neu zu mischen. «Kann ich Ihnen behilflich sein?»

R sah sie an, als hätte er sie noch nie zuvor gesehen. Er deutete auf die Mappe auf dem Schreibtisch und sagte: «Sie werden meine Schrift nicht lesen können.»

«Dann diktieren Sie's mir eben.»

«Ich will Sie nicht von Ihrer Arbeit abhalten.»

«Ich hab den *Roland* satt. Ich brauche mal eine Auszeit.»

«Ich wusste gar nicht, dass Sie einen Freund haben.»

«Einen Freund? Ich? Wer hat Ihnen gesagt …»

R machte sich über sie lustig. Jetzt war es Enriqueta, die innerlich fluchte: Rot zu werden war wirklich das Letzte, was sie wollte; jetzt stand sie da wie ein alberner Backfisch. Reflexartig griff sie nach der Mappe. Sie wollte sich selbst überzeugen, ob seine Schrift so krakelig war, wie R behauptete, und nebenbei herausfinden, was das für ein Text war, der ihn derart quälte.

Rs Hand fegte ihre einfach weg. Es tat nicht weh, aber sie war verdattert: Unversehens war die Mappe zu ihrem rechtmäßigen Besitzer zurückgekehrt, der sie an seine Brust drückte.

Betretenes Schweigen. Unvermittelt stand R auf und überließ ihr den Stuhl, nicht aber die Mappe.

Enriqueta überlegte, ob sie auf dem Absatz kehrtmachen und zu ihrem Platz zurückkehren sollte. In den nächsten Jahren würde sie sich unzählige Male fragen, wie ihr Leben wohl verlaufen wäre, wenn sie diesem Impuls nachgegeben hätte.

Doch sie setzte sich.

Sie schob die Beine zusammen, setzte sich gerade hin, legte die Finger auf die Tastatur und las die letzten Zeilen, die R getippt hatte.

Die Kugel war durch die Wange in Höhe des linken Nasenflügels eingetreten und am Kiefer wieder ausgetrete

Rs letzter Anschlag hatte das n verfehlt und stattdessen einen anderen Buchstaben getroffen, den er unter einem Korrekturklecks begraben hatte.

«Eine neue Geschichte von Daniel Hernández?», fragte Enriqueta. Hernández war der Protagonist der Erzählungen, für die R den Preis erhalten hatte. Sie dachte, er habe plötzlich einen Einfall gehabt, den er umgehend zu Papier bringen wollte. Besser spät als nie, im Verlag war man es schon leid, ihn nach einem neuen Buch zu fragen.

Anstelle einer Antwort blickte R zum anderen Ende des Raums, wo Gregorio und Horacio sich wieder an ihren Ventilatoren zu schaffen machten. Er fuhr sich mit den Fingern über die Mundwinkel, legte die andere Hand auf die Rücklehne von Enriquetas Stuhl und sagte wie ein Pirat, der eine geheime Karte entdeckt hat: «Ich glaube, ich habe den Hund gefunden, der vom Mann gebissen wurde.»

3.

Die Formulierung verwunderte Enriqueta nicht weiter. Es war ein geflügeltes Wort in Journalistenkreisen. Eine ironische Umschreibung für außergewöhnliche Geschichten, echte Knüller. Das Rätsel um den Text war gelöst: Was sie in die Maschine tippen würde, war keine erfundene Geschichte.

«Oh, das freut mich», erwiderte sie. «Jetzt bleibt Ihnen nichts anderes übrig, als mir alles zu erzählen. Und schön der Reihe nach. Denken Sie an die sechs W-Fragen!»

Enriqueta hatte das bewusst gesagt. Sie wollte ihm zeigen, dass sie trotz ihrer Jugend die Nerven behielt. Es war das Erste, was man in einer Redaktion lernte. Jede Geschichte sollte klar sechs Fragen beantworten: wer, wie, was, wann, wo, warum.

R erwiderte, liebend gern, wenn das Diktat beendet sei. Er wollte sich erst von der Last befreien.

«Danach lade ich Sie auf ein Bier ein», sagte er. «Und dann erzähle ich Ihnen alles.»

Enriqueta war hin- und hergerissen. Es störte sie, dass man sie für eine Sekretärin hielt; sie hatte einen Fehler gemacht, sich für das Diktat zur Verfügung zu stellen, sie hätte ihre Hilfe mehr allgemeiner anbieten sollen. Doch gleichzeitig gefiel ihr die Aussicht, gemeinsam nach der Arbeit ein Bier zu trinken. Solange R ihre Zeichen nicht missdeuten würde: Ihr Interesse war rein beruflicher Natur!

«Fangen wir an?»

Enriqueta konzentrierte sich wieder auf die Underwood. Die schwarze Maschine schnurrte wie ein Kätzchen, für sie gab es keine bessere.

R begann zu diktieren.

4.

Die Geschichte, die in Enriquetas Kopf entstand, während sie tippte, entsprach genau dem Satz, den sie gelesen hatte, als die Druckerschwärze noch nicht getrocknet war: Es ging um den Bericht eines Überlebenden einer grauenvollen Nacht.

Als die Puzzleteile sich allmählich zusammenfügten, wagte Enriqueta eine Zwischenbemerkung: «Das war doch in der Nacht, als …»

«Ja, ja.»

«Ist der Junge Peronist?»

«Was hat das mit der Geschichte zu tun?»

Rs Reaktion war barsch. Sie sollte erst mal stillschweigend alles niederschreiben und sich ihre Fragen für die Kneipe aufheben. Man musste Geduld haben, die Sternstunde des Journalismus war zum Greifen nah.

Einriqueta tippte flink und fehlerfrei. («Wie eine *gatling gun*», sagte R in einer Schreibpause. Ihr war schleierhaft, was er meinte, aber sie verbuchte es als Lob.) Sie händigte ihm die fertigen Seiten aus, und R trennte das Original von der Kopie. Fertig und noch dazu in der Zeit: Sie waren ein gutes Team.

Gregorio und Horacio machten sich bereit für den Aufbruch, sie hatten gleichzeitig ihre Ventilatoren abgestellt.

«Kommt ihr noch mit auf ein Bier?», fragte R.

Gregorio und Horacio sahen einander fragend an.

R legte nach. «Ich hab eine Geschichte, die wird euch umhauen.»

Horacio sah auf die Uhr. «Große Lust auf die U-Bahn habe ich nicht», sagte er.

«Ich auf die Tram auch nicht», meinte auch Gregorio.

Die Frage war geklärt. Nur Enriqueta war wieder einmal hin- und hergerissen.

Einerseits fand sie es beruhigend, dass Gregorio und Horacio sich ihnen anschlossen, andererseits war sie verärgert. Die Informationen, die R beschafft hatte, waren heikel. Wenn sie vor der Zeit bekannt würden, könnte die Sache platzen. Gregorio und Horacio waren nette Kerle, aber niemand war gegen die Sünde des Vertrauensbruchs gefeit. Wer konnte schon der Versuchung widerstehen, eine gute Geschichte zu erzählen?

R offenkundig nicht.

Sie nahmen die Treppe nach unten und durchquerten den Buchladen.

Da ihnen die Hitze im Nacken saß, entschieden sie sich für das Café Victoria, das über Deckenventilatoren verfügte.

5.

Zu dieser abendlichen Stunde konnte R seine Unruhe nicht mehr bezwingen. Er begann zu erzählen, noch bevor das Bier kam.

Angefangen hatte alles am letzten Wochenende. In einem Café in La Plata, in dem er regelmäßig Schach spielte. Auch dort war literweise eiskaltes Bieckert geflossen.

«Ich habe dort einen Freund getroffen, Quique Dillon», berichtete R. «Wir haben uns eine Weile über die obligatorischen Themen unterhalten: die Hitze, Chesterton, das Land. An einem bestimmten Punkt hatte ich das Gefühl, er hört mir überhaupt nicht zu. Er sah mich und grinste wie Alices Katze. Ich frage ihn: ‹Was ist los? Was amüsiert dich so?› Und er: ‹Mir ist da was zu

Ohren gekommen ... Eine unglaubliche Geschichte! Wenn ich sie dir erzähle, bist du platt.›»

Der Kellner kam mit zwei Flaschen Bieckert. R schwieg, während die Gläser verteilt wurden.

«Dauert das Vorgeplänkel noch lange?», fragte Horacio.

«Good things come for those who wait», erwiderte R.

Als der Kellner die Flaschen geöffnet hatte, übernahm Enriqueta. Wenn es der Beschleunigung des Verfahrens diente, konnte man sich ruhig mal willfährig zeigen.

Obwohl seine Zunge brannte, nahm R nur einen winzigen Schluck. «Dann rückte er ganz nah an mich heran, damit niemand ihn hören konnte», fuhr er fort, «und sagte: Einer von den Erschossenen lebt.»

Gregorio fuhr sich mit dem Handrücken über den Mund. Horacio wiederholte nur: «Einer von den Erschossenen lebt.»

«Was mich auf Anhieb beeindruckt hat», sagte R, «war das Potential dieses Satzes. Man hätte eine Horrorgeschichte im Stil von Maupassant daraus machen können: ein hingerichteter Mann, der überrascht feststellt, dass er lebt, obwohl die Kugeln seine Brust durchdrungen haben. Da habe ich mir gesagt: ‹Halt, es geht hier nicht um Literatur. Wir sprechen über das Land, über greifbare Dinge.› Und ich erinnerte mich an ein reales Ereignis – bedauerliche Sache! –, das noch nicht lange her war.»

«Valle», flüsterte Gregorio. Das war der Name des Generals, der die gescheiterte Revolte im Namen des Unaussprechlichen angeführt hatte. Wenige Tage später hatte man ihn erschossen. Man sagt, er habe sein Schicksal angenommen und seinen Henkern verziehen.

«Das habe ich ihn auch gefragt: ‹Valles Leute?› – ‹Nein›, meinte er. ‹Ein Zivilist. Einer von denen, die sie zu einer Mülldeponie in José León Suárez gekarrt haben. Da war eine Gruppe, die sie brutal gepackt und rücksichtslos abgeknallt haben.›»

«Peronisten.» Auch Horacio sprach im Flüsterton.

Enriqueta dachte, R würde Horacio an die Gurgel gehen. Doch der nahm einen großen Schluck Bier und redete weiter, als hätte er nichts gehört. «Zu dem Zeitpunkt arbeitete mein Gehirn bereits auf Hochtouren. Fragen über Fragen. ‹Wie konnte er überleben?›, frage ich. ‹Haben sie nicht richtig gezielt? Ist er geflüchtet? Hat das Siebte Kavallerieregiment ihn in letzter Sekunde gerettet?› Mein Freund sagt: ‹Er ist weggelaufen, es war ja dunkel. Aber sie haben ihn wieder gefasst. Es ist ein Wunder, dass er noch lebt. Darum geht's.›»

R stellte sein Glas ab und kreuzte die Arme vor der Brust. «So weit die Aussage meines Freundes. Die Sache ist noch nicht ausgestanden. Und es ist gut möglich, dass gewisse Leute ... denen es lieber wäre, wenn das Ganze nicht ans Licht käme ... die Nachricht von dem Wunder so nervös macht, dass sie ihn aus dem Weg räumen wollen.»

6.

Enriqueta hatte den anderen gegenüber den Vorteil, dass sie die Geschichte schon verdauen konnte, während R diktierte. Gregorio und Horacio waren schockiert. Horacio sah sich in alle Richtungen um, als fühlte er sich beobachtet. Gregorio hatte angefangen, mit dem unteren Ende seiner Krawatte zu spielen, und wartete darauf, dass R weitersprach, er ahnte, dass die Geschichte noch lange nicht zu Ende war.

«Ich habe gefragt, ob der Junge bereit sei zu reden. Mein Freund sagte, das wisse er nicht, man müsse der Person auf den Zahn fühlen, die ihm davon erzählt habe, für die, erklärte er, viel auf dem Spiel stünde, wenn die Sache ans Licht käme. Ich habe natürlich nicht lockergelassen. ‹Die müssen den Fall publik machen. Je bekannter er in der Öffentlichkeit wird, desto besser sind sie geschützt.› Er musste mir versprechen nachzufragen. Und das hat er getan! Gleich am nächsten Tag hat er angerufen, um die Bedingungen zu besprechen.»

«Geld?»

«Nein, nein. Die Bedingungen, zu denen das Interview stattfinden sollte: Wann, wo, was ich damit vorhabe.»

«Und was hast du damit vor?»

R lächelte. Das stand ihm gut, es machte ihn attraktiver. «Die Zeitschrift *Life* kontaktieren. Oder die *New York Times.*»

«Nein, im Ernst.»

«Vielleicht veranstalte ich eine kleine Auktion unter den Medien. Wer am meisten bietet, erhält den Zuschlag», sagte er und übermalte dabei das Lächeln. «Aber ich mache mir keine Illusionen. Ich kann den tatsächlichen Wert der Sache noch nicht einschätzen. Der Mann, mit dem ich heute gesprochen habe, erscheint mir vertrauenswürdig: Er heißt Doglia, Jorge Doglia. Er ist Anwalt, noch jung, aber sehr kompetent: Er war Chef der Rechtsabteilung der Polizei der Provinz Buenos Aires … bis gestern. Er wurde abgesetzt, weil er die Folterungen in den Kommissariaten zur Anzeige gebracht hat. Ja, ihr hört richtig: wie zu den schlimmsten Zeiten unter der Regierung des Unaussprechlichen! Dabei hat er auch meinen Erschossenen kennengelernt: Als er Informationen für seine Anzeige zusammentrug, im Gefängnis von Olmos.»

«Er ist also im Gefängnis», sagte Horacio, der weiterhin den Raum im Auge behielt. «Sie haben es nicht geschafft, ihn zu erschießen, und ihn ins Gefängnis gesteckt!»

«Er war dort», sagte R. «Doglia hat einen anderen Anwalt kontaktiert, und der hat ihn rausgeholt. Mit dem Anwalt treffe ich mich morgen. Er hat mir versprochen, mir eine Kopie der Anzeige auszuhändigen, die er auf Bitten seines Mandanten bei Gericht eingereicht hat.»

Die drei sahen ihn schweigend an, als hätte der Satz mit einem Doppelpunkt geendet. Auf was warteten sie?

«Du sagst also», nahm Gregorio den Faden ein wenig schleppend wieder auf, «der Erschossene hat sich an den Richter gewandt, um zur Anzeige zu bringen … was man ihm *angetan* hat.»

R nickte. Hatte er sich denn nicht klar ausgedrückt?

«Der Kerl ist verrückt», sagte Horacio. «Was will er damit bezwecken? Dass sie ihre Stümperei korrigieren und ihn diesmal richtig töten?»

R gab ihm keine Antwort. Er starrte gebannt auf seinen Handrücken. Was beschäftigte ihn? Der Zustand seiner Fingernägel? Der Ehering?

«Ich hätte dasselbe getan», sagte er und ballte die Hand zur Faust. Dann hob er den Blick. «Wenn nur die Hälfte von dem, was Doglia sagt, stimmt … die Hälfte würde schon reichen! Was sie diesem Jungen angetan haben, ist unverzeihlich.»

Er richtete seine Brille. Der Blick hinter den Gläsern hätte zu einem fauchenden Löwen gepasst.

7.

Der Erschossene hieß Juan Carlos. Ja, R war sich dieses Details bewusst: Dafür, dass er aus dem Reich des Todes zurückgekehrt war, hatte er einen geradezu kindlichen Namen, der so gar nicht zu dem Drama passte, in dem er die Hauptrolle für sich beanspruchte. Eine verpasste Gelegenheit, da war sich R mit Horacio einig. Er hätte doch Valdemar, Banquo oder Gwynplaine heißen können, stattdessen hatte er über sich ergehen lassen müssen, dass man ihm mit der heiligen Segnung gleich zwei Allerweltsnamen verpasste!

«*Only in Argentina*», frotzelte Gregorio. Das war ein beliebter Scherz, wenn etwas sie an ihre Situation erinnerte: die Strafe, am Arsch der Welt geboren zu sein, fern der Breiten, wo echte

Talente geehrt wurden, wie sie es verdient hätten (mit Lorbeer! Mit einem Geldregen!) Jede Sprache war ihnen recht, ihr trauriges Schicksal kundzutun: *In Argentina, en Argentine, in Argentinien* geschah nichts – und das würde auch immer so bleiben –, was ihren Ambitionen gerecht wurde.

«Und was gedenkst du zu tun?», fragte Horacio nach. «Ich meine, wenn sich herausstellt, dass die Geschichte wahr ist.»

«Was man von jemandem in meiner Position erwarten kann. Ich bin Journalist. Ich bin auf eine Geschichte gestoßen, die aus Gründen der Gerechtigkeit und Notwendigkeit erzählt werden muss.»

«Aber das ist nicht irgendeine Geschichte», wandte Enriqueta ein.

«Genau», sagte R. *I rest my case.*

«Hast du keine Angst, dass sie eine Nummer zu groß für dich ist?»

Ich wäre ein Idiot, wenn ich keine Angst hätte. Ich weiß nicht, ob ich der Herausforderung gewachsen bin. Elina würde die Geschichte besser schreiben als ich.

«Was Gregorio damit sagen will», versuchte Horacio zu vermitteln, weil er den fragenden Ausdruck in Rs Gesicht als Kränkung gedeutet hatte, «ist, dass die Geschichte dein *Know-how* übersteigt.»

«Richtig», sagte Gregorio. «Das ist knallharte Politik.»

«Und du bist ein Experte auf anderem Gebiet», sagte Horacio. «Auf literarischem, zum Beispiel.»

«Ja, Experte für Kriminalromane. Auf den *La Nación* nur zurückgreift, wenn die unangefochtene Eminenz …»

«Du meinst Borges.»

«… anderweitig beschäftigt ist.»

«Und so will ich die Sache angehen», sagte R. «Wie einen Kriminalroman. Indem ich minutiös alles beschreibe, das Verbrechen, die Ermittlung …»

«Noch so ein heikler Punkt», sagte Horacio. «Du wirst deinen Hintern bewegen müssen: Leute abklappern und befragen, nach Dokumenten fahnden.»

«Da bin ich ausnahmsweise mal derselben Meinung wie Horacio», sagte Gregorio.

«Ich gebe nur Folgendes zu bedenken», sagte Horacio. «Keiner bestreitet, dass das eine Riesenstory werden kann, nur … wie willst du das alles beweisen? Da steht das Wort eines Jungen gegen das der Regierung.»

«Es muss massenweise Zeugen geben.»

«Glaubst du wirklich, irgendjemand wird sich gegen Rojas und Aramburu stellen?»

«Wenn der Richter die Ermittlungen aufnimmt …»

«Die Richter sind doch alle gleich. Sie drehen ihr Fähnchen nach dem Wind!»

«Wenn er die Sache fallenlässt, werde ich nach Alternativen suchen. Und so lange …»

«Man muss genau abwägen», sagte Gregorio. «Nach einem Punktesystem. Wie viele hast du schon und wie viele kannst du, realistisch betrachtet, noch bekommen. Nicht dass du dich umsonst so weit aus dem Fenster lehnst … das gilt auch für den Jungen im Prozess. Am Ende steht ihr mit heruntergelassenen Hosen da. Mist … Verzeihung, Señorita Gayega!»

Enriqueta ließ das unkommentiert. Sie war es gewohnt, dass für die Argentinier jeder Spanier ein *gayego* war, egal ob er aus Galicien stammte oder nicht, sie nahmen einfach *pars pro toto.*

«Denk noch mal drüber nach», sagte Horacio. «Es ist eine Sache, über einen Detektiv zu schreiben, und eine ganz andere, Detektiv zu *spielen.* Daniel Hernández mag eine Verlängerung deiner selbst sein, aber du bist deswegen noch lange nicht Daniel Hernández. Und dieser Fall hat mit denen, die deine Figur gewöhnlich löst, nicht das Geringste zu tun.»

«Natürlich nicht», sagte R, der auch darüber schon nachgedacht hatte. «Das ist mehr die Linie der amerikanischen *hard-boiled detectives*: Hammett, Chandler. Ich halte es mit Sam Spade, dem Detektiv aus *Der Malteser Falke*. Wenn man etwas Wichtiges herausfinden will, muss man hin und wieder beim Herz der Maschine ansetzen und den Schraubenschlüssel anziehen.»

«Aber es gibt solche und solche Maschinen», erwiderte Gregorio. «Es ist eine Sache, sich mit einem mächtigen Typen anzulegen. Jetzt geht es um eine Regierung … Da kannst du zwanzig Schraubenschlüssel ansetzen: Die Maschine läuft weiter. Ihr Räderwerk ist so kraftvoll, es kann alles zermahlen. Angefangen bei Grünschnäbeln wie uns!»

Damit stand er auf. Er war leichenblass. Horacio tat es ihm gleich, seit neuestem verhielten sie sich wie siamesische Zwillinge. R hätte zu gern einen Ventilator zur Hand gehabt, damit sie wieder auf gewohnte Weise stritten.

«Was? Ihr wollt schon gehen?», hakte er ein. «Ich wollte noch ein Bier trinken.»

«Ich bleibe noch ein wenig», sagte Enriqueta.

«*That's the spirit*», erwiderte R. Sie übersetzte nicht nur aus dem Französischen, sondern auch aus dem Englischen, wie er. Angespornt durch ihre Loyalität, setzte er die Flüchtenden unter Druck: «Letzte Chance, ihr Ratten: Jetzt haut doch nicht gleich ab, nur weil wir nicht einer Meinung sind!»

Keiner von beiden ließ sich von seiner guten Laune anstecken. Stattdessen bat Horacio darum, ihn eine Minute draußen sprechen zu dürfen.

Er benahm sich, als wären sie auf dem Weg zu einer Totenwache.

8.

Am Ende wurden aus der einen Minute fünf, in denen Horacio einen Monolog hielt, der seinem Shakespeareschen Namensvetter alle Ehre gemacht hätte.

Als er irgendwann Luft holen musste – er war kurz davor zu ersticken –, ergriff R das Wort: *«Et tu, Horatio?»*

«Ich verrate dich nicht», spielte dieser den Ball zurück. «Ich will dich schützen. Pass mal auf. Wenn du das *et tu* anbringst, heißt das, dass ich nicht der Erste bin, der dich in die Schranken weist. Was hat deine Frau dazu gesagt?»

«Elina unterstützt mich in allem, wie immer», log R.

«Vielleicht wollte sie dir nicht widersprechen. Dann denk doch an die Mädchen.»

R zog an seiner Zigarette. Sonst hätte er womöglich etwas gesagt, das er später bereut hätte. Gleichwohl wollte er eine Warnung loswerden. «Du bist gefährlich nah an der Gürtellinie.»

«Das ist mir lieber, als mich zurückzuhalten und am Ende zu weinen», erwiderte Horacio. «Du machst einen auf Humphrey Bogart, dabei bist du dir selbst nicht sicher. Das sagt dein Unterbewusstsein, der Scherz hat dich verraten. Du sprichst mich an als eine Figur aus *Hamlet*, der Tragödie des Zweifels. Und das mit einem Satz, der Julius Cäsar zugeschrieben wird. Wenn ich anfinge wie dieser Mann zu sprechen, würde ich mich fragen: *Werde ich vielleicht allmählich größenwahnsinnig?*» Er ließ ihm keine Zeit für eine Antwort. Er drehte sich auf dem Absatz um und verschwand auf der Avenida.

R schnippte die Zigarette weg. Bevor er in das Café zurückkehrte, wischte er sich mit dem Handrücken über die Stirn. Er hätte den Schweiß gern der Hitze zugeschrieben, aber er schaffte es nicht, sich selbst zu belügen.

Während seiner Abwesenheit hatte Enriqueta ein weiteres Bieckert bestellt, das in einem Eiskübel auf ihn wartete.

«Ich dachte, Sie würden mir Gesellschaft leisten», sagte R, als er sah, dass Enriqueta Kaffee trank.

«Ich trinke lieber nichts mehr», sagte sie. «Der Kaffee überdeckt die Alkoholfahne. Mein Vater hat eine Nase wie ein Spürhund!»

Sie lebt noch bei ihren Eltern. Ich vergesse immer wieder, wie jung sie ist. Das liegt an ihrer Selbstsicherheit, sie geht durch die Welt, als ob sie schon alles gesehen hätte.

«Und was meinen Sie?», fragte R. Vorsichtig schenkte er das Bier ein, damit möglichst wenig Schaum entstand. «Denken Sie auch so wie meine Freunde?»

«Ich teile ihre Einschätzung hinsichtlich der Gefahr. Aber was Ihre Möglichkeiten angeht, bin ich anderer Ansicht. Diese Gesellschaft ist durch und durch bürokratisch. Alles wird auf Papier festgehalten. Und Soldaten sind per Definition Bürokraten. Es muss eine Möglichkeit geben zu beweisen, was passiert ist. Wenn man mit Sorgfalt und Geduld an die Sache herangeht …»

«Sorgfältig bin ich. Geduldig, na ja …»

Enriqueta lächelte. Sie war keine Schönheit, aber sie hatte eine besondere Ausstrahlung. «Ich erfülle beide Anforderungen», sagte sie.

«Bieten Sie mir gerade Ihre Unterstützung an? Ihre *weitere Unterstützung*, wollte ich sagen. Was Sie heute Nachmittag für mich getan haben …»

«Alleine werden Sie es nicht schaffen. Das sieht nach umfangreichen Recherchen aus. Und über mangelnde Beschäftigung können Sie ja nicht klagen: Sie haben mehrere Jobs, müssen sich um Ihre Familie kümmern …»

Sie verweist auf meinen Familienstand. Sie stellt auf elegante Weise die Spielregeln auf. Das Mädchen gefällt mir immer besser.

R hob das Glas, um mit ihr anzustoßen.

«Soll das heißen, ich bin engagiert?»

«Im Moment kann ich nur das Risiko mit jemandem teilen. Wenn die Geschichte veröffentlicht wird, ich meine, falls sie veröffentlicht wird …» R trank einen Schluck Bier. Er hatte Durst, der Satz war noch nicht beendet, aber es war klar, was er sagen wollte.

«Warum nennt man Sie R?»

Im Café gingen die Lichter an. Die Klientel hatte sich in der Zwischenzeit verändert. Die Leute, die nach der Arbeit noch eine Erfrischung zu sich nahmen, waren bereits gegangen. Es begann die Stunde der Schelme, der Einsamen und der Schlaflosen. An dem Tisch hinter Enriqueta las ein Mann mit Halstuch *Rot und Schwarz.*

«Als ich im Verlag angefangen habe, vor zwölf Jahren, als ganz junger Spund, gab es noch einen älteren Angestellten mit demselben Namen. Und weil ich Diminutive hasse, habe ich selbst die Initiative ergriffen. Mein zweiter Name war auch keine Option, der hat mir noch nie gefallen. Ich wollte auch nicht, dass sie meinem Namen ein ‹zwei› oder ‹der Zweite› hinzufügten oder ähnlichen Blödsinn. Also habe ich mich eines schönen Tages mitten ins Büro gestellt und gesagt: ‹Von jetzt an könnt ihr mich R nennen.› Der Spitzname ist geblieben.»

«Ich hätte mir auch so etwas ausdenken sollen», sagte sie. «Enriqueta ist furchtbar. Viel zu lang. Außerdem denkt man dabei an ein runzliges, wehrloses altes Mütterchen!»

«Und Sie sind das genaue Gegenteil: jung, burschikos und …» R hielt inne. Alle Worte, die ihm in den Sinn kamen, könnten falsch verstanden werden. Er wählte einen Umweg. «Wie soll ich Sie denn nennen? Henry ist sehr maskulin. Henriette klingt angeberisch. Vielleicht H?»

«Man würde uns für eine Aktiengesellschaft halten. R und H! Nennen Sie mich Muñiz.»

«Das klingt nach einem asturianischen Fischer. ‹Los, Muñiz, wirf endlich die Netze aus!›»

Enriqueta lachte. In dem heiteren Singsang trat ihre Jugend zutage.

Doch R würgte ihn mit einer Bemerkung ab: «Ehrlich gesagt, habe ich meine Zweifel, was Sie angeht.»

Als er sah, wie sich ihr Gesichtsausdruck abrupt veränderte, tat es ihm leid. Eine Schlappe für Mister Coldheart. Die schlagartige Erkenntnis, dass er Enriqueta nicht verletzen wollte, war zumindest beunruhigend.

«Ich meinte damit nicht Ihre Fähigkeiten», fügte er rasch hinzu. «Was mir Kopfzerbrechen bereitet, ist die Aussicht, dass ich Sie gewissen Leuten aussetze. Ich versuche ja gerade zu beweisen, dass diese Herrschaften zu allem fähig sind. Darin haben Greg und Horacio recht. Nachdem sie straflos Leute erschossen haben, ist es für sie ein Leichtes, mich plattzumachen.»

«Ich bin volljährig und im Vollbesitz meiner geistigen Kräfte», erwiderte Enriqueta. Ihre Wangen waren vor Zorn gerötet. «Wenn Sie glauben, einen geeigneteren Journalisten zu finden, wünsche ich Ihnen viel Glück. Die Suche dürfte nicht leicht werden.»

Sie öffnete ihre Handtasche und zog ein paar Geldscheine heraus. «Erlauben Sie mir, dass ich Sie einlade», sagte sie. Sie legte das Geld auf den Tisch und stand auf. «Gute Nacht!»

Er musste dreimal rufen, um die Davoneilende aufzuhalten. Der Mann mit dem Halstuch hatte seine Lektüre von Stendhal unterbrochen, oder vielmehr tat er weiter so, als ob er läse, während er herauszufinden versuchte, welch undurchsichtige Beziehung am Nachbartisch in die Krise geraten war. Enriqueta blieb erst stehen, als er sie mit dem Namen ansprach, den sie vorgeschlagen hatte.

«*Muñiz*, bitte!»

Er hielt etwas in seiner ausgestreckten Hand, sie starrte darauf, als handle es sich um ein Rätsel. Blumen waren es jedenfalls nicht. Es war nichts Geringeres als die Kopie des Interviews mit Doglia.

«Bewahren Sie das an einem sicheren Ort auf. Sobald ich mit dem Erschossenen gesprochen habe, besprechen wir, wie's weitergeht.»

Enriqueta riss ihm die Unterlagen aus der Hand und stürmte davon. Rs Blick wanderte zu dem Seitenspiegel, gerade noch rechtzeitig, um seinen Verdacht bestätigt zu sehen: Enriqueta beeilte sich, damit er das breite Grinsen in ihrem Gesicht nicht sah.

Der Mann mit Halstuch war längst nicht mehr der Einzige im Raum, der sich fragte, welche Art Beziehung die beiden unterhielten.

ZWEI

Der Wiederauferstandene

1.

Wann hatte R seine Liebe zu Kriminalromanen entdeckt? Auf der Estanzia der Blanquiers war es die einzige Lektüre, die die Landarbeiter sich erlaubten: Fortsetzungsromane von *La Sombra*, der eine oder andere *Perry Mason*. Bei den Nonnen im Internat war «der Müll» verboten, weil sie ihn für wenig erbaulich hielten und jede Zuwiderhandlung wurde mit dem Rohrstock bestraft. Aber er konnte sich noch an das Foto einer nackten Frau erinnern, das er zwischen den Seiten eines *Doc Savage* gefunden hatte. Er hatte es dem Kater, einem Klassenkameraden, gestohlen. Das Buch war zu seinem Besitzer zurückgekehrt, doch das Foto war unterwegs verlorengegangen.

Diese Art Romane waren immer ein schuldbeladenes Vergnügen gewesen, bis Borges und Bioy sie aus der Schmuddelecke geholt hatten. Damit wurde alles anders: Man konnte sich in der Öffentlichkeit mit einem Band von *El Séptimo Círculo* zeigen, ohne gleich als Banause abgestempelt zu werden. R selbst hatte mit dem Ansehen des Genres übertrieben, als er in *La Nación* behauptet hatte, es existiere bereits seit zwei Jahrtausenden und als Beleg Homer, Cervantes und Gott als Inhaber des Urheberrechts an der Bibel angeführt hatte. Elina war nach wie vor der Meinung, literarisch gesehen sei der Kriminalroman etwas für Pubertierende.

Um sich auszuprobieren, hatte er angefangen, Geschichten über Daniel Hernández, einen begeisterten Detektiv, zu schreiben. Für ernsthaftere Sachen, wie Elina es gern gesehen hätte, hatte er sich nicht berufen gefühlt, aber für Krimis reichte sein Talent. Teils aus Bequemlichkeit und teils, um eine gewisse Glaubwürdigkeit zu erreichen, hatte er Daniel Hernández seinen eigenen Beruf gegeben: ein Korrektor, der gelegentlich übersetzte (kurz nachdem er beim Verlag angefangen hatte, gab ihm jemand den Rat, auch bei fiktionalen Texten sollte man sich so nah wie möglich an der Wirklichkeit bewegen). Er fühlte sich derart wohl in Hernández' Haut, dass er sogar angefangen hatte, Artikel mit diesem Namen zu unterschreiben.

Aber Horacio hatte recht. R war nicht Daniel Hernández. Die Methoden, deren sich seine Figur bediente, funktionierten im begrenzten Raum der Literatur, aber nirgendwo sonst. Salonverbrechen, die im überkultivierten London an der Spitze des Empires – eine Rolle, die es längst eingebüßt hatte – als Text interpretiert werden konnten, waren eine Sache, und die Greueltaten, die in seinem Vorstadtviertel der großen weiten Welt geschahen, eine andere. Wo alles erlaubt war. Wo es keinen Text gab, sondern nur Prä-Texte.

In der Wahl der literarischen Form drückte sich sein innerster Wunsch aus: Er hätte gern alles gewusst, alles verstanden, ohne seinen Sessel und seine Bücher zu verlassen. So hatte er auch sein journalistisches Handwerk betrieben: Er las und unterstrich, abgeschieden in seiner Blase, in der Einsamkeit seines Hauses, im Verlag oder im Zug. Er hatte nur ein einziges Mal reales Terrain betreten, als er über Estivariz recherchiert hatte, und damals hatte sein Bruder für ihn die Kontakte hergestellt. (Er hatte nicht die allerbesten Erinnerungen an den Artikel über den Piloten.)

Ja, Horacio hatte bedauerlicherweise recht. Diesmal müsste er für die Geschichte, die ihn elektrisierte, seine Komfortzone verlassen. Seinen Hintern bewegen. Sich mit Leuten rumschlagen. An Informationen zu kommen war ein Vergnügen, solange sie – mundgerecht präsentiert – in einem Buch oder einer Zeitung enthalten waren. Aber Menschen zu manipulieren, sie auszuhorchen, war eine andere Liga; die Regeln waren undurchschaubar und änderten sich mit jedem Gesprächspartner.

R ging durch das Zentrum von La Plata. Er war auf dem Weg zu dem Erschossenen, und je näher er seinem Ziel kam, desto unruhiger wurde er. Er wollte sein Unbehagen eingrenzen, es zurückdrängen, und schob es auf einen einzigen Grund: Er hatte Angst, sein Zeuge könnte ihn enttäuschen, er könnte nicht das Format für die Geschichte haben, die er sich ausgedacht hatte.

Doch tief in seinem Innern wusste er es besser.

2.

Schon die ersten Schritte hatten ihm vor Augen geführt, wie ungeeignet er für die Aufgabe war. Mit der Aussage jedoch, die ihm Doktor von Kotsch beschafft hatte – so hieß der Anwalt von Juan Carlos, solch ein Name machte sich in jeder Geschichte gut –, hatte er etwas anfangen können. Dabei handelte es sich ja auch um einen Text, und die Handlung hatte ihm geboten, wonach er suchte: Informationen und Drama in der gewünschten Dosis. Von der Juristensprache mal abgesehen, hatte er daraus Material für den Artikel ziehen können, von dem er träumte.

«Erschossene berichten ja für gewöhnlich nicht über ihre Erfahrungen. Niemand entkommt lebend einer Hinrichtung», sagte Juan Carlos darin. Kein schlechter Einstieg für seinen künftigen Text.

Mit der Aussage in der Hand hatte er sich darangemacht, das für den nächsten Tag geplante Interview vorzubereiten. Doch ihm war nicht klar, dass er noch mehr tun konnte, etwas, das der Sache ausgesprochen dienlich war, bis Enriqueta – *Muñiz* – ihn darauf aufmerksam gemacht hatte.

«Warum veröffentlichen Sie die Aussage nicht?», meinte sie. Sie hatte es in seinem Büro im Verlag angesprochen, wo er seit Stunden saß und nicht weiterkam. «So wird er ins Blickfeld der Öffentlichkeit gerückt. Und hat die Öffentlichkeit den armen Teufel erst mal auf dem Schirm, wird sich keiner mehr an ihn heranwagen. Und Sie dürfen nicht vergessen, dass die Presse ein großes, träges Tier ist. Während sie sich am Kopf kratzt und überlegt, was zu tun ist, haben Sie Zeit genug, ihn zu interviewen und Ihren Artikel zu beenden.»

R hatte ihr keine Antwort gegeben. Ihm fielen diverse Einwände ein, aber keinen hätte er offen aussprechen können.

«Glauben Sie wirklich, jemand wird das einfach so veröffentlichen?», hatte er schließlich gesagt. Das war natürlich eine rhetorische Frage. R hatte sich bei Freunden umgehört, die bei Zeitungen arbeiteten: einer bei *La Nación* und der andere bei *La Prensa.* R hatte ihnen gesagt, er habe eine hochexplosive Story für sie, könne aber erst mal nur das Thema verraten. Als er die Erschießungen erwähnte, hatten sie nur ausweichend geantwortet: Mal sehen, das kommt drauf an, du weißt ja, wie das ist.

Ich bin mir nicht sicher, ob ich das weiß. Aber ich fürchte, ich werde es bald erfahren.

«Ich meine ja nicht die großen Zeitungen», fuhr Enriqueta fort. «Die brauchen wir nicht, noch nicht.»

«Ich denke, weder *Leoplán* noch *Vea y Lea* … Das sind doch Zeitschriften, die man in der U-Bahn liest!»

«Warum sprechen Sie nicht mal mit Barletta?»

Leónidas Barletta hatte ein ziemlich anständiges linkes Blatt namens *Propósitos.* Er kannte ihn persönlich, weil er einer der Ersten gewesen war, die ihm einen Preis verliehen hatten. Er war Teil einer Jury, die eine Erzählung von ihm für Emecé ausgewählt hatte: eine der Geschichten um den Detektiv Hernández, wo die Träume – wie bei dem biblischen Daniel – eine wesentliche Rolle spielten.

R hatte trotz all seiner Zweifel bei dem Wettbewerb mitgemacht. Er hatte Angst, die Erzählung würde bei Borges durchfallen, der ebenfalls der Jury angehörte. Die Geschichte hatte ihm gefallen, obwohl die Hommage an ihn unübersehbar war; oder jedenfalls war sie ihm nicht unangenehm aufgestoßen insofern, als sie seinen eigenen Gedankenspielen folgte.

Barletta die Exklusivstory anzubieten war vielleicht keine schlechte Idee. Damit wäre das Thema lanciert – die Regierung, die diese Magazine mit der Lupe las, würde die Botschaft verstehen –, ohne dass sie für die Massen verbrannt wäre. Die würden erst davon erfahren, wenn eine Zeitung wie *La Nación* die Geschichte im Land verbreitete und es im Radio auf allen Kanälen gesendet wurde.

Enriqueta rief bei der Redaktion von *Propósitos* an und nach ein paar einführenden Worten verband sie ihn mit dem Verleger.

3.

«Ich habe gehört, Sie schreiben keine Detektivgeschichten mehr, weil Sie jetzt selbst unter die Detektive gegangen sind», hatte Barletta ihn begrüßt.

«Was ist ein Journalist anderes als ein schreibender Detektiv?»

«Vorsicht, das sollte man nicht verwechseln. Hier sprechen wir über Schurken aus Fleisch und Blut. Leute mit viel Macht, dicker Brieftasche und locker sitzendem Knüppel.»

«Sie sind wohl kaum der Richtige, mich vor den Windmühlen zur Zurückhaltung zu mahnen.»

Barletta lachte am anderen Ende. «*Touché!*», sagte er. «Meinen Sie nicht, dass es kontraproduktiv sein könnte, die Sache zu veröffentlichen? Wenn der Richter kalte Füße kriegt und die Sache zu den Akten legt ...»

«Das Wichtigste ist der Schutz der Beteiligten. Und das Einzige, was wir dafür tun können, ist, den Fall öffentlich zu machen: die Aufmerksamkeit auf sie zu lenken, sie bekannt zu machen.»

Barletta überlegte eine Weile, wie er sich entscheiden sollte. Er atmete ruhig und strapazierte das Mikrophon des Hörers bis zum Äußersten.

«Können Sie mir die Aussage schicken? Je schneller, desto besser.»

«Warten Sie, ich werfe kurz einen Blick in meinen Terminkalender», erwiderte R. Das war natürlich gelogen. Er hatte überhaupt keinen Terminkalender. Er sah Enriqueta, *Muñiz*, an. Die hatte sich diskret zurückgezogen, damit er ungestört sprechen konnte, hatte ihn aber im Blick, denn sie konnte das Ergebnis kaum erwarten. Sie nickte stillschweigend, bereit, jede Aufgabe zu übernehmen, die er ihr übertragen würde.

«Ich lasse sie Ihnen bald zukommen», sagte R.

«Lassen Sie sich nicht allzu viel Zeit, Weihnachten steht vor die Tür, da ist früher Redaktionsschluss. Und dann sprechen wir über Ihren Artikel. Wann haben Sie ihn fertig?»

R hatte nicht die Absicht, sein Pulver in einem Blatt wie *Propósitos* zu verschießen. Aber weil er Barletta nicht verprellen wollte, sagte er: «In ein paar Tagen.»

«Also für die nächste Ausgabe.» Barletta legte auf.

4.

Auf seine Anfrage hin hatte Juan Carlos – dessen Nachname zum Glück nicht auch noch Pérez oder Gómez lautete, sondern Livraga – ihn für das Interview in die Kanzlei seines Anwalts von Kotsch bestellt. An einen neutralen Ort. Das verriet die Absicht des Wiederauferstandenen: Er wollte R unter die Lupe nehmen, prüfen, ob er es wert war, dass er ihm seine Geschichte, sein (Über-)Leben anvertraute. Doch der Füsilierte wusste nicht, dass er nicht nur selbst begutachtete, sondern auch begutachtet wurde. R kam mit hohen Erwartungen in die Kanzlei, aber er versuchte sie zu zügeln. Die Geschichte, auf die er so scharf war, könnte unbedeutender sein als die Summe ihrer Teile.

Zehn Minuten vor der vereinbarten Zeit stand er vor von Kotschs Haus. Auf die Sekunde genau klingelte er. Er ging davon aus, dass Livraga schon dort war, weil der Anwalt ihn früher einbestellt hatte, um ihm noch ein paar Anweisungen zu geben.

Doch er war noch nicht eingetroffen. Von Kotsch bat ihn in sein Büro und bot ihm einen Kaffee an. Als R die Klingel hörte, setzte sein Herz einen Schlag aus, er stürzte den Kaffee hinunter und verbrannte sich dabei den Mund.

Als er das Opfer eintreten sah, glaubte er, all seine Befürchtungen bestätigt zu sehen. Juan Carlos war ein blutjunger Kerl mit sauberem Hemd und ordentlich gebügelten Hosen, der sich schleppend fortbewegte. Er würde ihm eine vage Geschichte auftischen, und die Lücken der traumatischen Erfahrung zuschreiben. Im ersten Moment würde sich die Sache spannend anhören, aber einer kritischen journalistischen Begutachtung würde sie niemals standhalten. Und wie sollte er Zeugen finden, die seine Angaben bestätigten, wenn die anderen Opfer nicht wiederauferstanden waren und die Militärs wohl kaum so dumm wären, sich selbst zu bezichtigen?

Doch als Juan Carlos auf ihn zukam und die Hand ausstreckte, schwanden seine Vorbehalte. Aus der Nähe waren die Wunden in seinem Gesicht nicht zu übersehen.

Neben dem linken Nasenflügel hatte er eine Narbe von der Größe einer Münze. Es sah aus, als ob man ihm ein Stück fremdes Fleisch eingesetzt hätte: Innerhalb des Kreises war die Haut dunkel und faltig wie eine Speckschwarte.

Der Unterkiefer war nach rechts verschoben und verlieh seinem Gesicht eine seltsame Asymmetrie.

«Das kommt von dem Schuss», sagte Juan Carlos, der inzwischen gelernt hatte, die Mimik seiner Gesprächspartner zu deuten. «Er hat mir die Zähne weggehauen.» Er hob den Kopf und drehte ihn nach links. Zwischen Kieferknochen und Hals befand sich noch eine größere Brandwunde.

«Und hier hat's mich auch erwischt», sagte er und klopfte auf seinen Arm. «Aber setzen Sie sich doch.»

Juan Carlos und der Anwalt hatten inzwischen in den Sesseln Platz genommen, nur R stand immer noch. Er verzichtete auf höfliche Gepflogenheiten, er konnte nur noch an eins denken: an die Narben der Schusswunden im Gesicht des Jungen, das ursprünglich bestimmt wohlproportioniert und attraktiv gewesen war.

Das Gespräch hatte noch nicht begonnen, und er hatte schon den ersten Beweis.

Juan Carlos' Gesicht war das Beweisstück Nr. 1.

5.

R fragte, ob es ihn störe, wenn er sich Notizen mache. Er ging die Sache behutsam an und fragte ihn vorab ein paar allgemeine Dinge. Er wollte ihm die Nervosität nehmen, sein Vertrauen gewinnen, bevor er das Gespräch auf die schmerzlichen Erfahrungen lenkte.

Juan Carlos hatte keinen Schulabschluss, er hatte es vorgezogen zu arbeiten. Eine Zeitlang hatte er als Büroangestellter in einer Niederlassung von *Aeronáutica* gearbeitet. (R überlegte kurz, ob er seinen Bruder erwähnen sollte. Es war immer ratsam, etwas Persönliches zu erzählen, das schafft Nähe zwischen dem Interviewer und dem Befragten. Doch eine innere Stimme sagte ihm, dass die Erwähnung der Verbindung kontraproduktiv wäre.)

Später hatte Juan Carlos eine Stelle als Busfahrer angenommen. Bis zu dem verhängnisvollen Samstag hatte er am Steuer eines Busses der Linie 10 gesessen. Nach seiner Genesung wollte er nicht mehr zurück. Die Leute, die Straße und vor allem das Wachpersonal machten ihn nervös.

«Mein Vater arbeitet auf dem Bau», erzählte er. «Ich gehe ihm zur Hand. Damit komme ich über die Runden.»

Er war vierundzwanzig. Obwohl er die Schulausbildung abgebrochen hatte, konnte er sich gut ausdrücken. Die Erfahrung des nahen Todes hatte ihn als Mensch weniger beeinträchtigt als sein Gesicht: Er sprach ruhig und wohlüberlegt und wirkte dadurch sehr reif für sein junges Alter.

Schließlich bat R ihn zu erzählen, was in jener Nacht geschehen war, von Anfang an und ohne etwas auszulassen. Was hatte er am Samstag, den 9. Juni 1956, getan? Welche unglückliche Verkettung von Ereignissen hatte ihn aus dem beschaulichen Vorstadtleben gerissen und vor ein Erschießungskommando katapultiert?

Juan Carlos antwortete zuerst nicht. Von Kotsch nutzte das Schweigen, um das Sideboard zu plündern. Er kehrte mit einer Flasche Old Smuggler zurück.

Während er einschenkte, zog R ein Exemplar der *Variationen in Rot* aus seiner Aktentasche. Er hatte extra eine Ausgabe mit Aufkleber auf der Titelseite gewählt, auf dem er bombastisch als Träger des Premio Municipal 1953 gefeiert wurde; er musste jedes Mal lachen, wenn er das sah. Er wollte Juan Carlos wenigstens sein bestes Aushängeschild an die Hand geben, wenn sich schon keine Gelegenheit bot, etwas Persönliches zu erzählen.

«Ich werd's bestimmt lesen», sagte der Junge, das Buch in der einen und das Glas in der anderen Hand. «Gehören Sie zu denen, die kompliziert schreiben?»

Ein Hang zum Pathos ist mir durchaus eigen, dachte R. *Ich brüste mich gerne, zeige, was ich weiß, und das geht dann meis-*

tens in die Hose. Aber der dicke Valerga findet meine Prosa pennälerhaft.

«Hoffentlich gefällt es Ihnen», sagte er.

Juan Carlos legte das Buch beiseite und rutschte im Sessel hin und her. Als er bequem saß – oder aufgegeben hatte –, nippte er an seinem Whisky und begann seine Odyssee zu erzählen.

Der Junge war ein geborener Erzähler, das musste man ihm lassen. R fragte nur gelegentlich etwas nach. Als seine Stimme zu zittern begann und die Tränen kaum noch aufzuhalten waren, sprang von Kotsch ihm mit einer Frage zur Seite, die ihn sicher über den Abgrund geleitete.

Während der Junge erzählte, ließ R sein eigenes Abenteuer jener Nacht Revue passieren: die abgebrochene Schachpartie, die vorbeizischende Kugel, die sein Haar zerzauste, der Sterbende, der gefleht hatte, nicht allein sterben zu müssen, die Soldaten, die in sein Haus eingefallen waren. In der Nacht war er von einem Genre ins nächste katapultiert worden: aus einer Science-Fiction-Story in einen Thriller und von dort in eine Kriegsgeschichte …

Bei Juan Carlos stellte sich die Genrefrage nicht. Das war von Anfang bis Ende eine Schauergeschichte.

Die, wie die des Lazarus aus dem Evangelium, freilich noch nicht zu Ende war.

6.

Der Bus hatte einen Motorschaden. Deswegen war er früh von der Arbeit heimgekehrt. (Ein Detail, das R wenige Tage später durch seine Partnerin bestätigt finden würde.)

Der Defekt hatte ihm unerwartet einen freien Abend geschenkt. Obwohl er sich nicht fit fühlte, hatte er sich in Schale geworfen, sich von seinen Eltern verabschiedet und kurz nach zehn das Haus verlassen. Wenn sein Körper mitspielte, sollte die Kneipe an der Ecke San Martín und Franklin der Ausgangspunkt für einen vergnüglichen Abend werden. Die kaputte Einspritzpumpe wurde zum Grund seines Unglücks, sie war der – im umfänglichen Wortsinn – mechanische Grund, warum er seinem Freund Vicente begegnete und die Einladung annahm, den Boxkampf von Lausse im Radio anzuhören.

«Ich will mich nicht beklagen», sagte Juan Carlos. «Vicente hat es weit schlimmer getroffen als mich. Er konnte nicht entkommen. Er war eine Seele von Mensch. Er hinterlässt drei Kinder.»

Juan Carlos hatte Vicente Ende Mai einen Koffer geliehen. Den benutzte er immer für den Transport der Mannschaftstrikots: Vicente und er spielten Fußball beim Club Social und bei Deportivo Unión. An dem Abend wollte Vicente ihm den Koffer zurückgeben, *ipso facto.* Juan Carlos hatte gezögert, er hatte keine Lust, mit einem Koffer um die Häuser zu ziehen. Doch Vicente hatte ihn überredet.

«Er sagte, komm mit zu mir und wir hören uns den Kampf an.»

Seit Wochen sprachen alle von diesem Match. Für Lausse – Mittelgewicht, kräftiger linker Haken – war es in den Vereinigten Staaten bestens gelaufen, jetzt ging es um den südamerikanischen Titel. Was die Gemüter besonders anheizte, war die Tatsache, dass er gegen den Chilenen Humberto Loayza antrat; in Argentinien wird – traurig, aber wahr – jeder Schlag gegen einen «chilote» doppelt gefeiert.

Auf der Hälfte des Weges hatten sie angehalten. Vicente hatte Licht am Ende eines Korridors gesehen und ihn gebeten, kurz zu warten. Als er zurückkam, meinte er, der Freund, der dort wohne, habe ein besseres Radio als er, ein Peabody, und auch er wolle den Kampf hören.

Gemeinsam gingen sie ins Haus. Sie ahnten nicht, dass sie es nicht freiwillig verlassen würden.

7.

In der Wohnung am Ende des Korridors befanden sich außer dem Hausherrn noch andere Leute. An den Namen des Hausherrn konnte Juan Carlos sich noch gut erinnern, er hatte nämlich denselben wie er.

«Juan Carlos, darf ich dir Juan Carlos vorstellen?», hatte Vicente gewitzelt.

Von den übrigen Gästen kannte er niemanden. Es verwunderte ihn nicht weiter, dass keine Mädchen dabei waren. Boxen war eine Sache für Männer. Einige waren noch ledig, wie er, und die Verheirateten hatten die Gelegenheit genutzt, sich zu verdrücken.

Vicente hatte Karten gespielt. Es gab Gin und Fernet. Fioravantis Kommentare im Radio hatten es spannend gemacht. Doch nach zehn Minuten war die Party schon vorbei. Lausse streckte den Chilenen im Ring mit einem rechten Haken nieder.

«Mein Freund sagte noch: ‹Und dabei ist die Linke noch gar nicht zum Einsatz gekommen. Sonst wäre er schon beim ersten Schlag k. o. gegangen!› Es ist schon merkwürdig mit dem Gedächtnis. An so was kann ich mich erinnern, wie man sieht. Aber andere Dinge … was in den grauenvollen Momenten geschehen ist … das ist wie ausgelöscht.»

R sagte, solche Blockaden seien völlig normal. Mit der Zeit oder durch einen bestimmten Auslöser würde die Blockade sich lösen und alles würde hochkommen.

R und Juan Carlos hatten die Kanzlei von Kotschs inzwischen verlassen. Der Junge musste zu seinen Eltern zurück, und R hatte angeboten, ihn ein Stück zu begleiten. Er wollte die ganze Geschichte hören und nicht nur die Hälfte, und so bestieg er mit ihm den Zug, der in die entgegengesetzte Richtung von seiner Wohnung fuhr.

Juan Carlos war noch bei Juan Carlos II und dem seichten

Geplänkel. Irgendwann hörte er einen Heidenlärm. Kurz darauf wildes Getrommel an der Tür. Jemand brüllte: «Polizei! Sofort aufmachen, verdammt!»

Vicente war sofort zur Tür geeilt. Das wäre ja eigentlich die Aufgabe des Hausherrn gewesen, doch der war nicht aufzufinden.

Draußen standen Polizisten. Unzählige. Sie strömten nacheinander in die Wohnung, als hätte jemand eine Flasche entkorkt. Mit gezogenen Waffen und verzerrten Gesichtern.

Ohne eine Erklärung stieß man sie aus der Wohnung. Vicente zuerst, weil er direkt an der Tür stand.

«Wenn ich an den chaotischen Aufbruch denke, erinnere ich mich an die Kälte», sagte Juan Carlos. Sein Blick wirkte verloren. Er war nach innen, nein, in die Vergangenheit gerichtet. «Es herrschte eine beißende Kälte!»

Draußen standen weitere Polizisten und ein Hüne im grünen Parka. Er war noch aufgeblähter als die anderen und schrie die ganze Zeit herum. Um seinen Worten den nötigen Nachdruck zu verleihen, fuchtelte er mit der Pistole herum, als hätte er keine Angst, dass sich ein Schuss lösen könnte.

Sie mussten sich in einer Reihe vor einem Bus aufstellen.

«Wagen vierzig der Linie neunzehn», sagte Juan Carlos. Er sah R an und errötete. «Wieder so ein läppisches Detail, an das ich mich erinnere. Reine Berufskrankheit!»

Wer an dem Kommandanten vorbeikam, wurde erst mal geschüttelt. Er fragte jeden nach seinem Namen, schikanierte sie ein wenig, dann mussten sie einsteigen.

«Er hat mich geschlagen. Was rede ich, er hat mir die Pistole in den Bauch gerammt.»

«Die Spitze? Ich meine, den Lauf?»

«Zum Glück war sie gesichert. Zumindest glaube ich das! Ich hab mich gekrümmt vor Schmerzen. Und er sagte, das werde ich nie vergessen: ‹Du hast die Revolution machen wollen? Mit dieser Visage?› Ich habe ihm keine Antwort gegeben. Ich hab nicht gewusst, wovon er spricht. Ich habe in dem Moment zum ersten Mal von dem Aufstand gehört. Und ich hätte auch gar nichts sagen können, selbst wenn ich gewollt hätte, durch den Schlag hab ich nämlich keine Luft mehr bekommen. Er bellte: ‹Los, weiter!›, und ich stieg so schnell ich konnte ein.»

Juan Carlos machte eine Pause.

R hielt den Zeitpunkt für gekommen, ihm eine unbequeme Frage zu stellen. «Sie wussten also nichts von dem Putsch? Sind Sie kein Peronist?»

Juan Carlos blickte aus dem Zugfenster. R dachte, er habe seine Frage nicht gehört. Er wirkte wie weggetreten, im Bann der vorbeiziehenden Landschaft: Häuser, die sich zu Absätzen formierten, Zuckerrohrfelder, die sich wie kursive Lettern zur Seite neigten, Bahnwärterhäuschen, die immer wieder einen Punkt setzten. Doch er war nicht völlig weggetreten, ein Knie wippte im Rhythmus des Zuges.

«Was soll ich sagen?», meinte er schließlich. «Ich bin kein Mitglied, wenn Sie das meinen. Ich wurde auch noch nie festgenommen: auch nicht wegen geringerer Vergehen, wie so manch einer, weil er säuft oder Krawall macht. Das können Sie gern überprüfen! Aber ich habe Freunde, die sich als Peronisten betrachten. Ehemalige Schulkameraden, ehemalige Kollegen aus dem Büro, andere Busfahrer. Normale, häusliche Leute, die bis vor kurzem unbehelligt ihr Leben lebten und jetzt mit ansehen müssen, wie ihre Nachbarn die Straßenseite wechseln, um sie nicht grüßen zu müssen. Ich glaube, Vicente gehörte auch dazu. Schade, dass ich ihn nicht mehr fragen kann.»

R glaubte, er habe einen strategischen Fehler gemacht. Er wollte doch nur, dass der Junge ihm bestätigte, dass er nichts mit dem Aufstand zu tun hatte. Das Letzte, was er hören wollte, war eine Lobeshymne auf den Peronismus. Das Thema ließ ihn kalt, eine Zeitlang war es ihm gehörig auf den Sack gegangen, aber inzwischen nicht mehr, der Peronismus war – *God willing* – Teil der Vergangenheit. Am besten schloss man das Kapitel ab.

8.

«Und wie ging es dann weiter? Sie waren also im Bus ...»

«Eine Weile blieb der Bus dort stehen. Kurz vor der Abfahrt stiegen noch welche zu. Zwei Männer, die keiner kannte. Später habe ich erfahren, dass einem von ihnen die Wohnung am Ende des Korridors gehörte. Es war ein älterer Mann, der selbst im vorderen Teil wohnte. Am Ende stieg noch ein halbes Dutzend Polizisten zu, um uns zu bewachen. Dann fuhr der Bus ab. Am Steuer saß der reguläre Busfahrer, das sah man an der Uniform und an seiner Angst: Sie hatten ihn samt Bus gekapert! Alle haben die Zähne zusammengebissen, aber keiner schien sich ernsthaft Sorgen zu machen. Unsere Bewacher waren mit sich selbst beschäftigt, als handle es sich um einen Routineeinsatz. Im Verlauf der Fahrt haben die Gefangenen angefangen, sich zu unterhalten, und keiner hat was dagegen gesagt. Ein anderer Mitgefangener und ich haben die ganze Zeit geschwiegen. Der Kommandant hatte seine Wut an ihm ausgelassen, er hatte ihm mit der Pistole die Lippe blutig geschlagen», sagte Juan Carlos. «Und ich hab den Mund gehalten, weil ... Es ist mir peinlich, aber so war's. Mir gingen die Worte des Uniformierten nicht aus dem Kopf. Von wegen mit ‹wie ich denn mit der Visage eine Revolution machen wolle›. Was war denn mit meiner Visage? Warum durfte ich mich nicht auflehnen, wenn ich es mir in den Kopf gesetzt hatte? Das zeigt wohl, wie naiv ich war, wie realitätsfremd. Ich dachte: *Sie werden uns eine Weile festhalten, unsere Aussagen aufnehmen, Daten überprüfen, und das war's.* Etwas anderes kam mir gar nicht in den Sinn. Ich war unschuldig. Was sollten sie mir tun?»

Der Bus hielt in der 9 de Julio. Jemand erkannte den Ort: Es war die Regionaleinheit der Polizei in San Martín. Man ließ sie eine Ewigkeit im Bus warten. Die Leute strömten aus der Spätvorstellung von *La pícara soñadora* im Kino neben dem Revier.

«Angewidert sahen sie uns an», sagte Juan Carlos. «Sie hielten uns wohl für Diebe, Vergewaltiger, Mörder, irgendwelche Schwerverbrecher.»

Schließlich ließ man sie aussteigen, um ihre Aussagen aufzunehmen. Gegen Quittung nahm man ihm seine Habseligkeiten ab – eine White-Star-Uhr, einen Schlüsselbund, ein Taschentuch für zehn Pesos. Dann musste er sich im Warteraum auf eine Bank neben Vicente setzen. Er nutzte die Gelegenheit, um ihn zu fragen, ob er in irgendeiner Sache drinstecke. Vicente verneinte das, und er wollte ihm das auch glauben.

Vicente wurde vor ihm aufgerufen. Als er das Büro verließ, kam Juan Carlos dem Polizisten zuvor, der ein Auge auf die Gefangenen hatte: Bevor er jemand anderen aufrufen konnte, stand er auf und marschierte schnurstracks in das Büro.

«Ich wollte unbedingt vor demselben Polizisten meine Aussage machen», erklärte Juan Carlos. «Ich dachte, wenn die merken, dass meine Version sich mit der meines Freundes deckt, würden sie schneller darauf kommen, dass das Ganze ein Irrtum war. Ich hatte die Hoffnung, dass ich bald freikäme. Bevor meine Eltern anfingen, sich Sorgen zu machen!»

«Und was für Fragen hat man Ihnen gestellt?»

«Dieselben wie Sie. Ob ich Peronist bin, ob ich was von der Revolution weiß.»

R war überzeugt, dass Juan Carlos das nur gesagt hatte, damit er sich schlecht fühlte. Und er tat ihm den Gefallen.

Während der Befragung hatte man ihm Armbänder mit eingravierten Buchstaben gezeigt – *ein V und ein P, die Initialen meiner Töchter, was für ein Zufall* – und eine Pistole. Er sagte, sie gehörten ihm nicht, er habe sie noch nie gesehen.

Beim Verlassen des Büros war er ruhiger. Er hatte die Wahrheit gesagt und nichts zu befürchten. Auch die anderen entspannten sich, einige schliefen auf den Bänken oder versuchten es zumindest.

Doch wenige Stunden später setzte man sie auf einem Brachland aus und schoss ohne jede Warnung aus dem Hinterhalt auf sie.

9.

Auf der Rückfahrt nach La Plata wollte R lesen, aber es gelang ihm nicht. Er gehörte zu den Leuten, die nie ohne ein Buch unter dem Arm auf die Straße gehen; ohne Buch fühlte er sich nackt oder einfach unvollständig. In seiner Aktentasche hatte er eine Neuerscheinung von *El Séptimo Círculo.* Die hatte er schon vor geraumer Zeit erhalten und auf seinen Nachttisch gelegt, bis sie irgendwann Teil der Einrichtung geworden war. Als er gestern Abend seine Brille ablegte, hatte ihn der Titel förmlich angesprungen:

Dead and not buried von H. F. M. Prescott.

Er war zu müde gewesen, um mit der Lektüre zu beginnen – die Mädchen hatten ihn fertiggemacht, er hatte nicht mal mehr die Energie, einen Beipackzettel zu lesen –, trotzdem konnte er nicht einschlafen. Am Ende versank er in einem Traum, der ihn nervte, weil er so vorhersehbar war. Er hörte wieder den jungen Soldaten rufen: «Lasst mich jetzt nicht allein, ihr Arschlöcher!»

Wegen des Interviews mit Juan Carlos kam er später am Bahnhof Constitución an als üblich. Der Vorteil der Verspätung war, dass er einen Sitzplatz bekam. Der Platz am Fenster war geradezu ideal zum Lesen.

Nach der Dauerhitze empfand er den zähen Luftstrom, der sein Haar zerzauste, fast wie eine Brise. Ihm gegenüber saßen zwei Medizinstudenten, die völlig vertieft in ihre Fachbücher waren; neben ihm saß eine von Staub überzogene Frau, die aber gut roch.

Als er das Buch aus der Aktentasche nahm, stellte er fest, dass es bereits durch andere Hände gegangen war. Die ersten Seiten waren vollgekritzelt. Obwohl eine eindeutige Signatur fehlte, ging er davon aus, dass es das Werk seiner Tochter P war.

Der Wirbel aus Strichen beflügelte seinen Geist und entführte ihn in andere Sphären. Und damit war klar: Auch in dieser Nacht würde Prescotts Toter nicht seine letzte Ruhe finden.

Er befand sich in einem inneren Zwiespalt. Das lag nicht an den durchaus vernünftigen Einwänden seiner Freunde. Auch nicht an der Vereinbarung mit Enriqueta – *Muñiz* –, die für ihn nur von Vorteil sein konnte. Auch nicht daran, dass er Elina noch nichts von der Sache erzählt hatte: Das würde er später nachholen, wenn er Beweise in der Hand hätte.

Wenn er sagte, dass er sich um Juan Carlos' Schicksal Sorgen machte – und das hatte er in den letzten Tagen oft gesagt –, war das aufrichtig. Das Beste, was er für ihn tun konnte, war, seinen Fall öffentlich zu machen. Öffentliche Bekanntheit war in dem Fall nützlicher als eine schusssichere Weste.

Es beschäftigte ihn, dass die Not des Jungen sich so perfekt in seine eigenen Pläne fügte. Juan Carlos musste der Welt seine Geschichte erzählen, zweifellos. Aber die Veröffentlichung nützte nicht allein ihm. *Auch er würde von der Exklusivnachricht profitieren.*

Das ist eine Riesenstory, Futter für die Titelseiten. Wäre das in Boston oder New Orleans passiert, könnte ich auf den Pulitzer-Preis hoffen. Wirklich schade, dass es in diesem Land keine Preise für Leute gibt, die die Wahrheit erzählen.

Der Grund für seinen schlechten Schlaf in der letzten Zeit waren nicht die Albträume, sondern die Angst.

Er fürchtete, jemand könnte ihm zuvorkommen, die Story

könnte hochgehen, bevor er sie in Form gegossen hatte. Wenn vor ihm jemand eine Zeitung aufschlug, glaubte er schon die Schlagzeile zu lesen, die ihm den Schlaf raubte. Wenn er an einem Radio vorbeikam, glaubte er zu hören, wie Juan Carlos von dem Gottesurteil berichtete – befragt von einem anderen Journalisten.

Die Geschichte des Jungen könnte sein Ticket in die Oberliga sein. Eine feste Stelle bei *La Nación*. Ein Bestseller. Das würde den Verlag für das lange Warten auf den Roman entschädigen. War die Geschichte erst niedergeschrieben, wäre Livragas Bekanntheit der Veröffentlichung nur dienlich.

Tagtäglich dachte er über dieses Dilemma nach, er ließ keinen Aspekt aus, und es sprach nichts dagegen. Er tat nichts Verwerfliches. Doch die Tatsache, dass das Unglück eines anderen ihm zu Glück verhalf, hinterließ einen bitteren Nachgeschmack.

In Quilmes stieg ein altes Mütterchen zu. Da die Studenten keinerlei Notiz davon nahmen, überließ er ihm seinen Sitzplatz. Er wollte die Alte schon fragen, ob sie Enriqueta heiße, doch im letzten Moment überlegte er es sich anders; er wollte nicht, dass sie ihn für verrückt hielt.

10.

Als er nach Hause kam, musste er erst mal den richtigen Schlüssel finden.

Er sah nicht hin, aber der Fleck war da.

Das Blut. Es rief laut nach ihm wie das verräterische Herz.

DREI

Die Gespenster der Calle 54

1.

Wir müssen reden.

Seit Stunden kaute er an dem Satz herum. Vor lauter Drehen und Wenden war er schon fad geworden, aber das verflixte Ding wollte einfach nicht weichen: Es lag zwischen Zunge und Gaumen und drohte im Hals stecken zu bleiben. Er hatte ihn auf der Rückfahrt im Zug geprobt; ihn während des Abendessens wie eine Kokoskugel in die Backe geschoben, während Elina über die Blindenschule sprach; später hatte er ihn vergessen, als er den Mädchen als Gutenachtgeschichte *Das Gespenst von Canterville* erzählt hatte.

«Es war einmal eine Familie, die kaufte sich ein Haus, in dem es spukte», hatte er seine improvisierte Version begonnen. «Kaum waren sie eingezogen, widmete sich das dort lebende Gespenst wieder eifrig der Aufgabe, die es über Jahre perfektioniert hatte: die Bewohner von Canterville Chase zu terrorisieren.»

Als er in die Küche zurückkehrte, war Elina bereits zur Tat geschritten: Mit der Mischung aus Entschlossenheit und der Resignation eines Gefangenen im Steinbruch spülte sie die Pfanne ab. Der Dampf schlug ihr ins Gesicht und betupfte es mit Wassertropfen. Beim Abwaschen trug sie immer Handschuhe, sie sagte, sie habe weder die Zeit noch Geld, sich täglich frisch die Nägel zu lackieren.

Er trat von hinten an sie heran und massierte sanft ihre Schultern.

Doch das erwartete lustvolle Seufzen blieb aus. Im Gegenteil, sie machte sich steif und fragte: «Was hast du denn?»

«Hoppla. Seit wann reagierst du so auf meine Berührung?»

«Seitdem bei mir sämtliche Alarmglocken schrillen.»

«Wie das?»

«Beim Essen hast du mich gefragt, wie es mit den Kindern läuft. Und was noch verdächtiger war: Du hast so getan, als ob dich meine Antwort interessiert.»

«Ich hab dir aufmerksam zugehört. Dein letzter Satz lautete: ‹Alles, was die Blinden brauchen, ist eine Chance.›»

«Das sage ich sonst immer, aber heute zufällig nicht. Dann bringst du freiwillig die Mädchen ins Bett. Und jetzt die Fummelei? Da ist doch was im Busch. Außerdem geht noch das Geschirr zu Bruch. Hilf mir lieber und räum den Tisch ab. Und dabei erzählst du mir, was los ist!»

Ach, Elina, das nenne ich ein perfektes Gespür. Du machst mir alles leichter, das war immer schon so.

«Ich hab einen dicken Fisch an der Angel», sagte er, und sein Lächeln sahen nur die Spiegel im Esszimmer.

R wollte das Ganze von der positiven Seite angehen. Die Geschichte war doch im Grunde etwas Gutes, die Chance seines Lebens. Da musste er die Risiken nicht in den Vordergrund stellen. Elina würde sie ohnehin sofort erfassen.

«Eine feste Stelle?», fragte sie aus der Küche.

Sie hatte ihn nie unter Druck gesetzt, aber R wusste, wie die Situation sie belastete. Sie war diejenige mit einem festen Einkommen. Sie wusste, dass er sich abmühte, aber all seine Beiträge – die Übersetzungen, die Artikel, die literarischen Texte – spülten nur unregelmäßig und zu wenig Geld in die Kasse. Wie er sich überhaupt zu wenig einbrachte. Elina war das Rückgrat des Familienunternehmens.

«Nein, nein», erwiderte er, während er Gläser stapelte. Die Spiegel warfen kein Lächeln mehr zurück. «Aber es wird mir mit absoluter Sicherheit eine feste Stelle einbringen. Und das zu hervorragenden Bedingungen!»

Er hielt einen Moment inne und lauschte auf die Geräusche aus der Küche. Außer dem fließenden Wasser hörte er nur Topfgeklapper. Sie war offenbar völlig unbeeindruckt. Deswegen legte er nach: «Erinnerst du dich noch an den Aufstand von Valle?»

Das Topfgeklapper hörte auf.

R kehrte in die Küche zurück. Das Wasser lief weiter, aber Elina hatte beim Abwaschen innegehalten. Die behandschuhten Hände lagen auf dem Rand des Spülbeckens. Sie blickte ihn über die Schulter an, ihr Blick war so schwarz wie ihre Augen.

«An dem Abend haben sie in José León Suárez mehrere Männer erschossen.»

«Da stand was in der Zeitung, ja.»

R stellte die schmutzigen Gläser einzeln auf die Spüle.

«Einer der Erschossenen hat überlebt. Was rede ich. Zwei, es sind zwei.»

Elina drehte den Wasserhahn zu und nahm den Kampf mit den Handschuhen auf.

Bevor R sich bereitwillig aus der Küche führen ließ – Elina ahnte, dass es um ein ernstes Thema ging, und wollte das nicht im Stehen abhandeln –, wurde ihm bewusst, was er mit den Gläsern gemacht hatte.

Er hatte sie in einer Reihe nebeneinander aufgestellt.

Er vermochte nicht zu sagen, ob sie dem Erschießungskommando ähnelten oder mehr denen, die mit dem Rücken dazu standen und auf ihre Hinrichtung warteten.

2.

«Doch die Familie», hatte er den Mädchen weitererzählt, «war nicht irgendeine Familie. Das Gespenst – das in seinem früheren Leben ein grausamer Mann, ein Verbrecher, gewesen war, begriff, dass die Arbeit nicht so leicht werden würde wie sonst.»

3.

Elina verstand alles. Angefangen bei den Gefahren.

Wie viele andere hatte auch sie den Sturz des Flüchtigen Tyrannen gefeiert. Doch was die Befreiungsrevolution anging, hatte sie sich keine Illusionen gemacht.

Sie wusste, dass die Militärs alles andere als harmlos waren. Bei den Säuberungen, die sie in allen Bereichen durchführten – bei der Presse, den staatlichen Streitkräften, den Gewerkschaften –, leisteten sie sich dieselben Exzesse, wie man sie bis 1955 nur dem Unaussprechlichen zugeschrieben hatte.

Natürlich musste mit eisernem Besen gekehrt werden. Tausende von Parasiten und Speichelleckern saßen auf Posten, die den wahren Arbeitern zustanden. Doch die Methoden, die sie anwendeten, um die Unerwünschten loszuwerden, waren brutal (es war die Rede von schwarzen Listen, von Leuten, die nirgendwo mehr eine Anstellung fanden); und die Kriterien, nach denen sie die Spreu vom Weizen trennten, waren, vorsichtig formuliert, undurchsichtig.

Elina hatte in der Schule darunter zu leiden. Seit Aramburu die Präsidentschaft angetreten hatte, waren alle staatlichen Subventionen eingefroren. Der Gedanke dahinter war klar: Es sollte jede politische Maßnahme abgeschafft werden, die der Flüchtige Tyrann für seine Propagandazwecke missbraucht hatte.

Alle behaupteten, Admiral Rojas sei die graue Eminenz der

Regierung. Schon sein Aussehen war furchteinflößend: Kleinwüchsig, missgestaltet, verschlagen: ein buckliger Rasputin. Aber seit er die Bombardierung der Plaza de Mayo angeordnet hatte, war er vor allem wegen seiner Skrupellosigkeit gefürchtet.

«Wenn das alles sich wirklich so zugetragen hat, sind diese Leute zu allem fähig», sagte Elina.

Sie hatten sich im Dunkeln in die Sessel im Esszimmer gesetzt – Familienerbstücke von ihrer Seite; R hatte nichts als Schulden geerbt. Sie saßen nah beieinander, ohne sich zu berühren, und sie flüsterten. Man konnte sie für das halten, was sie tatsächlich waren: zwei Verschwörer.

«Sobald die Sache öffentlich ist, bin ich geschützt.»

«Du scheinst dir ja ziemlich sicher zu sein, dass die Geschichte veröffentlicht wird. Heutzutage verkaufen sich nur Geschichten über die Korruption während der Regierung Peróns. Selbst Kriminalromane verkaufen sich nicht mehr wie früher.»

«Denk doch mal nach. In der Geschichte spricht ein Toter! Außerdem kenne ich Leute. Ich bin kein Nobody, der in eine Redaktion platzt und behauptet, er habe eine Exklusivstory.»

Ich weiß nicht, wen ich eher überzeugen möchte: Elina oder mich selbst. Denn die Bekannten, bei denen ich angeklopft habe, haben mir keine sicheren Zusagen gegeben. Sie haben gesagt, ich solle wieder anrufen, wenn ich einen Beweis hätte. Aber aus ihren Worten klang so viel Begeisterung wie bei mir, wenn ich Proust lesen soll.

Auf einmal waren Elina und er nicht mehr allein im Esszimmer. Da war ein Gespenst, nicht das von Canterville, sondern das von Enriqueta, deren Existenz er seiner Frau bislang verschwiegen hatte. Warum hätte er auch darüber sprechen sollen, das war zum gegenwärtigen Zeitpunkt nicht relevant.

«Man muss alle Möglichkeiten bedenken», sagte Elina, die eine gute Schachspielerin war. «Nicht dass wegen meiner Verbindung zu dir die Schule Schaden nimmt.»

«Ich kann doch nicht wegen einer potentiellen Gefährdung deiner Schüler einen Jungen im Stich lassen, der einer realen Gefahr ausgesetzt ist.»

«Ich sage ja nicht, dass du ihn abweisen sollst. Aber du bist nicht der Einzige, der die Geschichte erzählen kann, oder? Es gibt bestimmt Journalisten in einer besseren Lage. Leute ohne Kinder, zum Beispiel.»

Oder Muñiz. Ich könnte ihr unter die Arme greifen statt umgekehrt und meine Kontakte nutzen, um ihr eine Veröffentlichung zu ermöglichen. Das einzige Problem bei diesem Plan B: Ganz einfach, ich will es nicht. Vielleicht braucht die Geschichte mich nicht, aber ich brauche sie.

«In dem Fall würde jemand anderer die feste Stelle bekommen», sagte R.

Elina betrachtete schweigend ihre Fingernägel. Dann fiel sie ihm zu seiner Überraschung um den Hals. Sie sagte so gut wie nichts mehr, weder im Esszimmer noch in der Küche noch im Bad, wo sie ihre abendliche Waschung vornahmen. Erst im Bett, mitten im Vergnügen, stoppte sie ihn plötzlich: «Aber du gibst sie mir zu lesen, bevor du sie veröffentlichst, ja?»

«Ich gebe dir doch immer alles von mir. Auch jetzt, bis du mich unterbrochen hast.»

«Wie dumm von mir», sagte sie und drückte seinen Arm.

Elina schrieb hervorragend. Deswegen gab er immer zuerst ihr seine Texte, sie konnte sie nur verbessern. Sie hatte ihm so oft geholfen, dass er ihr eine Erzählung widmete, auch wenn es sich dabei um eine Kriminalgeschichte handelte. *Für Elina*, hatte er geschrieben, *die unzählige Vorentwürfe dieser Erzählung überlebt hat.* Doch trotz ihres Talents hatte Elina keine Lust, geschweige denn ein finanzielles Interesse daran, zu schreiben. Gott verschwendete sein Brot an eine Legion von Zahnlosen.

Er hatte seine Frau nicht verdient. Aber es war jetzt nicht der

Zeitpunkt, um darüber nachzudenken. Am besten konzentrierte er sich auf sein Tun, sonst blamierte er sich noch.

Jahrelang war es sein Ziel gewesen, so gut zu werden wie Elina. Jetzt zweifelte er.

«Nicht so fest», raunte er ihr zu. Es war immer dasselbe: Wenn sie kam, erdrückte sie ihn fast. «Ich bekomme keine Luft.»

4.

«Im Leben», hatte er, Wilde paraphrasierend, den Mädchen erzählt, «war das Gespenst ein Bösewicht gewesen, dem ein Menschenleben nichts bedeutete. Doch in der Familie, die gerade eingezogen war – großartige, in Liebe vereinte Menschen, die perfekte Familie! –, fand das Gespenst seinen passenden Schuh.»

5.

Sie hatten sich sehr jung auf einer Soiree bei Borges kennengelernt. Elina studierte damals Literaturwissenschaft an der geisteswissenschaftlichen Fakultät in La Plata; R hatte das ebenfalls geplant, musste aber erst noch das Abitur machen. Er arbeitete damals schon bei Hachette, nannte sich aber gern einen «Krimiautor für Arme».

Schon damals waren ihre unterschiedlichen Charaktere deutlich zutage getreten. R machte alles eher halbherzig, er dürstete nach Ruhm, bezweifelte aber, dass die Universität der richtige Weg dafür war, und um seine Unentschlossenheit zu rechtfertigen, sagte er, die Arbeit würde ihm die Energie rauben. Elina hingegen war eine mustergültige Studentin, absolvierte sogar parallel noch ein Zweitstudium in Blindenpädagogik. Zusammengeführt hatte sie ihre Bewunderung für Carson McCullers.

Elina war beeindruckt von ihrer immensen Empfindsamkeit. R – mehr praktisch veranlagt – beneidete sie um ihre Fähigkeit, grandiose Titel zu finden. Ein suggestiver Titel wie *Das Herz ist ein einsamer Jäger* würde ihm nie einfallen. Da keiner von ihnen in La Plata wohnte, teilten sie lange Zugfahrten. Elina ermutigte ihn, sein Abitur zu machen und sich für Literatur einzuschreiben. Als sie sich später auf die Abschlussprüfungen vorbereiteten und jede Minute Gold wert war, mieteten sie sich ein gemeinsames Zimmer, ohne jemandem davon zu erzählen.

Elina wurde schwanger, und sie heirateten. Doch die Gräben zwischen ihnen wurden tiefer. Das fing schon bei den Windeln und Borges an. R weigerte sich kategorisch, die Scheiße der anderen zu beseitigen – «Es ekelt mich an», argumentierte er, als würde es irgendjemand anderem Vergnügen bereiten –, und er verteidigte Borges' Geistesreichtum mit dem Ressentiment des Fuchses vor den sauren Trauben. Für Elina waren volle Windeln eine Routineangelegenheit, die sich im Team leichter bewältigen ließ, und für sie schrieb Borges mit formaler Perfektion, aber ohne Substanz; und diese Leere verbarg er ihrer Meinung nach durch den übermäßigen Gebrauch von metaphysischen Betrachtungen.

«Er versteht es vorzüglich, sich bei anderen zu bedienen», pflegte sie zu sagen, «aber wegen ebendieser Faulheit, die ihn fremde Werke plündern lässt, bringt er es nicht weit. Ein typischer Fall von *ejaculatio praecox.*»

Anfangs hatten sie in einer Pension gewohnt, danach kurze Zeit in Córdoba. Mit dem Angebot, die Leitung der Blindenschule zu übernehmen, war das Auskommen gesichert, und sie zogen nach La Plata.

Jahrelang hatten sie sich ins Zeug gelegt und gerudert. Irgendwann drehte sich der Wind, und es ging für R aufwärts. Doch nichts kam so, wie er es sich vorgestellt hatte. Elina war deutlich zufriedener als er. Für ihn hatte die berufliche Anerkennung keine Erleichterung oder Selbstsicherheit mit sich gebracht, im Gegenteil. Er war innerlich noch mehr getrieben als früher. Die Anzeichen waren unübersehbar. Zum hundertsten Mal schlief Elina den Schlaf der Gerechten, während er vor Hitze verging, sich von einer Seite auf die andere drehte und keinen Schlaf finden konnte.

Es war nicht so, dass er sein Leben verabscheute. Er liebte Elina, er vergötterte seine Töchter, er konnte sich ein Leben ohne sie nicht vorstellen. Aber es quälte ihn zunehmend das Gefühl, dass er sich einen schönen, eleganten Anzug zugelegt hatte, der nicht zu ihm passte, aus dem er aber nicht mehr herauskam.

Warme Milch und Spritzgebäck von Tres Plumas. Das half zwar nicht beim Einschlafen, aber es schmeckte köstlich.

Mit dem Glas in der Hand wanderte er durch das dunkle Haus. Er hatte sich immer mit Mr. Otis, dem Familienvater aus dem *Gespenst von Canterville*, identifiziert. Doch seit er Nacht für Nacht schlaflos durchs Haus irrte, fühlte er sich dem Gespenst näher.

Zunehmend fiel es ihm leichter, Dinge in den dunkelsten Ecken zu erkennen. Menschliche Gestalten. Die auf etwas warteten. Und in den letzten Tagen – den letzten Nächten – hatte er ihnen Namen oder zumindest eine Identität gegeben: Es waren die Geister der Erschossenen, die Rache forderten. Wie Hamlet senior in Shakespeares Tragödie oder in dem Roman von Michael Innes, den er Don Chicho überlassen hatte.

Bevor er Juan Carlos' Geschichte gehört hatte, hatte er geglaubt, die Gestalt, die in der Dunkelheit Rache forderte, sei sein eigener Vater: der Uolsh, Uelshe, der Huelche. Doch das ergab keinen Sinn. Hamlet senior war von seinem eigenen Bruder getötet worden, aber den Huelche hatte niemand getötet. Da war kein Verbrecher, den es zu entlarven galt. Der Huelche hatte einfach Pech gehabt; er war ein Opfer: der Krise, mit der er überfordert war, seiner Unerfahrenheit in geschäftlichen Dingen, der

Geschichte, die über ihn hinweggefegt war. Gregorio hatte einmal gesagt, DIE Geschichte sei der perfekte Verbrecher: grausam, effizient und anonym, und man könne sie, selbst wenn man sie in Majuskeln schrieb, nicht vor Gericht zerren und zu einer Strafe verurteilen.

Der Gedanke, dass es sich um die Gespenster der Erschossenen handelte, kam ihm entgegen.

Das ergäbe einen Sinn. Schließlich ist Schreiben nichts anderes als Geschichten aus Gespenstern zu weben.

Er wanderte zu der halboffenen Tür des Kinderzimmers. P jammerte im Schlaf, und er wollte nach ihr sehen.

Elina zufolge lag das an einer gestörten Verdauung. Aber es kam immer häufiger vor. Sie hatten sie sogar schon zu der Heilerin an der Ecke gebracht, damit sie die Haut am unteren Rücken bearbeitete, um die Gedärme in Schwung zu bringen.

Gebracht hatte es nichts. Elinas neueste Hypothese war eher wissenschaftlich gedacht, sie tippte auf Parasiten. R fand die Vorstellung von sich im Kot suhlenden Würmern abstoßend, er zog anspruchsvollere Hypothesen vor.

«P windet sich, weil sie im Traum die Zukunft sieht und weiß, dass sie alles vergessen wird, sobald sie aufwacht. Eine Kassandra der Nacht!»

Doch Elina ließ sich nicht überzeugen, für sie glich die Wahrheit eher einem *taenia saginata*, vulgo Rinderbandwurm, als einem mythologischen Archetyp.

«Beruhige dich, Mäuschen», sagte R. Er hatte sich auf den Rand ihres Bettes gesetzt und strich ihr sanft übers Haar, um sie nicht vollends aus dem Reich der Träume zu holen. «Alles okay. Papa ist bei dir.»

«Papa Noel?», murmelte P, ohne die Augen zu öffnen.

«Nein, nein. Der echte Papa. Bis Weihnachten ist es noch ein wenig hin. Aber der Dicke ist bestimmt schon eifrig dabei, Päckchen zu schnüren.»

P rollte sich zu ihm. Sie umfasste mit ihrem Arm sein Bein und fing an zu schnarchen.

R gab sich geschlagen. Er rührte sich nicht vom Fleck und er schob auch den Arm nicht beiseite, weil er sie nicht wecken wollte. Er trank die Milch in ganz kleinen Schlucken; so hatte er länger etwas davon.

Er würde so lange bleiben, bis P ihn freigab.

6.

Weihnachten war buchstäblich an ihm vorbeigezogen. Körperlich war er anwesend, er hatte wie immer am Kopfende des Tisches gesessen, eine Handbreit von den Girlanden entfernt, die im Luftstrom des Ventilators baumelten. Doch seine Seele war dem Fest ferngeblieben.

Es waren nur ein paar wenige Erinnerungen übrig: der freudige Tumult der Mädchen, die gefüllte Teigpastete, das Engelshaar, das Buch, das er geschenkt bekommen hatte. Der Weihnachtsmann hatte auf seiner Reise vom Nordpol in London Zwischenstation gemacht und ihm die Originalausgabe eines Romans von Graham Greene besorgt: *The Ministry of Fear.*

Die ersten Seiten hatte er auf dem stillen Örtchen gelesen. Es ging um einen Mann, der geheime Informationen erhält, die für jemand anderen bestimmt sind, und dieser Zufall stellt sein ganzes Leben auf den Kopf. Das ärgerte ihn. Die Handlung ähnelte zu sehr dem Roman, den er selber ausbrütete.

In seiner Geschichte (die erst in Paraguay und später in Bolivien spielen sollte und die er immer wieder mit der Entschuldigung aufgeschoben hatte, er müsse erst mal dorthin reisen und sich ein Bild machen: Ihm missfiel die Vorstellung, Örtlichkeiten und Personen zu erfinden, er wollte alles mit eigenen Augen sehen) ging es um Pläne für eine Revolution, die im Mantel eines Unschuldigen versteckt waren; in Greenes um einen Mikrofilm in einer Torte. Das war zwar nicht dasselbe, aber für seinen Geschmack gab es zu viele Übereinstimmungen.

Dass die Enttäuschung ihn ausgerechnet auf dem Thron ereilte, machte ihn nur noch wütender. Und jetzt? Was, *verdammte Scheiße*, sollte er jetzt schreiben?

Der für Elina zuständige Weihnachtsmann hatte leider nur einen Inlandflug gemacht und ihr einen Duft von *Perfumerías Florente* unter den Baum gelegt. Wie durch ein Wunder hatte R ihn im letzten Geschäft ergattert, das am Montagmittag noch geöffnet hatte.

7.

All seine Versuche, während der Feiertage zu schreiben, waren fehlgeschlagen. Er schob es auf die Lebhaftigkeit der Mädchen, die aufgrund der Überdosis an Zucker nicht mehr zu bändigen waren. Am Mittwochmorgen fuhr Elina mit ihnen zu Tante Beba. Bevor sie losfuhren, küsste sie ihn auf die feuchte Stirn und sagte: «Jetzt hast du das Haus für dich allein. Du hast also keine Ausrede mehr!»

R legte alle Utensilien bereit: leere Blätter, die Notizen, die Muñiz für ihn abgetippt hatte, sein Notizbuch, einen Bleistift, eine Kopie der Aussage vor dem Richter, Zeitungsausschnitte, Fotokopien von Telegrammen, die Juan Carlos' Vater an die Behörden geschickt hatte. Fehlte noch etwas? Ein Kaffee natürlich. Er wärmte die Reste vom Frühstückskaffee auf, füllte ihn in die Rigolleau-Tasse und setzte sich an die Schreibmaschine.

Wo sollte er anfangen? Und vor allem, wie?

Schreibblockaden, das Klischeebild der literarischen Folklore, kannte er eigentlich nicht. Im Gegenteil, gewöhnlich schossen die Sätze blitzartig aus seinen Fingern. Aber erst musste er den Einstieg finden, den Schlüssel, dann wäre der Rest ein Kinderspiel.

Er rückte seine Brille zurecht. Noch war er nicht abgetaucht. Aber sobald er den ersten Satz geschrieben hätte, würde er gar nicht mehr merken, wie oft er die Handbewegung wiederholte.

Vielleicht fände er den Einstieg, wenn er die Konventionen des Genres der Anklage außen vor ließ. Die Geschichte an sich ist so beeindruckend, sie bedarf keines schmückenden Beiwerks. Am besten wäre es, wenn er die Tatsachen, die nackte Wahrheit sprechen und die Henker anklagen ließe. Wenn er das «Ich» aus J'accuse *streichen würde!*

Er ließ von seinem Finger ab – immer wenn er vor den Tasten saß und nachdachte, kaute er darauf herum, es hatte sich schon eine Schwiele gebildet – und schrieb:

«Ein beispielloser Fall in der Geschichte der Justiz.»

Trage ich gleich am Anfang zu dick auf, um Wasser auf meine Mühlen zu gießen? Nein. Ich habe es zwar nicht schriftlich, aber ich glaube kaum, dass es noch einen weiteren Fall gibt, bei dem jemand seine Hinrichtung überlebt und dies angezeigt hat. Ich werde von Kotsch später fragen, jetzt muss ich weitermachen.

Er schrieb ein paar Sätze, um den situativen Rahmen zu schaffen und seinen Protagonisten Juan Carlos vorzustellen. Aber so konnte er den Absatz unmöglich enden lassen, er musste mit einem Knaller enden, damit er den Leser am Haken hatte.

Sein Blick wanderte unwillkürlich in eine Ecke, in der sich die Schatten stapelten.

Und der Satz, nach dem er suchte, sprang ihn förmlich an.

> «Es ist kein Gespenst, es ist ein Mensch aus Fleisch und Blut, der noch lebt, während ich diese Zeilen zu Papier bringe, und der seine vollkommene Unschuld an jedwedem Verbrechen beteuert.»

Jetzt musste er noch das an Juan Carlos begangene Verbrechen definieren, es einordnen, indem er es mit anderen legendären Verbrechen verglich.

> «Wenn die Anzeige bewiesen werden kann – und angesichts der erdrückenden Beweise, die der Verfasser dieser Nachricht mit eigenen Augen gesehen hat, dürfte das kein Problem sein –, haben wir es mit einer Greueltat zu tun, die den berühmtesten *Handstreichen* der Gestapo in nichts nachsteht.»

Ist das too much? *Die Hinrichtungen mit den Naziverbrechen zu vergleichen, da bewegt man sich auf verdammt dünnem Eis. Man könnte mir vorwerfen, ich würde den Holocaust verharmlosen, die Fakten verdrehen: Die Juden hatten keinerlei Verbrechen begangen, Valle und die Peronisten hingegen …*

Juan Carlos ist kein Anhänger des Peronismus, zumindest kein militanter. Aber sonst hat die Geschichte viele Elemente des Nazismus: ein Militärkommando, ein absurder Befehl, der ausgeführt wird, ohne ihn zu hinterfragen, Bürokratismus …

Unangebracht ist der Vergleich nur insofern, als die Nazis im Gegensatz zu unseren Stümpern effizient waren. Auch wenn mein Bruder das natürlich nicht gern hören wird. Er wäre tödlich beleidigt. Und wenn er erst den Artikel liest …

R nahm die Hände von den Tasten. Darüber hatte er noch gar nicht nachgedacht: Wie würde C wohl auf die Veröffentlichung der Geschichte unter dem gemeinsamen Nachnamen reagieren?

Er hatte seinen Bruder am 20. Dezember angerufen, nachdem er Juan Carlos' Anzeige bei Gericht wieder und wieder gelesen hatte. Als Erstes hatte er ihm ein Versprechen abgerungen. «Schwöre mir, dass du niemandem etwas sagst. Ich appelliere an dein Ehrgefühl, in der Überzeugung, dass du unsere Familienbande nicht für den Korpsgeist verrätst.»

Die einleitenden Worte hatten seinem Bruder klargemacht, dass es sich um eine ernste Sache handelte. (Oder hatte die Einleitung nur seine Neugier geweckt?) Jedenfalls war es so, dass C in schallendes Gelächter ausgebrochen war, noch bevor R die Geschichte zu Ende erzählen konnte. Er hielt das Ganze für Humbug.

«Unmöglich. Das bildet der sich nur ein», lautete sein Kommentar. Er klang völlig unbekümmert. «Aber in einem Punkt gebe ich dir recht: Die Story gibt was her. Prima Material für einen dieser Fortsetzungsromane, die du so liebst!»

Cs Bestimmtheit hatte ihn verunsichert. Aber er hatte Juan Carlos vor kurzem kennengelernt. Er hatte das entstellte Gesicht gesehen, die Emotion, mit der er von seiner leidvollen Prüfung berichtete. Er hatte die Quittung studiert, die man ihm auf dem Revier für die Gegenstände aus seinem persönlichen Besitz gegeben hatte, und die Telegramme seines Vaters an die Casa Rosada; das hatte ihn überzeugt.

Es war durchaus möglich, dass C wegen des Artikels Probleme bekam: Man würde ihm vorwerfen, dass er nicht in der Lage gewesen war, seinen jüngeren Bruder im Zaum zu halten, vielleicht gab es sogar eine Disziplinarstrafe. Und nicht zu vergessen: sein Temperament. C war imstande, ihn aufzusuchen und zum Duell zu fordern – er war immer schon altmodisch – oder ihn auf der Stelle mit einem Faustschlag niederzustrecken.

Aber er durfte sich von seinem Weg nicht abbringen lassen, nicht jetzt. Die Geschichte war alles, was er hatte, oder zumindest das Wichtigste. Selbst wenn es seinem Bruder schadete oder er in Ungnade fiele, er konnte weiterhin auf das Bewährte zählen: die Gemeinschaft der Piloten, eine untadelige Karriere, die festen Strukturen des Militärs. Wenn er hingegen darauf verzichtete, diesen Text zu veröffentlichen, ihn zu *schreiben* …

Bedaure. Wenn er es nicht versteht, Pech. Ich muss das Richtige tun: die Wahrheit sagen und für meine Familie sorgen.

Der Ernst der Angelegenheit wog schwerer als die Blutsbande. Und er beendete den Abschnitt mit einem kategorischen Satz, der den Fall in die Sphären universeller Gerechtigkeit hob, er definierte das Geschehen am frühen Morgen des 10. Juni als:

> «einen der brutalsten Massenmorde in der Geschichte Argentiniens.»

Er vermied es, von DER Geschichte zu sprechen. Um Greg eins auszuwischen, der sie für die bedeutendste Disziplin der Sozialwissenschaften hielt. Und weil er eine gezügelte, begrenzte, auf Menschenmaß reduzierte Geschichte brauchte.

Sonst passte sie nicht auf die Anklagebank. Denn genau dorthin wollte R sie bringen, und er würde als Staatsanwalt auftreten, die Beweise vorbringen und eine Bestrafung erwirken.

8.

Zögernd brachte er sich in die Geschichte ein – jetzt gab es also doch ein «Ich klage an!» – und begab sich damit auch selbst in die Schusslinie. Schließlich bereitete der Mann, der für die Hinrichtung verantwortlich zeichnete und den er «den Anführer» nannte, den Boden, um künftige Gewaltakte zu rechtfertigen. In einem der Zeitungsausschnitte, die R aufbewahrt hatte, versprach «der Anführer» nicht nur, gegen diejenigen gewaltsam vorzugehen, die sich gegen die Regierung auflehnten, sondern auch gegen diejenigen, die «öffentlichen Aufruhr erregen oder schlechte Stimmung in der Öffentlichkeit verbreiten».

Wenn das Verbreiten schlechter Stimmung zur Straftat wird, wie dieser Scheißkerl droht, sollten die Zeitungen künftig am besten nur noch aus Klatschspalten bestehen. Und wir Schriftsteller sollten nur noch kitschige Liebesromane schreiben.

Und für alle Fälle stieß auch er eine Drohung aus. Wenn Juan Carlos etwas zustieße, tippte er,

> «wird es das ganze Land, wird es ganz Lateinamerika, wird es die ganze Welt erfahren.»

Natürlich war das übertrieben. Aber Vorsicht walten zu lassen war sicher kein Fehler.

Der Mann in Militäruniform mit der vom Alkohol schweren Zunge und der lockeren Hand hieß Desiderio Fernández Suárez. Er war Oberstleutnant. Und seit die Befreiungsrevolution an der Macht war, leitete er die Polizei der Provinz Buenos Aires.

Er war der Befehlshaber und zugleich der Schurke.

9.

«Das Gespenst griff auf seine ganze Trickkiste zurück, um die Bewohner des Hauses in Angst und Schrecken zu versetzen», erzählte er den Mädchen, denen schon die Augen zufielen. «Doch anstatt der Angst nachzugeben, machte die Familie sich über es lustig. Sie begriffen, dass seine Tricks nur Täuschungsmanöver waren und ihnen nicht schaden konnten. Und sie zahlten es ihm mit selber Münze heim, indem sie fortan ihm Fallen stellten, in die es wie ein Trottel hineintappte.

Am Ende sah das Gespenst ein, dass seine Zeit vorbei war.

Es konnte in dem Haus nicht mehr treiben, was ihm beliebte. Es hatte seine Macht eingebüßt. Doch die Bewohner waren gutmütige und weise Menschen und jagten es nicht davon. Sie ließen es wissen, wenn es von seinen Gewalttaten abließe, hätte es in Canterville Chase immer ein Zuhause.»

Und wenn sie nicht gestorben sind. Zumindest für jene Nacht.

10.

R hoffte, die Weisheit von Mr. Otis würde ihm helfen, wenn er gegen die Gespenster ankämpfte, auf die er unweigerlich treffen würde.

Es war wie mit Elinas Blinden: Man musste ihm nur eine Chance geben.

VIER

Der Fluch der weisen Frau

1.

Enriqueta las den Schluss und schob die losen Blätter zusammen. Dann nahm sie den Stapel und klopfte damit sanft gegen die Kante des Schreibtischs. R saß mit übereinandergeschlagenen Beinen ihr gegenüber und kratzte sich an der Ferse. Der Juckreiz, der ihn heimsuchte, wollte einfach nicht weichen.

Ja, natürlich gab es eine Welt außerhalb der Blase, in der sie lebten: eine Welt voller Hitze und Kälte, voller Kriege, Komödien und Liebesgeschichten. Aber die hatten sie ausgeblendet. Nichts interessierte sie mehr als diese maschinegeschriebenen Seiten, und die räumlichen Umstände ließen sie näher zusammenrücken.

Enriquetas Schreibtisch befand sich zwischen einem Schrank und einem kleinen Tisch, auf dem sich bergeweise Bücher stapelten; darunter die Bände einer Werkausgabe von Roberto J. Payró. Von den identischen Buchrücken magnetisch angezogen, wanderte Rs Blick immer wieder dorthin. Das nahm der Situation etwas von ihrer Dramatik, und er fühlte sich eher wie in einer Tragikomödie.

Auf was wartet sie? Soll ich sie nach ihrer Meinung fragen? Ich habe ihr den Text gegeben, damit sie ihn liest und etwas dazu sagt und nicht, damit sie mich anschweigt. Aber ich werde nicht nachbohren. Wenn sie nichts sagt, frage ich auch nicht. Mich dumm zu stellen ist eine meiner leichteren Übungen.

«Es ist in Ordnung», sagte Enriqueta.

«In Ordnung?»

«Obwohl … etwas zu prätentiös für meinen Geschmack.»

Sie hat bestimmt hinter meinem Rücken mit dem dicken Valerga gesprochen.

«Die Geschichte ist so stark, je weniger man eingreift, desto besser.»

Das war ja genau mein Plan. Offensichtlich ist der gründlich in die Hose gegangen.

«Aber es funktioniert auch so. Die Zeit drängt. Heute Morgen hat Barletta angerufen und nach Ihnen gefragt.»

R spürte einen Stich in der Ferse. Er kratzte zu ungestüm.

«Bei unserem Gespräch hat er nur gesagt, dass er den Artikel haben will, und aufgelegt», sagte R. «Mir blieb keine Zeit, ihm zu sagen, dass ich ihn schon jemand anderem versprochen habe. Wer zuerst kommt, mahlt zuerst.»

Muñiz sah ihn ungläubig an.

«Aber das würde ich ihm gern persönlich sagen. Ich dachte, ich gehe gleich jetzt hin, wenn ich hier fertig bin. Gemeinsam mit Ihnen, wenn es recht ist. Als menschliches Schutzschild sozusagen. In Ihrer Gegenwart wird Barletta es nicht wagen, mich zu beschimpfen.»

Enriqueta übergab ihm den abgetippten Text. Sie trug ein tailliertes ärmelloses grün-gold changierendes Kleid.

Bildete er sich das nur ein, oder kleidete sie sich schicker, seit sie Partner waren? Gewöhnlich war Enriquetas – *Muñiz'* – Kleidungsstil eher nüchtern. In einer Männerdomäne zog ihre Weiblichkeit zwangsläufig alle Blicke auf sich.

«Geben Sie mir einen Moment», sagte sie. Sie nahm ihre Handtasche und verschwand Richtung Toilette.

R bemühte sich, ihr nicht nachzuschauen. Ihr auf den Hintern zu starren war gemein, und außerdem: Wenn jemand oder gar sie selbst ihn dabei erwischte …

Da wurde ihm bewusst, was er gerade getan hatte. Anstatt

den Artikel in die spontan gekaufte Mappe zu stecken, hatte er ihn vierfach gefaltet und in seine Tasche geschoben.

Er war gerade dabei, die Blätter wieder glattzustreichen, als Horacio auf ihn zukam.

«Und, was treibt ihr so? Spielt ihr immer noch Detektiv?»

R legte die Blätter aus der Hand und schlug die druckfrische Ausgabe von *Propósitos* auf. Man hatte der Geschichte eine halbe Seite gewidmet, unter einem beeindruckenden, drakonisch anmutenden Titel: «Strafe für die Schuldigen.»

«Dein Artikel?», fragte Horacio. Er nahm die Zeitung und überflog rasch die Zeilen.

«Die Aussage des Jungen vor dem Richter. Mein Artikel ist hier.»

«Und ich darf ihn nicht lesen?»

R überlegte, was er darauf antworten sollte.

Er könnte ihm sagen, er habe es nicht verdient, nachdem er ihm seine Unterstützung versagt habe; er könne ihn lesen, sobald er gedruckt sei, wie alle anderen Sterblichen auch.

Er könnte den Scherz mit der Bemerkung fortsetzen: «*There are more things in heaven and earth, Horatio*», aber ihm fiel keine gute Pointe ein.

Er könnte erwidern, er habe Angst, als Kommentar «zu prätentiös» hören zu müssen.

Er könnte ihm sagen, er müsse ihn erst Elina zeigen, bevor ein anderer ihn liest. (Muñiz hatte ihn gerade gelesen, aber das zählte nicht. Sie war kein externer Gutachter wie seine Frau, sie war *part of the team*.)

Aber Muñiz nahm ihm die Entscheidung ab.

«Gehen wir?», fragte sie, eingehüllt in einen Duft, der an eine Gala an der Riviera erinnerte.

R stand auf und legte die Seiten wieder in die Mappe. Muñiz nahm ihren Mantel.

Horacio blieb nichts anderes übrig, als sie ziehenzulassen.

2.

«Und was machen wir mit den Toten?»

R wusste nicht, was er darauf antworten sollte. Sie gingen einen schmalen Bürgersteig entlang und wichen Leuten und maroden Steinplatten aus. Alle Welt schien genau diesen Bürgersteig gewählt zu haben, um der Sonne zu entfliehen.

Enriqueta öffnete im Gehen ihre Tasche.

Sie überreichte ihm ein handschriftlich beschriebenes Blatt Papier. Ihre Schrift war außerordentlich schön.

Es handelte sich um eine Liste gewöhnlicher Männernamen. *Nicolás Carranza. Carlos Crizaso. Francisco Garibotto …*

«Was hat es mit denen auf sich?»

«Das sind die Erschossenen, die nicht überlebt haben. Die nicht fliehen konnten.»

Sie mussten sich quasi anschreien. Der Verkehrslärm im Zentrum ließ einem keine andere Wahl, nur als Mario Lanza konnte man sich Gehör verschaffen.

R fragte sich, ob einer der Passanten mitbekäme, worüber sie sprachen. Wohl kaum. Die Leute hasteten viel zu schnell vorbei, um etwas aufzuschnappen. Diese Tageswelt – die mörderische Hitze, der Radau, man wähnte sich in einer Zweigstelle von Rio de Janeiro – war das genaue Gegenteil der Schattenwelt, in der die Erschossenen hausten, ob tot oder lebendig.

Irritiert gab er ihr die Liste zurück.

Muñiz steckte sie wieder in ihre Handtasche. R erhaschte einen Blick auf einen Flakon mit zwei Tauben, bestimmt das Parfüm, das an eine Gala an der Riviera erinnerte. Auf wundersame Weise haftete ihr der Duft selbst bei diesen Temperaturen wie am Zuckerhut immer noch an.

«Ich verstehe nicht, worauf Sie hinauswollen», sagte R. «Was sollen wir denn mit den Toten machen? Wenn sie uns ein Interview geben könnten, liebend gern, aber ich fürchte …»

«Ihre Familien besuchen. Ihre Geschichten erfahren. Das würde dem Bericht eine andere Dimension verleihen. Eine Vorstellung davon, wie groß der Verlust ist.»

R dachte nach. Vor seinem geistigen Auge zogen Szenen vorbei. Ein Elendsviertel. Eine weinende Witwe. Töchter – ja, immer nur Töchter –, die Stoffpuppen hinter sich herzogen und schon nicht mehr wussten, wie ihre Väter ausgesehen hatten.

«Außerdem», sagte Muñiz, «hilft uns das, die Geschichte in den richtigen Kontext zu stellen. Juan Carlos ist die Ausnahme, nicht allein durch sein Überleben. Er ist gefühlter Peronist, er hat lediglich eine sentimentale Bindung an das Regime. Aber unter den Toten gibt es Peronisten von echtem Schrot und Korn. Wie Juan Carlos' Freund Vicente. Leute, die nicht nur Arbeiter, sondern auch gewerkschaftlich aktiv waren. Bei ihnen hat er sich nicht geirrt, der Polizeichef …»

«Desi. Nennen wir ihn doch einfach Desi. Dann können wir uns das umständliche Oberstleutnant Fernández Suárez sparen.»

«… bei ihnen hat Desi sich nicht geirrt, sondern im Gegenteil, sie waren exakt das Ziel, auf das er es abgesehen hatte. Die wahren Opfer!»

«Ich sehe immer noch nicht, was das mit unserem Artikel zu tun hat.»

Muñiz hielt inne, ein Milchmann kam mit zwei Flaschenträgern aus einem Hauseingang.

«Letztes Jahr», fuhr sie fort, «habe ich gehört, dass eine Frau von einem Querschläger getötet wurde. Ein Polizist hat einen Dieb verfolgt und Schüsse abgefeuert. Der Sprecher hatte eine klare Position. Für ihn gab es einen Unterschied zwischen der Frau, die er als ‹Opfer› bezeichnete, und dem Dieb, der der eigentliche Grund für den Zwischenfall war. Und ich habe mich gefragt: *Hätte die Kugel den Dieb getroffen, wie von dem Polizisten beabsichtigt, wäre dann nicht auch der Dieb zum Opfer ge-*

worden? Hierzulande wird Diebstahl ja schließlich nicht mit dem Tod bestraft. Die Nachricht hätte meiner Meinung nach also nicht lauten sollen: ‹Frau Opfer tragischer Umstände›, sondern: ‹Polizist eröffnet kriminell fahrlässig das Feuer auf offener Straße.›»

«Ein Radiosender ist ein Unternehmen, keine Wohlfahrt. Die erschossene Frau rührt die Zuhörer. Der Dieb rührt niemanden.»

Muñiz schwieg. R dachte, es habe ihr die Sprache verschlagen, ein typischer Effekt des knallharten Realismus.

Doch als er aus dem Augenwinkel sah, dass sie lächelte, wusste er es besser.

Bei der Frau kann einem angst und bange werden. Ich wollte ihr nicht widersprechen, im Gegenteil, ich bin ganz ihrer Meinung. Die Presse manipuliert täglich den Begriff «Opfer». Und wir alle spielen mit. Wir tanzen nach ihrer Pfeife, während sie vorgibt, objektiv zu sein. Ich mag es nicht, wenn ich manipuliert werde. Weder von der Presse noch von Muñiz.

«Entscheidend ist doch», sagte R in dem Bewusstsein, dass er die Tatsachen ein wenig verdrehte, «dass Juan Carlos es verdient hat, gerettet zu werden, ja mehr noch, dass man ihn für das entschädigt, was man ihm angetan hat. Das würde auch gelten, wenn er 1946 den Justizialismus unterstützt hätte. Aber wenn wir ihm wirklich helfen wollen, müssen wir klug vorgehen. Und das Geschickteste in diesem Fall ist es, die politische Komponente der Geschichte auszuschalten.»

Punkt. Muñiz respektierte die Kunstpause, und er wertete das als gutes Zeichen, sie dachte wohl über seine Argumentation nach.

«Hierzulande soll das Politische schmückendes Beiwerk, zweitrangig sein», fuhr er fort, berauscht von seiner Suada. «Das Wesentliche an der Geschichte ist die Handlung, es geht darum, das Rätsel zu ergründen. Ich glaube nicht, dass der Artikel im

Politik-Ressort landen wird. Wir müssen in die Polizeimeldungen. Die lesen alle. Selbst die Frauen!»

Kaum hatte er das ausgesprochen, bereute er es schon. Das war eine ungebührliche Bemerkung, aus der das Vorurteil sprach. Sollte er sie um Verzeihung bitten? Aber er wollte den Faden nicht verlieren.

«Je mehr Verbreitung die Geschichte findet, desto besser. Sehen Sie es doch mal so: Ohne diese arme Frau, die von der Kugel getroffen wurde, wäre der Fall des Polizisten nie in die Nachrichten gekommen! Und wir müssen die Mauern überwinden, die die Jungs vom politischen Lager errichten werden. Die würden ihre eigene Großmutter verkaufen, um ihren Draht zur Macht zu erhalten. In einem Punkt bin ich mir sicher: Wir sollten die Geschichte nicht als politisches Verbrechen verkaufen, sondern als reines Verbrechen.»

«Jedes Verbrechen ist im Grunde politisch.»

R lachte auf. «Der Apfel fällt nicht weit vom Stamm, wie ich sehe.»

«Mein Vater hat bei Tisch nie über Politik gesprochen», sagte Muñiz. «Aber er hat mir seine Bibliothek überlassen. Und in meinem Victor Hugo war Walter Benjamin versteckt. Ein Buch ist erhellender als tausend Tischgespräche!»

«Kann sein. Mein Vater war eher wortkarg», sagte R. «Eine Art Existentialist *avant la lettre.* Die Bürde des Lebens hat ihn verstummen lassen … Vorsicht! Unter dem Stein ist Wasser, wenn Sie da drauftreten, ruinieren Sie sich Ihre Schuhe.»

Sie blieb stehen, seine Hand ruhte auf ihrem nackten Arm. Solch eine Irritation hatte der Stein gar nicht verdient.

Sie machten beide einen Schritt zur Seite und fanden sich gleich wieder.

«Außerdem», sagte R, den Gesprächsfaden wiederaufnehmend, «muss man die Mittel nutzen, die einem zur Verfügung stehen. Ich weiß, dass ich einen anständigen Kriminalroman zustande bringe, aber ich habe nicht das Zeug, mich als Émile Zola zu versuchen.»

«Ich würde mich nicht geschlagen geben, bevor ich es nicht versucht habe», sagte Muñiz. Abwesend rieb sie die Stelle am Arm, wo er sie zuvor berührt hatte. «Sie haben doch sonst so eine zupackende Art.»

Er wollte sie schon fragen, ob das sarkastisch gemeint sei, als Retourkutsche auf seine dreiste Berührung, oder ob es einfach eine missglückte Formulierung war. Aber er wollte sie keinesfalls noch mehr in die Bredouille bringen, vielleicht hatte sie es ja auch völlig unbedacht dahergesagt.

Er kehrte lieber auf bekanntes Terrain zurück, in die kleine abgeschlossene Blase, in der sie sich so wunderbar ergänzten: «Wir haben das Material für einen sensationellen Kriminalroman in den Händen, und das müssen wir nutzen. Oder wie viele Romane kennen Sie, in denen der Verbrecher der Polizeichef höchstpersönlich ist?»

3.

Eine Viertelstunde später stellten sie fest, dass die Kriminalgeschichte, in die sie verwickelt waren, nicht nur in literarischer Hinsicht sensationell war, sondern durchaus gefährlich für Leib und Leben.

4.

Schon auf der Treppe hörte man hitzig diskutierende Männerstimmen. R und Muñiz waren nicht überrascht. *Propósitos* war ein satirisches sozialistisches Blatt, und man traf sich bestimmt täglich zur Redaktionssitzung. Die Tür zum Büro im ersten

Stock stand offen. Durch den Spalt drangen die Diskussionen nach draußen. Die Wortfetzen, die sie aufschnappten, bestätigten ihre Vermutung: Es war die Rede von «Repression», von «demokratischer Farce», von «Machtmissbrauch».

R wandte sich an die Empfangsdame, eine ältere Frau, die vollkommen überfordert wirkte. Sie zog ein Taschentuch aus der Tasche und startete einen Angriff auf ihre Nasenlöcher: Entweder hatte sie eine Erkältung oder sie hatte gerade geweint. Sie war derart derangiert, dass sie vergessen hatte, das Telefon aufzulegen. Der Bakelithörer lag auf dem Boden, als hätte er versucht, in die Freiheit zu kriechen, bis das Kabel ihm seine Grenzen aufzeigte.

«Guten Tag», sagte R. «Ich möchte zu Señor Barletta.»

Die Frau reagierte, als hätte er sie persönlich beleidigt. Sie schob das Taschentuch in den Ärmel und rutschte auf ihrem Stuhl hin und her; eine Kobra vor dem Sprung.

«Meinen Sie vielleicht, uns ist hier nach Scherzen zumute?», fragte sie.

R drehte den Kopf zur Seite auf der Suche nach Muñiz. Sie könnte ihm bestimmt auf die Sprünge helfen. Doch Muñiz war nicht da. Sie war zu dem Schubladenschrank gegangen, der Empfang und Redaktion trennte. Von der Grenzlinie aus warf sie einen Blick auf die Versammlung, die gar nicht so gut besucht war, wie der Radau vermuten ließ: Etwa ein halbes Dutzend Männer hielt Wache um einen leeren Schreibtisch und machte Lärm für zwanzig.

Sie stand mit dem Rücken zu ihm und konnte seine verzweifelten Hilferufe nicht sehen.

Und so wandte er sich wieder der wütenden Frau zu. «Sehe ich vielleicht aus wie ein Clown?»

Die Frau zog das Taschentuch wieder aus dem Ärmel und drückte es an ihre Nase. «Entschuldigen Sie, aber wir sind sehr erschüttert.»

Von ihrem Platz aus konnte Muñiz die Szene, der sie beiwohnte, nicht entschlüsseln. Sie war mitten in die Vorführung hineingeplatzt. Und zu allem Übel schien es sich auch noch um ein avantgardistisches Stück zu handeln, denn die Schauspieler schrien ihren Text alle gleichzeitig hinaus. Der einzige sinnstiftende Leuchtturm inmitten der Dunkelheit des Absurden war der leere Schreibtisch. Dessen Besitzer – Enriqueta wusste, wem er gehörte, es war nicht ihr erster Besuch in der Redaktion – war nirgends zu sehen.

«Señor Barletta ist immer noch in Haft», sagte die Empfangsdame. «Unsere Anwälte arbeiten daran, ihn rauszuholen, bis jetzt ohne Erfolg.»

R stieß eine Frage auf, aber er spuckte sie nicht aus. Zum Glück hatte die Empfangsdame beschlossen, sich Luft zu machen, und er konnte sich das Fragen sparen.

«Der Artikel ist an allem schuld», sagte sie und fuhr mit ihrem perlmuttfarben lackierten Nagel über die Titelseite der Zeitung, als wollte sie ihr den Garaus machen.

Genau die, die R kurz zuvor Horacio gezeigt hatte.

Die Empfangsdame ließ Gnade walten. Die Hand mit den glänzenden Fingern hangelte nach dem flüchtigen Telefon.

«Von da an steht das Biest nicht mehr still. Abwechselnd Drohungen, Beleidigungen …»

R gewahrte einen Schatten hinter sich. Es war Muñiz, die ihn am Arm fasste. Ihr Gesichtsausdruck sagte klar und deutlich, dass sie keinen Einblick in die Akten brauchte.

Als sie auf die Straße hinaustraten, bemerkte R, dass die Mappe lädiert war, die seinen Artikel schützte. Sie trug den Abdruck seiner schweißnassen Hand.

Er nahm den Artikel heraus, faltete ihn vierfach – er war offenbar vorherbestimmt für diese Art der Reduktion – und steckte ihn in die Tasche.

Die Mappe landete im erstbesten Papierkorb. Er stand auf

der sonnigen Straßenseite, die sie für den Rückweg wählten, um niemandem zu begegnen.

5.

So schnell die Hitze es ihnen erlaubte, entfernten sie sich von der Redaktion. In der hintersten Ecke eines düsteren Lokals ließen sie sich nieder und stürzten ihr Bier hinunter – etwas anderes gab es nicht –, als nähmen sie im Wettlauf gegen die Zeit ein Gegengift zu sich, und überlegten inmitten von Carrington-Rauchwolken, was zu tun war.

Das Beste und Naheliegende war, abzuwarten. Wenn Barletta in Haft war und *Propósitos* die Schließung drohte (die Mitarbeiter hatten darüber diskutiert, wie man sich verhalten sollte, wenn es um die Prinzipien auf der einen und das Überleben auf der anderen Seite ging), würde die große Presse ein solch heißes Eisen bestimmt nicht anfassen wollen.

Aber es gab natürlich ein Gegenargument (wie immer, das Universum ist dialektisch seit dem *Big Bang*). Die Reaktion der Regierung zeigte, dass sie sensibel auf das Thema reagierte. Es war quasi ein Teilgeständnis. Das war das beste Argument, um der Presse Rs Text anzudienen: Getroffene Hunde bellen, die Militärs wissen, dass sie einen Fehler gemacht haben, und damit ist der Skandal vorprogrammiert, und das verspricht höhere Auflagen, Futter für eine ganze Weile.

«Sind Sie immer noch der Ansicht, dass man bei der Geschichte die Politik außen vor lassen kann?»

R schnaubte und stieß den Rauch aus, den er bis dahin zurückgehalten hatte.

«Sie sind unerbittlich», klagte er. «Also schön: Ich gebe mich geschlagen, die Dame gehört Ihnen. Aber was die beste Strategie angeht, bin ich anderer Ansicht. Ich finde, man muss das Eisen schmieden, solange es heiß ist. Ich werde gleich meine Kontakte aufsuchen.»

Sie verabschiedeten sich auf der Straße. R hatte angeboten, sie nach Hause zu begleiten, doch sie wollte nicht. Er hatte sie mit Ratschlägen überhäuft, einer alberner als der andere: Sie solle nicht den üblichen Weg und nicht die gewohnten Verkehrsmittel benutzen, sie solle sich immer wieder umschauen, die Schaufenster als Spiegel nutzen, sofort die Straßenseite wechseln, sobald sie einen Mann oder mehrere Männer sah, die wie Soldaten oder Polizisten aussahen. Sie wussten beide, dass die Vorsichtsmaßnahmen nichts nutzten, aber sie waren sich einig, dass man wenigstens so tun sollte, als ob. Was konnten eine Frau und ein Mann wie er schon tun, wenn die Casa Rosada zur Jagd auf sie geblasen hatte?

«Was Barletta angeht, können Sie beruhigt sein. Er ist ein Gentleman. Wenn man ihn zwingt, einen Namen preiszugeben, wird er meinen nennen.»

«Vergessen Sie nicht, Juan Carlos anzurufen. Es ist besser, wenn er Bescheid weiß und sich in Sicherheit bringt!»

Sie reichte ihm die Hand. Er ignorierte das und umarmte sie stattdessen ungeschickt. Trotz des Zigarettenrauchs duftete sie immer noch nach *L'Air du Temps. L'Air du Temps*, so hieß das Parfüm mit den Tauben, er hatte in ihrer Tasche herumgeschnüffelt, als sie in der Kneipe auf die Toilette gegangen war.

«Passen Sie auf sich auf», sagte er.

Sie hatten die Grenze zwischen Beruflichem und Privatem überschritten. Nichts schweißt mehr zusammen, als gemeinsam einer Gefahr ausgesetzt zu sein.

Als Erstes rief er zuhause an. Er sagte, es würde spät werden, wenn er überhaupt noch einen Zug bekäme. Aber wahrscheinlich bleibe er über Nacht in Buenos Aires.

«Ich hab noch zu tun. Du weißt ja, in den Redaktionen geht es bis in die halbe Nacht heiß her.»

Er vertraute darauf, dass Elina kapierte, worauf er anspielte. Er wollte am Telefon nicht ins Detail gehen, falls es abgehört wurde. Die wesentliche Botschaft war übermittelt: Er würde nicht nach Hause kommen, folglich hatte es keinen Sinn, dort nach ihm zu suchen.

Sein Gefühl sagte ihm, Elina und die Mädchen wären ohne ihn sicherer.

Das war das erste, aber nicht das letzte Mal in seinem Leben.

6.

Er machte sich auf den Weg zu *La Nación.* Sein Kontaktmann – ein Redakteur aus dem Feuilleton – ließ ihn geschlagene fünfundvierzig Minuten warten. Um sich die Zeit zu vertreiben, las R die Tafeln mit den Nachrichten, die am nächsten Morgen als Schlagzeilen erscheinen würden. Es war die Rede vom Suezkanal, von einer Revolte in Sumatra, vom brasilianischen Außenminister und von einem Beförderungsstopp bei der Marine.

Anstatt ihn in das Büro in der Florida 300 zu bitten, ging der Kontaktmann, der jung, aber altmodisch war und eine Fliege trug, mit ihm in ein Kaffeehaus. Dort berichtete er, sein Kollege aus dem Ressort Polizeiberichte sei wegen des Artikels zu ihm gekommen, gleich nachdem er von Barlettas Verhaftung erfahren hatte. Doch er hatte ihn nicht darum gebeten, so schnell wie möglich den Text zu liefern, wie R insgeheim hoffte, sondern ihm geraten, «dem Freund Bescheid zu geben, er solle eine Zeitlang abtauchen».

Vergeblich warb R dafür, jetzt, da die Regierung nervös war, mit der Sache groß rauszukommen. Sein Kontaktmann wiederholte, die Sache übersteige seine Möglichkeiten. Aber er versicherte R, falls er mal wieder über die Autoren phantastischer

Literatur schreiben wolle (im April, zum Beispiel, wäre der dreißigste Todestag von Leroux), stünden ihm die Türen immer offen.

Als Nächstes versuchte er es bei *La Prensa*. Sein Bekannter dort – in dem Fall war es mehr als ein bloßer Kontakt: Der junge Mann hatte auf Bitten Gregorios eine Weile im Verlag gearbeitet – war wenigstens so höflich, ihn in sein Büro zu bitten. Aber sprechen wollte er im Innern des Gebäudes, dessen Dach eine Athene-Statue zierte, auch nicht. Er erklärte ihm, an diesem Ort hätten selbst die Wände Ohren. Er schrieb seine Kolumne fertig (es dauerte nicht lange, auch er schrieb wie der Blitz) und lud ihn auf einen Drink ins London City ein.

Obwohl er ununterbrochen redete – er sprach, wie er schrieb –, stürzte er zwei Negronis hinunter und bestellte noch einen.

Beim dritten Drink war R es leid, er wollte auch mal zu Wort kommen und fuhr ihm in die Parade. Er sagte, er sei nicht gekommen, um Smalltalk zu halten, und fragte, ob er von Barlettas Inhaftierung wisse (natürlich, im Politik-Ressort wurde von nichts anderem gesprochen), und zum Abschluss wiederholte R seine Rede über die goldene Chance, die in dem Interview mit Juan Carlos Livraga lag: der Erschossene, der lebte.

Er kam nicht bis zum Ende. Mitten im Redefluss bemerkte er, dass sein Bekannter ihm nicht mehr zuhörte. Sein Blick war abwesend, und er seufzte immer wieder, als läge seine tote Mutter vor ihm.

Verwirrt stand R auf, um zu gehen. Sein Bekannter hielt ihn zurück und begann mit seiner Litanei. Er sprach von der prekären Lage der Zeitung, sie habe es der Befreiungsrevolution zu verdanken, dass die Enteignung gestoppt wurde; ohne Aramburu wäre der Herausgeber – Gainza Paz – gezwungen gewesen, weiter im Exil zu bleiben, millionenschwer, aber ein Flüchtling. Vor diesem Hintergrund konnten sie nichts veröffentlichen, das den Nimbus der Befreiungsrevolution als Regierung von Halbgöttern ankratzte, die vom Olymp herabgestiegen sind.

Der Kontaktmann bei *Crítica* kannte ihn kaum, aber er empfing ihn wie einen Helden. Auch er hasste Murena, Victoria Ocampos Schoßhündchen, der die Zeitung benutzt hatte, um die Populärliteratur niederzumachen. Getrieben vom Zorn der Gerechten, hatte R seine Argumente in einem Brief an die Zeitschrift *Qué* widerlegt. Deswegen nahm ihn der Journalist von *Crítica* mit offenen Armen auf, versprach Ruhm und Ehre – von den Hieben, die R ausgeteilt hatte, gefiel ihm der Vorschlag am besten, Murena solle seiner Autobiographie doch den Titel *Der Idiot* geben – und schleppte ihn in eine Kaschemme im Bajo.

Dort stellte er ihn dem Portier vor, einem Schwarzen aus Uruguay, einem angeblichen polnischen Adligen, einer Reihe von Bardamen, deren Namen so falsch waren wie ihre Bijouterie, und einem Franzosen, der die Zukunft aus Augäpfeln las – R verzichtete, er bevorzugte die Illusion eines freien Willens –, und zog dabei fortwährend über die Militärs her. Admiral Rojas war seiner Meinung nach ein Inkubus, der Sohn Satans mit einer lahmen Frau aus Bahía Blanca, die sonst keiner anfassen wollte. Und er lieferte Beweise: Er schwor, eine Figur wie Rojas sei auf der rechten Tafel des Triptychons *Der Garten der Lüste* von Hieronymus Bosch zu sehen.

«Sehen Sie's sich mal an», sagte er durch die Frau hindurch, die auf seinem Schoß saß. «Rechte untere Ecke, er kniet und kotzt in einen Brunnen mit Verdammten. Das ist der Hormiga Negra, wie er leibt und lebt!»

Im Verlauf des Abends wurde R alles geboten: Alkohol, Koks, Amphetamine, Frauen; der andere stellte klar, dass die Rechnung auf ihn ging. Aber R hielt sich zunächst zurück. Das Treffen mit dem Bekannten bei *La Prensa* nagte noch an ihm, und er hatte noch nichts Anständiges gegessen. Außerdem musste er klar im Kopf bleiben. Umso mehr, als sein Gesprächspartner immer verworreneres Zeug redete. Aber zu keinem Zeitpunkt ließ er sich von R einfangen. Er sprach bereitwillig über die Erschießungen, gestand ein, dass es sich um eine ernste Sache handelte. Doch sobald R auf den Artikel zu sprechen kam, wich er aus.

Im Verlauf des Abends verstand R die Großzügigkeit zu deuten. Sein Journalistenkollege bot ihm alles Mögliche, um ihn darüber hinwegzutrösten, dass er seinem Wunsch nicht entsprechen würde.

R musste sich eingestehen, dass er den Artikel nicht mal an ein Blatt wie *Crítica* verkaufen konnte, das auf dem absteigenden Ast war.

Irgendwann am frühen Morgen hatte er jede Zurückhaltung aufgegeben. Er döste auf dem Sofa (auf diese Weise sparte er sich das Geld für die Pension), als der Kollege ihn wachrüttelte. Anfangs wusste er nicht, wo er war: eine schummrige Raucherhöhle, verschossene Sessel, die ihre besten Zeiten hinter sich hatten, der Duft von Zigarren, Sex und Waschlauge. Im ersten Moment fiel es ihm auch schwer, die lahme teigige Stimme zu identifizieren. Die Suada kam aus einer Ecke, die außerhalb seines Gesichtsfeldes lag. Der Kollege sprach für die Allgemeinheit oder für niemanden oder zu sich selbst, wie alle Betrunkenen.

«Manchmal glaube ich, dieses Land ist verflucht. Ist euch das schon aufgefallen? Wir sind das perfekte Gegenbild der Yanquis, oder nicht? Dabei haben wir viel gemein: großes Land, riesige Felder, verschiedenste Klimazonen, und wir wurden mehr oder weniger zur selben Zeit erobert. Doch von da an sind wir völlig verschiedene Wege gegangen. Für sie ging's aufwärts. Die Protestanten sind fleißige, ernsthafte Menschen. Bei uns ist der Abschaum Europas gelandet. Leute, die in ihrer Heimat Latrinen geleert haben und sich, kaum hier angekommen, als Aristokraten aufspielten … Das gilt natürlich nicht für Sie, Don Kazimierz: Wo kämen wir denn da hin!»

R erhob sich. Es kam ihm so vor, als ob er den Tango, der gerade gespielt wurde, schon gehört hatte: eine Aufnahme von Troilo und Grela, die er eigentlich mochte, die er aber an dem Ort und unter den gegebenen Umständen bedrückend fand. Sein Kollege stand in einer Ecke, nach vorn gebeugt, als würde ihm jemand etwas zuflüstern. Hingestreckt in den Sesseln lauschte das Publikum seiner Rede. Die Mehrheit schlief; auch die Bardamen ruhten, vom Schlaf übermannt, oder sie legten diskret Hand an ihre Freier.

«Was ich damit sagen will», fuhr er mit frischer Energie fort, da er R unter den Zuhörern bemerkte, «ist Folgendes: Dort, im mächtigen Amerika, haben sie einen *way of life* entwickelt, bei dem alle ihren Platz auf dem Schiff haben. Sogar die Neger: Jemand muss ja schließlich die Dampfkessel anheizen! Die haben kapiert, wie es läuft: Damit es einem gutgeht, muss es allen gutgehen, im Rahmen des Möglichen, versteht sich. Aber hier … Das ist ein Land von Kapos. Ich meine die Juden, die, obwohl sie Juden waren, für die Nazis gearbeitet und ihre eigenen Leute herumkommandiert haben. Hier fühlt man sich erst als ganzer Kerl, wenn man jemanden triezen kann, der beim Verteilen der Karten unter einem gelandet ist. Und dann heißt es, Discépolo sei eine tragische Gestalt … Discépolo war ein Optimist! Zum Glück hat sein Herz rechtzeitig versagt. Wenn er sehen könnte, was aus diesem Land geworden ist, würde er nicht erst auf den Infarkt warten, er würde sich direkt das Hirn wegschießen!»

R wollte nur noch weg, es war alles schon beklemmend genug, da brauchte er nicht noch jemanden, der ihn noch mehr runterzog. Der Boden schwankte unter seinen Füßen, und er war schließlich nicht Jesus Christus, der über Wasser gehen kann. Es blieb ihm nichts anderes übrig, als sich wieder hinzulegen. Langsam dämmerte er weg, und er vermochte nicht zu sagen, ob sein Kollege von der Apokalypse gesprochen hatte – ein

Prophet des Großen Gottes Bols –, oder ob sein Verstand von allein diese Bilder eines Meeres von Blut hervorgebracht hatte.

Es war eine riesige Welle, die in seinen Mund drang und ihm den Atem nahm.

7.

Einige Zeit später fand er sich an einer Ecke stehend wieder. Es wurde schon hell über der Stadt, aber nicht in seinem Kopf. Er hatte den Geschmack von Erbrochenem im Mund, und sein Hemd war falsch zugeknöpft, obwohl er sich nicht daran erinnern konnte, es aufgeknöpft zu haben.

Es ist noch früh genug, dachte er. Er wollte einfach nur die Papiere loswerden, die er in der Tasche trug; er wollte nach Hause gehen, das Original und seine Notizen verbrennen und alles vergessen. Er wollte zu seinen Erzählungen zurückkehren, zu den Übersetzungen, sich der Fotografie zuwenden – Plan B für den Beruf, eine Erweiterung des Arbeitsfeldes –, wie zuvor, als Quique ihm von dem Erschossenen, der lebte, erzählte.

Muñiz würde es verstehen. R hatte eine Familie und eine Karriere, die es zu schützen galt. Jeder andere Mann an seiner Stelle würde dasselbe tun. Aber klar, Muñiz war eine Frau. Sie würde seinen Wunsch respektieren und mit der Reportage weitermachen, die kleine Gayega würde nicht aufgeben, da war er sich ganz sicher.

Soll sie nur. Sie ist volljährig, sie kann tun und lassen, was sie will. Ich bin nicht ihr Vater.

Was ihm den Magen umdrehte, war die Vorstellung, dass er es Juan Carlos sagen musste.

Als er ihn von einem öffentlichen Telefon aus anrief, hatte das Gespräch einen anderen Inhalt: Er solle vorsichtig sein, aber er brauche sich keine Sorgen zu machen. Barletta würde nichts

Schlimmes geschehen, er sei eine bekannte Persönlichkeit – sie wollten ihm nur Angst einjagen und über ihn der gesamten Presse –, und ihm würde auch nichts geschehen, der Artikel in *Propósitos* habe ihm Immunität verschafft. Wenn jemand ihn anfasste, ihm auch nur ein Haar krümmte, wäre Aramburu in aller Öffentlichkeit bloßgestellt. Deshalb müsste die Regierung jetzt das größte Interesse daran haben, dass er unversehrt blieb. Er war jetzt ein Unberührbarer, wie die Parias in Indien. (Er sagte ihm natürlich nicht, dass sie unberührbar waren, weil sie am untersten Ende der Kasten standen.) Außerdem sei er nicht allein, er habe seine Familie, den Richter und von Kotsch auf seiner Seite.

Juan Carlos hatte die ganze Zeit geschwiegen. R hatte zwischendurch gedacht, die Verbindung sei unterbrochen, aber dann den leicht gepressten, aber regelmäßigen Atem des Jungen am Hörer vernommen. Den Hauch, den man schon einmal versucht hatte, abzuwürgen und den Juan Carlos durch seinen Entschluss, die Kapos, denen das misslungen war, vor Gericht zu bringen, erneut riskierte.

Was einem die Leute mit Courage doch für einen Kummer bereiten. Sie zwingen einen, sich bessere Entschuldigungen auszudenken, Spiegel zu meiden, Strategien neu zu überdenken, die bis dahin wunderbar funktioniert haben.

Er machte einen Schritt und kam zu dem Schluss, dass es der letzte war. Er war unfähig zu gehen, nur ein Briefkasten bewahrte ihn davor, wie eine Puppe umzufallen. Es war auch niemand da, den er hätte um Hilfe bitten können, es waren weder Fußgänger noch Autos unterwegs. Das Ensemble, das ihn die halbe Nacht begleitet hatte, glänzte durch Abwesenheit: Bardamen, Adlige und Wahrsager waren auf einmal so unwirklich wie das Meer aus Blut in seinem Traum. Aber er konnte unmöglich dort bleiben: Er war einen Block von der Casa Rosada entfernt, also von den Leuten, denen er ein Dorn im Auge war.

Er überlegte, ob er sich einfach auf den Bordstein setzen sollte. Er war nicht in der Lage, die Zuflucht eines Hauseingangs zu erreichen. Aber wenn er auf dem Bordstein ohnmächtig würde, fiel er vielleicht vornüber auf die Fahrbahn und würde von einem Abfallwagen überrollt. T. E. Lawrence hatte auch einen absurden Tod erlitten – er hatte sich mit einem Motorrad selbst ins Jenseits befördert –, aber der war wenigstens so geschickt gewesen, von der Straße abzukommen, *nachdem* er seine Legende geschaffen hatte.

Er steuerte auf den nächsten Hauseingang zu. Der zweite Schritt war nicht so schlimm wie der erste. Mit dem dritten löste er die Hand vom Briefkasten. Er stand immer noch. Er würde nicht aufgeben. Wenn alle anderen es konnten – es war doch wirklich die simpelste Art der Fortbewegung: Man musste nur immer einen Fuß vor den anderen setzen –, warum sollte er verzagen? Er war schließlich nicht mehr, aber auch nicht weniger als jeder andere.

FÜNF

Ein leerer Koffer

1.

Während Enriqueta im Zug durch die Vorstädte von Buenos Aires fuhr, musste sie an Proust denken. Die Assoziation war nicht abwegig. Proust glaubte, wer mit dem Zug reise, werde von Melancholie erfasst, und das konnte sie nur unterschreiben.

Schriftsteller bringt man unvermeidlich mit Zügen in Verbindung. Émile Zola hatte mit *Die Bestie im Menschen* einen schaurigen Roman geschrieben, dessen Protagonisten ein Stationsvorsteher in Le Havre und ein von Mordlust getriebener Lokführer sind. Zola war oft Thema in den Gesprächen mit R gewesen, vor allem die Polemiken, die er entfacht hatte. Auch über die Dreyfus-Affäre hatten sie viel gesprochen: Enriqueta fand, dass Zola sich dem Thema auf journalistische Weise genähert habe, und R hatte dem hartnäckig widersprochen. Für ihn lag die Kraft von *J'accuse!* gerade darin, dass Zola sich der gesamten Palette bedient hatte, die ihm als Romancier zur Verfügung stand. Es war ihnen beiden klar, dass keiner hundertprozentig richtiglag, aber das Feuer, das diese Wortgefechte entfachten, war weit inspirierender, als am Ende recht zu behalten.

In dem halbleeren Waggon – um diese Zeit fuhren die meisten Leute in die entgegengesetzte Richtung – dachte Enriqueta, R würde die weitere Verbindung zu dem Autor von *Germinal* bestimmt gefallen: Auch bei den Recherchen zu den Erschießungen spielten Züge eine wichtige Rolle.

Mit dem Zug war sie nach Vicente López gefahren, um zu

überprüfen, ob Juan Carlos die Wahrheit gesagt hatte, und bei den Verkehrsbetrieben hatte man ihr bestätigt, dass ein Bus der Linie 10 am vergangenen 9. Juni wegen eines Schadens ausgefallen war. Und jetzt saß sie wieder im Zug, auf dem Weg zu einer Mission, vor der sie mehr Bammel hatte. Aber R konnte sie nicht hören, er war in diesen Zug nicht mit eingestiegen.

Kurz vor dem Bahnhof Florida war plötzlich ein Händler aufgetaucht, dem ein Bein fehlte. Er gab lautstark seine Leidensgeschichte zum Besten, die so abgenutzt war wie die Krücke, auf die er sich beim Gehen stützte: Zugunfall, Verfahren am Sanktnimmerleinstag, Mäuler, die er zu stopfen hatte – der Klassiker.

Enriquetas Blick fiel auf den einzigen Schuh, der schmutzig war. Und auf einmal hörte sie R sagen: «Da hat er schon nur die halbe Arbeit, und trotzdem schafft er es nicht, seine Schuhe zu putzen.» Aber es war nicht R, der sprach, er war ja nicht da. Der Witz war einfach so in ihrem Hirn aufgepoppt. Aber der schwarze Humor passte eher zu R als zu ihr. R liebte solche Scherze, es machte ihm Spaß, sein Gegenüber zu schockieren. Einmal hatte er gesagt: «Das Unerträgliche an der Sache ist, dass sie dich auf einer Müllkippe liquidieren. Ich möchte an einen anständigen Ort gebracht werden: in eine hübsche kleine Straße im Zentrum, auf die Plaza Francia oder den Rasen der Pferderennbahn. Dass sie einen töten, meinetwegen, aber dass sie dabei keine Rücksicht auf deinen guten Geschmack nehmen …»

Enriqueta hatte sich aufgeregt und gesagt, dass man über bestimmte Dinge keine Scherze mache. Den Mördern sei es bei der Wahl des Ortes ja gerade darum gegangen, den Verurteilten ihre Menschenwürde zu nehmen, indem sie sie zu Abfall degradierten. R hatte nur schallend gelacht. Nicht die Sache an sich hatte ihn amüsiert, sondern ihre Entrüstung. Er hatte ein sympathisches Lachen, das er nur selten zeigte.

R war durchaus attraktiv. Sein Kleidungsstil war leger, Manschettenknöpfe oder Krawattennadeln hatte sie nur ein- oder zweimal an ihm gesehen, und als Duft benutzte er Aftershave. Ein Großteil seiner Verführungskraft lag in seiner Zurückhaltung. Er war zugeknöpft, wurde nie laut, beschränkte sich in seiner Rede auf das, was notwendig und angebracht war. Auch in seinen Bewegungen war er gemäßigt; auf ihn passte hervorragend der Titel von John Fords Film über irische Streithähne: *The Quiet Man*. Das Markanteste an seinem Gesicht (*die himmelblauen Augen!*) verschwand hinter den dicken Brillengläsern, durch die er die Welt perfekt auf Abstand halten konnte. Enriqueta hatte ihn noch nie ohne Brille gesehen, aber sie stellte sich vor, dass er verwundbar wurde, sobald er sie ablegte.

Am meisten aber fühlte sie sich von seinem Verstand angezogen. R war sich seines Bildungsstands bewusst, aber bildete sich nichts darauf ein. Er verschanzte sich nicht hinter Gewissheiten, sondern ihn interessierten die Grauzonen, die er unermüdlich auslotete. In den letzten Wochen hatte sie beobachtet, wie er allmählich zu der Erkenntnis gelangte, dass die bedingungslose Unterstützung der Befreiungsrevolution ein Fehler gewesen war. Er hatte Talent, aber es musste sich erst noch entfalten; dessen war er sich bewusst, deshalb hatte er auch die Kritik an seinem Artikel hingenommen. Nur eins konnte er nicht: verlieren. Ihre erste und einzige Schachpartie hatte er, als ihm klar wurde, dass er gleich von ihr mattgesetzt würde, unter dem Vorwand abgebrochen, er habe eine terminliche Deadline.

R befand sich noch in der Entwicklung. Eine Eigenschaft, die sie im Licht der Erfahrung mit ihrem Vater positiv wertete. Don Muñiz war alles andere als ruhig: Er war ein Hansdampf in allen Gassen, ein Polterer, der meinte, die Weisheit für sich gepachtet zu haben, egal, um was es sich handelte. Ein einziges Mal hatte sie versucht, ihn mit seinen Widersprüchen zu konfrontieren («Wie kann man in politischen Dingen ein Freidenker und in gesellschaftlich-sozialen Belangen konservativ sein?»), aber schon bald hatte sie sich geschlagen geben müssen.

«Du siehst darin einen Fehler, ich betrachte es als Aufgeschlossenheit», hatte er geantwortet. «Die Intelligenz eines Menschen misst sich daran, wie viele Widersprüche er in sich vereinen kann!»

Ihr Bruder Amaranto hatte schon lange begriffen, dass er unter den Fittichen seines Vaters niemals erwachsen werden würde. Die Verlobung mit einem Mädchen aus Salta war ein kühner Schachzug gewesen. Entwickelte die Beziehung sich gut, war es der perfekte Ausstieg: In tausendfünfhundert Kilometern Entfernung von dem Patriarchen, der allen die Luft zum Atmen nahm, wäre er endlich frei.

Enriqueta fühlte sich zu R hingezogen, weil er ein Mensch war und kein Denkmal. Die Vorstellung, jemanden in seiner Persönlichkeitsentwicklung unterstützen zu können, war verlockend. Doch dafür war eine andere zuständig. R war unerreichbar, wie ein Gipfel in der Ferne. Auch wenn Enriqueta es nicht gern zugab, sie war ihrem Vater ähnlicher, als ihr lieb war: Sie war zweifellos eine Freidenkerin, aber konservativ, was ihre persönlichen Beziehungen anging.

Ihre rebellische Ader verausgabte sie im täglichen Kampf am Arbeitsplatz. Die wenigen Journalistinnen, die es gab, verbannte man gern in die unwichtigen Ressorts: Herz und Schmerz, die Klatschspalten, Kochrezepte, Horoskope. Sich zu behaupten, sich Respekt zu verschaffen war ebenfalls ein Fulltime-Job. Wenn sie nach Hause kam, wollte sie nur eine rundum ruhige Ecke: Geborgenheit, ein helles Plätzchen, bezahlte Nebenkosten und eine warme Mahlzeit. Deshalb lebte sie immer noch bei ihren Eltern. (Das war ihre Entschuldigung vor sich selbst.)

Die Bremsen quietschten. Sie fuhren in den Bahnhof Florida ein. Zeit, in die Wirklichkeit zurückzukehren, sich nicht mehr länger schneller fortzubewegen als die Welt, Zeit, die Träumereien aufzugeben, die – Proust wusste das – nur in Zügen gedeihen.

2.

Es war nicht der Ort, zu dem sie eigentlich wollte. Aber er lag auf dem Weg, nur etwa zwanzig Meter von ihrem Ziel entfernt, und sie konnte ihm nicht ausweichen: Es war der Schauplatz der Entführung, das Haus, in dem die Tragödie ihren Lauf genommen hatte. Sie hatte die Adresse im Kopf, aber sie warf trotzdem noch einmal einen Blick in Juan Carlos' Aussage, um sicherzugehen.

Es handelte sich um einen flachen Betonbau in der Calle Irigoyen. Über eine zweiflügelige Holztür, bei der man den einst hellblauen Anstrich nur noch erahnen konnte, gelangte man in den Garten. Die Haustür befand sich in einem kleinen Gang unter einem Vordach. An den Gittern und Fensterläden hingen Spinnweben, die nicht über Nacht entstanden waren. Der Boden im Gang war von Briefen übersät, die der Postbote einfach dort hingeworfen hatte. Einige, die unter freiem Himmel lagen, hatten sich durch den Regen halb aufgelöst, andere waren durch die Sonne verblichen.

Auf der rechten Seite des Grundstücks gab es einen nicht überdachten Gang, der zu der hinteren Wohnung führte. Dort waren die Polizisten auf der Suche nach mutmaßlichen Verschwörern entlangmarschiert – wohl im Gänsemarsch: Der Durchgang war schmal.

Enriqueta rang mit einer Entscheidung. Die vordere Wohnung war unbewohnt, es würde also niemandem auffallen, wenn sie sich ein wenig umsah. Aber sie wollte ihre eigentliche Mission nicht aufschieben. Ihr Kopf drängte sie hineinzugehen, ihr Bauch hielt sie auf dem Bürgersteig fest. Sie fühlte sich leer, ihre Gedärme rumorten wie die Trommel einer Waschmaschine.

Das Haus war einfach und machte einen gemütlichen Eindruck. Doch der Anblick versetzte ihr einen Stich, als stünde sie vor einem Konzentrationslager.

3.

Ihr Ziel lag zwei Häuser weiter. Dort hatte Vicente Rodríguez gelebt, Juan Carlos' Freund, der ihn zu Beginn der verhängnisvollen Nacht eingeladen hatte, den Kampf von Lausse im Radio anzuhören. Und seine Familie lebte immer noch dort.

Juan Carlos hatte gesagt, Vicente habe drei Kinder. Deshalb hatte Enriqueta sich mit Süßigkeiten und Gebäck aus einer Bäckerei in der Nähe des Bahnhofs versorgt.

Trotzdem fühlte sie sich unbehaglich. Es war schrecklich, als wäre sie kein Mensch, sondern ein Geier oder ein leichenfleddernder Skarabäus. Was konnte sie der Frau schon bieten, die ihr, so stellte sie sich vor, gleich mit einem schmuddeligen Kind auf dem Arm die Tür öffnen würde? Welchen Vorteil hatte die Wahrheit für jemanden, der mit einem Schlag seinen Partner, den Vater seiner Kinder und den Ernährer der Familie verloren hatte? Die Wahrheit war ein bürgerlicher Wert, der nur für diejenigen zählte, die Liebe, eine Familie und Geld hatten. Die Wahrheit hält dich in Winternächten nicht im Arm. Die Wahrheit tröstet die Tränen deiner Kinder nicht. Die Wahrheit füllt weder deinen Kühlschrank noch deine Töpfe.

Für sie war die Ermittlung wertvoller als für die Witwe. Ihre Absicht war wohlmeinend; streng wie ein Inquisitor war sie mit sich ins Gericht gegangen. Aber warum fühlte sie sich trotzdem so mies?

Sie kam zur Hausnummer 4545 in der Calle Irigoyen. Das Haus entsprach ihren Befürchtungen; eine rauhe Wand, hinter der man ein Grundstück erahnt, und weiter hinten ein Gebäude mit abblätterndem Putz.

Enriqueta drückte auf den Klingelknopf. In der Ferne hörte man eine Glocke. Hunde bellten.

Die Tüte mit dem Gebäck knisterte an ihrer Brust.

4.

Vom Innern des Hauses war sie angenehm überrascht. Vicentes Frau schaffte es, für sich und die Kinder zu sorgen, ohne im Müll zu versinken. Der Jüngste war nicht im Haus zu halten, er liebte es, die Hühner zu jagen und im Garten herumzutollen, auf dem Fleckchen Erde, wo nur das gedieh, was der Wind an Samen mit sich führte. Die beiden anderen waren ruhiger. Das elfjährige Mädchen lief geschäftig hin und her, als wäre sie die Hausherrin. Der Mittlere las ein Buch mit dem Titel *Chicharrón*.

Enriqueta schien es, dass das ruhige Verhalten Teil ihrer Persönlichkeit und nicht den traurigen Umständen geschuldet war. Vor einem Berg von Rechnungen gestatteten die Kinder sich ein Lächeln.

Vicentes Frau – ihr Name war Aurora, und das war das einzig Leuchtende an ihr – lächelte nicht. Sie hatte einen abwesenden, emotionslosen Blick. Enriqueta vermutete, sie habe sie hereingebeten, weil sie eine willkommene Abwechslung in dem von Puder, Mehl und Stärke bestäubten Alltagstrott darstellte.

Aurora führte sie in die Küche und bot ihr einen Mate an. Das war der richtige Ort dafür, denn dort konnte sie den Teekessel warm halten und ein Auge auf die Kunststückchen des Jüngsten haben. An der einzigen freien Wand hingen ein Kalender, ein Heiligenbild von San Cayetano und ein Bilderrahmen mit Porträtfotos der Kinder im Säuglingsalter. Der Mittlere las auf dem Boden, im Schutz der Tischbeine.

Die Witwe hatte kein Problem damit, im Beisein des Kindes über Vicente zu sprechen. Auf ihre einfache Art erzählte sie Anekdoten, als würde der Hüne jeden Moment zur Tür hereinkommen und sich einen Mate eingießen. Enriqueta ließ sich von der Erzählung mitreißen und vergaß, dass sie von einem Toten sprachen.

Die Geschichte an sich war nichts Besonderes. Man konnte

sie in wenigen Worten zusammenfassen: Jugendliebe, überstürzte Heirat, gemietetes Haus, unregelmäßige Jobs, hungrige Mäuler.

Der Witwe zufolge hatte Vicentes glücklichste Zeit im Leben begonnen, als man ihn zum Delegierten wählte. Zum ersten Mal in seinem Leben wurde er von der Gesellschaft so behandelt, wie es seiner Statur entsprach – «der Vicente war ein Riese», sagte die Frau, und in ihren Augen blitzte es schelmisch. Auf einmal hatten die Leute ihm zugehört, über seine Worte nachgedacht. «Er hatte sogar angefangen zu lesen, um sich besser ausdrücken zu können», sagte sie und bewegte die Hand wie einen Fächer.

Sie deutete auf ein Buch im Brotkorb. In dem Haus gab es keinen geeigneten Platz dafür.

«Es muss in die Bibliothek zurück», sagte sie. «Aber ich habe keine Zeit.»

Mit der Befreiungsrevolution war dann alles vorbei gewesen: der Gewerkschaftsdienst, die regelmäßige Arbeit, der Urlaub. Vicente machte Gelegenheitsjobs und spielte Fußball. Erst flog er am Hafen raus und später vom Fußballplatz, weil er seinen Gegnern ein Dorn im Auge war.

An dem Abend vor der Erschießung hatte er gesagt, er hätte einen Job zu erledigen. Es war Samstag, aber es war nicht abwegig, am Hafen wurde Tag und Nacht gearbeitet, und für eine Sonderschicht gab es mehr Geld.

Sonntagmittag war er noch nicht wiederaufgetaucht. Aurora hatte sich allmählich Sorgen gemacht, aber nicht im Traum hatte sie ihren Mann mit dem Aufstand in Verbindung gebracht, von dem im Radio die Rede war. Sie hatte das vermutet, was jede Frau an ihrer Stelle vermutet hätte: ein Besäufnis, ein Unfall, eine Geliebte.

Am Montag war die Polizei aufgetaucht. Ohne jede Erklärung hatten sie Vicentes Parteibuch verlangt. Am Dienstag hatte man sie für den nächsten Tag vorgeladen. Am Mittwoch war sie auf das Revier gefahren und hatte nach ihrem Mann gefragt. Der diensthabende Offizier hatte sie gefragt, ob sie nicht lesen könne, die Nachricht sei doch in allen Zeitungen. Eine Reihe von Leuten sei standrechtlich erschossen worden, und Vicente sei einer davon.

Die Leiche befand sich in der Poliklinik von San Martín. Man brachte sie dorthin.

«Er war nackt, der Arme», sagte sie und trank einen Schluck Mate.

Vicentes Körper, der für sie immer ein Ausbund an Kraft gewesen war, war nur noch ein Häufchen marmoriertes Fleisch.

Ihr wurde beschieden, sie solle einen Sarg besorgen und ihn noch vor Freitag abholen. Sonst würde er in ein Massengrab geworfen.

Mit Unterstützung der Nachbarn kaufte sie einen Sarg. Um die Formalitäten auf dem Friedhof kümmerte sich eine Tante. Er wurde im Beisein von zwei Polizisten beigesetzt, die erst verschwanden, als die Zeremonie beendet war.

«Möchten Sie Fotos sehen? Ich bringe Ihnen welche.»

Enriqueta zögerte. Was wollte sie ihr zeigen: Fotos aus dem Leichenschauhaus? Vom Friedhof? Die Witwe deutete ihr Schweigen als Zustimmung und verschwand. Unter dem Tisch blätterte der Junge lustlos weiter.

«Was liest du denn?», fragte Enriqueta, obwohl sie den Titel längst gesehen hatte.

«Das ist die Geschichte von einem Hund. Wollen Sie mal sehen? Ich bin fertig. Ich hab's schon tausendmal gelesen», sagte der Kleine.

Das schien zu stimmen, denn der Buchrücken war gebrochen und die letzten Seiten drohten herauszufallen. Auf denen der arme Hund seine Geschichte auf grausamste Art beendete.

Man nannte ihn Chicharrón, Kruste, weil man ihn in der Pfanne des Lebens gebraten hatte.

5.

Enriqueta blieb länger als nötig, weil sie den Absprung nicht fand. Aber gegen Mittag, als der Mittlere mit Hunger aufbegehrte, war es das Signal zum Aufbruch. Einen Mate konnte Enriqueta annehmen, aber sie wollte den armen Geschöpfen nicht auch noch etwas wegessen. Sie gab Aurora die Porträtfotos zurück, die sie sich angesehen hatte (manches Glück lässt sich in vier Momentaufnahmen einfangen, überreicht von Foto Spegazzini), und sie schaute kurz in den Garten, um sich von dem Jüngsten zu verabschieden.

«Tschüss, mein Kleiner.» Der Junge spielte mit einem leeren Koffer, in den er sich hineingesetzt hatte. Nach den Bewegungen seiner Hände zu urteilen, steuerte er ein imaginäres Auto oder ein Raumschiff.

«Das ist alles, was Vicente uns hinterlassen hat», sagte die Witwe, die hinter ihr aufgetaucht war. «Einen leeren Koffer.»

Enriqueta unterdrückte die Frage, ob es sich um den Koffer von Juan Carlos handelte. Den Koffer, den er Vicente für die Fußballtrikots geliehen hatte und den der ihm an dem verhängnisvollen Abend hatte zurückgeben wollen.

Doch der Gedanke, ihnen das Einzige zu nehmen, was ihnen von Vicente geblieben war, widerstrebte ihr. Und so beschränkte sie sich auf ein paar Abschiedsworte.

6.

Unterwegs fragte sie nach dem Weg und fand den Club. Aber als sie vor der Tür stand, zögerte sie. Es fiel ihr schwer, das Buch aus der Hand zu geben. Sie wollte die Witwe nicht enttäuschen, der sie versprochen hatte, es für sie zurückzubringen. Doch es wäre sicherlich kein Drama, wenn sie es noch ein wenig behielt; wenn sie das nächste Mal in das Viertel käme, würde sie es dem rechtmäßigen Besitzer zurückgeben.

Im Zug zog sie es aus der Tasche, um darin zu blättern. Sie kam aber nicht über die Titelseite mit dem blauen Stempel *Bibliothek Club Social y Deportivo Unión, Florida, Provinz Buenos Aires* hinaus.

Diesmal waren die Gedanken, die sie während der Fahrt überkamen, alles andere als melancholisch.

7.

Enriqueta kannte das Kino Real nicht. Sie war als Jugendliche nach Buenos Aires gekommen, zu spät, um noch Gefallen an Kurzfilmen von *Tom und Jerry* oder *Popeye, der Seemann* zu finden. Andere hatten ihr davon erzählt, verheiratete Freundinnen mit Kindern. Es schien ihr ein passender Ort zu sein. Die Ordnungshüter würden dort nicht nach ihr suchen, es war jedenfalls eher unwahrscheinlich. Sie hatte weder Kinder noch Nichten oder Neffen.

Ob die Kinder von Vicente Rodríguez je ein Kino von innen gesehen hatten? Bei ihrem nächsten Besuch könnte sie sie einladen, die Witwe hatte sicher nichts dagegen. Damit könnte sie die quälenden Schuldgefühle lindern, zumindest für die Dauer der Vorstellung.

Sie ging zu der Holzbank im Eingang. Bevor sie sich setzte, vergewisserte sie sich, dass die Sitzfläche weder schmutzig noch klebrig war. Im Saal lief gerade ein Film, die Geräusche hörte man durch die Holztüren hindurch; es wimmelte von Müttern, Vätern und Großeltern, die von Kinderhänden zur Toilette, nach draußen oder in die Dunkelheit des Saales gezerrt wurden.

«*Mister Reeder weiß Bescheid*», sagte der Mann, der sich neben sie gesetzt hatte. «Ich hätte nicht gedacht, dass Sie ein Faible für Mystery-Literatur haben.»

«Das hatte Vicente Rodríguez in einer Bibliothek ausgeliehen. Er war der irrigen Meinung, die Lektüre könne ihm dabei helfen, sich besser auszudrücken.»

«Das ist gar nicht so irrig. Gewöhnlich sind die Bücher recht unterhaltsam. Selbst die der Epigonen von Edgar Wallace!»

«Wie ist es Ihnen ergangen?»

Anstelle einer Antwort reichte er ihr zwei Tickets.

«Was halten Sie davon, wenn wir hineingehen? Dann fallen wir weniger auf. Wenn wir hier noch länger sitzen bleiben, ohne Kind …»

«Stehen Sie zuerst auf. Dann löse ich den Kaugummi ab, auf den Sie sich gesetzt haben.»

«Verdammter Mist.» R sprang auf.

Das mit dem Kaugummi hatte Enriqueta erfunden. Sie konnte sich das Lachen nicht verkneifen.

8.

Enriqueta berichtete zuerst. Sie wollte die tristen Lebensumstände von Vicentes Familie nicht besonders hervorheben. Es wäre ihr auch nicht gelungen: Die Musik von *Mighty Mouse* ließ keine Ernsthaftigkeit zu. Ihre Entdeckung bewahrte sie sich für das Ende auf. Es war das Einzige, das R vom Hocker hauen würde.

«Als ich am Haus der Entführung vorbeikam – es ist verlassen, das sieht man schon von weitem –, wurde ich unruhig. Anfangs dachte ich, dass mich der Anblick gruseln würde. Es war der letzte Ort, den die Opfer besucht hatten! Aber als ich Vicentes Haus verließ, war das Gruseln schon da. Vermutlich ist es das, was man den ‹sechsten Sinn› nennt, den ich noch nie …»

«Kommen Sie zum Punkt. Wir sind hier nicht bei Proust.»

«Also ging ich hinein. Ich weiß nicht, was ich zu finden hoffte, aber ich tat es einfach. Und ich habe tatsächlich was gefunden.»

«Ich weiß nicht, was mich gerade mehr in den Wahnsinn treibt, *Mighty Mouse* oder Sie.»

«Im hinteren Teil habe ich nichts Auffälliges bemerkt, die Wohnung ist einfach verlassen. Aber auf der Hälfte des Korridors befindet sich noch eine dritte Tür. Ein Seiteneingang zum Vorderhaus, mit Milchglas im oberen Teil.»

«Und weiter?»

«Am Haupteingang sieht man überall Spinnweben und bergeweise Post, die niemand hereingeholt hat. An der Seitentür war keine einzige Spinnwebe und auch kein Dreck.»

R setzte sich auf. Eine Sekunde lang dachte Muñiz, er wolle sie küssen. Doch das geschah nicht. R war gespannt, sie war am Zug.

«Ich habe durch das Schlüsselloch geschaut. Es steckte etwas darin, aber nicht der Schlüssel. Es war ein kleiner Zettel. Eine handgeschriebene Liste: ‹zwei Kilo Kartoffeln, ein Kilo grüne Bohnen, zwei Kilo Tomaten …›»

R runzelte die Stirn, die Sache begann ihn zu interessieren.

«Ich habe geklingelt. Einmal, zweimal. Ich glaubte, drinnen ein Geräusch zu hören. Ich habe noch ein drittes Mal geklingelt. Nach dem vierten Mal fragte mich eine Frauenstimme, was ich wolle. Sie hatte wohl meinen Schatten durch das Glas gesehen und gedacht, dass ich für sie keine Bedrohung darstelle.»

Der Hausherr – Horacio di Chiano hieß er – war nicht da, aber seine Frau. Vielleicht war sie zurückgekehrt, um etwas zu holen, vielleicht lebte sie dort wie in einer Katakombe, jedenfalls war sie da. Sie öffnete die Tür einen Spaltbreit, und als sie am Akzent bemerkte, das Enriqueta aus Spanien stammte, beschloss sie, ihr Gehör zu schenken.

«Di Chiano muss der Alte sein, den Juan Carlos erwähnt hat. Der, den sie in letzter Sekunde in den Bus verfrachtet haben, bevor sie zum Revier gefahren sind! Deswegen habe ich den ganzen Sermon runtergebetet: Der Fall werde ans Licht kommen, sie seien sicherer, wenn sie dasselbe täten wie Juan Carlos und vor dem Richter eine Aussage machten. Ich erklärte ihr, ich hätte keine Unterlagen zur Hand, weil ich die Kopien der Witwe Rodríguez gegeben hätte. Aber wenn sie wolle, könne ich noch mal mit den bereits veröffentlichten Artikeln vorbeikommen.»

«Den Artikeln? Im Plural? Sie gehen ja ran wie Blücher.»

«Sie hat mir nichts versprochen. Aber sie hat zugesagt, dass ich noch mal mit den Unterlagen wiederkommen darf, sie will sie ihrem Mann zeigen.»

«Mal sehen, ob sie noch da ist, wenn wir hinfahren.»

«Mein Bauchgefühl sagt mir, die Frau ist es leid, alles geheimhalten zu müssen.»

R drückte Muñiz' Unterarm, er war regelrecht überschwenglich. «Stellen Sie sich mal vor, ich hätte an diese Tür geklopft. Was für ein Glück, dass ich Sie als Partnerin habe.»

«Das nächste Mal müssen Sie mitkommen. Und dann sehen wir, was passiert!»

R nahm wieder die vorherige Haltung des Zuschauers ein. Es sah so aus, als würde er aufmerksam verfolgen, was sich auf der Leinwand abspielt. Er hatte die Ellbogen auf die Armlehnen gestützt und die Hände ineinander verschränkt. Aus Gewohnheit nagte er an einem Finger.

«Stimmt was nicht?»

R überlegte einen Moment, was er antworten sollte. Schließlich sagte er: «Was ich mich die ganze Zeit frage: Es mag ja noch angehen, dass eine Maus Superkräfte hat wie *Der Mann aus Stahl.* Aber warum muss sie die ganze Zeit trällern wie ein Tenor in der Mailänder Scala?»

9.

Nach dem Kino lud er sie auf ein Eis ein. Enriqueta zögerte, doch R ließ nicht locker. Eine Eiswaffel sei für einen Verdächtigen von unschätzbarem Wert: Wenn man unbekümmert durch die Straßen schlenderte und sein Eis schleckte, sei man über jeden Verdacht erhaben.

«Und außerdem ist es gut gegen den bitteren Geschmack im Mund», sagte er.

Rs Verhandlungen mit dem Herausgeber von *Azul y Blanco* waren gescheitert. Sánchez Sorondo, seines Zeichens Anwalt, hatte ihn in seiner Kanzlei in der Charcas 600 empfangen. Er hatte sich freundlich und aufgeschlossen gezeigt. Er hatte sich seine Geschichte von A bis Z angehört und den Artikel gelesen. (Eine Kopie, das Original sah inzwischen aus wie die Anschreibeliste eines Tante-Emma-Ladens.) Er hatte sich wohlwollend über die sorgfältige Recherche geäußert und auch über die Art, wie er geschrieben war, und er teilte Rs Einschätzung, was die Bedeutung des Falls anging. Aber der ums Maul geschmierte Honig ließ bereits erahnen, dass eine bittere Pille folgen würde.

«Ich würde ihn liebend gern in *Azul y Blanco* veröffentlichen», sagte er. «Aber das ist jetzt nicht der richtige Zeitpunkt. Aramburu hat uns auf dem Kieker. Nach dem Schlag gegen *Propósitos* gibt es immer weniger Leute, die die Regierung in Frage stellen. Wir sind einsame Rufer in der Wüste. Täglich erreichen uns Drohungen, selbstverständlich anonym. Dabei ist unsere Kritik primär ideologischer Natur. Wenn wir jetzt mit einer konkreten Anzeige rauskommen und Aramburu eines Verbrechens bezichtigen ...»

R wandte ein, es gäbe doch keinen besseren Moment als jetzt. Je länger man warte, desto größer sei die Gefahr für die Überlebenden.

«Aber wenn sie mir den Laden dichtmachen, nützt ihnen das auch nichts.»

Sánchez Sorondo bat ihn, noch einmal nachzudenken. Ob es ihm möglich sei, für ein paar Wochen die Füße stillzuhalten.

«Soll ich vielleicht gleich in diesem Sessel sitzen bleiben?», scherzte R und klopfte auf die lederne Armlehne. «Warum auch nicht! Der ist doch sehr bequem.»

Die nächsten Worte überlegte er sorgfältig. Er war kurz davor, sich um Kopf und Kragen zu reden und mit seinem Sarkasmus einen Mann gegen sich aufzubringen, der ihm nützlich sein konnte. Er sagte, es gehe bei der Sache nicht um ihn, sondern um das körperliche und emotionale Wohlergehen der Menschen, die ihm vertrauten. Wenn *Azul y Blanco* die Anklage nicht veröffentlichen wolle, würde er es woanders versuchen.

«Zu Not mache ich Kopien und verteile sie auf der Straße», sagte er. «Ich kann doch jetzt nicht einfach aufhören. Wenn ich mich jetzt unter dem Vorwand aus der Affäre ziehe, dass wir vorsichtig sein müssen, bin ich am Ende praktisch ein Komplize der Verbrecher, die ich denunzieren will.»

Glaubte er wirklich, was er gerade gesagt hatte? Aber ja: Als er sich reden hörte, glaubte er leidenschaftlich daran. Wie die Figuren Shakespeares, die sich ihrer wahren Gefühle bewusst werden, sobald sie sie laut aussprechen.

Sánchez Sorondo überreichte ihm seine Visitenkarte mit Adresse und Telefonnummer der Kanzlei. Auf der Rückseite hatte er handschriftlich seine direkte Durchwahl notiert.

«Tun Sie, was Sie für richtig halten», sagte er. «Ich denke derweil über die Sache nach. Wenn ich sehe, dass der richtige Zeitpunkt gekommen ist, und wenn Sie die Anklage noch nicht veröffentlicht haben …»

Konkret hieß das, da brauchte er sich nichts vorzumachen, dass *Azul y Blanco* die Anklageschrift nicht veröffentlichen würde. Die Absage war für R das Ende des Weges.

«Ich habe schon an die Türen aller Blätter geklopft, die mir eingefallen sind. Was soll ich jetzt tun? Ich könnte es überall ein zweites Mal versuchen, aber … Was weiß ich, vielleicht haben Sie mehr Glück. Wie bei di Chianos Frau!»

Enriqueta biss in die Eiswaffel. Den oberen Teil hatte sie bereits vertilgt, ohne dass auch nur ein Tropfen danebengegangen war. R hingegen hatte sich komplett besudelt: Er hatte Eisflecken auf dem Ärmelaufschlag, und beide Hände klebten, weil er die Eiswaffel wechselweise mal in der einen und mal in der anderen Hand gehalten hatte.

«Kein Blatt wird eine solche Anklage von mir annehmen. Ich bin eine Frau», sagte Muñiz. «Ich kann vielleicht Señora di Chiano weichkochen oder mit der Witwe Rodríguez Tee trinken. Aber kein Chefredakteur wird mich ernst nehmen.»

«Haben Sie sich das eigentlich nie gefragt?», sagte er. Er schüttelte die Hand mit der Eiswaffel, dass die Tropfen spritzten.

«Was?»

«Was passiert wäre, wenn sich in der hinteren Wohnung auch Frauen befunden hätten. Glauben Sie, die hätten sie auch erschossen?»

Muñiz schwieg. Sie wollte glauben, dass sie das nicht gewagt hätten. Aber es handelte sich um dieselben Bestien, die Kinder und alte Menschen auf der Plaza bombardiert hatten.

«Und die ausländischen Medien?», fragte Muñiz, um das Gespräch auf ein anderes Thema zu lenken. «Als Sie zum ersten Mal über die Sache sprachen, erwähnten Sie …»

«… *Life*, ja. Und die *New York Times*. Aber das war ein Scherz. Ich kenne niemanden dort. Ich kenne nur einen Wissenschaftler aus Michigan. Ich habe ihm eine Kopie des Artikels geschickt, aber noch keine Antwort erhalten. Wie dem auch sei, jede Verhandlung würde Zeit kosten, und die haben wir nicht.»

Um seinem Ärger Luft zu machen, warf er die durchweichte Waffel in den nächsten Abfalleimer.

«Wenn die Realität immer wieder dieselbe Botschaft aussendet, sollte man nachdenken», meinte Muñiz unbeirrt. «Wir tun, was wir können. Wenn die Presse eine Sackgasse ist, müssen wir die Sache vielleicht auf dem Rechtsweg verfolgen. Mit ihnen und von Kotsch reden, damit sie verstehen …»

«Nein, nein», sagte R und schüttelte die klebrige Hand. «Wenn es keinen Druck von außen gibt … von der Öffentlichkeit, gefüttert durch die Presse, wird kein Richter auch nur einen Finger krümmen. Diese Leute ticken alle gleich: Sie rühren sich nur, wenn sie sicher sind, dass etwas dabei für sie rausspringt, oder wenn sie irgendwelche Leichen im Keller haben.»

R sah sich um. Wurden sie verfolgt? Bevor Muñiz das fragen konnte, blieb er mitten auf dem Bürgersteig stehen und sagte: «Es ist zu spät, um einen Rückzieher zu machen. Ich habe wirklich viel darüber nachgedacht. Ich weiß, ich werde nichts von dem erreichen, wovon ich anfangs geträumt habe. Wahrscheinlich werde ich nie einen festen Job in einer Redaktion finden, wenn ich so weitermache. Und ich werde auch nichts mehr veröffentlichen können, es sei denn, ich mache mit den albernen Kriminalgeschichten weiter. Ich werde zu einem Schandfleck. Zu einem Kerl, den man meidet wie die Pest.»

Er hatte die Arme erhoben wie ein Chirurg, der seine Hände geschrubbt hat und zur Operation schreiten will.

«Aber ich kenne mich», sagte er. «Wenn ich nicht alles tue, was in meiner Macht steht, um diesen Menschen zu helfen, wird es nur schlimmer. Heute kann ich das vielleicht schlucken. Aber wenn ich irgendwann eine Militärparade sehe, wird es aus mir herausplatzen. Das ist das irische Blut. Wenn man uns in die Enge treibt – wenn wir nichts mehr zu verlieren haben –, sind wir zu allem fähig.»

Er schob sein Gesicht zwischen den erhobenen Händen nach vorn und überraschte Muñiz mit einem Kuss.

10.

Seine Lippen landeten auf der Wange, neben ihrem Mund. Sie war noch ganz betäubt, als R sich von ihr löste und sagte: «Ich gehe jetzt in die Kneipe und wasche mir die Hände. Und ich hoffe, Sie sind noch da, wenn ich wieder herauskomme. Wegen der Lappalie werden Sie doch nicht eingeschnappt sein!»

Allein auf dem Bürgersteig beschwor Enriqueta das Gefühl noch einmal herauf. Das musste sofort geschehen, bevor alles nur noch eine Erinnerung war: die Berührung der warmen Lippen und der rauhen Haut, der Geruch nach Tabak und Aftershave, der leichte Druck des Brillengestells an ihrer Wange. Die Suggestion begann Wirkung zu zeigen – Wärme stieg in ihr auf –, da holte eine dicke, mit Einkaufstüten beladene Frau sie brüsk auf den Boden zurück. Sie schimpfte, dass Enriqueta ihr im Weg stehe.

Muñiz suchte Zuflucht bei einem Zeitungskiosk. An einem solchen Ort, umgeben von Zeitungen und Zeitschriften, fühlte sie sich immer wohl. Sie mochte den Kontrast zwischen den unterschiedlichen Typographien und Bildern, die Vielzahl an Formen und Farben, das Nebeneinander der unterschiedlichsten Themen. Ihr Blick erforschte, wie der Zeitungsverkäufer sein kleines Reich aufbaute: Wo er die Kinderzeitschriften einsortierte, wo die Sport- und Frauenmagazine. Von klein auf hatte sie die Comichefte geliebt, die hier «historietas» hießen. Die kleine Lulú hatte sich durch den Kampf, den die Heldin gegen Tobis Club und sein infames Motto «Frauen nicht zugelassen» führte, in ihr Herz eingebrannt.

Zu diesem Kiosk hätte das gegenteilige Motto gepasst. Die Frauenmagazine – Zeitschriften wie *Para Ti* und *Vanidades* mit ihren Liebesgeschichten – waren überproportional vertreten und zentral platziert. Kurz hegte sie die Befürchtung, R könne sie dort sehen und ihre Absicht missdeuten: Nein, der Kuss hatte sie nicht dazu gebracht, Proust gegen Corín Tellado einzutauschen. Doch in dem Moment fiel ihr Blick auf die Zeitungen, die an einem Draht hingen. Die Aufmachung war nüchterner, aber die Schlagzeilen nicht weniger leidenschaftlich. Darunter war ein gelbes Exemplar. Sie fragte, ob sie die Zeitung mitnehmen könne, und zahlte, sie kostete gerade mal einen Peso.

Sie stand immer noch am Kiosk, als R auf die Straße heraustrat und nach ihr suchte. Enriqueta wollte auf sich aufmerksam machen, doch dann überlegte sie es sich anders. Seinem Gesicht nach zu urteilen, war er verzweifelt oder zumindest enttäuscht, und dafür konnte es nur einen Grund geben: Er glaubte, sie sei fort. Sie kostete den Moment noch ein wenig aus. Dann gab sie ihm ein Zeichen, bevor er sich im Stich gelassen glaubte und in die falsche Richtung ging.

«Was lesen Sie denn da?», fragte er, als er sie mit der aufgeschlagenen Zeitung in den Händen sah. Er neigte den Kopf und las den Titel laut vor: *Revolución Nacional.*

«Kennen Sie das Blatt?»

«Sánchez Sorondo hat es erwähnt. Aber er sagte gleich dazu, vielleicht sei das Erscheinen längst eingestellt worden. Er meint, die Redaktion sei inzwischen geschlossen. Der Herausgeber, Cerruti Costa, habe das Land verlassen oder sich irgendwo verstecken müssen.»

«Hier steht ‹Organ des Instituts für Arbeiterkultur›.»

«Cerruti Costa ist Anwalt der Arbeiterpartei. In der Regierung Lonardi war er Arbeitsminister. Bis Aramburu an die Macht kam und alle Nationalisten durch Antiperonisten ersetzte.»

«Sind Sie nicht bekennender Nationalist und zugleich Antiperonist?»

R lächelte vielsagend. «Sagen wir, ich bin ein Linker, das ist einfacher», sagte er.

«Nach dem, was ich hier lese, hat dieser Costa immer noch

einen Rochus auf die Regierung. Ich könnte mir vorstellen, dass er für eine gewisse Anklageschrift durchaus empfänglich wäre.»

R rückte seine Brille zurecht und fuhr sich mit den Fingerspitzen über die Mundwinkel. Das tat er häufig, wenn er in Gedanken war.

Am Ende stimmte er zu: «Wir haben ja nichts zu verlieren.»

«Was soll's, mehr als nein sagen kann er nicht», sagte sie. «*Allons-y?*»

Sie faltete die Zeitung zusammen, klemmte sie sich unter einen Arm und reichte ihm den anderen, damit er sich einhake.

R zögerte nicht. Bis jetzt hatte er allein verhandelt und war kläglich gescheitert. Er musste Muñiz die Chance geben, sich als Glücksbringer zu erweisen.

Sie gingen Arm in Arm. Die Passanten sahen sie an.

Sie gaben ein hübsches Paar ab.

SECHS

The Wrong Man

1.

Im Kellergeschoss in der Calle Leandro Alem befanden sich brennbare Elemente (Papier, Lösungsmittel), und zudem war die Lüftung defekt. Und die Treppe – der einzige Zugang – war zum Teil durch Stapel alter Zeitungsexemplare blockiert. Dieser Schacht war der denkbar ungeeignetste Ort für eine Zeitungsredaktion. Doch ein Tropfen brachte das Fass zum Überlaufen, wie R fand: Man durfte nicht rauchen. Das reduzierte die Auswahl an Dingen-die-man-tun-kann-um-nicht-verrückt-zu-werden-während-man-wartet.

Er konnte auch keinen Smalltalk machen, denn alle hatten zu tun. José Caspa – der eigentlich Rossi hieß, wie er später erfuhr –, hing ständig am Telefon. Er war Gewerkschaftler gewesen und wollte unter keinen Umständen gefunden werden. Die Gestrenge Sekretärin ging von einem Angestellten zum nächsten und verlangte eine Erklärung für getätigte Ausgaben. («Wo essen Sie denn Ihre Schnitzel, im Alvear Palace?») Zwei hatten einen Wettbewerb laufen, wer am lautesten tippt. Und Enrique Muiño – er hieß nicht wirklich so, er ähnelte nur dem Schauspieler in seiner Rolle in *Mein bester Schüler* – saß in seinem durch Glaswände abgetrennten Kämmerlein, das in seinem notdürftigen Aufbau durchaus zu einem Filmset gepasst hätte.

Muiño diskutierte mit jemandem, der so gar nicht in die Höhle passte: vom Barbier rasiertes Gesicht, Anzug vom feinen Herrenausstatter, Krawattennadel mit Edelstein. Er saß ganz vorn, am Rand des Stuhls, als hätte er vergessen, den Bügel aus seinem Jackett zu nehmen. Muiño hingegen – er war der Herausgeber – gestikulierte und zeigte dabei aller Welt die dunklen Schweißflecken unter seinen Achseln.

Als R das erste Mal mit ihm gesprochen hatte, hatte er geglaubt, die Vorstellung, den Artikel zu veröffentlichen, mache ihm so viel Angst, dass er schwitzte. Jetzt wusste er, dass Muiño immer schwitzte; natürlich war es auch möglich, dass er immer noch Schiss hatte. Wenn es einen Moment gab, begründet Angst zu haben, dann jetzt.

R stand auf. Er wollte nach draußen gehen und eine rauchen. Das machten auch die Schreiber des Blattes, wenn die Inspiration nachließ: Sie marschierten mit der Fluppe in der Hand Richtung Treppe. Es schien eine stillschweigende Übereinkunft zu geben, wie bei Horacio und Gregorio. Sie gingen nie gemeinsam, vielleicht damit die Musik der Tasten nicht verklang und man den Eindruck hatte, dass in der Höhle noch irgendjemand arbeitete.

Kaum war er aufgestanden – seinen Aguamar-Trenchcoat wollte er dort lassen, der wäre ihm draußen nur lästig –, tauchte ein Junge auf der Treppe auf. Er brachte zwei mit Sisal verschnürte Pakete, stellte sie am Fuß der Treppe ab und ging mit der Empfangsquittung auf die Gestrenge Sekretärin zu.

R ging zu den Paketen, aber gemächlich, um seine Neugier zu verbergen. Aber das gelbe Papier ließ keinen anderen Schluss zu: Es musste sich um Exemplare von *Revolución Nacional* handeln.

Ich hoffe, es ist keine Rücksendung alter Ausgaben. Was Enttäuschungen angeht, ist das Maß voll, ich kann nicht mehr!

R kniff die Augen zusammen, um besser lesen zu können, er konnte die Schlagzeile mehr ahnen als sehen. Sie nahm die gesamte Breite der Titelseite ein: Katastrophenlettern, Cinemascope in Zeitungsversion.

Es war in der Tat der Titel, den er mit Muñiz abgesprochen und Muiño verkauft hatte. Ursprünglich war die Idee gewesen, den Satz zu verwenden, den er an dem Abend im Café gehört hatte: «Einer der Erschossenen lebt.» Er fand ihn einwandfrei, von unwiderstehlicher Verführungskraft. Jeder, der an einem Kiosk vorbeikommt – ob Bankangestellter, Lehrerin oder Lotterieverkäufer –, stutzt und fragt sich: *Wie, er lebt? Er wurde doch erschossen? Wer hat ihn erschossen? Wie hat er überlebt?* Und er würde die Münzen für die gelben Blätter auf den Ladentisch legen, um Näheres zu erfahren. Den Leuten war es im ersten Moment vielleicht sogar egal, ob es sich um eine historische Tatsache oder eine erfundene Geschichte handelte. Der Titel war so wirkungsmächtig, dass er die Grenze zwischen Realität und Fiktion auslöschte.

Doch plötzlich hatte er Zweifel bekommen. Die waren genau in dem Moment entstanden, als Muñiz ihm den Roman von *Mr. Reeder* gezeigt hatte, den Vicente aus der Bücherei entliehen hatte. R kannte die Figur: J. B. Reeder, ein Detektiv, der sich älter und harmloser gab, als er war, damit die Verdächtigen in ihm keine Bedrohung sahen.

Ich habe auch ein paar von diesen Romanen, hatte er gedacht, als er das Buch in ihren Händen sah. Und genau in diesem Moment war eine der Mauern eingestürzt, die er zu seinem Selbstschutz errichtet hatte.

Nicht mit einem Getöse wie die in Jericho, nein, sie war sang- und klanglos in sich zusammengefallen. Das hatte ihn verwundbar gemacht. Bis dahin war es ihm gelungen, eine Distanz zu den Opfern des Falls aufrechtzuerhalten, die er für professionell hielt, zumindest redete er sich das ein. R hatte nicht viel für Boxen übrig, er war kein Peronist, er lebte nicht im Norden des Großraums Buenos Aires: Ihm hätte niemals widerfahren können, was den armen Teufeln geschehen war, nein.

Trotzdem war ihm irgendwann der Verdacht gekommen,

dass seine Weigerung, die Verwandten der Toten zu treffen, weniger mit der Gewichtung zu tun hatte, die er als Journalist setzte – was konnten sie zu den Erschießungen sagen, wenn sie nicht dabei waren? –, als mit der Notwendigkeit, sich selbst zu schützen. Vicente Rodríguez hatte drei Kinder, Juan Carlos hatte es ihm erzählt. Und R war nicht sicher, ob er den Mut hatte, einem kleinen Mädchen gegenüberzutreten, das seinen Vater verloren hatte.

Deswegen war er überrascht, als die Literatur eine unerwartete Brücke zwischen Vicente und ihm herstellte. Die Militärs hatten nicht nur einen Gewerkschafter, Ehemann und Familienvater ermordet: Sie hatten auch einen Leser billiger Kriminalromane getötet, wie er selbst einer war. Deswegen hatte er von seinem ursprünglichen Plan Abstand genommen und nach einem anderen Titel gesucht. Er wollte sehen, ob es möglich war, das Geheimnisvolle des ursprünglichen Titels zu bewahren und zugleich den Leser in die Tragödie mit einzubeziehen, ähnlich wie er selbst in die Geschichte hineingezogen worden war.

Und er hatte einen solchen Titel gefunden. Er funktionierte bestens, auch wenn er durch den Faden, der ihn in der Mitte wie eine Narbe teilte, etwas von seiner Erhabenheit einbüßte.

Der Titel auf der ersten Seite von *Revolución Nacional* zog den Leser in die Geschichte mit hinein, ob er wollte oder nicht. Er lautete:

«Auch ich wurde erschossen.»

2.

Muñiz teilte ihm mit, die Verteilung würde gegen acht erfolgen. Deswegen hatte er einen Tisch auf der Terrasse gewählt: So konnte er die kühle Abendluft genießen und hatte gleichzeitig den Kiosk im Blick.

Er bestellte einen Genever. Den hatte er sich verdient, und dazu eine Zigarette. Es war Zeit zu feiern, auch wenn das Fest anders ausfiel, als er es sich erträumt hatte.

Entscheidend war, dass die Geschichte unter die Leute gebracht war oder *auf dem Weg* zu den Leuten, um genau zu sein. Muñiz hatte ihm fünf Belegexemplare gegeben: Vier waren noch unberührt, im fünften blätterte er gerade.

Der LKW, mit dem die Zeitungen ausgefahren wurden, kam nach zwei Gläsern Schnaps. Er musste noch ein wenig warten, bis der Kioskverkäufer die Bündel aufgeschnürt und die Ware ausgelegt hatte. Er wollte sehen, was er mit *Revolución Nacional* machte: wo er das Blatt hinsteckte, wie gut es zu sehen war.

Er war nicht mehr so aufgeregt gewesen, seit man ihm das erste gedruckte Exemplar seines Buches überreicht hatte. (Obwohl damals, das musste man berücksichtigen, Schnaps keinerlei Rolle gespielt hatte.) Seine Brust flatterte, der Motor unter den Rippen war kurz vor der Explosion; und dabei hatte er sich so oft den Vorwurf anhören müssen, er habe ein Herz aus Stein.

«Und was ist das? Worum geht's?», hatte der Kellner bei der zweiten Runde gefragt. R hatte das durchgeblätterte Exemplar gut sichtbar auf den Tisch gelegt.

«Um einen Mann, den sie in der Nacht von Valles Revolution erschießen wollten. Einen Unschuldigen.»

«Wie schrecklich!», hatte der Kellner gesagt und sich zurückgezogen.

R wollte das weiterverfolgen. Er nahm sich vor, wenn der Kellner noch mal auf die Sache zu sprechen kam, würde er ihm ein Exemplar der Zeitung schenken. Dann hätte er einen Vorwand, zum Kiosk zu gehen, sich dumm zu stellen und ein Exemplar von *Revolución Nacional* zu kaufen. Auf diese Weise könnte er seinen Bestand von vier makellosen Exemplaren um ein neues erweitern.

Obwohl er den Kellner immer wieder rief, um noch eine Bestellung aufzugeben, ignorierte der ihn. Als am Kiosk alles fertig drapiert war, rief er dem Kellner von weitem zu: «Ich lasse das hier liegen! Ich gehe kurz zum Kiosk, bin gleich wieder da!»

Der Kellner zeigte ihm einen erhobenen Daumen. Auf dem Weg stieß R gegen einen Stuhl, er war schon ziemlich angesäuselt.

Es gab drei Exemplare von *Revolución Nacional.* Aber gut platziert. Er verlangte ein Exemplar, als wäre er ein gewöhnlicher Kunde, und fragte: «Warum gibt es nur so wenige? Verkauft sich das nicht?»

«Was erwarten Sie denn von so einem Ort …», erwiderte der Kioskverkäufer. «Hier kommen viele feine Pinkel her: Perkins, Copello, die ganzen Rennfahrer.»

Borges und Bioy auch.

«Deshalb verkauft sich *El Gráfico* so gut. Genau wie diese importierte Zeitschrift, die ich für die Jungs besorge», sagte der Kioskbesitzer und deutete auf ein Exemplar von *Quattroruote*, das wie ein Diamant glitzerte. «Die einzige *Revolución*, die sich hier verkauft, ist die Stute, deren Rennen in Palermo Rosa viele Zuschauer hat!»

Er bezahlte passend. Als er an den Tisch zurückkam, saß sie bereits da.

3.

Elina hatte sich schick gemacht wie für ein Fest. Das war übertrieben, er hatte ihr lediglich ein Abendessen versprochen, eventuell mit anschließendem Kinobesuch, und eine Nacht im Hotel. (Wenn sie einen frühen Zug erwischte, wäre sie pünktlich zum Beginn des Unterrichts wieder zurück.) Aber es war mehr als verständlich: Sie gingen nie allein aus. Wer sollte sich um die Mädchen kümmern? Elinas Mutter war krank. R hatte keine Angehörigen in La Plata. Seine Schwester wäre als Babysitter ideal gewesen, aber sie lebte in einem Kloster.

Außerdem war es auch eine Frage des Geldes. Wenn R etwas einnahm, zahlte er sofort all die notwendigen Dinge, für die Elinas Lohn nicht ausreichte: die Rechnung im Lebensmittelladen, die neuen Rohrleitungen fürs Bad, den Teerbelag für die Terrasse. Was übrig blieb, ging für Zigaretten und Bücher drauf. Nie schlug er vor, es für Luxus auszugeben – für einen Wochenendausflug oder ein Abendessen im Lokal wie an diesem Abend –, es sollte nicht so aussehen, als wollte er das Wenige, das er verdiente, sinnlos verprassen.

Aus diesem Grund hatte Elina für den Anlass alles aufgeboten (die Lackschuhe, die Handtasche, die ihre Mutter nie benutzt hatte), sie wollte die Gelegenheit nutzen. Das Glück war an dem Tag auf ihrer Seite, der Mann der Putzfrau war auf Dienstreise, und diese konnte das Extrageld für das Hüten von Haus und Kindern gut gebrauchen.

Elina hatte Rs Tisch sofort erkannt, auch wenn er nicht da war. Man musste kein Daniel Hernández sein, um ihn zu finden. Der Hinweis auf dem Stuhl genügte ihr. Die Exemplare von *Revolución Nacional* bedeckten einen großen Teil der Sitzfläche. Vorsichtshalber war sie erst mal stehen geblieben. Sie hatte die Zeitung genommen und las begierig darin.

R zog einen Stuhl zurück und bat sie Platz zu nehmen. Sie küsste ihn auf den Mundwinkel und setzte sich, ohne die Zeitung wegzulegen.

«Bist du zufrieden?»

«Mhm», sagte er und kehrte auf seinen Platz zurück.

«Was heißt hier ‹mhm›?»

«Sie haben sich beim Titel vertan. Das Layout ist grauenhaft.»

«Na ja. Aber es ist erschienen!»

«Lies mal die Überschrift und die Bildunterschrift, die offenkundig nicht von mir stammen. Furchtbar.»

«Besser ein Diamant mit einem Fehler als ein Kieselstein ohne», sagte sie, Konfuzius zitierend.

«Ich bevorzuge den anderen Spruch: ‹*Don't let the good be the enemy of the perfect.*›»

«Das glaube ich dir. Aber anders herum wird ein Schuh daraus: ‹*Don't let the perfect …*›»

R konzentrierte sich auf das eben gekaufte Exemplar und las: «‹Kriminelle Raserei›. ‹Das Aufscheinen der Wahrheit›. ‹Unser kreolisches Rittertum›. Der Anfang ist so … *prätentiös*, dass keiner mehr den Artikel liest!»

Sein Text war ebenfalls prätentiös. Im letzten Moment hatte er noch Adjektive gestrichen, die Seiten mit Bleistift bekritzelt. Aber damit war die ursprüngliche Sünde noch nicht beseitigt.

«Der Aufhänger ist der Titel», sagte Elina und trank einen Schluck von seinem Genever.

R sah, dass ein Mann auf den Kiosk zustrebte. Etwa fünfzig, gepflegt, aber kein feiner Pinkel. Es könnte sich durchaus um jemanden handeln, der sich für die Lage im Land interessierte, der sich informierte … Aber nein: Er kaufte ein Exemplar von *El Gráfico*, der Kioskverkäufer wusste, wovon er sprach.

Er hätte einen anderen Kiosk an einem anderen Ort auswählen sollen. Once. Constitución. Klar, da gab es nicht allzu viel Restaurants, die zum Feiern taugten.

«Was hat denn der Junge, Juan Carlos, dazu gesagt?», fragte Elina.

«Gleich morgen früh bringe ich ihm ein Exemplar.»

Ich habe völlig vergessen, ihn anzurufen. Ich hätte es gleich in der Redaktion tun sollen, als der Schuppenkopf Rossi endlich aufgelegt hatte. Jetzt ist es zu spät!

Er trank den letzten Rest Genever, aber der bittere Geschmack wollte nicht weichen. Mit jeder Sekunde wurde das Gefühl in ihm stärker, in einer phantastischen Erzählung gefangen zu sein – und zu allem Überfluss in einer von Borges, dem Schweinepriester, der sein Metier aus dem Effeff beherrscht –, wo er den falschen Pfad und sein Schicksal eine verhängnisvolle Wendung genommen hat.

Er hatte die Geschichte geschrieben, die er schreiben wollte, aber auf falsche Weise. Und er hatte sie am Ende veröffentlicht, aber in der falschen Zeitung. Und er hatte am falschen Kiosk darauf gewartet.

Aber was ihn am meisten verwirrte, war das Gefühl, dass er gleich mit der falschen Person feiern würde.

4.

Der nächste Morgen war hektisch. R und Elina standen früh auf, und wenige Schritte vom Hotel entfernt brachen sie zu unterschiedlichen Zielen auf: sie Richtung Constitución, er Richtung Verlag.

Elina erreichte noch den Zug um 7.15 Uhr. Was sie nicht wusste: Sie war nicht der einzige Fahrgast in diesem Zug, der ein Exemplar von *Revolución Nacional* bei sich trug. Zwei Wagen weiter reiste ein Mann mit, der sich, je nach Erfordernis, Oliván, Pérez oder Turdera nannte.

Am Bahnhof von La Plata verzweigten sich die Wege von Elina und Oliván/Pérez/Turdera. Sie begab sich zu ihrer Blindenschule, und ihr eiliger Schritt und die Erinnerung an das Tête-à-tête der vergangenen Nacht jenseits der Alltagsroutine brachte ihre Wangen zum Glühen. Oliván/Pérez/Turdera ging währenddessen leise pfeifend zum Polizeipräsidium.

Als er dort eintraf, dauerte es drei Minuten, bis sein druckfrisches Exemplar der *Revolución Nacional* – das er nicht gekauft, sondern über einen Kontaktmann bei der Druckerei erhalten hatte – auf dem Schreibtisch des Mannes gelandet war, den R mit Spitznamen *Desi* nannte.

In seinem Büro, hinter verschlossenen Türen, überflog Desi den Artikel. Am Ende angekommen, war er empört und gleichermaßen frustriert. Er las ihn ein weiteres Mal, Zeile für Zeile.

Die Frustration blieb. Aber die Empörung war einer unbändigen Wut gewichen.

Wollen wir doch mal sehen, ob du dich noch für ebenso unangreifbar hältst, wenn du mir gegenübersitzt, dachte er.

Er ließ einen Brüller los. Oliván/Pérez/Turdera hörte auf zu pfeifen und trat ein. Er hatte vor der Tür gewartet, weil er wusste, dass er umgehend Instruktionen erhalten würde.

Desi befahl ihm, nach Buenos Aires zurückzukehren. Der Kontaktmann aus der Druckerei solle sich mit *Revolución Nacional* kurzschließen und herausfinden, wer für den Artikel verantwortlich war. Er trug keine Unterschrift. Das legte nahe, dass der Verfasser nicht nur ein Verleumder, sondern auch ein Feigling war, einer von denen, die ihre Hand verstecken, nachdem sie den Stein geworfen haben.

«Sobald Sie wissen, wer es ist, stellen Sie ein Einsatzkommando zusammen und rufen mich an», sagte Desi.

Oliván/Pérez/Turdera nahm Haltung an und machte sich aus dem Staub.

Als Desi allein war, ließ er seinen Gefühlen freien Lauf. Er zerknüllte die Zeitung zu einer Kugel und verfehlte bei seinem Wurf knapp den Papierkorb. Er hob die Kugel auf, strich das Papier mit dem Handrücken glatt und legte es in die Schublade. Er hätte das Blatt am liebsten angezündet, aber er wollte den Text zur Hand haben. Wenn er den Scheißkerl in die Finger bekäme, würde er es gut gebrauchen können. Er hatte eine genaue Vorstellung davon, wie er sich an ihm für jede einzelne Verleumdung rächen würde.

Der Artikel könnte ihm noch Kopfschmerzen bereiten. Er

musste sofort etwas unternehmen, bevor er einen Anruf aus der Casa Rosada erhielt.

Sein Name tauchte im Text nicht auf – nicht umsonst hatte er Zeile für Zeile sorgfältig durchkämmt; die Sorgfalt hätte er besser an anderer Stelle an den Tag gelegt –, aber alles deutete auf ihn. Jeder wusste oder konnte bei seinem Nachbarn erfragen, wie der Polizeichef von Buenos Aires hieß. Nein, die Auslassung sollte nicht ihn decken, sondern der Schreiberling wollte damit seinen Arsch schützen.

Was Desi am meisten ärgerte, war nicht das möglicherweise daraus erwachsende Problem – das konnte er aus der Welt schaffen, glaubte er –, sondern dass er in dem Artikel nicht namentlich erwähnt war.

Für dich bin ich also einfach der Chef. Du wirst noch kapieren, was das heißt.

5.

Zur selben Zeit frühstückte R in einem Café in der Avenida de Mayo. Schwarzer Kaffee und Croissants. Er trug die Kleidung vom Vortag, es war ihm unangenehm, aber es würde kein Problem sein. Das war einer der Vorteile, wenn man immer dieselben Klamotten oder zumindest ähnliche Sachen trug: Niemand würde den Verdacht hegen, dass er die letzte Nacht nicht zuhause verbracht hatte.

Und mit niemand meine ich Muñiz.

Er las *La Nación*. Argentinien war eine Oase des Friedens und des Wohlstands. Der Algerienkrieg hielt die Franzosen immer noch in Atem. Pius XII. ging es nicht besser. Und Bogart war gestorben! Was für ein Jammer, alle Kriminalfilme wurden durch ihn um Klassen besser.

R mochte die Filme lieber, in denen er den Ganoven spielte

und nicht den Detektiv, wie *Der versteinerte Wald* oder *Entscheidung in der Sierra*. Der Mann hatte Rückgrat, er ließ nicht zu, dass Jack Warner ihm einen Künstlernamen verpasste. Was Frauen anging, war sein Geschmack tadellos, zumindest als er Lauren Bacall, für ihre Freunde Betty, verführte – oder sich von ihr verführen ließ. Außerdem war er einer, der nachdachte, ein paar Porträts nach zu urteilen, die er über ihn gelesen hatte. In einer hatte er zugegeben, dass er schnell in Streit geriet; da war etwas in seiner Stimme oder in seinem überheblichen Gesichtsausdruck, das provozierend wirkte.

Als er fertig war, faltete R die Zeitung zusammen und legte sie auf den Stuhl neben ihm. Sollte er noch einen Kaffee trinken? Es war noch zu früh, um zum Verlag zu gehen, er wollte sich noch ein wenig die Beine vertreten. Er zahlte und fand in seiner Tasche neben dem Geld noch etwas anderes: das Kinoprogramm des gestrigen Abends.

Elina wollte unbedingt einen Film sehen. R hatte protestieren wollen, er sei doch gerade erst vor ein paar Tagen im Kino gewesen, aber er hielt sich zurück; sonst hätte er von seinem Abenteuer mit Muñiz im Real berichten müssen, und das war ihm zu heikel. Außerdem war er im dunklen Kinosaal dagegen gefeit, sich unterhalten zu müssen. Zu dem Zeitpunkt hatten die Genever und der auf das Hochgefühl folgende Absturz bereits ihren Tribut gefordert. Er hätte lieber Hitchcocks *Der falsche Mann* gesehen, der noch in einem Kino in der Calle Lavalle lief. Doch Elina war für *High Society*. R hatte ein wenig gegrummelt, war aber mitgegangen. In der letzten Zeit hatte er es aufgegeben, seiner Frau zu widersprechen.

Der Film hatte einen simplen Plot (Bing Crosby versucht, seine Exfrau, die ebenso schöne wie eisige Grace Kelly, zurückzugewinnen, die kurz vor ihrer Hochzeit mit einem anderen steht), aber die Musik war gut. Cole Porter war eben ein Meister seines Fachs. Elina sang im Hinausgehen *True Love*, ein wenig zu schmalzig für Rs Geschmack; ihn hingegen hatte *Well, Did You Evah?* amüsiert, der Song, in dem Crosby und Sinatra schreckliche Dinge sagen, aber elegant verpackt:

«Have you heard? / It's in the stars / Next July we collide with Mars.»

Er hatte so getan, als ob er schlafe, kaum dass er den Kopf auf das Kissen gelegt hatte. Doch als Elina anfing ihn zu berühren, hatte sein Körper reagiert und sich der Keuschheit widersetzt, die seine Seele forderte.

6.

Der Mensch ist nicht für die Monogamie geschaffen. Das Angebot ist zu groß, und der Reiz des Neuen übermächtig. Mit den Jahren sehen die Paare all das schwinden, was sie einst zusammengeführt hat, und sie begnügen sich damit, nebeneinander herzuleben. Das Erwachen ist manchmal grausam. R hatte beispielsweise nie verstanden, was seine Eltern zusammengeführt hatte. Am Anfang muss Leidenschaft im Spiel gewesen sein, oder sie hatten die Hoffnung, dass die Ehe für beide zweckdienlich sei. Nachdem Leidenschaft und Hoffnung verflogen waren, blieben zwei Menschen, die unterschiedlicher nicht hätten sein können, weiter in einer Ehe gefangen. Sein Vater war wortkarg und streng gewesen, ein Samurai. Seine Mutter lechzte täglich nach etwas, das sie nie bekommen würde: Geld, Amüsement und ein wenig Frivolität. (Nach der sie sich wohl auch gesehnt hatte, die Arme, als sie R den Namen eines Galans der Stummfilmzeit gab.)

Es war nicht so, dass ihn an Elina etwas störte. Sie war nur eben nicht neu. Er war überzeugt, dass er sich, wenn seine Erinnerung mit einem Federstrich ausgelöscht würde, sofort wieder in sie verlieben würde. Zumindest für eine Weile.

Aber die festgefahrenen Strukturen, das Korsett der Routine, nahmen ihm die Luft zum Atmen. Wenn er der Geschichte mit den Erschossenen für etwas dankbar war, dann dafür, dass sie ihm erlaubte, auf alle Verpflichtungen pfeifen zu können. Nicht zu wissen, was in den nächsten Stunden mit seinem Leben passierte, bereitete ihm keine Sorgen, im Gegenteil, die Vorstellung erregte ihn.

Zwischenzeitlich hatte er angefangen *«Have you heard? It's in the stars ...»* zu singen.

R fragte sich, ob eine verborgene Absicht hinter der Wahl des Films lag. Wollte Elina ihm etwa durch die Blume sagen, was passieren würde, wenn es so weiterging? Trennung, die Hochzeit mit einem anderen?

Elina sollte wissen, dass ich nicht Bing Crosby bin.

Natürlich hatte es andere Frauen gegeben. Für einen Abend oder eine Nacht, nichts Ernstes. Aber die Vorstellung, den Rest seines Lebens damit zu verbringen, seine bewundernswerte Frau zu hintergehen und seine Energie darauf zu verwenden, ein Lügengebäude aufrechtzuerhalten, konnte er nicht ertragen. Er wollte nicht das einzige Leben vergeuden, das er hatte, und er wollte auch nicht unehrlich sein. Nur wenige Dinge strengten mehr an als Unehrlichkeit. Am besten war, man blieb bescheiden und glaubwürdig.

Aber wenn die Aufrichtigkeit geliebte Menschen verletzt, was unterscheidet sie dann vom Egoismus?

Die Welt in ihrem Hochmut tat so, als ob das Dilemma nicht existiere. Alle Menschen, die ihm begegneten – die aufdringlichen Jungs, die die Mädchen umschwirrten; die Frau, die hellblaue Hemden kaufte; der Zeitungsjunge, der hinter jedem Rock her war –, verhielten sich, als ob der Zauber für immer anhalten würde. Dem war nicht so, R wusste das nur zu gut. Keine Reise währt ewig. Selbst aus dem schönsten Zug muss man irgendwann aussteigen.

In einiger Entfernung sah er Muñiz. Schnellen Schritts strebte sie auf das Verlagsgebäude zu. Sie war in Gedanken und bemerkte ihn gar nicht. Er wollte sie rufen, wenn es sein musste, mit einem kurzen Pfiff. Aber er ließ es bleiben.

Er fragte sich, was in den nächsten Stunden mit seinem Leben geschehen würde.

7.

Am Nachmittag desselben Tages erfüllte Oliván/Pérez/Turdera den ersten Teil seiner Mission. Er würde den Namen des Verfassers des Artikels herausfinden.

Die Sache hatte schlecht angefangen. Zu seinem Leidwesen hatte der Kontaktmann in der Druckerei keinen Freund unter den Angestellten bei *Revolución Nacional.* Das verkomplizierte seine geheimdienstlichen Ermittlungen. Es blieb ihm nichts übrig, als die Ärmel hochzukrempeln und die Drecksarbeit selbst zu übernehmen. Unter irgendeinem Vorwand würde er in der Zeitungsredaktion auftauchen. Wenn er den gesuchten Namen nicht über einen Trick herausfände, würde er einen der Journalisten auf dem Heimweg verfolgen und ihn in einer dunklen Gasse ausquetschen.

Er wollte sich schon auf den Weg machen, als sein Kontaktmann ihn bat, ihm noch ein paar Minuten Zeit zu schenken. Ihm sei ein Licht aufgegangen, sagte er.

Er kam mit einem Bündel Papier zurück. Es handelte sich um die Originale, die Muiño ihm für die aktuelle Ausgabe geschickt hatte. Unter dem Original der Titelgeschichte standen die Initialen *rjw*, die mit schwarzer Tinte ausgestrichen waren.

Roberto Julio Washington? Ricardo Juárez Wilson?

Am nächsten Tag wurde Oliván/Pérez/Turdera in der Redaktion von *Revolución Nacional* vorstellig. Er hatte einen Umschlag dabei, der an einen gewissen *RJW* adressiert war. Die Gestrenge Sekretärin sagte, er solle ihn dalassen, sie würde ihn weiterleiten. Doch Oliván/Pérez/Turdera weigerte sich: Er habe die Order, den Umschlag persönlich zu übergeben.

Die Gestrenge Sekretärin warf einen Blick auf den Umschlag, und als sie die Buchstaben sah, wurde sie noch strenger als sonst. Sie fragte den Überbringer, ob er auch die richtige Adresse habe. Oliván/Pérez/Turdera las sie laut vor. Es war in der Tat das Gebäude, in dem sie sich gerade befanden.

Rosendo Jorge Wellington? Raúl Jiménez Wood?

Die Gestrenge Sekretärin drehte sich zu dem Journalisten um, der hinter ihr tippte: «Hat Rossi einen Vornamen, der mit W anfängt?»

«*Wilfredo*», erwiderte er, ohne den Blick von der Schreibmaschine zu heben. «Es ist sein zweiter Vorname.»

«Dann muss er wohl für Rossi sein», sagte die Gestrenge Sekretärin zweifelnd. «Aber er ist nicht da: Er hat den Verlag verlassen, und ich glaube nicht, dass er heute noch einmal kommt.»

Oliván/Pérez/Turdera fragte, ob sie ihm nicht die Adresse geben könne.

Die Gestrenge Sekretärin ließ sich nicht darauf ein. Sie sagte, wenn es ihm so wichtig sei, den Umschlag persönlich zu übergeben, solle er doch am nächsten Tag, einem Freitag, in die Redaktion kommen.

Oliván/Pérez/Turdera akzeptierte ihre Weigerung. Doch das hieß noch lange nicht, dass er kapitulierte. An der Treppe zum Ausgang schnappte er sich unbemerkt ein Bündel alter Zeitungen.

Niemand hielt ihn zurück.

In sicherem Abstand zur Redaktion setzte er sich zwei Blocks weiter in ein Café und bestellte eine Bidú-Cola.

Er blätterte die Zeitungen durch, bis er auf die gesuchte Unterschrift stieß.

Rossi, J. Wilfredo. Das war sein Mann.

Diesmal hielt ihn jemand zurück. Der Kellner. In der Tür hörte er ihn rufen. Was wollte er, er hatte doch bezahlt?

Die Zeitungen. Er hatte sie vergessen.

«Werfen Sie sie weg», sagte er.

Pfeifend wie ein Fink zog er von dannen.

8.

Die Hitze am Freitagabend erklärte so manches. Zum Beispiel, dass Enriquetas Mutter sich weigerte, ihr mit dem Lockenstab das Haar zu glätten. Und so blieb ihr nichts anderes übrig, als sich einen riesigen Lockenwickler ins Haar zu drehen. Wie sollte sie bei der Bullenhitze und mit dem Lockenwickler einschlafen? Sobald sie den Kopf auf das Kissen legte, bohrte er sich in ihren Kopf. Leise fluchend, drehte sie sich unzählige Male hin und her, und mindestens ebenso oft versuchte sie, dem Kissen eine andere Form zu geben. Einen weiteren Grund für eine schlaflose Nacht brauchte sie weiß Gott nicht.

Die Hitze war auch die Ausrede für R, später ins Bett zu gehen. Mit einem Stuhl und einem Bier ging er auf die Terrasse. Er zog das Hemd aus, hängte es über die Lehne und nahm einen Schluck von dem kühlen Bier. Am freien Oberkörper spürte er die Brise.

Es war Mitternacht, und die Stadt war verstummt. Zwischen dem schwarzen Himmel und den Häusern glitzerte eine goldene Aureole. Doch R war mit seinen Gedanken woanders.

Er fragte sich, wie es mit der Geschichte weitergehen sollte. Muñiz hatte ihre genauen Vorstellungen, sie drängte ihn, Rodríguez' Witwe zu besuchen. R riss sich nicht darum; er wollte lieber warten, bis von Kotsch den anderen Erschossenen, der überlebt hatte, überzeugen konnte: Er hieß Giunta, wie Juan Carlos in seiner Aussage festgehalten hatte. Laut von Kotsch eine harte Nuss. Der Anwalt hatte beide aus dem Gefängnis von Olmos geholt, wo sie in Kontakt gekommen waren. Aber Giunta hatte von einer Anzeige nichts wissen wollen. Er wollte einfach nur vergessen, das schreckliche Erlebnis hinter sich lassen («begraben» hörte sich in dem Fall makaber an).

Was R jedoch am meisten beschäftigte, war nicht, was in Zukunft aus der Geschichte wurde oder welche Wege sie in der Gegenwart nehmen würde. Der Artikel war nach einigem Hin und Her erschienen, der Fall war an die Öffentlichkeit gekommen und wurde verbreitet. Beklommen dachte er an zwei mögliche Folgen. Die erste: dass nichts geschah. Dass keiner die Ausgabe von *Revolución Nacional* las, dass der Artikel keine Wellen schlug und die Zeitung nur dazu diente, frische Eier einzupacken.

Die zweite: dass der Artikel eine Welle erzeugte, die nicht in ihrem Sinn war, und dass Juan Carlos (noch mehr) verletzt wurde.

Zum ersten Mal hatte er etwas geschrieben, das einem Menschen aus Fleisch und Blut Schaden zufügen konnte. Als er den Artikel veröffentlichte, hatte er sich gesagt, er habe alle denkbaren Vorsichtsmaßnahmen getroffen. Am Ende des Textes hatte er Juan Carlos' Namen fast schon gebetsmühlenartig wiederholt, damit er sich in das Gedächtnis des Lesers grub und ihn dazu brachte, Anteil an seinem Schicksal zu nehmen. Er hatte all jenen, die daran dachten, ihm auch nur ein Haar zu krümmen, mit allen möglichen Vergeltungsmaßnahmen gedroht. Er hatte klargestellt, dass Juan Carlos' Leben das unantastbarste von allen im Land war – sein musste.

Doch das alles war ihm jetzt zu wenig. Er hatte Angst, Juan Carlos könnte etwas zustoßen, und *er würde schuld sein.* Natürlich musste jemand die Geschichte erzählen, aber höchstwahrscheinlich war er der Falsche. Er war nicht in der Lage, eine solche Verantwortung zu tragen, weder als Mann noch als Schriftsteller.

Worte können einen Menschen in Gefahr bringen. Aber wenn es darum ging, ihn zu schützen, taugten sie nicht viel.

Artikel und Romane hielten keine Kugeln fern.

9.

Die quälende Hitze war auch der Grund, warum Rossi – für R Schuppenkopf und *rjw* für Oliván/Pérez/Turdera – in Unterhosen schlief.

In Unterhosen lag er da, als der Lärm ihn weckte. Und in Unterhosen hörte er, wie die Tür eingetreten wurde. In Unterhosen war er dem lasziven Blick von Pistolen und Gewehren ausgesetzt. In Unterhosen stellte er Fragen, die ihm keiner beantwortete. In Unterhosen wurde er in einen Lieferwagen gestoßen, der ihn abtransportierte.

Auch als sie ihn in eine Militärmaschine setzten, war der Journalist – der, wenn er mit seinen Initialen unterzeichnete, immer die korrekte Reihenfolge wählte: *JWR* – weiterhin lediglich mit einer Unterhose bekleidet.

«Jammer nicht rum», sagte Oliván/Pérez/Turdera zu ihm, den Rossi unter keinen seiner Alias kannte. «Du bist der Einzige mit luftiger Kleidung!»

Die Türen schlossen sich. Das Flugzeug startete.

Als sie an Höhe gewannen, begann Rossi zu zittern. Wegen der Kälte und weil er überzeugt war, dass er etwas sehr Schlimmes getan haben musste. Warum nahmen sie sonst solche Umstände auf sich, um ihn zu bestrafen?

Er war sich sicher: Sobald das Flugzeug eine bestimmte Höhe erreicht hätte, würden seine Henker ihn aus dem Flugzeug werfen.

ZWEITER TEIL

Das schwarze Herz des Verbrechens

SIEBEN

Ein Spaziergang durch das Brachland

1.

Um kurz nach vier nahmen sie am Retiro den Zug. Jeder, der sie sah, musste sie für Touristen halten. R trug Anzug und Krawatte, obwohl Samstag war. Über seiner Schulter hing eine Voigtländer-Kamera. Enriqueta war, wie eine Entdeckungsreisende, über eine Landkarte gebeugt. Sie trug ein seidenes Kopftuch, um ihre Frisur vor den Capricen des Windes zu schützen.

Auch der Dialog entsprach den Rollen.

«Das gesamte Gebiet hat mal den Indianern gehört», sagte R und fuhr mit dem Finger über die Karte. «Den Pampas-Indianern, den Puelche, den Querandi. Bis ein Landsmann von Ihnen namens Garay dem größten Teil den Garaus machte und den Rest vertrieb. Dann parzellierte er das Land und teilte die Ländereien unter seinen Kumpanen auf.»

«Wenn Sie mir ein schlechtes Gewissen machen wollen, wird Ihnen das nicht gelingen», erwiderte Muñiz. «Ich glaube nicht, dass man die Sünden seiner Vorfahren auf sich laden muss.»

«Das ist der Reconquista-River.» Rs Finger fuhr dem blauen Flussverlauf nach. «Vorher hieß er Río de las Conchas. Bis der Abgesetzte Tyrann ihm einen neuen Namen gab, ich vermute mal, aus Gründen des Anstands, Anspielungen auf das weibliche Geschlechtsteil sind verpönt.»

Den nächsten Satz flüsterte er Enriqueta ins Ohr, damit niemand ihn hören konnte: «Deshalb hat er ihn trotz seines Hangs zur Selbstbezüglichkeit wohl auch nicht Río Perón genannt. Er wollte nicht, dass die Leute vom Río de la Concha Suya sprechen.»

Muñiz hielt sich den Mund zu, um nicht loszuprusten.

Ihr Lachen war eine Musik, für die R sich zunehmend begeisterte.

2.

Die Fahrt dauerte eine halbe Stunde. Am Bahnhof León Suárez stiegen sie aus. Sie gingen zu Fuß weiter, damit kein Fahrer der öffentlichen Verkehrsbetriebe später bezeugen konnte, wo sie hingefahren waren. Es war nicht weit: etwa fünfzehn Blocks Richtung Süden. Auf dem Weg durch die Avenida Márquez mussten sie ihre Unruhe zügeln. Sie wollten wirken wie zwei, die sich von ihrer Neugier treiben ließen wie Blätter im Wind, und nicht wie zwei Spürhunde auf der Fährte.

Der Geruch verriet ihnen, dass sie ihr Ziel erreicht hatten. Er war so penetrant, dass ihn selbst Juan Carlos in seiner Todesangst in jener Nacht wahrgenommen hatte. «Ein Geruch nach Scheiße, nach Müll, nach verfaultem Obst», hatte er zu R gesagt. «Ich würde ihn jederzeit wiedererkennen, ich habe ihn immer noch hier drin», hatte er hinzugefügt und auf die durch den Schuss zerstörte Nasenscheidewand gedeutet.

«Es gibt viele Gerbereien hier», sagte R, als würde das die Qual erträglicher machen. «Und viele Schlachthöfe.»

Da wurde ihm bewusst, was ihm gerade über die Lippen gekommen war. Er schwieg, bis er die gesuchte Straße erreicht hatte.

Die rechte Seite des asphaltierten Streifens war von Eukalyptusbäumen flankiert. Die Sonne steckte hinter ihren Schöpfen und färbte sie rot. Auf der anderen Seite befand sich ein schiefer Stacheldrahtzaun und dahinter die Müllhalde.

Enriqueta ging als Erste hinein. Sie hatte jetzt nicht mehr die Karte, sondern eine Zeichnung in der Hand, die Juan Carlos mit einem Faber-Stift aus Schulzeiten angefertigt hatte.

Sie drehte das Papier, so dass die Bäume – die Striche, die sie symbolisierten: gebogene Linien, Schaumgebilde – unten waren. Dieserart wollte sie mit dem Plan bis zu einem Punkt gehen, der sich in dem zweidimensionalen Raum oben befand. Der Junge hatte ihn durch ein Kreuz markiert, als wäre dort ein Schatz versteckt.

Die rudimentäre Zeichnung war schöner als die Wirklichkeit. Die war nicht weiß und porös wie das Papier, sondern schmutzig und uneben. Das Gelände war übersät mit Dosen, halbvergammelten Zeitungsfetzen, toten Tieren und Verpackungen. In den Gräben stand eine faulige Brühe. Und über dem Festmahl summten erhaben die Fliegen.

R und Muñiz kämpften sich über eine Masse aus Erde und abgestorbenen Blättern vor. R wich dem verstümmelten Körper eines Gartenzwergs aus.

Auf einmal blieb sie stehen. «Hier ist es.»

R sah sich um. Wider alle Wahrscheinlichkeit hegte er die Hoffnung, einen konkreten Beweis zu finden: Patronenhülsen, Blutspuren. Doch da war nichts, weder Hülsen noch Blut. Das hatten sie bestimmt zugedeckt. Inmitten des Abfalls befanden sich stattdessen auffällige Flecken aus Kalk und Asphalt. Das roch geradezu nach Beweisvernichtung.

Als R zu Enriqueta blickte, wunderte er sich. Sie hatte das Kopftuch abgelegt und auf dem Boden ausgebreitet.

«Was machen Sie denn da?», fragte er.

«Wir sind nicht allein», erwiderte sie.

Sie setzte sich auf das ausgebreitete Kopftuch und legte eine Hand wie einen Mützenschirm an die Stirn.

«Ein Mann beobachtet uns. Machen Sie ein Foto von mir, oder tun Sie wenigstens so.»

Muñiz nahm eine unnatürliche Pose ein, sie streckte ein Bein aus und umfasste das Knie des anderen mit ihren Händen.

«Das ist doch kein Ort, um einen auf Tourist zu machen», protestierte R.

«Lassen Sie mich mit ihm reden», sagte Muñiz, ohne ihr Postkartenlächeln zu verändern. «Ich kann jeden davon überzeugen, dass ich eine harmlose kleine Spanierin bin, die keine Landkarte lesen kann.»

R nahm die Kamera und richtete sie auf Muñiz.

«Sehr schön», sagte sie. «Und wenn Sie sich jetzt neben mich setzen, können Sie ihn sich unauffällig ansehen.»

Am Rand der Müllkippe, hinter dem Stacheldrahtzaun, stand eine hünenhafte Gestalt. Wegen des Gegenlichts wirkten die Umrisse schwarz. In der Hand hielt er eine Leine mit einem großen Hund am anderen Ende. Das Tier, ungeschlacht und düster wie sein Besitzer, hätte sich gut auf dem Landsitz der Baskervilles gemacht.

3.

Die Blätter der Eukalyptusbäume raschelten nicht mehr. Der Mann stand immer noch am Rand des Brachfeldes und blickte zu dem Paar. Der Hund schnüffelte am Boden.

R zuckte zusammen. Enriqueta hatte den Kopf auf seine Schulter gelegt.

«Als Touristen sind wir eine Katastrophe», sagte sie. Mit ironischem Unterton fügte sie hinzu: «Zumindest lieben wir uns sichtbar.»

Ob wegen ihres grandiosen Schauspiels oder aus einem anderen undurchschaubaren Grund: Der Mann zog ab. Der Hund sträubte sich, er wollte um jeden Preis an dem Platz bleiben und schnüffelte der verlorenen Spur hinterher. Am Ende gab er dem

Gezerre an der Leine nach und setzte sich mit gesenktem Kopf und hängenden Ohren in Bewegung.

«Der Ort stimmt mit der Schilderung der Ereignisse überein», sagte Muñiz leise. Ihr Mund befand sich so nah an Rs Ohr, dass er den Hauch ihres Atems spürte. «Dort ist der Wagen hineingefahren. Mehr oder weniger auf dieser Höhe hat man sie gezwungen auszusteigen. Dort ist Juan Carlos gefallen. Direkt vor diesem Graben!»

R stand auf. Er wollte sich die Stelle ansehen, die Juan Carlos mit einem Kreuz versehen hatte.

Scheinbar ein unschuldiges Fleckchen: trockene Erde, wucherndes Gras und Abfall, der noch warm von der Sonne war. Doch die Fliegen wussten es besser. Ohne Unterlass schwirrten sie mit rasender Geschwindigkeit im Kreis. Ihre Beine berührten den Boden, sie wussten, dass die Überreste des Festmahls noch da waren, direkt unter der Oberfläche.

Das Brachland war das Nichts *par excellence.* Doch die Leere täuschte. Vor sechs Monaten hätte er noch gesagt, der Ort ähnle dem Ödland vieler Erzählungen, nur in der lateinamerikanischen Variante; ein Szenario, das Lugones zu schätzen gewusst hätte, ebenso Lafcadio Hearn und Villiers de l'Isle Adam. Doch die Geschichte, die ihn an diesen Ort geführt hatte, barg noch eine andere Form des Grauens. Das Gelände war karg, aber in seinem Kopf dröhnte Juan Carlos' Stimme und führte ihn weg vom äußeren Schein mitten hinein in das finstere Drama, das die Henker dort, genau dort, in einer kalten Juninacht inszeniert hatten.

«Als die Schüsse losgingen, habe ich mich vornüber auf den Boden fallen lassen und mich tot gestellt», hörte er Juan Carlos sagen. «Die Verwundeten schrien, weinten, aber ich beachtete sie nicht, klar, ich dachte nur an mich, was ich tun sollte, ob ich mich steif machen sollte wie eine Mumie oder abhauen. Da hörte ich etwas, das mich mein Schicksal vergessen ließ.

Eine bekannte Stimme. Die vom dicken Vicente. Von meinem Freund Vicente. Er schrie wie ein Wahnsinniger. ‹Tötet mich›, rief er. ‹Lasst mich nicht so liegen. Tötet mich.› Dann hörte man wieder Schüsse, drei oder vier: *Bumm, Bumm, Bumm*. Und vom Dicken habe ich nichts mehr gehört. In dieser Welt, meine ich. Denn es vergeht nicht ein Tag, an dem ich nicht seine Stimme höre. Vicente fleht immer wieder, sie sollen ihn töten. In meinem Kopf stirbt er nie.»

«Wir sollten uns besser auf den Heimweg machen», sagte Muñiz. Rs Verhalten beunruhigte sie. Er stand mitten im Nichts wie ein Mast ohne Flagge; er schien Dinge zu sehen, die nicht da waren. «Es ist schon spät.»

R war nicht ganz ihrer Meinung, aber er fügte sich.

Das Picknick war beendet. Er reichte Muñiz den Arm, um ihr aufzuhelfen.

In der Ferne hörte man eine Elster. Sie hatte ihren Cha-chacha noch nicht beendet, als ein Töpfervogel den Himmel durchschnitt. Er witterte Gefahr für seine Jungen und kehrte zum Nest zurück.

4.

Sie erreichten den Bahnhof zur Stunde der langen Schatten.

Der Zug war voll. Viele gutgekleidete Leute, die zur samstäglichen Milonga in die Stadt fuhren. Die Parfüms überlagerten sich. Doch das Aufgebot an Düften vermochte den Pestgeruch nicht zu vertreiben, der sich in Rs Nase festgesetzt hatte. An dem Abend hatte *l'Air du Temps* sich in *l'Air de la Mort* verwandelt.

Im Gedränge standen sie dicht beieinander. R nutzte die Gelegenheit, um Muñiz von einem Ausflug zu berichten, den er vor ein paar Tagen unternommen hatte. In Begleitung von Juan

Carlos und von Kotsch hatte er Doktor Hueyo besucht, den neuen Richter, der für den Fall zuständig war. Der war auf dem Laufenden, wollte aber Juan Carlos' Zeugenaussage hören, bevor er etwas unternahm.

R hauchte die Geschichte direkt in Muñiz' Ohr. Sie stand so nah vor ihm, dass er den zarten Flaum auf ihrer Ohrmuschel sehen konnte.

Noch nie habe ich jemandem aus solcher Nähe derart schreckliche Dinge erzählt.

Um ein Haar hätte er Juan Carlos' Aussage verpasst. Der Gerichtssekretär wollte ihn an der Tür aufhalten: Das Büro von Richter Hueyo, sagte er, dürften nur der Aussagende und sein Anwalt, Doktor von Kotsch, betreten.

«Aber ich begleite die beiden doch.»

«Wenn Sie kein direkter Verwandter des Aussagenden sind, dürfen Sie nicht hinein», sagte der Sekretär, den die Vorstellung erregte, endlich mal seine Macht ausspielen zu können.

«Aber das bin ich doch. Wir sind Cousins. Mütterlicherseits!»

Juan Carlos spielte mit. Von Kotsch unterdrückte ein Schmunzeln und sagte nichts.

Der Sekretär bat ihn um seinen Ausweis und nahm seine Anwesenheit zähneknirschend ins Protokoll auf.

Das Büro des Richters sah aus wie alle anderen: argentinische Flagge, eine Büste von Roca, ein Schreibtisch mit herrschaftlichen Stühlen, Regale voller Handbücher und Gesetzestexte. In der Umgebung hatte Juan Carlos' Bericht sich zunächst banal angehört, als würde er eine Anekdote erzählen, die jemand anderem widerfahren war. Selbst der Richter musste sich anstrengen, bei der Sache zu bleiben und nicht gelangweilt zu wirken; immer wieder blickte er zu der Standuhr. Bis das direkte Erleben seine explosive Kraft entfaltete und mitten in dem Büro des Richters das Szenario des Brachlandes auferstehen ließ.

«Ich lag auf dem Boden, mit geschlossenen Augen, auf dem

Bauch, den Arm hier auf dem Rücken», hatte Juan Carlos berichtet. Seine Stimme hatte dabei angefangen zu zittern, und er sprach unwillkürlich schneller. «Das war nicht leicht, denn es herrschte eine Mordskälte, und mein Körper schlotterte; ich weiß nicht, ob die Kälte die Angst nährte oder die Angst die Kälte oder … Plötzlich sehe ich hinter den Lidern etwas orange aufblitzen. Mir wird klar, dass sie mich anleuchten, mit einer Taschenlampe oder den Scheinwerfern des Transporters. Ich zucke nicht mal mit der Wimper, mein Leben hängt davon ab. Aber meine Lider verraten mich, ich kneife sie noch fester zu, weil mich das Licht stört, und die Kerle merken das. «Der hier lebt», rufen sie, «der atmet noch.» Und im selben Moment macht es *Bumm*. Mein Gesicht schmerzt, als wäre ich gegen eine Säule geprallt. Ich will um Gnade flehen, aber ich kann nicht, mein Mund ist voller Blut. Den Arm spüre ich gar nicht, seit dem ersten Schuss war er taub, und außerdem tut das Gesicht höllisch weh. Wenn Sie wollen, zeig ich's Ihnen. Hier haben sie mir noch einen Schuss verpasst, außer dem, den man sieht. Ich zeig's Ihnen gleich. Ein glatter Durchschuss, ich hab's gleich. Nur eine Minute. Sie müssen ein wenig Geduld mit mir haben!»

Der Richter sagte, das sei nicht nötig, aber Juan Carlos machte unbeirrt weiter. Von Kotsch und R mussten ihn schütteln und ihn zwingen, sich wieder hinzusetzen; hätten sie nicht eingegriffen, hätte er sich in dem Büro nackt ausgezogen. Dann ließen sie ihn weinen, bis er sich beruhigt hatte; der Anwalt band ihm die Krawatte wieder um, die er in der Luft herumgewirbelt hatte wie John Wayne in *Red River*. Unterdessen trank der Richter zwanghaft ein Glas Wasser nach dem anderen, um seine Kehle zu spülen, in der ihm die Scham stecken geblieben war.

5.

Elina gegenüber war er verhalten, wie ein Kind auf die Frage der Mutter, wie es in der Schule war.

«Die Müllhalde? Ein schrecklicher Ort. Neue Erkenntnisse hat es nicht gebracht, aber jetzt verstehe ich zumindest den Ablauf.»

Auf ihre Fragen hatte er nur einsilbig geantwortet.

Er dachte schon, die Sache wäre ausgestanden, aber dann erwähnte er nebenbei, dass für den nächsten Tag weitere Recherchen geplant waren.

«Schon wieder?», maulte Elina. «Morgen ist Sonntag. Heute warst du den ganzen Tag unterwegs, und als du zurückkamst, hast du nach Parfüm gerochen. Wann widmest du uns mal ein wenig von deiner Zeit?»

R überlegte eine Weile, bevor er antwortete. Wenn Elina in Rage geriet, musste man sie eine Weile im Sud ihrer Wut kochen lassen. Seine Frau gab nur ungern ihrer irrationalen Seite nach, für sie kam das einer Niederlage gleich; nach kurzer Zeit richtete sich ihr Zorn nicht mehr gegen den anderen, sondern gegen sich selbst.

«Diese Zeugenaussagen sind enorm wichtig», sagte R, als hätte er einen bockigen Schüler vor sich. «Es ist ganz schön mühselig, manche Interviews zu bekommen. Und wenn die Leute dann endlich einwilligen, kann ich nicht über Tag und Uhrzeit diskutieren. Die Leute arbeiten von Montag bis Freitag. Und ich kann solche Treffen dann abhaken. Ich darf ja auch meine Arbeit nicht vernachlässigen, die etwas einbringt. Bis jetzt hat diese Ermittlung nur Kosten verursacht!»

Elina vertiefte sich demonstrativ in ihre Arbeit; sie hatte zu viel zu tun, um sich zu einer Antwort herabzulassen, oder zumindest wollte sie den Eindruck erwecken.

«Und was das Parfüm angeht: Fahr du mal in einem Zug mit

unzähligen Frauen, die sich ausgehfein gemacht haben, da würdest du garantiert auch so riechen wie ich!»

R verließ die Küche. Er wollte zu den Mädchen gehen, die keine Ansprüche an ihn hatten, sie freuten sich einfach, dass er da war.

Er blieb bei ihnen, bis Elina zum Abendessen rief. Schweren Herzens folgte er ihrem Ruf, denn in dem Zimmer voller Puppen und Kinderbücher hatte er die Spur des Todesgeruchs verloren.

6.

Miguel Giunta war ein weiteres Opfer, das, wie Juan Carlos, den Klauen des Todes entronnen war. Der zweite Erschossene, der lebte.

Juan Carlos hatte ihn vorher, in dem prosaischen Leben, das sie vor dem verhängnisvollen Ereignis geführt hatten, nicht gekannt. Man hatte sie einander nicht vorgestellt; Giunta war nicht unter den Leuten gewesen, die sich in der hinteren Wohnung versammelt hatten, um den Kampf im Radio zu hören. Er war ihm zum ersten Mal begegnet, als die Polizisten ihn in den Bus verfrachtet hatten. Bis dahin hatte Giunta in Begleitung des alten Manns aus der vorderen Wohnung in einem Plymouth gewartet. (Der Alte hieß di Chiano, das wussten sie jetzt.) Nachdem die Polizisten die Männer aus der hinteren Wohnung zusammengetrieben hatten, wurden auch sie der Herde zugeführt.

Weder auf dem Polizeirevier noch auf der Fahrt zu der Müllhalde hatte er mit Giunta gesprochen. Erst als sie sich im Gefängnis von Olmos wiedergetroffen hatten. Juan Carlos hatte sich bezüglich Giunta zunächst bedeckt gehalten, weil er seine Vorbehalte kannte. Körperlich war Giunta unversehrt, aber die Sache hatte ihn psychisch sehr mitgenommen. Deswegen hatte er ihn erst bei seiner Aussage vor dem Richter, der ursprünglich mit dem Fall betraut war, überhaupt erwähnt.

Von Kotsch hatte Giunta im Vorfeld mitgeteilt, dass sie ihn interviewen wollten. Doch der hatte abgelehnt, noch bevor er ihm erklären konnte, warum seine Aussage wichtig war. Die Angst war sein ständiger Begleiter. Er hatte sich auch nicht an der Klage beteiligen wollen, die Juan Carlos eingereicht hatte. Er wollte sich zuhause verschanzen, damit sie ihn in Ruhe ließen. Auf keinen Fall sollte sein Name durch den Morast der Presse gezogen werden. Er bildete sich ein, dass sein Leben in die gewohnt ruhigen, geordneten Bahnen zurückkehren würde, als hätte es den schwarzen Tag nie gegeben – das war natürlich naiv, wie auch von Kotsch fand.

Er wohnte in Florida, im Bezirk Vicente López. Sechs Blocks vom Bahnhof entfernt, in der Calle Irigoyen. Fünfzig Meter von dem Haus entfernt, wo Juan Carlos und Vicente sich eingefunden hatten, um den Kampf im Radio zu hören.

Immer wenn Giunta das Haus verließ, führte sein Weg über die Bühne des ersten Aktes der Tragödie.

7.

Da Giunta sich einer Befragung durch von Kotsch widersetzt hatte, wollte Muñiz es auf zwanglose Art versuchen: Sie hatte ihn im Schuhhaus Grimoldi in der Calle Suipacha aufgesucht, in dem er seit ewigen Zeiten arbeitete. Sie hatte ihn sofort erkannt. Er war der einzige Verkäufer, auf den die Beschreibung des Anwalts zutraf: hellblond, groß, eine stattliche Erscheinung mit tadellosem Auftreten. Aber es gab noch ein weiteres Identifizierungsmerkmal, das für sich sprach: die dunklen Ringe unter den Augen.

Im letzten Moment hatte Muñiz von ihrem Vorhaben Abstand genommen. Nicht dass sie am Ende durch ihr eigenmächtiges Vorgehen Giunta verschreckte und von Kotsch die Überzeugungsarbeit erschwerte. Sie war auf einen anderen Verkäufer zugegangen – der zweite Erschossene sollte nicht auf sie aufmerksam werden und sich ihr Gesicht einprägen – und hatte die Schuhe gekauft, die sie jetzt, am Sonntagnachmittag trug.

«Im Film kommt so was nicht vor», sagte Muñiz. Trotz des Fußmarschs bis zum Bahnhof sahen die zweifarbigen Schuhe immer noch tadellos aus. «Dort suchen die Journalisten ihre Zeugen auf und bekommen, was sie wollen. Auf Anhieb und ohne viel Federlesens!»

«So ist es in der Erzählkunst», sagte R. «Sie verdichtet. Sie ist wie das Leben, nur ohne tote Zeit.»

«Dabei ist die tote Zeit so fruchtbar. Sie fördert die tiefen Wahrheiten zutage. Sie sehen das nicht, weil Sie der englischen Literatur zugetan sind. Reine Action und analytische Strenge: Es wird nur erzählt, was unentbehrlich ist. Liest man hingegen Proust …»

«… langweilt man sich zu Tode.»

«Sie langweilen sich. Weil Sie so leben, wie es den von Ihnen so geschätzten Büchern entspricht: von einem dramatischen Konflikt zum nächsten hetzend. Und während Sie immer auf das fokussiert sind, was kommt, verpassen Sie, was gerade geschieht.»

«Was geschieht denn gerade?»

Enriqueta schwieg einen Moment. Da war etwas, für das sie nicht die richtigen Worte fand.

«Im Film gibt es auch keine Frauen wie Sie», sagte R; er hatte sie nicht kränken wollen.

«Was meinen Sie?»

«Gewöhnlich gibt es die Hausfrau oder die Femme fatale. Kampferprobte Frauen, die auf Augenhöhe mit den Männern arbeiten, gibt es nur wenige.»

«Weil die Filmkunst durch und durch bürgerlich ist, würde mein Vater sagen. Deswegen tut sie nichts anderes, als die Konventionen der Zeit zu untermauern.»

«Ihr Vater war Republikaner, nicht wahr?»

«Das ist er immer noch, solange es nicht die eigene Familie betrifft. Er bewundert die Revolutionärin Pasionaria, aber ich soll ein mustergültiges Fräulein abgeben!»

In dem Stil plauderten sie locker weiter, bis sie in Florida aus dem Zug stiegen.

8.

Giunta ließ ihnen keine Zeit, sich vorzustellen. Kaum hatte R das Wort Journalist gesagt, machte er ihnen die Tür vor der Nase zu.

Der Knall hatte den Satz in der Mitte durchgeschnitten. Drinnen hörte man nur das Rasseln der Türkette, mit der Giunta kämpfte.

«Sie müssen uns anhören», sagte R. Er wusste nicht, ob er verblendet oder beschämt oder beides war. «Wenn wir uns schon die Mühe machen, hierherzukommen, dann ja wohl, weil unser Interesse an seiner Geschichte ehrl…»

«Und woher soll ich wissen, dass Sie tatsächlich die sind, für die Sie sich ausgeben?», fragte Giunta. Er trug wirklich Scheuklappen. Oder war verängstigt. Oder beides. «Wenn Sie Journalisten sind, will ich Ihre Presseausweise sehen. Schieben Sie sie unter der Tür durch!»

R und Muñiz sahen sich an. Sie arbeiteten beide für die Presse, aber als freie Mitarbeiter; folglich besaßen sie keine Ausweise.

«Wir Freien haben keine Vollmacht.» R wollte einen Versuch wagen. «Zumindest nicht in diesem Land. Das ist nur im Film so!»

«Aber wenn Sie unsere Personalausweise sehen wollen …», schlug Muñiz vor.

«Bitte gehen Sie», sagte Giunta, der aufgehört hatte mit der Kette zu kämpfen. «Entschuldigen Sie die Umstände, aber ich will nicht reden. Ich denke nicht daran!»

«Wir sind hier auf Empfehlung von Doktor von Kotsch», sagte Muñiz. «Er hat uns an Sie verwiesen, weil er weiß, dass wir bereits mit Juan Carlos Livraga gesprochen haben. Der ist doch Ihr Freund, oder? Wir haben eine Reportage über Juan Carlos gemacht. Sie können ihn anrufen, wenn Sie wollen. Er soll es Ihnen bestätigen.»

«Er kann uns beschreiben und so», sagte R.

«Juan Carlos und ich sind diesbezüglich unterschiedlicher Meinung», sagte Giunta. Er klang weniger aufgeregt, aber vielleicht war er einfach nur müde. «Er will prozessieren, ich nicht. Ich will meine Ruhe haben!»

«Wenn Sie Ihre Ruhe haben wollen, ist die beste … die *einzige* Möglichkeit, öffentlich zu sprechen. Wenn Sie für sich eintreten. Wenn die Leute Sie kennen, wenn sie wissen, wer Sie sind und was man Ihnen angetan hat, wird niemand es wagen, Ihnen auch nur ein Haar zu krümmen!»

Giunta gab ihm keine Antwort.

Muñiz machte ihm Zeichen. R verstand diese Variante der Gebärdensprache nicht. Muñiz wollte, dass er aufhörte, weiter diese Argumentationsschiene zu verfolgen; sie war überzeugt, dass man Giunta keine Angst machen durfte.

Aber plötzlich fing Giunta wieder an zu reden. Weil er dies durch eine Art Guckloch tat – ein kleines Rechteck aus Metall, das man wie eine Guillotine hoch- und runterfahren konnte –, unterbrach Muñiz ihre Pantomime.

«Glauben Sie denn, dass … immer noch *Gefahr* besteht?»

«Denken Sie doch mal eine Sekunde nach. Sie sind Zeuge eines kolossalen Versagens, das von der Regierung angeordnet wurde. Folglich sind Sie für die Macht unbequem. Juan Carlos hat Vorsichtsmaßnahmen ergriffen: Er hat vor einem Richter ausgesagt und Beweise vorgelegt. Er kann um Schutz bitten. Ihm jetzt Schaden zuzufügen wäre schwieriger, es würde mehr Verdacht erregen. Sie hingegen …» R hielt inne, durch Muñiz' wildes Gebärdenspiel hatte er den Faden verloren.

Das Rechteck sauste nach unten. Sogleich öffnete sich die Tür, aber nur einen Spalt, die Kette war noch eingehängt – ein Ausdruck der Vorsicht. Der Hausherr streckte nur den Kopf heraus und musterte sie beide mit finsterem Blick.

«Warum sollten sie mir etwas tun», sagte er. Er wollte bestimmt auftreten, aber man merkte ihm seine Unsicherheit an. «Sie haben schon begriffen, dass ich weder mit Valle noch mit dem Peronismus je was am Hut hatte. Jeder hier im Viertel kann das bezeugen. Die Leute kennen mich. Gehen Sie hin und fragen Sie sie!»

«Der Kommunismus ist mir *scheißegal*», sagte R. «Aber darum geht es nicht. Bis zum zehnten Juni waren Sie ein unbescholtener Mann. Für die Regierung sind Sie das jetzt nicht mehr. Selbst wenn Sie einen Club der Antiperonisten gegründet haben, stellen Sie für Aramburu immer noch eine Gefahr dar.»

Giunta wich ein paar Zentimeter zurück, als hätte man ihm einen Schlag versetzt.

Muñiz trat vor und drängte R beiseite. «Es geht hier nicht allein um Ihr Wohlergehen», sagte sie versöhnlich. «Wenn es der Regierung gelingt, die Sache unter den Teppich zu kehren, wer wird sie dann daran hindern, jemanden einfach zu erschießen, der sie stört? Umso schlimmer. Wenn sie sich so stümperhaft verhalten konnten und nicht dafür zur Rechenschaft gezogen werden, wer wird sie daran hindern, den nächsten Unschuldigen zu erschießen, aber diesmal richtig?»

Giunta sagte kein Wort. Muñiz ließ ihn nicht aus den Augen, und nebenbei legte sie eine Hand auf Rs Arm und drückte ihn.

Sie hoffte, dass er wenigstens diese Geste verstand und endlich den Mund hielt.

«Denken Sie darüber nach», sagte Muñiz. «Aber vergessen Sie nicht, dass die Zeit gegen uns läuft. Apropos Zeit, darf ich Sie um einen Gefallen bitten? Es ist mörderisch heiß. Wären Sie wohl so freundlich, uns ein Glas kaltes Wasser zu bringen?»

Giunta entfernte sich und ließ die Tür offen.

R sagte nichts, er wollte kein Risiko eingehen, nicht dass Giunta ihn hörte. Aber er lächelte. Das war ausgesprochen schlau von Muñiz gewesen. Sie hatte es als gemeinsame Sache dargestellt, Giunta mit ins Boot geholt: Die Zeit läuft gegen *uns*, hatte sie gesagt. Anstatt ihm Angst zu machen, hatte sie Giunta die Möglichkeit gegeben, sich als Held bewähren zu können und vor sich selbst besser dazustehen; er hätte Gelegenheit, einen Schritt nach vorn zu tun und künftige Opfer vor der Erschießungsrevolution zu schützen.

Und *last but not least* hatte es R gefallen, wie sie um das Wasser gebeten und auf diese Weise deutlich gemacht hatte, dass sie sich nicht über einen Vorwand Zutritt ins Haus erschleichen wollten: einfach brillant. Frauen überzeugten auf andere Art, sie drückten Knöpfe, die mit reiner Logik und nüchterner Argumentation nichts zu tun hatten. Er hatte gut daran getan, Muñiz mitzunehmen; so gesehen hatte auch er seine Klugheit unter Beweis gestellt.

Giunta kehrte mit zwei Gläsern eiskalten Wassers zurück.

R wartete darauf, dass Muñiz eins nahm. Doch es kam anders.

Das Glas glitt Muñiz aus den Fingern und zerbarst am Boden.

Und Muñiz glitt hinterher.

Sie sank nach unten wie ein Schiff, das unter der Wasserlinie leckgeschlagen ist. Sie kippte so langsam, dass R eingreifen konnte. Er brauchte beide Hände, um zu verhindern, dass sie auf dem Boden landete.

Die Kette auf der anderen Seite rasselte.

Diesmal ging die Tür ganz auf.

«Kommen Sie bitte herein. Bringen Sie sie zu einem Sessel!», sagte Giunta und ging voraus.

9.

Er führte sie ins Esszimmer. Während R Muñiz hinlegte, bat Giunta ihn für sein unhöfliches Verhalten um Verzeihung und fragte, ob er einen Arzt rufen solle.

«Ihr Blutdruck ist im Keller», sagte R. «Könnten Sie mir ein feuchtes Tuch bringen? Wenn sie dann immer noch keine Reaktion zeigt, sehen wir weiter.»

Giunta nickte wild. «Wo hab ich nur meinen Kopf. Ich erkenne mich selbst nicht wieder!», sagte er und ging ins Schlafzimmer.

R tätschelte Muñiz' Gesicht. Kaum hatte Giunta die Bühne verlassen, schlug sie die Augen auf und blinzelte ihm zu.

Ganz schön gerissen, dachte R.

Als er sich umblickte, sah er die Packung auf dem Silbertablett. *Doriden* stand darauf. Ein Beruhigungsmittel. Er kannte es, denn es war Teil von Elinas Medikamentenvorrat in der Hausapotheke.

Giunta kehrte mit einem Taschentuch und einer Schale Wasser zurück. R machte das Tuch nass und drückte es aus. Giunta verschwand. Dem Geräusch nach zu urteilen, kehrte er die Glassplitter im Türrahmen auf.

Muñiz war wieder «zu sich gekommen» – sie lag noch im Sessel, das Tuch auf der Stirn –, als Giunta zurückkehrte. Er fragte sie, ob sie sich besser fühle.

Auch sie erwähnte den Blutdruck, als hätte sie von Rs «Diagnose» nichts mitbekommen.

Und mit dem Kehrbesen in der einen und der Schaufel mit den Glassplittern in der anderen Hand, begann er plötzlich von dem verhängnisvollen Abend zu berichten.

R und Muñiz ließen sich ihre Freude nicht anmerken. Sie befürchteten, wenn sie kundtaten, dass er genau das erzählte, was sie wissen wollten, könnte er einen Rückzieher machen und sie auffordern zu gehen.

Giunta war ein bemerkenswerter Zeuge. Wohl aufgrund seines Berufs – er verkaufte schon sein halbes Leben lang Schuhe, und es war ihm nicht entgangen, dass die von Muñiz von Grimoldi waren –, hatte er eine beachtliche Fähigkeit entwickelt, sein Gegenüber «lesen» zu können. Er merkte, ob der Kunde in Eile war, ob er zu denen gehörte, die Hektik verbreiten und nichts kaufen, oder eher zu der Sorte, die das erstbeste Paar kaufen, das ihnen ins Auge sticht.

Das beweist, dass er etwas Gutes in uns gesehen haben muss. Offensichtlich sind wir Menschen, denen man vertrauen kann. Zum Glück: Ich wäre nicht so generös.

Dank dieser besonderen Gabe hatte er Details beisteuern können, die Juan Carlos in seinem jugendlichen Alter entgangen waren. Was Fernández Suárez anging, zum Beispiel. (Er hatte auch Giunta misshandelt: Er hatte ihm mit der Rechten die Pistole an die Kehle gedrückt und mit der Linken einen Haken versetzt.) Giunta bestätigte, dass es sich um eine 45er handelte. Dass er eine rauhe Stimme hatte. Und dass er Oberstleutnant war, denn auf jeden Befehl hatten seine Untergebenen mit einem «Zu-Befehl-Herr-Oberstleutnant», «Zu-Befehl-Herr-Oberstleutnant» geantwortet.

Der erste Teil des Dramas war für ihn wie im Flug vergangen, rasant wie die Kurzfilme von Charlot. Der wahre Albtraum hatte für Giunta begonnen, als er den Kugeln entkommen und auf der Flucht war. Als er sich in einem Garten im Viertel versteckt hatte, dessen Bewohner durch die Schüsse aufgeschreckt waren. Die Hausherrin hatte ihn durchs Fenster gesehen und ihm ordentlich Feuer unterm Hintern gemacht.

«Sie hat ihren Mann gebeten, mich zu erschießen», erinnerte er sich. ‹Mach schon›, hat sie gesagt, ‹knall ihn ab. Siehst du nicht, dass er ihnen entwischt ist?›»

Oder als er am Bahnhof Chilavert ein Ticket nach Retiro kaufte und die Leute ihn angestarrt hatten, als wäre er ein Irrer.

«Klar, später habe ich mich in einer spiegelnden Oberfläche gesehen und gedacht, *die haben ja recht.* Ich sah völlig abgerissen aus, kaputte Hose, die Schuhe voller Schlamm …»

Am Ende hatte er das Haus seines Bruders erreicht, wo er duschen und sich umziehen konnte. Die sonntägliche Stille hatte ihm das Gefühl vermittelt, dass das Schlimmste vorbei sei. Zu der Zeit wäre den Behörden bestimmt schon klar, dass sie sich geirrt hatten, was seine Person anging. Giunta war weder in eine Revolution verwickelt noch Teil irgendeiner politischen Gruppierung, ergo gab es keinen Verdachtsmoment gegen ihn.

Er hatte so sehr an die Allmacht seiner Unschuld geglaubt, dass er am Montag zur Arbeit gegangen war. Und die Stunden, die verstrichen, schienen ihm recht zu geben. Wenn es noch irgendwelche Zweifel hinsichtlich seiner Beteiligung gäbe, warum war die Polizei dann nicht in das Geschäft gekommen, in dem er seit seinem fünfzehnten Lebensjahr arbeitete?

Als er nach Hause kam, wusste er, warum. Die Polizisten waren nicht ins Zentrum gefahren, weil die Wohnung seiner Eltern näher lag.

«Mich quälte die Vorstellung, dass meine Eltern sich ängstigten», sagte er. «Ich wollte nicht, dass sie meinetwegen litten. Ich bin sofort zu ihnen geeilt. *Ich nutze die Gelegenheit, dass die Polizei im Haus ist, und erkläre ihnen alles,* dachte ich. Ganz schön naiv, nicht wahr?»

In seinem Elternhaus hatte der schlimmste Teil seiner Odyssee begonnen.

10.

Sie hatten ihn verhaftet und mitgenommen, ohne ihm Gelegenheit zu geben, irgendetwas zu erklären. Erst hatten sie ihn auf das Polizeirevier von Munro gebracht. Dann zu der Einheit, wo man sie alle am Abend des 9. festgehalten hatte. Dort steckte man ihn in ein Zimmer mit zwei Kochplatten, die mit einer Gasflasche verbunden waren. In dieser kuscheligen Umgebung wurde er mit einem Polizisten eingeschlossen, der die ganze Zeit die Waffe auf ihn gerichtet hielt und sagte, eine Bewegung, und ich blas dir das Hirn weg.

«Die ganze Zeit über. ‹Wenn du den Mund aufmachst, bring ich dich um. Wenn du auch nur zuckst, bringe ich dich um.› Zweimal sagte er: ‹Komm schon, beweg dich, damit ich dir 'ne Kugel verpassen kann.› Vor lauter Angst habe ich nicht mal geblinzelt. Haben Sie schon mal versucht, nicht zu blinzeln? Das ist unmöglich. Es kommt der Moment, da siehst du nichts mehr, da wird dir schwarz vor Augen. Die Tränen rinnen dir übers Gesicht!»

Als sie den Polizisten abberiefen, war es noch schlimmer, denn er konnte die Gespräche auf dem Flur hören. In allen war er das Gesprächsthema.

«Das haben die mit Absicht gemacht. ‹Zweimal entkommt uns keiner›, haben sie gesagt und gelacht. Und ich dachte bei mir: *Wenn ich doch endlich erklären dürfte, wer ich bin, meine Situation …* Aber man hat mich nicht gefragt, zu keinem Zeitpunkt.»

Er bekam nichts zu essen. Er durfte nicht schlafen; sobald er einnickte, hörte er Schreie, die vor einer Flucht warnten.

«Ich fragte mich, ob die Tür zu dem Zimmer verschlossen war; ob sie mich zu einem Fluchtversuch bewegen wollten, damit sie mich abknallen konnten.»

Er wurde mehrere Tage dort gefangen gehalten. Irgendwann

wurde er in ein Zimmer im ersten Stock verlegt, dessen Fenster auf den Innenhof hinausging. Der Offizier, der dem Spiel vorstand, betonte, ein Sprung durchs Fenster wäre tödlich. Giunta wusste nicht, ob er das fürsorglich gemeint hatte oder ob er ihn zum Selbstmord auffordern wollte.

Nach einer Woche brachte man ihn auf ein Revier in San Martín. Auch dort wollte niemand seine Geschichte hören. Nach einer Weile hatte ihn das Lachen eines Kerls verrückt gemacht, der ganz in der Nähe einsaß: Er redete und lachte ohne Unterlass. Nach einer Ewigkeit begriff er, wer das war, der da vor sich hinfaselte und ihn in den Wahnsinn trieb: er selbst, Don Lito Giunta – stets zu Diensten.

Es ging ihm so schlecht, dass die anderen Gefangenen Mitleid mit ihm hatten. Sie gaben ihm Brotreste zu essen und ließen ihn aus dem Schnabel einer verbeulten Teekanne trinken. Acht Tage lang war das seine einzige Nahrung.

«Irgendwann wurde ich gerufen. Man legte mir Handschellen an und brachte mich weg. Und ich habe gedacht: *Das war's. Das ist das Ende. Sie bringen mich auf ein freies Feld, und ciao, das Leiden ist vorbei.* Aber mich erwartete weit Schlimmeres. Draußen standen sie alle: meine Frau, mein Vater, mein Cousin … Ich sah mich in ihren Augen, das blanke Entsetzen stand darin geschrieben. Sehen Sie mich an. So sehe ich, von kleinen Veränderungen abgesehen, normalerweise aus. Und jetzt versuchen Sie sich vorzustellen, wie ich damals aussah: langes Haar, unrasiert, beißender Mundgeruch, fünf Kilo weniger, schmutzige Kleidung, ich stank nach Urin und … Die Armen haben mich trotz des höllischen Gestanks umarmt. Ich brachte kein Wort heraus, ich konnte nur noch weinen. Und ich weinte immer noch, als man mich aus ihren Armen riss und mich in einem Gefangenentransport nach Olmos brachte. Ins Gefängnis. Dort steckten sie mich zu den gewöhnlichen Gefangenen: Diebe, Zuhälter, Betrüger, Mörder.» R und Muñiz hatten das

Gefühl, er würde ohne den Besen umfallen. Auf der Schaufel rasselten die Scherben wie eine Klapperschlange. «Und mein Verstand drehte sich im Schädel wie ein Riesenrad: *Was mache ich hier? Warum bin ich hier? Was habe ich denn verbrochen? Was wirft man mir vor? Was habe ich mir zuschulden kommen lassen, hm?*»

Von allem, was er erdulden musste, erzürnte Giunta nichts mehr als diese Demütigung. Sie hatten Zeit genug gehabt, festzustellen, dass er unschuldig war. Wenn man ihn hätte zu Wort kommen lassen, als man ihn bei seinen Eltern verhaftete, wenn er hätte eine Aussage machen können, wenn man ihm erlaubt hätte, einen Rechtsanwalt anzurufen, wäre er noch am Montagabend, den 11., freigekommen. Und er hätte im Viertel bei den Nachbarn und im Geschäft bei den Kunden und bei den Vorgesetzten sagen können, dass alles ein Irrtum war, ein Fehler in den Akten, ein Missverständnis. Solche Dinge kommen doch bei den großen Nationen des Westens vor, oder?

Wäre es so gekommen, wäre die Geschichte auf eine Randepisode zusammengeschrumpft, und die Randepisode hätte sich aufgelöst, bis sie nur mehr eine vage Erinnerung, ein Raunen, ein Schatten war. Aber es war nicht so gekommen. Insgesamt war er mal eben mehr als zwei Monate in Haft gewesen. Und in einem solchen Zeitraum schlägt jeder Verdacht Wurzeln, klettert den Stamm hoch und setzt sich fest.

Alles, was er sich in dreißig Jahren untadeligem Verhalten aufgebaut hatte, war dahin. Die Leute behandelten ihn immer noch höflich, sie sagten, was man in so einer Situation eben so sagt, «was für eine Sauerei, zum Glück hat sich alles aufgeklärt», doch ihre Blicke sagten etwas anderes. Ihre Blicke waren undurchsichtig, glibberig wie die der Reptilien; sie hielten das Gegenüber auf Abstand. Die Blicke besagten, *keiner wandert grundlos für zwei Monate ins Gefängnis*, sie sagten, *du hast Dreck am Stecken*, sie sagten, *mir würde das nicht passieren, denn ich bin sauber, ich bin ein Christ, ich bin ein anständiger Mensch – und du nicht.*

Die Kugeln aus den Mausergewehren hatten ihn auf der Müllhalde nicht erwischt, aber im Nachhinein hatten sie seinen guten Ruf durchsiebt und ihm den Gnadenstoß versetzt.

ACHT

Ein Eisblock von Mann

1.

«Warum besuchen wir nicht die Rodríguez?», fragte Muñiz, als sie sich von Giunta verabschiedet hatten. Da sie ein kategorisches Nein erwartete, ging sie gleich zum Plädoyer über. «Es ist noch früh. Sie leben gleich hier um die Ecke. Es kostet doch nichts.»

R schwieg. Er war in einen erbarmungslosen Kampf gegen die Schnalle an seinem Aktenkoffer verwickelt. Muñiz nutzte das zu einem Angriff auf die Flanke, die sein Schweigen eröffnete. Sie spielte ihre beste Karte aus: «Sie können über die Familie schreiben. Das Thema darf nicht im Sande verlaufen!»

Giunta hatte ihnen zwar seine Geschichte anvertraut, aber er sperrte sich dagegen, dass sie veröffentlicht wurde. In dem Punkt hatte er nicht nachgegeben: Sie dürften die Informationen für ihre weitere Recherche nutzen, aber nur, wenn sie ihn nicht namentlich erwähnten. Er wollte nicht als Quelle in einem Artikel oder in einem Prozess genannt werden. Sein Interesse daran, die Rolle in einem historischen Ereignis für sich zu beanspruchen – Gregorio wäre entsetzt, wenn er das hörte –, war gleich null oder sogar geringer als null.

Es machte *klack*, und die Schnalle schnappte ein. R strich sich die Strähne aus der Stirn, die nach vorn gefallen war.

«Ein Glas ist verschmiert», sagte Muñiz und streckte die Hand nach seiner Brille aus. Doch auf halbem Weg überlegte sie es sich anders.

R kümmerte sich selbst darum. Er setzte die Brille ab und hielt sie gegen das Licht. Das Glas war so fettig, dass man darauf ein Ei hätte braten können. Er stellte den Aktenkoffer auf den Bürgersteig und zog ein Taschentuch aus dem Jackett.

Wie Muñiz vermutet hatte, sah er ohne Brille verwundbar aus. Oder war dieser Ausdruck etwas anderem geschuldet, der Enttäuschung über Giuntas Absage vielleicht?

Er säuberte erst das eine, dann das andere Glas. Muñiz gelangte zu der Überzeugung, dass sie ihren Vorschlag wohl wiederholen musste. Doch R kam ihr zuvor. Er setzte seine Brille auf und fragte völlig unvermittelt: «Wo ist es?»

Muñiz hob einen Arm und deutete in Richtung des nächsten Gipfels, den sie erklimmen wollte.

Dann ging sie voraus, und ein Lächeln ließ ihr Gesicht erstrahlen wie das der Mona Lisa.

2.

Die Rodríguez' waren zuhause. Wo sollten sie auch sonst sein an einem Sonntagnachmittag? Um ins Kino oder zum Zirkus Sarrasani zu gehen, brauchte man Geld. Das brauchte man sogar, wenn man auf die Plaza ging, denn das Ticket für das Karussell und die Zuckerwatte fielen nicht vom Himmel. Seit Vicentes Tod – seit seiner Ermordung – ging seine Frau stundenweise putzen.

Muñiz war die Zeremonie schon vertraut: Mate in der Küche, damit Aurora den kleinen Vicente Carlos im Blick hatte, der draußen mit einem Ball spielte. Deswegen trat sie etwas forscher auf. Als Alicia, die Älteste, verschwand, um ihrem Bruder bei den Hausaufgaben zu helfen, folgte Muñiz ihr. Sie gab ihr die Tafel Schokolade und sagte, Alicia solle sie mit ihren Geschwistern teilen. Ihre Aktion sollte geheim bleiben, damit R nicht merkte, dass sie schon fest eingeplant hatte, die Familie zu besuchen, noch bevor sie ihm das Ja entlockt hatte.

Der Besuch verlief enttäuschend. R redete viel, weil er merkte, dass Aurora fast nichts über die Ereignisse wusste, die sie zur Witwe gemacht hatten. Detailgetreu berichtete er ihr, was geschehen und wie es abgelaufen war. Die emotionslose Schilderung der Ereignisse löste bei Aurora die Reaktion aus, die Muñiz ihr bei ihrem ersten Besuch nicht hatte entlocken können.

«Aber warum?», fragte sie. Warum? *Warum?*

Muñiz wusste darauf keine Antwort. Was sollte sie ihr sagen? Dass Vicente das Opfer von Uniformierten geworden war, die sich über die Nation und ihr Grundgesetz gestellt hatten? Dass ihr Schicksal ein gottloses Universum war, wo die Armen stets die Verlierer waren? Dass ihr Mann, der Leser von *Mr. Reeder*, zu einer Figur in einem Roman von Kafka geworden war?

R sah es pragmatisch. Er sagte, Vicente hätte den Preis für einen bürokratischen Fehler gezahlt. Die Militärs hätten nach General Tanco gesucht und ihn nicht gefunden. Da sie Blut geleckt hatten, war es ihnen egal, wer vor ihnen stand. Man hatte ihnen den Befehl gegeben, die Rebellion niederzuschlagen, und sie hatten niedergeschlagen, was sie vorfanden. Sie hatten die Männer aus der hinteren Wohnung zusammengetrieben, aber genauso gut hätten sie auf die Leute aus einem anderen Haus losgehen können.

Aurora akzeptierte die Erklärung. Sie war abstrus, aber sie entbehrte nicht einer gewissen Logik; es handelte sich schließlich um dieselben Leute, die bei dem Bombardement der Plaza Hunderte von Unschuldigen getötet hatten, um Perón zu stürzen.

Doch was Muñiz erschreckte, war die Tatsache, dass R der Witwe keine Ruhe ließ. Anstatt einen Gang runterzuschalten und ihr Zeit zu geben, die Dinge neu zu ordnen, trieb er sie in die Enge.

«Vielleicht wusste Ihr Mann etwas. Über die Revolte, meine ich.»

Rs Verhalten war unsensibel, völlig deplatziert. Es wäre durchaus verständlich, wenn Aurora sauer würde und sie hinauswarf. Was wollten sie denn? Wollten sie ihr helfen, oder wollten sie beweisen, dass Vicente schuldig war und seinen Tod verdient hatte?

Doch Aurora war nicht verärgert. Sie sagte, Vicente habe nie eine Waffe besessen. Und sie präsentierte ihnen eine Erklärung, die ihrer Meinung nach ein Beweis für die Unschuld ihres Mannes war.

«Glauben Sie, wenn er etwas gewusst hätte, hätte er sich einfach so von mir verabschiedet, ohne ein Wort darüber zu verlieren?»

R nahm einen großen Schluck Mate. Von draußen hörte man das Geräusch des Balls. Wie ein Hammer schlug er immer wieder gegen eine Wand.

In der Scheibe der Tür schimmerte der Himmel wie ein Bluterguss.

3.

Während der Rückfahrt sprachen sie nicht viel. Muñiz erklärte, sie sei müde. Aber sie war vor allem konsterniert. R hatte sie enttäuscht.

Sie hatte sich vorgestellt, dass er betroffen war von der Wehrlosigkeit der Familie, sie wollte sehen, dass das fremde Unglück ihn aufrüttelte. Nichts davon war eingetreten. Für ihn war die Begegnung ein formaler Akt, den er nur auf sich genommen hatte, um ihr einen Gefallen zu tun. Typisch, es war ein ausgesprochen *männliches* Verhalten, ja zu sagen, um jeglichem Widerstand aus dem Weg zu gehen.

Das einzige Positive an dem Treffen war, dass Aurora ihren Segen gegeben hatte, dass sie die beiden älteren Kinder mit ins Kino nehmen durfte. Mit ein wenig Glück gäbe es vor dem nächsten Samstag eine Programmänderung, so dass ihr *Mighty Mouse* mit seinem durchdringenden C erspart bliebe.

Am Retiro-Bahnhof verabschiedete sie sich von R. Normalerweise sprachen sie bei jeder Verabschiedung über das nächste Wiedersehen, entweder sie verabredeten sich außerhalb oder im Verlag. An dem Abend geschah nichts dergleichen.

Als sie nach Hause kam, zog sie sich gleich zurück. Die Antennen ihrer Mutter registrierten die kleinste Veränderung ihres Gemütszustands. Doch ihre Vorsichtsmaßnahme schlug fehl. Nach fünf Minuten klopfte ihre Mutter an die Zimmertür und fragte, was mit ihr los sei

Enriqueta sagte, sie wolle allein sein. Sie sei mit einer Übersetzung beschäftigt, mit der sie im Rückstand war – was zum Teil stimmte.

Wenig später (eine Stunde oder vielleicht auch mehr, wenn ihr Geist vagabundierte, kam ihr jegliches Zeitgefühl abhanden) klopfte ihre Mutter erneut.

«Schon gut, ich will nichts. Ich habe keinen Hunger!»

«Telefon. Ein Arbeitskollege will dich sprechen», hörte Enriqueta sie sagen. Irgendwo in ihrem Hirn hatte sie das Klingeln registriert, aber sie war nicht davon ausgegangen, dass jemand nach ihr verlangte. «Er sagt, es ist wichtig!»

Wie eine Kugel schoss Enriqueta aus ihrem Zimmer. Sie hatte keinen Zweifel, wer der «Arbeitskollege» war.

«Richter Hueyo hat mich angerufen», sagte R. Er klang aufgeregt. Es musste etwas Schlimmes passiert sein. «Er will Desi anklagen. Er sagt, er habe genug gegen ihn in der Hand. Er will eine Pressekonferenz geben und es dort verkünden. Morgen oder übermorgen. Wir sind natürlich eingeladen. Was sagen Sie dazu?»

Enriqueta seufzte. Ihr war ein Stein vom Herzen gefallen. Binnen Sekunden hatte sie alles vergessen, was sie quälte. Die Justiz funktionierte. R war zufrieden. Was konnte sie mehr vom Leben verlangen?

Sie fragte ihn, was das für ein Lärm im Hintergrund sei. R erwiderte, er rufe aus einer Kneipe an. Er habe heimlich gefeiert, weil er ja niemandem den Grund seiner Freude verraten durfte.

«Nur mit Ihnen kann ich das Geheimnis teilen», fügte er hinzu. «Schade, dass wir nicht gemeinsam feiern können.»

«Dazu wird schon noch Gelegenheit sein.»

«Verstehen Sie, Muñiz? Wir sorgen dafür, dass der Polizeichef im Gefängnis landet!»

Enriqueta lachte und wischte sich mit tintenverschmierten Fingern eine Träne aus dem Gesicht. Die Geschichte machte sie ganz kirre. Jetzt lachte und weinte sie schon gleichzeitig.

4.

Am Montag verweilte sie noch ein wenig bei den Büchern im ersten Stock, bevor sie in den Verlag ging. Statt direkt den Aufzug zu nehmen, studierte sie die Kinderbücher. Sie wollte Titi, dem Mittleren der Rodríguez', ein Buch kaufen. Sie suchte etwas, das nicht so deprimierend war wie *Chicharrón.* Wäre es daneben, wenn sie ihm *Little Women* schenkte? Es war ein schönes Buch, unabhängig davon, welches Geschlecht der Leser hatte. Titi würde Trost darin finden, wie die March-Schwestern mit ihrem Unglück fertig wurden. Und wenn er deren Geschichte nicht mit seiner eigenen in Verbindung brachte, würde er sich zumindest amüsieren. Wer konnte sich schon dem Charme einer Figur wie Jo entziehen?

Als sie schließlich mit leeren Händen nach oben fuhr (sie wollte erst Rs Rat einholen, der sich mit Kinderliteratur auskannte), traf sie im Büro auf Gregorio, Horacio und einen Mann, der Sarmiento ähnelte.

Er saß auf einem der Stühle, die für Besucher reserviert waren. Er wirkte nervös; zumindest deutete die Tatsache, dass er selbst im Luftstrom der Ventilatoren schwitzte, darauf hin. In den Achselhöhlen war das hellblaue Hemd dunkelgrau wie der Himmel vor dem Sturm.

Während Muñiz an ihrem Schreibtisch Platz nahm, sah sie, dass Sarmiento aufstand und mit Gregorio verhandelte. Während sie sprachen, beobachteten sie sie aus den Augenwinkeln. Dann kam Sarmiento auf sie zu.

Muñiz stand auf. Es war ein Reflex, der ihrer Verwirrung geschuldet war; sie verhielt sich, als ob der Besucher tatsächlich eine bedeutende Persönlichkeit wäre.

Das war der Alte – den R *Muiño* getauft hatte – nicht, oder zumindest noch nicht.

Er stellte sich als Herausgeber von *Revolución Nacional* vor und fragte sie, ob sie wisse, wo R sich aufhalte.

Muñiz hatte keine Ahnung. Während des Telefonats am Abend zuvor hatten sie ausgemacht, wieder zu telefonieren, sobald der Richter den Termin für die Pressekonferenz festgelegt haben würde.

«Können Sie ihn irgendwo ausfindig machen oder ihn wenigstens zuhause anrufen?»

Klar konnte sie, aber sie zögerte.

«Ich muss etwas mit ihm besprechen, es ist dringend.»

Muñiz sagte, sie könne R seine Nachricht und seine Sorge übermitteln. «Ich assistiere ihm bei den Ermittlungen. Wir arbeiten zusammen. Ich weiß über alles Bescheid!»

«Sie?», erwiderte er.

Muñiz spürte, wie ihre Wangen zu glühen begannen. *Ja, ich*, dachte sie. *Warum soll ich denn nicht ermitteln? Die Tatsache, dass ich eine Frau bin, bedeutet nicht, dass ich blöd bin.*

Doch die Reaktion von Muiño/Sarmiento bezog sich nicht auf ihr Geschlecht. Zumindest war sie diesbezüglich nicht herablassend gemeint.

«Bei allem Respekt, Señorita», sagte der Alte, «ich würde die Sache rasch vergessen. Widmen Sie sich anderen Themen. Sagen Sie R, er soll sich einen anderen Partner suchen.»

«Bei allem Respekt, Señor», konterte Muñiz, «ich bin durchaus in der Lage ...»

«Es geht hier nicht um Ihre Fähigkeiten. Es ist eine Frage der Vorsicht!»

Muñiz runzelte die Stirn.

«Die Sache ist gefährlich. Mehr als wir gedacht haben. Oder was glauben Sie, warum ich persönlich vorbeigekommen bin, um Sie zu warnen?»

Muiño/Sarmiento beugte sich über den Schreibtisch – einen Moment lang dachte Enriqueta, er wolle hinaufklettern und sie packen – und sagte (sein Atem stank nach Knoblauch): «Einer meiner Reporter wurde entführt. Am letzten Freitag. Und das alles nur, weil sie ihn mit R verwechselt haben.»

5.

«Woher will er wissen, dass man ihn mit mir verwechselt hat?», fragte R. Er eilte durch die Chacabubo, so schnell, dass Muñiz kaum mithalten konnte. «Der Artikel ist ohne Unterschrift erschienen, mein Name taucht nirgends auf. Warum sollten sie mich also aufsuchen wollen?»

«Das hat der Alte sich auch gefragt», erwiderte Muñiz, während sie die Handschuhe auszog; Hitze und Eleganz vertrugen sich einfach nicht. «Bis die Originale aus der Setzerei zurückkamen und ihm klarwurde, dass er sich geirrt hatte: Auf der letzten Seite des Artikels befanden sich Ihre Initialen. Er hatte sie selbst ausgestrichen, wie er auch den Namen von Fernández Suárez ausgestrichen hatte. Aber wenn man das Papier gegen das Licht hielt, konnte man die Initialen erkennen. Sie waren gut zu lesen, weil Sie so kräftig in die Tasten gehauen haben. Der Alte hat sie mir gezeigt, und da stand klar und deutlich: *rjw*. Und nach diesem Reporter haben sie gesucht. Sie haben in der Redaktion nachgefragt. Und von den Angestellten kam nur ein gewisser Rossi in Frage: J. Wilfredo Rossi!»

R lachte auf. Eine völlig unangemessene Reaktion, wie er an Muñiz' Gesicht ablesen konnte. Aber man konnte es ihm nicht verdenken. Trotz dem Ernst der Lage entbehrte die Sache nicht einer gewissen Komik.

Diese Polizisten sind wirklich wie aus dem Lehrbuch. Unfähig aus Berufung. Wie kommen sie dazu, einen anderen zu entführen, nur weil er die gleichen Initialen hat?

Außerdem freute er sich darüber, dass sie noch nicht wussten, wer er war. Sie waren nah dran, keine Frage: Die Initialen *rjw* waren so eindeutig wie Fingerabdrücke. Aber sie würden schon noch ein Weilchen suchen müssen, Nachforschungen in Archiven anstellen und ermitteln. Und sein Lebenslauf lieferte ihnen auch keine Hinweise.

Als Journalist hatte R nie über Verbrechen geschrieben. Erst recht nicht über Staatsverbrechen. Es war vollkommen abwegig, ihn mit so etwas in Verbindung zu bringen: Er war schließlich nur ein Übersetzer, ein freier Schreiberling, ein Autor von banalen Kriminalgeschichten, in denen die Leute aus Eifersucht oder Habgier töteten, aber nie aus politischen Gründen oder, schlimmer noch, als Befehlsempfänger.

Im Moment war er also sicher. Er hatte einen geringen Vorsprung, aus dem er das Bestmögliche rausholen musste.

Es sei denn, J. Wilfredo Rossi hatte vor Desi und seinen Bluthunden unter Folter seinen Namen und seinen Aufenthaltsort preisgegeben – und damit sein Schicksal besiegelt.

6.

Im Casal de Catalunya gab es keine Ventilatoren, aber die brauchte man auch nicht. In der Eingangshalle des modernistischen Gebäudes war es dank der hohen Decke und der Marmorsäulen und Steintreppen angenehm kühl. Muñiz bemerkte den Kamin, in dem sich seit dem Winter eine Menge Staub angesammelt hatte, und das riesige Gemälde von Sant Jordi. R war zum Empfangstresen gegangen, um Informationen einzuholen.

Im Billardsaal war es noch kühler. Dort fiel das Sonnenlicht nur indirekt durch die geöffnete Tür ein. Es roch nach Bohnerwachs, und wenn man die Luft tief einatmete, nach Tabak und Schweiß.

Es war Montag und früher Nachmittag, und so war der Raum fast leer. Nur drei Tische waren besetzt. Zwei waren von Studenten belagert, die auf den Stühlen Bücher, Jacketts und Krawatten abgelegt hatten. Von R nahmen sie keine Notiz, sie hatten nur Augen für Muñiz. Trotz Akne rangen sie sich ein schmerzhaftes Lächeln ab. Die Hormone und die Überraschung überwogen, es kam selten vor, dass eine Frau den Billardsalon betrat.

Auf dem dritten Tisch lag ein Dreieck aus glänzenden Kugeln. Auf der anderen Seite stand ein Mann, allein, das zur Decke gerichtete Queue in der Hand. Mit der anderen trug er Kreide auf die Spitze auf. Seine Bewegung war mechanisch, und das Leder ächzte.

Im Unterschied zu den Studenten hatte er sein Jackett nicht abgelegt. Er trug einen blauen Zweireiher, dessen Schultern von einer hellen Substanz bestäubt waren, die andere Billardspieler für Kreide gehalten hätten, bei der es sich aber – R wusste es aus eigener Anschauung – um Schuppen handelte.

«Haben Sie Ihre Freundin mitgebracht?», fragte Rossi.

«Die Dame ist meine Partnerin», sagte R.

Rossi schnaubte. Er rieb die Spitze seiner Lanze weiterhin mit Kreide ein, obwohl schon ausreichende Mengen von dem hellen Pulver daran hafteten.

R fragte sich, was ihn daran hinderte, die Partie zu eröffnen. Wenn er schon beim Billard so lange brauchte, wie lange würde er erst am Schachbrett brauchen?

«Ich bedaure sehr, was geschehen ist», nahm R das Gespräch wieder auf. «Wenn ich gewusst hätte, dass ich jemanden aus der Redaktion in Gefahr bringe …»

Hätte ich, auch mit dem Wissen, genau dasselbe getan.

«Es ist nicht Ihre Schuld», sagte Rossi. «Dafür ist der Verleger verantwortlich. Aber ich muss zugeben, ich habe mehr als einmal einen Fluch auf Ihre Mutter losgelassen und ihr moralisches Ansehen in Frage gestellt.»

R lächelte. Muñiz hatte ihm wieder mal als Blitzableiter gedient. Hätte er sie nicht mitgenommen, wäre Rossi sicher nicht so zurückhaltend gewesen.

«Wer hat Sie befragt?»

«Oberstleutnant Fernández Suárez, der Polizeichef der Provinz Buenos Aires.»

«Woher wissen Sie, dass er es war?»

«Nun, er hat sich vorgestellt. Und dann hat er gesagt: ‹Da bin ich. Und jetzt machen Sie eine Reportage über mich.›»

«Hat es lange gedauert, bis er begriffen hat, dass Sie der Falsche sind?»

«Das kann ich Ihnen nicht sagen. Meine Uhr lag noch auf dem Nachttisch. Ich habe die Zeit dort anders wahrgenommen. Die Spuren trage ich noch an meinem Körper. Ich schwöre Ihnen, ich würde sie Ihnen zeigen, ohne jede Scham. Aber Sie mussten ja Ihre Freundin mitbringen.»

R war überzeugt, dass auf diese Provokation eine Antwort folgen würde. Doch Muñiz wirkte abwesend: Langsam schritt sie mit klappernden Absätzen um den Tisch herum und strich mit den Fingern über den Mahagonirand. Es fehlte nur noch der Kaugummi im Mund, und die Verkörperung der naiven Braut wäre perfekt.

«Keine Sorge», fuhr Rossi fort, «ich habe nichts gesagt. Nicht, weil ich nicht wollte … ehrlich gesagt, hätte ich mir damit einiges ersparen können. Aber ich wusste Ihren Namen nicht. Ich kannte Sie vom Sehen, von Ihren Besuchen in der Redaktion. Aber mein Verleger hat mit einer Diskretion, die ihn ehrt, nie Ihren Namen genannt. Deswegen habe ich auch zu ihm gesagt: ‹Geben Sie auf sich acht. Jetzt wird man sich an Sie halten!›»

«Das habe ich ihm auch geraten», sagte R. «Und wissen Sie, was er geantwortet hat? ‹Keine Sorge, ich trage ein Sicherheitsventil in mir. Wenn sie mir etwas antun, werde ich einen weiteren Infarkt erleiden. Ihr Name ist sicher bei mir!›»

Von den Tischen der Studenten hörte man einen dumpfen Schlag und Siegesrufe. Jemand hatte eine Wette gewonnen. Scheine wechselten im Flug den Besitzer.

«Ich habe Sie hierherbestellt», sagte Rossi, «weil ich Sie warnen wollte, unter vier Augen. Der Kerl ist hinterfotzig, ich meine, sehr *gefährlich*», korrigierte er sich aus Respekt vor Muñiz. «Diesmal haben Sie Glück gehabt. Ich auch, in gewisser Weise, denn ich bin nicht Sie, und das hat der Kerl irgendwann begriffen. Aber er ist offenkundig unruhig. Und es gibt nur wenige Dinge, die für die öffentliche Gesundheit ein größeres Risiko darstellen als ein gereizter Mann mit Macht.»

Rossi legte den Kreidewürfel beiseite. Als er mit dem Queue auf die Kugeln zielte, wurde R klar, warum er so lange gezögert hatte. Seine Hände zitterten. Nur träge setzte die weiße Kugel sich in Bewegung. Das Dreieck in der Mitte veränderte durch den Stoß geringfügig seine Form.

«Was hat er Sie gefragt?», sagte Muñiz. Sie war stehen geblieben, um Rossi bei seinem Stoß zu beobachten, aber als er so kläglich scheiterte, ging sie um den Tisch herum. «Als er glaubte,

Sie hätten den Artikel geschrieben, als er noch glaubte, Sie wären er, was hat er Sie gefragt, was wollte er wissen?»

Rossi legte den Billardstock auf den Filz und ließ beide Hände auf den Rand des Tischs sinken.

«Er hat nach Quittungen gefragt, nach irgendwelchen Telegrammen», sagte er. «Er wollte wissen, wo ich die aufbewahre. Aber weil ich immer wieder gesagt habe, ‹Ich weiß nicht, wovon Sie reden, ich habe nichts!›, hat er gefragt, wer sie denn dann hat. Das werde ich nie vergessen, denn jedes Mal, wenn er die Frage wiederholte, schlug mir der Kerl, der mich entführt hat, ein Dunkelhäutiger mit fettem Hintern und einer Visage wie ein Hintern … mit dem Telefonbuch wechselseitig auf die Ohren. Der Rechtsanwalt oder der Vater des Klägers? Paff. Der Rechtsanwalt oder der Vater des Klägers? Paff!»

R sah Muñiz an und fragte sich, ob sich auf seinem Gesicht im Spiegel wohl eine ähnliche Freude zeigen würde.

Desi geht der Arsch auf Grundeis. Das Telegramm, in dem die Casa Rosada Juan Carlos' Vater antwortet, und die Quittung, die belegt, dass er verhaftet wurde – auf der die Habseligkeiten aufgeführt sind, die er bei sich trug: die White-Star-Uhr, das Taschentuch, der Schlüsselbund, die zehn Pesos, die er übergab, während er zwanzig weitere im Strumpf versteckt hielt –, befinden sich weder in den Händen von Kotschs noch in denen von dem alten Livraga. Richter Hueyo hat sie an sich genommen. Und damit hat er Desi bei den Eiern!

«Eins ist klar», sagte Rossi, «für den Kerl steht 'ne Menge auf dem Spiel. Ich bin ein Nobody, was ich tue, hat keine Bedeutung. Aber der Kerl hat ein Flugzeug gechartert, um mich von Buenos Aires nach La Plata zu bringen!»

7.

Manchmal haben die Engländer recht: Keine Nachrichten sind gute Nachrichten. Doch in den Tagen wollte der Spruch nicht recht greifen. Der Dienstag verging ohne Zeichen von Richter Hueyo. R rief kurz vor Büroschluss an, aber keiner nahm ab.

Am Mittwoch verschwand R. Er hatte weder im Verlag Bescheid gegeben noch bei Muñiz zuhause. (Ihre Mutter war die ganze Zeit dort gewesen, sie konnte also unmöglich einen Anruf verpasst haben.) Gegen neun beschloss Muñiz, in La Plata anzurufen, in der Hoffnung, R zu erreichen. Stattdessen nahm ein kleines Mädchen mit einer bezaubernden Stimme ab, dem eine Frau sogleich den Hörer entriss.

Das musste Rs Frau sein. Sie hieß Elina, der Name war ein paarmal in den Gesprächen mit Greg oder Horacio gefallen. Muñiz öffnete den Mund, legte aber, einem Impuls folgend, wieder auf, ohne ein Wort zu sagen.

Kurz darauf rief R an. Er hörte sich seltsam an, seine Stimme war verwaschen. Als er mit seiner Rede fertig war, begriff Enriqueta, warum: Er hatte getrunken. Das war nur allzu verständlich. Sie hätte gern dasselbe getan.

«Wo sind Sie?»

«Gute Frage», erwiderte er. Im Hintergrund hörte man den Lärm eines öffentlichen Ortes, wahrscheinlich war er gar nicht nach La Plata zurückgefahren. «Das müsste ich erst mal herausfinden. Wenn Sie mir Gesellschaft leisten wollen, frage ich nach und gebe Ihnen Bescheid.»

«Nein, danke», erwiderte Muñiz. An dem Tag war sie sehr impulsiv. «Es ist schon spät!»

Nachdem R sechs Nachrichten für Richter Hueyo hinterlassen hatte, nahm dieser seinen Anruf endlich entgegen. Bald wurde R klar, warum er ihm ausgewichen war: Er musste etwas eingestehen, für das er sich schämte.

Am Dienstag hatte Hueyo ein eiliges Gesuch erhalten. Der Vorsitzende des Obersten Gerichtshofs verlangte nach ihm, Doktor Mercader. Er hatte damals Chino Balbín vertreten, als Perón ihn verhaften ließ, und nach der Machtübernahme durch die Befreiungsrevolution hatte man ihn für seine Dienste belohnt.

Mercader hatte Hueyo einbestellt, um ihm mitzuteilen, dass der Livraga-Fall die Regierung beunruhige. Man befürchte, er könne zu politischen Zwecken verwendet werden, um eine Destabilisierung herbeizuführen.

Aramburu war so besorgt, dass er Mercader mit dem Flugzeug (!) in Ayacucho abholen und ihn zu einer Versammlung des Provinzkabinetts bringen ließ.

Muñiz war dieses Detail nicht entgangen. Ihr stellten sich die Nackenhaare senkrecht. R war es bestimmt genauso ergangen, als Richter Hueyo ihm davon erzählt hatte.

Jetzt sind wir schon bei zwei Flügen. Um die Sache zu stoppen, scheuen diese Leute wirklich weder Kosten noch Mühen.

R hatte wieder Luft geholt – oder das Gleichgewicht wiedergefunden, das ließ sich durchs Telefon schlecht sagen – und fuhr fort mit seinem Bericht.

Mercader hatte Hueyo erklärt, um Verzerrungen zu vermeiden, müsse der Livraga-Fall in seinen eigentlichen Zuständigkeitsbereich wandern. Oder hatten sich die Ereignisse nicht etwa unter Standrecht zugetragen?

«Hueyo kann sich nicht weigern», sagte R. «Wenn der Oberste Gerichtshof für eine Weitergabe des Falles an das Militärtribunal plädiert … heißt das konkret: Das war's mit der Pressekonferenz, das war's mit Desi im Knast.»

«Was sollen wir tun?», fragte Muñiz. Denn irgendetwas mussten sie tun, das stand außer Frage.

«Keine Ahnung, was Sie tun. Ich werde weitertrinken. Sind Sie sicher, dass Sie nicht herkommen wollen? Es gibt einen Old Parr, der ist gar nicht mal schlecht.»

Am Donnerstag hörte sie nichts von R. Und am Freitag verließ sie wegen eines Unwohlseins, das Greg und Horacio fehldeuteten, schon früh das Büro. Die Enttäuschung war ihr auf den Magen geschlagen, es brannte, als hätte sie glühende Lava getrunken.

Sie verbrachte das Wochenende mit Büchern und Notizen, um sich von dem aufkeimenden Verdacht abzulenken, dass R aufgegeben hatte.

Am Dienstag kehrte sie in den Verlag zurück und fand eine Notiz auf ihrem Schreibtisch vor. Die Handschrift kannte sie inzwischen.

«Lesen Sie die neue Ausgabe von *Revolución Nacional*», stand da. «Ich hoffe, sie gefällt Ihnen.»

Die Notiz war mit R unterzeichnet.

8.

Für R hatte der Mittwochabend im Streit geendet.

Der Old Parr hatte ihn angriffslustig gemacht. Er hatte sich in ein Gespräch eingemischt, sich willkürlich auf eine Seite geschlagen und das Feuer des Disputs angeheizt. Als einer seiner neuen Freunde einen Stoß abbekam, preschte er vor und stürzte sich auf die Gegner. Und das alles wegen Fußball. Ein Thema, das ihn null interessierte, auch wenn er offiziell für River Plate war. Der Fußball war eine Erfindung der Engländer. Da hielt er es mit Lear, für den es keine schlimmere Beleidigung gab als den Satz: «*You base football player.*»

Am Ende war er bei Horacio gelandet, der ihn bei sich duschen ließ und ihm ein frisches Hemd lieh.

«Deins oder das deiner Gegner?», fragte er seinen Freund, als er das blutbefleckte Hemd sah.

R antwortete nicht. Worin lag der Unterschied?

«Schmeiß es weg», sagte er nur. «Blut geht nie ganz raus.»

Am Vormittag fuhr er nach Hause. Er ging davon aus, dass niemand da war, denn er brauchte Zeit: um sich eins seiner Hemden anzuziehen – Elina kannte seinen Kleiderbestand, sie würde sofort merken, dass er ein fremdes Hemd trug – und um die Schwellung weiter mit Eis zu kühlen. Mit ein wenig Glück sähe er bis zum Mittagessen wieder halbwegs präsentabel aus.

Ehe er sich's versah, saß er vor der Remington. Was machte er dort? Er hatte nichts zu schreiben. Und selbst wenn, es würde keiner veröffentlichen.

Sobald das Militärgericht den Fall an sich gezogen hätte, müssten sie die Erschießungen abhaken. Giunta wäre erleichtert, das Thema würde in Vergessenheit geraten. Juan Carlos und di Chiano wären zufrieden, sie hatten ihr Leben und ihre Freiheit bewahrt. Muiño würde keinen zweiten Herzinfarkt erleiden. Elina würde endlich wieder ruhig schlafen können.

A win-win situation for (almost) everybody. Was hatte es für einen Sinn aufzubegehren, weiter im Wespennest herumzustochern?

Und es wäre eine Qual, mit nur einer Hand zu schreiben.

Er wagte einen Versuch. Nur um zu sehen, ob es funktionierte. Er tippte fünf Buchstaben:

Warum.

Er war flott mit der Linken. Das Problem waren nur die Großbuchstaben. Er musste sie gedrückt halten, um bestimmte Zeichen tippen zu können und sie dann wieder lösen, das war schwierig.

Aber er konnte natürlich auch das mit Eiswürfeln gefüllte Geschirrtuch dafür verwenden. Auf diese Weise entstand eine interessante Musik: Das Rattern der Tasten und die klingelnden Eiswürfel erzeugten einen Rhythmus, der ansteckend war.

Er brauchte seine Notizen nicht zu holen. Dreimal klingelte das Telefon. Möglicherweise war es Elina, und er duckte sich lieber weg. Er war nicht sicher, ob er gestern Abend Bescheid gesagt hatte, dass er nicht nach Hause kommen würde; sollte er es tatsächlich versäumt haben, würde er sich ihr lieber erst am Nachmittag stellen. Wenn die Mädchen dabei waren, würde er glimpflicher davonkommen.

Das Eis brauchte er nicht mehr.

Als er mit Schreiben fertig war, bemerkte er zu seinen Füßen eine Pfütze. Das Wasser war durch den Stoff gesickert und am Tischbein entlang nach unten geflossen.

9.

Am Dienstagnachmittag kaufte Enriqueta *Revolución Nacional* und begab sich in ein Café. Sie wollte keine Bekannten um sich haben. Sie befürchtete, man könnte ihr gewisse Gefühlsregungen am Gesicht ablesen.

Am Kiosk war sie überrascht von dem Thema, das R gewählt hatte. Der Titel über den fünf Spalten verkündete frei heraus: «Es spricht die Frau des Erschossenen.» Darunter sprangen zwei Fotos ins Auge: ein Passbild von dem armen Vicente, der sich für Spegazzinis Kamera zurechtgemacht hatte – Krawatte und ein Anzug mit überbreitem Revers –, und das Bild, das R mit seiner Voigtländer im Patio des Hauses von den Hinterbliebenen gemacht hatte.

Während Muñiz auf den Kellner wartete, fand sie im Vorspann etwas, das sie als Augenzwinkern deutete:

«Wie Émile Zola mit seinem ‹J'accuse!› werden wir weitermachen, bis der Gerechtigkeit Genüge getan ist.»

Die Erwähnung Zolas war ein Insiderwitz. Der restliche Satz sollte sie beruhigen: R dachte nicht daran, aufzugeben.

Sie hatte Lust auf einen Tee. Als der Kellner wieder an ihrem Tisch vorbeikam, bestellte sie noch Gebäck dazu.

Der Artikel hatte seine Tücken. Bei der Beschreibung Auroras sagte R: «Sie spricht bedächtig, mit der tiefen, unterwürfigen Stimme der Armut.» Das hätte Muñiz gestrichen, sie fand das arrogant.

Doch ein paar Zeilen weiter hatte R etwas geschrieben, das sie aus der Fassung brachte.

«Wir wissen nicht, bei Gott, wir wissen nicht», hieß es, «ob wir gut daran tun, unseren Ermittlerscharfsinn gegen die Wehrlosigkeit der ungebildeten Frau zu richten. Wir wissen nicht, ob wir sie damit nicht dem Gesetz des Dschungels aussetzen. Denn sie wollte nicht reden, aber unvermeidlich sprechen wir über das Thema, und wir versuchen, uns mit der trügerischen Entschuldigung zu rechtfertigen, dass letztlich auch wir ein Risiko eingehen.»

Muñiz ließ die Hände mit der Zeitung sinken und atmete tief ein. Der R, den sie gerade gelesen hatte, war ihr unbekannt. Nicht nur wegen des emphatischen Anfangs, dieser Anrufung Gottes durch den Mund eines Skeptikers. Vor allem beeindruckte sie sein Geständnis, was das Wohlergehen Auroras anging. Zum ersten Mal sorgte R sich wirklich um jemand anderen und nicht nur um sich selbst. All seine anderen Äußerungen in dieser Hinsicht waren ihr unaufrichtig vorgekommen, nur gespielt. Durch sein Verhalten vermittelte R den Eindruck, dass die anderen Opfer – Juan Carlos, Giunta – erwachsene Menschen waren, die auf sich selbst aufpassen konnten.

Doch dieser Abschnitt drückte etwas anderes aus. Es war neu an R, vielleicht ein wenig plump, aber nicht aufgesetzt.

Der Kellner kam mit der Bestellung. Muñiz ließ den Tee ziehen, schob sich ein Plätzchen in den Mund und las weiter.

In groben Zügen beschrieb der Artikel ihren Besuch in dem Haus in Florida. R war der Versuchung erlegen, etwas fiktional abzuwandeln, das Aurora ihnen über ihre Tochter anvertraut hatte. («Mama», hatte Alicia eines Abends gefragt, «warum haben sie Papa umgebracht? Hat er etwas Schlimmes getan?») Für das Ende hatte er sich einen *coup de grâce* aufgehoben. Er sprach von der sauberen Küche und von dem Primus-Heizgerät; er sprach von der Art, wie Alicia, obwohl sie noch ein kleines Mädchen war, eine Dose mit einem Messer geöffnet hatte.

Muñiz hatte damals in dem Haus das Gefühl gehabt, R fühle sich nicht wohl und überspiele nur, dass er so schnell wie möglich wegwollte. Doch trotz seiner vordergründigen Kälte hatte er vieles wahrgenommen.

«Diese Kinder mit den riesigen schwarzen Augen», schrieb er am Ende, «tun einem in der Seele weh.»

R hatte gesehen, was es zu sehen gab, aber vor allem hatte er gefühlt.

R war immer noch sozusagen halbgar, daran hatte sich nichts geändert. Das Gute war, dass er beschlossen hatte, sich dem Feuer zu stellen.

NEUN

Imperfekt

1.

Das Gefühl, verfolgt zu werden, wollte nicht schwinden.

Wenn es ihn überkam, versuchte er es auszuschalten. Es war unwahrscheinlich, dass man ihn identifiziert hatte; zumindest zu dem Zeitpunkt. Sowohl der Artikel in *Propósitos* als auch die in *Revolución Nacional* waren anonym erschienen. Muiño, Rossi und Barletta – der zum Glück inzwischen freigekommen war – schworen, dass sie seinen Namen nicht preisgegeben hätten. Es waren ehrbare Leute, er hatte keinen Grund, ihnen zu misstrauen. Und auch für die anderen legte er seine Hand ins Feuer: Greg und Horacio würden ihn nicht verraten, Elina auch nicht. Und die, die in den Fall involviert waren – die Erschossenen, die lebten, Aurora, von Kotsch –, würden den Teufel tun, ihm Knüppel zwischen die Beine zu werfen.

Alles klar. Entspann dich. Es gibt keinen Grund für deine Paranoia.

Aber die Leute gaben nur ungern zu, was sie unter Druck getan oder gesagt hatten. Wer könnte es Barletta oder Rossi verübeln, wenn sie Daten oder Namen ausgeplaudert hatten, um sich oder ihre Angehörigen vor Gewalt zu schützen?

Und auch die Dummheit war nicht zu vernachlässigen. Sie war eine überaus demokratische Eigenschaft der Spezies, sie machte keinen Unterschied bezüglich Klasse, Geschlecht oder Rasse. R glaubte nicht, dass Greg oder Horacio imstande wären, ihn absichtlich auffliegen zu lassen. Aber es war möglich, dass sie die Geschichte, oder einen Teil davon, jemandem erzählt hatten, dem sie vertrauten. Weil sie es nicht für sich behalten konnten oder um anzugeben. Hatte er es nicht genauso gemacht, als Quique ihm von dem «Erschossenen, der überlebt hat», erzählt hatte?

Paradoxerweise ließ der Gedanke an die Dummheit ihn nicht los. Die Kriminalgeschichten, die er bevorzugte, schlossen sie vollkommen aus: Sie beschrieben ein Katz-und-Maus-Spiel zwischen zwei oder mehr hochintelligenten Figuren, die Verbrecher auf der einen und die Detektive auf der anderen Seite. Wenn einer einen Fehler machte – gewöhnlich der Verbrecher –, war das nicht auf Dummheit zurückzuführen, sondern es stimmte etwas in seiner Argumentationskette nicht. Bei einer Partie, in der ein langer Atem gefragt ist, verliert derjenige, bei dem zuerst die Konzentration nachlässt. Eine Sekunde Unaufmerksamkeit genügt. Oder man scheiterte an der Fülle von Variablen, die einem zur Verfügung standen; wie im Schach, wo der Verlierer dem Zug unter Hunderten zum Opfer fällt, den er nicht vorausgesehen hat.

Aber in dem Krimi, in dem er der Detektiv war, gab es keine genialen Schurken im Stil Professor Moriartys, hier war die Dummheit ein wesentlicher Zug. Dumm waren die Polizisten gewesen, die Juan Carlos eine Quittung für den Inhalt seiner Taschen ausgehändigt hatten. Dumm waren die Anwälte der Casa Rosada gewesen, als sie die Telegramme von Juan Carlos' Vater beantwortet hatten; so waren sie auf die Beschwerde eingegangen, und dabei hätten sie die Eintragungen einfach löschen und bestreiten sollen, je eine Nachricht erhalten zu haben. Und auch Desi war dumm gewesen, als er vor dem Provinzausschuss im Beisein einer Stenographin ausgesagt hatte.

Diese Aussage – die er im halbleeren Zug las, der ihn zum Bahnhof Constitución brachte – war ein handfestes Geständnis. Am 18. Dezember hatte Desi vor dem Minister und den sechs

Ausschussmitgliedern bestätigt, dass er am 9. Juni widerrechtlich in das Haus eingedrungen war und einige junge Männer verhaftet hatte, denen keinerlei Verbrechen angelastet werden konnte, und dass dies gegen elf Uhr abends geschehen war, also noch vor der Ausrufung des Standrechts. Jetzt brauchten Muñiz und er nur noch ein Dokument, das die exakte Uhrzeit belegte, wann es ausgerufen wurde. Das sollte nicht schwer zu beschaffen sein.

Oder etwa doch? In der Zeitung stand, es sei am Sonntag, den 10., um 0.30 Uhr verkündet worden, aber die Tatsache, dass es so in der Presse stand, war noch kein Beweis.

In dem Krimi, in dem er die Hauptfigur war, stand von Anfang an fest, wer der Verbrecher war. Er hatte sogar Beweise für seine Schuld. Aus erzähltechnischer Sicht entsprach er daher nicht seinen Erwartungen: Er hatte nichts, aber auch gar nichts mit den Romanen zu tun, die ihn faszinierten! Allerdings musste er zugeben, dass die Verbrecher – in diesem Fall der Verantwortliche für die Morde und seine Komplizen – nicht völlig verblödet waren. Da sie an den Hebeln der staatlichen Macht saßen, konnten sie sich den Luxus des Dilettantismus leisten. Sie konnten darauf zählen, dass jemand ihre Fehltritte rechtzeitig korrigierte. Wie sie befürchtet hatten, wollte das Militärgericht den Fall an sich ziehen und Richter Hueyos mattsetzen; jetzt hing alles von der Entscheidung des Obersten Gerichtshofs ab. Auf dessen Urteilsvermögen war kein Verlass. Es war unwahrscheinlich, dass die hohen Herren die Machthaber vor den Kopf stoßen würden.

Es blieb ihnen nichts anderes übrig, als noch mehr Beweise zu sammeln; es war ein Wettlauf mit der Zeit. Die Beweislage musste so klar sein, dass die hohen Herren (darunter Orgaz, der nicht nur Antiperonist war, sondern – die verschärfte Variante – noch dazu aus Córdoba stammte; Villegas Basavilbaso, der Assessor im Marineministerium gewesen war, und Herrera, den der Unaussprechliche 1953 hatte verhaften lassen) sich gezwungen sahen, ihre Würde über die Zweckmäßigkeit zu stellen.

In diesem Fall hat der Scharfsinn des Detektivs nichts mit der Fähigkeit zu tun, das Rätsel zu lösen. Was ihn ausmacht, ist sein Talent, die Geschichte zu erzählen und gehört zu werden, bevor die Maschinerie der Macht ihn überrollt.

2.

Seit einer Weile entwickelte er Angewohnheiten, die auf seine Paranoia zurückzuführen waren. Er behielt den Telefonhörer am Ohr, wenn das Gespräch beendet war, und lauschte auf ein mögliches Knacken in der Leitung. Auf der Straße sah er sich häufig um. Er suchte die Umgebung nach *patterns* ab, verdächtigen Wiederholungen: das im Kreis fahrende Auto, der allgegenwärtige Mann mit dem karierten Hut. Der dunkelhäutige Junge mit der braunen Jacke, der an der Tür des Waggons stand: Hatte er ihn schon mal irgendwo gesehen, oder war er einfach so ein Durchschnittstyp, dass er ihm deshalb bekannt vorkam?

Als er am Bahnhof Constitución ankam, wartete er, bevor er ausstieg. Der Junge wartete ebenfalls. Obwohl er direkt an der Tür stand, ließ er alle vorbei, die aufgestanden waren, als der Zug in den Bahnhof einfuhr. Er las weiter in seiner Ausgabe von *Crítica*, bis er freie Bahn hatte. Dann klappte er die Zeitung in aller Ruhe zu, schob sie unter den Arm und trat leise pfeifend auf den Bahnsteig hinaus, ohne R anzusehen – und das war das eigentlich Verdächtige, dass er ihn nicht einmal angesehen hatte, obwohl sie beide die letzten Passagiere im Waggon waren.

Während der Fahrt mit der U-Bahn fiel ihm ein Dutzend dunkelhäutiger junger Leute mit brauner Jacke und diversen Accessoires auf: Zeitungen, Zigaretten, Sporttaschen, Mützen, Brillen. So unauffällig, dass sie die perfekten Spione gewesen wären. Ihr Vorteil: Sie verschwanden sofort von seinem Radar und wurden durch andere ersetzt.

R kam erst wieder zu Atem, als er an der Haltestelle Belgrano ankam. Durch die hohen Decken blieb es im Gebäude kühl. Außerdem waren um diese Zeit wenig Leute unterwegs; in dieser Hitze lud der Sonntagnachmittag eher zu einer Siesta ein als zu einem Ausflug.

Muñiz wartete schon auf ihn. Auf dem halbverlassenen Bahnsteig fiel es ihm nicht schwer, sie zu finden. Er beschleunigte seinen Schritt und hatte dabei wieder das Kribbeln im Bauch, das er in letzter Zeit immer verspürte, wenn sie sich trafen.

Es ist Elinas Schuld, sie hat mich mit ihrer Paranoia angesteckt. Warum sollte ich mich schuldig fühlen, wenn ich Muñiz sehe? Ich tue doch nichts Unschickliches.

Er erinnerte sich an das Mädchen, das ihn am Abend des 9. Juni um Feuer gebeten hatte, an dem Abend, als alles angefangen hatte. Die Frage, die sie ihm gestellt hatte, galt – geringfügig abgewandelt – immer noch: Was tat ein verheirateter Mann an einem Sonntagnachmittag mit einer Frau, die nicht seine eigene war?

«Steigen wir ein?», begrüßte ihn Muñiz. Der Zug stand am Bahnsteig, und wenn sie ihn noch erwischen wollten, sollten sie einsteigen, bevor sich die Türen schlossen.

Durch die vorgeschützte Eile konnte er die Berührung vermeiden.

3.

«Manchmal denke ich, von dem detektivischen Ehrgeiz mal abgesehen, tue ich eigentlich nichts anderes als sonst auch», sagte sie, ohne von dem Blatt aufzusehen. «Ich analysiere einen Text. Bereinige ihn. Übersetze ihn, damit man ihn gut versteht.»

Als sie einen Sitzplatz gefunden hatten, wollte Muñiz unbedingt Desis Erklärung vor dem Ausschuss lesen. R bot an, ihr zu erläutern, worauf er gestoßen war, aber sie wollte sich ein eigenes Bild machen.

«Hier zum Beispiel» – er konnte es nicht lassen – «spricht Desi über die vierzehn Personen, die er in ‹dem Landhaus› vorgefunden hat: die Leute, die vorhatten, sich an den subversiven Aktionen zu beteiligen. ‹Vorhatten›. Imperfekt, es geht nicht um die Tat an sich, sondern ihre mögliche Ausführung, etwas, das sich ereignen kann, sich aber noch nicht ereignet hat. Und soweit mir bekannt ist, kann man, Standrecht hin oder her, niemanden für ein Delikt verurteilen, das er noch nicht begangen hat. Die Absicht allein ist nicht strafbar!»

R war abgelenkt, er suchte den Waggon nach jungen Männern in braunen Jacken ab. Er sah drei, aber zwei davon hatten Frauen und Kinder dabei. Waren sie dennoch Spione? Was gab es für eine bessere Tarnung als eine Familie, um seine finsteren Absichten zu verbergen?

Elina hatte kein Wort gesagt, als er ihr mitgeteilt hatte, dass er nach dem Mittagessen noch einmal das Haus verlassen würde. Sie hatte nicht protestiert und auch nicht wissen wollen, mit wem er warum wohin ging. Die häusliche Routine funktionierte, aufgeheitert durch die Einfälle der Mädchen, dem Himmel sei Dank. (Ps neueste Marotte: Sie wehrte sich gegen jede Art von Haarbändigung, egal ob Haarband, Zopf oder Spange, sie war der Ansicht, das würde ihre «*telepathischen* Fähigkeiten» stören.) Doch Elina legte die Kälte der Schneekönigin an den Tag, deren Küsse töten können. Der eisige Frieden würde nicht lange andauern. Der nächste Wutausbruch würde kommen, es war nur eine Frage der Zeit.

«Seine Rechtfertigung ist eine einzige rhetorische Übung», fuhr Muñiz in dem Glauben fort, dass er ihr zuhörte. «Er beschwert sich, dass man ihn ohne Beweise anklagt. Doch der einzige Beweis, den er für seine Unschuld anführt, ist lächerlich. Er bestreitet nicht, dass Juan Carlos angeschossen wurde, aber er behauptet, er müsse in der ‹chaotischen Nacht› durch andere verwundet worden sein. Und womit begründet er das? Er sagt, wenn die Polizei ihn hätte erschießen wollen, hätte sie ihn auch liquidiert, wie es sich gehört. Als wäre die Polizei von Buenos Aires so zuverlässig wie ein Schweizer Uhrwerk!»

Muñiz sah immer tadellos aus. An dem Nachmittag hätte man denken können, sie wäre frisch vom Frisör gekommen, dabei hatte wohl kaum ein Salon am Sonntagmorgen extra für sie geöffnet. Irgendwie gelang es ihr, von Laufmaschen, dem täglichen Albtraum aller Frauen, verschont zu bleiben, und obwohl sie mit Stiften und Farbbändern hantierte, waren ihre Hände stets picobello. In der Hinsicht waren sie ein ungleiches Paar. Ganz gleich, ob R zum Herrenfrisör ging oder sich bei Savile Row einkleidete, zehn Minuten später war er verunstaltet, das Haar zerzaust, die Kleidung fleckig oder zerknittert. Das war sein Schicksal in diesem Leben: Er mochte eine gewisse Eleganz besitzen, aber elegant auftreten konnte er nicht.

«Ist etwas an mir?», fragte Muñiz. Sein seltsamer Blick hatte sie erröten lassen.

Das frage ich mich auch, dachte er.

4.

Zwei Blocks von di Chianos Haus entfernt geschah etwas, womit sie nicht gerechnet hatten. Sie waren darauf vorbereitet, dass sie vielleicht verfolgt wurden, aber nicht von einer Horde Kinder.

Die Jungen hatten mit kleinen, mit nassem Sand beladenen Autos gespielt. Jetzt hatten sie sich an ihre Fersen geheftet und verfolgten sie mit einem Abstand.

Als sie in die Calle Irigoyen einbogen, gesellten sich noch

drei weitere Kinder hinzu: Cowboys, die auf einem Stock mit Pferdekopf und Rollen am Ende ritten.

Auf dem Bürgersteig vor di Chianos Haus spielten vier Mädchen seilspringen. Als sie den Tross anrollen sahen, hielt eins der Mädchen inne und stellte sich ihnen in den Weg.

«Der Herr, den Sie suchen», sagte sie, ohne sie zu grüßen oder sich vorzustellen, «ist bei sich zuhause. Die werden Ihnen sagen, er ist nicht da, aber er ist da.»

R und Muñiz waren stehen geblieben. Ihr hatte es die Sprache verschlagen, aber R war es gewohnt, frechen Mädchen die Stirn zu bieten.

«Und du weißt, warum wir ihn suchen?», fragte er.

«Ja, ich weiß alles.»

R musste lachen. «Dann lauf nicht weg. Vielleicht brauchen wir deine Dienste noch!»

Das Mädchen machte eine kleine Verbeugung und trat zur Seite.

5.

Die kleine Casandra lag richtig. Di Chianos Frau empfing sie am Seiteneingang; sie öffnete die Tür nur einen Spalt und erklärte, ihr Mann sei nicht da. Sie war zierlich und schien vorzeitig ergraut. Unter normalen Umständen hätten sie ihr geglaubt, aber durch die Information, die sie gerade erhalten hatten – und zudem aus solch berufenem Munde –, ließen sie sich nicht abwimmeln. Muñiz zeigte ihr ein Exemplar von *Revolución Nacional*, dessen Titel auf die Frau eines anderen Erschossenen anspielte. Señora di Chiano traute ihren Augen nicht; der Titel erschütterte sie, aber aus anderen Gründen, als es beim ahnungslosen Leser der Fall war.

«Ich hab's ja schon gesagt», meinte Muñiz, während sie mit

der freien Hand ihre Tasche öffnete. «Das Beste ist, sich zu stellen. In den Artikeln erwähnt zu werden, die über den Fall erscheinen, eine Aussage bei Gericht zu machen. Je mehr das alles in den Blickpunkt rückt, desto besser sind Sie geschützt!»

Als Nächstes zeigte sie ihr ein zerknittertes Exemplar von *Propósitos.*

Die Frau fragte, ob sie die Artikel lesen dürfe. Muñiz sagte, sie solle sich alle Zeit nehmen, die sie brauche.

«Fünf Minuten», erwiderte die Frau und schloss die Tür.

Eine Zigarette später – eine kurze, da sie beide daran gezogen hatten – bat sie die beiden einzutreten und auf einem Sofa mit vielen Kissen Platz zu nehmen.

6.

Das Haus war verrammelt. Am Fuß der Jalousien, die mitten am Tag vollständig heruntergelassen waren, befanden sich Bretterwände aus Balsaholz in Größe der Fenster. Eine hatte mit Draht verbundene Haken, als wäre es ein überdimensionierter Bilderrahmen. An der anderen hatte man das Gummi eines Bodenabziehers befestigt, an dem noch der Originalholzstiel hing. R begriff, dass es sich um eine Fensterabdichtung Marke Eigenbau handelte, die in der Nacht angebracht wurde, damit kein Licht durch die Jalousien drang.

«Entschuldigen Sie die Dunkelheit», sagte die Frau, bewaffnet mit Gläsern voll kühlen Wassers. «Mein Name ist Pilar. Das ist meine Tochter, Nélida.»

Nélida war ein Mädchen Anfang zwanzig, das sie vom Türrahmen der Küche aus musterte. Sie wirkte mürrisch oder zumindest misstrauisch.

Die Frau setzte sich und entschuldigte sich unaufhörlich. Sie bat um Verständnis: Ihr Mann habe ein traumatisches Erlebnis hinter sich, von dem er sich nicht erhole. Und obendrein habe das unbegründete Fernbleiben von der Arbeit seine Kündigung zur Folge gehabt.

«Man hat ihn bei Ítalo rausgeworfen, wie einen Hund. Nach siebzehn Jahren treuer Dienste! Und jetzt sitzen wir da», sagte sie. Sie hatte zarte Hände. Ihre Finger waren unruhig. «Wir leben von unseren Ersparnissen. Und trauen uns nicht mehr auf die Straße.»

«Wie Leprakranke», sagte Nélida. Sie stützte sich gegen den Türrahmen, als würde der sie auf den Beinen halten.

«Unsere Nachbarn, das sind gute Leute. Sie gehen für uns einkaufen, bringen alles vorbei …»

Da witterte Muñiz ihre Chance und legte los. Sie könnten so nicht weiterleben. Das sei nicht rechtens, sie hätten nichts Böses getan und so weiter.

R schaltete irgendwann ab. Er betrachtete die Zierteller an den Wänden, viele zeigten aufgedruckte Sprüche. Die meisten waren abgedroschen, aber einer nicht, und an dem blieb sein Blick hängen: *Mit der Liebe vergeht die Zeit, und mit der Zeit vergeht die Liebe.*

Mit betrübter Miene folgte Pilar Muñiz' Tirade. Sie schien ihre Ausführungen zu teilen, fühlte sich aber machtlos. Wahrscheinlich hatte sie ihrem Mann das alles schon tausendmal gesagt, ohne zu ihm durchzudringen, sein Schutzpanzer war einfach zu dick.

«Ich glaube», sagte R, eine Pause nutzend, «eine Klärung der Situation Ihres Mannes könnte hilfreich sein, um bei der Ítalo Einspruch gegen die Kündigung zu erheben. Eine Anzeige bei Gericht wäre der erste Schritt. Damit könnten Sie durch ein ärztliches Attest die Fehlzeiten begründen. Und die Wiedereinstellung fordern. Oder zur Not eine Entschädigung für die ungerechtfertigte Kündigung.»

Zwischen Mutter und Tochter gab es einen stillschweigenden

Dialog. Ihre Blicke trafen sich in der Luft wie Angelschnüre in einem schmalen Flussbett. Danach erhob sich die Hausherrin und bat erneut um Geduld.

Sie dachten, sie gehe auf die Toilette oder vielleicht zu einem Zimmer, in dem Horacio lebendig begraben war wie Fortunato in der Erzählung von Poe. Aber weit gefehlt.

Sie öffnete eine schmale, baufällige Tür und verschwand. Am Widerhall ihrer Schritte auf der Holztreppe erkannten sie, dass sie nach unten ging.

Muñiz blickte zu Boden, unter dem sich – das wussten sie jetzt – der Keller befand, in dem sich der Erschossene versteckte.

7.

Don Horacio di Chiano war klein und kurzsichtig, seine Brillengläser waren dick wie Flaschenböden. Er war um die fünfzig, aber er sah älter aus. Er schlurfte und zitterte trotz der Hitze. Seine Frau hielt ihn an der Hand wie ein schüchternes Kind. Als er die Unbekannten sah, verzerrte sich sein Gesicht: Die Erschöpfung verwandelte sich in Angst. Nicht dass er von ihrer Anwesenheit nichts gewusst hätte, seine Frau hatte ihn informiert. Aber seit jener Nacht im Juni fing er sogleich an zu stottern und zu zittern, sobald er einen Fremden sah. Für Don Horacio war jeder Unbekannte ein potentieller Mörder.

Nach Anlaufschwierigkeiten sprudelte die Geschichte aus ihm heraus, und Muñiz notierte alles in dem Laprida-Heft. Gelegentlich wiederholte Don Horacio eine bestimmte Bewegung, es war wie ein Tick. Erst führte er eine Hand an den Schnurrbart und zog daran. Dann legte er sie auf seine Brust, als müsste er sich vergewissern, dass sein Herz noch schlug.

Als die ersten Schüsse erschallten, hatte er sich auf den Boden geworfen und zweimal zur Seite gerollt. Eine Kugel war wenige

Zentimeter neben seinem Kopf in den Boden eingeschlagen; die Erde war ihm ins Gesicht gespritzt.

Es war ihm nichts Besseres eingefallen, als regungslos zu verharren, wie das Kind, das die Augen schließt und glaubt, es sei unsichtbar. Durch die Lider hatte er die Lichter des Transporters wahrgenommen, der sie dorthin gebracht hatte. Im Unterschied zu Giunta, der losgelaufen und in der Dunkelheit verschwunden war, hatte er keine Möglichkeit mehr zu fliehen. Wenn er die Augen öffnete und sich aufrichtete, würden sie sofort auf ihn schießen. Er konnte nichts anderes tun, als auf den Gnadenschuss zu warten.

Doch der Schuss kam nicht. Für die anderen schon; er merkte es daran, dass die Schreie aufhörten.

Er hatte keinen Mucks von sich gegeben. Am Ende wurde es dunkel hinter den Lidern. Er hörte das Motorengeräusch des sich entfernenden Fahrzeugs. Er konnte sein Glück nicht fassen. Er war wie erstarrt, auch der Kälte wegen. Im Geist wanderte er zu Armen und Beinen auf der Suche nach Hinweisen. Tat irgendwo etwas weh? War da etwas Feuchtes, das auf Blut hindeutete?

Er konnte nichts Eindeutiges entdecken. Das Einzige, das schmerzte, waren die dröhnenden Ohren.

Irgendwann schimmerte wieder Licht durch die Lider. Es wurde Tag. Wie viele Stunden waren vergangen? Er wagte es, die Augen zu öffnen. Das Universum hatte seine Farben verloren. Alles war von Reif überzogen.

Im Wohnzimmer seines Hauses zog Don Horacio erneut an seinem Schnurrbart und vergewisserte sich, dass sein Herz nicht stehengeblieben war. R nutzte die Gelegenheit, ihn zu fragen, ob er sich in der Lage fühle, den Ort zu identifizieren: Es war gut möglich, dass ein Richter ihn zu einer Ortsbegehung aufforderte.

«Klar», sagte Don Horacio. «Von dem Platz, wo ich lag, sah

man einen einzelnen Baum. Das hat sich hier oben eingebrannt. In meinen Albträumen sehe ich ihn immer wieder vor mir!»

R und Muñiz sahen sich an. Sie konnten sich an keinen vereinzelt stehenden Baum erinnern, nur an die Reihe von Eukalyptusbäumen auf einer Seite des Weges.

Für Don Horacio war es eine Tortur, auf der Müllkippe wieder aufrecht zu stehen. Sein Körper war steif. In seiner Hose entdeckte er zwei Löcher. An den Rändern waren sie verkohlt. Er hatte einen Durchschuss, von dem er gar nichts mitbekommen hatte.

Er ging zu einer Kapelle. Dahinter befand sich das Dorf. Dort ging er weiter, bis er eine Buslinie kreuzte. Der Bus nahm ihn mit, obwohl weit und breit keine Haltestelle war.

«Erst da wurde mir klar, dass ich mit dem Leben davongekommen war», sagte er und zog wieder an seinem Schnurrbart. «Als ich mich setzte und der Busfahrer das Ticket abriss.»

Seine Hand glitt wieder hinunter zur Brust, aber diesmal legte er sie nicht nur darauf. Er öffnete die Strickjacke, grub in der Hemdtasche und zog mit Daumen und Zeigefinger etwas heraus.

Einen Busfahrschein. Der Linie 1.

Er streckte den Arm aus, damit sie ihn anschauen konnten, gab ihn aber nicht aus der Hand.

Die Zahl war symmetrisch: *94749*.

Er schob das Ticket wieder an seinen Platz, machte die Strickjacke zu und fing an zu lachen. Krampfartig zu Beginn. Man merkte, dass er lange nicht mehr gelacht hatte, denn nachdem der Hahn einmal aufgedreht war, gab es kein Halten mehr. Es war ein seltsames rasselndes Geräusch zwischen Husten und Krächzen, auf das die Frauen nicht erleichtert, sondern beunruhigt reagierten.

Es war das schmerzlichste Lachen, das R je gehört hatte; ein Lachen, das fast schon einem Schrei glich.

8.

An dem Abend ging R als Erster zu Bett. Er begann *The Unburied Dead* zu lesen. Es war sein dritter Versuch. Es lag nicht am Buch, es lag an ihm: Seit er mit den Ermittlungen begonnen hatte, konnte er keine Romane mehr lesen. Durch seine Hände gingen nur noch sachdienliche Texte, Dinge, die er las, weil sie mit dem Fall zu tun hatten oder weil sie in seiner Vorstellung Licht in bestimmte Aspekte bringen konnten; T. S. Eliot zum Beispiel, den er in der Hoffnung durchgeblättert hatte, dort einen neuen Ansatzpunkt zu finden. (Eine Zeile schien ihm vielversprechend: «*A rain of blood has blinded my eyes.*»)

Die Lektüre von H. F. M. Prescott geriet nach wenigen Seiten ins Stocken. R wurde klar, dass Elina nicht ins Bett kommen würde. Es war eine Strategie, die sie bei einem anderen Streit schon einmal ausprobiert hatte. Sie wartete darauf, dass er sich unbehaglich fühlte, weil sie nicht da war, und nach ihr suchte. «Hey, alles okay bei dir, ist was?» Und dann legte sie los: Sie hielt ihm eine Predigt, und er stand stundenlang da, im Pyjama, und musste die Tirade über sich ergehen lassen.

Er legte das Buch beiseite und löschte das Licht. Es war die Chance, der Philippika zu entgehen. Notfalls würde er sich schlafend stellen, um den Streit aufzuschieben. Mit der Zeit würde Elinas Wut abkühlen. Allerdings war er nicht sicher, ob sie selbst noch kühler werden konnte. Während des Abendessens hatte sie ihn wieder mal mit Schweigen bestraft.

In aller Herrgottsfrühe wachte er auf. Er wollte wissen, wie spät es war, doch die Uhr war stehengeblieben; er hatte vergessen sie aufzuziehen. Vermutlich hatte sein Geist, während er schlief, auf das Ausbleiben des Tick-Tack reagiert. Das Bett neben ihm war leer und unberührt. Elina war nicht gekommen.

Barfuß ging er durch das Haus und versuchte keinen Lärm zu machen.

Er fand sie im Wohnzimmer. Sie schlief auf dem geerbten Sofa, sie war nur mit einem Unterrock bekleidet und hatte sich ein Laken um die Füße geschlungen.

Er war kurz davor, sie zu wecken; er wollte ihr sagen, sie solle nicht albern sein und zu ihm ins Bett kommen. Aber er überlegte es sich anders.

Er kehrte ins Schlafzimmer zurück. Das Gespenst, das er war, zog keine Ketten hinter sich her, nur seine Schlafanzughose, die dringend umgenäht werden müsste.

9.

Am nächsten Morgen rief er Muiño an, und der berichtete ihm von dem neuesten Ereignis.

Bei der Redaktion von *Revolución Nacional* war ein geheimnisvoller Umschlag mit «vertraulichen» Informationen zum Fall der Erschossenen eingetroffen.

Der Umschlag hatte keinen Absender und auch keine Briefmarken, aber die Hinweise waren handfest.

Die Botschaft war von einem gewissen «Atilas» unterzeichnet.

ZEHN

Der Judasbaum

1.

«Atilas?», fragte Muñiz. Rasch ging sie die Kleiderbügel durch wie jemand, der nicht schnell genug ans Ende eines Buches kommen kann. Die Bluse mit Kimonoärmel war nicht schlecht, aber sündhaft teuer. «Ich wusste nicht, dass es den Namen im Plural gibt. Und was soll das bedeuten? Dass er gefährlicher ist als ein Attila allein? Oder hat er sich vertippt?»

«Umgekehrt liest es sich ‹salita›», sagte er, «kleiner Saal»; er hatte die Wallfahrt durch den Modetempel satt. Er hätte niemals Harrods als Ort für das geheimnisvolle Treffen akzeptieren dürfen. «Es lassen sich verschiedene Anagramme bilden: ‹alitas›, ‹alista›.» *Aber was das für eine Bedeutung hat? Der kleine Saal? Flügel? Halte dich bereit?* «Es kann auch ein zusammengesetztes Wort sein, zum Beispiel aus Teilen seines Namens: Vielleicht heißt er Atilio Lastra! Aber höchstwahrscheinlich bedeutet er …»

«… nichts. Wie enttäuschend. Den Detektiven in den Kriminalgeschichten passiert so etwas nie. Dort hat alles eine Bedeutung.»

«Das ist das Problem der Genreliteratur, ihre Begrenzung: Sie ist per Definition beruhigend.»

«Nicht unbedingt», sagte Muñiz, während sie überlegte, ob sie ein Drittel ihres Gehalts für eine Jacke ausgeben wollte, die aussah wie von Balenciaga. «Horrorgeschichten wühlen doch eher auf. Genau wie Science-Fiction-Literatur, die neuere zumindest. Haben Sie die *Mars-Chroniken* gelesen? Ihr Freund Borges hat den Prolog geschrieben.»

«Also», nahm R den Gesprächsfaden wieder auf, bei dem die Erwähnung von Borges ein alarmierendes Unbehagen hervorrief, «wenn wir uns an die Texte eines anderen Autors halten, für den alles eine Bedeutung hat … ich spreche von Freud, klar, dann sagt das gewählte Pseudonym auf jeden Fall etwas über den Verfasser aus. Auch wenn der Informant sich Mühe gegeben hat, im Verborgenen zu bleiben.»

«Soll heißen?»

«Vielleicht leidet unser Atilas an Größenwahn.»

«Ah, da sind Sie ja», sagte plötzlich eine weibliche Stimme. Das war eindeutig an R gerichtet, denn das Mädchen starrte ihn an. «Sie müssen es sein. Genauso hat mein Vater Sie beschrieben. ‹Wie James Dean, nur mit Brille. Ernst, aber mit schelmischem Blick. Und er trägt Klamotten aus der vorletzten Saison!›»

Das Mädchen war pummelig, hatte das Gesicht einer Bulldogge und trug die Uniform einer Nonnenschule. Unermüdlich kaute sie auf einem Kaugummi herum.

«Irrtum ausgeschlossen», sagte sie und reichte ihm einen weißen Umschlag. «Sie sind der einzige Mann in dieser Etage!»

Sie gluckste. Die Situation schien sie mehr zu amüsieren als eine Szene mit Abbott und Costello.

R nahm den Umschlag, und das Mädchen verabschiedete sich.

Erst als sie gegangen war, wurde R klar, um wen es sich handelte. Etwas an ihrer plumpen Art, ihren winzigen Schultern, hatte in R etwas ins Schwingen gebracht, wie das Glöckchen, das zur Buße ruft.

Muiño. Es ist Muiños Tochter.

Das arme Mädchen sah in der Tat aus wie Sarmiento mit Perücke. Das erhöhte nicht gerade die Chance, dass jemand mit ihr ins Bett wollte.

2.

R fühlte sich unwohl. Muñiz hatte darauf bestanden, die Rechnung zu übernehmen.

«Wir verlieren mehr Zeit, wenn wir diskutieren oder einen anderen Ort suchen, als wenn wir uns hier hinsetzen», hatte sie gesagt. «Und wie viel kann ein einfacher Tee schon kosten? Machen Sie sich keine Gedanken: Das nächste Mal zahlen Sie!»

Sie hatte beschlossen, das Drittel des Gehalts doch lieber zu behalten, anstatt die Jacke zu kaufen. So gesehen war die Ausgabe für einen Tee bei Harrods nicht der Rede wert.

R störte auch das Versnobte. Es war alles so gekünstelt. Elegante alte Damen, wo man hinschaute. Er hatte das Gefühl, dass sie ihn alle anstarrten – sogar die Kellner –, weil sie fanden, dass er nicht an einen solchen Ort passte.

«Er trägt Klamotten aus der vorletzten Saison», hatte Muiños Tochter gesagt. Und sie hatte recht. Den Anzug, den er trug, hatte Elina ihm vom Preisgeld des Premio Municipal gekauft: zehntausend Pesos, damals war ihm das wie ein Vermögen vorgekommen.

Er rückte den Stuhl für Muñiz zurecht, der, so schätzte er, wohl teurer war als die gesamte Esstischgruppe bei ihm zuhause.

Muñiz konnte es kaum erwarten, sie wollte die anonyme Nachricht als Erste lesen.

«*Be a gentleman*», sagte sie und streckte ihm die geöffnete Hand hin.

In dem Umschlag befand sich eine maschinengeschriebene Seite.

Der Text war kurz, und einen Briefkopf gab es nicht. Er bezog sich auf den Artikel, den R in *Revolución Nacional* veröffentlicht hatte. Er bot Informationen an, «die, so denke ich mir, für Sie im Zuge Ihrer Ermittlungen von Nutzen sein können».

Das Blatt vibrierte in Muñiz' Hand, obwohl sie sich nicht in der Schusslinie der Ventilatoren befand.

Der Verfasser wusste nichts von Horacio di Chiano, aber dafür etwas, was neu für sie war. Er schrieb: «Livraga, Giunta und der ehemalige Unteroffizier Gavino konnten fliehen.»

«Wer ist dieser Gavino?», fragte sie.

«Weiß der Kuckuck. Ich höre den Namen zum ersten Mal.»

Ein Kellner kam an ihren Tisch. Er machte eine Miene, als hätte er einen Kobold in der Hose, der an seinen Sackhaaren zupfte.

Muñiz bestellte einen Tee mit Scones.

«Und Sie?», fragte der Kellner mit argwöhnischem Blick.

Warum nicht «Und Sie, mein Herr»? Was kostet es dich, höflich zu sein? Du gehörst auch nicht hierher: Du darfst hier arbeiten, und das war's.

«*Tell me, my dear fellow*», sagte R, den Akzent von seinem Onkel Willie nachahmend, «*what brands of tea do you serve in this place?*»

Er vermied es, Muñiz anzusehen, sonst würde er in schallendes Gelächter ausbrechen.

Sie ging sofort auf sein Spiel ein. «Der Herr fragt, welche Teemarken …»

«*Lipton? Twinings? Tetley? Bewley's? Punjana?*»

«Na ja, ähm …»

«*Me, I'm partial to Bewley's. Makes me think of James Joyce*», sagte R, während er ein Bein über das andere schlug und eine Serviette von der Größe einer Babydecke entfaltete. «*And please: if you fancy being tipped, don't bring boiled water. We'll notice the difference im-MEDEA-tely!*»

Und dann steckte er das eine Ende der Serviette zwischen Hals und Hemd.

Einen Moment lang sah der Kellner aus, als würde er wegen einer akuten Embolie zusammenbrechen.

«What are you waiting for? Do your job, old fellow! Chop, chop!»

Muñiz bemühte sich um einen verbindlichen Gesichtsausdruck, und der Kellner verschwand, samt Kobold und allem.

Als er weg war, nahm R die Serviette vom Hals und ließ sie auf seine Schenkel fallen. Muñiz hielt sich die Hand vor den Mund, um nicht loszuprusten.

«Das war nicht schlecht, oder?», meinte R. «Das könnten wir zu unserem Beruf machen. Eine argentinische Version von Nick und Nora Charles. Der einzige Unterschied ist, dass wir nicht verheiratet und ständig pleite sind!»

3.

Der Brief enthielt noch einen Hinweis, der sie zu dem vierten lebenden Erschossenen führen konnte. Im Text wurde behauptet, Gavino «hätte sich in die Botschaft von Bolivien flüchten und im Land Asyl finden können».

Muñiz versprach, die dringlichsten Aufgaben zu übernehmen. Sie würde mit den drei anderen Überlebenden sprechen, um zu sehen, ob der Name Gavino irgendetwas läuten ließ. Auch bezüglich der Botschaft von Bolivien würde sie sich umhören: wo sie sich befand, was über den Botschafter bekannt war. Der Hinweis schien glaubwürdig, das Bolivien unter Siles Zuazo – in dem es eine Agrarreform gegeben hatte und wo Minen verstaatlicht wurden – würde einen vom argentinischen Regime Verfolgten wohl unterstützen.

R protestierte. Das könne Muñiz neben der normalen Arbeit unmöglich alles bewältigen.

«Ich komme schon klar», sagte sie. «Sie dürfen sich jetzt nicht ablenken lassen. Sie müssen schreiben!»

In dem Punkt hatte sie recht. R hatte es Muiño/Sarmiento

versprochen. Es war Zeit, den dritten Artikel zu schreiben, in dem er schildern würde, was sie seit dem Interview mit Juan Carlos herausgefunden hatten. Auch wenn Giunta und di Chiano außen vor blieben, hatte er eine Menge zu erzählen.

«*Bye, Nick*», sagte sie zu ihm, am Ausgang zur Calle Florida. Sie wollte noch ein wenig in dem Geschäft verweilen. Es bereitete ihr eine Art masochistisches Vergnügen aufzulisten, was sie sich nicht leisten konnte.

«*Bye, Nora*», sagte er und trat auf die Straße hinaus. Es war Zeit, nach Hause zu gehen und die Beweise zu sortieren, bevor er vor dem Altar der Remington niederkniete.

Er ging in Richtung Calle 9 de Julio zur U-Bahn. Er dachte darüber nach, was für Intrigen die anonyme Botschaft nach sich ziehen würde.

Sein Informant war bestimmt Soldat oder Polizist, er hatte so etwas durchblicken lassen. Dass er vom «ehemaligen Unteroffizier Gavino» sprach, legte das nahe; nicht jeder wusste, welchen Dienstgrad eine Person bei den Uniformierten hatte, und erst recht nicht, dass er den Dienst quittiert hatte oder entlassen worden war.

Und das passte auch zu dem gewählten *nom de plume*. Nur ein Soldat konnte sich so offen mit dem Hunnenkönig identifizieren.

Plötzlich war er abgelenkt. Er kreiste nicht mehr in der Umlaufbahn der Recherche, sondern widmete sich dem Gedanken, der in seinem Kopf um Landeerlaubnis ersuchte.

Millionär zu werden, das dürfte schwierig werden. Aber beim Zölibat kann man Abhilfe schaffen.

4.

R hatte den Artikel fertiggeschrieben – der Titel sagte alles: «Die Wahrheit über die Erschossenen» –, als in der Redaktion von *Revolución Nacional* ein zweites mit «Atilas» unterzeichnetes Hinweisschreiben eintraf.

Es wurde ihm im Café Tortoni von der Tochter des Verlegers – Sarmiento mit Perücke – übergeben. Sie hieß Brenda, diesmal hatte sie die Freundlichkeit, sich vorzustellen. Sie trug keine Schuluniform, sondern ein marineblaues Kleid mit Faltenrock, und sie war geschminkt.

Offenbar war sie bereit, weiter den Kurier zwischen R und der Redaktion zu spielen. Sie tauschten die Dokumente aus – R überreichte ihr das Original des Artikels, sie ihm Atilas' Umschlag –, und Brenda verabschiedete sich mit einer Grimasse.

Verärgert öffnete R das Kuvert. Wenn er einen Tag früher gekommen wäre, hätte er die neue Information noch einarbeiten können. Aber als er die Botschaft las, begriff er, dass es sich auszahlen würde, wenn er Muiño überredete, die Druckerpresse anzuhalten.

Atilas' Brief erklärte die (Über)Reaktion von Desi während des Aufstands.

Nach Rs Einschätzung war das Verhalten des Polizeichefs von Anfang an unberechenbar gewesen. Warum war er höchstpersönlich im Haus von di Chiano aufgetaucht, um ein Dutzend armer Teufel zu verhaften?

Bisher hatte die Antwort gelautet: wegen Tanco. Desi war hundert Kilometer bis zu dem Haus in Florida gefahren, weil er gehofft hatte, General Tanco dort fassen zu können. Aber warum ausgerechnet ihn und nicht einen der anderen Drahtzieher der Verschwörung?

Wenige Stunden später hatte Desi den Befehl erteilt, die armen Teufel zu erschießen. (In Anwesenheit eines Soldaten namens Dillon, von dem der Hinweis über den Erschossenen, der lebte, ursprünglich stammte und den sein Freund Quique weitergegeben hatte.)

Als Desi dazu befragt wurde, hatte er behauptet, er habe nur einen Befehl der Exekutive ausgeführt. Aber Nachforschungen von R und Muñiz hatten ergeben, dass niemand etwas von einem solchen Befehl aus der Casa Rosada wusste. Warum hatte es Desi so eilig gehabt, die armen Kerle zu massakrieren?

Atilas lieferte ihm eine Spur, den Schlüssel, der den Lärm in Musik verwandeln würde.

R trank seinen Kaffee aus – harte Männer tranken ihn bitter und schwarz, aber die Sahne bei Tortoni war ein Gedicht – und eilte zu Muiño.

5.

Es war eine gewagte Entscheidung. Höchstwahrscheinlich ließ Desi die Redaktion Tag und Nacht überwachen. Aber er hatte nicht die Zeit, an einem sicheren Ort seinen Nachtrag zu verfassen und sich noch mal mit Brenda zu treffen. Wenn er den Text noch ändern wollte, bevor er in Druck ging, musste er es direkt in der Redaktion von *Revolución Nacional* tun. Das Mädchen wäre da wenig hilfreich.

Er betrat ein Kaufhaus in der Avenida de Mayo – es tat ihm in der Seele, oder besser gesagt, in der Tasche weh – und kaufte zwei Dinge: ein Strandhemd mit kurzen Ärmeln und einen Panamahut aus Stroh. Er legte einen weiteren Zwischenstopp in einer Kneipe ein, um sich auf der Toilette umzuziehen. Die Tasche aus dem Kaufhaus würde das Bild des orientierungslosen Touristen noch unterstreichen: Er hatte sein Jackett und sein Hemd darin verstaut. Kurz vor Erreichen des Ziels würde er auch seine Brille verschwinden lassen.

Brenda hatte den Artikel vor einer halben Stunde vorbeigebracht. Ihr Vater hatte noch keine Zeit gehabt, die fertige Version zu lesen. Er war auch noch nicht dazu gekommen, den Header zu schreiben, sonst wäre der Umschlag schon zusammen mit dem anderen Material auf dem Weg in die Druckerei. (Wenige Tage später sollte R es bereuen, dass er die Zeilen nicht redigiert hatte. Die Sätze des Alten ließen ihn erschaudern wie das Geräusch von Nägeln, die über eine Tafel kratzen.)

Muiño stellte ihm alles zur Verfügung, was er brauchte: eine Schreibmaschine, Korrekturflüssigkeit, Schere, Klebstoff. Die Sache war schnell erledigt. Auf dem Weg hatte er überlegt, wo er den Nachtrag am besten einflechten konnte, ohne die Argumentationslinie zu unterbrechen. In gewisser Weise war der ursprüngliche Text bereits unbewusst von der neuen Erkenntnis geprägt. Er schnitt den Artikel in zwei Teile, wie der Magier den Freiwilligen auf der Bühne zersägt; er klebte den neuen Punkt 19 ein, änderte die Nummerierung bei dem nachfolgenden Teil und las alles noch einmal durch. Alles bekam eine neue Bedeutung. Die Ergänzung tat dem Gesamttext gut, denn sie verlieh ihm ein dramatisches Element, das er zuvor nicht besessen hatte.

Kaum etwas ist so melodramatisch wie ein Verräter.

6.

«Warum haben Sie mich hierherbestellt?», fragte Muñiz. Sie duftete nach dem Parfüm mit der Taube, als hätte sie sich eben erst frischgemacht, dabei kam sie direkt aus dem Verlag. Wie schaffte sie es nur, immer makellos auszusehen, wie die Venus von Botticelli?

«Sie sollen mir dabei helfen zu überprüfen, ob Muiño Wort gehalten hat.»

Der Alte hatte versprochen, die Werbetrommel zu rühren,

damit die Ausgabe richtig einschlug. In bescheidenem Rahmen, versteht sich: so weit er bei seinen Lieferanten die Kosten anschreiben lassen konnte. Er hatte von Plakaten und Flugblättern gesprochen, tausend und zwanzigtausend Stück jeweils. Im Vergleich zu den bescheidenen Umständen beim Erscheinen seines ersten Artikels fühlte R sich wie der Hauptdarsteller in einem Monumentalfilm, in der Liga von *Das Gewand*. An dem Abend hatte sein Leben das Format von Cinemascope.

Auf der Florida waren nur wenig Leute unterwegs: Wachpersonal, Studenten, Obdachlose, Nachtarbeiter und Paare, die Ehebruch begingen. Doch dem Canyon haftete noch der Geruch des Trupps an, der am Tag hindurchmarschiert war und seine Ausdünstungen hinterlassen hatte. Die Gebäude waren immer noch majestätisch und elegant. Der Mob, der sie am Tage belagert hatte, war es nicht und würde es niemals sein.

«Schauen Sie, da!», rief Muñiz begeistert. Sie war natürlich der bessere Späher, selbst ein Maulwurf sah besser als R.

Sie eilten zu der Laterne. Es war ein kleines Plakat von *Revolución Nacional*, der Leim war noch nicht ganz trocken.

«Sonderausgabe von Dienstag, dem 19. Februar», stand da. Und weiter unten in den größten Lettern, die auf den Karton passten: *DIE WAHRHEIT ÜBER DIE ERSCHOSSENEN.*

Der Schluss mutete in seiner Emphase etwas kindlich an. Neben dem Logo des Blatts stand: «Fragen Sie Ihren Zeitungsjungen!»

«Besser als nichts», sagte R.

«Ja, aber werden die nur hier in der Gegend angebracht?»

«Nein, nein. Aber ich habe Muiño gesagt, diese Gegend sei wichtig … weiter unten befindet sich die Redaktion von *La Nación*, ich will weitergehen bis zum Verlagsgebäude von *Crítica* … In den Straßen sind die Journalisten der großen Zeitungen unterwegs. Und wenn die das mitbekommen, wird sich die Information schneller verbreiten.»

«Glauben Sie, die werden noch anbeißen, nachdem sie die Exklusivnachricht verschmäht haben?»

«Wenn der Schneeball größer wird, können sie ihn nicht mehr ignorieren.»

Das wollte sie auch gern glauben, aber es gelang ihr nicht. Der wahre Grund, warum er Muiño den Vorschlag gemacht hatte, war ein anderer: Die Journalisten, die ihn abgewiesen hatten, sollten sehen, dass die Ergebnisse seiner Ermittlungen trotzdem publiziert wurden und dass der Skandal durchaus brisant war und weitere Kreise zog. Es war mehr eine bescheidene Rache als Angeberei. Es war seine Art, ihnen zu sagen: «Ihr arbeitet für die Zeitungen des Kanals der Desinformation, ich betreibe echten Journalismus.» Im besten Fall würde ihm das vorübergehend Anerkennung einbringen. Aber in dem Zustand von Malaria und Quarantäne, in dem sie sich befanden, war auch die kurzlebigste Befriedigung es wert, dass man sie verteidigte.

Er ermunterte sie, weiter bis zur Avenida de Mayo zu schlendern. Wenn sie die Umgebung von *Crítica* ausgespäht hatten, könnten sie noch eine Pizza essen gehen, wenn sie noch nichts vorhabe.

«Das gibt mein Budget gerade noch her», erklärte er.

«Ein oder zwei Stunden habe ich noch Zeit», sagte Muñiz. «Genau genommen sitze ich gerade im Kino, und wenn ich vor elf nach Hause komme, muss ich lästige Fragen beantworten.»

«Ihre Eltern wissen nicht, dass Sie …?»

«Nein. Wenn mein Vater davon erführe, würde er mich im Keller anketten. Er beklagt sich immer, welch hohen Preis er für sein politisches Engagement bezahlt hat. Er hat nie verwunden, dass er ins Exil gehen musste. Deswegen wiederholt er bei jeder Gelegenheit: ‹Das Gemeinwohl ist wichtig, aber das Wohl der Familie hat Vorrang.›»

«Einer meiner Brüder … der Pilot … sagt etwas Ähnliches: ‹*Nothing is thicker than blood.*› Und ich greife ihn immer an und sage, für ihn seien nicht wir seine Familie, und auch nicht seine Frau und seine Kinder, sondern die Fliegerei, die soldatische Gemeinschaft. Wenn er wählen müsste, würde er keine Sekunde zögern.»

«Mein Bruder hat eine Möglichkeit gefunden, sich von meinem Vater zu befreien, ohne ihm die Stirn bieten zu müssen: Er will heiraten und nach Salta umziehen. Ich habe eine regelrechte Schlacht führen müssen, um außer Haus arbeiten zu dürfen, von der ich mich immer noch nicht erholt habe. Mein Vater glaubt, ich arbeite den Tag über als Übersetzerin. Von meinen Ausflügen in den Journalismus erzähle ich ihm nichts. Für Don Muñiz ist der Unterschied zwischen einer Journalistin und einer Prostituierten so minimal, dass er quasi nicht existiert.»

«Und wie machen Sie es dann, wenn wir am Wochenende unterwegs sind?»

«Ich habe ein großzügiges Netz von Freundinnen, die mir abwechselnd als Alibi dienen.»

R verstummte, als ihm klarwurde, auf was er gerade trat. Der Bürgersteig der Avenida de Mayo war mit Flugblättern von *Revolución Nacional* gepflastert. Anfangs war er begeistert, denn das erste Flugblatt war noch unversehrt. Aber als er weiterging, bemerkte er, dass ein großer Teil völlig zertrampelt war. Er selbst hatte dazu beigetragen, mit den Schuhsohlen, die er längst hätte austauschen müssen und die sich gegen ihn verschworen, sobald der Boden nass wurde.

«Sieh mal an», sagte Muñiz, als sie bemerkte, auf was sein Blick gerichtet war, «das sind ja *unsere* Flugblätter. Zumindest sind sie überall verteilt, das ist doch das Wichtigste!»

R wollte lieber unverfänglich weiterplaudern. Im Augenblick war es passender, über naheliegende Themen zu sprechen (den Inhalt von Atilas zweiter Botschaft, *Brenda the Loving Bulldog*, ein Spitzname, der ihm den Vorwurf einbrachte, er sei frauenfeindlich), als irgendwelche Gefühle zu äußern.

Er hatte nie vorgehabt, aufs Ganze zu gehen. Er hatte lediglich die Möglichkeit in Betracht gezogen, dass sie ihm, abgesehen von der Bewunderung, die er für sie hegte, auch in anderen Bereichen nicht gleichgültig war. Das höchste der Gefühle war ein Geständnis wie: «Sie lösen irgendetwas in mir aus.» Und nichts weiter. Reine Phänomenologie, die Feststellung einer überprüfbaren Tatsache. Denn die Frauen nahmen alles wörtlich, sie klammerten sich an die Worte wie ein Schiffbrüchiger an die Holzplanke; und die Männer endeten immer als Opfer ihrer Überschwenglichkeit im Spiel der Koketterie.

Die Bedingungen waren nicht gegeben. Bier und Pizza waren kein Ersatz für ein romantisches Dinner. Außerdem deprimierte ihn der Gedanke, was ihn vor der Tür erwartete.

Der Bürgersteig vor der Pizzeria war übersät von Flugblättern der *Revolución Nacional.* Und das bedeutete, er kam von dort nicht weg, ohne durch den Dreck zu waten, in dem seine Arbeit mit Füßen getreten wurde.

Blätter im Wind. Der Abfall von morgen.

7.

R bot an, sie bis an die Ecke ihrer Straße zu begleiten – keinen Meter weiter, um nicht in den Fokus des väterlichen Fernrohrs zu gelangen –, aber Muñiz lehnte sein Angebot ab. Sie schämte sich zu sehr, um R auch noch merken zu lassen, zu welch unwürdigen Manövern die elterliche Überwachung sie trieb.

Sie machte einen Umweg durch die Calle Lavalle. Um diese Uhrzeit war das nicht gerade ein einladender Ort. Unter der Woche gingen nur wenige Kinobesucher in die Spätvorstellung. Es waren mehrheitlich Männer unterwegs; die Art Publikum, die allein ins Kino geht, um sich irgendwelche Schmuddelfilmchen anzusehen.

Ihr war klar, dass man sie für eine Bordsteinschwalbe halten könnte, weil sie so langsam ging. Aber das, hinter dem sie – notgedrungen – her war, war das Risiko wert.

R hatte der Regen an Flugblättern entmutigt. Und sie hatte es frustriert, dass sie ihm nicht nahebringen konnte, warum sie sich, im Gegensatz zu ihm, über die Blätter am Boden freute.

Sie überhörte die anstößigen Bemerkungen. Dafür fehlten ihr Zeit und Energie, sie war völlig auf ihre Suche konzentriert.

Am Ende fand sie etwas Brauchbares. Das Programmblatt des Ambassador-Kinos, in dem *Moby Dick* von John Huston gezeigt wurde. Der Beginn der Vorstellung passte zu ihrem Alibi. Es war nicht das, was sie sich erhofft hatte, aber für ihre Zwecke reichte es. Ursprünglich hatte sie das Normandie im Auge gehabt, wo sie einen Film über einen Jungen namens Presley zeigten. Der war interessant für sie, weil ihr Vater niemals reingehen würde. Es war auch nicht ihr Geschmack, aber sie konnte immer noch behaupten, ihre Freundin Olga habe sie überredet. Aber in der Nähe des Normandie hatte sie kein einziges Programmblatt gefunden. Also gab sie sich mit *Moby Dick* zufrieden. Das hatte den Vorteil, dass sie die Handlung in allen Einzelheiten wiedergeben konnte, ohne ihn gesehen zu haben.

Kurz vor der Haustür blieb sie kurz an dem Ort stehen, den sie immer für solche Zwecke nutzte: einen tiefgelegenen Balkon, an dessen Geländer sie sich abstützen konnte. Sie holte einen Radiergummi aus der Tasche, säuberte das Programmblatt von Fußspuren und pustete den Abrieb weg.

Ihr Vater überprüfte nicht immer den Inhalt ihrer Tasche, aber er hatte es schon mehr als einmal getan. Und sie wollte auf alle Eventualitäten vorbereitet sein.

Keiner sprach es offen aus, aber es stimmte: Erwachsen werden bedeutete, dass man lernte, besser zu lügen.

8.

Die Woche begann verheißungsvoll. Muñiz wurde bei der bolivianischen Botschaft vorstellig, die sich im zweiten Stock eines modernen Gebäudes in der Avenida Corrientes befand. Nicht unbedingt ein geeigneter Ort, um jemandem Asyl zu gewähren. Aber die Angestellten hörten sich ihr Anliegen an und nahmen die Unterlagen entgegen, die sie ihnen aushändigte: die Ausgabe von *Propósitos* – ihre eigene, es war das letzte Exemplar – und zwei Ausgaben von *Revolución Nacional.*

Zu ihrer großen Freude rief man sie kurz nach Mittag im Verlag an.

«Was ist passiert?», fragte R, kaum dass er den Raum betreten hatte. Er hatte gleich gemerkt, dass sie an einer großen Sache dran war. Ihr Lächeln sprach Bände.

«Nicht Gavino hat in der Botschaft Asyl gesucht. Er war dort, aber er ist schon wieder weg. Man hat ihn direkt nach Bolivien geschickt, wo er jetzt lebt.»

R machte einen so hilflosen Eindruck, dass Muñiz ihn am liebsten geküsst hätte. Sie hatte kein Recht, ihn weiter auf die Folter zu spannen. Es war an der Zeit, dass sie mit der guten Nachricht rausrückte.

«Torres heißt der Mann, dem die Botschaft immer noch Asyl gewährt. Juan Carlos Torres. Der von Horacio di Chiano die hintere Wohnung gemietet hatte. Der Gastgeber des Box-Abends vom 9. Juni! Und er hat eingewilligt, Sie morgen zu empfangen, um über den Fall zu sprechen.»

R umarmte sie. Zitterte sie oder bildete er sich das nur ein?

Die neugierigen Blicke der Kollegen hingegen – Greg und Horacio, die Leute von der Graphikabteilung, die Buchhalter – waren eindeutig.

Doch etwas lief ihren Wünschen zuwider. Sie war davon ausgegangen, R würde im Verlag bleiben, sie würden gemeinsam warten, bis die neue Ausgabe von *Revolución Nacional* in die Kioske käme, und dann in ein Lokal gehen, um sie zu lesen und zu kommentieren. Sie war sich so sicher gewesen, dass sie Olga schon voreilig angerufen und das Treffen zum Cocktail abgesagt hatte. (Die Ironie dabei: Ihr Vater fragte, warum sie so viel Zeit mit Olga verbringe, und Olga warf ihr vor, dass sie sie wegen des geheimnisvollen Mannes vernachlässigte, von dem sie nichts erzählte. Was hätte sie auch erzählen sollen, es handelte sich, welch Verworfenheit, um einen verheirateten Mann?)

Aber angesichts des Treffens mit Torres meinte R, er müsse sich vorbereiten. Ihm blieben nur noch wenige Stunden! Und er kehrte eilig nach La Plata zurück: zu seinen Anmerkungen und Notizen, zu den wohlbehüteten Unterlagen, aber auch zum trauten Heim und der Liebe seiner Töchter.

Sie überlegte, ob sie Olga noch einmal anrufen und sich doch mit ihr treffen sollte. Aber falls sie einwilligte, würde sie ihre Traurigkeit bemerken und sie drängen, ihrem Herzen Luft zu machen. Und das war gefährlich, auch so ein Luxus, den sie sich nicht leisten konnte.

9.

Sie kehrte mit einem druckfrischen Exemplar von *Revolución Nacional* nach Hause zurück. Sie hatte es vierfach gefaltet, um es tief unten in der Tasche hereinzuschmuggeln. Ihrer Mutter erklärte sie, sie habe schreckliche Kopfschmerzen. Um das unvermeidliche Tauziehen abzukürzen, akzeptierte sie einen Tee mit Keksen.

Erst nachdem sie sich in ihrem Zimmer eingeschlossen hatte, holte sie die Zeitung hervor. Wenn ihr Vater sie mit dieser Art von Literatur erwischte, würde er ihr eine Riesenszene machen. Für solche Zwecke hatte sie eigens ein Versteck unter zwei lockeren Bodendielen geschaffen. Dort bewahrte sie in einer Schachtel, die ursprünglich Acrylbilder von Caran d'Ache beherbergt hatte, ihre Schätze auf: die Durchschläge von Rs Artikeln, Juan Carlos' Aussage vor dem Richter und noch ein paar weitere Dokumente. Und dort würde auch die neue Ausgabe von *Revolución Nacional* landen, wenn sie sie so oft gelesen hatte, dass sie das Gefühl hatte, R weile an ihrer Seite.

Muiños Entschluss, im Vorspann von «unseren Reportern» zu sprechen, erschien ihr fragwürdig. Sie dachte, vielleicht war es eine Form, die Verantwortung vage zu halten, die Bluthunde von Rs Spur abzubringen. Doch auf diese Weise brachte er andere Journalisten des Blatts in Gefahr, denen vielleicht dasselbe widerfuhr wie dem armen Rossi oder Schlimmeres. Doch sollte das seine Absicht gewesen sein, machte er sie weiter unten gleich zunichte, wenn er vom «Autor dieser und der vorigen Nachrichten» sprach. Welchen Sinn hatte es, von «unseren Reportern» zu sprechen, und am Ende doch zuzugeben, dass es sich um einen einzigen handelte?

Und der Text an sich? Sie hatte R gesagt, sie fände seinen ersten Artikel prätentiös. Der zweite über die Witwe Rodríguez war übermäßig sentimental. Der jetzige war anders als die Vorgänger. Er war nüchtern, er folgte einer Methode, die an manchen Stellen ausgesprochen belehrend anmutete. Zu viele numerisch aufgelistete Argumente, zu viele durch Buchstaben und Klammern markierte Einschübe.

Die Absicht des einsamen Autors war klar: Er wollte möglichst wasserdicht beweisen, dass die Erschießungen nicht der Akt eines Staates in einer Notsituation waren, sondern klar und deutlich ein Verbrechen; und er wollte die Scheinwerfer auf einen einzigen Verantwortlichen richten, den Polizeichef der Provinz Buenos Aires.

R hatte die bekannten Informationen zusammengefasst und geordnet. Außerdem hatte er ein neues Beweismittel eingebracht: die weiteren Überlebenden, deren Identität er jedoch nicht preisgab; einer von ihnen war ein gewisser Benavídez, den *La Nación* im Juni auf die Liste der Toten gesetzt hatte. Er wies auch auf die Widersprüche zwischen den offiziellen Versionen (sowohl der Regierung als auch der Presse) hin und er enthüllte das Bemühen, die Ermittlungen zu stoppen, indem man den Fall dem Militärgericht übergeben wollte.

In Bezug auf das Oberste Gericht erlaubte er sich, eine versteckte Drohung auszusprechen: «Das Land wartet mit äußerster, wenn auch stillschweigender Spannung auf die Entscheidung.» Der in dem Satz enthaltene Widerspruch rührte sie. R wollte damit suggerieren, dass die Tatsache einer zu dem Thema schweigenden Öffentlichkeit noch lange nicht bedeutete, dass es sie nicht interessierte – was aber leider eindeutig so war –, sondern dass darin zum Ausdruck kam, wie konzentriert die Menschen die Sache verfolgten.

Als einfache Leserin war sie von dem Artikel enttäuscht. Er löste Langeweile in ihr aus, obwohl sie von dem Fall fasziniert war. Er war trocken wie eine wissenschaftliche Abhandlung: zu viel *a) stimmt nicht mit b) überein und c), d) widerspricht e)* und Ansätze dieser Art. Er schien eher für einen Richter gedacht zu sein als für die Zeitungsleser. Und der Fall brauchte keinen neuen Richter: Es ging darum, Sympathien zu gewinnen, Gleichgesinnte anzuziehen, möglichst viele mit ins Boot zu holen. Die Argumente, die R vorbrachte, waren überzeugend, aber was brachte das, wenn niemand den Artikel bis zum Ende las?

Wer die vorhergehenden Artikel gelesen hatte, dachte bestimmt, es handle sich um unterschiedliche Verfasser. Und das führte zu der Frage: Wer davon ist der wahre R? Natürlich entsprachen alle drei den verschiedenen Facetten des Schriftstellers. Aber die unterschiedlichen Gesichter erzeugten Zweifel. Schließlich handelte es sich um einen Mann, der seine Artikel nie mit seinem richtigen Namen unterzeichnete: Manchmal ersetzte er die Vornamen durch Anfangsbuchstaben – RJ –, manchmal unterzeichnete er im Namen seiner Figur Daniel Hernández … Gab es in diesem Diamanten noch mehr Facetten zu entdecken? Würde sich eins davon durchsetzen? In was für eine Art Schriftsteller – und folglich Mensch – würde er sich am Ende verwandeln?

All diese Überlegungen traten in den Hintergrund, wenn man sich auf die Bombe konzentrierte, die R in seiner Argumentationskette versteckt hatte.

Muñiz kannte die Informationen, aber sie hatte nicht erwartet, sie in dem Artikel zu finden. Der Zeitablauf erschloss sich ihr nicht: Wie R ihr in der Pizzeria gesagt hatte, hatte er Atilas' zweiten Brief erhalten, *nachdem* der Artikel abgeschlossen war. Offensichtlich hatte er die Information in letzter Sekunde noch eingefügt; dort war sie, direkt vor ihren Augen, und machte sie schaudern.

Wie Atilas behauptete, war Desi während des Aufstands zweigleisig gefahren.

10.

Ihre Mutter klopfte an die Tür. Mit gequälter Miene, die sie nicht zu spielen brauchte, öffnete sie die Tür einen Spalt, um die Tasse entgegenzunehmen. Sie wollte nicht, dass sie die Zeitung auf dem Bett sah oder das Loch im Boden, das sie nicht abgedeckt hatte.

«Trink, bevor er kalt wird», sagte ihre Mutter. «Es ist Tee vom Judasbaum. Ideal bei Migräne!»

«Der Name macht mir eher Angst als Hoffnung.»

«Man nennt ihn auch Liebesbaum. Nenn ihn, wie du willst, Hauptsache, du trinkst ihn!»

Enriqueta gelobte, ein braves Mädchen zu sein, und schloss sich wieder ein.

Atilas' Brief verortete den Grund für das Massaker von José León Suárez in dem Seitenwechsel, den Desi im letzten Moment vollzogen hatte.

«In gewisser Weise», hatte Atilas geschrieben, «musste er eine vorausgegangene Verpflichtung auslöschen. Nämlich dass er gefragt wurde, ob er einen Monat vor dem neunten Juni ein Gespräch mit Major Prat geführt und sich mit ihm eingelassen habe – dem Major Prat, der die Kaserne des siebten Infanterieregiments von La Plata eingenommen hatte. Fernández Suárez wollte bei einer Revolution mitmachen, die Rojas stürzte, aber Perón nicht zurückholte. Prat hatte ihm beides versprochen. Suchen Sie dort nach dem Grund für das Massaker und für die einhundert Kilometer, die ihn in jener Nacht von La Plata trennten.»

Dieser Schlüssel erhellte andere bis dahin rätselhafte Äußerungen Desis. Während seiner Vernehmung durch den Provinzausschuss hatte Desi eine Äußerung getan, die sich R beim ersten Lesen nicht erschlossen hatte.

«Ich habe auch viele Meriten», hatte Desi, der Schreibkraft des Kollegialorgans zufolge, gesagt, «denn im Jahr 1944 habe ich Peróns Kopf gefordert, obwohl ich sein Freund war. Ich habe zehn Jahre gegen ihn gekämpft. Und jetzt schimpft man mich einen Peronisten! Da ist ein Herr, der behauptet, er gehöre zu den ‹Zivilkommandos›, der dem Konsul von Peru eine Liste gebracht hat, damit er sie unterschreibt und sagt, ich hätte im letzten Moment eine Kehrtwende gemacht.»

Den Eifer und die Grausamkeit, die Desi in jener Nacht gezeigt hat, ließen eine solche Erklärung zu: Er musste diejenigen mundtot machen, die bezeugen konnten, dass auch der Polizeichef in eine Verschwörung verwickelt war, um Rojas zu stürzen. Dazu zählte Tanco. Aber alles deutete darauf hin, dass auch einer von denen, die sich in der hinteren Wohnung versammelt hatten, davon wusste. Vielleicht der ehemalige Unteroffizier Gavino, an dem Desi seine Wut ausgelassen hatte, indem er ihm die Visage polierte?

Was Muñiz – abgesehen von ihrer Fähigkeit, sich höllische Strafen auszumalen – Angst machte, war nicht, dass R gegen Desi zu Felde zog. Er war verantwortlich für das Verbrechen, er hatte vor den armen Teufeln von José León Suárez den Daumen gesenkt; er war der Schurke in der Geschichte, und als solcher musste er ausgedeutet und verurteilt werden.

Doch R hatte einem Impuls nachgegeben und etwas Unvorsichtiges getan. Inmitten seines Argumentationsgebäudes, das durch eine unanfechtbare Logik gestützt und durch den Kitt unzähliger Beweise zusammengehalten wurde, hatte er das Fenster eines Gerüchts eingebracht. Neunzig Prozent der Beweislast, die er dort präsentierte, sollten Desi in die Defensive bringen. Sie nötigten ihn, Erklärungen zu liefern, Dokumente, mit denen er seine Unschuld untermauern konnte. Doch das Gerücht zwang Desi, sich anders zu verhalten: nicht wie ein Staatsdiener, sondern wie ein in die Enge getriebenes Tier.

R trieb einen Keil zwischen Desi und die Päpste der Befreiungsrevolution. Und wenn das funktionierte, musste Desi sich nicht mehr vor dem Ausschuss, sondern vor Rojas und Aramburu erklären.

Wenn Desi diese Feuerprobe überlebte, würde er Vergeltung üben.

R war Schachspieler, er hatte diesen Zug nicht getan, ohne die möglichen Konsequenzen in Betracht zu ziehen.

Es war das erste, aber nicht das letzte Mal, dass Muñiz sich fragte, ob R es nicht darauf anlegte, verfolgt zu werden.

Sie hatte das Gefühl, statt Knochen eiskaltes Eisen in ihrem Körper zu tragen. Und sie drückte die Lippen an die Tasse wie zu einem Kuss und verbrannte sich den Mund.

11.

Als Oliván/Pérez/Turdera den Artikel zu Ende gelesen hatte, hatte er bereits ein halbe Flasche Robino-Wein intus. Er sah zwei mögliche Optionen: Entweder er verließ sofort die Kneipe im Bajo und begab sich nach La Plata, oder er aß in Ruhe zu Ende und überbrachte die Information zu früher Stunde am nächsten Tag.

Die Entscheidung war klar. Er schenkte Wein und Wasser nach und bestellte noch Brot. Das Vernünftigste war, sich diese Nacht ordentlich auszuschlafen.

Er kannte seinen Chef gut. Der Artikel würde ihn derart erzürnen, dass er zum donnernden Jupiter wurde. Und das bedeutete für ihn eine Reihe von schlaflosen Nächten, die nur mit Koks zu überstehen waren.

Er dachte an den Kerl, den er schnappen würde. Diesmal musste er auf jeden Fall den Richtigen erwischen. Er durfte keinen Fehler machen, sonst wäre es sein Kopf, der rollen würde.

Das Opfer erweckte in ihm ein komplexes Gefühl, das andere Leute – normale Leute – widersprüchlich finden würden. Einerseits konnte er es kaum erwarten, Hand an ihn zu legen und ihn leiden zu sehen, sich an seinem Leib für die Mühen zu entschädigen, die er ihm bereitet hatte. Und andererseits verspürte er Mitleid, einen Schmerz, der ihm fast die Tränen in die Augen trieb. Denn wenn die Opfer wegen der Aufmerksamkeiten litten, die er ihnen angedeihen ließ, litt er mit ihnen. Und Oliván/Pérez/Turdera wusste, dass dieses Mitgefühl seiner Arbeit abträglich war. Deswegen schaltete er einen Gang hoch und strengte sich noch mehr an: um sich abzuhärten und auf diese Weise seinem Chef – und nebenbei auch sich selbst – zu beweisen, dass er imstande war, auch über markerschütternde Schreie hinwegzupfeifen.

Er stieß insgeheim an und stellte sich vor, dass er während

dieser Zeremonie seine Schwäche verschlang, dass der Wein sie hinunterspülte.

In ein paar Stunden würde er sie ausscheiden, zusammen mit den anderen Schlacken. Und von da an würde er sie nie mehr spüren.

ELF

Schwierige Zeiten

1.

Es war das erste fremde Land, das er betrat. Er hatte zufällig eins erwischt, das so klein war, dass es in den Stadtkern von Buenos Aires passte. Das war nicht die einzige Besonderheit, es war auch ein Land ohne Wurzeln. Die Botschaft von Bolivien befand sich in einem Gebäude, aber nicht im Erdgeschoss: Es handelte sich um ein Land in schwindelnden Höhen.

Das Konzept der Botschaften war ein fruchtbarer Boden für die Phantasie. Die Tatsache, dass die herrschaftlichen Häuser (Botschaften waren gewöhnlich in Palästen untergebracht, die schon durch die Architektur zum Ausdruck bringen sollten, dass es sich um Miniaturreiche handelte), dass diese Herrenhäuser nicht zum umliegenden Territorium gehörten, sondern Flecken fremder Länder waren, Absiedlungen ferner Böden, Atolle mit eigenen Gesetzen. Eine Vorstellung, die R durchaus vertraut war, denn er war auf einer Flussinsel geboren worden: der Isla Grande Choele Choel.

Elina fand, das merke man ihm deutlich an. Wenn sie ihn richtig verletzen wollte – in den letzten Wochen kam das häufig vor –, sagte sie, eigentlich sei er nie über den Fluss gekommen.

«Du bist das perfekte Gegenargument zu John Donne», hielt sie ihm vor, und um das Messer in der Wunde noch einmal umzudrehen, präsentierte sie ihm ihre Version des Gedichts: *«You're an island / Entire of itself / You're not a peace of the continent / You're not a part of the main.»*

Botschaften waren Fiktionen. Eine Konvention wie jede andere: das Geld, das Gesetz, die Religion. Konstrukte, an die die Menschen qua Übereinkunft glaubten, weil sie angeblich das Zusammenleben erleichterten. Dabei ging es im Grunde hauptsächlich darum, die Unterschiede herauszuheben und zu institutionalisieren.

Am diplomatischen Asyl faszinierte ihn, dass dabei eine mittelalterliche Praxis wiederaufgenommen wurde: die des Kirchenasyls. Das Quasimodo für Esmeralda in *Der Glöckner von Notre-Dame* erwirkt hatte, gerade noch rechtzeitig, um sie vor den Henkern zu retten. (Seit seine Mutter ihm *Die Elenden* vorgelesen hatte – später hatte er die Geschichte seinen Schulkameraden in den gemeinsamen Nächten im Krankenlager des Internats erzählt –, war er ein Anhänger von Victor Hugo. Nicht mehr zeitgemäß? Klar. Überzogen? Natürlich. Und doch …) Es handelte sich um eine Fiktion, die sich aus einer anderen ableitete: aus der Annahme, dass ein Flüchtling allein durch die Tatsache, dass er einen Fuß auf Botschaftsterritorium setzte und aufgenommen wurde, vor Verfolgung geschützt war; er war den Gesetzen entzogen, die sich in Gestalt der Vollstrecker an seine Fersen geheftet hatten.

Die bolivianische Botschaft ähnelte in nichts den architektonischen Juwelen der Gotik, die Hugo mittels des Romans gegen die Pike der Modernisierung verteidigen wollte. Und auch nicht den alten Villen, die es in bestimmten Teilen von Buenos Aires zuhauf gab. Wären da nicht all die nationalen Symbole und die andere Sprachmelodie gewesen, hätte man sie für ein normales Büro halten können.

Es ärgerte ihn, dass man ihn warten ließ. Es war ja nicht so, dass die Person, die er aufsuchen wollte, noch eintreffen würde. Seit Juni 1956 hatte Juan Carlos Torres die Botschaft nicht mehr verlassen. Er nahm das nicht etwa auf sich, weil er unendlich gekränkt war, nein: er blieb einfach aus Angst.

Er war kurz davor, mit dem Mann zu sprechen, der ein entscheidendes Teil in dem Puzzle war. Mit dem Mann, dem Don Horacio die hintere Wohnung vermietet hatte. Kurz: dem Gastgeber der Tragödie. Er wollte ihn fragen, inwieweit seine Gastfreundschaft vielleicht nicht ganz freiwillig gewesen war.

«Kommen Sie?», rief derselbe Angestellte, der ihn empfangen hatte. Und er öffnete die Tür, die den Bereich für den Publikumsverkehr von den Eingeweiden der Botschaft trennte. «Hier entlang, bitte.»

R nahm seinen Aktenkoffer und stand auf, bereit wie ein Soldat.

2.

Von Torres wusste er lediglich das, was Don Horacio ihm erzählt hatte. Dass er ein ruhiger, gebildeter, pflichtbewusster Mann war. Der ideale Mieter. Im Licht der Tatsachen – und der Paranoia, die sich in seinem Kopf festgesetzt hatte – machte Don Horacio sich Vorwürfe, dass diese Vollkommenheit nicht schon vorher sein Misstrauen geweckt hatte.

Diese Erfahrung hatte ihn mehr mitgenommen als die Entlassung bei der Ítalo: Er war unfähig, etwas an sich Gutes anzunehmen, ohne vorher darüber nachzudenken, was sich dahinter verbergen könnte.

«Rauchen Sie?», fragte Torres nach der üblichen Begrüßung. Er war groß, hatte eine auffällige Nase und tonnenweise Brylcreem im Haar. Wenn man ihm direkt gegenüberstand, bemerkte man im Gesicht die Maserungen einer früheren Pockenerkrankung. «Ich rauche wie ein Schlot. Aus reiner Langeweile. Meine Hände brauchen Beschäftigung!»

Die Hände waren nicht das einzig Unruhige an ihm. Er hielt es auf seinem Stuhl nicht aus. Er redete lieber im Gehen, als wollte er gegen eine drohende Erstarrung ankämpfen; dagegen, dass er in seinem Gefängnis zur lebenden Mumie wurde.

Weil er ihm die Wahrheit versprochen hatte, sparte R sich jegliches Geplänkel. Er fragte ihn direkt, ob er was mit der Sache zu tun hatte, ob er von dem Aufstand wusste.

«Ja», sagte Torres wie aus der Pistole geschossen, «aber ich bin nicht zum Zuge gekommen, weil der Kontakt, auf den wir gewartet haben … das verabredete Zeichen … nicht kam.»

«Sie sprechen von ‹wir›. Wer hatte denn bei der Verschwörung noch seine Finger im Spiel?»

«Gavino. Und ein Freund von Gavino, der ein paarmal rausging und wieder reinkam.»

«Gavino wurde geschnappt. Er konnte erst auf der Mülldeponie fliehen.»

«Genau. Er war der Erste, der hier in der Botschaft Asyl gesucht hat.»

«Aber Sie sind rechtzeitig geflohen.»

R dachte, dass Torres ihm eine reinhauen oder das Gespräch für beendet erklären würde. Der Vorwurf war angekommen, R hatte sich auch keinerlei Mühe gegeben, ihn zu verschleiern.

Doch Torres ging zu dem großen Fenster, der Aussichtsplattform zur Corrientes. In den Monaten seiner Gefangenschaft hatte Torres den Zwang eines Fischs im Aquarium entwickelt. Er musste die Temperatur der Welt auf der anderen Seite der Scheibe messen, des Universums, das für seine Augen sichtbar, aber für die übrigen Sinne unerreichbar war.

3.

Torres zufolge war das Treffen am 9. Juni nicht geplant gewesen. Gavino hatte einen Schlüssel zu seiner Wohnung und war am Abend plötzlich in der Tür gestanden. Er hatte müde ausgesehen, er war seit Stunden vor der Polizei auf der Flucht. Deswegen hatte er ihn gebeten zu bleiben: Wenn alles nach Plan lief, wäre es gut, wenn sie gemeinsam unterwegs waren.

«Die Bullen waren seit Mai hinter ihm her. Das ging so weit, dass die Idioten aus Frust seine Frau eingebuchtet haben. Obwohl sie eine reine Weste hatte. Nur um ihn zu piesacken! Das Verhängnisvolle war, dass die Jungs aus dem Viertel sahen, dass ich nicht allein war. Und so tauchten sie nacheinander alle bei mir auf. Das taten sie immer! Ich hab Grillpartys geschmissen, und wenn Besuch kam, gern mal die eine oder andere Flasche geköpft. Ist das bei Ihnen anders?»

Torres sprach von seinem Leben in der Vergangenheit.

«Ich hatte schon früh das Radio angemacht, weil ich in Habachtstellung war. Aber sie hatten das falsch gedeutet. Und schon ging es los: ‹Du willst doch bestimmt den Kampf von Lausse hören, oder? Ich bringe Brot und Salami mit, ich kaufe Fernet …› Ich konnte sie nicht hinauswerfen, ohne Verdacht zu erregen. Und weil die Sache nicht sicher war, habe ich es einfach laufen lassen. Warum sollte ich den Abend nicht genießen, während ich auf Nachrichten wartete? Wenn etwas Großes passierte, würde auch Fioravanti darüber berichten!»

Als er Gavino später in der Botschaft wiedertraf, hatte er ihm etwas gestanden, worüber sie erst lachen mussten.

Auf der Fahrt im Bus zum Kommissariat hatte Gavino zwei Kerle erkannt. Sie waren bewaffnet, aber in Zivil, und sie gehörten zur Polizeimannschaft.

«Er hatte sie an dem Abend vorher bei mir gesehen. Er dachte, es wären meine Freunde. Auch ich hatte unbekannte Gesichter gesehen. Und sie für seine Freunde gehalten! Sie hatten das Durcheinander genutzt, um sich einzuschleichen, und festgestellt, dass wir keine Schusswaffen hatten, und grünes Licht für den Einsatz gegeben. Denn wären wir bewaffnet gewesen, hätten sie uns nicht mal mit einer Handgranate rausgeholt. Haben Sie die Wohnung gesehen? Der einzige Zugang ist der Flur, die Fenster sind mit Moskitodraht versehen. Das war der ausschlaggebende Punkt, warum ich die Wohnung gemietet habe. Sie war sicherer als ein Bunker!»

Ein Bediensteter der Botschaft trat ein.

«Etwas Kaffeekirschentee oder Mate mit weißen Rosenblättern gefällig?»

R lehnte dankend ab, Torres bestellte einen Tee mit Zitrone.

Als sie wieder allein waren, ließ er sich in den Sessel fallen und erinnerte R an Richard III.: «Ich schwör Ihnen, ich würd ein Königreich für einen richtigen Kaffee und eine Billardpartie im Los 36 Billares geben.»

4.

Nachdem Stunden vergangen und der Fernet in Strömen geflossen war, ging Torres davon aus, dass die Revolte nicht stattfinden würde. Ein paar Leute verabschiedeten sich.

«Ich hab mich aus dem Staub gemacht», sagte er, und schob die Tasse beiseite, die er zur Hälfte ausgetrunken hatte, «weil ich alles richtig machen wollte! Ich machte mich auf zu di Chiano, der hat ein Telefon. Ich wollte von dort anrufen und nachfragen, warum die Sache ins Stocken geraten war. Aber dazu kam es nicht. Ich bin mit dem Jungen, Carlitos, auf den Flur hinaus …»

«Carlos Lizaso. Dem die Zeitungen einen anderen Namen verpasst haben, als die Liste mit den Toten erschien: ‹Crizaso›, haben sie ihn genannt.»

«… der Junge hat in der Tür zu mir gesagt: ‹Ich nutz die Gelegenheit und verschwinde, ich geh nach Hause.› Doch auf der Hälfte des Weges haben wir den Krach gehört. Ich habe nicht weiter nachgedacht. Mein Körper hat reflexartig reagiert: Ich bin über die Mauer gesprungen und losgelaufen.»

«Sind Sie nicht auf den Gedanken gekommen, zurückzukehren und die anderen zu warnen?»

Torres seufzte und stieß Rauch aus wie ein Drache. R dachte, dass er sich diese Frage bestimmt schon tausendmal gestellt hatte und überlegte, mit welcher Antwort er ihn beglücken sollte.

«Nein», sagte er schließlich. «Keine Sekunde. Wenn ich in die Wohnung zurückgekehrt wäre … *ab ins Kittchen.* Aus der Falle wäre ich nicht mehr rausgekommen.»

Torres stand wieder auf. «Auf der Flucht dachte ich an Gavino, denn er war der Einzige, der an der Aktion beteiligt war. Aber ich dachte: *Dem wird schon nicht viel passieren, es gibt kein Übel, das nicht auch zu etwas Gutem taugt.* Da er nichts hatte, womit er hätte Widerstand leisten können, würden sie ihn in den Knast schicken. Und hinter den Mauern wäre er geschützt. Denn wenn sie ihn auf der Straße erwischten, könnten sie ihn einfach abknallen, falls er zu fliehen versuchte. Und wenn er einsaß, wäre ihm die Freilassung seiner Frau ein Trost. Aber was die anderen angeht … Ich wäre nie auf den Gedanken gekommen, dass ihnen etwas geschehen könnte. Sie waren doch alle unschuldig. Leute mit reiner Weste, Arbeiter. Was sollten sie ihnen schon tun?» Torres streckte ihm die Hand hin.

R dachte, er wollte ihn um eine weitere Zigarette bitten, doch er irrte sich.

«Sehen Sie die Narbe?» Er deutete auf seine Handfläche. «Die hab ich mir auf der Flucht zugezogen. Fragen Sie mich nicht, wie, ich erinnere mich nicht. Und die hier auch.»

Er lockerte den Krawattenknoten und öffnete Knöpfe am Kragen des Hemds. Er hatte eine graue Narbe an der Seite des Halses wie von einem Prankenhieb.

«Ich weiß nicht, was mich da erwischt hat. Aber es hat wie verrückt geblutet. Ich bin trotzdem weitergelaufen, über Zäune und Dächer geklettert und gesprungen. Auf einem Dach bin ich ausgerutscht und im Stacheldraht hängen geblieben und habe mir die Kleidung zerrissen. Und ich kann mich noch an den Gesichtsausdruck des Busfahrers erinnern, als ich auf das Trittbrett gestiegen bin. Ich dachte, er zieht gleich eine Waffe und zwingt mich auszusteigen. Aber jenseits des abgerissenen Äußeren muss er etwas in mir gesehen haben … die Angst stand mir wohl ins Gesicht geschrieben! … das ihn dazu brachte, beide Augen zuzudrücken und weiterzufahren.»

R erzählte ihm von dem Ticket mit der symmetrischen Zahl, das Don Horacio während seiner Flucht im Bus bekommen hatte. Und Torres bedachte ihn mit einem schallenden, leicht heiser klingenden Lachen.

«Zum Glück konnten viele entkommen», sagte er.

«So viele auch wieder nicht», erwiderte R. «Sie, Livraga, di Chiano, Giunta und Gavino.»

Torres zählte die Überlebenden an den Fingern seiner Hand ab, als wäre er in Mathematik nie über die erste Klasse hinausgekommen. «Da fehlen mindestens zwei», sagte er. Und wieder ließ er sein irres Lachen ertönen. «Einer davon ist Benavídez …»

«Der Tote, der in der Liste der Opfer in *La Nación* auftaucht?»

«Der Tote erfreut sich bester Gesundheit und lebt in Bolivien. Nicht in diesem Aquarium, versteht sich: im echten Bolivien!»

Der andere hieß Julio Troxler. Es handelte sich um einen ehemaligen Polizisten und aktiven Peronisten, der erst nach der Aktion in der Wohnung eingetroffen war.

«Er war auf der Suche nach mir und stieß auf die Polizisten, die sie als Wachen zurückgelassen hatten. Sie haben ihn sofort in Gewahrsam genommen!»

Er glaubte sich noch an einen dritten Flüchtigen erinnern zu können, von dem keiner Notiz genommen hatte. An jenem Abend hatte ihm jemand einen Berufssoldaten niederen Ranges vorgestellt, der außer Dienst war. Aber er hatte lediglich ein paar Worte mit ihm gewechselt. Es war ein ganz gewöhnlicher Typ mit einem nichtssagenden Gesicht. Wenn man ihn in eine Reihe mit Verdächtigen gestellt hätte, er hätte ihn nicht identifizieren können.

5.

Torres lebte in einem kleinen fensterlosen Zimmer von dreimal zwei Metern, aus dem das Personal das Gerümpel entfernt hatte, um die Flüchtigen unterzubringen. Er schlief auf einer Pritsche, die er morgens zusammenklappte, und er nutzte die Toilette der Angestellten, wo es auch eine Dusche gab. Trotz allem fand er, dass er Glück gehabt hatte. Bis die anderen drei – Gavino, Troxler, Benavídez – den Passierschein erhalten hatten, um in das Land zu fliegen, hatten sie sich das Zimmer geteilt und auf dem Boden geschlafen. Im Morgengrauen hatten sie sich gegenseitig mehr Ohrfeigen gegeben, als in einen Film mit den Marx Brothers gepasst hätten.

«Ich lese viel. Mehr als ich je in meinem Leben gelesen habe», sagte er und betrachtete die druckfrische Ausgabe von *Revolución Nacional*, die R ihm geschenkt hatte. «Aber man muss sagen, es handelt sich um tendenziösen Stoff, der sich auf das beschränkt, was ich hier finde. Ich werde zu einem Bolivienexperten!»

Die einzige Abwechslung waren die Liebesromane, die ihm

eine der Putzfrauen überließ, nachdem sie bis zum Ende mitgelitten hatte.

R fragte, warum er nicht mit den anderen dreien gereist sei. Er vermutete dahinter einen bürokratischen Grund: dass bei den Reiseformalitäten etwas gefehlt hatte oder schiefgegangen war. Torres' Antwort sollte ihn überraschen.

Der Asylant umgab sich wieder mit Rauchschwaden. Das war sein Schutzpanzer.

«Ich werd's Ihnen erzählen», sagte er. «Wenn Sie's verbreiten, kann ich immer noch alles abstreiten.»

Wieder entfernte er sich. Es war etwas, das er nur gestehen würde, während er die Nase an die Scheibe des Aquariums drückte.

6.

Torres hatte regelmäßig die Bibliothek des Club Social y Deportivo Unión besucht. Das war nicht seiner Liebe zu Büchern geschuldet oder zumindest nicht ausschließlich. Er hatte mit seinen Kameraden ein System organisiert, um gefahrlos Nachrichten austauschen zu können. Bevor er ein Buch zurückgab, schrieb er die verschlüsselte Botschaft nach dem festgelegten Code in das Buch. Und eine weitere Nachricht, welches Buch er als Nächstes ausleihen würde und wo folglich die künftige Nachricht zu finden sein würde.

Wenn die Kameraden ihm etwas mitzuteilen hatten, entliehen sie einfach vorher das genannte Buch. Wenn er es abholte, sah er als Erstes nach, ob es eine Botschaft enthielt.

Und wenn die Zeit und die Umstände es hergaben, las er nebenbei den einen oder anderen Roman. Die von Salgari hatten es ihm besonders angetan. Er hatte die Saga um Sandokan verschlungen, auch diejenigen Romane, in denen er nicht im Mittelpunkt stand, wie *Die Geheimnisse des schwarzen Dschungels*, wo der Bengale Tremal-Naik die Hauptfigur war. Abgesehen von den Abenteuern faszinierte ihn das Setting: der Urwald, die Meere …

«Die Bibliothek ist klein, eine Vorstadtbibliothek eben, aber sie hat was», meinte Torres. Deswegen hatte er sie Vicente Rodríguez empfohlen, der ihn um die Bücher beneidete, mit denen er ihn auf der Straße antraf. Der Dicke war Peronist, aber er nahm nicht am Nachrichtensystem teil: Er hatte angefangen zu lesen, weil er hoch hinauswollte, sonst nichts.

Die Bibliothek wurde von einer etwa dreißigjährigen Frau namens Rosa geführt. Sie hatte dunkles, glattes Haar, das sie ständig bürstete. Er hatte ihr nicht allzu viel Aufmerksamkeit geschenkt – ihr Austausch beschränkte sich auf die Übergabe und das Verbuchen von Büchern, auch Torres war wortkarg –, bis sie ihn eines Tages ansprach.

«Wann lesen Sie endlich mal was Vernünftiges?», hatte sie gesagt.

Torres hatte überlegt, was er sagen sollte. Sein erster Reflex war, sie zum Teufel zu schicken und ihr zu sagen, sie solle sich um ihre eigenen Angelegenheiten kümmern. Aber vorher musste er sich vergewissern, ob der Grund für die Frage Verachtung war, ein gewisses soziales Vorurteil, oder ob es ein gutgemeinter Rat sein sollte.

«Sie scheinen doch ein intelligenter Mann zu sein», fügte sie hinzu. «Ich glaube, Sie könnten aus besseren Büchern für sich eine Menge rausholen.»

R setzte zu einer Verteidigung Salgaris an, die Torres sofort abwürgte. Es ging nicht um die Qualitäten Salgaris, sondern um etwas anderes.

«Ich war nie verheiratet», sagte Torres. Während er sprach, füllte sich die auf der anderen Seite der Scheibe erwachende Stadt mit Lichtern. «Bei dem Leben, das ich führte, war das nicht ratsam. Sie sehen ja, was Gavinos Frau aus heiterem Himmel widerfahren ist. Ich beklage mich nicht, im Gegenteil: Ich habe mir dieses Leben ausgesucht. Es gefällt mir, von einer Blüte zur andern zu wandern, vom Nektar der Liebe zu naschen und dann weiterzufliegen. Deswegen lasse ich mich auch nur mit leichten Mädchen ein, ich hatte nie Interesse, einem ernsthaften Mädchen Versprechungen zu machen. Und ernsthaft war Rosa, vielleicht zu sehr. Was weiß ich, vielleicht hat sie mich an eine Lehrerin erinnert.»

Bevor Torres antwortete, hatte er auf Rosas Hände geschielt. Sie trug ein paar Ringe mit bunten Steinen, aber ein glatter Gold- oder Silberring war nicht dabei. Das hieß, sie war unverheiratet, obwohl sie nicht mehr blutjung war. Vielleicht war Rosa schwierig, oder vielleicht gehörte sie auch nicht zu denjenigen, die sich mit jedem einließen, nur um einen Mann zu haben.

«Ich fragte sie, was sie mir denn empfehlen würde. Sie dachte nach. Diesmal hatte ich sie überrumpelt, und am Ende sagte sie: *Moby Dick*. Ich dachte, sie wollte sich über mich lustig machen. Da haute sie mich an, weil ich keine vernünftigen Sachen las, und empfahl mir dann ein Kinderbuch! Aber sie hatte meine Neugier geweckt, und ich ließ mich auf ihr Spiel ein. Ich nahm den Roman für die Nachrichten und *Moby Dick* mit. Ich weiß nicht, ob Sie es gelesen haben, aber eins kann ich Ihnen sagen: *Moby Dick* ist nicht für Kinder geschrieben. Etwas Verzwickteres ist mir noch nicht untergekommen!»

Von da an hatte er seine Gewohnheit geändert: Er nahm immer zwei Bücher mit: das obligatorische und das, was Rosa ihm empfahl. Von Januar bis Juni hatte er unter anderem *Die Früchte des Zorns* und *Das böse Spielzeug* gelesen.

«Am Abend des Neunten habe ich so reagiert, wie ich es Ihnen beschrieben habe: Ich habe nicht nachgedacht, bin über die Mauer gesprungen und tschüss. Darauf ist man vorbereitet, wenn man so lebt wie ich. Ich hatte noch nicht mal einen Fuß auf den Boden auf der anderen Seite gesetzt, da wusste ich bereits, dass ich nie zurückkehren würde. Man gewöhnt sich daran, sich nicht an die Dinge zu hängen. Egal ob Kleidung, Bücher oder Menschen. Man muss die Brücken hinter sich abbrechen, und weiter geht's. Die Idee, für die man sich einsetzt, die Grundsätze, sind das einzig wichtige Gepäck. Kleidung und Bücher kann man kaufen, man kann neue Leute kennenlernen. Aber was man verliert, wenn man sich selbst verrät … das ist unersetzlich.»

Torres landete in der Botschaft, fiel sich mit Gavino in die Arme und informierte sich, wie man gegen den Tatbestand vorgehen könne. Er hatte sich schon Coca kauen und um sich spucken sehen wie ein Guanako! Doch als die Stunde des Abflugs nahte, war er ausgestiegen. Er sagte, er wolle lieber ausharren, darauf setzen, dass die Befreiungsrevolution sich nicht lange halten würde und dass eine Zivilregierung ihm Amnestie gewähren würde.

Gavino hatte ihn beschimpft und gesagt, seine Erwartungen seien völlig illusorisch. Und Torres hatte es über sich ergehen lassen, weil er wusste, dass sein Freund recht hatte. Die Befreiungsrevolution saß fest im Sattel, nichts deutete auf einen bevorstehenden Rückzug in die Kasernen hin.

Aber er wusste nicht, wie er Gavino die Wahrheit beibringen sollte.

7.

R bemerkte, dass sie im Dunkeln saßen. Es war Abend geworden, und sie hatten kein Licht gemacht. Der einzige Erleuchtete war Torres, auf dessen Körper sich wie auf einer Leinwand die einfallenden Lichter der Avenida ausbreiteten.

«Ich habe mit Rosa über nichts weiter gesprochen», sagte

Torres, der aufmerksam die Bewegungen auf der Straße verfolgte. «Ich habe sie nicht nach ihrem Leben gefragt, ihr nichts von meinem erzählt, ich habe sie nicht auf einen Kaffee eingeladen. Aber als das Datum für den Flug nach Bolivien näher rückte, war Rosa das Einzige, woran ich dachte. Sie werden sagen: ‹Man kann nichts verlieren, das man nie besessen hat, oder?› Die Sache ist die – zu dem Schluss bin ich nach vielen Stunden Gedankenspielerei gekommen: Es ist nicht zwingend Rosa, an die ich denke, wenn ich an Rosa denke. Versteht man das? Ich will damit sagen: Wenn ich Angst habe, Rosa zu verlieren, dann geht es nicht *nur* um Rosa, sondern um alles, was sie inzwischen symbolisiert. Das Vaterland zum Beispiel. Mein Wesen, meine Identität. Was kann ein Peronist in Bolivien ausrichten, *welche Bedeutung hat* ein Peronist in Bolivien? Kommt ihm dort eine Rolle zu oder wird er zum kaputten Spielzeug – zum Ausländer, zu nichts?»

«*What's in a name?*», murmelte R vor sich hin, weil es ihm peinlich wäre, wenn Torres ihn hörte. Den Rest des Satzes wiederholte er nur in seinem Kopf: … *that which we call a rose / By any other name would smell as sweet.*

Torres trat mit dem Fuß die herabgefallene Asche aus, bis der Fleck die Farbe des Bodes annahm.

«Ich bekam Panik bei dem Gedanken, das Land zu verlassen», sagte er. «Weit weg zu gehen, an einen fremden Ort, und am Ende zu vergessen, wer ich bin. Hier hingegen, in dieser Laborversion von Bolivien, mit den vertrauten Menschen da unten und Rosa in der Nähe, bin ich weiterhin ich. Glaube ich zumindest, pah. Aber klar: Wenn Sie jemandem erzählen, was ich gesagt habe, würde ich Sie auslachen und Ihnen sagen, das stimmt nicht, wie kommen Sie darauf, solch einen Blödsinn denkt sich nur ein Schriftsteller aus.»

8.

Er klappte das Notizbuch zu und ließ den Bleistift fallen. Es war schon spät, aber er hatte immer noch Fragen. Ob er es wohl für möglich hielte, dass sie sich noch einmal trafen?

«Lassen Sie mich kurz auf meine Tanzkarte schauen», sagte Torres, ohne sich zu rühren. «Wie's aussieht, habe ich am Donnerstag noch eine kleine Lücke. Was halten Sie davon?»

R fragte, ob er ihm etwas mitbringen oder jemandem etwas von ihm überbringen solle.

Torres verneinte, aber zuvor hatte er ein paar Sekunden nachgedacht.

9.

Das Treffen am Donnerstag war kürzer. R arbeitete alle Fragen ab, die er notiert hatte, und sagte am Ende: «Erinnern Sie sich, dass Sie mir von einem weiteren Flüchtigen erzählt haben, der auch in Ihrer Wohnung war? Der Berufssoldat …»

«Ja, aber wie schon gesagt, ich erin…»

«Rogelio Díaz, Sergeant und Schneider. Marineveteran.»

Torres blieb völlig ungerührt. Dann lachte er. «Wie sind Sie darauf gekommen?»

«Ich habe einen Rogelio Díaz auf einer Liste politischer Gefangener entdeckt. Leute, die in Olmos einsaßen, ein Wochenmagazin hatte das verbreitet. Ich bin nach Florida zurückgekehrt, um mit Livraga, di Chiano und Giunta zu reden. Zu allen habe ich wie nebenbei gesagt: ‹Dieser Soldat, der dazugestoßen ist, um den Boxkampf mit anzuhören, der so einen Allerweltsnamen hatte, wie hieß er doch, Gefreiter, Feldwebel …› Livraga hat sofort angebissen: ‹Feldwebel Díaz.› Und ich sang ihm vor: ‹Rogelio Díaz.› Und er: ‹Ja, ja, Rogelio, so hieß er!›»

Er gab Torres die Telefonnummer vom Verlag, damit er ihn erreichen konnte, wenn er sich noch an etwas Wichtiges erinnerte. Er ließ sich von ihm bis zur Tür geleiten, die ihn vom Besucherbereich trennte.

Erst an der Türschwelle zeigte er ihm, was er ihm mitgebracht hatte.

Es war ein Buch. *Schwere Zeiten* von Charles Dickens in der Ausgabe von Peuser.

Torres zögerte, als hielte er ihm ein Fläschchen Nitroglyzerin hin.

Am Ende nahm er es. Und mit einer Behutsamkeit, die ihm sonst nicht eigen war, klappte er das Buch auf, um sich den Schmutztitel anzusehen.

Da war der Stempel. Derselbe wie in dem Exemplar von *Mr. Reeder.*

R brach auf. Er wollte Torres' Reaktion nicht sehen, wenn er Rosas Brief im Buch fand, oder ihn von der Lektüre abhalten.

Wenn er zu weinen anfinge, wüsste er nicht, was er tun sollte.

10.

Er fragte sich, ob Muñiz die Angehörigen von Brión gefunden hatte. Mario Brión: ein Junge, der, so erzählte man sich im Viertel, ebenfalls erschossen worden war, obwohl sein Name weder in den Zeitungen noch in den offiziellen Berichten auftauchte. Welche Ironie: In den letzten Stunden hatte er von einem Toten erfahren, der auf keiner Liste auftauchte, und von jemandem, der als Toter aufgeführt war – Benavídez –, obwohl er gar nicht gestorben war.

Aber kaum hatte er die bolivianischen Höhen hinter sich gelassen, verwarf er den Plan, noch im Verlag vorbeizuschauen. Am besten kehrte er nach Hause zurück und beendete den

Brief, den er halbfertig zurückgelassen hatte. Morgen ist auch noch ein Tag, wie Scarlet O'Hara in *Vom Winde verweht* zu sagen pflegte.

Wenn er Muñiz träfe, würde er womöglich ins Fettnäpfchen treten. Einerseits brannte er darauf, ihr von seiner kitschig-romantischen Aktion zu erzählen: dass er Rosa in der Bibliothek aufgesucht, ihr Grüße von Torres ausgerichtet und ihr gesagt hatte, er sei im Ausland, aber er würde ihre Bücher vermissen. Andererseits war er nicht sicher, wie er es ihr erzählen sollte, ohne wie ein Idiot dazustehen.

Er fragte sich, ob die große Geste nicht genauso aufzufassen war, ob es nicht Teil ihres Wesens war: ein lobenswerter Akt, der nicht dafür gemacht war, erzählt, wiedergegeben zu werden, sondern den man für sich behielt, damit er mit der Tat dem Vergessen anheimfiel. Es musste eine Erklärung geben. Nicht ohne Grund war die Vorstellung weitverbreitet, dass man die Großzügigkeit nicht an die große Glocke hängen sollte: Hieß es nicht schon in der Bibel: Lass deine linke Hand nicht wissen, was die rechte tut, oder umgekehrt? Die Frage interessierte ihn vor allem – zumindest redete er sich das ein – in seiner Eigenschaft als Schriftsteller. Das Problem war narrativer Natur: Wie sollte er etwas Gutes erzählen, ohne naiv oder gefühlsduselig zu klingen?

Im Moment hatte er nur die Gewissheit, dass der Abschied von Torres ihn aus der Bahn geworfen hatte. Folglich hatte er seine Gefühle noch nicht wieder im Griff. Wenn er dem Gefühlsausbruch nachgab, würde Muñiz vielleicht zurückschrecken. Und er wollte auf keinen Fall das Risiko eingehen, sie zu verlieren, auf ihre Mitarbeit verzichten zu müssen. Nicht unter diesen Umständen – noch nicht.

Es hatte etwas gedauert, bis ihm das klarwurde. Aber inzwischen hatte er verstanden, dass die Ermittlung, die er aus ausgesprochen albernen Gründen begonnen hatte (der Pulitzer-Preis:

Was war er für ein Vollidiot!), nicht mehr *seine* Ermittlung war, sondern die Lebensgeschichte jener Menschen: der Livragas, der Kinder Vicentes, der von Rosa und Torres; und folglich war das, was er seit Dezember aufrollte, diese Kordel, an der er zog und die nicht endete, wichtiger als ihrer beider Gefühle.

ZWÖLF

Endgame

1.

«Das ist neu», sagte eine kräftige Stimme hinter ihm, als käme sie aus der Tiefe eines leeren Fasses. «Warum spielen Sie für sich allein?»

Valerga trank dasselbe wie immer: ein Gläschen Leguí. R mochte das Zeug nicht, es war ihm zu süß. Um einen Leguí-Rausch zu überleben, brauchte man keine Leber, sondern einen Industriefilter.

«Das ist praktisch», sagte R, während er das Brett herumdrehte, um die Farbe der Spielfiguren zu wechseln. «Ich versuche mich aufzuspalten. Mein eigenes Spiel aus der Perspektive des Gegenübers zu beobachten. Es ist nicht leicht, sich an die Stelle eines anderen zu versetzen.»

Es war eine zweckmäßige Antwort, wenngleich nicht ganz aufrichtig. Er hatte keine Lust gehabt, mit einem der Stammgäste zu spielen. Der Jude Broitman war nicht da – der Einzige, der ihn wirklich herausforderte, denn er verfügte über einen verblüffenden Verstand –, und die anderen hatte er einen nach dem anderen verworfen: den einen, weil er immer dieselben Züge spielte, den anderen, weil er alle naselang die Strategie änderte, und den, der weiter hinten saß, weil er gern improvisierte.

R hatte ein komplizierteres Spiel vor sich, über das er nachdenken musste.

2.

Beim Schach ist der erste Teil einer Partie beklemmend. In dieser Phase entzieht sich das Spiel jeglicher Form; der Spieler hat seine Strategie noch nicht ausgearbeitet, und er durchschaut den Plan seines Gegners nicht; das Brett verwandelt sich in Schlamm, in dem man um einen minimalen Vorsprung kämpft, der – so ahnt man bereits – am Ende nicht relevant sein wird.

Der Februar war jener Schlamm. Kalendarisch war der Herbst nur einen Herzschlag entfernt, aber die Hitze ließ nicht nach. In den anderen Lebensbereichen ahnten die, die in das Massaker verwickelt waren, dass sich ein Sturm am Horizont zusammenbraute.

Angefangen bei Livraga. Sein Fall war noch in den Händen des Obersten Gerichts, ein Organ, das zum Vorteil der Befreiungsrevolution zusammengesetzt war. Alles deutete darauf hin, dass der Gerichtshof den Fall dem Militärgericht übergeben würde. Das wäre fatal, denn die Militärs würden ihn mit ein paar Stempeln versehen und ihn in die hinterletzte Schublade verbannen. Das wäre das Ende der Affäre. Und der Ermittlungen, die ihn in seinen Träumen zu einem berühmten Journalisten machten. Und auch des Krimis, für dessen Hauptfigur er sich gehalten hatte. Dieses Ende würde alles zunichtemachen. Wem sollte er einen Krimi verkaufen, in dem der Mörder straffrei ausging und wie ein Pascha sein Leben genoss?

Aber das Schlimmste war die gegenwärtige Situation: der Limbus, das Warten. Denn war der Fall erst einmal in den Händen der Militärs, würde das Risiko für Livraga und die anderen abnehmen. Sobald Desi erführe, dass er garantiert straffrei ausging, würde er die Überlebenden nicht länger als Bedrohung ansehen. Doch bis dahin waren sie ein Stachel in seinem Fleisch. Eine Wunde, in der R aus der sicheren Anonymität heraus mit jedem Artikel erneut bohrte.

Als Richter Hueyo ihn über den Schachzug informiert hatte, hatte er vor Juan Carlos dieselben dummen Ratschläge vom Stapel gelassen wie bei Muñiz: Er sollte aufpassen, dass man ihm nicht folgte, er solle die Straßenseite wechseln, wenn er verdächtige Männer bemerkte. (Bei Livraga waren die Ratschläge allerdings etwas spezifischer ausgefallen. «Halten Sie sich in öffentlichen Verkehrsmitteln immer in der Nähe der Tür oder bei den Notausgängen auf. Setzen Sie sich in den hinteren Bereich von Gaststätten, damit Sie durch die Küche fliehen können. Und setzen Sie sich immer mit dem Rücken zur Wand.»)

R verspürte das dringende Bedürfnis, seine Ratschläge gebetsmühlenartig zu wiederholen. Aber um Juan Carlos nicht noch mehr Angst zu machen, rief er von Kotsch an und bat ihn, auf den Jungen aufzupassen.

Er versicherte sich täglich, dass nicht er die Angelegenheit vorantrieb. Livraga hatte Desi *motu propio* angezeigt, getrieben von seiner Empörung und seinem natürlichen Gerechtigkeitssinn. Er hatte sich von zuhause aufgemacht, unterstützt von seinem Vater – auch in dem Fall war der Apfel nicht weit vom Stamm gefallen –, und sich über die Tränen seiner Mutter hinweggesetzt. Sie hatten schon einmal versucht ihn zu töten: Man könnte also sagen, er war sich des Risikos bewusst.

Und doch ließ der Gedanke R nicht los. Besonders wenn er in der vergeblichen Absicht, Schlaf zu finden, die Augen schloss.

Wenn dem Jungen etwas zustößt …

Er vertrieb den Gedanken wie eine lästige Fliege. Er wollte die Auslassungspunkte nicht mit Inhalt füllen müssen.

3.

«Setzen Sie sich.»

Valerga sah ihn irritiert an. «Wenn Sie einen einfachen Gegner haben wollen …»

R forderte ihn mit einer Handbewegung auf, Platz zu nehmen. Dann schnippte er mit den Fingern.

Don Chicho war sofort zur Stelle. R beherrschte das Schnippen; er hatte kräftige Finger, er konnte mit ihnen das *snap* in den Sprechblasen der Comics perfekt nachmachen.

Seine Scharade fortsetzend, bestellte er bei Don Chicho eine weitere Runde für beide. Das überzeugte Valerga, und er ließ sich auf den leeren Stuhl fallen.

Der Dicke würde ihm helfen, sich zu entspannen. Er war ein großartiger Redner. Er redete viel und blumig, aber nie um des Redens willen. Man merkte, dass er belesen war, doch er gehörte nicht zu den Leuten, die Namedropping betrieben, um sich in Szene zu setzen. Er schwebte eher auf mittlerer Höhe, auf der die Landschaft und die Gesichter noch erkennbar waren. Er sprach gern über Leute und Tatsachen und weniger über abstrakte Ideen; jedenfalls zog er handfeste Ideen vor, die etwas bewirkten. Das war bestimmt seiner Erfahrung als Biochemiker geschuldet. Valerga war kein Mann der Hypothesen, sondern der Substanz.

Er besaß ein Haus in einem wohlhabenden Viertel und war Inhaber einer Apotheke. Er war mit einer Frau der Pseudoaristokratie von La Plata verheiratet. (Wie könnte eine Stadt eine Aristokratie besitzen, die nicht mal ein Jahrhundert alt war?) Deswegen hatte R immer an seiner Zugehörigkeit zum Peronismus gezweifelt. Valergas Lebensumstände passten nicht zu der üblichen Klientel der Bewegung. Und das machte ihn zu einer Art Sammlerstück: ein interessanter Peronist.

Don Chicho stellte die frischen Gläser auf den Tisch: einen

Genever für R und einen Leguí für Valerga. Der Dicke hob sein Glas, um R zuzuprosten und ihm zu danken. Als R die Geste erwidern wollte, verschüttete er ein wenig von dem Schnaps. Dann setzte er das Glas an den Mund, er war sich bewusst, dass Valerga ihn weiter beobachtete.

«Sie wirken nervös», sagte er. «Und ich hab Sie schon in anderen Situationen, die Mut erforderten, erlebt, ohne Sie erregt zu sehen. Wenn Sie in diesem Zustand sind, muss es einen Grund dafür geben.»

In Rs Kopf schrillte eine Alarmglocke. Hatte Valerga mitbekommen, dass er in der Klemme steckte?

«Ich hoffe, es ist nichts Schlimmes», hakte der Dicke nach. «Hoffentlich keine gesundheitlichen Probleme bei Ihnen oder Ihrer Familie.»

R verneinte das rasch.

«Uff, zum Glück. Trotzdem ... haben Sie sich mal im Spiegel betrachtet? Ich bin kein Arzt, aber ich habe täglich mit Kranken zu tun. Und Sie sehen nicht gut aus. Sie sehen aus wie eine wandelnde Leiche. Oder um genauer zu sein, wie jemand, der mit Gevatter Tod Schach spielt.»

R lächelte. Er war seiner Paranoia aufgesessen. Valerga hatte keine Ahnung. Er hatte nur an seinem Konterfei abgelesen, welch hohen Preis er für die Ermittlungen bezahlte.

Er brauchte sich nicht im Spiegel zu betrachten. Er wusste, dass er abgenommen hatte. Er hatte Augenringe, die die Brille nicht verbergen konnte. Seine Bewegungen waren fahrig. Und als er angefangen hatte, mit sich selbst Schach zu spielen, hatte er eingestanden, dass er sich momentan für seinen Gegner hielt – für seinen eigenen Feind.

Was könnte er Valerga erzählen, ohne indiskret zu werden? Dass seine Frau ihn rausgeworfen hatte, dass er sich gerade mit einem Terroristen unterhalten hatte?

4.

Wie Atilas hatte Marcelo Rizzoni sich mit der Redaktion von *Revolución Nacional* in Verbindung gesetzt. Allerdings nicht per Brief und auch nicht anonym: Er hatte angerufen, seinen Namen genannt und gesagt, er wolle mit «dem Journalisten sprechen, der über die Erschossenen schreibt».

Die Gestrenge Sekretärin hatte ihn gebeten, später wieder anzurufen, und sich mit R in Verbindung gesetzt. Der hatte ihr zwei Informationen gegeben: eine Telefonnummer und eine konkrete Uhrzeit. Die Nummer war die vom Archiv von *Vea y Lea.* Eine Leitung, die keiner benutzte, an einem diskreten Ort.

Er traf immer mehr Vorsichtsmaßnahmen. Dass der Fall keine große Resonanz hatte, hieß nicht, dass er sich in Sicherheit wiegen konnte. Im Gegenteil, wenn sie ihn angriffen, würde ihn niemand verteidigen, würde die Öffentlichkeit nichts davon erfahren. Sein Leben war ein täglicher Lernprozess: wie eine lange Schachpartie, bei der er jeden Zug sorgsam abwägen musste, so harmlos er erscheinen mochte; auch das Nichthandeln, denn man musste eine Figur nicht erst verschieben, um sie in Gefahr zu bringen. Wie wahrscheinlich war es, dass ein Bauer ein wesentlicher Teil einer Strategie ist, bei der er nicht geschluckt wird?

Rizzoni rief wie vereinbart an. R sagte, er sei der Journalist, den er suche. Und er stellte Fragen, um herauszufinden, wer dieser Rizzoni war und ob er etwas Wichtiges zu sagen hatte.

Rizzoni überzeugte ihn sofort.

«Ich war an dem Abend da», sagte er. «Bei Torres. Ich bin ein paarmal raus und wieder rein. Wegen der Revolte. Wie Torres. Wie Gavino! Und ich ging beruhigt, aber auch enttäuscht nach Hause, als Gavino sagte, es würde nichts mehr passieren. Ich konnte um Haaresbreite entkommen!»

Sie vereinbarten ein Treffen.

5.

Als Elina sah, dass er nach dem Duschen ein weißes Hemd anzog, protestierte sie.

«Du willst wieder weg? An einem Freitagabend. Wie passend.»

Es war tatsächlich Freitag. Elina hatte recht, R hatte es bis dahin gar nicht registriert. Elina hatte sich immer wieder über seine Ausflüge an den Wochenenden beklagt, obwohl sie immer ihre Berechtigung hatten: Bestimmte Leute sucht man am besten auf, wenn sie zuhause sind, also am Wochenende. Doch Rizzoni hatte seine Bereitschaft zu einem Treffen an keine Bedingung geknüpft; der Termin war Rs Vorschlag gewesen. Warum hatte er sich ausgerechnet für Freitag entschieden, wenn Montag genauso gut möglich gewesen wäre?

Er sagte Elina, er habe seine innere Unruhe nicht bezwingen können. Er habe nicht zwei Tage länger warten wollen, um mit dem neuen, geheimnisvollen Informanten in Verbindung zu treten.

«Es tut mir leid. Aber ich kann das Treffen jetzt nicht mehr absagen.»

Auch er hatte recht, er hatte keine Möglichkeit, Rizzoni zu erreichen, um das Treffen zu verschieben. Und wenn er nicht erschiene, würde sein Informant das Schlimmste befürchten und ihn nicht mehr kontaktieren.

«Wenn du jetzt gehst, brauchst du nicht mehr wiederzukommen», sagte Elina leise. Sie stand in der Tür zum Bad, eine Hand auf den Rahmen gestützt.

«Du brauchst nicht zu flüstern. Die Kinder sind weit weg. Ihr Gehör mag vorzüglich sein, aber deshalb können sie noch lange nicht durch Wände hören», sagte R. Wut keimte in ihm auf. Die Drohung hatte ihn an einem unpassenden Ort ereilt: vor dem Spiegel, während er sich die Krawatte umband. Eine Position der reinen Eitelkeit, während seine Frau im Türrahmen den bekanntermaßen erdbebensicheren Ort des Hauses gewählt hatte.

«Aber unsere Töchter sind da.»

«Findest du nicht, du übertreibst?»

«Ich denke schon seit längerem darüber nach», flüsterte sie weiter. «Du wohnst hier, aber du bist nicht mehr da. Deine Seele ist woanders hingezogen. Und das bringt nichts, weder für mich noch für die Kinder.»

«Du bist doch eine kluge Frau, Elina. Ich muss dir doch nicht erklären, dass eine Ermittlung wie diese so von einem Besitz ergreift, dass es keinen …»

«Ja, das verstehe ich. Aber manches ist zu hoch für mich. Zum Beispiel, warum du die Sache weiterverfolgst, obwohl sie keinerlei Reaktion auslöst, und jetzt schon klar ist, dass es auch keine geben wird. Die Artikel haben kein Echo. Du kannst dich nicht mal darauf berufen, dass du dafür bezahlt wirst. Du setzt uns und auch die Schule Gefahren aus, und das alles für nichts und wieder nichts!»

«Ganz ehrlich, ich kann nicht glauben, was ich da höre …»

«Und das lässt vermuten, dass es noch einen anderen Grund gibt, warum du so oft weg bist. Und das erklärt auch den Parfümgeruch, der an dir haftet, wenn du nach Hause kommst. Oder willst du behaupten, die Frauen, die mit dir im Zug fahren, benutzen alle, ausnahmslos, *L'Air du Temps*?»

R richtete wütend den Krawattenknoten und wandte sich vom Spiegel ab.

«Das stimmt nicht», sagte er. Ohne Überzeugung, versteht sich. Denn er war Elina zufällig treu geblieben, nicht aus eigenem Antrieb, es hatte sich ganz einfach nicht die Gelegenheit ergeben; und er war entsetzt darüber – das war das Schlimmste, das Schmerzlichste –, dass sie dachte, er würde den Fall nur vorantreiben, um eine Affäre zu verschleiern, und nicht, weil er es tun musste, weil es eine Frage der Gerechtigkeit, des Anstands war. Seit Jahren lebte er mit dieser Frau zusammen. Und bei der ersten echten Krise beurteilte sie ihn, als hätte sie schon immer gewusst, dass er ein Schwein war!

Deswegen legte er nach: «Was du da behauptest, sagt nichts Schlechtes über mich aus, sondern über dich. Wenn du dir über etwas Sorgen machen solltest, dann über das, was in deinem Kopf vorgeht. Ich erkenne dich nicht wieder, Elina. Was ist nur mit dir los?»

Das war ein gelungener Gegenangriff. Aber er konnte ihn nicht genießen, denn ihm wurde klar, dass auch er angefangen hatte zu flüstern.

Elina bat ihn, den Mädchen nichts zu sagen.

«Sie sind es gewöhnt, dass du viel weg bist. Sie werden es gar nicht merken.»

R sagte, sie mache einen Fehler, sie solle noch einmal darüber nachdenken.

«Kann sein», gab Elina zu. «Wir vereinbaren Folgendes. Du bringst die Sache zu Ende, leb dich aus. Und wenn du dann Lust verspürst zurückzukommen, reden wir. Ich will keine lästige Verpflichtung für dich sein. Ich will nicht, dass der Schmerz noch länger meine Energie frisst. Dafür habe ich bessere Verwendung!»

Und damit verschwand sie, es war alles gesagt.

Die Mädchen spielten im Innenhof mit dem Meccano-Spielzeug eines der Blinden. R ging an ihnen vorbei zur Tür und konnte den Blick nicht von ihnen wenden. Sie sahen ihn nicht mal an. Er wollte schon mit den Fingern schnippen, um ihre Aufmerksamkeit zu erregen, und sich mit einem Scherz verabschieden.

Aber Elina hatte recht. Es war besser, sie nicht zu beunruhigen.

Sie waren es gewohnt, dass ihr Vater das Haus verließ.

6.

Rizzoni hatte ihn an einen unbedenklichen Ort bestellt, ein Restaurant in der Avenida Corrientes: El Palacio de la Papa Frita. Doch er ließ sich die Pommes frites entgehen und bestellte ein Schinken-Rührei mit frittierten Kartoffelstiften. R verstieg sich zu einem Steak – obwohl noch ganz frisch, hatte der Umstand der Obdachlosigkeit seinen Appetit geweckt – und befand, dass das Kartoffelsoufflé die erhabene Bezeichnung des Palacio rechtfertigte.

Anfangs hatte er gedacht, Rizzoni hätte sich als unscheinbarer Kerl verkleidet, damit er im Lokal nicht auffiel. Die Tatsache, dass er klein war, einen olivbraunen Teint (derselbe Ton wie die Süditaliener, der Rassenmischung Amerikas entsprechend) und den Gesichtsausdruck eines Mannes mit Sodbrennen hatte, der folglich nicht dazu aufgelegt war, sich Unsinn anzuhören, war dabei durchaus hilfreich.

Die dunklen Brillengläser hatten auf den ersten Blick übertrieben gewirkt, es war ja schon dunkel. Doch als R näher kam, bemerkte er, dass sie nicht nur getönt, sondern auch ziemlich dick waren.

Ein Kellner hatte gemeint, sie sollten sich einen Platz aussuchen. Rizzoni ging nach hinten und wählte einen Tisch nahe an der Tür zur Küche.

Doch was er dann tat, hatte R überrascht. Zum einen hatte er nicht den Stuhl an der Wand gewählt, sondern den, auf dem er mit dem Rücken zum Lokal saß. R hatte daraufhin die sichere Stellung, direkt unter einem riesigen Spiegel, bezogen. Zum anderen hatte Rizzioni trotz der Hitze sein Jackett anbehalten, die durch die Nähe zur Küche noch verstärkt wurde.

Als sie saßen, schob Rizzoni ihm die Liste mit den Namen der Erschossenen zu. R sagte, die kenne er bereits.

«Oh», meinte Rizzoni.

Resigniert entschied R sich für den indirekten Weg. Wenn es keine neuen Informationen gab, würde er versuchen, ihm ein paar Details zu entlocken, die dem Ganzen Farbe gaben, all das, was eine Beschreibung lebendig machte. Nach seiner Erfahrung konnte die Phantasie mit der Kreativität des Realen nicht mithalten.

Gewisse Dinge – wie das Ticket mit der symmetrischen Zahl, das Don Horacio erwischt hatte – kann man nicht erfinden, das würde einem keiner abnehmen. Aber wenn es in einem Augenzeugenbericht stand, hatte es das Gewicht der Wahrheit.

Er bestellte einen Liter Wein in einer Pinguinkaraffe und warf die Angelschnur aus.

7.

Rizzoni war von Kindesbeinen an mit Lizaso senior befreundet. Zu den vielen Dingen, die sie verbanden, gehörte auch der politische Weg. Beide hatten in den ersten Jahren der Regierung Perón wohlwollend gegenübergestanden, aber dann waren sie zunehmend enttäuscht. Aus den bekannten Gründen, die jeder halbwegs intelligente Mensch aufzählen konnte: das autoritäre Gebaren, die Korruption. Als 1955 der Putsch kam, hatten sie ihn ohne große Leidenschaft gefeiert.

«Wir hatten insgeheim die Hoffnung, dass sich alles zum Besseren wenden würde, dass das Gute erhalten bliebe und das Schlechte ausgemerzt würde», sagte Rizzoni, der Weinschorle trank. «Aber dann …»

Er beendete den Satz nicht. Jeder konnte merken, was vor sich ging, auch wenn die Presse es geflissentlich ignorierte. Sowohl Lizaso senior als auch Rizzoni waren zum geächteten Peronismus zurückgedriftet. Während der gemeinsamen Abendessen mit der Familie perfektionierten sie das *mea culpa.* Danach setzte es sich beim abschließenden Verdauungsschnaps fort. Die Frauen zogen sich unter dem Vorwand, das Geschirr spülen zu müssen, zurück und entzogen sich auf diese Weise dem immer gleichen Thema, bei dem sie ohnehin außen vor standen.

Aber Carlitos blieb bei den Männern. Lizaso junior war gerade einundzwanzig geworden und genoss seine ersten Schnapsrunden in vollen Zügen.

«Ein liebenswerter Junge, der Carlitos», sagte Rizzoni. «Er schmiedete schon Heiratspläne. Er wusste, er würde irgendwann das Büro seines Vaters übernehmen und Auktionator werden. Seine Zukunft bereitete ihm keine Kopfschmerzen, höchstens unfreiwillig, durch seine angegriffene Gesundheit: Er war schwächlich, ständig erkältet, seine Eltern befürchteten, er sei schwindsüchtig. Der Arzt entband ihn vom Sportunterricht. So blieb ihm auch der Militärdienst erspart. Das einzige Schlachtfeld, auf dem er sich bewegte, war das Schachbrett.»

R versuchte ihn festzunageln, aber Rizzoni ließ sich davon nicht beeindrucken. Er gab lediglich zu, dass Carlitos vage über die Revolte Bescheid wusste, seine Beteiligung aber nicht vorgesehen war.

«Ich war dabei. Wie Torres, wie Gavino. Aber Carlitos nicht. Er hat mehrfach seine Unterstützung angeboten, aber ich habe abgelehnt. Das war ich meinem Freund schuldig. Seinem Vater, der ihn mir anvertraut hatte.»

Die Überreste von dem Schinken-Rührei waren von kaltem Glibber überzogen.

«Aus dem Grund bin ich an dem Abend auch so oft bei Torres gewesen. Ich wollte Carlitos rausholen. Aber der fühlte sich pudelwohl. Er amüsierte sich, jedes Mal, wenn ich ihn loseisen wollte, sagte er: ‹Jetzt warte doch, sei kein Spielverderber, trink einen Fernet … Noch zehn Minuten. In zehn Minuten komm ich mit!›»

Beim dritten Mal hatte er mit Gavino gestritten. Er hatte ihm vorgeworfen, dass so viele Leute da waren, die keine Ahnung hatten, was bevorstand. Gavino hatte seine Hände in Unschuld gewaschen: Er könne sie nicht rauswerfen, er sei ja nicht der Hausherr. Außerdem würde an dem Abend sowieso nichts mehr passieren.

Im Radio wurde Musik gespielt. Der Abend verlief weiter ruhig. Der Aufruf, auf den sie gewartet hatten, war nicht erfolgt. Alles deutete darauf hin, dass die Operation abgeblasen wurde.

«Ich hab trotzdem nicht lockergelassen», sagte Rizzoni. «Was auch passiert, der Junge geht nirgendwohin mit, haben Sie mich verstanden? Gavino hat mir sein Wort gegeben. ‹Machen Sie sich keine Sorgen›, hat er gesagt. Und ich habe ihm geglaubt und bin gegangen. Ich bin gegangen. Ich bin gegangen.»

R musste an den Apostel Petrus denken, der sich gezwungen sah, Jesus dreimal zu verleugnen, um seine Haut zu retten. Rizzoni belastete es immer noch, dass er das Haus verlassen hatte, wie Petrus die Würdelosigkeit seines Verrats belastet hatte.

R trank einen Schluck Wein und wollte ihm eine Pause gönnen.

Doch Rizzoni ging nicht darauf ein. Im Gegenteil, er fing an, wild in seinen Taschen zu kramen.

Noch ein Zettel. Zu einer Kugel zerknüllt.

R strich ihn glatt. Es stand nur ein einziger, mit blauer Tinte geschriebener unvollständiger Satz darauf; der Verfasser hatte sich offensichtlich viele Stunden in Schönschrift geübt.

Wenn heute Abend alles gutgeht …

«Das hat Carlitos geschrieben. Für seine Freundin. Die hat den Zettel am nächsten Tag gefunden und nicht gewusst, worum es geht … bis es ihr wie Schuppen von den Augen fiel. Großartig, das Mädchen. Sie besaß so viel Fingerspitzengefühl, den Zettel mir auszuhändigen und nicht seinen Eltern. Sie wollte kein Öl ins Feuer gießen!»

R wollte fragen, wie die Lizasos waren, aber er ließ es bleiben.

Rizzoni hatte alles gesagt, was es zu sagen gab. Sein Freund hatte ihm Carlitos anvertraut, er hatte ihn in seine Obhut gegeben, er war für ihn verantwortlich.

Und an dem Abend, so viel war klar, war alles schiefgelaufen.

8.

R war so beeindruckt, dass er seinen Irrtum erst bemerkte, als der Zug in City Bell hielt. Sein Körper hatte ihn, der Routine folgend, nach La Plata geführt. Unter diesen Umständen könnte er Elinas Protest ignorieren und auf seinem Recht bestehen, in seinem Bett schlafen zu dürfen. Aber er wollte sie nicht erschrecken, indem er zuhause auftauchte, wenn sie gar nicht mit ihm rechnete; und er wollte sich auch nicht in eine Diskussion verstricken, bei der er nur einen Pyrrhussieg erringen würde.

Er unterdrückte den Impuls, in City Bell auszusteigen und nach Buenos Aires zurückzufahren. Er würde sich ein Zimmer in einer Pension nehmen und morgen Horacio fragen, ob er bei ihm unterkommen könne. Er brauchte jetzt einen Drink, was Hochprozentiges. Er nahm sich vor, in die Kneipe zu gehen, wo er Valerga treffen würde.

Als der Zug weiterfuhr, kehrte er in Gedanken zu Rizzoni zurück. Er hatte mitten im Restaurant einen Kollaps erlitten. Es hatte keiner mitbekommen, es war eher eine Implosion. Er steckte in einer Endlosschleife fest, und R dachte schon, er bekäme ihn dort nie mehr heraus. Er erzählte Anekdoten von Carlitos – aus seiner Kindheit und Jugend –, als wäre er sein eigener Sohn und noch am Leben, und spickte sie mit folgendem ernsten Refrain: «Wäre ich nur dort geblieben, bei Torres … Wenn ich doch wenigstens geblieben wäre …»

Dann folgte die nächste Anekdote. Es waren kleine, läppische Geschichten, aber mit so viel Liebe erzählt, dass sie ein Lächeln auf Rizzonis Gesicht zauberten. Als er zum Ende kam und das Gespenst sich in kalten Glibber verwandelte, sagte er wieder: «Wenn ich doch wenigstens geblieben wäre …»

R hörte ihm lange zu, bis ihm klarwurde, dass er Rizzoni Einhalt gebieten musste, sonst würde er weiterreden, bis man sie hinauswarf. Deswegen suchte er nach einer Frage, die wie ein Keil diese endlose traurige Fahrt stoppen könnte. Er fragte ihn, wie sein Leben jetzt aussähe, was er täte, was er für Pläne hätte.

Statt einer Antwort blickte er auf. R kapierte sofort, was Sache war: Im Spiegel über seinem Kopf beobachtete er, was im Restaurant los war. Als er alles überprüft hatte, öffnete Rizzoni sein Jackett. Der Schweißfleck war keine Überraschung. Mit dem hatte R gerechnet. Aber nicht gerechnet hatte er mit dem, was aus der Innentasche herauslugte.

Er sah Kabel, eine mechanische Vorrichtung und etwas, das wie eine Dynamitpatrone aussah. Er war kein Experte auf dem Gebiet, aber man musste auch nicht Einstein sein, um eins und eins zusammenzuzählen.

«Ich lege mir einen Vorrat an», sagte Rizzoni, als wäre es das Normalste von der Welt. «Wenn ich genug beisammenhabe, werde ich alles in die Luft sprengen, was diesen Idioten heilig ist. Eins nach dem anderen. Ihre Offizierskasinos. Den Jockey Club. Das Roca-Denkmal. Und wenn alle Symbole in Schutt und Asche liegen, werde ich sie selbst in die Luft sprengen.»

R blickte weiter in Rizzonis Richtung, aber an ihm vorbei ins Lokal. An den Tischen um sie herum aßen, tranken und unterhielten sich die Leute, als lebten sie in einer anderen Welt; an einem zivilisierteren Ort, wo zwanzigjährige Jungen nicht mit von Schüssen zerfetzter Brust auf Müllkippen starben.

Auf einmal kam ein seltsamer Laut aus Rizzonis Mund – es hörte sich an wie ein Schluckauf oder wie die Rülpser der Leute, die an Aerophagie leiden –, und sein Kinn sank auf die Brust.

R konzentrierte sich wieder auf Rizzonis Gesicht. Er kämpfte ein paar Sekunden damit zu beschreiben, was er darin sah, und kam zu folgendem Ergebnis:

Das ist der erste Mensch, den ich nach innen weinen sehe.

9.

Während der Zugfahrt – bis City Bell und danach, als er den Irrtum bemerkt hatte – fragte er sich, was er tun sollte. Eine Frage, die ihm die Nonnen seiner Kindheit eingebrannt hatten, so wie man ein Lamm mit einem Brandzeichen versieht, damit es der Herde nicht abhandenkommt. Sie waren so oft auf dem Zitat aus dem Evangelium nach Lukas (Kapitel 3, Vers 10, in der englischen Version: «*What then must we do?*») herumgeritten, dass es hin und wieder in ihm hochkam. Er betrachtete sich nicht mehr als gläubig, aber gewisse Pawlowsche Reflexe hatten in seiner Hundeseele überdauert. Oder bekreuzigte er sich etwa nicht jedes Mal, wenn er an einer Kirche vorbeikam?

«Was sollen wir denn tun?», fragten die Leute Jesus: gewöhnliche Männer, Steuereintreiber, Soldaten. Und Jesus antwortete ihnen, aber seine Antworten waren nicht so wichtig. Das Entscheidende war die Frage an sich, das innere Bedürfnis, sie an jedem Scheideweg des Herzens zu stellen.

«*What then must we do?*» Denn Rizzoni war ein Terrorist, zumindest war er auf dem Weg dorthin. Und seine Bürgerpflicht drängte ihn, ihn anzuzeigen. Doch gegen diese Argumentation gab es einen Einwand: Was soll man tun, wenn die staatlichen Organe *ebenfalls Terroristen sind*?

«Was sollen wir denn tun?» Denn selbst wenn Rizzonis Bomben ihr Ziel nicht verfehlten, könnten doch Unschuldige dabei ums Leben kommen, wie Carlos Lizaso. Und das Blutvergießen würde nur noch mehr Gewalt erzeugen, die wieder Unschuldige zu Opfern machte. (Gandhi hatte es auf beredte Weise plastisch ausgedrückt: «Auge um Auge, und die ganze Welt wird blind sein»). Aber welch anderes Mittel bleibt dem Unterdrückten, wenn ihm der Ausdruck seiner politischen Meinung verwehrt wird?

«What then must we do?» Die Erschossenen, die überlebenden wie die toten – R wusste nicht, in welche Gruppe er Rizzoni einordnen sollte –, verdienten Gerechtigkeit, und der Oberste Gerichtshof war kurz davor, sie ihnen zu verweigern. Was erwartete man denn von ihnen, wenn es zum Äußersten kam? Was sollten sie tun? Es hinnehmen?

Als er in La Plata eintraf, hatte er noch keine Antwort gefunden.

10.

Da er Valerga einen Knochen hinwerfen musste, der seine traurige Gestalt erklärte, erzählte er ihm von seinem momentanen Gefühlsleben. Es war nicht die ganze Wahrheit, aber so gab er ihm was zum Kauen. Und dann ging er zum Gegenangriff über. Er hatte vor, den Dicken anzuspitzen, damit er redete; ihn zu bewegen, die Musik hervorzubringen, die er so meisterlich beherrschte und nach der R in seinem Bedürfnis nach Ablenkung verlangte.

«Sie hingegen sehen phantastisch aus», sagte er. «Es kommt mir so vor, als hätten Sie abgenommen.»

«Danke für das Kompliment. Schade, dass der Gewichtsverlust nicht der Koketterie geschuldet ist, sondern, wie paradox!, eben den Gelüsten, die mich an den Abgrund bringen.»

«Wie meinen Sie das?»

«Ich hatte einen Kreislaufkollaps. Am einunddreißigsten Dezember. Ich habe 1956, ein Scheißjahr!, im Krankenhaus beendet. Während ich bewusstlos war, hat man eine Blutuntersuchung gemacht. Und so kam die Diagnose ans Licht, der ich hartnäckig ausgewichen bin.»

«Heißt?»

«Diabetes.»

Don Chicho servierte die nächste Runde, die Valerga bestellt hatte.

R wartete, bis Don Chicho verschwunden war, um seine Bedenken vorzubringen.

«Das ist reiner Zucker», sagte er und deutete auf den Leguí.

Valerga trank das Glas der letzten Runde auf ex und stellte es beiseite.

«Ich hab schon angefangen, mit dem Tod zu verhandeln», sagte er. Und dann legte er seine Pranken auf das neue Glas, als wollte er verhindern, dass es ihm jemand wegnahm.

R schwieg. Was soll man einem Mann sagen, der offen aussprach, dass sein Ende nahte? Auf den ersten Blick zeigte der Dicke keine Spuren von Angst. Er schien derselbe zu sein wie immer, nur ein wenig leichter geworden durch den Krankenhausaufenthalt. Der fröhliche Kerl, mit dem man so vergnüglich plaudern konnte, solange man nicht versuchte, ihn von etwas abzubringen.

Valergas Leibesfülle täuschte seine Gesprächspartner, die ihn für ein perfektes Ziel hielten. Denn seine Brust beherbergte die Seele eines Sophisten. Mit ihm zu streiten, war so sinnlos, wie mit dem alten Vizcacha zu diskutieren. R hatte schon mehr als einmal seine gesamten Geschütze aufgeboten – von der objektiven Information zur politischen Theorie, mit Zwischenstationen bei Proudhon und Marx –, aber Valerga hatte ihn immer geschlagen, indem er Argumente aus dem Hut zauberte, und er verlor dabei nie seine gute Laune.

«Dass das klar ist, ich beklage mich nicht», nahm der Dicke den Faden wieder auf. «Ehrlich gesagt, ist es mir lieber so, auf die Weise behalte ich meine Unabhängigkeit. Die Frage, die ich mir stelle, lautet: *Auf was bin ich bereit zu verzichten, um weiterzuleben?* Und so weit, wie die Partie fortgeschritten ist, kann und will ich auf gewisse Dinge nicht verzichten. Denn wenn ich damit aufhören würde, wäre ich nicht mehr ich. Was dann übrig bliebe, würde ich nicht mehr als *Leben* bezeichnen. Ich ziehe es vor, irgendwann tot umzufallen, aber mein Lebensmotto gebe ich nicht auf: Leben, ja, aber *wirklich leben* bis zum letzten Augenblick.»

Er erzählte, nach seiner Entlassung aus dem Krankenhaus habe er seiner Frau mitgeteilt, dass er sich scheiden lassen wolle. Sie hatte Zeter und Mordio geschrien. Es hatte nichts genutzt, dass Valerga den Wert ihrer Beziehung in Frage gestellt hatte: Es war klar, dass sie sich nicht mehr liebten, sofern sie überhaupt jemals verliebt gewesen waren. Seine Frau hatte gesagt, sie werde sich nicht zum Gespött der Leute machen lassen.

Ihre unverbrüchliche Haltung war nicht mal ins Wanken geraten, als er ihr gestand, er habe eine Geliebte. Valerga hatte ihr nicht verraten, um wen es sich handelte, denn das hätte sie noch mehr erzürnt – es war die Tochter einer ehemaligen Angestellten, ein einfaches Mädchen. Aber sie hatte auch nicht nachgefragt. Solange der Schein gewahrt blieb …

«‹Solange der Schein gewahrt bleibt›, sagte sie, ‹kannst du machen, was du willst mit deinem kurzen Schwanz.› Und das mache ich jetzt. Manchmal schlafe ich zuhause, manchmal nicht. Solange ich es nicht an die große Glocke hänge, ist meine Frau zufrieden. Außerdem verkaufe ich jetzt unter dem Ladentisch Medikamente zum Einkaufspreis an Leute, die wenig Geld haben. Was soll's, meine Frau ist durch ihre Familie finanziell versorgt, und ich brauche nicht viel. Und Medikamente habe ich zuhauf! Dem Mädchen geht es nicht ums Geld. Und ich bin glücklich. Mir bleibt nicht mehr viel Zeit, aber ich werde sie nicht sinnlos vergeuden. Der einzige Grund, warum es sich lohnt, Dinge zu tun», sagte Valerga und kippte sich den Rest Leguí in den Rachen.

Er sagte nicht, was genau für ein Grund das war, aber für R war das unerheblich.

11.

An dem Abend fiel es ihm schwer einzuschlafen. Er gab die Schuld nicht dem Bett in der Pension; es gab bessere Gründe für seine Unruhe. Zum einen war er angegriffen, Rizzonis Schmerz hatte ihn fertiggemacht (*Was für ein entsetzliches Schauspiel, wenn ein Erwachsener zerbricht. Deswegen sind mir Kinder lieber, sie zerbrechen nicht.*) Er war es gewohnt, dass die Leute seinen Gleichmut mit Gleichgültigkeit verwechselten. Wenn er wirklich so unsensibel wäre, würden Dinge wie Valergas langer Abschied an ihm abprallen; und das war eindeutig nicht der Fall.

Dem Dicken hatte seine Erläuterung zum *endgame* gefallen: der Schlussphase der Schachpartie, wenn nur noch wenige Figuren auf dem Brett standen.

«Viele empfinden die Schlussphase als anstrengend», hatte er gesagt, «weil sie sich nur auf die Einschränkungen konzentrieren: auf die verlorenen Figuren, die Angst vor dem leeren Brett. Aber zugleich ist es der Moment, in dem ein einfacher Bauer auftrumpfen und zur mächtigsten Figur auf dem Brett werden kann.»

Und wie sah sein *endgame* gerade aus? Der König, den es zu schützen galt, das waren ganz klar die Überlebenden der Hinrichtung und die Angehörigen der Erschossenen. Hatte er eine Chance aufzutrumpfen, nicht mehr länger der ohnmächtige Bauer zu bleiben? Hatte er noch eine Figur als Verbündeten, deren strategischen Wert er bislang übersehen hatte?

Hinsichtlich der Identität der Dame gab es keinen Zweifel.

12.

Am Samstagmorgen rief Muñiz aufgeregt bei R zuhause an, um ihn zu informieren, wie weit ihre Nachforschungen gediehen waren. Über die Botschaft hatte sie Benavídez kontaktiert, den Mann, den *La Nación* erfolglos auf die Todesliste gesetzt hatte. Sie hatte vor, ihm auf dem Schriftweg Fragen zukommen zu lassen, ebenso wie Troxler und Gavino, den anderen Asylanten. Sobald sie die Fragen zusammengestellt hatte, würde die Botschaft sie ihnen über die Diplomatenpost zukommen lassen.

Die Kinderstimme am Telefon war keine Überraschung. Auf den hellen Klang war sie vorbereitet. Aber dann übernahm Rs Frau den Hörer und sagte zu ihrer Überraschung: «Die Person, die Sie suchen, wohnt nicht mehr hier. Am besten rufen Sie am Montag im Verlag an. Wenn Sie ihn dort auch nicht erreichen, hinterlassen Sie eine Nachricht. Früher oder später wird er sie erhalten. Mit wem spreche ich?»

Als Muñiz ihren Namen sagte, konnte Elina nichts damit anfangen. Aber ein Detail kannte sie sehr wohl.

«Sie sind die Frau mit dem *L'Air du Temps*, nicht wahr?»

R hatte sie bei Elina mit keiner Silbe erwähnt.

Er hatte seine Frau all die Monate in dem Glauben gelassen, er ermittle allein.

DREIZEHN

Der entwendete Beweis

1.

Horacio gewährte ihm bereitwillig Asyl, als R am Samstagvormittag bei ihm auftauchte. Er hatte schon eine Ausrede vorbereitet, um das Verhör durch seinen Freund aufzuschieben: Er müsse einen Artikel für *Revolución Nacional* zu Ende schreiben. Muiño hatte ihm versprochen, aus Rücksicht auf das Treffen mit dem geheimnisvollen Informanten am Freitag die Druckerpresse bis fünf anzuhalten.

Am frühen Nachmittag war er fertig. Ein rundum misslungener Artikel, von dem Muiño enttäuscht wäre, aber in erster Linie war er selbst wütend darüber. Er hatte nichts Neues zu berichten, die Interviews mit Torres und Rizzoni waren bereichernd gewesen, aber nicht hinsichtlich der Informationen, die er brauchte. Sie hatten ihm massenweise Material für eine andere Art von Erzählung geliefert – lockerer, ausführlicher –, dabei brauchte er belastbare Fakten, neue Hinweise, etwas, das die Ermittlung voranbrachte.

Aber die Ermittlung steckte fest.

Und so deutete er lediglich an, dass er über geheime Informationen verfüge («Uns haben im Verlauf der Wochen neue, äußerst bedeutende Hinweise erreicht») und schob die Verantwortung für sein Schweigen den Mördern zu. («Wir halten die Veröffentlichung zurück, bis offizielle Erklärungen vorliegen.») Er ertappte sich dabei, dass er einen Abschnitt in Majuskeln tippte, um noch einmal hervorzuheben, was er in vorhergehenden Artikeln gesagt hatte; zum Beispiel, dass die Opfer vor der Verhängung des Standrechts verhaftet worden waren. Die Majuskeln waren ein Stilmittel, das ihm verhasst war, seit man ihm vorgeworfen hatte, prätentiös zu sein: Jetzt erschienen sie ihm wie ein *overstatement.* Ein Akt psychologischer Kompensation, wie die dicken Sohlen, die ein kleiner Mann für seine Schuhe wählt.

Im Rest des kärglichen Textes zog er ordentlich vom Leder. Er schimpfte auf seine Kollegen, sowohl wegen ihres Schweigens (er schrieb, der Fall «könne die Phantasie eines Romanciers beflügeln, aber offenbar nicht die der Berichterstatter») als auch wegen ihrer mangelnden Sachkenntnis in den wenigen Artikeln, die es gab.

Um das zu belegen, zitierte er zwei Berichte aus *La Nación.* In der vom Juni 1956 hieß es, Benavídez sei unter den Erschossenen. In der vom November hingegen, Benavídez habe das Land verlassen und in Bolivien Asyl erhalten.

Ihm war bewusst, dass sich für ihn, wenn er gegen *La Nación* wetterte, die Tür schloss, die man ihm einen Spaltbreit geöffnet hatte. Doch in diesem Moment war ihm Vorsicht weniger wichtig. Was hatte er noch groß zu verlieren? Sein Heim und seine Frau waren perdu, seine Kinder waren ihm praktisch entzogen. Er hatte nicht mal fünf Seiten, um zu belegen, der Roman sei in Arbeit, den er seit Jahren versprach.

Im Mantel versteckte Pläne für eine Revolution? Was für eine armselige Erfindung. Die Wirklichkeit schreibt täglich Besseres, und in rauhen Mengen.

Die argentinische Presse widerte ihn an. Wie schafften sie es nur, die Augen vor der Geschichte zu verschließen, die so viel hergab? Wie rechtfertigten sie ihren Verrat, wenn sie sich im Spiegel betrachteten: Angst, Habgier, Duckmäuserei? Deswegen hatte er ihnen am Ende des Artikels so viel Verantwortung zugeschrieben wie den Mördern.

«Das ist die seriöse Berichterstattung unserer Behörden – die nicht mal wissen, wen sie töten – und unserer Presse.»

Er brachte das Original in die Druckerei. Dann rief er von einer öffentlichen Telefonzelle aus di Chiano an, um ihm einen Sonntagsausflug vorzuschlagen. Der Alte stellte ein paar einfache Bedingungen. R versprach, ihm Bescheid zu geben, sobald er alles geregelt habe.

Muñiz' Haus lag auf dem Weg, aber er verzichtete darauf, ihr einen Besuch abzustatten. Unter diesen Bedingungen wollte er sie nicht an seiner Seite haben. Elina hatte ihn freigegeben, aber der Zeitpunkt, Muñiz mit offenen Armen entgegenzutreten, war noch nicht gekommen: Was für ein Herz könnte er Muñiz anbieten, wenn es gerade gebrochen war?

Was er ihr zu sagen hatte, erledigte er telefonisch.

2.

Der Ausflug, den er di Chiano vorgeschlagen hatte, war nicht dringlich. Er hatte bloß nach einer Beschäftigung für das Wochenende gesucht. Er brauchte etwas, das ihn mehr forderte als ein Kinobesuch. Er fürchtete nicht die Langeweile, aber sehr wohl die Depression; die Vorstellung, mit den Mädchen am Telefon zu sprechen und dabei zu wissen, dass er sie nicht in den Arm nehmen konnte, ließ ihn in ein tiefes Loch fallen.

Er erinnerte sich, dass di Chiano eingewilligt hatte, die Müllhalde zu besuchen, um die Erschießung zu rekonstruieren. Aber er weigerte sich, den Zug oder ein anderes öffentliches Verkehrsmittel zu nehmen. Er fühlte sich außerstande, mit Unbekannten zu fahren. Das war ein Hindernis – die di Chianos besaßen kein Auto, sein Freund Horacio auch nicht. Vielleicht Giunta oder Doktor von Kotsch. Er beschloss Muñiz anzurufen, die auf Platz eins seiner Liste der nützlichen Leute stand.

Sie enttäuschte ihn nicht. Sie konnte fahren und sich von einer Freundin ein Auto leihen.

«Aus dem ‹großzügigen Netz›, das ich mal erwähnt habe, erinnern Sie sich?»

Natürlich erinnere ich mich. Die Freundinnen, die ihr für ihre Eltern ein Alibi geben, wenn sie sich verbotenerweise außerhalb des Büros mit mir trifft.

R konnte nicht Auto fahren. Er hatte seinen Vater gebeten, es ihm zu beizubringen; auf dem Feld der Blaquiers gab es genügend Lieferwagen. Aber der Huelche hatte keine Zeit gehabt, weder dafür noch für sonst irgendwas. Er hatte ihm nur widerwillig etwas beigebracht.

Muñiz hatte angeboten, ihn abzuholen. Um nicht zugeben zu müssen, dass er bei Horacio wohnte, machte er einen Gegenvorschlag: sich bei der Freundin zu treffen. Ein Fehler – er hätte sie genauso gut an einer neutralen Straßenecke treffen können. Während der Abwicklung hatte die Freundin ihn nicht aus den Augen gelassen. Er wurde gemessen, gewogen und beurteilt, ob er das Format für Muñiz hatte.

Zum Glück war er so umsichtig gewesen, sich anständige Kleidung auszuleihen.

3.

Während der Fahrt nach Florida hatte R nicht viel gesprochen. Und Muñiz – die auf ihr *L'Air du Temps* verzichtet hatte, vielleicht weil sie davon ausging, dass der Duft auf der Müllhalde ohnehin unterging – hatte ihn nicht bedrängt. Sie hatte ihn nur gefragt, ob er gut schlafe: wieder jemand, auf den er, wie schon auf Valerga, einen müden Eindruck machte.

«Wer schläft schon gut, wenn er auf ein Wunder wartet», hatte er geantwortet.

Muñiz war nicht weiter in ihn gedrungen.

R nutzte das Schweigen, um seine weiteren Schachzüge zu planen. Sollte er Muñiz sagen, dass er zuhause ausgezogen war, oder sollte er den Mund halten, um Schwierigkeiten zu vermeiden? Wenn er sich dafür entschied, es ihr zu sagen, würde er genau beobachten, wie sie reagierte. Er hatte sich eingeredet, dass Muñiz sich zurückhielt, weil er verheiratet war. Jetzt, da er auf seine Unabhängigkeit pochen konnte, war er unsicher. Und wenn Muñiz ihm nur beruflichen Respekt oder höchstens Bewunderung entgegenbrachte? Das Letzte, was er jetzt brauchen konnte, war das Gefühl, zurückgewiesen zu werden. Wenn Muñiz deutlich machte, dass sie sich nie zu ihm hingezogen gefühlt hatte, würde sein verletztes Ego nicht mehr zu einer rein beruflichen Beziehung zurückfinden.

Vor di Chianos Haus zeigte sich Muñiz enttäuscht.

«Und Casandra? Ich sehe weder sie noch einen ihrer Freunde», sagte sie, während sie auf dem Bürgersteig stand und sich umsah. «Ich habe extra Schokoladentäfelchen für sie gekauft.»

Er war im Auto sitzen geblieben. «Sie wird schon auftauchen», sagte er.

«Und was soll jetzt aus uns werden?»

R drängte sie, zur Tür zu gehen und zu klingeln. Er wollte Muñiz' elegante Erscheinung betrachten, wenn sie sich entfernte.

4.

Mit di Chiano an Bord wurde Muñiz redselig. Sie sprach über triviale Dinge, angefangen bei der Herkunft seiner Familie. Sie hatte sich die Mühe gemacht, in Lexika nachzuschlagen: Sie fragte ihn, ob sein Name nicht ursprünglich Ciano gelautet habe, ohne h. Don Horacio bestätigte, dass seine Großeltern aus Parma stammten. Nachdem er angebissen hatte, ließ er sich von Muñiz weiter in glücklichere Gefilde führen. Und sie redete unermüdlich weiter, um ihn von dem abzulenken, was vor ihm lag.

Auf der Müllhalde angekommen, erinnerte sich R an eine Bemerkung, die ihnen aufgefallen war, als sie zum ersten Mal mit di Chiano gesprochen hatten. Der Alte hatte erwähnt, dass er von der Stelle aus, an der er gelegen hatte, einen einzelnen Baum erkennen konnte. Aber es gab an dem Ort keinen einzelnen Baum. Wenn er sich recht erinnerte, gab es nur die Eukalyptusbäume auf der anderen Seite des Weges.

Sie überließen ihm die Vorhut. Di Chiano ging zögerlich, als hätte er Gewichte an den Füßen. R wollte ihm Zeit geben. Das war das mindeste, was sie tun konnten. Sie zwangen ihn, den schlimmsten Moment seines Lebens noch einmal zu durchleben.

Er hatte das Gefühl, er höre di Chianos Herz in der Ferne schlagen.

Wenn er zusammenbricht, müssen wir abhauen.

Muñiz hingegen hatte Sorge, dass er derjenige war, der zusammenbrechen würde.

«Wollen Sie nicht lieber im Auto warten? Sie sind kreideweiß.»

«Mir fehlt nichts», murrte er. Aber das stimmte nicht ganz. Ihm war heiß, obwohl er das Jackett im Auto gelassen hatte, und zugleich brach ihm der kalte Schweiß aus.

Das fehlte noch: dass ich mich bei den höllischen Temperaturen erkälte. Das Universum macht sich über mich lustig.

Mit unsicheren Schritten ging er weiter. Überall Fäulnis, wohin er auch trat.

«Hier», sagte Don Horacio. Er war fünf Meter weiter vorn stehen geblieben. «Der Ort, wo ich mich fallen gelassen habe. Das ist hier!»

In seiner Stimme schwang Jubel vor der makabren Entdeckung mit.

«Woher wissen Sie das?», fragte R.

«Ich hab Ihnen doch von dem Baum erzählt. Sehen Sie ihn nicht?»

Skeptisch trat R vor. War der Alte kurz vor einem psychotischen Schub oder einem hysterischen Anfall? Das würde die unpassende Begeisterung und die Tatsache erklären, dass er Dinge sah, die es nicht gab.

… oder vielleicht gab es sie doch. Den einsamen Baum zumindest. Eindeutig zu sehen von der Stelle, an der di Chiano stehen geblieben war.

Es handelte sich um eine optische Täuschung. Ein Trugbild. Das hügelige Gelände ließ das Laubwerk verschiedener Bäume zu einem einzigen verschmelzen.

Man musste nur ein paar Schritte zurücktreten, schon war die Illusion verschwunden, und aus dem einzelnen Baum wurden wieder viele. Sowohl R als auch Muñiz probierten es aus, und das Phänomen blieb gleich.

«Das ist wirklich irre», sagte sie.

«Das könnte aus einer Erzählung von Chesterton stammen», sagte R.

Trotz Schüttelfrost gönnte er sich eine Zigarette.

Das musste gefeiert werden, wenn auch nur bescheiden.

Di Chiano delirierte nicht, er konnte absolut glaubwürdig beweisen, dass genau an dieser Stelle Schüsse auf ihn abgefeuert worden waren.

5.

Als er zu seinem vorübergehenden Quartier zurückkehrte, schob Horacio ihm ein Fieberthermometer unter die Achsel. Es zeigte vierzig Grad. Das «rettete» ihn vor Fragen nach seinem desaströsen Liebesleben. Sein Freund verabreichte ihm Kopfschmerztabletten und verordnete ihm Bettruhe.

Die nächsten beiden Tage verbrachte er im Dämmerschlaf. Eines frühen Morgens, es war noch dunkel, glaubte er eine Stimme zu hören, die schrie: «Lasst mich jetzt nicht allein, ihr Arschlöcher. Lasst mich nicht allein.» Als er aufwachte, stellte er fest, dass ihm der Hals weh tat, als hätte er mit Nägeln gegurgelt. Er fragte sich, ob die Stimme, die er gehört hatte, nicht seine eigene war.

Am dritten Tag fand er endlich die benötigte Ruhe, ohne Albträume von kleinen Mädchen und Müllhalden.

Am Donnerstag brachte er sich auf den neuesten Stand. Muiño hatte die Redaktion und die Stadt mit der Begründung verlassen, er würde den ihm zustehenden Urlaub nehmen; und so war es Rossi – *JWR* –, der ihm von Atilas' drittem anonymen Schreiben berichtete. Diesmal hatte er die vollständige Liste der Überlebenden mitgeschickt. Sie stimmte zu hundert Prozent mit der überein, die Muñiz und er unermüdlich zusammengetragen hatten.

Am Freitag ging er mit Rizzoni die Namen durch. Und dieser bot ihm zu seiner großen Freude an, ihm behilflich zu sein, ein paar von den Leuten ausfindig zu machen.

R fiel ein, dass er die neue Ausgabe von *Revolución Nacional* nicht gekauft hatte. Er beschloss sie zu ignorieren. Wenn er seinen grottenschlechten Artikel gedruckt sähe, würde er gleich wieder Fieber bekommen.

Er telefonierte ein paarmal mit den Mädchen. Ps Reaktion war immer dieselbe, erst jubelte sie, dann schwieg sie und ließ ihn sprechen. V klang betrübt. Sie ließ sich von Rs heiterem Plauderton nicht täuschen. Am Ende des dritten Anrufs sprach sie aus, was sie bedrückte.

«Wann kommst du zurück?»

«Bald», sagte er, wohl wissend, dass er log.

Am Samstag blieb er bei Horacio, um ihm zu helfen. Sein Freund hatte zu einer Soiree in das Apartment an der Plaza Miserere geladen, und er konnte unmöglich alles allein schaffen: putzen, einkaufen, Getränke schleppen, die bestellten Häppchen abholen ... Der Tag verging wie im Flug mit den Vorbereitungen.

Syria Poletti kam als eine der Ersten. R kannte sie, sie waren sich in der Redaktion von *Vea y Lea* schon mehrmals über den Weg gelaufen. Sie war eine hübsche Italienerin, die Poletti, auch wenn sie sich ihrer Rückenprobleme wegen nur mithilfe eines Stocks fortbewegen konnte. Sie hatte ein Faible für Kriminalgeschichten, und er versuchte sie mit seiner Geschichte zu ködern. Mit etwas Glück ging sie damit zu den Kollegen von *La Nación*, für die sie auch schrieb.

Dieser Wunsch brachte ihn in der Euphorie des Alkoholrauschs dazu, die Bedeutung der Sache zu übertreiben.

«Das ist Stoff für ein ganzes Buch», sagte er, und war sofort Feuer und Flamme von seiner Idee. «Im Stil von William Roughhead, dem Anwalt, der sich auch als Amateurkriminologe betätigte. Hast du *The Evil That Men Do* gelesen? Ich glaube, es würde sogar für einen Roman taugen. Ich bin mir noch nicht ganz sicher!»

Syrias Anwesenheit diente ihm als Entschuldigung, um sitzen zu bleiben. Und weil er nebenbei Schallplatten auflegte – die Anlage stand direkt neben dem Sofa –, verzieh Horacio ihm seine Abtrünnigkeit. Aber er trug ihm auf, ein Auge auf Gregorio zu haben. Wenn Gregorio trank, wurde er linkisch, und er hatte schon ein paarmal dafür gesorgt, dass die Nadel aus der Rille gesprungen war.

Aber irgendwann quoll das Apartment über vor Leuten, und Horacio brauchte Unterstützung. Mit einem Tablett voller Kanapees in der Hand, sagte er: «Wenn du schon so tust, als ob du hier zuhause wärst, kannst du dann bitte mal die Tür aufmachen?»

R hatte nicht mal die Klingel gehört. «Wie viele Leute hast du denn eingeladen?», fragte er. «Nicht mal auf dem Balkon ist noch Platz.»

Er schob sich zwischen den Gästen durch zur Tür.

Es war Muñiz, die geklingelt hatte.

Sie war gekleidet wie ein Model, trug ein dezentes Make-up und duftete – jetzt wieder – nach *L'Air du Temps*.

«Sie haben mir nicht gesagt, dass Sie auch kommen», maulte R zur Begrüßung.

«Sie auch nicht. Sie sagen nie etwas. Darf ich eintreten?»

R trat beiseite, um sie hereinzulassen.

Er hatte sich immer noch nicht ganz von der Grippe erholt.

Als Muñiz an ihm vorbeiging, bekam er weiche Knie.

6.

Syria beobachtete ihn von weitem. Sie saß ganz allein – alle waren anderweitig beschäftigt – und wartete auf seine Rückkehr. R sah wieder zu Muñiz und wie sie im Getümmel verschwand; sie war auf der Suche nach dem Gastgeber, den sie natürlich begrüßen wollte.

Ich kann Syria nicht sitzenlassen, um Muñiz wie ein Schoßhündchen hinterherzulaufen. Was soll's: Da muss ich durch.

Er hatte das Sofa noch nicht erreicht, als Gregorio wieder eine seiner Einlagen brachte. Harry Belafonte wurde abgewürgt und durch ein schauriges Kratzen ersetzt. Gregorio behauptete, der Aschenbecher sei ihm runtergefallen, weil man ihn geschubst habe, aber die Erklärung konnte er sich sparen: Das Ergebnis war eine kaputte Nadel.

Zum Glück hatte die Anlage auch ein Radio. Als Gregorio sich am Senderknopf zu schaffen machen wollte, schickte Horacio ihn in die Küche, Bier holen.

Von seinem Platz neben Syria aus konnte R nicht verfolgen, was Muñiz tat. Eine Mauer aus Menschen stand zwischen ihnen.

Syrias Interesse an dem Fall der Erschossenen belebte ihn ein wenig. Sie stellte ihm konkrete Fragen, die dazu führten, dass er den Stand der Ermittlungen neu bewertete.

«Die Übernahme des FFFalls durch das Militärgericht wird alles zunichtemachen», sagte er. Des Alkohols wegen blieb er bei den Frikativen hängen. «Ich muss beweisen, aber ich weiß nicht, wie, dass sie auf das Standrecht geschissen haben!»

Die Musik verklang, und R hatte das Gefühl, er habe das Wort «Standrecht» förmlich hinausgeschrien. Und das war so ziemlich der unpassendste Schluss aus einem Mambo von Tito Rodríguez, der, wie der Sprecher verkündete, soeben gelaufen war.

Um Mitternacht waren alle ziemlich angeheitert. Einige verabschiedeten sich, und die Verbleibenden konnten sich ausbreiten.

Das Radio wurde lauter gedreht. Zwei Paare fingen an zu tanzen. Horacio schob ein paar Möbelstücke beiseite, um Platz zu schaffen.

Da Syria nicht tanzte, musste R ihr wohl oder übel Gesellschaft leisten. Zu dem Zeitpunkt hatte die Menge Alkohol im Blut seine Stimmung eher gedrückt als gehoben. Und der Anblick der Leute, die engumschlungen tanzten, trug nicht gerade dazu bei, ihn fröhlicher zu stimmen.

Denn Muñiz tanzte. Anmutig, mit geschmeidigen Bewegungen. Ihrem Gelegenheitspartner – den R nicht kannte – schien das auch zu gefallen.

Ich weiß nicht, ob ich Syria Vorwürfe machen oder ihr danken soll. Ich kann nicht tanzen, ich habe zwei linke Füße. Wenn Muñiz mich sähe, wäre sie enttäuscht.

Als das Lied zu Ende war, versuchte ein anderer Freund Horacios – den er auch nicht kannte –, ihm Muñiz abspenstig zu machen. Doch der derzeitige Tanzpartner protestierte galant und hielt sie fest.

Jetzt streiten sie um sie. Und ich sitze unbeteiligt hier rum.

Das Hin und Her zog sich hin, bis das Lied zu Ende war.

«In der vergangenen halben Stunde haben wir Musik von Frank Sinatra, Lucho Gatica, Bing Crosby, Nat King Cole, Xavier Cugat, Elvis Presley, The Platters und Chuck Berry gehört», verkündete der Sprecher.

«Der Kerl hat vielleicht ein Gedächtnis», meinte Gregorio, der sich seit dem Zwischenfall vom Sofa ferngehalten hatte.

«Mit Gedächtnis hat das nichts zu tun», sagte Syria mit ihrem wunderbaren italienischen Akzent. «Er liest das von einer Liste ab. Alles, was gesagt wird, ist schriftlich festgehalten. Ein Freund von mir arbeitet als Sprecher beim Staatsradio. Ich hab ihn mehr als einmal besucht!»

Es erklang wieder Musik. Celia Cruz sang *Desvelo de amor.*

R rutschte näher an Syria heran und flüsterte ihr eine Frage ins Ohr.

Die Antwort fiel kurz aus und wie gewünscht.

«Du entschuldigst mich», sagte R, «das muss ich meiner Partnerin erzählen.»

Mit zwei Schritten war er bei Muñiz und stellte sich vor den Mann, der ihre Taille umfasst hielt.

«Tut mir leid, dass ich Ihnen den Spaß verderben muss», sagte er. «Aber ich muss mit der Dame sprechen. Es geht um Leben und Tod. Wirklich!»

Muñiz hatte keine Ahnung, was er im Schilde führte, aber sie ließ sich darauf ein. Sie löste sich von ihrem Tanzpartner und streckte ihm die Arme hin.

R wollte nicht tanzen. Aber ihm war klar, dass es die praktischste Lösung war. Man musste nicht Gene Kelly sein, um ein romantisches Lied zu überstehen.

Obwohl der Raum glühte, hatte Muñiz eine eiskalte Hand.

Die Umarmung ermöglichte es ihm, ihr alles ins Ohr zu flüstern. Er musste nicht viel sagen, Muñiz hatte schnell kapiert, worum es ging, blieb stehen und sah ihm in die Augen.

«Dann …»

«Genau.»

«Das heißt …»

«Wenn wir Glück haben …»

«Könnten wir …»

Diese beiden Worte hingen zwischen ihnen in der Luft, als Muñiz sich wieder an ihn schmiegte und sich zu bewegen begann.

Er dachte, sie durften sich nicht gehenlassen. Sie waren schon oft voller Hoffnung gewesen und hatten dann eine schmerzliche Bauchlandung erlitten. Deswegen sagte er: «Am vernünftigsten wäre es jetzt …»

Doch Muñiz unterbrach ihn. «Pssst», sagte sie. «Ich möchte es genießen.»

Und das gestand R ihr zu.

Er machte denselben Fehler wie alle verkopften Menschen: Er lebte nie voll und ganz in der Gegenwart, sondern er war immer schon mehrere Züge voraus. Aber in der Situation fiel es ihm nicht schwer, sich dem Moment hinzugeben, der in seinen Armen schwang.

7.

Nachdem Syria am Montag mit ihrem Freund, dem Radiosprecher – er hieß Edmundo Suárez – telefoniert hatte, rief sie R an und gab ihm eine Telefonnummer durch. R tat sich schwer, sie zu wählen: Zu viel hing von diesem Anruf ab.

Der Sprecher erklärte, er arbeite am Dienstag wieder. Dann könne er überprüfen, ob die Information in den entsprechenden Unterlagen vermerkt sei. Am Dienstag kurz vor Dienstschluss rief Suárez ihn an. In der Tat sei die Ankündigung des Standrechts mit blauer Tinte im Sprecherbuch vom Juni 1956 verzeichnet. R äußerte den Wunsch, gleich am Mittwochmorgen zum Sender kommen zu dürfen. Doch Suárez bremste ihn aus. Er brauche den Tag, um den riskanten Besuchsablauf zu organisieren, ihn im Kopf einmal durchzuspielen und so seine Nerven zu beruhigen.

Am Donnerstag, den 7. März 1957, erschien R im Gebäude von *Radio Nacional* und fragte nach Suárez. Am Empfang fragte man ihn, ob er einen Termin habe. Es dauerte eine Weile, bis sie den Sprecher über das interne Telefon ausfindig gemacht hatte.

R begab sich auf die andere Seite der Empfangshalle und stellte sich neben den Tisch, den Suárez ihm beschrieben hatte. Muñiz saß schon eine Weile in dem Sessel, der dem Tisch am nächsten stand. Er ignorierte sie, denn der Plan war, so zu tun, als ob sie sich nicht kennen würden. R erhaschte im Vorbeigehen einen Blick auf das Buch von Poe, das Muñiz zu lesen vorgab – *Der entwendete Brief und andere Erzählungen* – und war angetan von ihrem Esprit.

«Ganz schön kess», flüsterte er in der Hoffnung, dass niemand sonst es hörte.

«Seien Sie still, Sie Draufgänger», erwiderte sie leise, ohne ihn dabei anzusehen. «Für wen halten Sie sich?»

Sogleich tauchte Suárez auf. R erkannte ihn an der Sammlung

von *La Nación* der laufenden Woche, gelocht und an einem Zeitungshalter, das vereinbarte Zeichen.

Er hob die Hand, um sich zu erkennen zu geben. R und Suárez hatten vereinbart, so zu tun, als seien sie gute Bekannte. Deswegen eilte der Sprecher sofort auf ihn zu.

Sie umarmten sich kameradschaftlich. Suárez legte die Zeitungen auf dem Tisch ab und begann ein Gespräch. Sie unterhielten sich Ellbogen an Ellbogen, die Hinterteile an den Tischrand gestützt; auf diese Weise bildeten sie mit ihren Körpern einen Sichtschutz, der verhinderte, dass die Leute am Empfangstresen von dem Manöver etwas mitbekamen.

Hinter ihnen streckte Muñiz einen Arm nach den Zeitungen aus, ohne den Blick vom Buch zu heben. Sie griff nach dem Zeitungshalter und tastete nach dem Papier, das zwischen den Seiten heraushing. Sie zog es rasch heraus und schob es in ihre Mappe. Dann stand sie auf und verließ das Gebäude.

«Ich lasse die Tasche auf dem Sessel zurück, damit sich niemand hineinsetzt, wenn ich weg bin», hatte sie R angekündigt. «Sie reden mit dem Mann, solange Sie wollen, aber behalten Sie die Tasche im Auge. Nicht dass sie gestohlen wird!»

Zum Glück übernahm Suárez die Gesprächsführung. In der persönlichen Begegnung war seine Stimme nicht so tief wie im Radio. R war ihm zweifach dankbar: Wegen dem, was er tat, und weil er ihm die Mühe ersparte, Gesprächsthemen zu finden. Das lockere Plaudern war noch nie seine Stärke gewesen – über das Wetter, Fußball, all die Gemeinplätze –, und angesichts seiner Nervosität war er einer solchen Herausforderung auch nicht gewachsen.

Nach unendlich langen fünfzehn Minuten tauchte Muñiz wieder auf und setzte sich in den Sessel mit der Tasche. R hörte sie hinter sich hantieren, aber er zeigte keine Reaktion, bis er aus dem Augenwinkel sah, dass sie sich wieder in das Buch von Poe vertiefte.

«Wenn Sie wüssten, wie dankbar ich Ihnen bin», sagte R zu Suárez und streckte ihm die Hand hin. Er hatte ihn mitten in einem Satz unterbrochen, aber der Sprecher würde das verstehen. «Was Sie getan haben, mag Ihnen wie eine Kleinigkeit erscheinen, ist aber von überragender Bedeutung.»

«Hoffentlich bringt es was», erwiderte Suárez und umarmte ihn. Dann nahm er die Zeitungen und ging zu den Studios zurück.

R trat hinaus auf die Straße und blieb vor der Tür stehen. Ein Gewitter war im Anmarsch. Er hatte weder Mantel noch Schirm bei sich, es war also ratsam, unter dem Vordach zu bleiben.

Als Muñiz wenig später herauskam, wirbelte der Wind bereits Staub und Abfall auf, und die Leute auf dem Bürgersteig rannten.

«Alles in Ordnung?», fragte er, ohne sie anzusehen.

«Mission completed, captain.»

Erst da wandte er sich ihr zu. Er hatte noch nie ein derart strahlendes Lächeln an ihr gesehen. Muñiz schlug den Mantel auf Brusthöhe auf – sie war für alles gewappnet –, um ihm zu zeigen, was sie dort versteckt hielt. Doch in dem Moment kam ein Windstoß. Er brachte sie ins Taumeln und entriss ihr den braunen Umschlag.

R sah, wie der Umschlag über der Straße hochgewirbelt wurde. Er wollte losstürzen und ihn zurückholen, aber Muñiz' Lachen hielt ihn zurück.

«Zu schade, dass ich keine Kamera dabeihabe», sagte sie. «Ihr Gesichtsausdruck ist unbezahlbar!»

Der Umschlag, den der Wind ihr entrissen hatte, war leer. Im Schreibwarenladen hatte man ihr aus Versehen zwei gegeben, sie klebten zusammen, und der Verkäufer hatte es nicht bemerkt. Der Umschlag mit den Fotokopien lag gut geschützt an ihrem Bauch.

R nahm ihre Hand und rannte los.

8.

Der Dauerlauf im Regen endete am Eingang eines Kaufhauses. Dort blieb R stehen und wollte die Dokumente sehen. Er konnte die Kopien nicht lesen – Muñiz hatte die eine Seite zehnmal kopiert –, weil seine Brillengläser nass waren. Und er war zu ungeduldig, um sie erst zu trocknen. Er nahm ihr die Blätter aus der Hand und kniff die Augen zusammen. Er konnte es nicht genau sehen, aber er ging davon aus, dass die Kopien von guter Qualität waren.

Es handelte sich um die Seite 51 des Sprecherbuchs von *Radio del Estado.* Unterzeichnet von einem Sprecher namens Gutenberg Pérez – *wieder so ein Name, den einem keiner abnehmen würde, wenn man ihn erfände.*

In einer Spalte, datiert auf den 10.6.56, stand neben der Uhrzeit 00.32: «Verhängung des Standrechts auf Befehl der Nationalen Exekutive.»

Das war der Beweis, dass das Standrecht in der Tat erst in Kraft getreten war, *nachdem* Desi seine Opfer entführt hatte.

Muñiz verstaute die Kopien in ihrer Handtasche, damit sie keinen Tropfen Regen abbekamen.

«Ich glaube, ich habe eine Belohnung verdient», sagte sie.

R meinte, aus Muñiz' Miene eine Aufforderung herauszulesen. Aber er wollte nicht der angelaufenen Brillengläser wegen das Opfer eines Missverständnisses werden.

Er musste sie besser sehen. Er umfasste ihre Taille und zog sie an sich.

Sie schlang die Arme um seinen Hals.

Der Himmel toste. Ein Vorhang aus Wasser trennte sie von der Welt.

DRITTER TEIL

Die Bestie im Menschen

VIERZEHN

Die Gründe für den Hass

1.

Mit dem Herbst kam der Regen. Er fiel wolkenbruchartig, war so heftig wie die Hitze, die ihn ausgebrütet hatte. Es bedurfte mehrerer Platzregen, um den Beton abzukühlen, aber es genügte ein einziger, um die Stadt lahmzulegen. Strom- und Telefonnetz fielen aus. Die Autos trieben in Nebenflüssen, die einmal Straßen gewesen waren.

Der zweite Platzregen war noch schlimmer. Das Wasser löste die Türschwellen auf von Tausenden Häusern. Die Presse sprach von einer «Regenzeit», denn in ihrer unterbelichteten Logik reichte es aus, zwei Tatsachen in Zusammenhang zu bringen, um ein Phänomen zu proklamieren.

Der dritten Sintflut ging Hagel voraus. Die himmlische Legion entlud ihre Schleudern über Buenos Aires. Wenig später stahl der Regen die Erde der Plätze, der Beete und Blumentöpfe. Die Eingeweide der Stadt füllten sich mit Lehm. In einer noch tieferen Schicht erzitterten die Knochen des Mesozoikums im Schlaf.

Über der Erde flogen die Dächer davon. Das Wasser floss nicht durch die Kanäle ab, sondern quoll durch alle Ritzen. Die Dunkelheit war diesmal noch größer, weil die Stromkabel noch von den letzten Schlachten in Mitleidenschaft gezogen waren.

Doch R bekam davon nichts mit, denn er war nicht da.

2.

Wenn es im Delta regnete, blieb die Zeit stehen. Alles schwieg – der Lärm der Menschen, die Musik der Tiere –, bis auf das Wasser: das Wasser, das trommelnd herabfiel und in Massen zirkulierte, reine Bewegung. Ohne die Sonne färbte sich die Welt grau, grün und ockerfarben; aber nur das Grün wurde intensiver. Die Blätter ließen sich waschen, schicksalsergeben wie ein Gesalbter. Das Wasser polsterte sie auf, machte sie saftig. Eine Zeremonie, die nie lange andauerte, denn das Leben verfällt nur in Exzesse, um in sein Gleichgewicht zurückzufinden.

Mit dem Herbstregen stieg das Wasser gefährlich an. Der Abstand zwischen dem Fluss und dem Rand der Molen schwand; noch ein Sturm, und die Kähne würden keine Anlegeplätze mehr haben.

An den Flussarmen gab es keine Stromleitungen. Das erklärte das flackernde Licht, das durch die Fenster der Hütte drang. Wenn das Unwetter den Tag in Nacht verwandelte, musste man die Lampe anmachen. Denn ohne Licht wurde der andere Regen zwischen Decke und Wänden unmöglich; auch wenn es sich um einen kleineren Schauer handelte, durfte er nicht unterbrochen werden.

Jeder, der sich der Hütte näherte, hätte den zweifachen Regen bemerkt. Den Psalmengesang im Freien und den Gegengesang aus dem Haus. Draußen regnete es Tropfen, drinnen Worte.

Im unruhigen Schein der Gaslampe schrieb R ein Buch.

3.

Er wusste genau, wann er die Idee zum ersten Mal ausgesprochen hatte: an jenem Abend bei Horacio, als er Syria beeindrucken wollte, indem er den Preis der Geschichte in die Höhe trieb, die ihm im realen Leben zwischen den Fingern zerrann. Doch die Idee, oder zumindest der Ansatz, war schon eine Weile in seinem Inneren herumgegeistert; er hatte ihr noch nicht in die Augen geblickt, aber er hatte ihren Schatten vorbeiziehen sehen.

Er konnte den genauen Zeitpunkt benennen, mit Datum und Uhrzeit, wann sie über ihn gekommen war. Als er Livraga persönlich begegnete: Sein Gesicht, sein Zustand waren eine Geschichte an sich. Eine, die ein ganzes Buch verdient hatte und die seine Titelseite krönen könnte.

Er hätte ihn zu Anfang fotografieren sollen, als die Wunden noch nicht vernarbt waren. Jetzt, da er an dem Buch schrieb, das noch keinen Titel hatte, war er überzeugt, dass ein Porträt Livragas – ein schlichtes Porträt, ohne Erwähnung von Verlag oder Autor – ein ausdrucksstarker Kaufanreiz war. Denn seine Gesichtszüge waren die Synthese der Geschichte. Ein Allerweltsgesicht, zerstört von einem durch nichts zu rechtfertigenden Gewaltakt. Und ein Blick, der von Groll überschattet war.

Als Souvenir des Ausflugs auf die andere Seite des Lebens hatte sich Livraga ein Stück Dunkelheit mitgebracht. Eine undurchdringliche Finsternis hatte sich in seinen Augen festgesetzt und erzeugte in jedem, der in sie blickte, Schwindel.

4.

Die letzten Monate waren ein einziger Erdrutsch gewesen.

R hatte die Kopien Richter Hueyo übersandt, der den Vorsitzenden des Obersten Gerichtshofs um eine inoffizielle Unterredung gebeten hatte. Mercader hatte den Beweis akzeptiert, den Hueyo ihm ausführlich erläuterte, obwohl der Beweis für sich selbst sprach: Das Dokument des Senders bewies, dass die Beschuldigten des 9. Juni vor Verhängung des Standrechts verhaftet worden waren. Folglich trafen die darin festgehaltenen Erwägungsgründe auf die Opfer nicht zu. In Anbetracht fehlender Hinweise, die sie mit einem Verbrechen in Verbindung brachten, hätten sie freigelassen werden müssen. Sie waren nicht *in crimine flagranti* erwischt worden. Sie waren nicht bewaffnet. Man hatte sie nicht in Gegenwart der Anführer der Revolte angetroffen. Es gab keinen Beweis dafür, dass sie vorhatten, den Aufstand zu proben.

Trotzdem hatte man sie wie Hunde abgeknallt. Man konnte nicht einmal als mildernden Umstand das herrschende Chaos geltend machen. Der Chef des Kommissariats von San Martín hatte ausgesagt, Fernández Suárez habe den Befehl zu später Stunde erteilt, als die Rebellion bereits überall unter Kontrolle war.

All das deutete darauf hin, dass die Militärgerichtsbarkeit nicht geeignet war, Recht zu sprechen. Die Verfehlungen der Uniformierten waren skandalös; es bestand kein Zweifel, dass das Gericht sie unter den Teppich kehren würde, damit sie nicht an die Öffentlichkeit drangen. Aber es gab noch einen erschwerenden Umstand. Die Asche, die man wegfegen wollte, war die von Zivilisten. Von Bürgern, die im vollen Besitz ihrer Rechte waren, als man sie exekutierte.

Mercader hatte ihm mit ernster Miene zugehört und ihm für sein Entgegenkommen gedankt. Während der Unterredung hatte er kaum ein Wort gesagt. Und er war auch nicht aufgestanden, um seinen Kollegen hinauszukomplimentieren.

Es folgte ein wochenlanges Schweigen. Ein Laie mochte die Tatenlosigkeit als gutes Zeichen werten: Der Gerichtshof nahm den Beweis ernst, er erarbeitete ein schusssicheres Urteil (im metaphorischen wie im übertragenen Sinn). Aber Hueyo machte sich diesbezüglich keine Illusionen, und R auch nicht. Wäre der Beweis für sie hieb- und stichfest gewesen, hätten sie sofort entschieden. Aber sie hatten sich noch nicht geäußert und die Zuständigkeit der ordentlichen Gerichtsbarkeit überantwortet, wie ein demokratisches Gericht es getan hätte.

Das einzige Zeichen in der Wüste war ominös. Es kam Anfang April, als R Muñiz von einem Telefon in Merlo aus anrief. Syria Poletti hatte ihm mehrere Nachrichten im Verlag hinterlassen, er solle sich mit ihr in Verbindung setzen. Irgendwann hatte sie Muñiz am Telefon und nannte ihr den Grund für ihre hartnäckigen Anrufe.

Man hatte Edmundo Suárez beim Sender gekündigt. Aus wichtigem Grund, hieß es ohne weitere Erklärung.

Trotz aller Vorkehrungen, die sie getroffen hatten – angefangen bei Suárez, über R, der in seinem letzten Artikel kein Wort über die Kopien verloren hatte, bis hin zu Hueyo, der Mercader nicht gesagt hatte, woher der Beweis stammte –, waren sie aufgeflogen.

Die Meute war ihnen immer dichter auf den Fersen.

5.

Wenige Tage später tauchte die Polizei in der Wohnung der Muñiz auf.

Der zuständige Beamte kam in Zivil. Es war ein dunkler kleiner Mann in einem weiten Mantel, der seine breiten Hüften nicht kaschieren konnte. Er stellte sich als «Bundespolizei» vor, bei ihm war ein Wachtmeister in der entsprechenden Uniform.

Sie suchten Enriqueta. Die zum Glück nicht da war. Don Muñiz fragte, warum man nach seiner Tochter verlange. Der Polizist verweigerte ihm die Antwort. Don Muñiz ließ nicht locker: Handelte es sich um eine rein formelle Angelegenheit – ein Führungszeugnis beispielsweise – oder vielleicht …?

«Ich muss Ihre Wohnung durchsuchen», erwiderte der Polizist.

«Dafür benötigen Sie einen Gerichtsbeschluss», sagte Don Muñiz.

«Wenn Sie uns Ihren guten Willen beweisen wollen, lassen Sie uns rein. Wenn nicht, kommen wir mit Beschluss wieder und stellen alles auf den Kopf … ‹auf die andere Art›.»

Don Muñiz spürte, dass ihn jemand am Arm zog. Es war seine Frau, die ihn von der Tür wegzerren wollte.

Die Eheleute wohnten der Durchsuchung stumm bei. Die Polizisten sahen sich überall um, aber ihr Hauptaugenmerk lag auf Enriquetas Zimmer.

Sie staunten nicht schlecht, als sie es durchwühlten. Sie waren es nicht gewohnt, im Zimmer einer jungen Frau herumzuschnüffeln: all die Schuhe und Taschen. Aber am meisten irritierte sie der Papierkram. All die Bücher in einer anderen Sprache, all die Hefte, die mit unverständlichen Sätzen vollgekritzelt waren.

«Das nehme ich mit», sagte der leitende Ermittler.

Don Muñiz wollte protestieren, doch seine Frau hielt ihn zurück. Sie wusste, das Material war unverfänglich: Es handelte sich um Hefte mit ersten Rohübersetzungen. Die Polizisten würden unter den Fabeln von La Fontaine und Bossuets Betrachtungen nichts finden, was einem Verstoß gleichkäme.

Sie zogen die Schubladen auf, drehten die Matratze um und gaben auf.

Muñiz kam zur gewohnten Zeit nach Hause. Sie freute sich auf einen ruhigen Abend und wurde von Gewehrfeuer empfangen.

Ihre Mutter hatte noch gar nicht reagiert. Sie glaubte immer noch, es handle sich um einen Irrtum: Was konnte die Polizei schon von einer Übersetzerin wollen? Das war doch ein harmloser Beruf!

(«Sie werden es nicht glauben», sagte R, als sie schon wieder Scherze darüber machen konnten. «Mir sind schon viele Übersetzungen untergekommen, die ein Verbrechen waren.»)

Aber ihr Vater wäre nicht ihr Vater, wenn er nicht gleich das Schlimmste vermutet hätte.

«Auf was hast du dich da eingelassen, Kind?», schnauzte er sie an. Er hatte eine Alkoholfahne. Enriqueta fragte sich, was um alles in der Welt passiert war. Zum Glück versah ihre Mutter die Szene mit Untertiteln, so dass sie von dem ungebetenen Besuch erfuhr. «Hast du eine Ahnung, was für eine Schande du über uns gebracht hast? Alle Nachbarn haben es gesehen. Wie soll ich ihnen das erklären? Wie soll ich ihnen gegenübertreten?»

Enriqueta hörte ihn schon nicht mehr. Als ihre Mutter sagte, sie hätten alles durchsucht, war ihr Verstand endgültig vernebelt. Durch einen winzigen Spalt drang nur das Licht eines einzigen Gedankens:

Rs Originale, dachte sie und wiederholte: *Die Originale …*

Sie rannte in ihr Zimmer. Ihr Vater schimpfte weiter mit der Luft. Ihre Mutter bat, sie solle die Pantoffeln anziehen: Sie hatte frisch gewachst, nachdem die Polizei gegangen war.

Als sie auf die Knie fiel – die Seidenstrümpfe waren ihr egal –, rutschte sie ein Stück auf dem polierten Boden. Das machte ihr die Aufgabe nicht leichter: Auf dem rutschigen Untergrund war es schwieriger, das Bett wegzuschieben, sie fand keinen richtigen Halt. Irgendwo in ihrem Hirn hörte sie, dass Don Muñiz hinter ihr noch lauter wetterte als zu Anfang. Aber sie hörte ihm nicht zu, in ihrem Kopf kam immer wieder nur ein Gedanke hoch: *Rs Originale. Rs Originale.*

Sie riss sich einen Nagel ein, als sie eine der losen Bodendielen anhob. Im ersten Moment dachte sie, die Polizei hätte das Versteck ausgeräumt. Ihr Blutdruck fiel in den Keller. Aber ihre Augen ließen sich von der Dunkelheit nicht täuschen, und sie sah genauer hin. Die Schachtel mit den Papieren war noch da. Unter ihren Füßen, in dem Hohlraum zwischen Parkett und Bodenplatte.

Ganz gleich, ob sie jetzt weinte, sich in den Nagel biss oder die Strümpfe voller Wachs auszog. Nichts konnte ihr Glücksgefühl trüben. Obwohl Don Muñiz hinter ihr stand.

«Er hat getobt, bis er heiser war», sagte Enriqueta. Sie hatten sich in einem Lokal in Castelar getroffen, das R während einer seiner Zugfahrten aufgefallen war. «Er hat nicht mal Luft geholt, geschweige denn nachgedacht. Als er den Umschlag mit den Papieren gesehen hat, hat er wohl zwei und zwei zusammengezählt. Es hätte mehr Sinn ergeben, wenn er geglaubt hätte, sie enthielten gefährliche Dokumente …»

«Sie *sind* gefährlich.»

«… oder dass ich angefangen hätte, unanständige Sachen zu schreiben.»

«Pornographie!»

«… aber nein. Immer wieder dieselbe Leier. ‹Was treibst du abends wirklich? Gehst du deswegen so oft aus? Warum lügen deine Freundinnen, wenn ich sie anrufe?› Mein Vater glaubt lieber, ich sei ein Flittchen, als sich die Frage zu stellen, ob die Polizei … diese Faschisten! … mich nicht vielleicht aus einem wichtigeren Grund sucht.»

R nahm ihre Hand. Es war klar, dass sie sich liebten. Und niemand kannte sie dort. Für die Gäste und das Personal waren sie ein verheiratetes Paar.

Er wollte ihr sagen, dass er sie verstand. Er wusste, was man fühlte, wenn geliebte Menschen nicht an einen glauben. Sein Vater hatte nicht auf ihn gesetzt. Seine Mutter hatte C immer vorgezogen. Selbst Elina, die ihn so gut kannte, glaubte, er würde nur weiterermitteln, um eine Nummer schieben zu können. Ihm waren nur noch die Mädchen geblieben, und vielleicht sein Bruder H.

Und Muñiz natürlich.

Anstatt seine Empathie mit Worten zu bekunden, wählte er die neue Sprache, die sie angenommen hatten.

Er hob die Hand, die er gekapert hatte, und küsste ihre Finger.

6.

«Was haben Sie mit den Dokumenten gemacht?»

«Ich habe sie in einen Koffer gepackt und mich aus dem Staub gemacht.»

Muñiz hatte sich zu Laura geflüchtet, zu der Freundin, die ihnen das Auto geliehen hatte. Die Nacht hatte sie im Kinderzimmer verbracht, das praktisch ungenutzt war: Das Baby schlief noch im Korb, direkt neben seiner Mutter. Rs Originale und der übrige Papierkram waren dort in einem Schrank voller Kindersachen geblieben. Um die Meute von der Spur zu Laura abzulenken, hatte Muñiz sich am darauffolgenden Tag bei einer anderen Freundin einquartiert.

«Sie können mit in die Kate kommen, wenn Sie wollen», sagte R. «Es ist scheußlich hier und arschkalt, aber Platz genug ist vorhanden.»

Er hatte es ihr nicht schon früher angeboten, weil er sie nicht unter Druck setzen wollte. Die Kate in Merlo war eine Zumutung, Muñiz hatte einen besseren Ort verdient. Aber jetzt, da sie zuhause ausgezogen war …

Sie drückte seine Hand und sagte, das würde nichts bringen.

Sie fühle sich wohl bei ihrer Freundin Fernanda. Und das Quartier habe den Vorteil, dass es sich in der Nähe des Verlags befand.

R sagte, früher oder später würde die Polizei sie dort suchen. Und Greg und Horacio könnten wenig tun, um sie zu verteidigen, außer mit Büchern nach den Polizisten werfen.

«Mag sein. Aber ich werde nicht aus Angst meine Arbeit aufgeben. Die Dokumente sind sicher. Was können sie mir schon tun ohne Beweise? Wenn sie die Frau und die Tochter von Don Horacio in jener Nacht nicht mitgenommen haben, werden sie mir jetzt auch nichts tun. Es sind Bestien, aber auch für sie gibt es Grenzen!»

R hatte kurz zuvor die Familie von Carranza, einem der Erschossenen, interviewt; deshalb hatte er seine Zweifel. Aber er wollte ihr keine Angst machen.

Carranzas Tochter hatten sie mit gerade mal elf Jahren verhaftet.

7.

Carranza arbeitete als Kellner auf der Línea Belgrano, die in den Nordwesten fuhr. Er hatte ein Haus in Florida, nur wenige Meter vom Heim der di Chianos entfernt. Dort lebte er mit seiner Frau Berta, seinen sechs Kindern und zwei Pensionären, die seinen Lohn etwas aufbesserten. Die Älteste seiner Nachkommen, Elena, war an dem Abend, an dem er erschossen wurde, elf Jahre alt. Die Jüngste, Julia Renée, etwa vierzig Tage.

Die Leute sagten, Carranza sei ein liebenswerter Mensch gewesen. Aber das sagt man von allen Toten, deren schlechte Seiten man vergisst, sobald sie im Sarg liegen. R schenkte dem erst Glauben, als Casandra es ihm bestätigte.

«Der Mann war sehr sympathisch», sagte die Kleine mit der

ihr eigenen Selbstgefälligkeit. «Ich habe ihn selten gesehen, denn er war viel auf Reisen. Aber wenn er da war, hat er immer mit uns gespielt. Er konnte sogar seilspringen!»

In den letzten Monaten seines Lebens war Carranza nicht abwesend, weil er arbeitete. Man hatte ihn Anfang 1956 bei Belgrano entlassen. Von da an hatte er nur noch Gelegenheitsjobs gefunden. Der Wohlstand hing allein von Berta und ihrer Geschicklichkeit mit der Singer ab, die Eva ihr geschenkt hatte.

(*Evita, klar.*)

Carranza ließ sich nur selten zuhause blicken, weil er auf der Flucht war.

Ende Januar '56 hatte er seine Tochter Elena auf eine seiner Reisen mitgenommen. Am 25. hatte er sie bei Angehörigen von Berta in Santiago gelassen und war nach Tucumán weitergereist. Dort wurde er verhaftet, kaum dass er aus dem Zug gestiegen war. Man hatte ihn angezeigt, weil er Flugblätter verteilt hatte. Er hatte die Sache nicht ernst genommen. Was sollte das für ein Verbrechen sein? Weil er so nett war, schlossen die Polizisten in Tucumán ihn ins Herz. Anstatt ihn einzusperren, durfte er sich zu ihnen an den Tisch setzen und Mate trinken. Denn es könnte Stunden dauern, bis der Richter eintraf, und so hatte der Beschuldigte ein wenig Abwechslung, und die Bediensteten hatten auch was davon.

Als er das zweite Mal Wasser lassen musste, stieg er auf einen kaputten Ofen und kletterte über die Mauer des Patio in die Freiheit.

Er ging zu Fuß bis zum Standrand. Unterwegs fragte er nach einer Fernfahrerkneipe. Er wurde sich rasch mit einem Fahrer einig. Er bezahlte ihm ein paar Grappas und die Fahrt nach Santiago war gesichert.

Als er bei den Verwandten ankam, sagte man ihm, Elena sei nicht da.

Die Polizei hatte seine Tochter früh am Morgen abgeholt.

8.

Die Nachricht seiner Flucht war schneller in Santiago angekommen als der Futterlastwagen. Aus Solidarität mit den gedemütigten Kollegen hatten die Polizisten Santiagos sich zum Haus von Bertas Familie begeben. Und als sie Carranza dort nicht angetroffen hatten, hatten sie sich die Kleine geschnappt.

Carranza verlor fast den Verstand. Man musste kein Winkeladvokat sein, um zu verstehen, dass die Verhaftung einer Minderjährigen illegal war. Er wollte schon auf die Verwandtschaft losgehen, weil sie Elena herausgegeben hatten, anstatt sie zu verstecken. Aber er verstand, dass es aus einem Reflex heraus geschehen war. Es waren sanftmütige Leute. Wer diskutiert schon mit fünf Uniformierten, die mies gelaunt bei einem anklopfen?

Er wollte zum Revier gehen, sich stellen, im Austausch gegen die kleine Geisel. Aber die Familie riet ihm davon ab. Warum sollte er? Wahrscheinlich war Elena bald wieder da. Sobald der Richter davon erführe, würde er die Polizisten zusammenstauchen und sie freilassen. Außerdem wusste Elena nichts, das würden sie schnell merken. Das Beste wäre, wenn er sich bedeckt hielte, bis die erwartete Nachricht einträfe.

Sie wollten ihren Fehler wiedergutmachen. Deshalb brachten sie ihn bei einem Kumpel unter, der seine eigenen Gründe hatte, die Polizei zu hassen.

R konnte Carranzas Verzweiflung sehr gut nachvollziehen. Er brauchte sich nur V – P war zu klein – in solch einem Loch vorzustellen. Denn genau, wie sich die Polizisten überall auf der Welt ähnelten, ähnelten sich auch die Reviere. Es war ein aggressives Umfeld: die farblosen Räume, der Geruch nach Urin, Angst und Haarspray, das gleißende Licht.

Man erzieht die Kinder voller Zärtlichkeit, ist stets geduldig. Man fasst sie mit Glacéhandschuhen an und vermittelt ihnen, dass das Leben immer so mit ihnen verfahren wird. Wie muss es sie treffen, wenn sie sich von einem Tag auf den anderen präpotenten Männern ausgeliefert sehen?

Während Berta die Geschichte erzählte und man am Ton hörte, dass sie es schon oft getan und sie innerlich bestimmt immer wieder durchlebt hatte, ohne es sich anmerken zu lassen, beobachtete R Elena aus den Augenwinkeln. Das Mädchen war zwölf und schon ein richtiges Fräulein. Sie hatte im Haus eine ähnliche Rolle inne wie Alicia Rodríguez: halb Ersatzmutter, halb Hausangestellte. Die ganze Zeit über war sie auf den Beinen: Sie rannte hinter ihren Geschwistern her, hatte ein Auge auf die Kochtöpfe, bügelte.

Auch wenn mehr als ein Jahr seit dem schlimmen Erlebnis vergangen war, konnte sie sich kaum so sehr verändert haben. Sie muss schon damals sehr reif gewirkt haben: Die Rehaugen mit den üppigen tiefschwarzen Wimpern hatte sie nicht erst seit gestern.

Jeder Vater hat Angst, der Situation nicht gewachsen zu sein, wenn es zum Äußersten kommt und er sein Kind schützen muss. Doch die Welt, in die sie geboren wurden, eine Welt ungezähmter Männlichkeit, hielt für die Mädchen eine besondere Spielart von Gewalt bereit: Schrecken, die einen im Traum quälen und die kein Vater ans Tageslicht gezerrt sehen will.

«*Mit mir* können sie machen, was sie wollen», habe Carranza immer gesagt, berichtete Berta, «aber mit einem Kind …»

Elena war vier Stunden in Haft. In denen wurde sie verhört, ohne Rechtsbeistand und ohne die Anwesenheit eines Erwachsenen, der die Verantwortung übernahm. Den Polizisten wurde bald klar, dass aus der Kleinen nichts herauszuholen war, und so konzentrierten sie sich darauf, den Keim in ihre Seele einzupflanzen.

Sie fragten tausendmal, ob ihr Vater Peronist sei. Und weitere tausendmal, ob er ein Verbrecher sei. Bis in ihrem zarten Kopf die beiden Begriffe – *Peronist, Verbrecher, Verbrecher, Peronist* –

verschmolzen und sie den einen nicht mehr ohne den anderen denken konnte.

Das war ein Begriff, gegen den sich Carranza bis zu seinem Tod verwahrt hatte. Denn Berta hatte ihn gebeten, sich zu stellen, das erschien ihr als das kleinere Übel: Er würde eine Weile im Gefängnis sitzen und in das bürgerliche Leben zurückkehren, nachdem er für seinen «Fehler» gebüßt hatte. Doch Carranza hatte sich geweigert. Warum sollte er ins Gefängnis gehen und seine Familie verlassen, wenn er kein Verbrechen begangen hatte?

Diese Ehrabschneidung, von der er immer wieder sprach, erinnerte R an Giunta. Nur dass Giunta glaubte, seine Unschuld sei durch die Tatsache bewiesen, dass er kein Peronist war. Carranza, der Peronist war und seiner Überzeugung nie abgeschworen hatte, sah sich gezwungen, seine Tugend durch weitere Argumente unter Beweis zu stellen.

«Ich habe nicht gestohlen», insistierte er. «Ich habe nicht getötet. Ich bin kein Verbrecher.»

Das war sein Mantra gewesen. Er hatte es bis zur letzten Sekunde wiederholt, als er niederkniete und im Namen seiner Kinder um Erbarmen flehte, und ein Schuss seinen Nacken zerfetzte.

9.

Berta sprach ohne Unterlass bis zum Sonnenuntergang. Als sie sich eine Verschnaufpause gönnte, glaubte Julia Renée – die Jüngste der Carranzas, die jetzt etwas über ein Jahr alt war –, die Stunde für ihren Auftritt sei gekommen, und fing an zu weinen. Weil sie nicht aufhörte, bis Berta sie an die Brust legte, begleitete Elena R zur Tür.

Es wurde schon kalt. R hatte seinen Mantel angezogen, aber

die Kleine trug lediglich ein Kleid. Es war aus einem karierten Stoff, der an eine Tischdecke erinnerte, und auf Höhe des Herzens war eine unpassende Blume aufgenäht.

Er hätte sie gleich wieder hineinschicken müssen; wenn die Kleine krank wurde, hatte Berta ein Problem. Aber er hielt sie zurück.

«Wenn ihr etwas braucht, ruf mich unter dieser Nummer an», sagte er und kritzelte Zahlen auf einen Zettel. Es war die Nummer von La Plata. Elina würde die Nachricht entgegennehmen und sich etwas einfallen lassen. Sie war wie geschaffen, um Menschen zu helfen, sie war aus gutem Holz geschnitzt.

Er nicht. Was das anging, war er vollkommen unbrauchbar. Das Einzige, was er konnte, war herumalbern und Geschichten erzählen.

Er hatte das Bedürfnis, Elena etwas zu sagen, aber er wusste nicht was. Es kamen ihm nur Platitüden in den Sinn. *Gib auf dich acht.* Elena gab schon auf sich und ihre Familie acht, weit mehr, als man es in ihrem Alter von ihr erwarten konnte. Wenn er so etwas sagte, hatte er es verdient, dass sie ihn zum Teufel jagte.

Was sagt man zu einem Menschen, der mit elf Jahren staatlicher Gewalt ausgesetzt war? Was sagt man zu einem Mädchen, das am eigenen Leib erfahren musste, dass das System allmächtig ist, unter anderem deswegen, weil es straffrei handeln kann?

Er konnte ihr nichts versprechen, außer der Wahrheit. Die nicht einmal als Trost taugte.

Er reichte ihr den Zettel. Sie rollte ihn in ihre Hand ein – die Tischdecke hatte keine Taschen – und sagte: «Warum hassen sie uns so?»

Sie hatte ihn kalt erwischt. Er wollte sie fragen, auf wen sich das «uns» bezog. Auf Mädchen im Allgemeinen? Auf die Carranzas im Besonderen? Die Antwort hätte ihm ein wenig Zeit verschafft, aber nicht mehr.

R wusste, worauf sich Elena bezog. Sechs Monate zuvor hätte er es nicht verstanden. Jetzt konnte er sich nicht länger dumm stellen. Er hatte die Grenze überschritten, gesehen, wie die andere Hälfte lebte – und starb. Sogar Elena hatte begriffen, dass er von einer anderen Seite kam. Er war wohl der erste kultivierte und wohlsituierte Mensch auf ihrer Seite; es war nur logisch, dass sie vermutete, er könnte Antworten haben, die ihre Mutter ihr nicht geben konnte. Wozu sollten Bücher und Geld sonst gut sein?

R seufzte und zuckte mit den Achseln.

Elena schloss rasch die Tür. Sie durfte auf keinen Fall wegen einer Nichtigkeit krank werden.

FÜNFZEHN

Im Labyrinth

1.

Das Häuschen in Merlo hatte Valerga ihm zur Verfügung gestellt. Es war kaum größer als ein Schuhkarton. Um die Kälte zu vertreiben, machte er die Öfen an. Wenn er schreiben wollte – die Continental war eine Eisscholle mit Tasten –, schob er den Resopaltisch ganz nah an den Herd.

Obwohl die Hütte kahl war, gab es doch Spuren von den letzten Bewohnern: Eine Tube mit Mayonnaise, deren Verfallsdatum noch nicht abgelaufen war, und eine halbvolle Tube Zahnpasta. Er fand auch eine Ausgabe des Comics *Libro de oro de Patoruzú* und eine von *La Nación* vom Februar; das ließ vermuten, dass die Hütte schon mehrfach als Zuflucht gedient hatte.

Vielleicht traf sich Valerga dort zu den Schäferstündchen mit seiner Geliebten. Aber ein derart ungemütlicher Ort tötete jedes Begehren. Um in dieser Behausung zu vögeln, musste man schon sehr verzweifelt sein.

An Kleidung hatte er nur, was er am Leib trug. Sein Gepäck bestand aus der Continental, die Horacio ihm geliehen hatte, tonnenweise Papier und einer Pistole. Es war eine Walther PPK, ebenfalls eine Leihgabe von Valerga. Eine kleine Waffe, die sogar für Frauenhände geeignet war. Er hatte sie auf Anhieb gemocht. Hitler hatte sich mit einer solchen Pistole erschossen: Das war ein gutes Zeichen.

Er stürzte sich in die Arbeit, um nicht an die Kälte oder irgendetwas anderes denken zu müssen. Er schlief wenig, die

Decke, auf die er nicht verzichten konnte, sonderte einen Staub ab, der seine Nase zupflasterte. Mehrere Tage hatte er durchgearbeitet. In den letzten Monaten hatten sich unerledigte Aufträge angehäuft – Artikel, Übersetzungen –, die er vom Tisch schaffen musste, damit Geld in die Kasse kam. Er konnte nicht länger auf Horacios Kosten leben.

Unter der Dusche wusch er seine Unterhose und sein Hemd mit Kernseife. Das Hemd würde er auf einen Bügel hängen, damit es beim Trocknen so wenig Falten wie möglich bekam. Solange trug er nur das Unterhemd. Manchmal zog er die Hose an, manchmal begnügte er sich mit den langen Unterhosen, die er in einem Kurzwarenladen in Merlo gekauft hatte. Er fühlte sich unwürdig, aber der Zweck heiligt die Mittel: Bei den – jetzt nur noch sporadischen – Treffen mit Muñiz wollte er anständig gekleidet sein.

Schwerer fiel es ihm, sich an die Größe und das Gewicht der Continental zu gewöhnen. Er vermisste seine Remington Rand wie eine Geliebte.

Die Stunden vergingen wie im Flug, während er das Buch eines Franzosen übersetzte, der erklärte, wie man abnehmen und trotzdem weiteressen konnte. Parallel dazu sammelte R Erfahrungen für ein Buch, das die traditionelle Diät verteidigte. In der Hütte gab es nur den bescheidenen Spiegel im Bad, aber auch ohne hineinzusehen wusste er, dass er dürr war.

Zwischendurch trieb er seine Ermittlungen voran. Durch Vermittlung von Berta Carranza kam er mit den Garibotti in Kontakt, die sich über ihn mokierten, weil er ihren Namen in *Revolución Nacional* falsch geschrieben hatte: Er lautete nicht Garibo-*tto*, sondern Garibo-*tti.* Francisco gehörte auch zu den Erschossenen. Ein großgewachsener Bahnangestellter mit einem Zapata-Schnurrbart, der begeistert Gitarre spielte und Gardel imitierte.

Und er schrieb die Präsentation für ein Buch, das noch nicht existierte. Er wollte sich selbst beweisen, dass er es verteidigen konnte, dass die Geschichte das nötige spezifische Gewicht hatte.

Am 24. April, während des täglichen Telefonats mit Muñiz, erfuhr er von der schlechten Nachricht.

Der Oberste Gerichtshof hatte die Chance vertan, für Gerechtigkeit zu sorgen.

Der Fall Livraga lag nun in den Händen derer, die ihn hatten liquidieren wollen.

2.

Das bestärkte ihn in seinem Vorhaben, das Buch über die plakative Schiene zu lancieren: Der Erschossene, der lebte. Aus erzähltechnischer Sicht war es der Anfang mit der größten Verführungskraft. Er wurde den Ausschweifungen des Romans gerecht: das Brachland, die eiskalte Nacht, der Mann, der sich zwischen Leichen davonschleppt, der blutspeiende Mund, die Knochensplitter. Muñiz war einverstanden gewesen, er erinnerte sich, dass sie genickt hatte.

Aber als er es auf diese Weise versuchte, funktionierte es nicht. Der Text war gut, melodramatisch und trotzdem elegant. Und doch ging das Konzept nicht auf. Etwas kam ihm schief vor, sei es der Darstellung wegen oder der äußeren Umstände. Vielleicht weil er romanhaft schrieb, obwohl es sich bei dem Buch nicht um einen Roman handelte. Was schrieb er da eigentlich?

Er schob die Blätter beiseite und wollte von vorn beginnen. Auf dem weißen Blatt erschien ihm Elena Carranzas Gesicht. «Warum hassen sie uns so?» So konnte er unmöglich beginnen, oder doch? Elena musste darin vorkommen, aber sie war nur eine Nebenfigur.

Nein, nein, nein. Elena ist keine Figur: Sie ist ein Opfer, eine

Halbwaise, aus Fleisch und Blut. Ein Mädchen, das wegen der Sünden anderer seine Unschuld verloren hat.

Er erinnerte sich an Muñiz' Kommentar, als die Stadt noch ein brodelnder Kessel war. Wo hatte sie es gesagt? Auf der Straße? Im Verlag? Im Café Victoria? Daran konnte er sich nicht mehr erinnern, aber an ihre Argumentation sehr wohl.

Muñiz war der Ansicht, bei den Erschießungen sei es nicht darum gegangen, Leute wie Livraga, Giunta oder di Chiano zu erledigen. Sie waren in gewisser Weise Opfer, die nebenbei angefallen waren. Man hatte ihnen Angst einjagen wollen, damit sie sich nicht mit Leuten wie Rodríguez, Carranza oder Garibotti einließen. (Garibo-*tti.*) Der Plan war, sie so zu konditionieren, dass sie – genau wie das Mädchen, Elena – jedes Mal, wenn sie das Wort *Peronist* hörten, an *Verbrecher* dachten. Das war der Subtext des scheinbaren Irrtums der Bürokratie. Lasst euch nicht mit diesem Pöbel ein. Wer denen eine Hand reicht, den kommt das teuer zu stehen.

Die eigentlichen Opfer, die wahren Ziele, waren andere. Die Arbeiter, die trotz des Putsches weiter Politik gemacht hatten. Weil die «Fusiladora», die Revolution der Erschießungen, alles verbot, was nach Perón roch, konnte selbst der harmloseste politische Akt – wie Flugblätter verteilen – als Verbrechen betrachtet werden. Aramburu, Rojas & Co. hatten nur die Vorteile des Verbots gesehen, ohne die Gegenanzeigen zu bedenken.

Indem sie den Peronismus ächteten, hatten sie eine Kettenreaktion ausgelöst. Durch einen alchimistischen Prozess verwandelten sie all diese Menschen – die andere Hälfte: das Volk, einfache Leute von sanftmütigem Wesen – in Rebellen. Wenn schon allein die Tatsache, dass man «Perón» sagte, einen zum *outlaw* machte, wenn eine Gesinnung einen unweigerlich in den Untergrund verbannte, wenn man mit der Vorstellung, man habe Rechte, sich außerhalb des Gesetzes befand, warum dort haltmachen? Millionen Menschen wurden per Dekret zu Rebellen erklärt. Und wenn sie es auf dem Papier schon waren, warum sollten sie nicht auch so handeln?

Die Fusiladora, die sich als Befreiungsrevolution verkaufte, hatte die Eier zerschlagen. Es bot sich an, ein Omelette daraus zu machen, alles andere wäre eine Sünde gewesen.

Das ist der Grund, warum Aramburu und Rojas das Massaker decken: Es hat ihnen geholfen, den Widerstand einzudämmen, den sie selbst hervorgerufen haben. Der Gedanke, erst mal hart zuzuschlagen, um Angst zu schüren und der Rebellion den Wind aus den Segeln zu nehmen, sagte ihnen zu. Sie wollten sie zurück in das Gehege treiben, sie in mentale Bunker verbannen.

Das ist ihr Denkfehler. Denn ist eine Idee erst mal erstrahlt, hat die Sprache ihr Gestalt verliehen, will sie hinaus in die Welt. Selbst wenn dafür der Deich gesprengt werden muss, der sie zurückhält.

Muñiz hatte recht. Die Erschießungen waren eine Opferung gewesen. Und die Sündenböcke, die Schafe, von deren Blut die Becken überquollen, waren die Rodríguez, die Carranzas, die Garibottis. Livraga und die anderen hatten eine Abreibung bekommen, weil sie so dumm gewesen waren, sich in schlechte Gesellschaft zu begeben – die von Rebellen.

Doch sie gehörten nicht zu denen, die im Visier standen.

3.

Der Gedanke war alles in allem schlüssig, außer in einem Punkt.

Wenn Muñiz das von Anfang an gedacht hatte, warum hatte sie dann zugestimmt, als er sagte, er würde das Buch mit Livragas Geschichte beginnen?

Er lächelte. (Wenn irgendwann einer die Gesichter filmt, die ich beim Denken oder Schreiben mache, wird er seine große Freude haben.) Sein eigener Verstand hatte ihm die Antwort schon gegeben. Er hatte nicht auf die Begriffe «applaudiert», «genickt», «gejubelt» zurückgegriffen, sondern auf «zugestimmt». Muñiz war nicht hundertprozentig damit einverstanden. Sie hatte es nur toleriert. Sie hatte seine Intuition oder seinen Wunsch respektiert, ohne sie zu teilen.

Er fingerte an einer Zigarette herum. Steckte sie zwischen die noch entspannten Lippen.

Es fiel ihm nicht schwer, die Strategie zu formulieren. Er würde einen neuen Anfang schreiben. Den würde er Muñiz vorlegen; er würde sie zwingen, ihn in seiner Anwesenheit zu lesen. Er würde beobachten, wie sie reagierte.

Er setzte sich aufrecht hin. Seine Hände flogen über die Tasten. Muñiz schrieb blitzschnell, sie benutzte alle Finger. R begnügte sich mit den Zeigefingern. Wenn er inspiriert war oder dringend zum Schluss kommen musste, drückte er schneller ab als James Cagney.

Und er tippte ohne jede Überschrift:

«Nicolás Carranza war kein glücklicher Mensch, an diesem Abend des 9. Juni 1956.»

Der Satz war einfach, brachte es auf den Punkt, aber mit Witz, er hatte einen Touch von Borges. (*Eine gewisse Leichtigkeit, God willing.*)

Er hatte eine Tür zu einem vielversprechenden Pfad aufgestoßen. Auf den würde er sich begeben, zumindest für eine Weile.

Bald schon hatte er zwei kurze Kapitel abgeschlossen. Er schrieb sie in einem Rutsch, ohne seine Notizen zu konsultieren. (*Wenn ich beim Überprüfen keine Fehler finde, werde ich das als gutes Zeichen werten.*)

Er las sie mehrmals durch. Der Text gab ihm ein gutes Gefühl. Die Rationalisierung würde später auf die eine oder andere Art erfolgen, aber das Entscheidende war das *feeling*. Das Bauchgefühl, um genauer zu sein.

In dem Moment waren seine Eingeweide leer, aber zufrieden.

Ihm war kalt, und er hatte Hunger, er lebte an einem schrecklichen Ort, vermisste seine Kinder, und er hatte keinen Cent.

Aber in dem Augenblick im April des Jahres 1957 war er ein glücklicher Mann.

4.

Muñiz konnte nicht vor Freitag zu ihm kommen. R vereinbarte ein Treffen in einem Café von Merlo. Das Kapitel über Carlitos Lizaso hatte er da schon geschrieben. Er trennte die Originale von den Kopien. Es waren ein paar Seiten. Er rollte sie zusammen, bis sie den Durchmesser eines Blasrohrs hatten – ein Tick von ihm, wenn man ein Blatt faltete, zerstörte man es –, und schob sie in den Hemdsärmel.

Er sah auf die Uhr. Wenn er sich nicht beeilte, würde er zu spät kommen. Beim Rasieren hatte er jegliches Zeitgefühl verloren.

Gewöhnlich machte er eine Zeit aus und war eine halbe Stunde früher da. Er beobachtete den Treffpunkt erst mal von außen und vergewisserte sich, dass es sich nicht um einen Hinterhalt handelte. Wenn ihm etwas verdächtig erschiene, bliebe ihm immer noch Zeit, Muñiz auf dem Bahnsteig abzupassen und woandershin zu gehen.

Er ging zum Bahnhof, in Gegenrichtung zum Verkehr. So vermied er, dass ein Auto ihn verfolgte oder plötzlich hinter ihm hielt.

Als er zum Café La Nueva San Jorge kam, war es noch ein paar Minuten vor der vereinbarten Zeit. Doch Muñiz war schon da. Er musste sich zügeln, nicht gleich einzutreten. Er ging auf dem Bürgersteig auf und ab, so langsam er konnte, ohne aufzufallen. Durch die Fenster musterte er jeden Gast und jeden Kellner.

Alle waren auf sich konzentriert. Der Kassierer scherzte. Auf einem seiner Kontrollgänge traf Rs Blick auf den von Muñiz. Aber sie kannte seine Absicht. Deshalb senkte sie den Blick und tat so, als wäre sie beschäftigt.

Sie hatte Bücher, maschinengeschriebene Seiten und Schreibwaren mitgebracht, wie R es von ihr verlangt hatte. Sie würden so tun, als seien sie Dozenten und mit einer wissenschaftlichen Arbeit befasst, so dass die Lektüre von ein paar getippten Seiten – der Anfang des Buches – nicht weiter auffallen würde.

Als er das nächste Mal an die Tür kam, trat er ein.

Muñiz saß hinten. Der beste Platz, aus Gründen der Sicherheit, aber auch aus einem anderen: Hier waren die Tische mit Tischdecken versehen. Im Schutz der Leinenvolants bliebe das Manöver vor den Augen der Neugierigen verborgen.

Wieder störte ihn die Pistole. Sie war noch ungewohnt. Er hatte es an vielen Stellen versucht: in der Tasche, auf Höhe der Nieren am Gürtel hängend – Valerga hatte sie ihm mit Holster und allem gegeben –, zwischen Hose und Bauch eingeklemmt. Immer blieb ein mulmiges Gefühl. Nach sorgfältiger Analyse hatte er sich für ein eher unkonventionelles Versteck entschieden.

Es gab allerdings ein ernsthaftes Problem: Sollte er sie brauchen, würde es dauern, bis er sie aus dem Holster gezogen hatte. Aber auf dem Risiko-Level sah er sich noch nicht. Er ging noch nicht als *Desperado* durch, er war noch nicht gezwungen, Billy the Kid nachzueifern. Er war relativ geschützt: Das Schlimmste, was passieren konnte, war, wenn er angehalten und nach seinem Ausweis gefragt würde, und für den Fall war er gewappnet. Er hatte einen falschen Pass auf den Namen Francisco Freyre, ebenfalls ein Geschenk Valergas. Und wenn sie ihn filzten, würden sie die Waffe nicht finden.

Polizisten hatten ihre Vorurteile. Sie würden die Innenseite seiner Schenkel nach oben abklopfen, aber *dort* würden sie nicht hinfassen.

Ich werde Valerga nie sagen, wo ich seine Knarre versteckt habe.

Und das war der Grund, warum zu seinen Gewohnheiten noch ein weiteres Ritual hinzugekommen war.

Bevor er die Hütte verließ, pinkelte er ausgiebig. Wie man es etwa vor Kinobeginn tut, um nicht einen Teil des Films zu versäumen.

Vor einem Urinal wollte er nicht unbedingt mit der Pistole hantieren, die er am Schambein trug.

Als er zum Tisch kam, hatte Muñiz den Stuhl gewechselt. Sie überließ ihm den Platz mit dem Rücken zur Wand, wie er es gern hatte.

Er arbeitete seit Monaten mit ihr zusammen und hatte noch keinen Makel an ihr entdeckt.

5.

Er klopfte ihr im Vorbeigehen auf die Schulter und setzte sich. Keine Küsse, bei dem Bühnenbild, das sie sich ausgedacht hatten, traten sie als Kollegen auf.

«Sie sind dünner geworden.»

«Wenn ich schreibe, vergesse ich die Zeit. Und wenn ich fertig bin, falle ich todmüde ins Bett.»

«Dann haben Sie also was vorzuweisen.»

«Kann sein.»

Er musste ja auch nicht gleich alles auf dem Tablett servieren. Bei dem Spiel galt die Regel der umgekehrten Proportionalität: Je größer Muñiz' Verlangen war, den Text zu lesen, desto geringer wäre ihre Neigung, ihm vorzuwerfen, er sei prätentiös, oder Schlimmeres.

Während R auf seinen Kaffee wartete, führten sie etwas Smalltalk. Sie war immer noch bei ihrer Freundin. Sie rief täglich zuhause an, wenn ihr Vater nicht da war. Ihre Mutter erstattete ihr Bericht, sie war eine Meisterin darin, Don Muñiz' Zorn zu bemessen. Ihrer Meinung nach war er noch auf einem kritischen Niveau. Tauwetter war noch nicht angesagt.

R hatte nicht viel zu berichten. Er sagte, er habe mit den Mädchen gesprochen. Sie protestierten, dass er fort war, sie vermissten ihn. (So hatten sie sich nicht ausgedrückt. Sie hatten gefragt, wann er wieder nach Hause käme. Aber er wollte ihre Nachfrage nicht wörtlich wiedergeben: Muñiz sollte gespannt sein, nicht unruhig.) Er hatte ihnen versprochen, sie so bald wie möglich zu besuchen, am Samstag würde er mit ihnen einen Ausflug machen.

Der Kaffee kam. Er rührte in aller Ruhe um und ließ den Blick durch das Lokal schweifen. Muñiz widmete sich dem Text, den sie zu korrigieren vorgab, denn sie begriff, dass Rs Unaufmerksamkeit nur vorgeschützt war: Er inspizierte das Lokal und die Straße noch einmal auf der Suche nach Verdächtigen.

Als er seine visuelle Patrouille beendet hatte, beugte er sich vor. Er nahm ein paar Schlucke und schob die Tasse beiseite, aber die Haltung behielt er bei. So konnte er die Rolle problemlos herausziehen. Im Schutz der Tischdecke fühlte er sich wie ein Fotograf aus früherer Zeit, der das Negativ unter einem Stück Stoff bearbeitet, um zu verhindern, dass es durch Lichteinfall vernichtet wird.

Er legte Muñiz die Seiten hin, ohne sie anzusehen. Sein Blick war immer noch auf das andere Ende des Raums gerichtet, er wollte sichergehen, dass niemand das Manöver beobachtet hatte.

Muñiz reagierte nicht. Sie betrachtete die Gabe. Ihr war klar, um was es sich handelte, aber die Darbietung verwirrte sie. (Sie stolperte über die zweite der sechs W-Fragen: Wie?)

Schließlich nahm sie die Blätter und rollte sie auf. Erst da würdigte sie ihn eines Blickes.

Muñiz sagte kein Wort, aber das brauchte sie auch nicht. Ihr

Blick sprach Bände: *Soll ich das vielleicht lesen, als handelte es sich um ein Edikt des Kaisers oder einen Aufruf des Sheriffs von Nottingham? Wer kommt schon auf so eine Idee?*

Als Muñiz festgestellt hatte, dass es sich um das Erwartete handelte, wurde sie aktiv. Sie spannte die Bögen zwischen je zwei Bücher, so dass sie sich nicht wieder einrollten.

Dann setzte sie sich bequem hin und fing an zu lesen.

Diesmal konnte er sich nicht an der Ferse kratzen. Als er die Beine übereinanderschlug, drückte sich die Walther PPK in seine Blase.

6.

Die Hütte am Tigre kam wie gerufen, ein wahrer Segen. Muñiz hatte einen ehemaligen Studienkollegen getroffen, der auch Übersetzer war. Als sie ihm gegenüber ihre familiären Probleme andeutete – zu dem Zeitpunkt betrachtete sie sich selbst als Nomadin –, erzählte er ihr von der Hütte. Er hatte sie geerbt, aber er nutzte sie kaum und im Winter schon gar nicht: Das Klima am Delta war Gift für einen Asthmatiker. Er bot ihr an, ihr den Schlüssel und die Landkarte zu überlassen, auf der der Weg eingezeichnet war. Das war das einzige Manko: Die Hütte war nur auf Umwegen zu erreichen.

Für R hingegen war das ihr größter Vorzug.

Muñiz nahm das Angebot an.

Während R die Karte studierte, die ausgebreitet auf dem Tisch der x-ten Bar lag, nutzte sie die Zeit, um Papier zu kaufen. In Massen.

«Ich habe nicht vor, *Krieg und Frieden* zu schreiben», sagte er, als sie, gebeugt von der Last ihres Einkaufs, wiederauftauchte.

«Wie sagte meine Großmutter: ‹Besser zu vie-viel als zu wewenig.›»

R schüttelte den Kopf – *Frauen* – und widmete sich wieder der Karte. Als er die Quadrate durchging, fühlte er sich wie Joseph Conrads Marlow. Die Aussicht auf den Umzug beflügelte ihn. Er hatte nicht die Absicht, Schiffbruch zu erleiden: Im Gegenteil, das Labyrinth des Tigre würde ihn über Wasser halten.

In der Hütte war es wegen der Feuchtigkeit kälter als in Merlo. Aber außer den normalen Öfen gab es dort noch einen Dauerbrandofen und einen Holzvorrat, der vor dem Regen geschützt war.

Die Nachteile des Ortes – es gab weder ein Telefon noch eine Kneipe in der Nähe, es gab keinen Strom, aus der Pumpe kam Wasser, aber kein Trinkwasser – machten auch einen Teil seines Charmes aus.

Das Taxiboot setzte ihn drei Inseln entfernt ab. Sie waren durch schmale Brücken verbunden. Das erste Mal ging er langsam wegen des schweren Gepäcks und weil er immer ein Auge auf der Karte haben musste; aber später wiederholte er den Spaziergang ebenso gemächlich, aus purer Freude.

Mit Muñiz hatte er folgende Vereinbarung getroffen: Er würde allein vorgehen und sich einrichten. Wenn er das Gefühl hatte, dass er alles unter Kontrolle hatte, würde er sie anrufen. Dann würden sie Tag und Stunde vereinbaren, wann sie ihn besuchen käme.

Es gab keine größeren Probleme. Ein Schiff mit Lebensmitteln kam zweimal am Tag vorbei. Außer den üblichen Dingen hatte es auch einen gewissen Luxus zu bieten: Zigaretten, Zeitungen. Er verstand sich sofort mit dem Händler, der Fernet hieß oder sich so nannte. Für Fernet war er Freyre, ein Chemieprofessor, der aus gesundheitlichen Gründen ein Freisemester hatte. (Er erholte sich von einem Pneumothorax, deswegen war er so dünn.)

Am dritten Tag rief er Muñiz an. Sie schimpfte ein wenig mit ihm. Er rechtfertigte sich, er habe hart arbeiten müssen, um alles zum Laufen zu bringen, doch das war gelogen. Er hatte sich einfach treiben lassen. Er war überwältigt von dem Ort. Er war von einem saftigen Grün, das jeden Winter überstand. Hinter einer Tür fand er eine Angelrute, der Fluss war voller Piapara. Er wanderte zu Fuß über die Insel und auch über die Nachbarinseln, um sich umzusehen. Es gab noch weitere Hütten in der Nähe, aber sie waren unbewohnt. Richtung Osten waren die Inseln jungfräulich, wenn er darauf zielte, stellte er sich einen Schießstand vor.

Er musste sich zwingen, weiterzuschreiben. Er musste alles aufholen, bevor er sie anrief, damit sie nicht merkte, dass er seine Zeit vertrödelt hatte.

Den Samstag hatte er den Mädchen versprochen. Sie verabredeten sich für den Sonntag.

7.

Er wartete auf dem Bahnsteig auf sie. Sie kam weder mit dem ersten noch mit dem zweiten Zug. Muñiz war normalerweise pünktlich. Aber die Fahrt war länger als die, die sie sonst machten. Die Züge waren nicht mehr in der Hand der Engländer, die Fahrpläne waren keine Richtschnur, sondern lediglich der Ausdruck einer Wunschvorstellung. Vielleicht hatte sie die Zeit falsch berechnet. Muñiz hatte falsch eingeschätzt, wie viel Zeit sie von ihrem Übergangsquartier bis zum Bahnhof brauchte. Sie hatte den Zug in die entgegengesetzte Richtung genommen. Oder der Zug hatte einen Schaden, und sie wartete auf den Ersatzzug.

Im Café La Nueva San Jorge hatte er sie nicht aus den Augen gelassen, bis sie zu Ende gelesen hatte. Das war frustrierend gewesen, denn Muñiz ließ sich nicht das Geringste anmerken. Er hatte den einen oder anderen Gesichtsausdruck bemerkt, den er nicht zu deuten vermochte, wie sehr er sich auch bemühte. War es Langeweile, Bewunderung, Verwirrung? Er nahm sich vor, sie irgendwann zu fragen, ob sie Poker spiele, sie hatte das Zeug zum Champion.

Als sie die letzte Seite aufschlug, sah er, dass ihre Hände zitterten. Das erschien ihm vielversprechend. Dann machte es ihm Angst. Warum zögerte sie? Was getraute sie sich nicht zu sagen?

Die gelesenen Seiten hatten sich auf dem Tisch wieder zusammengerollt. Aber die letzte steckte noch fest. Muñiz schob eins der Bücher, die den Text gehalten hatten, darüber, bis das Blatt bedeckt war. Ein Akt der Okklusion. Sie blockierte ihn. Sie schaffte es nicht mal ihn anzusehen, das Treiben im Lokal schien sie mehr zu interessieren als er.

Er hatte das Gefühl, in seinem Inneren hätte sich eine Falle aufgetan und seine Eingeweide fielen ins Leere.

Sie sammelte die Blätter ein und rollte sie in der richtigen Reihenfolge zusammen. Irgendwo auf dem Rückweg würde sie schon einen Abfalleimer finden, wo sie sie unauffällig entsorgen könnte.

«Das ist …», sagte Muñiz, und dann brach sie ab. Es war offenkundig, dass sie kämpfte, das richtige Wort nicht fand, um ihn nicht zu verletzen. Vielleicht weil es dieses Wort nicht gab. Muñiz wusste es wahrscheinlich nicht, aber alles, was nicht auf ein eindeutiges Lob hinauslief, hätte denselben Effekt: R würde in die Falle in seinem Inneren stürzen, und, *puff*, weg war er, und es blieb nur noch der leere Stuhl übrig.

Muñiz' Kampf war nicht auf ihren Geist begrenzt. Auch ihre Gesichtsmuskeln bekriegten sich und konnten sich nicht einigen. Die Anstrengung war so groß, dass es aussah, als würde sie jeden Moment in Tränen ausbrechen.

«Das ist», wiederholte sie, allerdings mit mehr Emphase. Dann legte sie beide Hände auf das Buch, unter dem sich die letzte Seite befand. Sie schlug dreimal darauf.

«Sie machen mir Angst. Geht es Ihnen gut? Haben Sie Kopfschmerzen? Möchten Sie eine Kopfschmerztablette?»

«Das ist es», insistierte sie. Sie überwand sich. Sie musste es tun, R verstand nichts, sie musste es ihm buchstabieren, damit es in seinen Dickschädel ging. «Was Sie schreiben mussten. Was deine Pflicht war zu schreiben. Was nur du schreiben konntest.»

Es war das erste Mal, dass sie ihn duzte.

«Sprich weiter», hatte R darauf erwidert.

«Da ist kein Gramm zu viel. Aber es fehlt auch nichts. Es ist präzise und zugleich sensibel. Und aus der richtigen Perspektive erzählt: aus Sicht der Opfer. Es ist dir schwergefallen, dahin zu kommen, wer wüsste das besser als ich, aber du hast es geschafft!»

Der Pfiff riss ihn aus seinen Gedanken. Der nächste Zug fuhr ein. Der Bahnhof war voller Dampf. Er blinzelte ein paarmal, dann war der Nebel verschwunden.

Es stiegen massenweise Leute aus. Viele Familien, Sonntagsausflügler. Sie rempelten ihn an, als wäre er ein Pfosten, bei dem man sich nicht zu entschuldigen braucht.

Muñiz war eine der Letzten, wegen des Gepäcks.

8.

Sie war gekleidet wie für einen Landausflug. Sie trug ein Kostüm aus rustikalem Stoff und flache Schuhe. Und sie schleppte einen schweren Koffer, der gegen die Stufen des Waggons schlug, bis er auf dem Bahnsteig landete.

Was hat sie dabei? Es war doch ausgemacht, dass sie zu Besuch kommt. Sie will doch wohl nicht einziehen?

Er umarmte sie. Sie roch nach Liebe. Dann küsste er sie, aber nur flüchtig. Man zieht schnell die Blicke der Leute auf sich. Außerdem wollte er sich keine Blöße geben. Seit Wochen quälte ihn eine Dauererektion, die nicht nachließ, obwohl er regelmäßig Hand anlegte. Sein Körper erinnerte ihn daran, dass er ein Mann war, auch wenn er sich was vormachte.

Der Koffer wog weniger als befürchtet. Er nahm ihn in die rechte Hand, den linken Arm legte er um Muñiz' Taille.

Die Bootsfahrt dauerte weniger als eine Stunde. Beim ersten Mal war ihm das erste Stück ewig vorgekommen. Das Verlangen war ein Morast. Aber bald schwang er sich auf den Rhythmus ein. Die Überfahrt besänftigte ihn. Die Gebäude und die großen Schiffe verschwanden. Die Abstände zwischen den Häusern wurden immer größer. Nach einer Weile sah man gar keine mehr. Es gab nur Holzhütten, die dank Pfählen über dem Wasser schwebten.

Diese Welt kannte keinen Druck und keine plötzlichen Veränderungen. Im Delta war man im Fluss. Man sah und hörte alles, und so hatte man Zeit, sich vorzubereiten: die Morgendämmerung, den Regen, die Wasserhyazinthen, Fernets schwimmenden Laden, die Inseln, die das Boot anpeilte und hinter sich ließ. Als er am Ende die Anlegestelle betrat, hatte er das Gefühl, nicht nur am Ziel, sondern in einer anderen Welt angekommen zu sein.

Sie hatten einen idealen Sonntag erwischt. Kalt, aber sonnig, weiter oben sah man ein Archipel weißer Inseln. R hatte immer Systemen gegenüber einzelnen Formen den Vorzug gegeben, er sah eine Wolkenansammlung und dachte an die Azoren.

Er ließ Muñiz erst mal die Neuigkeiten loswerden. Ihre Kontakte mit den Verlagen hatten immer noch keine Früchte getragen. Niemand wollte sich auf ein Buch einlassen, das erst ein *Work in progress* war. Viele weigerten sich, die ersten Kapitel zu lesen, sie sollte wiederkommen, wenn das Buch fertig war.

«Und wenn es fertig ist, werden sie sich eine andere Entschuldigung ausdenken», sagte R.

Das einzig wirklich Neue war ein Anruf. Schuppenkopf

Rossi – *JWR* – hatte mitgeteilt, dass Bruno Jacovella auf der Suche nach ihnen war. R wusste, um wen es sich handelte. Die Jacovellas – Bruno und sein Bruder Tulio – waren Peronisten, die vom katholischen Nationalismus kamen. Sie hatten eine Zeitschrift unterhalten, *Esto es*, die von der Fusiladora ein paar Monate geduldet und dann im März 1956 geschlossen wurde.

«Sie haben eine neue gegründet, sie heißt *Mayoría*», sagte Muñiz. «Ein Wochenmagazin. Sie wird heimlich produziert und verteilt, aber laut Rossi von vielen gelesen.»

«Und was wollen sie von uns?»

«Er hat mir die Information spät am Freitag gegeben. Ich hatte keine Zeit anzurufen!»

R rief sich zur Ordnung. Es hatte keinen Sinn, sich festzubeißen, die Antworten würden nicht vor Montag kommen. Am vernünftigsten war es, sich auf die Gegenwart zu konzentrieren. Sich mit dem zu beschäftigen, was gerade passierte – Muñiz' glatte Hand, die Fahrt über den Fluss –, anstatt sich in Spekulationen zu ergehen.

Er erzählte ihr, woher der Name Tigre kam. Muñiz drückte seine Hand. Er erklärte ihr, dass es keine Raubkatzen mehr gab. (Vorsichtshalber ließ er die Schlangen und Ratten unerwähnt. Die Schlangen ließen sich wegen der Kälte nicht blicken, aber die Ratten besuchten die Anlegestelle, sobald Fernet weiterfuhr. Sie waren gute Schwimmer.)

Das Gebiet war als *La Matrería* bekannt, weil es ideal für Straßenräuber jeglicher Couleur war.

«Es ist ein natürliches Labyrinth, das zudem ständig seine Form verändert. Wenn es heftig regnet und es zu Überschwemmungen kommt, verschwinden ganze Inseln und andere tauchen auf. Alle Karten vom Delta sind provisorisch», sagte er. Das hatte er am Tag seiner Ankunft in dem einzigen Buchladen gelernt, den es zwischen Bahnhof und Hafen gab. Viel mehr nicht, weil er das Buch nur durchblättern konnte: Sein Budget ließ einen Kauf nicht zu. Aber wenigstens hatte er ein wenig Nutzen daraus ziehen können. R konnte keinen Ort besuchen, wenn er nicht vorher alles über ihn wusste; wie manche Leute nicht ohne Insulin leben können, konnte er nicht ohne Informationen leben, er war ein *Informationsjunkie*. «Sarmiento hat ihm das Gesicht gewaschen, aber es ist immer noch ein unzivilisierter Ort. Deswegen tummeln sich hier so viele Misanthropen und Flüchtige. Leute wie wir!»

Muñiz schlang die Arme um seinen Hals und küsste ihn. Es waren noch vier andere Passagiere an Bord, aber das war R egal.

Wenn sie ihnen zuschauten, würden sie ihnen ein nettes Schauspiel bieten.

9.

Sie gingen einen Pfad entlang, den andere Schritte für sie freigelegt hatten. Muñiz entdeckte Geißblätter und Azaleen. Der Bogen der Brücken knarrte unter ihrem Gewicht. Hoch oben schlangen die Bäume ihre Finger ineinander. In dem Netz gab es hier und da Lücken, durch die Sonnenlicht einfiel.

R legte Holz in den Ofen. Er hatte Angst gehabt ihn anzulassen, er fürchtete, ein Funke könnte sich in seiner Abwesenheit entzünden. Aber die Hütte sollte warm sein. Beim Ausziehen würde keine Entschuldigung zählen.

Muñiz sah sich die Hütte an. (Einschließlich Schlafzimmer. R hatte zum ersten Mal das Bett gemacht, bevor er die Hütte verließ. Zum Glück war es ein Doppelbett, es sah tadellos aus.) Es war eine einfache, aber gemütliche Hütte: Wohnzimmer, Essbereich, Küche, Schlafzimmer, Bad. Das Holz trug, wie immer, dazu bei. Die Möbel passten nicht zusammen, es war ein bunter Stilmix, wild zusammengewürfelt. Doch Muñiz beklagte sich nicht. Es war die Hütte ihres Freundes. Auch wenn sie noch so scheußlich war: Einem geschenkten Gaul schaut man nicht ins Maul.

R ging ins Bad, um die Walther aus der Unterhose zu ziehen, und versteckte sie im Toilettentisch. Als er herauskam, rief Muñiz ihn aus dem Schlafzimmer.

Sie hatte den Koffer auf das Bett gehoben. Außer ein paar persönlichen Dingen – frische Kleidung, das Necessaire – war alles, was sie mitgebracht hatte, für R. Papier und Bänder für die Schreibmaschine. Shampoo und Rasierklingen. Eine bescheidene Aussteuer: zwei Hemden, eine Hose, ein Overall, eine Jacke. Alles neu.

«Haben Sie eine Bank überfallen?», fragte er. Trotz der Küsse waren sie wieder zum Sie übergegangen, eine Nebenwirkung der Nervosität.

«Ich habe Geld für einen extra Übersetzungsauftrag bekommen. Wenn Sie die Sachen anziehen, denken Sie einfach: *Das habe ich Sartre und Genet zu verdanken.*»

R fühlte sich schuldig. Auf dem Bahnsteig hatte er sich eingeredet, dass Muñiz bleiben, ihren Aufenthalt verlängern wolle. Und er hatte sogleich Barrieren in seinem Kopf errichtet: *Wenn sie bleibt, kann ich nicht arbeiten. Wenn sie um mich ist, kann ich mich nicht konzentrieren.* Und dabei hatte sie ihm nichts als Geschenke gebracht.

Er bot ihr etwas zu essen an, denn es war schon Mittag. Während er kochte – keine große Kochkunst, Steaks und Salat –, las sie die neuen Seiten. Es waren nicht viele, aber das machten sie durch ihre Dramatik wett: Der erste Teil des Buches endete mit einem Höhepunkt: Als die Polizei lautstark bei Torres an die Tür klopft.

Obwohl er ihr *Steak bleu* gebraten hatte – sie mochte es so: blutig, fast noch lebendig –, hatte sie es kaum angerührt. Anders war es beim Wein. Muñiz hatte einen Rioja vom Weingut Marqués de Riscal mitgebracht. Sie hatte ihn in dem Laden gekauft, in dem ihr Vater sich versorgte. Eine weitere göttliche Idee von ihr, denn Fernet hatte nichts Nobleres als Wein aus der Korbflasche im Angebot.

Über Monate hatten sie fast ausschließlich über die Geschichte gesprochen, die sie zu vier Händen köchelten, und zur Entspannung über Literatur. Doch seit sie akzeptiert hatten, dass sie sich begehrten, hatten sie auch über andere Dinge geredet. Muñiz hatte ihm von der Reise ihrer Eltern erzählt, von der Flucht, die sie nach Argentinien geführt hatte. Trotz der dramatischen Umstände hatte Muñiz es wie ein Abenteuer erlebt. Sie hatte festgestellt, dass sie das Reisen in allen erdenklichen Formen liebte: zu Luft, zu Wasser oder über Land. Und auf Reisen gab es keine besseren Begleiter als Bücher. Nichts kam der Ekstase näher als eine zweifache Reise von Körper und Geist.

R hatte seine Familiengeschichte Punkt für Punkt im Stil eines Schelmenromans abgearbeitet: der Großvater und Großgrundbesitzer, der Vater, der die Schwäche für das Kartenspiel geerbt hatte – so ziemlich das einzige Buch, das er in seinem Leben gelesen hatte, und auch nur auf Drängen seiner Frau, war *Der Spieler* –, die Schulden, die strenge und frivole Mutter. Er hatte Dora erst gestern gemeinsam mit den Mädchen besucht. Die Mädchen hassten ihre Großmutter. Sie war noch abweisender als ein Kaktus, und sie durften sich nicht vom Platz rühren, geschweige denn etwas anfassen.

Als der Wein zur Neige ging, gingen auch die Worte zur Neige.

10.

R stand auf und reichte ihr die Hand. Sie ließ sich ins Schlafzimmer führen.

Er war so umsichtig gewesen, die Vorhänge zu schließen. Er stellte sich vor, dass es für Muñiz das erste Mal war. (Sie hatte nichts gesagt, und er hatte das akzeptiert. Nach manchen Dingen fragt man nicht, Fragenkatalog hin oder her.) So weit wie möglich wollte er ihre Schamgrenze wahren. Er ging davon aus, dass die Dunkelheit hilfreich war.

Er setzte sich auf den Rand des Bettes und rief sie zu sich. Er küsste sie zärtlich und berührte dabei nur ihre Hände und ihre Wangen. Sie hatten alle Zeit der Welt, er würde warten, bis sie die Initiative ergriff. Es vergingen köstliche Momente, bis sie eine Hand zwischen seine Beine schob und sie den Schenkel hochgleiten ließ. Die Hand drang nicht bis zum Ziel vor, aber das war auch nicht nötig. Es war eher ein Signal als eine Zärtlichkeit, eine Leuchtrakete, die sie in den Himmel geschossen hatte.

R legte sich hin. Sie tat es ihm gleich und streifte mit dem einen Fuß den Schuh vom anderen ab. Hände und Beine eroberten neue Freiräume, ohne sich vollends gehenzulassen. Muñiz liebte das Reisen, und sie wollte den Weg auskosten. Er biss in ihre Ohrläppchen und küsste ihren Hals, erkundete die Rundung ihrer Hüfte. Sie strich über seine Brust; ihre Hände waren kalt. Der Abstand zwischen ihnen wirkte übertrieben, ihre Körper waren als Ganze ineinander verschlungen.

Er entkleidete sie in aller Ruhe, aber nicht vollständig. Dann drehte er sich zur Seite, um sich selbst auszuziehen. Sie nutzte die Pause, um das Bett aufzuschlagen und hineinzuschlüpfen, sie zog das Laken bis zum Hals und entledigte sich ihrer Unterwäsche.

Als R zu ihr ins Bett schlüpfte, spürte er, dass sie zitterte. Er dachte, das würde bestimmt bald vorbeigehen, seine Hände bestätigten ihm, dass sie bereit war. Sanft drang er in sie ein, er wollte ihr keinen Schmerz zufügen. Er hatte die Schwelle überwunden und konnte sich ungezwungen bewegen. Doch sie zitterte immer noch. Sie drückte ihn so fest an sich, dass man ihre Angst erahnen konnte. Und er beschloss, sich zurückzuziehen.

Er ließ sich neben sie sinken und zog sie an seine Brust. Er nahm die Umgebung wieder wahr: die Holzhütte, der Fluss, der Wind, der sich an den Blättern rieb. Er küsste sie auf die Stirn, drückte sie noch fester.

Er schlief als Erster ein.

11.

Beim Sonnenuntergang wachte er auf. Sie war ihm zuvorgekommen: Sie saß neben ihm und betrachtete ihn. Sie trug wieder ihre Unterwäsche, sie empfand immer noch Scham. Doch diesmal ergriff er die Initiative. Er schwang ein Bein über sie und setzte sich auf sie. Er berührte ihre Brüste, und sie riss sich den Stoff vom Leib, der seine Hände von ihrer Haut trennte.

Beim Höhepunkt stöhnte sie. R raunte ihr zu, sie solle ruhig schreien. Das war einer der Vorteile der Einsamkeit. Wer konnte sie hören, so einsam und verlassen in den Spiralen des Labyrinths?

Das zweite Mal wurde von einem Feuerwerk aus Lustschreien begleitet.

12.

Nach dem Abendessen nahmen sie die Öllampe mit an den Steg. Es war kalt, aber sie wollten sich das Schauspiel nicht entgehen lassen. Die Zigaretten und der Grappa würden sie wärmen. Der Lebensmittelhändler hatte versucht, ihn von den Vorteilen des Fernet zu überzeugen, aber R dachte, dass Muñiz Schnaps bevorzugen würde. In der Tat hatte sie einmal hinter dem Rücken ihres Vaters Tresterschnaps probiert. Aber als sie einen Schluck aus der Flasche mit dem selbstgebrannten Grappa nahm, hatte sie das Gefühl, Feuer zu speien. Sie meinte, er wolle sie wohl loswerden, indem er sie mit reinem Alkohol vergifte. Auch die Zigarette lehnte sie ab. Wenn sie Rauch einsog, würde sie sich in einen menschlichen Molotow-Cocktail verwandeln.

Der Mond war durch einen Wolkenwickel verdeckt. Trotzdem konnte man das Notwendige sehen: den Rücken des Flusses, die gezackte Kontur des Waldes. Ab und an gab das Wasser eine Blase frei, die in Kontakt mit der Luft platzte.

«Dieser Ort ist das Paradies», sagte Muñiz, an seinem Arm hängend.

«Im Winter vielleicht. Im Sommer gibt es hier so viele Mücken, dass sie dich nicht stechen, sondern als Ganzes davontragen.»

R kam auf das Buch zurück. Er sagte, sie solle sich wegen der Verlage nicht das Leben schwermachen. Er wollte den Druck von ihr nehmen, er wusste, dass sie eine fast unmögliche Aufgabe übernommen hatte: einen unfertigen Text zu verkaufen, der von einem unbequemen Thema handelte. Es war zu erwarten, dass sie nur Absagen bekam.

Er sagte es ihr nicht, weil er es ihr nicht schwerer machen wollte, als es ohnehin schon war, aber die Fristen der Verlage bereiteten ihm Kopfzerbrechen. Um diese Zeit standen bei den seriösen Unternehmen die Titel für das Programm 1958 bereits fest. Und 1959 war keine Option. Das war mehr als eine Ewigkeit hin. Was sollte bis dahin aus ihm werden, was sollte er tun, jetzt, da er für die großen Zeitungen eine *persona non grata* war?

«Ich frage mich, was die Jacovellas wollen.»

Nicht schlecht, er hatte für ein paar Stunden von dem Thema abgelassen: Das war rekordverdächtig.

«Hast du dir schon einen Titel überlegt? Den brauchen wir unbedingt, so bald wie möglich. Was hältst du von *Erschossen im Morgengrauen*?»

«Hört sich gut an», sagte R. «Aber viel zu romantisch. Das

klingt nach Hemingway im Bürgerkrieg. Und die Geschichte hat nichts Romantisches. Das Buch erzählt eine brutale Begebenheit. Und das muss sich im Titel widerspiegeln!»

Die Kälte setzte ihnen zu. Wenn er ihr noch mehr Grappa einflößte, würde ihr übel. Und er hatte für den Rest des Abends andere Pläne.

Sie kehrten zur Hütte zurück und fanden die Tür offen vor. R flehte zu Gott; wenn sich eine Ratte in die Hütte geschlichen hatte, würde Muñiz ganz andere Schreie ausstoßen. Aber es gab keinen Grund zur Klage. Das einzige Ärgernis war, dass der Wind die Blätter überall im Wohnzimmer verteilt hatte. Am schlimmsten hatte es eine Ausgabe von *Revolución Nacional* getroffen, die geradezu ausgeweidet war; es war die mit dem Titel «War das Massaker von José León Suárez eine Geheimoperation?»

Das Letzte, was Muñiz mit schwerer Zunge sagte, bevor sie einschlief, war: «Es hat fast nicht weh getan.» Sie sagte es einfach so, aus dem Nichts heraus. Eine Sekunde später war sie weg.

R dachte an V. Seine Tochter hatte dasselbe oder etwas Ähnliches gesagt, als sie geimpft wurde und betonen wollte, wie tapfer sie war. (Er erinnerte sich nicht, um welche Impfung es sich handelte. Elina wüsste es bestimmt, aber er nicht, sein Gedächtnis setzte andere Prioritäten.)

Es hat fast nicht weh getan. Das war eine ideale Grabinschrift. Er hatte eine Idee zu einer Reihe, er würde sie *Leoplán* vorschlagen: Berühmte Leute präsentieren die Inschrift, die sie gern in ihren Grabstein gemeißelt sähen. Wenn die Redaktion darauf einging, würde er sich eine Nische reservieren und schreiben: «Es hat fast nicht weh getan.»

Während er über die ideale Kandidatenliste nachdachte – als Erster fiel ihm Borges ein –, entschlummerte auch er.

13.

Am Montagmorgen machten sie einen Zwischenstopp in der Telefonzentrale von ENTel in Tigre. Bruno Jacovella berichtete ihm von *Mayoría*, seinem neuen Wochenmagazin, und sagte, er würde gern auf ihn zählen. R erwiderte, er sei mit einem großen Projekt beschäftigt. Jacovella biss an und fragte, um was es sich handle. Dann wollte er wissen, ob er schon einen Verlag habe und ob es schon ein Erscheinungsdatum gäbe. R wollte nicht lügen und sagte, das gäbe es noch nicht. Jacovella fragte, ob er den Text lesen dürfe.

Muñiz saß mit ihm in der Kabine und hörte alles mit. Sie flüsterte R zu, sie könne es noch am selben Nachmittag an den gewünschten Ort bringen.

«Vielleicht kann man es als Serie veröffentlichen», sagte Jacovella. «Wie früher die Fortsetzungsromane.»

R war sprachlos. Es war die beste Option; sie war so gut, dass er es nicht gewagt hatte, auch nur daran zu denken. Auf die Weise würde der Text bald in Umlauf kommen. Dazu müsste das Buch nicht einmal fertig sein!

Er reichte seiner Partnerin den Hörer, damit sie die Einzelheiten für die Übergabe vereinbarte.

Während Muñiz sich vorstellte, bedeckte er ihren Hals mit Küssen. Er konnte seine Finger nicht von ihr lassen, und sie hatte Schwierigkeiten, die Adresse zu notieren. Er wollte sehen, wie lange sie die Rolle der effizienten Journalistin durchhielt.

Das tat sie bis zum Schluss. Aber kaum hatte sie aufgelegt, überzog sie sein ganzes Gesicht mit roten Farbklecksen.

Sie brachten die Wände der Kabine zum Beben. Sie verließ die Kabine wie eine blühende Rose, und er blieb zurück und säuberte sich mit dem Taschentuch.

SECHZEHN

Die Wut eines Einzelnen

1.

Am 27. Mai 1957 widmete das Wochenblatt *Mayoría* drei Seiten einer Serie mit dem Titel: «Das Massaker von San Martín». Der Satz war in weißen Lettern auf einen schwarzen Block geschrieben. Darüber wurde erklärt, dass es sich um eine «erste Notiz» handle, und unten auf dem Block stand: «Ein Buch, das keinen Verleger findet.»

Die erste Seite wurde mit zwei Bildern illustriert. Es waren Passfotos, entsprechend waren Format, die Miene und die Förmlichkeit: Beide hatten sich in Positur gesetzt, mit Jackett und Krawatte. Das hatte dem offenen Gesichtsausdruck Carranzas und auch der Tangosängerattitüde Garibottis keinen Abbruch getan. Laut den Witwen hatten sie sich in ihren besten Anzügen präsentiert. Dieselben, die sie den Bestattern überlassen hatten, um sie vor der Totenwache einzukleiden.

Auf den folgenden Seiten fanden sich Bilder der Angehörigen, die sie überlebt hatten: die sechs Kinder Carranzas («Er hatte Kinder wie Orgelpfeifen»), die sechs von Garibotti und seiner Frau verteilt auf zwei Schnappschüsse, und zuletzt Delia Beatriz Garibotti, eingefroren auf einem Schulfoto. Sie war die Jüngste und das einzige Mädchen. Das Bild war dasjenige, das bei der Familie ordentlich gerahmt im Wohnzimmer hing: Delia mit der Kreide in der Hand im Kittel vor der Tafel, freundlich in die Kamera lächelnd.

Die Seiten gaben die ersten drei Kapitel des Buches wieder.

Auf der dritten wurde Horacio di Chiano vorgestellt, aus verständlichen Gründen ohne Foto. Es war die einzige Garantie, die die Familie verlangte, als man ihr von der Artikelfolge erzählt hatte.

Für die nächsten Ausgaben hatten die anderen Darsteller um unterschiedliche Vorsichtsmaßnahmen gebeten: Gavino erschien als F, Torres wurde zu Ríos – ein etwas plakativer Scherz, da er an den bekannten Filmemacher denken ließ –, und der Terrorist Marcelo hieß einfach nur M, wie der «Vampir von Düsseldorf» im Film von Fritz Lang. Ein Zeugnis des ersten Eindrucks, den der Fall auf R gehabt hatte, als Quique Dillon ihm davon erzählte. «Die Geschichte kam mir vor wie ein Film, demgegenüber jede Form von Skepsis angebracht ist», gestand er zu Beginn seiner Einführung.

In diese Einführung waren viele Informationen aus den ersten Seiten eingeflossen. Er folgte den Zeilen des Textes, den er in Merlo geschrieben hatte, um sich selbst zu beweisen, dass die Geschichte den langen Atem eines Buches wert war. Er erkannte die wichtige Rolle von Rechtsanwalt Doglia an, der als Erster auf die Brutalität der Polizei reagiert hatte. Er dankte auch von Kotsch für seine Arbeit, der Livraga und Giunta aus dem Gefängnis geholt hatte. Und er erwies dem armen Barletta Reverenz, den es teuer zu stehen kam, dass er die Anzeige veröffentlichte, die Muñiz ihm überbracht hatte.

Revolución Nacional und der grauen Eminenz im Hintergrund, dem Verleger Cerruti Costa, hatte er einen ganzen Absatz gewidmet. Das war das mindeste, denn das Blatt hatte dafür gesorgt, dass die Ermittlung nicht in irgendwelchen Schubladen verschwand. (In dem Abschnitt hatte R nicht ganz die Wahrheit gesagt, als er vorgab, die Reportage sei «von diversen Wochenblättern» abgelehnt worden, denen er sie ursprünglich vorgelegt habe. Er hatte sie nur *einem* vorgelegt, nämlich dem von Sánchez Sorondo. Durch den Plural wollte er die Blätter schützen, mit denen er Kontakt aufgenommen und die ihm die Tür gewiesen hatten. Er hegte die Hoffnung, dass jetzt, da die Geschichte wiederaufgenommen wurde, sie doch noch anbissen und sie weiterverbreiteten.)

Den Teil der Einführung, den er im Wettlauf gegen die Deadline der Druckerei geschrieben hatte, bereute er. Es waren die Abschnitte, in denen er seinen Arsch retten wollte, indem er betonte, er sei kein Peronist, und es bestünde auch keine Gefahr, dass er sich vom Peronismus anstecken lasse. Er distanzierte sich auch von der Revolution, weil er nicht mehr an sie glaube. (Was fälschlich voraussetzt, dass er irgendwann an sie geglaubt hatte.)

Die meisten seiner Salven richteten sich gegen die politische Partei der Opfer. Die er, noch, als Feind betrachtete. («Unter der Regierung Perón hätte ich ein Buch wie dieses nicht veröffentlichen können.») Einen Feind, den man nicht versteht, kann man nicht besiegen, meinte er. Die Ermittlungen hatten ihm Gelegenheit gegeben, sich zum ersten Mal mit «aktiven Peronisten» auseinanderzusetzen, und er hatte sich das zunutze gemacht und war zu dem Schluss gekommen (*haltet die Druckerpressen an*): Sie sind Menschen und verdienen eine entsprechende Behandlung.

Eine echte Dummheit. Denn das klingt so, als seien die Peronisten, bevor ich sie kennenlernte, keine Menschen gewesen. In dieser Negation liegt der Keim für die Gewalt, das, was ihre Auslöschung legitimiert. So hat Hitler angefangen, und so ist das deutsche Volk zum Komplizen des Völkermords geworden: Indem man die Juden zu Ungeziefer erklärte. Wenn man sie für Tiere hält, warum sollte einen ihr Tod erschrecken, wenn einen der des Viehs im Schlachthof auch nicht erschreckt?

Ich kann verstehen, warum Muñiz diese schreckliche Tatsache entgangen ist, sie verbindet Perón mit Franco, der ihre Familie zur Flucht aus Spanien zwang. Aber welche Entschuldigung habe ich?

Zum Glück war der Ausrutscher mit Beginn der Erzählung sofort vergessen. Die sensiblen Porträts von Carranza und Garibotti drückten etwas anderes aus. Das war das Erste, was ihm bei der Niederschrift der Geschichte in Buchform klarwurde.

Shakespeares Figuren waren nicht aus sich heraus hellsichtig, sie wurden es, sobald sie die Dinge laut aussprachen. Sobald ihr Gedanke kein diffuser Nebel mehr war und durch die Theatersprache gefiltert wurde – die abgesehen vom Gebot der Klarheit auch nach Schönheit strebte –, entdeckten sie, wer sie wirklich waren. Aber nur dann.

R trat ins Fettnäpfchen, sobald er politisch argumentierte. Die sicherste Art zu erfahren, was er wirklich dachte – tief in seinem Innern: Der hypothetische Punkt, an dem Geist und Bauch sich nicht länger im Weg stehen, sondern sich verbünden, war erreicht, wenn er eine Geschichte schrieb.

2.

Mitte Mai teilte Bruno Jacovella ihm mit, dass sein Bruder Tulio ihn sprechen wolle. Er hatte ihm die ersten Kapitel ins Exil geschickt – gegen ihn bestand ein Haftbefehl wegen Verstoßes gegen das Dekret 4.161/55, laut dem nicht nur der Peronismus verboten war, sondern die Erwähnung des Namens schon eine Straftat darstellte –, und er musste noch ein paar Punkte klären, bevor er über eine Veröffentlichung entschied.

Bruno schickte ihn in das Büro eines befreundeten Notars, wo Tulio ihn anrief. (Deshalb wusste er nicht, wo er sich versteckt hielt, von wo das Telefonat kam. Es konnte aus Europa sein, aber auch genauso gut aus dem Landesinnern: Alle Ferngespräche hörten sich schaurig an, unabhängig vom Breitengrad.)

Als Erstes beglückwünschte Tulio ihn. Er sagte, sein Text sei etwas wirklich Neues, er habe Qualität und Tiefe der Fiktion, und zugleich verliehen die wahren Tatsachen ihm Autorität.

«Ich weiß nicht, was für eine Art Text es ist, und auch nicht, wie ich ihn bezeichnen soll. In der Form geht er über den Journalismus hinaus. Gleichzeitig ist er von größerer Dringlichkeit als die Literatur. Was es auch ist, ich finde ihn überwältigend!»

Tulio sagte, er wolle ihn so schnell wie möglich veröffentlichen. Sie sprachen über den Editionsplan und Vertragsfragen. Mitten im Gespräch fing Tulio an zu lachen, was R verwirrte. Er mochte vieles sein, aber eins sicher nicht: witzig.

«Ich lache über die Bredouille, in die ich mich bringen werde», erklärte Tulio.

R erinnerte sich an seinen Kommentar, als Muñiz ihm die Ausgabe von *Mayoría* mit dem Abdruck der ersten Folge in das Delta brachte. Sein erster Gedanke beim Blick auf den schwarzen Block mit dem Titel: dass Tulio nicht der Einzige war, der sich in die Bredouille brachte.

Im Unterschied zu den Artikeln in *Revolución Nacional* würden die Fortsetzungen mit seinem Namen erscheinen. Er hatte sie mit seinen Initialen – *RJ* – und seinem Nachnamen versehen.

Von jetzt an wusste Desi, wer sein Feind war.

3.

Er hatte mit Muñiz über die Frage der Autorschaft diskutiert. R wollte, dass sie auch in irgendeiner Weise Erwähnung fand, das war nur gerecht. Andererseits hatte er Angst, sie zu gefährden. Aber das wollte er nicht offen sagen. Und wenn sie auf den Gedanken käme, er wolle die Lorbeeren allein einheimsen? Er dachte, dass sie das nie von ihm annehmen würde. Aber das hatte er auch von Elina gedacht; und bei der erstbesten Krise hatte sie seine Absichten in Frage gestellt.

Zum Glück musste er es nicht darauf ankommen lassen. Muñiz sagte, sie wolle lieber anonym bleiben, zumindest im Moment. In erster Linie, weil sie sich mit ihrem Vater aussöhnen wollte. Wenn überhaupt eine Möglichkeit dazu bestand, würde sie sich sofort verflüchtigen, wenn Don Muñiz erführe, dass sie das Risiko von Repressalien eingegangen war … noch dazu für die Verteidigung von Peronisten!

Aber am wichtigsten war es ihr, sich frei bewegen zu können. Der Text war nach wie vor ein *Work in progress*, bezüglich der Niederschrift wie auch der Veröffentlichung. R musste sich verstecken, er brauchte jemanden, der für ihn mit der Welt draußen kommunizierte. Und wenn ihr Name in alle Winde gestreut würde, wären auch ihr die Hände gebunden.

Sie ergriffen weitere Vorsichtsmaßnahmen.

R bat Elina, ihre Trennung offiziell zu machen, nicht nur vor der Familie, sondern vor Gott und der Welt. Sie sollte die Information beim Gemüsehändler, beim Briefträger und allen übrigen ungefiederten Zweibeinern verbreiten, die ihr über den Weg liefen. Je mehr Leute von seiner Untreue wussten, desto größer war die Wahrscheinlichkeit, dass der Feind davon ausging, dass Elina nichts mehr mit R zu tun hatte, und sie in Ruhe ließ.

Die Mädchen waren so gut wie in Sicherheit. Die Umstände lösten Schuldgefühle in ihm aus, aber im Moment war daran nichts zu ändern.

Elina war ihm immer wieder damit gekommen, dass sie die Mädchen auf ein Internat schicken wollte. Sie sagte, sie habe die ideale Schule im Kopf. Ihre Haltung war mehr als nachvollziehbar. Unter der Woche war sie vierundzwanzig Stunden am Tag für die Blinden verantwortlich. Da blieb keine Zeit, sich ausschließlich den Mädchen zu widmen. Immer hatte eines Fieber oder war geschlagen worden oder war deprimiert und wollte, dass sie an seinem Bett saß, um sieben Uhr, um zehn Uhr abends und um zwei Uhr morgens. Und die Hausarbeit wurde auch immer mehr. Tagsüber hatte sie Unterstützung, aber abends war sie allein. Essen für zig Leute, Geschirr, Töpfe und schmutzige Wäsche in der gleichen Größenordnung.

In keinem Punkt hatte sie je auf R zählen können. Er war meistens nicht da, und wenn er da war, zog er sich zum Schreiben ins stille Kämmerlein zurück, oder er spielte mit den Mädchen.

Doch R hatte sich quergestellt, die Sache mit dem Internat machte ihm Angst. Es erschien ihm wie ein Verrat. Wie konnte er die Mädchen in einem Internat unterbringen, nach allem, was er selbst dort erlitten hatte?

Elina sagte, zwischen seinem früheren Internat und dieser Schule lägen Welten. R erwiderte, diese Welten seien von ähnlichen Dingen geprägt: Nonnen, Isolation, Trennung von den Bezugspersonen.

Aber durch seinen Auszug hatte er die Entscheidung zu einundfünfzig Prozent Elina überlassen. Sein Veto war nicht mehr bindend. Die Entscheidungsmacht lag allein bei der Mutter der Kinder.

Wenn er sie an den Wochenenden sah – jedes Mal an einem anderen Ort, zu dem sie immer von jemandem gebracht wurden, aber nie von Elina –, ging ein Großteil der Zeit dafür drauf, sie zu trösten.

V sprach ihre Klagen offen aus. Sie tat es aus einer stoischen Haltung heraus; sie protestierte und zeigte zugleich, dass sie das und noch viel mehr aushalten konnte. Doch P jammerte unaufhörlich. Sie hasste die Schule, sie wollte nicht dorthin zurück.

«Ich vermisse mein Zuhause, mein Bett, meine Sachen. Ich vermisse dich», sagte sie und synkopierte die Sätze durch Schniefen und Schluchzen.

Beim Abschied zerriss es ihr das Herz jedes Mal an denselben Stellen wie in der Woche zuvor.

Die Nonnen – damals wie heute – sagten, dass sieben Tage

mehr als genug waren, um die Welt zu erschaffen. Aber sie sagten nicht, dass sie nicht ausreichten, um ein Herz zu heilen.

4.

Muñiz besuchte ihn an den Wochenenden. Manchmal kam sie spät am Samstagabend, manchmal Sonntag früh. Sie nahm unterschiedliche Busse und bestieg an immer anderen Bahnhöfen den Zug. R wartete am Hafen, aus Galanterie, aber vor allem, weil er sichergehen musste, dass ihr niemand folgte. Dann konnte er ihr auch gleich behilflich sein, denn meistens war sie schwer bepackt.

«Die Rolle der Mama Noël scheint dir zu gefallen», witzelte er.

Sie grinste übertrieben breit, während sie Sachen aus den Tüten und Taschen holte, die aussahen, als würden sie die komplette Welt enthalten.

Bücher. Zeitschriften. Ausgewählte Lebensmittel. Hygieneartikel. Dekoration für die Hütte, ihr Liebesnest.

Und manchmal auch Patronen. Die sie, auf Bitten von R, in unterschiedlichen Waffengeschäften kaufte und die doch bei den Verkäufern immer dieselbe Neugier weckte.

Er bot an, ihr das Schießen beizubringen. Sie wollte es nicht lernen.

Dafür lernte sie mit Riesenschritten im Bett.

Auf dem Gebiet hatte sich dieselbe Innigkeit eingestellt wie in den übrigen Bereichen des Lebens. Das machte ihr Zusammenleben ausgesprochen erquicklich. Wenn ihnen danach zumute war, unterhielten sie sich angeregt über interessante Themen, wie den Algerienkrieg, J. D. Salinger bis hin zu ihren Lieblingsrezepten. R stellte fest, dass ihre innige Bindung nicht schwächer wurde, sondern intensiver, wenn sie zu vier Händen lasen oder korrigierten. Sie ließen sich ihre Freiräume: Sie zog es vor, ihn nicht zu begleiten, wenn er schießen ging, er verzichtete, wenn sie sich in die Sonne legte.

Sonne zu tanken hatte für Muñiz fast etwas Religiöses. Sie konnte jede Aktivität unterbrechen – einmal sogar das Vorspiel –, um noch den kleinsten Sonnenstrahl zu nutzen, den die Wolken gnädig durchließen.

«Es ist Winter», rechtfertigte sie sich. «Wir müssen nutzen, was der Himmel uns schenkt, und sei es noch so klein.»

R fragte sich, wie lange die Flitterwochen anhalten würden. Jede Romanze hatte ihr Verfallsdatum. Und es war ihm auch klar, dass sie in einer Traumwelt lebten: Sie sahen sich gerade mal einen Tag in der Woche, an einem Ort fern der Welt, wo sie nichts anderes taten, als sich immer mehr ineinander zu verlieben. Was würde geschehen, wenn er in die Zivilisation zurückkehrte und mit der realen Welt die Klingen kreuzen müsste? Was würde aus ihrer Romanze, wenn sie nicht mehr länger heimlich wäre?

Immer wenn der Gaul mit ihr durchging, versuchte er sich zu zügeln. Aber es fiel ihm nicht leicht. Er war es gewohnt, mehrere Züge im voraus zu denken, die Zukunft vorwegzunehmen. Im Unterschied zu Muñiz fiel es ihm schwer, sich der Sonne des Augenblicks hinzugeben.

«Bedrückt Sie etwas?», fragte Muñiz an einem Sonntag. Sie waren im Bett. Sie hatten sich nach dem Mittagessen geliebt und lagen auf dem Rücken und starrten an die Decke.

«Warum fragen Sie?»

«Drehen Sie den Spieß nicht um. Ich habe zuerst gefragt!»

«Meine Neugier ist echt. Ich möchte wissen, was Sie an mir gesehen haben, das Sie beunruhigt. Niemand hat alle Zeichen unter Kontrolle, die er von seinen Gefühlen aussendet. Nicht mal Pokerspieler.»

«Zum einen sind Sie wach. Unter ähnlichen Umständen hätten Sie schon längst angefangen zu schnarchen. Und zwar mit offenem Mund!»

«Der Beweis ist nicht schlüssig. Ich habe diese Woche sehr gut geschlafen.»

«Aber Sie sind nicht nur wach: Sie sind angespannt. Jetzt haben Sie aufgehört, mit der Hand zu zucken, weil ich Sie darauf hingewiesen habe. Aber bis eben hat sie noch gezuckt.»

«Ich hatte den Rhythmus eines Stücks im Ohr. Ich habe innerlich danach getanzt.»

«Was für ein Stück?»

«Glauben Sie mir nicht?»

«Was für ein Stück?»

«*Chattanooga Choo Choo.* Glenn Miller. *‹Pardon me boys, is that the Chattanooga Choo Choo …?›*»

«Sie lügen.»

«Klar. Ich lüge aus Prinzip. Ich will nicht, dass man mich völlig durchschaut. Mal sehen, ob ich schon anfange, Sie zu langweilen.»

«Ich glaube nicht, dass das menschlich möglich ist», sagte sie und drehte sich zu ihm und gab ihm einen Kuss in der Nähe des Ohrs. Er nutzte die Gelegenheit, den Kuss zu erwidern und das beunruhigende Gespräch zu beenden.

Ihn bedrückte tatsächlich etwas. Und nur weil er es erwartet hatte, machte es ihn nicht weniger nervös.

Sein Bruder C hatte sich bei Elina gemeldet. Er hatte gesagt, er müsse ihn dringend sprechen.

R hatte Tag und Ort des Treffens bestimmt. Es stand kurz bevor.

Am Dienstag. Am frühen Nachmittag.

R hatte kein Nickerchen gemacht, weil er kaum ein Auge zubekam, seit Elina den Termin bestätigt hatte.

5.

Er hatte ihm als Treffpunkt den Zoo von Buenos Aires vorgeschlagen. Es hörte sich albern an, aber der Ort hatte seine Vorzüge. Er war weiträumig und voller topographischer Besonderheiten – Teiche, Palastbauten nach indischem Vorbild –, und um die Uhrzeit tummelten sich dort viele Schüler. Im Notfall wäre flüchten und sich verstecken ein Kinderspiel. Er war sicher, dass kein Militär oder Polizist zwischen den Kindern das Feuer eröffnen würde.

Und C würde nicht auf ihn schießen. Er misstraute ihm, aber so sehr doch wieder nicht.

Aber er würde nicht die Hand dafür ins Feuer legen, dass er nicht einen anderen (andere) damit beauftragte.

Sie hatten sich nie gut verstanden. C gehörte zur *upper class*: die der Älteren und Bevorzugten, die das Privileg genossen hatten, solange es bestand, und die, als die Malaria Einzug hielt, vom Internat verschont blieben. Dort landeten die Jüngeren, die *underdogs, the expendables*: H und er.

R hatte ihn immer mit Argusaugen beobachtet. C war der Augenstern der Mutter. Der Mustersohn. Der schmucke, der wohlerzogene, der galante. Das traf auch auf R zu, nur auf andere Art. C hatte Charisma, er stand von Natur aus im Mittelpunkt; er war extrovertiert wie seine Mutter. R hingegen war ruhig und wortkarg wie sein Vater, fast schon abweisend. Derselbe Satz klang aus dem Mund von C selbstbewusst und aus dem von R provokativ.

Die größte Demütigung war, dass C in dem Bereich Karriere gemacht hatte, der ihm wegen seiner Sehschwäche verwehrt war. R war überzeugt, dass die Idee, zum Militär zu gehen, ursprünglich von ihm stammte. Wer von ihnen beiden hatte denn Tausende von Kampfjets, Panzern und Soldaten gemalt, seit er einen Stift halten konnte? Aber dann hatte C, der bis dahin keinerlei Ambitionen in diese Richtung geäußert hatte, sie sich zu eigen gemacht, als der Zeitpunkt gekommen war. Natürlich hatte R ihm das nie ins Gesicht gesagt. Er wollte sich vor seinem Bruder, dem *winner*, nicht noch mehr erniedrigen. Was hätte er ihm auch vorwerfen sollen? Dass er ihm eine Idee, einen Plan gestohlen hatte, auf den er kein Exklusivrecht besaß?

Sie hatten sich seit Monaten nicht gesehen. Zuletzt gesprochen hatten sie sich im Dezember 1956, als R die Information über den Erschossenen, der lebte, von Quique bekommen hatte und sich vergewissern wollte, ob sie auch stimmte. C hatte sich totgelacht und ihn abblitzen lassen. Die Geschichte erschien ihm unglaubwürdig. Kein Offizier höheren Rangs würde einen solch schwachsinnigen Befehl erteilen.

Zu einer anderen Zeit hätte R seinem Bruder zugestimmt. Ein solches Verbrechen passte nicht zu einem Militär. C, der während des Putsches gegen Perón ein Geschwader von zwanzig oder dreißig Flugzeugen befehligte, hatte sorgfältig darauf geachtet, dass es keine zivilen Opfer gab; sein Feuer hatte sich auf die Panzer und Truppen konzentriert, die dem Tyrannen unterstanden.

Die Art von Skrupel, die, nach Ansicht Valergas, meine pennälerhafte Prosa inspiriert.

Doch damals – das wurde ihm klar, noch bevor er das Gespräch für beendet erklärte – hatte er beschlossen, anders zu denken. Denn wenn C recht hatte und kein Militär dazu fähig wäre, hätte R keine Geschichte mehr.

Und er brauchte die Geschichte. Genauso oder sogar noch mehr als die Geschichte ihn. Wenn man ihm die Geschichte wegnahm, würde er nie erfahren, was er wirklich dachte.

Und als Elina sagte, dass C ihn treffen wolle, verschwendete er keine Energie darauf, nach dem Grund zu fragen. Er hatte diesbezüglich keine Zweifel. Das Timing sagte alles.

C hatte wenige Tage nach Erscheinen von *Mayoría* in La Plata angerufen. In der Ausgabe tauchte ihr gemeinsamer Nachname auf. Der alles andere als gewöhnlich war, zumindest in den Reihen der Streitkräfte. Irische Nachnamen waren in Kasernen nicht häufig zu finden.

Von dem Moment an war sein Bruder nicht mehr nur der Direktor der Marineakademie und der Kommandant des Marinefliegerstützpunkts Espora. Seitdem die Ausgabe von *Mayoría* in Umlauf war, war er zum Bruder des Kerls geworden, der die Militärs mit Schmutz bewarf und der Regierung das Leben schwermachte.

R war es gelungen, die Geschichte zu veröffentlichen, noch dazu als Fortsetzungsroman. («Die haben dir doch immer schon gefallen», hatte C ihn aufgezogen.)

Und indem er seine Unterschrift daruntergesetzt hatte, hatte er seinen Bruder in eine schwierige Lage gebracht.

6.

Das Wetter – der Unsicherheitsfaktor – spielte nicht mit. Der Dienstag begann mit Regen; es wollte nicht Tag werden. Gegen Mittag ließen die Schauer nach und verwandelten sich in einen Nieselregen, den man auch ohne Schirm aushalten konnte, aber da war der Schaden bereits angerichtet. Es waren keine Schüler zu sehen. Es waren auch keine anderen Kinder zu sehen. Als er seine Eintrittskarte kaufte – er war eine Stunde früher dort, er wollte das Terrain sondieren –, sah die Frau an der Kasse ihn seltsam an. Wer außer Selbstmördern oder Triebtätern ging schon an einem solchen Tag in den Zoo?

Wie üblich vermischten sich beißende Gerüche. Aber an dem Mittag kam noch eine Variante hinzu: der Geruch der wilden Tiere, wenn ihr Fell nass war.

Er arbeitete sich spiralförmig zu dem Punkt vor, den er zum

Sturmauge des Aufeinandertreffens bestimmt hatte. Er sah nur Leute, die zum Personal gehörten oder zumindest so taten. Eine Verkleidung, die den Häschern seines Bruders gut zupasskam: In den rollbaren Mülltonnen und unter den Overalls konnte man leicht eine Waffe verstecken. Wenn er in die Nähe eines Bediensteten kam, blieb er stehen, um das nächstbeste Tier zu «bewundern», bis der andere seines Weges zog.

Er hätte einen angenehmer riechenden Ort als den Elefantenpalast wählen sollen. Aber am Telefon hatte er sich an keinen anderen markanten Punkt auf dem Gelände erinnern können. Als er sich darauf zubewegte, wurde ihm klar, dass auch die exakte Ortsbeschreibung nicht eindeutig war. C konnte irgendwo draußen auf ihn warten, denn so etwas wie einen Eingang hatte der Elefantenpalast nicht.

Ob er mit dem Auto aus Bahía Blanca kommt? Oder hat er ein Flugzeug genommen? Die Angelegenheit lässt ihnen keine Ruhe, sie drängt sie zu fliegen: So haben sie den Schuppenkopf Rossi entführt, und so haben sie den Vorsitzenden des Gerichtshofs einbestellt.

C kam pünktlich. Er sah ihn von weitem, er befand sich auf der anderen Seite des Geländes. Er war in Zivil gekommen, wie er vermutet hatte. Er ging ihm entgegen, doch dann bereute er es. Warum hatte er nicht dort gewartet, wo er stand? C war derjenige, der an dem Treffen interessiert war, also musste der Logik nach er auf ihn zukommen.

Und das tat er auch. Sie waren beide innerlich getrieben.

Auf dem Weg konnte er die Landschaft in Augenschein nehmen. Es war niemand zu sehen, nicht einmal «Personal».

Als er an einen Punkt kam, der sich für eine potentielle Flucht eignete – in der Nähe war ein Dickicht –, blieb er stehen und nahm die Pose eines typischen Besuchers ein. Es wirkte absolut aufgesetzt, denn es gab weit und breit nichts zu sehen. Die Elefanten hatten sich in die Schlupfwinkel ihres Hindu-Tempels zurückgezogen. Sie wussten, sie befanden sich nicht im Dschungel von Madhys Pradesh, wo jeder Regen ein Segen ist. Sie waren in Buenos Aires, wo das Wasser alles durchnässt und zum Ärgernis wird und den Bewohnern klarmacht, dass sie nichts sind, weniger als nichts – Abschaum.

Er steckte die Hände in die Taschen und betrachtete das schlammige Gelände. Er hatte ein ausgeklügeltes System entwickelt, wie er sich schneller verteidigen könnte. Die Hosentasche hatte ein Loch. Durch diese Öffnung konnte er an den Griff der Walther PPK fassen, die er in seiner Unterhose versteckt hatte. Im Bedarfsfall hatte er Zugriff auf die Pistole, auch wenn er dabei das Futter der Tasche herausriss. Er hatte nicht vor, auf seinen Bruder zu schießen (*oder doch?*), aber bei dessen Handlangern hätte er keine Skrupel.

Wenn die Frau vom Eingang mich dabei beobachten könnte, dass ich mir an den Eiern rumfummle, würde sie bestätigt sehen, dass ich ein Triebtäter bin.

Ihm kam Kains Satz in den Sinn, den er sagte, als er spürte, dass es für ihn eng wurde: «Bin ich vielleicht der Hüter meines Bruders?» Die biblische Geschichte ging ihm nicht mehr aus dem Kopf, sei Elina ihm mitgeteilt hatte, dass C ihn suchte.

«Ich glaube nicht, dass er dir etwas antun will», hatte Elina als Reaktion auf sein Schweigen gesagt. «Er hat dich immer sehr gern gehabt. Er ist dein Bruder!»

Der Verwandtschaftsgrad stand außer Frage. Worum es ging, die große Frage war, wer den Kain spielen und wer wie Abel fallen würde.

7.

C blieb einen Meter vor ihm stehen. Dann machte er eine halbe Drehung in Richtung zum Morast. Sie sahen aus wie Figuren von Samuel Beckett, zwei Männer, die ein abwesendes Tier betrachten: *en attendant l'éléphant*.

Sein Bruder hatte einen Schirm in der Hand und trug einen Regenmantel. R spürte, wie die Feuchtigkeit durch seinen Anzug drang. Er war eine Stunde durch den Nieselregen gelaufen und dafür zahlte er jetzt den Preis.

«Mutter sagt, du warst lange nicht mehr bei ihr.»

C eröffnete das Feuer, indem er die Schuldkarte ausspielte. Das überraschte ihn nicht, es war eine der Variablen, die er gedanklich durchgespielt hatte.

«Das letzte Mal war ich mit den Mädchen da. Aber sie hassen sie. Du weißt ja, wie sie ist. Die Rolle der Nazi-Gouvernante beherrscht sie besser als die der Großmutter.»

«Wie geht es den Mädchen? Elina hört sich ganz munter an, trotz …»

«Bist du von so weit hergekommen, um über die Familie zu sprechen?»

C schwieg. Er musste sich neu sortieren. «Ich bin gekommen, weil ich dein Bruder bin, ja.»

«‹Dein älterer Bruder›, hättest du sagen sollen.»

«Du bist kein kleiner Junge mehr, auch wenn du dich so verhältst.»

«Grüß deine Familie von mir.»

R löste sich vom Zaun des Geheges der Dickhäuter und marschierte los. Er musste sich bewegen. Er hatte angefangen zu zittern, weil ihm kalt war, aber auch aus Wut.

«Warte.»

R ging weiter.

«Bitte.»

R blieb stehen.

C holte ihn ein. Durch die vom Regen bespritzten Brillengläser verschwamm das Bild von ihm, es wollte keine feste Form annehmen. R hatte jahrelang von dem Tag geträumt, an dem er größer sein würde als sein Bruder, doch der Moment würde nie kommen.

«Ich werde dir jetzt frank und frei sagen, was ich denke», sagte C. «Sonst hätten wir uns dieses Treffen sparen können.»

R sagte nichts. Er hatte gerade etwas in Cs Gesicht entdeckt – einen roten Riss, er hatte sich beim Rasieren geschnitten –, das ihm das Gefühl gab, im Vorteil zu sein.

«Du mischst dich in etwas ein, das eine Nummer zu groß für dich ist.»

«Willst du damit sagen, du hältst mich für unfähig?»

R wusste genau, dass C das nicht hatte sagen wollen, zumindest nicht bewusst. Aber er wollte ihn aus dem Konzept bringen. Seit er das Sagen auf einem Militärstützpunkt hatte, war er es wohl nicht mehr gewohnt, dass man ihm widersprach.

«Ich meine, die Leute, die du gegen dich aufbringst … ein Naturtalent, das hattest du schon als kleiner Junge … sind mächtiger als du. Viel mächtiger. Das ist eine objektive Tatsache, ich denke, du wirst mir zustimmen.»

«Und du, der du mich so liebst, hattest das Bedürfnis, mich auf das Offenkundige hinzuweisen.»

C spannte die Kiefermuskeln an. Die Schnittwunde erinnerte ihn daran, dass er wegen einer schmerzlichen Nachricht hier war; oder zumindest dachte R das.

«Einer muss ja an deine Familie denken.»

Touché. Jetzt hatten sie Gleichstand erreicht.

Aber nicht für lange. Schon ging R zum Gegenangriff über. «Ich glaube, die einzige Person, um die du dich sorgst, bist du selbst. Wegen der Unannehmlichkeiten, die du wegen deines unbotmäßigen Bruders hast, den du nicht kontrollieren kannst.

Oder irre ich mich? Ich erinnere dich daran, dass du gesagt hast, du wollest offen sein. *Franco*, frank und frei, das waren deine Worte, es sei denn, du wolltest damit sagen, du willst dem *Generalísimo* nacheifern, dann wärst du natürlich von jeder Form von Aufrichtigkeit entbunden.»

C senkte den Blick. Das musste er erst mal verarbeiten. Umso besser, er brauchte eine Pause: Er hatte schon zu lange kein Auge mehr auf die Umgebung gehabt. Er durfte sich durch den Fechtkampf mit C nicht ablenken lassen. Wenn er sich nur auf die Finten konzentrierte, könnten sie ihn unbemerkt umzingeln.

«Du machst mir Probleme, ja. Aber das ist nicht das Einzige, was mir Sorgen macht. Ich weiß nicht mal, ob es das ist, was mir am meisten Sorgen macht.»

«‹Gesicht zur Sonne mit dem blauen Hemd / das du gestern rot bestickt hast …›»

C versuchte die Fassung zu wahren. Was würde er ihm antworten? Dass er die Parteihymne der Falange nicht kannte, die er ihm vorsang?

«Ob du's glaubst oder nicht», sagte er, «aber ich mache mir Sorgen um deine Töchter, um Elina, um Mutter. Und um dich natürlich. Denkst du, es wäre mir egal, wenn dir etwas zustieße?»

«Willst du damit sagen, dass meine Strafe bereits verhängt wurde?»

C schüttelte den Kopf. Es war mehr Ausdruck von Resignation als von Verneinung. «Ich hatte vergessen, wie unmöglich du dich benehmen kannst, wenn du willst. Diese Starrköpfigkeit, wie Oliver Twist. So warst du schon immer. Das muss dein Motto sein: ‹*I want some more, more, always more!*›»

R musste schmunzeln. Er hatte ihn genug kritisiert, jetzt konnte er sich großmütig zeigen.

«*Walk with me*», erwiderte er und machte sich auf den Weg.

Das war von Anfang an sein Plan gewesen. Er wollte kein ruhendes Ziel abgeben.

8.

Den Pfützen ausweichend, gingen sie schweigend nebeneinander her. Die Erwähnung von Oliver Twist hatte ihn die Kälte vergessen lassen. Sein Bruder bezog sich auf eine Geschichte aus der Kindheit, Bestandteil der Familienfolklore. Als er aus dem Himmel vertrieben wurde und mit H in Capilla del Señor landete, hatte R seine eigene bescheidene Revolte im Speisesaal der Schule geführt. Täglich setzte man ihnen denselben Fraß vor: einen Teller faden Grießbrei. Irgendwann hatte er sich geweigert, die verkrustete Pampe zu essen. Vier, fünf Tage hatte er gehungert. Die Versuchung, aufzugeben, wuchs mit jedem Tag, bis er an nichts anderes mehr denken konnte.

Es gibt nichts Schlimmeres als Hunger. Das kann nur einer verstehen, der schon mal seine Eingeweide rumoren hörte, ein wildes Tier, das sich an unsere Fersen hängt. Der Hunger reduziert das Leben auf ein einziges Dilemma: zu verschlingen oder selbst innerlich verschlungen zu werden.

Am Ende hatte er seinen Kopf durchgesetzt. Von da an servierte man ihm Brühe mit einer Kartoffel. Ebenso fade wie der Grießbrei, aber nicht so ekelhaft. Entscheidend war das Prinzip, das er verteidigt hatte. Die Würde, die er täglich empfand, wenn die Küchentür aufging und einhundertneun Portionen Grießbrei und ein – nur ein! – Teller Brühe ausgeworfen wurden.

Die Affen protestierten im Käfig, mit ihrer eigenen Revolution beschäftigt. Grund genug hatten sie. Sie waren völlig durchnässt und froren. Bei harter Witterung bleiben einem nur zwei Möglichkeiten: Man rebelliert, oder man stirbt.

«Du hast immer schon meine Aufmerksamkeit auf dich gezogen. Schon als kleiner Junge», sagte C. Er hatte den Schirm an den Arm gehängt und die Hände in den Manteltaschen vergraben. Hatte er etwas darin versteckt? Eine Waffe? Ein Walkie-Talkie? «Denn du hattest etwas, das kein anderes Kind hatte, nicht mal die großen: einen Fokus. Du warst entschlossen, *pigheaded*, hat unsere Mutter gesagt. Wenn du dich an irgendwas festgebissen hattest, hast du nicht losgelassen, selbst wenn man dich windelweich geprügelt hat. Und das ist dir mehr als einmal passiert. Erinnerst du dich an die Geschichte mit der Flugmaschine?»

The Fantastic Airborne Two-wheeled Machine. Der Name, den er dem kleinen, von C geerbten Fahrrad für das Experiment gegeben hatte. Das an sich nicht falsch war: Es war nur eine Frage, die Rampe in den richtigen Winkel zu bringen und sie mit der erforderlichen Geschwindigkeit hochzufahren. Falsch war nur seine Berechnung gewesen. Der Winkel war nicht steil genug, die Geschwindigkeit zu gering. Das Ergebnis war niederschmetternd – ein kaputtes Fahrrad, offener Bruch von Schien- und Wadenbein, zwei Operationen (eine, um den Nagel einzusetzen, die andere, um ihn wieder herauszuholen) –, doch dem Prinzip konnte das nichts anhaben: Hätte er den Winkel korrigiert oder kräftiger in die Pedale getreten …

«Ich hingegen war zerstreut, wie alle Kinder», sagte C. «Mit dem Kopf in den Wolken. Deswegen bin ich zum Militär gegangen, ich war auf der Suche nach Struktur. Beherrschung. Ich hatte Angst, mich treiben zu lassen und so zu enden wie Papa, Gott bewahre. Ich war klug, hab mich gleich angepasst. Aber ich habe immer gedacht: *Das ist nichts für R. Hier muss man den Kopf beugen und Befehlen gehorchen, so absurd sie sein mögen. Hier gilt nicht ‹I want some more›, sondern hier zählt nur ‹Yes, sir!›* Deswegen war ich auch nicht traurig, als sie dich nicht genommen haben. Du hast gedacht, ich hätte mich darüber gefreut, ich wäre froh gewesen, dich los zu sein …»

«Deshalb habe ich zwei Jahre lang nicht mit dir geredet.»

«… aber ich war einfach nur erleichtert. Deine Kurzsichtigkeit hat dich gerettet. Du hattest eine andere Begabung, wie sich schon bald gezeigt hat: das Kreative, Sprachen, Bücher. Jede Flachpfeife kann früh aufstehen, marschieren und Wache halten, jeder halbwegs stattliche Kerl kann sich eine Uniform anziehen. Das sind die Leute, mit denen ich täglich zu tun habe. Mit deinen kleinen Töchtern könnte ich interessantere Gespräche führen als mit meinen Untergebenen. Nicht jeder ist zum Abenteuer des Intellekts befähigt!»

Bis hierher geht das einstudierte Verkaufsgespräch, das Vorgeplänkel. Nicht schlecht: Er hat mir die Pille vergoldet, damit ich mich gut fühle. Jetzt kommt der Angriff. Die Attacke, der Hieb mit dem Säbel.

«Aber ich frage mich», sagte C, «warum willst du deine Karriere ruinieren? Warum sprengst du die Brücke in die Luft, die du selbst unter großer Anstrengung errichtet hast? In die Geschichte mit Elina mische ich mich nicht ein, das geht nur euch als Paar was an. Aber das andere macht mir Angst. Es werden sich für dich die Türen aller Verlagshäuser schließen, sofern das nicht schon geschehen ist. Selbst der Verlag, für den du schon als junger Spund gearbeitet hast, wird dich kaltstellen. Du hast es selbst zugegeben: Für dein Buchprojekt findet sich kein Verleger! Und das Schlimmste daran ist: *wozu?* Wenn du damit punkten könntest, meinetwegen. Aber die Toten kehren nicht zurück. Und Fernández Suárez wird weder angeklagt noch seines Amtes enthoben. Der Fall ist verloren. Das Militärgericht hat ihn schon zu den Akten gelegt.»

Das Gekreische wurde lauter. Sie näherten sich den Vogelkäfigen.

«Der Anfang des Buches hat was, zugegeben. Aber ich sehe nicht, wie du es beenden willst. Wer will eine Geschichte lesen, in der die Bösen gewinnen?»

Ich habe mich geirrt, er verfolgt keine Strategie. Er schlägt blind zu, in der Hoffnung, dass er mich irgendwo erwischt. Jetzt geriert er sich auch noch als Literaturkritiker.

R blieb stehen. Sie mussten einen anderen Weg einschlagen. Er wollte zum Hintereingang, der zum Wald führte. Aber dazu musste er sich erst mal orientieren. Doch es gab nur wenig Orientierungspunkte. Sie waren von Bäumen umgeben. Von der Sonne keine Spur, sie war unter einer Wolkenschicht begraben. Er brauchte Zeit zum Überlegen.

«Glaubst du, die Befreiungsrevolution wird sich lange halten?»

«Das ist der Plan», sagte C ohne Zögern. «Das Einzige, was die Rückkehr des Tyrannen verhindern kann, ist unser Verbleib in der Casa Rosada.»

R holte die Zigarettenschachtel aus der Tasche. Eine Reihe war völlig durchnässt. Er zog eine mit trockenem Filter heraus und bot sie seinem Bruder an. C lehnte ab. Hatte er aufgehört zu rauchen oder weigerte er sich nur, etwas von ihm anzunehmen?

«Weißt du was?», sagte er und zündete sich eine an. «Du hast recht.»

9.

Keins der Argumente war ihm fremd. Er war sie unzählige Male durchgegangen und hatte nach einem Riss gesucht. Er hatte keinen gefunden.

Er hielt an einer Arbeit fest, die ihm längst keine Rendite mehr versprach. Um Muñiz zu beeindrucken, musste er nicht weitermachen, sie waren schon ein Paar. Für den unwahrscheinlichen Fall, dass das Buch sich verkaufen würde – und dafür müsste er es erst mal beenden, C hatte ihm einen Tiefschlag verpasst –, würde es Monate dauern, bis das Autorenhonorar ausgezahlt würde. Und was er mit den Übersetzungen verdiente, reichte gerade mal für das Essen und die Fahrtkosten. Was würde passieren, wenn er die Hütte am Tigre eines Tages verlassen müsste?

Würde er nach Merlo zurückkehren? Wieder Unterschlupf bei Horacio suchen? Würde er sich in Muñiz' Zimmer verstecken, hinter dem Rücken ihrer mühsam mit ihr versöhnten Eltern, wie ein jugendlicher Liebhaber? Er konnte keine Miete zahlen. Es reichte nicht mal für ein Pensionszimmer, wie die schmutzigen Löcher, in denen er zu Anfang gewohnt hatte. Er konnte auch nicht an die Leier glauben, noch einmal von vorn anzufangen, sich neu zu erfinden, denn er war nicht am Nullpunkt. Er war in die negativen Zahlen gerutscht. Sein Leben war rot: Es schlug in der Bilanz zu Buche, was er alles verloren hatte, was er noch dabei war zu verlieren. Wie lange könnte er Muñiz noch halten, wenn er nicht mal mehr in der Lage war, einen Kaffee zu bezahlen, und ihn der Groll auffraß? Wie sollte er den Mädchen gegenübertreten, wenn er nicht einmal mehr ein Media-Hora-Bonbon kaufen konnte?

C war nicht der Einzige, der entsetzt auf sein Schicksal als Vater blickte. R hatte einen anderen Weg gewählt, aber mit demselben Ziel: finanzielle Absicherung, Stabilität. Die Verlagsindustrie war eine Institution auf der ganzen Welt, und die Presse auch. Sie waren von Dauer und per Definition ein Metier mit Zukunftsperspektive. Jeder, der dort einen Platz fand, konnte in dem Gefühl aufatmen, dass die Zukunft gesichert war.

Eine bescheidene Zukunft, denn niemand wird reich davon, dass er Romane schreibt oder journalistisch tätig ist. Aber immerhin eine Zukunft!

Doch R hatte seinen Platz nie gefunden. Er hatte hineingeschnuppert, Kontakte geknüpft, ein paar Leuchtfeuer in den Himmel geschossen, die Aufmerksamkeit erregten. Aber nie hatte man ihm die Büroschlüssel überreicht. Er konnte sich nicht mal mehr vormachen, dass die Verlage zögerlich gewesen waren. Zu dem Zeitpunkt hatte er bereits den Verdacht, dass er selbst falsche Signale ausgesendet hatte. Hatte er sich wirklich für immer an einen Schreibtisch binden wollen? Oder war es die fehlgeleitete Projektion eines Menschen, der noch nicht wusste, wer er ist und was er will?

Seine Aktionen der letzten Monate enthielten eine Botschaft, die er noch nicht ganz entschlüsselt hatte. Es fehlten ihm noch Teile des Geheimcodes, notwendige Schritte, um die Sinnkette wiederherstellen zu können.

Was er tat, seit Quique Dillon ihm eine Geschichte geschenkt hatte, ließ nur eine Interpretation zu. Alle hatten geglaubt, es zu verstehen, angefangen von Elina bis hin zu C: Er hatte den Wert der Exklusivnachricht falsch eingeschätzt, er war verblendet, hatte kopflos gehandelt – er handelte immer noch kopflos, trotz seiner Ambitionen als Schachspieler! –, und deswegen hatte sich unter ihm ein Loch im Boden aufgetan.

Genau wie sein Vater, von dem er sich immer so sehr hatte unterscheiden wollen, war er dem Laster des Spiels verfallen. Seit Dezember 1956 hatte er nichts anderes getan, als seine Karriere aufs Spiel zu setzen. Als er sie verloren hatte, hatte er den Einsatz erhöht. Und als das Kasino ihm den Ehering nahm, hatte er das Einzige auf den Spieltisch geworfen, was ihm geblieben war: sein Leben und das der geliebten Menschen, die er ebenfalls in Gefahr gebracht hatte.

Das könnte er nicht bestreiten. Denn hinter Cs Absichten – die zweifellos die des Feindes waren, aber er war immer noch sein Bruder – war noch etwas verborgen. Die reine Angst, die er sofort bemerkt hatte, denn sie war Teil der gemeinsamen Erfahrung.

C befürchtete, R würde wie der Huelche werden, ihr Vater. Er würde immer dürrer, bis er sich in ein Gespenst verwandelte, das am Ende im Hafen herumstrich und um Arbeit bettelte, egal welche. Am Ende bliebe von ihm nur noch ein Schatten mit Glaskugeln statt Augen, wie der, der ihn im Internat heimgesucht und so getan hatte, als ob die rumorenden Eingeweide nicht seine waren.

Während der Ermittlung war ihm etwas Entscheidendes klargeworden. Ob es Gregorio passte oder nicht, den Huelche hatte nicht DIE unpersönliche Geschichte getötet, eine unerreichbare Gottheit, die als solche keinen Bezug zum Begehren der Menschen hat. Sein Vater war von Menschen aus Fleisch und Blut getötet worden: von Männern, die die Fäden DER Geschichte in der Hand hatten, die Entscheidungen trafen, die Millionen Menschen ins Elend stürzten und Polizei und Militär einsetzten, um den Mob mit Schlägen in Schranken zu halten. Kaum einer kannte ihre Namen, das ist wahr. Sie lebten in Zweigstellen von Xanadú, geschützt durch mächtige Waffen, die Gesetze und die Presse. Doch selbst der vorsichtigste Mensch lässt mal ein Fenster offen, durch das man einen Molotow-Cocktail werfen kann.

Ich argumentiere schon wie der «Terrorist Marcelo». Interessanter Vogel, dieser Marcelo.

Abgesehen von seiner Vaterrolle war der Huelche eine Figur wie aus dem Kosmos Roberto Arlts. Seine Mörder hatten ihn an einen Stuhl gebunden, ihm den Mund aufgerissen und ihm tausend und einen Hieb der Angst verpasst. Weil es ihm an Phantasie mangelte – zumindest hatte er Arlt gelesen –, konnte er sich nicht im Traum als Räuber sehen oder sich aberwitzige Revolutionen ausdenken, die er nie durchführen würde. Er tat, was er konnte, mit der einzigen Freiheit, die man ihm gelassen hatte: Mar Negro zu besteigen und über ein Gelände zu jagen, das voller Bauten der Viscacha war.

R hatte versucht, eine andere Art Figur zu werden. Das ging so weit, dass er mit zwanzig Pfeife rauchte, eine Baskenmütze aufsetzte und sich eine Rose ins Knopfloch des Tweedjacketts steckte. Aber er hatte nicht das Zeug dazu, ein eleganter Schriftsteller zu werden und sich, gefeit gegen den Schmutz der Welt, in einen Elfenbeinturm zurückzuziehen. Und dabei hatte er es wirklich versucht!

Aber jedes Mal, wenn er sich auf die Zehenspitzen stellte, um größer zu wirken, blies der Wind durch die Löcher in den Sohlen. Er hatte nicht die Mittel, sich eine heldenhafte Herkunft auszudenken. Aber was das Entscheidende war: Die Fauna der Schriftsteller und das Repertoire, mit dem sie sich beschäftigten, langweilte ihn über die Maßen. Die Vorstellung von der Welt als Bibliothek war für ihn kein Ideal, für ihn war es die Hölle. Oder, wie Muñiz es ausgedrückt hatte, er wurde ein interessanter Schriftsteller, seit er wichtigere Dinge entdeckt hatte als die Literatur.

Aber er hatte gerade angefangen, sich selbst zu schreiben. Er hatte die ersten Seiten von etwas Vielversprechendem, das er noch nicht näher definieren konnte; und natürlich fehlte ihm noch der krönende Abschluss.

Das war der Grund, warum er weitermachte, obwohl alles – und fast alle – danach schrie, er solle aufhören.

Die Geschichte, die er schrieb, erzählte von anderen, aber zugleich half sie ihm, sich selbst zu schreiben. Er konnte sie nicht aufgeben, bevor er die fehlende Klammer gefunden hatte … und bevor er verstanden hatte, wer er war und was er mit seinem Leben erzählen wollte.

Weil ihm bewusst wurde, dass C diese Argumentation nicht verstehen würde – für einen Laien hörte sie sich an wie Sanskrit, die Art von Unsinn, der nur einem Schriftsteller einfallen kann –, würde er es ihm anders erklären.

10.

«Letztes Jahr habe ich eine Anthologie zusammengestellt, eine Auftragsarbeit», sagte er. Es regnete wieder stärker. C spannte den Schirm auf. Sie näherten sich dem Tigerkäfig. «Es war eine Heidenarbeit, denn die Sammlung wurde ewig lang. Ich hab's wegen des Geldes gemacht, klar, aber auch aus einem anderen Grund. Es war eine Möglichkeit, mal seinen Senf dazuzugeben bei etwas, das sonst nur Auserwählten vorbehalten ist: Borges, Bioy und Silvina Ocampo haben eine *Anthologie der phantastischen Literatur* erstellt, und ich habe mit einer *Anthologie der seltsamen Kurzgeschichte* gekontert.»

Einige Erzählungen waren unvermeidlich in beiden Sammlungen aufgetaucht. Etwa *Die Affenpfote* von William Wymark Jacobs. Eine Erzählung von unzweifelhafter Genialität, die davon handelt, welchen Preis man dafür bezahlt, wenn die innersten Wünsche Wirklichkeit werden.

«Es war eine Art, Kritik zu üben und ihre Aufmerksamkeit zu erregen, ohne ihnen zu nahe zu treten. Einfacher gesagt: mich bemerkbar zu machen.»

«Deine Spezialität.»

R lächelte. C hatte recht. Er sprach eigentlich wenig, aber wenn er den Mund auftat, neigte er dazu, die Perücken erzittern zu lassen.

«Es gab Tausende von Kurzgeschichten, die man hätte nehmen können. Das Etikett ‹seltsam› ist weit gefasst, man kann vieles darunter verstehen. Aber ich hatte mich in eine kurze Geschichte verguckt, die ich nur mit Mühen verteidigen konnte. Elina hat es mir als Erste vorgehalten. ‹Sie ist nett, ja. Aber sie ist alles andere als sonderbar. Sie ist von A bis Z realistisch!› Und sie hatte recht. Ich dachte, der Verleger würde sie auf jeden Fall durchwinken, aber nein. Weil er unbedingt Papier sparen wollte, machte er eine Liste mit den Geschichten, die er für verzichtbar hielt. Und auf diese Geschichte hat er mich direkt angesprochen und dasselbe kritisiert wie Elina: Sie sei alles andere als seltsam. Und ich habe die verschiedensten Argumente ins Feld geführt, aber ich glaube, das einzig überzeugende war das wirtschaftliche: Ich sagte ihm, sie sei so kurz, dass er nicht mal eine Seite sparen würde, wenn er sie rausnähme.»

«Was für ein majestätisches Tier», sagte C. Vor ihnen befand sich ein Tiger. Aber er nahm keine Notiz von ihnen. Er sah das merkwürdige Geschöpf mit vier Pfoten und dem schwarzen Kuppelhaupt nicht als Beute an. «Kommen in deiner Geschichte Tiger vor?»

«Am Ende habe ich mich durchgesetzt, obwohl ich selbst nicht verstand, warum ich so versessen darauf war. Aber als im letzten Jahr die Druckfahnen kamen und ich sie durchgesehen habe – damals steckte ich schon bis zum Hals in dem Schlamassel –, habe ich es begriffen. Was ich sagen will: Sie war immer noch realistisch und passte folglich nicht zum Thema. Aber ich habe herausgefunden, warum sie mir so wichtig war und warum ich das auf Teufel komm raus zeigen musste. Sie heißt *Die Wut eines Einzelnen*. Und ich würde sie dir gern erzählen, wenn du noch eine Minute hast. Ich verspreche, dir die komischen Namen und die literarischen Wendungen zu ersparen. Aber ich kann dir nicht anders erklären, warum ich mit dem Buch weitermachen werde, koste es, was es wolle.»

11.

Sagen wir, es trägt sich im Tausendjährigen Reich China zu. Dort gibt es einen König – oder einen Kaiser, wenn es dir besser gefällt –, der ein bestimmtes Stück Land begehrt. Er schlägt dem Besitzer einen Tausch vor: Wenn er ihm diese Parzelle überlässt, gibt er ihm eine andere, zehnmal größere. Doch der Mann sagt nein.

Auf dem Grundstück ruhen seine Vorfahren, und er will es nicht gegen ein anderes tauschen, ganz gleich, wie groß es ist.

Ein wenig verärgert, weil er es nicht gewohnt ist, dass man ihm in die Parade fährt, beschließt der König – oder der Kaiser, wenn's dir lieber ist –, dass der andere nur feilschen will, und bietet ihm ein anderes Stück Land, das zwanzigmal größer ist. Der Mann lehnt wieder ab.

Mit geschwollener Zornesader sagt der hohe Würdenträger – auf diese Weise umschiffen wir den Unterschied –, er habe aus nichtigeren Gründen ganze Reiche dem Erdboden gleichgemacht. Er fühle sich in seiner Ehre gekränkt. Seinem Urteil nach habe ein Mann, der nicht erkenne, was zu seinem eigenen Nutzen ist, kein Mitleid verdient. Und er droht ihm mit Vergeltung: dem Zorn des Autokraten, der Millionen von Leichen hervorbringen und die Flüsse rot färben kann.

Seelenruhig fragt der Mann den Monarchen, ob er weiß, wie der Zorn eines einzelnen Mannes aussieht. Verwirrt gibt der Monarch zu, dass er keine Ahnung hat. Und der Mann sagt zu ihm:

Wenn ein gewöhnlicher, aber tapferer Mann sich gezwungen sieht, zornig zu werden, wird nicht viel Blut vergossen. Aber an dem Tag, an dem das geschieht, trägt ganz China Trauer.

Da machte der Despot einen Rückzieher und ließ dem Mann sein Land.

12.

Der Abschied war kurz. C sagte, er könne ihn nicht mehr schützen. R erwiderte, das verstehe er. Sie ließen gegenseitig ihre Familien grüßen. Sie waren vor dem Käfig mit dem Andenschakal stehen geblieben, *lycalopex culpaeus*. Ein Tier, das ihnen ähnlicher war als der Tiger: ein falber, eher einzelgängerischer Fleischfresser, der in den Steppen des Südens zuhause war.

Es gab keine Umarmung und auch kein Händeschütteln. C nahm seinen Schirm mit, und R ließ sich nassregnen.

Er erreichte das Delta mit Einbruch der Dunkelheit. Es regnete nicht mehr, aber es war immer noch feucht. Er hatte das Gefühl, er atme auf dem Boden des Meeres.

SIEBZEHN

Auch Mörder sterben

1.

Die Donnerstage waren still geworden. Es war der Tag, an dem Elina ihre Schüler prüfte. Sie gab ihnen Texte in Blindenschrift, je nach Alter unterschiedlich anspruchsvoll. Die Älteren lasen Bücher. Die Jüngsten einzelne, in Bretter geschnitzte Wörter. Normalerweise war es mit der Stille vorbei, wenn V und P am Nachmittag aus der Schule kamen. Doch seit sie im Internat waren, kehrten sie erst am Samstagvormittag zurück. Unter der Woche glich das Haus einem Mausoleum.

Jedes Mal wenn sie an der Remington Rand vorbeikam, wurde das Schweigen bedrückend. Sie hatte sie an ihrem Platz stehen lassen, überzeugt, dass R sie irgendwann abholen würde. Doch er war nicht gekommen. Sie telefonierten hin und wieder, um über die Mädchen zu sprechen oder um den nächsten Besuchstermin zu vereinbaren. Beim letzten Telefonat hatte er sie gebeten, auf der Hut zu sein. Die Reaktion der Mächtigen gegen ihn könne eskalieren. Er sei immer noch mit der Geschichte der Erschossenen beschäftigt. Jetzt schreibe er ein Buch, hatte er gesagt. Es war klar, dass er von dem Thema nicht lassen wollte … und die junge Frau auch nicht. Was käme als Nächstes: ein Film, eine Oper – die erste, die auf einer Müllhalde spielt?

Der Anblick der Remington verletzte sie. So wie sie ein herumliegendes Cello oder eine Gitarre verletzt hätte. So wurde sie daran erinnert, dass Musik fehlte. Vor allem nachts wurde die Stille zur Last. Seit Monaten schlief sie schlecht.

Damit man sie nicht weinen hörte, schloss sie sich im Bad ein.

Aber am Donnerstag – den 27. Juni, das würde sie nie vergessen – wurde sie aufgehalten, als sie gerade auf dem Weg dorthin war.

Auf dem Flur traf sie Emilio. Einen der jüngsten Schüler. Der sie gefragt hatte, warum sie so traurig sei. Doch jetzt schien er traurig zu sein. Oder vielleicht nicht unbedingt traurig, aber auf jeden Fall unruhig.

«Was machst du hier, Emilio? Brauchst du was?»

Emilio wrang verzweifelt die Hände. «Wann geht der Mann weg?»

Der Mann ist bereits gegangen, dachte Elina. *Deswegen ist es so still.*

Doch Emilio konnte nicht an R denken, das war nichts, das ihn beschäftigte. Und so stellte sie ihm die naheliegende Frage. «Welcher Mann?»

«Der den ganzen Tag vor der Tür stand. Er pfeift ständig leise vor sich hin. Er macht mich nervös. Ich will ihn aus meinem Ohr kriegen, aber das gelingt mir nicht!»

Elina trat hinaus auf die Straße. Es stand niemand an ihrer Tür. Sie wollte schon wieder hineingehen, da hörte sie das Pfeifen. Es kam von gegenüber.

Im Eingang zur Tür der Guyots lehnte ein Mann. Er sah unauffällig aus – klein, dicker Hintern –, und trotzdem machte er sie nervös.

Denn er starrte sie an, ohne mit dem Pfeifen aufzuhören. Und er zog den Hut zum Gruß, als er sie erblickte.

2.

Am Freitagmorgen klingelte es während der Unterrichtszeit. Zwei finstere Gestalten fragten nach R. Elina antwortete mit einer Gegenfrage, sie wollte wissen, wer nach ihm suche. Aber es war, als ob sie mit einer Wand spräche. Die Kerle bedrängten sie weiter. Hielt R sich im Haus auf?

Sie sagte, nein, er sei ausgezogen, und sie forderte sie erneut auf, sich auszuweisen.

Sie fragten, ob sie wisse, wo er sich derzeit aufhalte.

Elina wollte die Tür schließen, aber einer hatte seinen Fuß dazwischengeschoben.

Wieder fragten sie nach dem Aufenthaltsort.

Elina sagte, sie kenne ihn nicht.

Sie verlangten nach einer Liste der Angehörigen von R. Inklusive deren Anschriften.

Elina erwiderte, wenn sie nicht sofort verschwänden, würde sie anfangen zu schreien. «Es sind zehn Kinder im Haus. Sie sind blind, und von daher sind sie sehr geräuschempfindlich. Wenn sie mich hören, werden sie sofort anfangen zu heulen wie Seelen im Fegefeuer.»

Die Kerle sahen sich an.

«Sagen Sie Ihrem Mann, er soll freiwillig kommen», sagte der, der bis jetzt geschwiegen hatte.

«Wohin soll er kommen?»

«Er weiß schon, wohin», sagte der andere.

Und dann zogen sie ab.

Die Hand tat ihr weh, weil sie die ganze Zeit den Türknopf umklammert hatte. Elinas Herz schlug so heftig, dass sie im Spiegel sah, wie die Goldkette auf ihrer Brust von selbst hüpfte.

3.

In den darauffolgenden Tagen hatte sie das Gefühl, die ganze Zeit über das Pfeifen zu hören.

4.

Eine Reihe von Anrufen zeigte, dass die Zerberusse am Ende doch an Informationen gelangt waren. (Oder schlimmer noch: Sie hatten sie schon längst gehabt und hatten sie nur auf die Probe stellen wollen, um zu sehen, ob sie log.)

Direkt am Freitag rief M an, Rs älterer Bruder. Er sagte, zwei Kerle mit Verbrechervisagen seien bei ihm aufgetaucht. Zum Glück habe seine Frau die Tür geöffnet und nicht Dora, die Mutter, die im selben Haus wohnte. M fragte, in was sein Bruder verwickelt sei. Hatte er Spielschulden?

Elina musste lachen. Wie konnte man der Bruder von jemandem sein und ihn so schlecht kennen?

Samstagmorgen waren H und, was bedeutsamer war, K an der Reihe. Sie war die jüngere Schwester von R. Die aufdringlichen Kerle – dieselben oder andere, die finsteren Visagen waren ja nichts Exklusives – hatten die Dreistigkeit besessen, in dem Kloster aufzutauchen, in dem K lebte. Sie hatten nicht persönlich mit ihr gesprochen, denn die Hausregeln untersagten den Kontakt mit Fremden, aber sie hatten ihr dieselbe Nachricht hinterlassen.

Von C kam kein Anruf. Das war nicht weiter überraschend.

Als R sich meldete, um das nächste Treffen mit den Mädchen zu vereinbaren, würgte Elina ihn ab.

«Ruf mich um fünf bei Elvira an», sagte sie. Und legte auf. Sie hatte nicht umsonst mit R zusammengelebt.

Sie schnappte sich die Mädchen und ging zur Nachbarin. Als

sie ihr erklärt hatte, worum es ging, klingelte auch schon das Telefon. Elvira gestattete ihr abzunehmen.

R hörte sich an, was sie ihm zu berichten hatte. Er unterbrach sie nur, um konkrete Fragen zu stellen. Er bat sie, ihr den Pfeifer und die Verbrechervisagen zu beschreiben. Er wollte wissen, ob gegenüber vom Haus noch eine Wache postiert war. (Der mit dem dicken Hintern war verschwunden, jetzt stand dort ein anderer mit mürrischem Gesicht. Die Guyots hatten sich mit ihren neuen Untermietern abgefunden.)

R blieb während des Gesprächs ruhig. Er stimmte mit ihr überein, dass ein Treffen mit den Mädchen nicht angeraten war, und bat sie, es ihnen persönlich erklären zu dürfen.

«Was willst du ihnen sagen? Ich will nicht, dass sie Angst bekommen.»

«Sie sind stark. Und die Wahrheit muss nicht zwingend Angst machen.»

«Trotzdem ...»

«Kannst du sie mir bitte geben?»

R schaffte es immer, dass sie am Ende zufrieden waren, auch wenn er sie enttäuschen musste. V hörte ihrem Vater aufmerksam zu und nickte hin und wieder. Sie wirkte eher wie ein Soldat als wie ein im Stich gelassenes Mädchen.

P begrüßte ihn lauthals, als riefe er aus Timbuktu an. Aber sie ließ sich sofort auf das Spiel ein und kommentierte jeden Rat mit Gekicher. Am Ende sagte sie: «Geheimagent, Ende der Durchsage!» Und legte auf.

Zum Verdruss von Elina, die weitersprechen wollte. Sie hatte gehofft, dass Elvira die Kinder mit in die Küche nähme, damit sie sich Luft machen konnte. Sie wollte ihn ein wenig durchschütteln, ihm vorwerfen, was er längst wusste: dass er die Leben aller aufs Spiel setzte, insbesondere die der Kinder, der blinden wie der sehenden. Sie wollte ihn bitten, dass er die Geschichte endlich aufgab. Sie hatte nicht vor, so weit zu gehen und ihm zu sagen, er solle sich «stellen» – sie hätte schreien können bei der Vorstellung, dass er dem Erschießungskommando in die Hände fiel –, aber sie fühlte sich im Recht, von ihm zu verlangen, dass er einen Schlusspunkt setzte. Wenn er aufhörte, die Verbrecher wütend zu machen, würden sie sich beruhigen, und alles würde zur Normalität zurückkehren. Oder fast alles.

Sie blieb noch ein paar Minuten am Telefon stehen und wartete darauf, dass R noch mal anrief. Die Mädchen lachten in der Küche.

Am Ende gab sie auf. Elvira bot ihr Kekse an. Binnen Sekunden hatte sie fünf Stück hinuntergeschlungen.

5.

«Sind Sie fertig?» Die Frau wollte telefonieren.

R trat zur Seite, sie hatte recht, er blockierte es nur.

Er war stehen geblieben, während einzelne Szenen mit der Geschwindigkeit eines Düsenjets durch seinen Kopf rasten. Er sah den Ausdruck des Missfallens im Gesicht seiner Mutter, den Garten am Eingang des Klosters – er hatte K in all den Jahren lediglich einmal besucht –, Hs angsterfülltes Gesicht.

Er hat tatsächlich Spielschulden. Er hat bestimmt gedacht, sie wollten die bei ihm eintreiben.

Doch die Beschwerde der Frau, die mit den Münzen klimperte – er hatte sie schon eine Weile gehört, sie war eine menschliche Rassel –, hatte ihn auf den Boden der Realität zurückgeholt. Die Bäckerei war voll. Jemand bestellte ein Pfund Kokoskekse mit Schokofüllung. Ein alter Mann sprach von Abrüstung. Die Verkäuferin in seiner Nähe schrie die hintere Wand an, ob die Torte zum fünfzehnten Geburtstag schon fertig sei.

Er hatte sich auf den Schlag einer solchen Nachricht vorbereitet. Nach der Veröffentlichung unter seinem Namen in *Mayoría* war das zu erwarten gewesen. Er hatte Elina gewarnt, auch sie musste wachsam sein.

Aber er hatte sich nicht überlegt, was er tun sollte, wenn es so weit war.

Sein erster Reflex war, Muñiz anzurufen. Er musste sie informieren, damit auch sie Vorkehrungen traf: ihre Mutter und ihre Freundin warnen, sich vielleicht ein neues Quartier suchen, Greg aufrütteln und natürlich Horacio – irgendwann würden sie im Verlag auftauchen, und dann hätten sie ihn bei den Eiern.

Die Frau mit den Münzen redete weiter. Ihr Thema war die Kollegin in der Schule. Es kamen immer wieder neue Leute in die Bäckerei. Ein Mädchen erklärte, ihre Chefin würde nur *flutes* essen, Weißbrot fände sie ordinär. Der Polizist sagte zu der schreienden Angestellten, seine Frau hieße Virginia, wie der Taifun, der Name sei ihr wie auf den Leib geschrieben.

Als er an der Reihe war, rief er erst Valerga an.

6.

Muñiz kam nach Sonnenuntergang in die Hütte. Schon am Telefon hatte sie gefragt, ob er sie sehen wolle, und als sie eintrat, wiederholte sie ihre Frage. «Das Boot für die Rückfahrt kommt um zwanzig nach. Ich kann es nehmen, ich wäre nicht sauer.»

Er hatte ihr nichts erklärt, aber das war auch nicht nötig. Sie wusste, dass R sich schuldig fühlte, auch wenn er sich nichts anmerken ließ. Er war kein Eisklotz, er war einfach nur ein Kopfmensch.

Oder zumindest tat er so.

Er sagte, sie könne bleiben, es mache ihm nichts aus. Was nicht dasselbe war wie: Er wollte sie gern bei sich haben. Muñiz arbeitete mit Worten, er brauchte es nicht explizit zu sagen. Sie verstand ihn, wie immer. Sie stellte ihre Reise- und ihre Handtasche ab, nahm ein Buch heraus und ging hinaus auf den Steg. Es war ein angenehmes Plätzchen zum Lesen. Hätte noch die Sonne geschienen, wäre es perfekt gewesen.

R setzte seine Arbeit fort. Er unterstrich Zeilen in den letzten Zeitungen, die Fernet ihm überlassen hatte. Seit Tagen machte er sich Notizen über einen Kriminalfall. Das Verbrechen an Satanowsky, dem Anwalt von Peralta Ramos, dem Herausgeber der Zeitung *La Razón*. Die Nachricht – Satanowsky war am Vormittag in seiner Kanzlei in Buenos Aires erschossen worden – war ein echter Skandal, das Juwel in der Krone aller Titelseiten. Er wusste noch nicht, warum oder wozu er sich die Mühe machte, aber er fragte es sich auch nicht. Um sich die Zeit zu vertreiben, nur anders als die gewöhnlichen Leute: Sie hörten sich ein Fußballspiel im Radio an, spielten Rommé oder organisierten ein Picknick. In der letzten Zeit war es sein Hobby, Verbrechen zu sammeln.

Er trennte die Seiten heraus, die er behalten wollte, und legte sie zu seinem Notizbuch. Dann machte er sich ans Kochen. Ein einfaches Gericht, das gut gegen die Kälte war: Ossobuco mit Polenta. Ihm war aufgefallen, dass das Schuldgefühl allmählich nachließ – es ging sauber wie ein Pfeil durch ihn hindurch –, und er konnte sich den Luxus eines Gesprächs erlauben. Er ging auf die erhöhte Holzterrasse vor dem Eingang hinaus und fragte Muñiz, ob sie Hunger habe.

Bevor sie einschliefen, hatten sie Sex. Anfangs hatte R gezögert. Er hatte so wenig daran geglaubt, dass Muñiz erscheinen würde – er hatte ja nicht gerade mit Begeisterung auf ihre Besuchspläne reagiert –, dass er nicht mal geduscht hatte. Aber sie hatte es nicht bemerkt, oder es war ihr egal. Mit einer ganz neuen Leidenschaft hatte sie sich auf ihn gestürzt. Und dann war sie, die Finger in seinem Brusthaar vergraben, sofort eingeschlafen.

7.

Valerga hatte zugesagt, ein Auge auf sein Haus zu haben. Er versprach, am Wochenende die Eingangstür zu überwachen, damit niemand mehr Elina belästigte. Als sie sich am Montagmittag in La Plata trafen, wurde R klar, dass er sehr viel mehr getan hatte.

Er hatte Fotos von den letzten Verbrechervisagen gemacht, die sich vor dem Haus der Guyots herumtrieben. Er hoffte, sie schon bis zum Nachmittag entwickelt zu bekommen. Außerdem hatte er ein Netz von sich abwechselnden Wachen organisiert, die in der Nähe des Hauses postiert waren. Rund um die Uhr. Wenn eine der Verbrechervisagen versuchen sollte, in das Haus einzudringen oder Elina zu entführen, hatten sie den Befehl, sie mit Schüssen davon abzuhalten.

R wusste, dass er indiskret war, aber er musste ihn fragen. «Und wer schiebt da Wache?»

Denn soweit er wusste, war Valerga nur ein toller Apotheker, der gerade eine Lebenskrise durchmachte und nur einen Fehler hatte: dass er Peronist war.

Der Dicke zog es vor, das Berufsgeheimnis für sich zu behalten.

«Verbündete», sagte er geheimnisvoll. «Der Einzige, den Sie kennen, ist, wenn ich mich nicht irre, der Jude Broitman.»

Ein weiterer Kandidat, den man nur schwerlich mit einem Akt des Widerstands in Verbindung brachte, außer beim Schach. Sie hatten nie ein zwangloses Gespräch geführt, für Broitman gab es nur das Schachbrett. Und doch war er mit von der Partie: als Teil einer zivilen Patrouille, die aufgestellt worden war, um die Vorhaben der Ordnungskräfte zu durchkreuzen.

Seit 1955 konnte einen das Argentinien, das jenseits der Kulissen existierte, wirklich überraschen.

Valerga sagte, er solle nicht versuchen, sich dem Haus zu

nähern, dann hätten sie ihn gleich am Arsch. Und er versprach ihm, eine Nachricht unter der Tür durchzuschieben, sobald R sie geschrieben hätte.

Das tat R während des langen Mittagessens, das sie sich gönnten, während der verbündete Fotograf – Valerga erstaunte ihn immer wieder – die jüngsten Fotos in seinem Geheimlabor entwickelte.

«Die Kerle überwachen immer noch das Haus», schrieb R auf einen Zettel, ohne Anrede und ohne Unterschrift. Elina würde seine Schrift erkennen. «Aber ich habe eine Million Freunde, die sie überwachen.»

Rein rechnerisch gesehen, übertrieb er. Gefühlt nicht.

Die unbekannten Freunde waren nur eine Handvoll, aber sie fühlten sich an wie eine Million.

8.

Am Montag, den 8. Juli, geschahen zwei entscheidende Dinge.

Das erste war der Brief, den *Mayoría* parallel zum vorletzten Teil des Buches abdruckte.

Darin machte R die Verfolgung seiner Familien «durch Polizeibeamte der Provinz von Buenos Aires, die sich nicht als solche zu erkennen geben», öffentlich. Er bezeichnete ihr Verhalten als «höflich und kindisch», und er machte Fernández Suárez für den Einsatz verantwortlich. Desi reagiere auf die Veröffentlichung der Fortsetzung des Buches, in dem er «einige Verbrechen» denunzierte. Falls Desi diese Vorwürfe unangemessen fände, dann wäre es «sein Recht und seine Pflicht», bei einem «gesetzlichen Richter, zu denen er nicht gehört», Anklage wegen Verleumdung zu erheben. «Der Herr Polizeichef ist naiv», schrieb er, «wenn er glaubt, dass ich mich, in Kenntnis seiner Methoden, widerstandslos seiner Willkür unterwerfe. Widerstandslos waren die Männer, die er in José León Suárez umgebracht hat, und ich bin nicht bereit, ihm gratis dieses Vergnügen zu bereiten.»

Als Schlussfolgerung kündigte er an: «Jeder Versuch, mich ohne Haftbefehl eines zuständigen Richters zu verhaften, ist ganz einfach ein Entführungsversuch, dem ich mich, wann und wo er auch erfolgen mag, in Ausübung meines legitimen Rechts auf Selbstverteidigung mit den mir zur Verfügung stehenden Mitteln widersetzen werde.»

Zum ersten Mal unterzeichnete er mit seinem Rufnamen – Rodolfo –, aber seinen zweiten Vornamen verbarg er hinter dem Anfangsbuchstaben. *J* klang wenigstens kraftvoll.

Als R seinen Text zum ersten Mal in der gedruckten Ausgabe las, fielen ihm kleine Unstimmigkeiten auf. Er hatte den Brief auf die Schnelle geschrieben, nun waren zum Beispiel *policía* und *provincia* mal groß- und mal kleingeschrieben. Die Stelle des Korrektors war bei dem im Untergrund erscheinenden Blatt offenbar unbesetzt.

Abgesehen von solchen Ausrutschern war er mit dem Ergebnis zufrieden. Dafür war Muñiz diesmal nicht einverstanden. Sie verstand den Sinn des Briefs, aber sie kritisierte die darin enthaltene Provokation. Desis Vorgehen zu entblößen, war eine Sache. Das war ein kluger Schachzug: Das rückte ihn ins Licht der Öffentlichkeit, und man würde ihn für alles, was Rs Familie geschähe, verantwortlich machen. Aber eine Vergeltung mit Waffen anzudrohen – was sollte «mit den mir zur Verfügung stehenden Mitteln» sonst heißen? –, war eine Angeberei, die ihn und andere teuer zu stehen kommen könnte.

«Man sollte sich nicht großmäulig vor dem Kerl mit dem größten Knüppel aufbauen», warf sie ihm vor.

«Mit manchen Leuten muss man in der einzigen Sprache sprechen, die sie verstehen.»

Sie gab nicht klein bei, nicht mal, als er ihr versicherte, die

Bedrohung sei doch nicht wörtlich zu nehmen. Er habe nicht vor, sich auf der Straße in eine Schießerei verwickeln zu lassen. Er habe nur betonen wollen, dass er sich nicht kampflos ergeben würde. Er habe mehr Vertrauen in seine flinken Beine als in seine Treffsicherheit – die eines kurzsichtigen Schützen, sagte er.

Es war eine Lüge. Und sie wusste das. Sie kannte ihn inzwischen gut genug.

Diese Ausgabe von *Mayoría* machte sie wütend. R hingegen war begeistert.

Zu dem Zeitpunkt fühlte er sich nackt, wenn er die Hütte ohne die Walther PPK verließ.

9.

Das zweite wichtige Ereignis am Montag ereignete sich zu später Stunde in Desis Büro.

Der Polizeichef war nicht in bester Verfassung – der offene Brief hatte ihn in Rage gebracht, und der Alkohol hatte ihn nicht beruhigt, sondern das Feuer weiter angefacht –, aber sein Verstand funktionierte noch.

Für gewöhnlich schenkte er dem Poststapel wenig Aufmerksamkeit. Meistens schickte man ihm irgendwelchen Blödsinn, den er sich nicht anschaute oder an seine Sekretärin weitergab, wenn er sie dabei erwischte, wie sie sich die Nägel lackierte. Doch als er an diesem Abend die Ausgabe von *Mayoría* auf seinen Schreibtisch warf, fiel sein Blick auf eine Buchstabenkombination, die ihn alarmierte: Aus dem Berg an Briefen lugte einer hervor, der handschriftlich das Kürzel *rjw* trug.

Vorsichtig zog er ihn heraus. Das Schreiben war an ihn adressiert. Die drei Buchstaben waren der Name des Absenders. Auf dem braunen Umschlag waren weder Briefmarke noch Stempel; offensichtlich hatte ihn jemand persönlich vorbeigebracht. Das trieb seinen Blutdruck weiter in die Höhe. Die Dreistigkeit dieses Schreiberlings kannte keine Grenzen. War er persönlich in die Höhle des Löwen gekommen oder hatte er einen Komplizen geschickt?

Er fasste an den Umschlag, knickte ihn. Er schien lediglich festeres Papier zu enthalten.

Tatsächlich waren nur Fotos darin. Zwei Männer, die er zuerst nicht erkannte – auch wo sie sich befanden, sagte ihm nichts –, bis er auf ein Bild von Oliván/Pérez/Turdera am selben Ort, dem Eingang eines Hauses stieß. Sogleich meinte er, den Mann pfeifen zu hören – Oliván befand sich doch wohl nicht im Polizeipräsidium? Aber sein Hirn hatte ihm bestimmt nur einen Streich gespielt: Er hatte sich so an Olivians Pfeifen gewöhnt, dass sich der Klang bei seinem Anblick automatisch einstellte.

Der Schreiberling hatte die Stirn, ihm am selben Tag eine weitere Nachricht zu schicken. Auch wenn nur Fotos in dem Umschlag waren, hatte er die Botschaft verstanden: Der Absender verfügte über Bilder seiner Truppe, die er aber nicht veröffentlicht hatte. Noch nicht. Sie waren das Ass im Ärmel. Er würde den Beweis nicht verbreiten, es sei denn, der Polizeichef ließ ihm keine andere Wahl.

Desi fluchte leise vor sich hin. Die Woche fing beschissen an.

Er sagte seiner Sekretärin, sie solle Oliván ausfindig machen. Er musste die Belagerung abbrechen.

Wenn er sich dazu gezwungen sähe, größere Geschütze aufzufahren, würde er Leute anheuern, die nicht auf der Gehaltsliste standen.

10.

Ende der Woche kehrte R nach La Plata zurück. Er konnte es kaum erwarten, die Mädchen wiederzusehen, und fuhr schon in aller Frühe los. Weil er noch Zeit hatte, ging er in ein Premierenkino. Es kam *La bestia humana* von Daniel Tinayre. Sonst mied er argentinische Filme, aber in diesem Fall gaben weder die Lage des Kinos noch der passende Termin den Ausschlag.

Erst dachte er, es wäre reiner Zufall: Der Film basierte auf dem Roman *Die Bestie im Menschen* von Émile Zola. Aber er hatte nichts mit Politik im Allgemeinen oder mit der Dreyfus-Affäre im Besonderen zu tun. Es war in erster Linie ein Krimi, bei dem eine Dreiecksbeziehung in einer Tragödie endete. Man konnte Tinayre einen gewissen Ehrgeiz nicht absprechen. Einen Film über einen Roman zu machen, den Fritz Lang gerade verfilmt hatte!

Bei einer Szene, die an einer Haltestelle des Mitre spielte, wurde ihm bewusst, warum es ihn in den Film gezogen hatte. Es war ein Spielfilm, der ein paar Jahre vor der Revolution gedreht worden war. Tatsächlich hatte Tinayre den Stoff *vor* Lang verfilmt. Aus diesem Grund hätte in einer bestimmten Szene – eben der mit dem Mitre – ein Plakat mit den Bildern von Perón und Eva zu sehen sein müssen. Damals war das Projekt unter einem anderen Titel veröffentlicht worden: *Los asesinos también mueren* (*Auch Mörder sterben*). Und das wiederum erklärte, warum R in *La bestia humana* gegangen war, einem Bauchgefühl folgend, aber ohne zu wissen, dass es sich um den Film von damals handelte.

Als er in die Kinos kommen sollte, war die Regierung bereits gefallen. Und die neuen Zensoren setzten den Film auf den Index mit der Begründung, er verstoße gegen das Dekret 4161, das die Peróns und alles, was auf sie verwies, und sei es noch so abwegig und absurd, mit einem Bann belegte. Man ging sogar so weit, die Produzenten zu verklagen, aber die Sache wurde fallengelassen, als Tinayre sich verpflichtete, die Sequenz herauszuschneiden.

Er erinnerte sich nicht mehr, wie er von der Geschichte erfahren hatte (hatte Valerga sie ihm erzählt?), aber als die Haltestelle Rosario ins Bild kam, war sie auf einmal wieder präsent. Perón und Eva waren verschwunden. Man hatte sie aus dem Film gelöscht, so wie man sie aus der gesamten Kulisse Argentiniens gelöscht hatte.

Trotzdem sah R sie vor seinen Augen.

ACHTZEHN

Εντροπία

1.

Wie sollte er enden?

Anfangen, das konnte jeder. Man musste sich nur von einer Laune oder einem Impuls leiten lassen. Man hebt eine Hand. Man macht einen ersten Schritt. Man tippt einen Satz. Man drückt auf den Auslöser. Man spielt einen Akkord. Man macht Liebe.

Aber dann? Wie führt man das ungestüme Fohlen über unsicheres Gelände? Kann man es bewusst lenken, oder sollte man die Augen schließen und sich damit abfinden, dass vielleicht alles schiefgeht?

Niemand hatte irgendetwas unter Kontrolle. Deswegen ist der Mensch so versessen darauf, sich eine begrenzte Welt zu erschaffen, bei der er sich der Illusion hingeben kann, sie zu beherrschen. Dinge wie Literatur oder Schach. Wie lange hatte er schon nicht mehr gespielt? Er hatte das Gefühl, er habe das Geschick für das Spiel verloren. Wenn er vor einem Schachbrett säße, würde ihm der Drang zur Schönheit helfen, nicht dem Schwindel des Chaos zu erliegen?

Die Monate, die er den Ermittlungen gewidmet hatte, hatten ihn gelehrt, dass das Universum entropischer Natur war. Es war Teil eines Systems, in dem ein prekäres Gleichgewicht herrschte, das zu Energieverlust neigte. Fraglich war, wie lange das System brauchte, bis es zerfallen würde, aber nicht die Tatsache, dass es so kommen würde.

Sein Weg könnte als Illustration für eine Unterrichtsstunde zu dem Thema dienen. Er war ein mehr oder weniger glücklicher Mann gewesen, bis eine unbesonnene Entscheidung eine Kettenreaktion auslöste, die zu seinem Zerfall geführt hatte. Und in dem Zustand war er jetzt: Versteckt in einer Hütte im Niemandsland, verfolgt von der Regierung, getrennt von seinen Kindern und (*again!*) von einer Frau unterhalten, während er durch die Flussarme ein scheues Tier verfolgte – den weißen Wal: das Ende eines Buches, das keiner lesen würde.

Er hatte das mit Sánchez Sorondo ausgemachte Abgabedatum zum zweiten Mal verstreichen lassen. Er hatte nicht einmal angerufen und es ihm erklärt. Warum auch, wenn ihm der Verleger schon klargemacht hatte, dass er kein Verständnis für sein Zögern hatte? Für Sánchez Sorondo war das Buch beendet, seit R den letzten Teil veröffentlicht hatte: am 15. Juli.

«Den letzten Teil habe ich Ende Juli abgeliefert: den ‹Obligatorischen Anhang›. Aber vielleicht werde ich noch einen ‹Obligatorischen Anhang II› veröffentlichen», log er.

Als er sagte, er müsse jede Angabe noch einmal prüfen – der Appell an die Verantwortung hatte seine Wirkung nicht verfehlt –, hatte Sánchez Sorondo zähneknirschend zugestimmt. Allerdings hatte er ihn gebeten, sich nicht zu viel Zeit zu lassen. Wenn das Buch wie geplant im Dezember in die Buchläden kommen sollte, musste die Deadline der Druckerei unbedingt eingehalten werden.

Wenn er jetzt so darüber nachdachte, erschien ihm der Gedanke eines «Obligatorischen Anhangs II» gar nicht so aberwitzig. Doch selbst wenn er noch Nummer III und IV schriebe, wäre es immer noch nicht das Ende des Buches, von dem er träumte.

2.

Die in *Mayoría* veröffentlichte Ausgabe hatte mit einem «Provisorischen Nachwort» geendet. (Seit Dezember 1956 war sein ganzes Leben eine einzige Annäherung.) Dort hatte er, gedrängt durch das nahe Ende, eine persönliche Anmerkung eingefügt. Er erinnerte sich, dass er mit dem Regime sympathisiert hatte, das er jetzt anklagte, nicht nur aus Überzeugung (die Regierung Perón habe «die bürgerlichen Freiheiten verhöhnt, das Recht auf freie Meinungsäußerung verweigert, einerseits die Unterwürfigkeit und andererseits die Schrankenlosigkeit gefördert»), sondern auch aus «dringlichen Gründen familiärer Verbundenheit».

Er erinnerte sich auch an die Ereignisse im Juni in La Plata, während des Aufstands von Valle, deren Augenzeuge er wurde. Insbesondere an die Stimme, die ihn zum Anhalten aufgefordert hatte und die, indem er ihr Folge leistete, dazu beigetragen hatte, dass sein Leben nicht entgleiste. Hätte er nicht gehört, wie der Rekrut vor seinem Haus gestorben wäre, hätte Valles Rebellion ihn nicht innerlich so aufgewühlt. Der junge Soldat hieß Bernardino Rodríguez, das hatte ihm Leutnant Cruset – *oder Decruset?* – gesagt, während seine Männer die Leiche abtransportierten. Jetzt wusste er auch den Namen des Dicken, der ihm «Ha-a-alt!» zugerufen hatte (eine weitere Aufmerksamkeit Valergas), aber er behielt ihn für sich. Er erwähnte lediglich, dass er in Montevideo im Exil lebte und Luftballons verkaufte.

In den letzten Abschnitten erklärte er sein Ziel: Er wolle vor den Schrecken von Revolutionen warnen. «Nur ein Schwachsinniger ist fähig, sich nicht nach Frieden zu sehnen», schrieb er. «Aber der Friede ist nicht um jeden Preis zu akzeptieren.»

Und er schloss mit der Bemerkung, es gäbe immer wieder Gründe, sich aufzulehnen, solange die Macht in den Händen von

Leuten wie «dem gegenwärtigen Polizeichef der Provinz Buenos Aires, Oberstleutnant Desiderio Fernández Suárez» läge.

Das war nicht schlecht. Es war überzeugend, und der Name des Verbrechers blieb beim Leser hängen.

Doch R glaubte nicht, dass die Geschichte da endete. Und auch nicht so.

3.

Über Muñiz ließ er den Jacovellas mitteilen, dass er noch etwas zu sagen habe. Und so entstand der «Obligatorische Anhang».

Die Verhaftung von Marcelo Rizzoni war der Aufhänger. Er nutzte die Gelegenheit, um gegen alle Presseorgane zu Felde zu ziehen, angefangen von *La Nación* bis zu dem in La Plata erscheinenden *El Día*, wegen der Art, wie sie sich dem Geheimdienstmanöver des Regimes fügten, indem sie es so darstellten, als sei die Information, auf die *Das Massaker von San Martín* sich stütze, R durch «einen Terroristen» zugespielt worden. Wenn die Angaben von einem Terroristen stammten, mussten sie zwangsläufig falsch sein, behauptete *El Argentino* aus La Plata und stellte damit einen zweifelhaften Syllogismus auf. Ihrem Gebot der Eleganz treu bleibend, schrieb *La Nación*, die Angaben seien «natürlich überspannt».

R zerschoss den Bluff mit wenigen Zeilen. Er konnte leicht beweisen, dass Rizzoni der unwichtigste seiner Zeugen war. Dem Redakteur von *El Día*, den er natürlich kannte, verpasste er einen Seitenhieb, weil er Rizzoni als «Anführer des ‹Massakers von San Martín›» bezeichnet hatte. «Der Verfasser dieser Meldung», schrieb er, «darf sich fortan ungestraft einen Esel nennen.»

Eines Tages werde ich meine armseligen Ressentiments überwinden. Aber warum bis dahin nicht Nutzen aus ihnen ziehen?

Aber die Operation rund um Rizzoni zu entlarven war nur ein Teil seines Vorhabens.

Den größten Teil des «Obligatorischen Anhangs» verwendete er darauf, über den Verlauf seiner Ermittlungen zu berichten. Er sagte sich, das sei notwendig, um die bescheidene Rolle von Rizzoni bei den Zeugenaussagen deutlich zu machen. Aber während er daran arbeitete, wurde ihm klar, dass die Schilderung einen Mehrwert hatte, der über die reine Beweisführung hinausging. Sie war ausgesprochen *narrable*. Man hatte Freude daran, sowohl beim Schreiben als auch beim (wiederholten) Lesen. Sie enthielt viele wunderbare Episoden. Das plötzliche Auftauchen Casandras zum Beispiel. Oder das Treffen mit Rizzoni, den er zuvor verteidigt hatte. «Wenn ich zwischen einem Verzweifelten wie ‹Marcelo›, verzehrt von seinem Schatten und seinem Rachedurst, und einem kalten, grundlos handelnden, bewussten und methodischen Folterer und Todesschützen zu wählen hätte, dann soll man mich besser nicht fragen, für wen ich mich entscheiden würde.»

Als er die Zeilen wieder las – der «Obligatorische Anhang» konnte nicht das Ende des Buches sein, weil er antiklimatisch mit der Kritik an einer Pressekonferenz endete –, fragte er sich, ob die Schilderung der Ermittlung nicht einem anderen Bedürfnis geschuldet war: mit dem Thema noch einmal von vorn zu beginnen, es in seinem Innern immer wieder neu zu erschaffen; ein Film, der fortlaufend gezeigt wird und mit jedem Abspielen neue Details liefert.

Das Ende war in Schussweite, aber er wollte es nicht exekutieren.

In seinem Innern war die Sache noch lange nicht abgeschlossen.

4.

Von Anfang an, als er noch nicht wusste, ob er einen Artikel, eine Kampagne oder ein Buch schreiben würde, hatte die Geschichte für R nur ein Ende: Desi würde im Gefängnis landen. In einer perfekten Kriminalgeschichte musste der Mörder für seine Verbrechen büßen.

Aber *Das Massaker von San Martín* war außerdem ein *realistischer* Kriminalroman. Aus diesem Grund war das Herunterlassen des Vorhangs nach Desis Verhaftung mehr als das Ende der Geschichte: Es war ein Zeugnis, wie die Detektivarbeit in Form eines Buches in die Wirklichkeit eingegriffen hatte. Es würde ein Text sein – etwas Virtuelles, eine Illusion –, der die Werkzeuge des Erzählens nutzt, um wahre Begebenheiten zu schildern, und gleichzeitig erzählt, wie dieses Zeichenuniversum DIE Geschichte verändert hatte.

You can't have a cake and eat it, too. R wollte die Torte behalten und sie gleichzeitig essen. Monatelang hatte er darauf gesetzt, dass es ihm mit dem Buch gelänge, das Sprichwort zu widerlegen. Denn *Das Massaker von San Martín* hatte etwas von einer Chimäre: Es war ein Geschöpf ungekannter Natur, das aus Teilen bestand, die niemand bis dahin in dieser Weise zusammengefügt hatte. Es kam daher wie Fiktion, aber mit journalistischer Genauigkeit, während es DIE Geschichte schrieb, wie Greg sie verstand. Es war ein Buch, das im Privaten seinen Anfang nahm – dem Bericht eines Opfers, dem Wunsch eines Einzelnen, etwas zu recherchieren, wovor alle anderen die Augen verschlossen –, um im öffentlichen Raum seine Sprengkraft zu entfalten und Einfluss auf die Polis zu nehmen, die politische Bühne *par excellence.*

In seinen Träumen – über die er längst keine Kontrolle mehr hatte – würde ihm *Das Massaker von San Martín* nicht nur ermöglichen, eine Geschichte zu erzählen, sondern auch die Art und Weise, wie einem Buch das Unfassbare gelang: die Wirklichkeit zu verändern. Denn viele Bücher, angefangen bei den Andachtsbüchern, hatten die Kulturlandschaft geformt; aber keins hatte die Geschichte dieser Transformation gleich mit erzählt.

Sein Bestreben war es gewesen, mit dem Buch eine neue Form hervorzubringen. Aber er war auf der Hälfte des Weges steckengeblieben. Die Wirklichkeit, die er zu formen glaubte, war zum Gegenangriff übergegangen und hatte ihn des idealen Endes beraubt. Was er in den Händen hielt, war amorph.

Und zu allem Überfluss wusste er nicht, wie er das Ende gestalten sollte.

5.

Sein Timing war falsch gewesen. Die Zeiten hatten sich seit Zola verändert. Die Schriftsteller hatten das moralische Gewicht verloren, das sie früher hatten, es mangelte ihnen an Einfluss. Die Massenkultur hatte ihre Kunst verschmäht: Heutzutage konnte jeder einen Roman schreiben, denn die Maschinerie war effektiv und konnte neben den wesentlichen noch viele andere Werke ausspucken. Es wurden so viele Bücher gedruckt, wie die Kapazität der Druckereien hergab, unabhängig von der Qualität; die Folge war, dass es zu viele Schriftsteller gab. Sie waren alltäglich geworden. *Du willst ein Schriftsteller sein, du, der du um die Ecke wohnst, auch ein Idiot bist und nichts auf der Naht hast?* Der Platz wurde nicht mehr von Dichtern und Visionären eingenommen. Sie waren Arbeiter, ein Glied in der Glitzerwelt des Kapitalismus.

Sprich es ruhig aus, es ist kein Schimpfwort: Auch wenn es Borges erschrecken mag, wir sind Arbeiter *geworden.*

Ein Teil des Einflusses war auf die Presse übergegangen. R

wusste das, deswegen war er bereit gewesen, die Erzählung in den Printmedien zu verbreiten. Dass sie ihn als Journalisten bezeichneten anstatt als Schriftsteller, war ein Risiko, das er gern in Kauf nahm. Aber die Türen der großen Presse, die jeden Tag in die Wirklichkeit eingriff – die Zeitungen der Kette gaben die Geschehnisse nicht nur wieder: Nichts machte ihnen mehr Freude, als sie zu erfinden –, waren ihm verschlossen. Hätte *La Nación* die Anklage abgedruckt, hätte R sein gewünschtes Ende bekommen. Desi säße im Gefängnis.

Aber das war nicht geschehen. Nichts war so gekommen, wie es erträumt war.

Angefangen bei ihm selbst.

Ich – dieses «Ich» von heute, das damit ringt, Das Massaker von San Martín *zu beenden – entspricht nicht den Träumen, die meine Eltern hegten. Was ich tue, wohin ich mich entwickle, kam in ihren Wunschvorstellungen nicht vor.*

6.

Die Haut jener Tage war glatt. R strich, korrigierte, schrieb neu. Muñiz besuchte ihn an den Wochenenden. Sie berichtete ihm von den Nachrichten, die nicht in den Zeitungen erschienen. Sie aßen, tranken, vögelten. Sie sprachen viel über das Buch, wenig über die Gegenwart (R war immer noch obsessiv mit dem Fall Satanowsky beschäftigt, Muñiz teilte sein Interesse nicht) und gar nicht über ihr Gefühlsleben. Das Wetter zeigte sich großzügig, sie waren sogar schon im Fluss schwimmen gewesen. Während R arbeitete, sonnte Muñiz sich mit einem Buch in der Hand.

Aber die Spannung war unübersehbar. Der Eiter sammelte sich. Früher oder später würde sich ein Abszess bilden.

Elina hatte ihn von Anfang an gedrängt, Muñiz war anders.

Ihr Vorgehen glich eher dem eines Pokerspielers: Sie gab nur das Notwendigste aus ihrem Innenleben preis. Sie sagte nur etwas, wenn sie angesprochen wurde, und sie äußerte sich nur zu Themen, wenn der andere sie anschnitt.

R war von dieser Zurückhaltung fasziniert. Das hatte er sich immer von einer romantischen Beziehung gewünscht: den nötigen Freiraum, damit sein hyperaktiver Kopf die meist hochkomplexen Denkvorgänge abschließen konnte. Aber da er für sein Leben neugierig war, konnte er sich mit der Zurückhaltung nicht abfinden. Er musste sie auf die Probe stellen, ihre Grenzen austesten. Deswegen verharrte er häufig in seinem geistigen Schneckenhaus, auch wenn er gerade nicht schrieb oder korrigierte. Er schwieg und wollte Muñiz damit aus der Reserve locken.

Doch sie respektierte sein Schweigen. Wenn sie Hunger hatte, ging sie in die Küche und machte sich was zu essen. Wenn ihr nach einer Erfrischung zumute war, zog sie sich um und ging zum Steg. Am Ende musste R sich geschlagen geben: Er musste sagen, dass er auch etwas essen wollte, dass eine kleine Abkühlung eine gute Idee war.

Mit der Zeit wurde ihm klar, dass es so nicht weitergehen konnte, auch wenn es angenehm war. Muñiz' Schweigen bedeutete nicht, dass sie nichts zu sagen hatte. Im Gegenteil, in ihrem Innern ballten sich die Wolken zusammen wie am Himmel, bevor das Gewitter losbricht. Trotzdem ließ er die Gelegenheit verstreichen, ihr ein Ventil zu bieten. Er hatte keine Zeit, zuzuhören, zu diskutieren, sich jemandem zuzuwenden, selbst wenn es ein so wertvoller Mensch war wie Muñiz.

Der Druck, gegen den er ankämpfte, war zu stark. Er musste die Kollision beschleunigen, damit er sah, ob er tatsächlich gegen die Wand fuhr, wie alle Welt zu glauben schien – alle *außer Muñiz* –, oder ob er trotz des Schlingerkurses mit dem Leben davonkam. War das Buch erst einmal erschienen, wäre alles vollendet. Er hätte alles Menschenmögliche getan, um Gerechtigkeit einzufordern, alles, was in seiner Macht stand, und noch ein wenig mehr. Hätte *Das Massaker von San Martín* sich erst einmal von seinem Autor gelöst und würde in andere Hände gelangen und ein Eigenleben bekommen, könnte er seine Trauer überwinden und über seine Zukunft nachdenken. Aber bis dahin …

Das war der Grund, warum die wenigen Momente des Austauschs, die er sich gestattete, so dramatisch aufgeladen waren. Das zeigte sich im Bett ebenso wie bei der Einschätzung des werdenden Buches. Auf diesem Feld stellte Muñiz ihn auf die Probe, testete seine Grenzen aus. Sie war es, die in der einzigen Arena, die R für den Schlagabtausch freigegeben hatte, immer wieder nachlegte.

Sie war vorsichtig, denn da sie sich in dem Metier auskannte, wusste sie, welche Empfindlichkeiten ein Text weckt, der gerade im Entstehen ist. Aber bei der Diskussion um Kapitel 23 war sie kategorisch. Sie sagte ihm klipp und klar, es in das Buch aufzunehmen wäre ein kapitaler Fehler. Und dann folgten die Argumente.

7.

Erstens passe es vom Ton her nicht zum übrigen Text. Es falle vollkommen heraus! Der Ton sei nicht ökonomisch und präzise, sondern hochtönend.

Wenigstens hat sie nicht prätentiös *gesagt, sie hat sich gehütet, das Adjektiv zu wiederholen.*

Zweitens sei der literarische Einfluss viel zu deutlich erkennbar. Es sei eine Anspielung auf den Anfang vom *Facundo*, und in dieser Hinsicht würde es das Original an Sprachkraft nicht übertreffen. Viel zu ehrerbietig!

Das ist ein Einwand, mit dem ich nicht gerechnet habe. Das kann auch nur mir passieren, dass ich an eine Spanierin gerate, die sich mit Sarmiento auskennt.

Drittens, er werde damit schwülstig. Der Appell an «deinen schmerzerfüllten Vater, dem das Herz fehlen wird, um dich zu überleben», sei weit unter seinen stilistischen Fähigkeiten; da sei mindestens ein Adjektiv zu viel.

Die literarische Sensibilität ist eine Sache und die Sensibilität des Volkes eine ganz andere. In dem Punkt würde Valerga mir zustimmen!

Viertens, es würde sich vom Ton des Rests abheben und werde dann künstlich. Was sollten Sätze wie: «Beeile dich, denn die gerechten Männer werden dich töten»? Sie passten eher zu einem Werk Casonas als zu einer neuen literarischen Form.

Als sie noch einen fünften Kritikpunkt vorbringen wollte, gebot R ihr Einhalt. Er konnte einiges aushalten, aber das war zu viel.

Er war sich bewusst, dass Kapitel 23 vom Rest abwich. Deswegen hatte er es hervorgehoben, es sollte kursiv gedruckt werden. Er wollte einen Verfremdungseffekt erzielen. Mit gutem Grund hatte er es «Interludium» genannt. Er wollte das Problem lösen, dass der Leser sich durch die Anhäufung von Beweisen und Folgerungen erdrückt fühlen könnte, dass er sich in all den Details verlieren würde. Deshalb sollte das Kapitel 23 den Leser aus der Nahaufnahme herausholen und ihm eine Gesamtsicht bieten; ihn von dem Ereignis, der bloßen zu berichtenden Tatsache wegholen und ihn kopfüber in DIE Geschichte stürzen lassen.

Was die Verwandtschaft mit Sarmiento anging («Düstre Halde von José León Suárez, zernagt von überschwemmten Gräben im Winter, umschwirrt von Fliegen, wohlgenährt und blau im Sommer, geschändet von totem Getier, zerfressen von altem Eisen, überzogen von herbem Gras, letztes Sammelbecken der

Welt, sieh, welch Last sie dir bringen!»), war Muñiz auf dem Holzweg. Er hatte sich bei dem Kapitel vom Ton der *Reden gegen Catilina*, der direkten, zornigen Ansprache leiten lassen.

Seine gesamte Verteidigung basierte auf Lügen, aber er ließ sich nicht davon abbringen. Der wahre Grund für dieses Kapitel war beschämend. Er hatte das Gefühl, die Notwendigkeit, die Ereignisse beweisen zu müssen, habe ihm die Hände gebunden. Er fürchtete, sein schriftstellerisches Talent würde unter einem Berg von Angaben und Argumenten begraben. Deswegen hatte er ein paar Seiten darauf verwendet zu zeigen, dass er auch andere Register beherrschte. Es war seiner Unsicherheit geschuldet, aber was konnten die paar Seiten inmitten von Hunderten schon anrichten?

Muñiz, die von ihren Eltern stets wie eine Porzellanpuppe behandelt worden war, schockierte das Kapitel wie die Fliege in der Suppe. R war Speisesäle gewöhnt, wo man die Fliege herausnahm und weiterschlürfte.

Der Streit wurde lauter. Sie gab nicht nach, er auch nicht. Das Abendessen war ein Vorwand zur *Détente*. Das Klappern des Geschirrs und Bestecks und das Klirren der Gläser sollten darüber hinwegtäuschen, dass die Worte desertiert hatten. Sie ging danach direkt ins Bett und er zum Steg, um zu rauchen. Als er sich hinlegte, achtete er darauf, dass er sie nicht berührte. Er wusste nicht, ob sie schlief, sie lag einfach da und atmete ruhig. Er konnte ihr Gesicht nicht sehen, sie hatte ihm den Rücken zugewandt.

Der Schlaf wollte sich nicht einstellen. Anstatt sich zu entspannen, spürte er eine Beklemmung in der Brust. Konnte man mit dreißig einen Herzinfarkt bekommen? Wenn er jetzt starb, in einer geliehenen Hütte, am Arsch der Welt, ohne etwas erreicht zu haben, das in Erinnerung bliebe, und ohne seinen Töchtern etwas anderes zu hinterlassen als Schulden und Erinnerungen, wie sein Vater? Es wäre unheimlich, aber es konnte passieren. Das Leben verübte weit schrecklichere Bosheiten; da musste man sich nur mit den Angehörigen der Erschossenen unterhalten.

Auch wenn er überzeugt war, dass Muñiz schlief (oder gerade deswegen?), drückte er sich an sie und flüsterte: «Warum liebst du mich?»

8.

Er war überrascht, als sie sich bewegte. Sie drehte sich sofort zu ihm, ihr war klar, dass es sich nicht um eine nebensächliche Frage handelte. Ihr Blick suchte im Halbdunkel nach dem seiner kurzsichtigen Augen. Dann legte sie eine Hand auf seine Wange.

R bereute, was er getan hatte. Nicht der Berührung wegen; es erleichterte ihn festzustellen, dass sie sich trotz aller Meinungsverschiedenheiten immer wieder fanden. Aber die Frage, die ihn in keinem guten Licht erscheinen ließ. Solch eine Frage stellen nur schwache, unsichere Menschen, die ihren Selbstwert bezweifeln. *Was machst du an der Seite eines Verlierers, eines eingebildeten Kerls, eines Testpiloten ohne Helm, wenn du bei so vielen schneidigen Kerlen sein könntest, die dich auf Händen tragen würden? Was machst du an der Seite eines komplizierten Typen, der zwei Töchter unterhalten und sich um sie kümmern muss, wenn du dir die beste Partie aus einer Legion vornehmer Junggesellen aussuchen könntest?*

Das fragte er sich wirklich. Aber er wollte nicht, dass sie erwachte, dass sie seine schlimmsten Fehler bemerkte; zumindest noch nicht. Wäre er ohne Muñiz fähig, die Aufgabe zu Ende zu bringen, die er mithilfe ihres Anstoßes begonnen hatte?

«Willst du eine ehrliche Antwort?», sagte sie zärtlich. «Ich habe nicht die geringste Ahnung.»

9.

Muñiz hatte die Frage nicht erwartet. Sie war wach, ja. Aber der Tenor des Streits hatte ihr alle Hoffnung genommen. Sie war überzeugt, dass R einschlafen und bis zum nächsten Tag kein Wort mit ihr sprechen würde. Deswegen war sie völlig baff, als die Frage kam. R hatte seine Wut überwunden und sich außerdem auf eine unerwartete Art geöffnet.

Ihr erster Impuls war, ihn zu streicheln, ihn in den Arm zu nehmen. Der Körper neben ihr vibrierte mit elektrischer Energie. Doch ihr Geist war nicht so barmherzig.

«Willst du eine ehrliche Antwort?», sagte sie. «Ich habe nicht die geringste Ahnung.»

Sie fürchtete, R könne wieder eingeschnappt sein, und sie würde ihn festhalten, bis er sie angehört hatte. Aber er lachte sich halb tot. Mit der Antwort hatte er nicht gerechnet.

«Im Ernst», sagte sie. «Warum hast du dich in Elina verliebt? Warum war ich Feuer und Flamme für den pickligen Jungen mit dem Sprachfehler aus Fuenlabrada? Die Gesetze der Anziehung lassen sich nicht beschreiben. Alles, was wir darüber sagen können, sind rationale Erklärungsversuche.»

«Da hast du ja ganz neue Töne angeschlagen», sagte er. Er lächelte immer noch, das spürte sie auch im Dunkeln. «Das macht mir Angst. Soll das heißen, du hast keine rationale Erklärung für das, was du für mich empfindest? Soll das heißen, ich biete dir nicht mal einen Anhaltspunkt, um eine überzeugende Lüge zu formulieren?»

«Jetzt hör auf tiefzustapeln. Das passt nicht zu dir.»

R pikste sie mit dem Finger. Sie umarmte ihn. Er war erregt, das spürte sie. Aber sie wollte nichts überstürzen. Sie wollte den Moment auskosten. Nur Gott wusste, was R so sehr quälte, dass er sein Herz für sie öffnete. Das war so außergewöhnlich, dass sie nicht wusste, ob es sich je wiederholen würde.

«Ich mag deine Reserviertheit, denn sie ist ein deutliches Signal dafür, dass du nicht aufhören kannst zu denken. Ich mag deine Klugheit, denn sie hat nichts Affektiertes. Ich mag deine Hände, weil sie kräftig sind, das findet man in unserem Metier nicht oft. Mir gefällt die Art, wie du mich ansiehst, ich stelle mir vor, wie du das stundenlang vor dem Spiegel übst.»

«Jetzt hast du schon wieder neue Töne angeschlagen. Was noch?»

«Muss es denn noch mehr geben?»

«Sonst wäre ich deprimiert.»

«Willst du wissen, was ich am meisten an dir mag?»

... sagte sie, wohl wissend, dass es sich um eine rhetorische Frage handelte.

«Am meisten gefällt mir an Ihnen», fuhr sie in feierlichem Ton fort, «dass Ihr Herz, auch wenn Sie fast schon verantwortungslos ehrgeizig sind, größer ist als Ihr Ehrgeiz. Sie haben ein großes Talent, Señor RJ. Aber was Sie unwiderstehlich macht, ist die Tatsache, dass Sie *trotz* dieses Talents entschlossen sind, weiterhin ein guter Mensch bleiben zu wollen.»

R drückte das Gesicht ins Kissen. Es war die Geste eines Kindes, das sich unsichtbar machen will. Sie streichelte seinen Nacken. Bildete sie sich das ein oder hatte der Körper ihres Geliebten unter einem Schluchzen gezuckt?

Um sich Gewissheit zu verschaffen, drückte sie sich noch fester an ihn. Zum ersten Mal wusste sie nicht, was sie sagen sollte.

Enriqueta vertraute darauf, dass die verstreichende Zeit Wunder wirken würde. Die Minuten vergingen. R entspannte sich. Die Erregung war verschwunden, das war offensichtlich. Im passenden Moment musste sie etwas dagegen unternehmen.

R wandte sich ihr wieder zu und lächelte. Seine Augen waren feucht, sie glänzten fast in der Dunkelheit.

«Denkst du, das war es wert? Ich habe vieles zerstört, um die

Geschichte zu schreiben. Und ich möchte glauben, dass …» Er stockte. Es schnürte ihm die Kehle zu.

Sie schlang erneut die Arme um ihn. Endlich verstand sie, welch undurchdringliche Wand sich in den letzten Tagen zwischen sie geschoben hatte. Die Entschuldigung war das Buch, dem Desis Straffreiheit das vorgesehene Ende genommen hatte. Doch was R immer verzweifelter suchte, war weit mehr als ein paar abschließende Seiten. Was er brauchte, war ein Zeichen, etwas, das ihn ermunterte zu glauben, dass das Glas der Welt trotz der Gewalt, die es zerbrochen hatte, wieder heil würde.

Viele Dinge waren zu Bruch gegangen, damit das Buch möglich wurde, das stimmte. Und am Horizont tauchte weit und breit nichts auf, das auf eine Wiedergutmachung hoffen ließ. Die Toten waren immer noch tot. Die Auferstandenen waren immer noch Opfer der Angst. Und Desi war immer noch in Freiheit und genoss das Leben und die Vorteile der Macht.

«Was auch geschieht, das Zeugnis deines Buches wird bleiben», flüsterte sie ihm ins Ohr. «Und wir werden einander haben.»

Sie war nicht sicher, ob das die richtigen Worte waren. Deshalb rieb sie sich an seinem steinernen Körper auf der Suche nach einem Funken.

10.

Als R aufwachte, war Muñiz verschwunden. Es roch nicht nach Toast oder Kaffee. Im Haus war es so still, als würde der Fluss gemächlich direkt vor der Tür vorbeifließen.

Er fand sie im Wasser. Sie war schwimmen gegangen, die Sonne heizte schon ordentlich ein. Er fragte sie, ob sie gefrühstückt habe. Sie verneinte. Er versprach ihr Bescheid zu geben, sobald der Kaffee fertig war. Muñiz unterbreitete ihm einen anderen Vorschlag: Wenn er zu ihr in den Fluss käme, könnten sie später gemeinsam das Frühstück vorbereiten.

«Ich bin noch nie in so braunes Wasser gestiegen. Da wirst du beim Baden schmutzig!»

«Es enthält sehr viel Ton», sagte R. «Da kommt man als etruskische Vase wieder raus.»

Er ließ die Hose fallen. Der Gürtel schlug gegen die Holzbretter des Stegs. Er war mit Hose und Unterhemd aus der Hütte gekommen und natürlich barfuß.

Als Muñiz ihn in Unterhose mit der Hose zu seinen Füßen sah, lachte sie.

Was für ein Glück, sie ist gutgelaunt aufgestanden, dachte er.

Wie gut, er wirkt beschwingt, dachte Muñiz.

R zog das Unterhemd aus und sprang ins Wasser.

Beim Eintauchen verlor er die Unterhose. Als sie an der Oberfläche auftauchte, lachte Muñiz schallend und schwamm ihr hinterher.

R kraulte auf sie zu und küsste sie.

Muñiz reckte den Arm aus dem Wasser. Die Unterhose triefte. «Wenn Sie mir versprechen, das Kapitel dreiundzwanzig zu streichen, gebe ich sie Ihnen zurück.»

«Sie verkennen die Situation. Sie haben die biblische Maxime außer acht gelassen, die ein universelles Prinzip der Entlohnung vorsieht. *A garment for a garment, my dear.*»

Er streifte einen Träger ihres Badeanzugs hinab, in der Absicht, ihn auszuziehen.

Sie stieß einen Schrei aus und zog mit kräftigen Beinschlägen davon.

Er folgte ihr, aber mit wenig Elan. Ihm war ein absurdes Bild in den Sinn gekommen: Sie kam in seiner Unterhose an Land, er in ihrem Badeanzug.

Gleichzeitig zu schwimmen und zu lachen war nicht leicht.

11.

Am Nachmittag schlug das Wetter um. Schwarze Wolken zogen am Himmel auf. Kurz nach vier sah es aus, als ob die Nacht heraufzöge. Wind pfiff ums Haus. Er drang durch alle Ritzen und erzeugte eine Musik wie aus einem Horrorfilm.

Muñiz vergaß ihr Buch. Sie hatte sich in das Sofa am Fenster gefläzt, um Gedichte von Langston Hughes zu lesen.

Durch die Scheibe sah sie, dass die Bäume eine Büßerhaltung einnahmen.

R sah von seinen Papieren auf. Er wollte den Wind beim Wüten beobachten, aber sein Blick blieb an Muñiz hängen. Mit den Füßen auf dem Sofa starrte sie nach draußen. Ihre Haltung kam einer Verrenkung gleich – die Füße in eine Richtung, den Hals um neunzig Grad gedreht –, dabei sah sie immer noch elegant aus. Er wollte ein Foto machen, aber die Voigtländer lag im anderen Zimmer. Wenn er aufstand, um sie zu holen, wäre der Zauber zerstört.

Muñiz drehte sich zu ihm um, seine Gedanken hatten ihr auf die Schulter getippt.

«Es riecht nach Sintflut», sagte sie, als sie sah, dass er seine Arbeit unterbrochen hatte.

Sie hatte recht. Es roch nach feuchter Erde, als befänden sie sich nicht im Haus, sondern mitten im Park.

«Ich habe nachgedacht», sagte sie weiter. Etwas trieb sie dazu, ihre gewohnte Zurückhaltung abzulegen (die Schwäche, die er letzte Nacht gezeigt hatte?). «Vielleicht sollte man gar nicht nach etwas Definitivem streben. Für das Ende, meine ich. Denn was es auch ist, es ist ja nicht in Stein gemeißelt. Die Natur der Geschichte bringt es mit sich, dass ihr Ende nur ein vorläufiges ist. Wer weiß, was passiert, vor allem, wenn das Buch ein Erfolg wird? Wenn etwas Neues geschieht, wird es überarbeitete Ausgaben geben. Das ist kein Roman. Besser gesagt: Es ist nicht *hundertprozentig* ein Roman. Du hast es mit einer lebendigen Geschichte zu tun. Was immer du abgibst, es wird immer ein *work in progress* sein, ob du willst oder nicht!»

R blickte auf die Papierstapel auf dem Tisch, die von einem mit Marmelade verschmierten Teller und einem Aschenbecher gehalten wurden. Der höhere enthielt den Text, den er bereits durchgesehen und abgesegnet hatte. Der andere, eher magere, umfasste das Material, bei dem es noch Unklarheiten gab oder bei dem er noch unentschlossen war. Angefangen bei Kapitel 23.

«Aber selbst wenn ich den Druck rausnehme», sagte er, den Blick immer noch auf die Papiere gerichtet, «bleibt doch die Frage: ‹welches Ende?› Denn ich werde eins setzen müssen, auch wenn ich ihm wieder das Schild ‹provisorisch› umhänge.»

Muñiz wandte ihr Gesicht erneut dem Fenster zu. Als sie sprach, beobachtete sie den Sturm, der über die Bäume fegte. «Denk weniger. Lass dich treiben. Es geschieht, was geschehen soll, was sich unvermeidlich einstellt. Wie heißt doch gleich das Phänomen, über das du so gern sprichst? Das besagt, dass jedes System zum Chaos neigt.»

«Entropie.»

«Genau. Wenn man nicht mehr gegen den Wind ankämpfen kann, muss man sich von ihm treiben lassen.»

R stand auf und ging auf das Sofa zu. Muñiz zog die Beine an und machte ihm Platz. Er kniete sich neben sie und blickte nach draußen.

«Ich hatte noch nie etwas für Physik übrig», sagte sie. «Ich habe mich mehr für Biologie interessiert. Weißt du, was mit den ersten Bakterien geschah, als die Sauerstoffkonzentration auf der Erde anstieg? Sie sind gestorben. In Massen. Denn der Sauerstoff war Gift für sie. Die nächste Generation hat begriffen, dass sie sich anpassen muss, sonst würde sie auch sterben. Und sie hat ihren Stoffwechsel verändert. Sie begannen den Sauerstoff gewinnbringend zu nutzen. Wir stammen von diesem organischen Material ab.»

«Was willst du damit sagen? Dass ich das Buch mit einer Fabel über Bakterien enden lassen soll?»

Ein Seitenwind ließ die Fensterscheibe erbeben.

«Stell dich nicht dumm», sagte sie. «Das passt so gar nicht zu dir.»

Die ersten Regentropfen rannen über die Scheibe.

Muñiz ging mit dem Gesicht nah heran und ließ sie von ihrem Atem beschlagen. Dann zeichnete sie der Spur der Tropfen folgend Striche.

«Wir könnten wegfahren», sagte sie. «Nachdem das Buch erschienen ist, natürlich. Wir könnten unser Glück woanders versuchen. Unterrichten. In Paris interessiert man sich sehr für lateinamerikanische Literatur.»

R gab ihr keine Antwort. Sein Verstand wurde von Einwänden geradezu bombardiert. Das Handicap, dass er keinen Universitätsabschluss hatte. Sein Wunsch, nicht noch weiter von den Mädchen entfernt zu sein. Aber am meisten störte ihn etwas ganz anderes: die Ahnung, dass er endlich verstanden hatte, was Muñiz über Wochen umgetrieben hatte.

Sie hatte dieses Leben satt. Genau wie Elina wollte sie, dass die verdammte Sache ein für alle Mal zu Ende war. Sie wollte das Chaos hinter sich lassen. In die Zivilisation zurückkehren. Sich dem angenehmen Rhythmus des akademischen Lebens anpassen.

Und in ihm keimte der Verdacht, dass sie dabei nicht auf ihn zählte. Denn R mochte leiden und lamentieren, erklären, dass er verloren war, aber er würde niemals desertieren. Es war offenkundig, er hatte sich keine Mühe gegeben, es zu verhehlen: Er hatte sich nie lebendiger gefühlt als in den Monaten, in denen er zwischen den zersplitterten Ständen des verwüsteten Kaufhauses herumgewandert war.

Er gab keine Antwort. Alles andere wäre unvernünftig gewesen. Muñiz war klug, sie konnte zwischen den Zeilen lesen.

Wie eine Katze glitt sie vom Sofa und verschwand aus seinem Blickfeld. Aus dem Geräusch des Türriegels schloss er, dass sie sich im Bad eingeschlossen hatte.

12.

Der Regen war sintflutartig. Er fragte sich, ob er etwas draußen gelassen hatte, das kaputtgehen konnte.

In der Stadt regnete es anders. Die schlimmsten Schauer verloren ihre Macht, wenn sie in der Großstadt ausgebremst wurden. Die Wolkenkratzer schlitzten den Unterleib der Wolken auf und ließen sie ausbluten. Der Regen fiel nicht, er plätscherte. Doch in der freien Natur stürzte das Wasser ungehindert herab. Er trommelte wild, wie jetzt auf das Dach der Hütte. Alles, was nicht über die nötige Festigkeit verfügte, beugte sich seiner Macht.

Muñiz sprach von weitem mit ihm. Er verstand nicht, was sie sagte, die Schläge des Wassers auf das Trommelfell der Welt waren ohrenbetäubend. Er drehte den Oberkörper – Muñiz war immer noch im Bad, hatte aber die Tür einen Spalt geöffnet – und fragte nach.

«Du fürchtest, nicht das richtige Ende zu finden», sagte sie. Ihre Stimme überschlug sich, sie musste laut sprechen, um gegen den Regen anzukommen. «Aber wenn du es hinauszögerst, wird Desi sich zurücklehnen. Denn das Einzige, was ihn beunruhigt, wovor er immer noch Angst hat, ist, dass du dein Buch beendest. Egal wie, egal mit welchem Ende!»

Durch das Fenster sah R einen Liegestuhl. Er flog von einer Seite zur anderen und verschwand, er flog durch die Luft, als wäre er aus Papier.

Ich wusste, dass ich etwas vergessen hatte.

Für den Liegestuhl war es zu spät. Um den würde er sich kümmern – falls er ihn dann noch fand –, wenn der Regen aufhörte.

Er verließ den Platz am Fenster und kehrte an seine Gefechtsstation zurück.

NEUNZEHN

Ezeiza

1.

Vier Stunden vor Abflug trafen sie am Flughafen ein. Ihre Mutter hielt das für übertrieben, aber Enriqueta nahm es hin, weil sie weiteren Streit mit ihrem Vater vermeiden wollte. Als sie ankamen, stellten sie fest, dass Air France den Schalter noch gar nicht geöffnet hatte. Das war Anlass für erneuten Streit. Die Muñiz' tauschten Vorwürfe und Rechtfertigungen aus, und an ihren Mienen konnte man ablesen, dass sie nervös waren. Enriqueta unterbrach die Szene und lud das Gefolge in die Cafeteria im oberen Stockwerk ein.

«Wenn es so weit ist, gehe ich mit dem, der mich begleiten will, nach unten, und fertig», sagte sie. «Die anderen bleiben sitzen und bewachen den Kaffeetisch. Ich gebe meine Koffer auf und komme wieder hoch!»

Sie freute sich, weil alle gekommen waren. Allen voran ihr Bruder, der extra aus Salta angereist war. Aber auch Ofelia und Alicia und Delia und Fernanda und Zulema waren gekommen. Und Laura und Olga mit ihren Kindern im Schlepptau. Horacio und Greg waren kurz bei ihr zuhause vorbeigekommen, um sich zu verabschieden, sie mussten in den Verlag zurück. Auch Sara Cáceres und Emilio Saldúa hatten sich verabschiedet, obwohl sie sich erst seit kurzem kannten: Sie hatte nicht mal zwei Monate in dem neuen Büro gearbeitet.

Das Gefolge – «deine *coterie*», wie Laura es nannte – war früh bei ihr zuhause eingefallen und hatte fröhliche Stimmung verbreitet, die ihr Vater natürlich vermiesen musste. Als Don Muñiz die anderen anschnauzte, versuchte ihre Mutter ihn zu bremsen. Doch ihr Vater hatte einfach weitergemacht, und deshalb hatte Enriqueta beschlossen aufzubrechen. Bevor das Ganze eskalierte, wollte sie lieber den Concierge wecken. Don Hugo wünschte ihr viel Glück und schlug ihr vor, sie solle einen Zettel an die Haustür kleben. Nicht dass jemand kam, um sich zu verabschieden, wenn er gerade im Haus unterwegs war.

«Wir sind schon losgefahren. Wenn sich noch jemand verabschieden möchte, erwarte ich ihn mit Freude am Flughafen Ezeiza», kritzelte sie und unterschrieb mit dem Anfangsbuchstaben ihres Vornamens. Sie hasste ihn immer noch. Und der Nachname allein erweckte in ihr Erinnerungen, die sie nicht noch zulassen wollte.

Laura bot ihr an, sie und Olga im Auto mitzunehmen. Sie könnte vorne mitfahren, Olga würde sich auf dem Rücksitz um die Kinder kümmern.

Aber sie erwiderte, sie müsse mit ihren Eltern fahren. «Mir bleibt nichts anderes übrig. Wenn ich nicht mit ihnen fahre, weigert sich mein Vater womöglich, mich zum Flughafen zu begleiten.»

Laura verstand das. Sie kannte Don Muñiz gut, deshalb kam sie nicht auf den Gedanken, die Begründung sei geschwindelt.

Enriqueta wollte nicht in Lauras Auto fahren, in dem sie Monate zuvor nach José León Suárez gefahren war. Wenn sie sich hineinsetzte, würde sie die Fahrt über an alles Mögliche denken, nur nicht an den bevorstehenden Flug.

Und das musste sie um jeden Preis vermeiden.

2.

Das letzte Mal hatte sie R am vergangenen Wochenende gesehen. Bei den di Chianos zuhause, die sie zu einem Abschiedsmittagessen eingeladen hatten. Sie war sehr gerührt, weil fast alle gekommen waren. Die Witwen Rodríguez und Carranza mit den Kindern. Lito Giunta mit seiner Frau. (Er hatte ihr als Geschenk ein paar Schuhe mitgebracht. Sie hatte sie anprobiert, und sie passten wie angegossen, Lito hatte ein gutes Augenmaß.) Carlos Livraga mit seiner Freundin und seinem Vater. Sogar Dr. von Kotsch war zum Essen gekommen!

Don Horacio hatte ihr erzählt, R habe dort übernachtet. Er war aus Gründen der Vorsicht so früh gekommen und hatte in dem Keller geschlafen, in dem Don Horacio in den Monaten gewohnt hatte, als er sich von Gott und der Welt verfolgt fühlte.

«Er kam als Priester verkleidet. Sie können ihn fragen!», sagte Don Horacio, der glaubte, zwischen ihnen sei alles wie immer.

R war jetzt in Zivil gekleidet – er hatte einen Anzug und eine Garnitur Unterwäsche in der Aktentasche mitgebracht, mit der er aussah wie ein Pharmavertreter –, aber er hatte es ihr bestätigt. Er hatte sich in einem Geschäft für Kirchenbedarf, das er im Tigre-Delta entdeckt hatte, eine Soutane gekauft.

«Von dem Vorschuss, den mir die Jacovellas bezahlt haben», erklärte er. «Das entbehrt nicht einer gewissen Komik: Dank Satan…*owsky* bin ich zum Priester geworden.»

«Du bist doch nicht ganz bei Trost», sagte sie, und der Satz sollte witzig klingen, auch wenn ihr tief im Innern nicht nach Witzen zumute war.

Dr. von Kotsch war nicht nur gekommen, um ihr die Ehre zu erweisen, sondern auch als Kurier. Sánchez Orondo hatte auf Bitten von R einen Karton mit Exemplaren des Buches an seine Kanzlei geschickt. Er wollte die Gelegenheit nutzen, sie zu verteilen.

«Sie haben schon eins, oder?», fragte er sie.

«Selbstverständlich», erwiderte sie.

Sie hatte ein von R signiertes Exemplar. Das sie tausendmal in den Koffer gepackt und wieder herausgeholt hatte, bis sie zu dem Schluss kam, dass es nicht ratsam war, es mitzunehmen. Das Beste war, es zurückzulassen, sich nicht mit dem zusätzlichen Gewicht gewisser Erinnerungen zu belasten. Sie hatte es sorgfältig eingepackt – auch wenn sie es nicht mitnahm, wollte sie es in gutem Zustand erhalten – und legte es dorthin, wo sein Platz war: in den Hohlraum unter dem Parkett in ihrem Zimmer.

Von Kotsch verteilte weiter Bücher. Livraga und di Chiano hatten bereits Exemplare käuflich erworben, doch R bestand darauf, dass sie noch weitere auf Vorrat annahmen.

Während des Mittagessens hatten sie kaum ein Wort gewechselt. Enriqueta widmete sich pflichtschuldig ihrem Publikum, das die Dinge fragte, die R schon wusste: wie ihr weiterer Weg aussah, ob sie schon einen Teil davon kenne oder ob sie nur unbekannte Orte beträte, welche historischen Stätten sie besuchen wolle, ob es ihr nur um Sightseeing gehe oder ob sie auch vorhabe, dort zu studieren oder zu arbeiten.

Doch die wesentliche Frage stellte keiner. Vielleicht weil alle davon ausgingen, dass es keines zusätzlichen Anreizes bedurfte, um nach Europa zu reisen.

Vor dem Nachtisch stand R auf und bat um das Wort.

«Ich möchte Ihnen für Ihre Gastfreundschaft danken. Das erste Mal sind wir nicht so herzlich aufgenommen worden», sagte er und erntete Gelächter. «Jetzt schlage ich vor, dass wir auf Enriqueta Muñiz anstoßen, ohne die viele Türen, die heute offen stehen, immer noch geschlossen wären. Ohne sie wäre nichts so, wie es jetzt ist. Deswegen möchte ich ihr, wenn auch schweren Herzens, Dank sagen und ihr eine gute Reise wünschen.»

R erhob sein Glas, und alle taten es ihm nach. Bis auf Enriqueta, die vor lauter Rührung ihre Bewegungen nicht mehr koordinieren konnte. Ihre widersprüchlichen Gefühle verwirrten sie: All diese Leute erweckten in ihr ein Gefühl der Zärtlichkeit, aber R machte sie wütend. Er schien die Situation zu genießen. Hatte er sich derart unter Kontrolle, was bedeuten würde, dass er die Selbstbeherrschung eines Seiltänzers an den Tag legte, oder empfand er ganz einfach nicht wie sie?

Zwischen Anstoßen, den Umarmungen und den guten Wünschen verlor sie ihn aus den Augen. Als sie wieder zu sich kam, dachte sie, er sei verschwunden. Das wäre typisch für ihn: zu verschwinden, ohne Bescheid zu geben, sich mit der Aura des Geheimnisvollen zu umgeben, das er so schätzte; die Schattenwelt, in der er in seinem Element war.

Doch er war nicht gegangen. Er war vor der Tür. Sie erspähte ihn durchs Fenster. Er hatte sich auf das Mäuerchen gesetzt, das sie so oft gestreift hatten. Dort saß er wie Humpty-Dumpty und sah den Kindern auf dem Bürgersteig beim Spielen zu. Eine Mischung aus Lärm und Bewegung, an der die Rodríguez', die Carranzas und die Nachbarn aus dem Viertel beteiligt waren, deren Gesichter sie inzwischen auswendig kannten.

Als Enriqueta sah, dass die kleine Casandra auf ihn zukam, trat sie ans Fenster. Das Gespräch wollte sie sich nicht entgehen lassen.

3.

Die ersten Worte konnte sie nicht verstehen. Aber das Folgende bekam sie mit.

«Am Ende haben Sie mir gar nicht gesagt, wie Sie heißen.»

Sagte Casandra, während sie mit einem Ring spielte. Sie ließ ihn unaufhörlich um ein Stöckchen kreisen.

«Hast du nicht gesagt, du weißt alles?»

Sagte R, der aus diesem Blickwinkel nur ein Rücken war.

«Na ja, wie man halt so sagt.»

R streckte ihr die offene Hand hin. Casandra stoppte den Ring und legte beides in seine Hand.

«Ich heiße Rodolfo Walsh.» Und er ließ den Ring kreisen, ohne Unterlass. Casandra schaute verwirrt drein, es war nicht klar, was sie mehr störte: die Geschicklichkeit des Erwachsenen auf ihrem Fachgebiet oder der seltsame Name.

«Ro, Rodol…»

«Es ist einfacher, wenn du es so probierst», sagte R, ohne sein Spiel zu unterbrechen. «Rodol…»

«Rodol…»

«Fowolsh.»

«Fowolsh.»

«Siehst du?»

Casandra nickte begeistert. Und Señor Rodol Fowolsh gab ihr den Ring zurück.

4.

Don Muñiz kam hoch in die Cafeteria und sagte, der Schalter sei zwar noch nicht geöffnet, aber die Leute stellten sich schon an. Und Enriqueta beschloss, mit ihm wieder hinabzugehen. Sie wusste, ihr Vater wüsste es zu schätzen, wenn sie einen Augenblick allein waren. Er hatte sich von dem Schlag noch nicht ganz erholt. Als Enriqueta den Arbeitsplatz wechselte, hatte er sich Hoffnungen gemacht. Er dachte, sie würde wieder so, wie sie – aus seiner von Wunschdenken geprägten Sicht – gewesen war: ein anständiges, ernstes, bestens ausgebildetes Mädchen, kompetent auf einem Gebiet – der Übersetzung –, das ihrer Eignung als hervorragende Partie nicht im Wege stand.

Daher der Schock, als sie ihm eröffnete, dass sie fortgehen würde.

«Das verstehe ich nicht», sagte er. «Gefällt dir deine neue Arbeit nicht?»

«Sie ist okay. Aber es ist wieder dasselbe. Und jetzt weiß ich, dass ich eine einschneidende Veränderung brauche.»

In allem, was seine Tochter betraf, beunruhigte Don Muñiz das Wort *Veränderung*. Deswegen hatte sie ihm umgehend erklärt, was sie meinte: Sie hatte von der Sorbonne als möglichem Ort für ein Aufbaustudium gesprochen, und Spanien war ja ganz in der Nähe von Paris. Wie vorauszusehen, hatte ihn das besänftigt. Der Gedanke, dass seine Tochter an einer solch renommierten Universität studierte, war Wasser auf die Mühlen seines bürgerlichen Stolzes, er hatte schon angefangen, sich etwas darauf einzubilden. Das Versprechen, die spanische Verwandtschaft zu besuchen, beruhigte ihn, so konnte er sich weiterhin in dem Glauben wiegen, er könne sie überwachen.

Er war immer noch irritiert gewesen, aber er hatte sich nicht länger ihrem Willen widersetzt.

Enriqueta hatte gut gespielt. Ihm die Wahrheit zu sagen war keine Option.

5.

An dem Samstagnachmittag hatte sie den Köder eingeholt.

Es war ein Exemplar von *Die seltsamen Kräfte* von Leopoldo Lugones, das sie zwischen den Sofakissen gefunden hatte. Es handelte sich um eine ziemlich abgegriffene Ausgabe aus dem Jahr 1926. Sie fragte R, wo er sie aufgetrieben habe. Er habe sie in einem verlassenen Haus gefunden, sagte er, ein paar Inseln weiter. In der Bibliothek befänden sich noch weitere Bände, die der Rettung harrten.

Enriqueta fragte, wem die Beute gehöre. R erwiderte, in der Wildnis fänden die Regeln des Kapitalismus keine Anwendung.

Und er forderte sie auf, ihn dorthin zu begleiten, um ihr kleines moralisches Dilemma auf die Probe zu stellen.

Es war ein langer Marsch, und für den musste man sich wappnen. Das hieß, man brauchte leichte Kleidung – Enriqueta zog ein kurzärmeliges T-Shirt, ein Halstuch, eine enganliegende Hose und flache Schuhe an, den Stil hatte sie von Audrey Hepburn in *Ein Herz und eine Krone* geklaut –, einen Wasservorrat und eine Menge von dem selbstgemachten Insektenschutzmittel, mit dem Fernet sie versorgte.

R sagte, er habe einen interessanten Weg entdeckt. Wo es massenhaft verlassene, von der Vegetation halbverschlungene Chalets gab. Er ließ sich von Lugones' Buch leiten und versprach ihr eine gespenstische Tour.

Je weiter sie sich von der Hütte entfernten, desto unwegsamer wurde das Gelände zwischen den Inseln. Die Brücken waren Baumstämmen gewichen, und die Baumstämme wurden als Notbehelf durch Türen, Eisschränke und alte Boote ersetzt. Auf einer Lichtung tauchte plötzlich eine Hängebrücke auf. Das Holz war halb vermodert.

R ging mit großen Schritten voran. Er fühlte sich wie Livingstone – nur dass seine Expeditionsausrüstung leichter war. Er trug ein bis zur Brust aufgeknöpftes Hemd, eine Hose, Espadrilles, und die Walther PPK auf Höhe der Nieren. Durch das Eremitendasein, zu dem er in der Hütte gezwungen war, hatte er sich gewisse unnatürliche, dem Stadttier eigene Verhaltensweisen abgewöhnt. Zum Beispiel hatte er sich der Uhr entledigt: Er wachte im Morgengrauen auf, dem Ruf des Lichtes und der Vögel folgend. Das Exil hatte etwas Wesentliches in ihm zutage gefördert, etwas Ungezähmtes (Barbarisches?), das zuvor nicht da gewesen war; oder vielleicht war es immer schon da gewesen und hatte auf die Gelegenheit gewartet, an die Oberfläche zu kommen.

Sie waren eine Stunde unterwegs. Rs Rücken war triefnass.

Enriqueta war außer Atem. Sie hätte gerne angehalten, aber sie traute sich nicht, es auszusprechen, aus Angst vor Rs Spott.

«Bist du sicher, dass du den Weg zurückfindest?» Das war alles, was sie sich zu sagen traute.

«Natürlich nicht», erwiderte er. «Worin läge sonst der Reiz?»

Mit zunehmender Entfernung wurde die Vegetation immer dichter. Um den Ort Tigre herum präsentierte sich das Delta anmutig: adrette Häuschen, gepflegte Parks, eine Art südamerikanisches Venedig. Aber im Hinterland der Inseln herrschte die Maßlosigkeit. Pflanzen, die sie noch nie gesehen hatte, auf allen Höhen: am Boden kriechende, sich an Stämmen hochrankende, in luftiger Höhe sprießende Gewächse. Einige sahen aus wie eine erstarrte grüne Explosion.

Auch die Musik war unbekannt. Enriqueta war unfähig, zwischen den kakophonen Lauten zu unterscheiden: Sie wusste nicht, welche von Vögeln, von Säugetieren und welche von Insekten stammten. Sie selbst trug zu der Geräuschkulisse bei, indem sie Zweige knickte oder laut und vernehmlich keuchte.

«Ich habe aus Tigre mit den Jacovellas telefoniert», sagte R keuchend. «Sie haben mir einen Job angeboten. Ich soll etwas Ähnliches wie *Das Massaker von San Martín* machen. Über den Fall Satanowsky!»

Enriqueta begriff, dass sie in einen Hinterhalt geraten war. Ein Baum diente ihr als Stütze, damit sie nicht in Ohnmacht fiel.

6.

Bevor R das Thema Satanowsky aufgebracht hatte, hatte er sie von der Hütte weggeführt. Das war kein Zufall gewesen, sondern Taktik. Jetzt waren sie mehr als eine Stunde von ihrem Ausgangspunkt entfernt. Und sie konnte nicht allein zurückkehren, weil sie den Weg nicht finden würde. Sie war gezwungen, bei ihm zu bleiben. Damit R genügend Zeit hatte, sie zu besänftigen, ihr die Pille zu versüßen und sie von seinem Plan zu überzeugen, wie der auch aussehen mochte.

Das Schweigen, das auf seine Ankündigung folgte, veranlasste R sich umzudrehen. Als er Enriqueta an dem Baum stehen sah, die Hände um den Stamm geschlungen, blieb er stehen.

«Ist alles in Ordnung? Gehen wir zu schnell?»

Enriqueta nickte. Sie musste durchatmen. «Haben dir die Jacovellas das angeboten», sagte sie, als würde sie einen Vers auftrennen, «oder hast du es ihnen angeboten?»

R rührte sich nicht. Die Feuchtigkeit hatte sein Haar zerwühlt. Strähnen fielen über das eine Brillenglas. Vielleicht hatte er deshalb nicht bemerkt, dass etwas Grünes daran klebte.

Ahnend, dass er vermintes Gelände betrat, startete er den Gegenangriff. «Objektiv betrachtet, worin liegt der Unterschied?»

«Der Unterschied», erwiderte sie, «ist derselbe wie zwischen einem zufälligen Ereignis, etwas, das dir durch eine Reihe von Umständen unerwartet in die Hände fällt … und einem Ereignis, das du selbst mit allen Mitteln herbeiführst. Weil du es dir wünschst. Weil du es herbeisehnst. Weil du glaubst, es ist deine Bestimmung.»

R stand immer noch da. Er sah aus wie der Götze eines primitiven Kults, den ein Stamm auf der Flucht vor der Ausrottung zurückgelassen hatte.

«Ich hatte gedacht, du würdest das mit der Reise überdenken», legte sie nach.

«Ich habe ja nicht nein gesagt. Aber das ist nicht der geeignete Moment, zumindest nicht für mich.»

«Vor Wochen war es für dich noch der geeignete Moment. ‹Ich habe hier nichts mehr zu tun›, hast du gesagt. ‹Ich bin ein Aussätziger. Was erwartet mich, wenn ich bleibe?›»

«Viel und *nichts* …»

«Das sind deine Töchter, ich weiß. Ich habe dir mehr als einmal gesagt, dass ich sie gerne kennenlernen würde. Ich habe sie auch in unseren Plänen berücksichtigt, falls wir länger fortbleiben sollten.»

Bedächtig strich R sich das Haar aus der Stirn. Da entdeckte er das Blattstück auf dem Brillenglas.

Die Musik war ohrenbetäubend. Auch das hatte R geplant, da war sie sich sicher: Sie konnte sich die Kehle aus dem Hals schreien, ihm den Kopf waschen, keiner würde sie hören. Und doch war nicht eine einzige der lautstark kommunizierenden Kreaturen zu sehen. Sie blieben in Deckung, als wollten sie sich vor dem Besucher schützen, indem sie ihm vorgaukelten, die Schreie kämen aus den Baumkronen, den Pflanzen oder aus dem Wasser.

«In den letzten Tagen ist mir ein Licht aufgegangen. Wurde ja auch Zeit, nicht wahr?», sagte R und setzte die Brille wieder auf. «Mir wurde klar, was mich nicht zur Ruhe kommen ließ. Man sagt, es fällt immer schwer, sich von dem Buch zu lösen, das man gerade beendet. Doch in meinem Fall kommt noch etwas hinzu. Ich hatte Angst … die habe ich immer noch … dass, wenn ich einen Schlusspunkt setze, viele Dinge, die das Buch in mein Leben gebracht hat, auch vorbei sind. Angefangen von dem euphorischen Gefühl, mit etwas beschäftigt zu sein, das mich nicht nur fasziniert, sondern das vielleicht sogar von Bedeutung ist.»

Er sah sich um, als wäre das Dickicht der natürliche Ausdruck jener Begeisterung.

Enriqueta spürte, wie ein Insekt über ihren Handrücken krabbelte, und nahm die Hand vom Baum weg.

Ein Zweig knackte. R war darauf getreten, er kam langsam auf sie zu.

«Mit dem Buch habe ich meine Stimme gefunden», fuhr er fort. Er bewegte sich vorsichtig. «Und als ich sie zum ersten Mal benutzt habe, ist eine Tür aufgegangen. Das ist dir ja nicht unbekannt, im Gegenteil: Du hattest, *hast* einen entscheidenden Anteil daran!»

Eine Handbreit von ihr entfernt blieb er stehen. Er war entschlossen, ihren Widerstand zu überwinden, aber nicht mit Hilfe des Körperkontakts.

R trat ja immer selbstbewusst auf, aber das war zu viel. In der Rüstung, die er für den Nachmittag ausgewählt hatte, war nicht eine einzige Kerbe. Bestimmt hatte er die Rede beim Rasieren geprobt. Es war ein Tick, den sie schon häufiger an ihm bemerkt hatte: Er ging eine Stunde murmelnd und gestikulierend vor dem Spiegel auf und ab.

«Jetzt steht die Tür offen. Und ich muss losziehen. Meine Nase in die Dinge stecken, sehen, was los ist. Aber was mir wie ein wünschenswerter Weg erscheint … Dinge wie der Satanowsky-Fall … birgt auch ein gewisses Risiko. Und ich möchte dich bitten, dass wir es gemeinsam angehen, wie wir es schon einmal getan haben. *Best team on earth.* Nick und Nora Charles! Aber ich habe das Gefühl, dir steht der Sinn nach etwas anderem. Nach einer gewissen Ruhe. Und ich frage mich, ob es fair ist, dir das aufzuzwingen.»

Die Moskitos waren erwacht. Verdammte Mistviecher, sie hatten den Schneid, den Verlauf eines guten Dramas zu unterbrechen.

Sie fing an, ihren Körper mit Schlägen zu bearbeiten.

R schien das Schauspiel ihrer Selbstgeißelung zu amüsieren. «Du hast mir geholfen, diese Tür aufzustoßen. In mehrerer Hinsicht haben wir sie gemeinsam aufgestoßen», sagte er. «Du weißt besser als jeder andere, dass diese Erfahrung mein Leben verändert hat. Endlich weiß ich, wer ich bin, was ich machen will. Verlange also bitte nicht von mir, dass ich einen Rückzieher mache. Dass ich wieder etwas tue, was nichts für mich ist, in dem ich mich auflöse, zu nichts, zu einem Niemand werde. Gerade du kannst das nicht tun!»

Enriqueta wusste nicht, was sie sagen sollte. Zu viele Dinge schossen ihr durch den Kopf, sie brauchte mehr als einen Mund. Und wenn er die Tür war, die sich im Leben von Enriqueta Muñiz geöffnet hatte? Hatte R das Recht, von ihr zu verlangen, dass sie einen Rückzieher machte, die Gelegenheit ungenutzt verstreichen ließ? Aber so wollte sie es nicht ausdrücken, sie wollte nicht den Eindruck erwecken, dass sie alles auf eine Karte gesetzt hatte: auf ihn. Enriqueta war eine moderne Frau. Sie konnte ihr Leben nicht an eine Liebesgeschichte hängen. Sie hatte viele andere Träume, die über den Wunsch nach einer Familie hinausgingen.

Deswegen konnte sie sich nicht einfach leichtfertig auf Rs Abenteuer einlassen. Sie würde ihre Karriere nicht wegen eines Zigeunerlebens hintanstellen, immer auf dem Sprung, im Kampf gegen Feinde, für die sie nicht gefährlicher waren als Moskitos. Das Leben hatte mehr, viel mehr, so viel mehr zu bieten!

Aber sie fand nicht die richtigen Worte, um ihre Haltung deutlich zu machen, ohne sich selbst zu verraten. Was sie auch sagte, sie würde dastehen wie eine Frau, die es darauf anlegt, geheiratet zu werden, oder wie eine Egoistin, die ihn zugleich von seiner Berufung und seinem Dienst an der höheren Sache weglotsen will. Rs Taktik war aufgegangen. «*You base chess player.*» Er hatte sie in die Enge getrieben wie die Vegetation an diesem Scheißort: Er hatte sich um ihren Hals geschlungen und ihr die Luft abgedrückt.

«Wir kehren besser um», sagte sie. «Ich fühle mich nicht gut, und Sie sollten zu Ihrer Arbeit zurückkehren. Der Abgabetermin rückt immer näher.»

R war felsenfest davon ausgegangen, dass die Szene damit endete, dass sie in seinen Armen lag. Doch Enriqueta hatte eine Grenze gezogen. So hatte sie sich einen Freiraum geschaffen, um den Preis, sich ihm nicht hinzugeben: ein Pyrrhussieg.

Als sie sich von dem Baum löste, entdeckte sie das verlassene Chalet. Es war die ganze Zeit über da gewesen, verborgen im Dickicht, und hatte mit der Gleichgültigkeit eines jahrtausendealten Tempels alles beobachtet. Es war ein Ziegelbau, von Stürmen und Plünderungen waren die Dachziegel abgetragen. Sie fragte sich, ob es das Haus war, aus dem R Lugones' Buch geholt hatte. Sie hätte fragen können, aber es interessierte sie nicht mehr. Sie wollte nur noch zurück zur Hütte, sich kasteien und weinen, wo niemand sie sah.

Als sie sich auf den Weg machte, lichtete sich das Dickicht und gab den Blick auf die Pfeiler des Hauses frei. Zwischen den Fangzähnen lag ein in zwei Teile zerbrochenes Kanu.

7.

Da die *coterie* recht zahlreich war, fing sie rechtzeitig mit der Verabschiedung an. Sie überschütteten sie mit Küssen und guten Wünschen. Als Letztes war die Familie dran. Ihre Mutter überhäufte sie mit unverständlichen Ratschlägen, sie hatte angefangen zu weinen, und Enriqueta war betreten. Wie zu erwarten, sagte ihr Vater nichts. Standpauken halten konnte er, aber wenn es um positive Gefühle ging, spielten seine Worte Verstecken. Bebend umarmte er sie.

«Wir sehen dir von der Terrasse aus nach», riefen ihre Freundinnen, als wäre sie bereits in Europa und als müsste man sich über den Ozean hinweg verständigen.

Sie verschwand hinter dem Vorhang. Sie fühlte sich erleichtert, aber da war noch etwas: Sie definierte es als Müdigkeit, während sie teilnahmslos die Kontrollen passierte.

Sie setzte sich und wartete auf den Aufruf zum Boarding. Der Raum war voller aufgeregter und gepäckbeladener Leute. Ein kleines Mädchen, höchstens zwei Jahre alt, zog eine Stoffpuppe an einem Bein hinter sich her. Eine alte Frau betete leise, während die Perlen des Rosenkranzes durch ihre Finger glitten.

Zum hundertsten Mal ging sie die Liste der unverzichtbaren Dinge durch. Sie hatte den Pass zurück an seinen Platz geschoben, auch das Geldbündel steckte dort, wo es hingehörte. Taschentücher, Kopfschmerztabletten, Lesestoff. Würden die Bücher reichen, um den Flug zu überstehen?

Sie vermisste Rs Buch. Nicht weil sie es in dem Moment hätte lesen wollen: Zu dem Zeitpunkt kannte sie es schon auswendig. R hatte es ihr gewidmet, auf die ihm eigene diskrete Weise. Er hatte auf ein griechisches Zitat zurückgegriffen:

Μια κόρη του ηλίου
Mia kóri tou íliou

Das bedeutete: «Für die Tochter der Sonne.»

Es war eine Art, ihr eine Hommage zu erweisen und sich gleichzeitig über ihre Leidenschaft fürs Sonnenbaden lustig zu machen; typisch R. Zugleich hütete er sich, die Mutter seiner Töchter zu verletzen. Wie sie ihn kannte, war es ihm bestimmt gelungen, Elina weiszumachen, sie sei die Tochter der Sonne.

Nach ihrem Marsch über die Inseln hatten sie nicht weiter über die Misstöne gesprochen. Enriqueta wollte es vermeiden, etwas zu sagen, das sie später bereute. R war mit dem Ende seines Buches beschäftigt.

Als sie ihm mitteilte, dass sie beim Verlag gekündigt und eine andere Stelle angenommen hatte, fragte R nicht nach dem Grund. Er gratulierte ihr lediglich.

Am folgenden Samstag war sie nicht ins Tigre-Delta gefahren. Zu einer anderen Zeit hätte R alles darangesetzt herauszufinden, ob ihr etwas zugestoßen war. Aber an dem Tag gab es keine Anrufe und auch keine geheimnisvollen Boten.

Tage später hatte er ihr über Horacio ausrichten lassen, dass er bei der Korrektur der Druckfahnen ihre Hilfe benötige. Enriqueta sagte, gern, aber nur, wenn es nicht mit einer weiteren Fahrt ins Tigre-Delta verbunden sei. Sie habe bei ihrer neuen Arbeit viel zu tun.

Sie trafen sich im Tortoni. Sie machten sich gemeinsam an die Arbeit. Sie sprachen nur wenig, er fragte sie nach der neuen Stelle. Weil sie zur reinen Geschäftsbeziehung zurückgekehrt war, siezte R sie wieder.

Irgendwie hatte er erfahren, dass sie ein Flugticket gekauft hatte. Und dann hatte er sie im Büro angerufen und ihr gesagt, die di Chianos & Co. wollten ein Abschiedsessen für sie geben.

Sie hatte ein paar Worte gestammelt und zugesagt. Sie war aufgewühlt von dem, was R nicht gesagt hatte: *wie, du gehst, warum gehst du, geh nicht.*

Sie bereute es, dass sie das Buch nicht mitgenommen hatte, denn Bücher erfüllen jenseits der Lektüre noch andere Zwecke. Zu manchen Büchern entwickelt man eine Beziehung, die über die intellektuelle hinausgeht. Man fasst sie gern an. Ihr Duft. Die Art, wie sie sich von allein auf den Seiten aufschlagen, zu denen man wiederholt zurückgekehrt ist. Immer tragen sie Zeichen der persönlichen Beziehung, die der Leser eingebracht hat: die Zeichen und Anmerkungen, die Wein- oder Kaffeeflecken, die Dinge – Bustickets, getrocknete Blumen, Kinokarten –, die zwischen den Seiten aufbewahrt werden.

Gewisse Bücher waren für Enriqueta Orakel, Talismane, Krücken, Baumsamen aus der Heimat, die man überallhin mitnahm, während man auf die geeignete Erde wartete.

Ein Buch war eine Stimme und mehr: die physische Form, die diese Stimme angenommen hatte, um sich auszudrücken, um gehört zu werden. Deswegen hatte sie R so bekniet aufzuhören: Denn auch wenn die Verbrecher nicht zur Rechenschaft gezogen wurden, bewirkte das Buch durch seine bloße Existenz schon etwas. Das Buch wäre ein Altar, den die Verwandten aufsuchen konnten, um ihre Toten zu ehren. Das Buch wäre eine Bestätigung für die Angehörigen, dass das Leid nicht umsonst gewesen war, dass es ein Zeugnis von der Odyssee gab. Das Buch würde für alle Beteiligten ein Vorher und ein Nachher markieren, es wäre der greifbare Ausdruck einer metaphysischen Veränderung: das, was sie über sich selbst am Ende der Erfahrung herausgefunden hatten.

Ein Buch, *dieses* Buch, war etwas, das Enriqueta gern am Flughafen an sich gedrückt hätte, um sich besser zu fühlen, um Trost zu finden.

Aber es lag begraben in einem Zimmer, in das sie vielleicht nie mehr zurückkehren würde.

Die Lautsprecher kündigten ein Boarding an. Fluglinie – Air France – und die Nummer stimmten.

Die Stunde war gekommen.

8.

Die Leute pilgerten über das Feld zur Treppe des Flugzeugs. Die Sonne wurde schwächer, aber sie heizte immer noch ordentlich ein. Sie hörte nur das Brüllen der Turbinen.

Die Passagiere vor ihr drehten sich um und fingen an zu winken. Enriqueta erinnerte sich an das Versprechen ihrer Freundinnen und wandte sich ebenfalls um.

Die Terrasse war brechend voll. Hunderte von Menschen drängten sich an dem Metallgeländer. Wie sollte sie da ihre *coterie* finden? Sie hätten Fahnen und Banner mit ihrem Namen mitbringen sollen.

Doch auf einmal hatte sie sie entdeckt. Ein Wahnsinnsglück. Sie hob den freien Arm und schwenkte ihn wild.

Das Lächeln zwang sie, die Tränen zu schlucken, die in ihrem Mund zusammenliefen.

Olga hatte sie entdeckt. Es musste Olga sein, der Hut, den sie trug, war unverwechselbar: Er sah aus wie ein Teller, auf dem ein gebratener Fasan serviert wird, der auf wundersame Weise eine Feder behalten hat. Sogleich kam Leben in die Gruppe. Sie sprangen in die Höhe und riefen ihren Namen.

Enriqueta winkte und winkte. Ihr Lächeln verwandelte sich in ein Lachen, es war ein seltsames Gefühl, gleichzeitig zu lachen und zu weinen, aber was sollte sie machen. Es amüsierte sie, dass die *coterie* dachte, sie würde ihnen winken, obwohl das nicht stimmte. Zumindest nicht ganz.

Anfangs dachte sie, das kann unmöglich R sein, ihr Hirn würde ihr einen Streich spielen. Wie konnte sie sich auf diese Entfernung sicher sein? Doch bald schon stellte sich Gewissheit ein. Die Reflexe der Sonnenstrahlen in den Brillengläsern. (Das hatte als Erstes ihre Aufmerksamkeit erregt.) Der Schopf. Die Art, wie er den Arm zum Gruß erhoben hatte, die Hand ausgestreckt, ohne zu wedeln. Es war eine knappe, aber wirkungsvolle Geste. R, wie er leibte und lebte.

Zwischen ihm und der *coterie* standen andere Leute. Sogar daran hatte er gedacht. Irgendwie musste er ihre Familie erkannt haben (vielleicht am spanischen Akzent oder an der Ähnlichkeit mit ihrer Mutter), und er hatte sich in der Nähe postiert, damit sie ihre Aufmerksamkeit nicht teilen müsste und für alle in dieselbe Richtung winken könnte. Dort stand er und verabschiedete sich von ihr, von allen anderen unbemerkt.

Enriqueta warf ihm eine Kusshand zu und dann noch eine. Ihre *coterie* jubelte, als hätte sie eine kunstvolle Figur im Stierkampf vollführt. R ließ den Arm sinken. Er schüttelte den Kopf, die Gefühlsausbrüche der Menschen, die sie liebten, amüsierten ihn.

Sie bemerkte, dass sie zurückgeblieben war. Der Großteil der Passiere war schon an ihr vorbeigelaufen. Die Zeit ging zur Neige.

Sie warf ihm noch eine letzte Kusshand zu. Wütend, glühend diesmal.

Dann drehte sie sich um und beschleunigte den Schritt.

Hoch oben auf der Treppe wollte sie noch ein letztes Mal zurückblicken, aber sie konnte nichts mehr erkennen. Die Sonne blendete sie.

«*Bonjour, mademoiselle*», sagte die Stewardess.

Enriqueta wischte die Tränen fort und betrat das Flugzeug.

EPILOG

25. März 1977

1.

Ein Briefkasten. Es musste einer in der Nähe sein.

Er fand ein Telefon. Man bestätigte ihm, das Treffen würde stattfinden. Das beruhigte ihn keineswegs. Das Treffen konnte ein Köder sein. Die letzten Monate waren eine einzige wilde Flucht, die Sicherheitsmaßnahmen scheiterten jeden Tag neu. Aber es handelte sich um die Witwe eines Kameraden. Wie könnte er jemandem den Rücken kehren, der, genau wie er, versuchte, sich von dem Verlust nicht unterkriegen zu lassen?

Jemanden zu verlieren war, als ob man in Treibsand geriete. Je mehr man versuchte herauszukommen, desto mehr sank man ein.

Er verabschiedete sich von Lilia. So schnell wie möglich. Er musste das Gedankenkarussell stoppen. Der Versuchung widerstehen, überall Zeichen zu sehen, sich zu fragen, ob diesmal das letzte Mal war. Lilia protestierte nicht. Sie entfernte sich rasch, der Verdruss über Constitución trieb ihre Schritte an. Sie hasste den Bahnhof, das ganze Viertel, ihr erschien alles düster. Für ihn hingegen hatte es seinen Reiz. Der Ort hatte den Funken der Nationalliteratur entzündet.

Zu Echeverrías Zeiten hieß es Convalecencia. Wegen des nahe gelegenen Genesungsheims, das die Bethlehemiten gegründet hatten. Dort zog sich der Graben entlang, in dem die Abfälle des Schlachthauses landeten, der Morast, der «die frischen oder schon angetrockneten Blutlachen» aufnahm.

Er überlegte, ob er die Linie 90 nehmen sollte. Aber wenn er in den Bus stieg, kam er an keinem Briefkasten vorbei.

Er machte sich zu Fuß auf den Weg. Noch hatte er Zeit.

Er suchte im Schaufenster nach seinem Spiegelbild. Er musste lächeln bei seinem Anblick. Er trug den alten Strohhut, der seine Glatze verbarg. (Er hasste die Glatze, das verwüstete Nest, das seinen Schädel zierte: Es war unwürdig.) Er hatte sich einen Schnauzbart stehenlassen, den er sorgfältig stutzte, bis nur ein Schatten über der Oberlippe übrig blieb. Eine Reminiszenz an Gable und Flynn, er machte ihn älter. Dabei war er noch gar nicht so alt, zumindest gemäß seinen Papieren. Er war gerade fünfzig geworden.

Beigefarbenes Hemd, Cordhose, Aktentasche in der Hand. Er sah aus wie ein Pharmavertreter oder ein Rentner, der Gelegenheitsarbeiten verrichtet. Ein Mr. Reeder der Unterentwicklung, klein und dickköpfig. Das Gute war, dass er schlank war. Er praktizierte die Diät des Unglücks.

Seiner Bekanntheit wegen – die unter den Umständen verhängnisvoll war – war er gezwungen, sich eine andere Brille zuzulegen. Er konnte das Horngestell nicht mehr tragen: Es war sein Markenzeichen, der Schlüssel zu seinem Phantombild. Jetzt trug er eine goldfarbene Metallfassung, die die schweren Gläser kaum halten konnte. Jedes Mal, wenn sie ihn fluchen hörte, sagte Lilia: «Ist das Glas wieder rausgefallen?»

Er fand den ersten Briefkasten, als er, an der Ecke des Platzes, die Avenida Brasil überquerte. Er öffnete die Aktentasche. Darin befanden sich lediglich fünf Umschläge und, tief unten versteckt, der Zahlungsbeleg für das Haus in San Vicente. Es war unvorsichtig, ihn bei sich zu haben – wenn sie ihn schnappten, würde er die Meute zu dem Ort führen, an dem er so viele Dokumente aufbewahrte und, *last but not least*, seinen Roman –, aber es war ihnen nichts anderes übriggeblieben. Der Besitzer der Immobilie hatte sie an den Bahnhof von San Vicente bestellt. Hätten sie den Beleg ins Haus zurückgebracht, wäre *Clandestino* zu spät zu dem Treffen gekommen.

Das war jetzt sein Deckname: *Clandestino*, Untergrundkämpfer.

Er schob den Umschlag durch den Schlitz – Lilia hatte ebenfalls fünf mitgenommen, um sie auf dieselbe Weise zu verteilen – und setzte seinen Weg fort.

Alea iacta est. Der Brief flog jetzt allein.

2.
Ecke Garay und Salta

Es war ihm nicht schwergefallen, den Text zu verfassen. Er hatte die Informationen seit längerem zusammengetragen, er musste sie nur zu Papier bringen. Das Gewagteste war die Kritik an der Wirtschaft. Er hatte es mit den Jungs diskutiert, die es nicht so sahen. (Bis auf Horacio, der jetzt nicht mehr *ye olde Horatio*, sein Freund bei Hachette, sondern der neue war: *Verbitsky*.) Doch für ihn war die Sache klar. Das Wesen einer Regierung zeigt sich in ihrer Wirtschaftspolitik. Eine Regierung kann sich weiterhin den Anstrich einer Republik geben, und es mag einen liberalen Diskurs geben – im besten Stil eines Timerman von *La Opinión*, der *V, Vicki*, so verhasst war, aber die wahren Absichten zeigten sich im Umgang mit Geld.

Die Repression, die die Diktatur entfesselt hatte, war so furchtbar, dass er sogar sein Urteil über Rojas und Aramburu abgeschwächt hatte. Aber das Beängstigendste war die Vernichtung der Wirtschaft. In dem Brief bezeichnete er sie als geplantes Elend. «Mit Schlägen der Gewehrkolben die Löhne einfrieren, während die Preise an die Spitzen der Bajonette steigen», hatte er geschrieben. Er war stolz auf diesen Satz. So wie auf den Hieb, den er Pereda versetzt hatte, der vom Podium der Sociedad Rural als *imperator maximus* sprach. Man musste ziemlich dreist sein, um eine Aussage wie diese zu machen: «Es ist schon erstaunlich, dass gewisse kleine, aber aktive Gruppen immer wieder damit kommen, dass Lebensmittel billig sein sollen.» Aber so waren diese Kerle. Despoten, aber keine aufgeklärten.

Zwischen der Führungsklasse und dem Ägypten der Pharaonenzeit mit seiner Endogamie bestand kein Unterschied.

Er fragte sich, ob er weit genug gegangen war. Denn die schlimmsten Folgen dieser Wirtschaftspolitik würden schwer abzuschätzen sein. Und das würde ihm bei den nächsten Briefen die Sache schwermachen.

Man konnte einen Niedergang bei der Produktion quantitativ bemessen, die Zahl der Entlassungen, der geschlossenen Fabriken. Aber der durch das Elend ausgelöste Schaden war nicht messbar. Die abgestorbenen Neuronen im Hirn der unterernährten Kinder. Das Ausmaß der Angst, die das Opfer, der Brutalität ausgesetzt, sogar Krumen annehmen lässt.

Am schwierigsten war die Kopfzeile gewesen, der Titel. Es sollte ein offener Brief an die Militärjunta werden, die seit einem Jahr an der Macht war, so viel stand fest. Die Frage war: von wem? Von einem politisch Engagierten, einem Oppositionellen, einem *Untergrundkämpfer*? Denn zweifellos war er all das. Und natürlich noch mehr: ein Journalist, was der Text zudem bewies. Aber «Offener Brief eines Journalisten» hörte sich schwach an. Es musste eine bessere Definition geben, eine, die alles andere einschloss.

«Und wenn ich *Offener Brief eines Schriftstellers* schreibe?», hatte er Lilia gefragt, die in der Küche gerade einen Salat zubereitete. Er hatte es ihr von draußen zugerufen, er korrigierte den Text in der Sonne. Von dort konnte er den Duft des Fleischs auf dem Grill von Valerio riechen, seinem Nachbarn. Er würzte es mit einer hausgemachten Marinade, die ein unwiderstehliches Aroma verbreitete. Wenn er nur daran dachte, lief ihm auf der Stelle, mitten im Niemandsland – an der Ecke Garay und San José –, das Wasser im Mund zusammen.

«Ich find's gut», hatte Lilia gesagt. Sie war in den Garten herausgekommen. Sie trug ein Geschirrtuch über der Schulter und rieb sich mit dem Handrücken ein Auge. Sie war diejenige, die sich mit dem klassischen gemischten Salat nicht zufriedengab und Zwiebeln hinzufügen musste, und das hatte sie dann davon – «Das bist du doch, oder?»

Die Valerios lachten auf der anderen Seite der Mauer. Als würde jenseits der Grenzen ihres Grundstücks nichts Seltsames vonstattengehen. Es waren arbeitsame, liebenswerte Leute. Don Valerio hatte ihm das Geheimnis der Marinade verraten, aber R hatte es sofort wieder vergessen. Don Valerio hielt ihn für einen Literaturprofessor im Ruhestand, der sich ein Liebesnest mit einer ehemaligen Schülerin gesucht hatte. Vom Alter her würde es passen, er war fast zwanzig Jahre älter als Lilia.

Das war vielleicht die größte Perversion des Regimes. Die Art, wie sie den Schrecken in ihren Katakomben versteckten. Sie hatten etwas Entscheidendes begriffen: Solange sie den Schein wahrten und sie nicht schröpften, würde die Mittelschicht der großen Städte ihnen alles durchgehen lassen. Sie wollten nur nicht Zeuge der Drecksarbeit sein. Solange man von den Folterungen nichts mitbekam und die Armen in ihren Elendsvierteln blieben, würde der Mittelstand sich einreden, dass die Henker schöne Seelen hatten. Selbst wenn, wie gemeinhin bekannt, die Greueltaten, die sie täglich begingen, an Torquemada, den Ku-Klux-Klan oder an die Nazis mit ihren Todeslagern erinnerten.

Man musste sich nur umsehen, um die Lüge zu erkennen. Auf Höhe der Plaza Garay herrschte fröhliches Treiben. Man sah viele Kinder im Schulkittel – es war schon Mittag, aber er hatte noch Zeit –, viele hetzende Hausfrauen, viele Arbeiter auf der Suche nach dem rettenden Schnitzelsandwich. Er konnte sie fast verstehen. Man sah sich um und konnte nichts Seltsames erkennen. (Zu viel Polizei für seinen Geschmack. Wenn ein Polizist in sein Blickfeld kam, wich er ihm nicht aus, sondern er lächelte ihm zu. Von diesen Fatzken käme doch keiner auf die Idee, dass der freundliche Alte ein Staatsfeind war.)

Aber hinter der künstlichen Welt der Filmkulisse geschahen schreckliche Dinge. Genau in diesem Moment. Nicht weit entfernt – an der Ecke Paseo Colón und San Juan – gab es ein Konzentrationslager im Keller eines Gebäudes der Bundespolizei.

Er fasste sich an die Brusttasche. Lilia hatte die Zyankalikapsel ersetzt, die vorherige war zerbröselt. Das war für ihn keine Beruhigung, denn er hatte nicht vor, sie zu benutzen. Es dauerte, bis die Wirkung eintrat, und die Hunde waren draufgekommen: Sie ließen einen erbrechen, damit das Gift nicht wirkte. Nicht einmal dieses Privileg gestanden sie einem zu: Der Tod gehörte ihnen, und sie maßten sich das Recht an, ihn zu gewähren.

Aber Vicki …

Daran wollte er nicht denken. Es war ein schöner Tag: mild und daher angenehm, der Sommer war auf dem Rückzug. Ein Tag, um ihn zu genießen und weiter Briefträger zu spielen. Wer wollte bei dem Sonnenschein schon an den Tod denken?

3.

Ecke Solís und Pavón

An einem Kiosk blieb er stehen. Er kaufte Eiskonfekt. Das konnte er im Gehen essen. Er würde sich natürlich bekleckern. Er hatte es nie gelernt, ein Eis zu essen, ohne sich zu besudeln. Aber seine Ungeschicklichkeit war seiner Verkleidung nur dienlich, sie machte seinen Auftritt als alter Trottel nur glaubwürdig.

Ein alter Trottel mit einer Walther PPK im Schritt.

Er hatte Enriqueta kurz vor Jahresende wiedergesehen. Sie hatte all seine Bekannten abgeklappert, um ihm ausrichten zu lassen, dass sie nach ihm suche. Ein solches Treffen war ein Verstoß gegen die Sicherheitsregeln, die er unter den Jungs selbst mit eingeführt hatte. Wenn sie Enriqueta auf Schritt und Tritt verfolgten, würde sie die Meute auf seine Spur führen.

Aber er konnte es ihr nicht abschlagen. Er hatte Bauchschmerzen bei dem Gedanken – er konnte sich vorstellen, was Enriqueta ihm sagen wollte –, und doch spürte er, dass er ihr das schuldig war.

Er bestellte sie auf die Pferderennbahn von Palermo. Dort würde er mit einem Fernglas nicht auffallen. Er kam früh und postierte sich in einiger Entfernung vom Treffpunkt. Während er auf sie wartete, blätterte er das Heft durch. Ein Pferd trug den Namen Mar Rojo: *close, but no cigar.*

Als Enriqueta auf der Tribüne Platz nahm, beobachtete er sie erst mal von weitem. Sie war immer noch attraktiv, aber sie war älter geworden. «Damenhafter», hätte Elina gesagt. Und sie war sichtlich nervös: wegen des bevorstehenden Treffens, oder gab es einen weiteren Grund?

Er ließ sich eine halbe Stunde Zeit, bis er hineinging. Er studierte die Gesichter der Leute, die in der Nähe von Muñiz saßen, er beobachtete ihre Bewegungen. Als er sich sicher fühlte, betrat er von oben die Zuschauertribüne und setzte sich in die Reihe hinter ihr. So müsste keiner das Gesicht des anderen aus der Nähe sehen, und sie könnten sich ihre goldenen Erinnerungen bewahren.

«Möchten Sie eine?», fragte er. Er hatte einen Arm über ihre Schulter geschoben und hielt ihr eine Papiertüte mit Erdnüssen hin. Im ersten Moment war sie abweisend – er erkannte ihre Stimme, die sich nicht sehr verändert hatte: Sie hatte immer noch einen leicht metallischen Klang, wie ein Blechblasinstrument –, aber dann nahm sie doch eine Erdnuss.

«Das mit Vicki tut mir leid», sagte sie, während sie die Schale knackte. Er hatte sich gedacht, dass sie das sagen würde, und das hätte er gern vermieden. «Sehr leid.»

«Mir auch.»

«Wenn ich hiergeblieben wäre …»

«Hätte das nichts geändert.»

Enriqueta akzeptierte die Grenze. Sie hatte immer noch dasselbe dunkle Haar, er fragte sich, ob es ihre natürliche Haarfarbe war.

«Ich habe gesehen, dass du einen Teil von *Das Massaker von San Martín* umgeschrieben hast. Eine Freundin hat mir die Ausgabe von 1972 geliehen.»

«Jetzt wird mir klar, warum Sie sich mit mir treffen wollten. Sie wollen sich über mich lustig machen. Ja, ich habe Kapitel dreiundzwanzig herausgenommen. Sie hatten von Anfang an recht. Es war wirklich eine Zumutung. Zufrieden?»

«Lass den Quatsch ... Am meisten hat mich das Ende überrascht. Wie oft hast du es inzwischen abgeändert?»

«Inzwischen glaube ich, dass ich das Buch formal nie zu Ende bringen werde.»

Enriqueta zerbiss die Nuss.

«Seit ich zurück bin, habe ich ein Experiment gestartet», sagte sie und machte eine Pause, um die Nuss zu zerkauen und zu schlucken. «Wo ich hinkomme, ob Familienfeiern, Treffen mit Freunden, frage ich die Leute, ob sie wissen, wer Desiderio Fernández Suárez ist. Die meisten starren mich an, als hätten sie den Namen noch nie gehört. Ich füge hinzu, dass er Oberstleutnant war, das sagt ihnen auch nichts. Nur ein paar wenige Leute wussten, von wem ich sprach, als ich erwähnte, dass er Polizeichef war. Aber wenn ich deinen Namen nenne ...»

«... werden sie blass und fangen an zu stottern. Wie damals, als wir uns kennenlernten und jemand ‹Perón› sagte.»

Über den Lautsprecher wurde das nächste Rennen angekündigt.

«Warum verlässt du nicht das Land?», fragte sie, den Blick immer noch auf die Rennbahn gerichtet, sie respektierte den Code. «Das mit Vicki lässt sich nicht mehr ändern. Aber ich denke, Patricia wird geschützt sein. Ihr könntet zusammen verschwinden!»

Er bot ihr wieder Erdnüsse an. Diesmal lehnte sie ab. Er nahm eine und zerdrückte die Schale.

«‹*Of all the wonders that I yet have heard*›», sagte er und wartete, dass sein Gedächtnis das Kommando übernahm, «‹*It seems to me most strange that men should fear; / Seeing that death, a necessary end. / Will come when it will come.*›»

Mitten im März war kein guter Zeitpunkt, um an *Julius Cäsar* zu denken. Er widmete sich lieber seinen Erinnerungen. Er wollte den Schatten der Iden vertreiben.

«Vor ein paar Jahren ... ich glaube, wir kannten uns schon ... habe ich eine Umfrage für *Leoplán* gemacht. Das Thema lautete: ‹Was würden Sie tun, wenn Sie noch fünf Minuten zu leben hätten?› Ich habe viele Leute befragt. Sogar Borges. Ich habe selbst auch mitgemacht. Mir ist eine geistreiche Antwort eingefallen, auf die keiner gekommen war.»

Er warf die Erdnuss in den Mund. Muñiz hielt die Spannung nicht aus, sie drängte ihn: «Was hast du geschrieben?»

«Was ich machen würde, wenn ich noch fünf Minuten zu leben hätte? Mein Testament.»

Sie schwieg. Bis sie sich an seinen schwarzen Humor erinnerte und es ihr dann doch witzig vorkam. Sie hörte ihn leise lachen und lachte mit.

Zum Abschied legte er die Hand auf ihre Schulter. Enriquetas Knochen kamen ihm zart vor, eher wie die eines Vogels als die eines Menschen.

Er sah ihr nach. Doch sie drehte sich nicht um.

Sie hatte Angst, zur Salzsäule zu erstarren.

4.

Ecke Constitución und Entre Ríos

Er war benommen von den Erinnerungen, er konnte nicht mehr richtig denken. Deswegen hatte er nicht den zweckmäßigen Weg gewählt: Er hätte die Garay weiter bis zur Entre Ríos hinuntergehen sollen, die Kreuzung von zwei Avenidas war ein sinnvoller Ort für einen Briefkasten.

Auf seiner Uhr war es eins. Er hatte noch Zeit. Er entschied sich, ein Stück des Wegs zurückzugehen. Das bedeutete vier Blocks zusätzlich: zwei hin und zwei zurück. Im schlimmsten Fall würde er seinen Schritt beschleunigen. Er war schon immer obsessiv gewesen. Wenn die Dinge nicht so liefen, wie sie sollten …

Wie oft hatte er *Das Massaker von San Martín* überarbeitet? Und nie war er zufrieden gewesen. In dem Epilog, den er 1961 hinzugefügt hatte, wollte er seiner Frustration über die Ungerechtigkeit Ausdruck verleihen, am Ende hatte er lediglich Wut angesichts seiner Prosa abgesondert: «Mit Verdruss denke ich», schrieb er, «dass ich es jetzt besser schreiben würde.»

1968 setzte er sich nochmals mit dem Buch auseinander. Bei der Gelegenheit warf er das überflüssige Kapitel 23 raus, und er änderte den Epilog und fügte ein «Porträt der herrschenden Oligarchie» hinzu, in dem er behauptete, diese gesellschaftliche Klasse würde «von ihrer Veranlagung her zum Morden neigen». Doch für die Ausgabe 1972 strich er das «Porträt» und fügte einen Text mit dem Titel «Aramburu und das Urteil der Geschichte» hinzu. Er dachte, der zum Tode verurteilte Aramburu würde ihm das ersehnte Ende bescheren. Das Buch begann mit den Erschießungen und endete mit einer weiteren, mit der des politisch Verantwortlichen. Dennoch …

Als er die Avenida überquerte, fasste eine Brise nach seinem Hut.

An der Ecke Garay und Entre Ríos entdeckte er einen glänzenden Briefkasten, der den Umschlag mit einem Biss verschlang.

Er schloss die Aktentasche und machte kehrt Richtung San Juan. Er hatte einen Plattenladen vor sich, der Werbung für das Lied von Iva Zanicchi machte. Das von den Ufern eines Flusses handelte, der zur Grenze geworden war. *«Mentre una donna piange nella sera / E chiama un nome che non risponderà.»*

Während er weiterging, dachte er darüber nach, die Briefe aufzunehmen, falls es weitere Ausgaben geben würde: den, den er Vicki geschrieben hatte, den an seine Freunde, die Brandrede gegen Videla, Massera & Co. … und die, die noch folgen würden. Oder beschrieben sie etwa nicht den Fortgang des Dramas, das 1950 begonnen hatte?

5.

Ecke Pavón und Entre Ríos

Vicki war Ende September gestorben. Das Heer hatte sie in einem Haus in Vélez Sarsfield angegriffen. Sie hatte sich der Belagerung eineinhalb Stunden lang widersetzt. Am Ende war sie auf die Terrasse hinausgetreten, damit die Angreifer sie sahen – es waren einhundertfünfzig: Sie schossen mit FAP-Revolvern, unterstützt von Panzern –, und sie wurde von einem Schuss in die Schläfe getroffen.

Trotz der spärlichen Informationen sagte ihm jedes Detail, dass es sich um Vicki handelte. Angefangen beim Ende. Der Gnadenschuss war die vernünftigste Lösung gewesen. Vicki wusste, was die erwartete, die ihnen in die Hände fielen (Folter, bis man kein Mensch mehr war, die Denunziation), und sie vertraute, wie er, nicht auf die Wirksamkeit des Zyankalis.

Über einen Zeugen erfuhr er, dass Vicki gelacht hatte. Der

Mann hatte es immer wieder gesagt, weil er darüber nicht hinwegkam. Wer kann lachen, wenn er umzingelt ist und keine Chance hat zu entkommen? Klar, der Mann kannte Vicki nicht. Sie hatte von klein auf immer gelacht, wenn etwas sie überraschte. Du kamst aus dem Dunkeln, um sie zu erschrecken, und sie lachte. Ein Luftballon platzte, und sie lachte. Es tauchte an der Ecke ein Junge auf, der ihr gefiel, und sie lachte.

Es fiel ihm nicht schwer, sich die Szene vorzustellen. Er sah Vicki in einem von diesen weiten, weißen Nachthemden, die sie schon als Kind am liebsten hatte. Das hörte sich logisch an. Vicki hatte die Nacht dort verbracht, und die Soldaten waren um sieben gekommen. Bestimmt hatten sie sie geweckt. Und Vicki hatte nicht eine Sekunde darauf verschwendet, sich umzuziehen, bevor sie Widerstand leistete.

Es war ihm lieber so, im Schlafgewand statt in Kampfmontur. Es passte am besten zu jemandem, der sich vom Traum des Lebens verabschiedet, ohne seine Unschuld ganz verloren zu haben. Und sie verabschiedete sich bewusst. Denn selbst in der Stunde der Not hatte Vicki ihr Ende gewählt. Sie hatte es geschrieben, ihre Geschichte bis zum letzten Atemzug selbst bestimmt.

Das ist die Macht, die die Literatur gewährt: Sie drängt uns, in die Haut der anderen zu schlüpfen, sich vorzustellen, was die fühlen, die nicht wir sind. Das kann dreckig sein, wenn es Schmerz hervorruft; zum Beispiel diesen Schmerz, den ich jedes Mal empfinde, wenn ich an Vicki denke und mich auf der Terrasse wiederfinde, mit einer Maschinenpistole in der Hand und einem Lächeln auf den Lippen.

Trotzdem würde ich es nicht eintauschen wollen. Denn das ist der Grund, warum wir erzählen und lesen. Um Empathie zu erzeugen. Um mit unseren Gefühlen das Gefängnis zu überwinden, in das unsere Haut uns sperrt. Wenn man nicht von anderen ergriffen wird, woher soll man dann wissen, dass man lebt?

Es war nicht die Zeit für lange Abhandlungen. Nichts durfte ihn von der Gegenwart, vom Hier und Jetzt abhalten. Vicki war konsequent, sie hatte die Disziplin bis zum Ende bewahrt.

Das war die einzige Erklärung dafür, dass die Kleine, seine Enkelin, mit dem Leben davongekommen war. Vicki (*die die Kleine im Schlepptau hatte, weil sie niemanden auftreiben konnte, bei der sie sie hätte lassen können, so allein war sie, so allein sind wir*), hatte sie an dem einzigen Ort versteckt, wo das Bombardement ihr nichts anhaben konnte. Deswegen hat sie nicht einen Kratzer abbekommen, nicht mal, als Roualdes die Tür zum Haus aufgerissen und zwei Granaten hineingeworfen hatte. Die Erwachsenen waren zu dem Zeitpunkt schon tot: Vicky und ihre Genossen – Molina, Coronel, Salame und Beltrán, sie verdienten es, genannt zu werden –, aber die Kleine nicht. Die Kleine war gerettet worden, und jetzt war sie weit weg, bei ihren Großeltern väterlicherseits.

Der Treffpunkt war in der Nähe, nur einen Steinwurf entfernt. Er musste sich konzentrieren. Die Sinne schärfen. Alles hören, alles riechen. Den Schauplatz unter die Lupe nehmen, ohne aufzufallen. Er war ein Rentner, der durch die Stadt schlenderte. Die dicken Brillengläser würden seinen unruhigen Blick verbergen. Die Cordhose, die er am Morgen angezogen hatte, als es noch frisch war, war eine gute Wahl gewesen. Die Sonne stand hoch am Himmel, aber sie war hinter den Gebäuden verborgen. Er sah keine verdächtigen Fahrzeuge am Straßenrand parken – keinen Falcon –, und auch nicht unter denen, die auf der Entre Ríos fuhren.

Er wandte sich den Leuten zu. Dunkelhäutige mit Schnauzbart gab es zuhauf, aber es gab andere Hinweise, anhand derer sich die Henker identifizieren ließen. Der starre Blick und die Augenringe, eine Folge der Amphetamine, ihrer *Zombifizierung*. Die Mäntel, unter denen sie ihre Waffen versteckten. Eine bestimmte Art zu gehen.

Die Liste in seinem Kopf füllte sich wie von selbst. Ein kurzatmiger Dicker, der von seiner Christophorusmedaille gewürgt wurde. Ein blonder Kerl, der am Kiosk in einer Ausgabe von *Gráfico* blätterte. Ein echter alter Mann, der an Schuppenflechte litt. Ein Auslieferer von Kasdorf. Ein Kerl mit gegeltem Haar, der zu spät kommt. Einer aus der Provinz, der die gesuchte Adresse nicht findet. Ein Hüne, der auf dem Kofferraum eines Chevys Zeitung liest. Ein Priester mit Priesterhänden. Ein Junge mit einem Fantrikot von Boca unter dem Schulhemd.

Ein Hüne, der auf dem Kofferraum eines Chevys Zeitung liest.

6.

Ecke Entre Ríos und Cochabamba

Ihm stellten sich die Nackenhaare auf. Er hatte nichts Bedrohliches gesehen, oder doch? Der Dilettant vom Kiosk war ihm komisch vorgekommen, weil er eine Lederjacke trug. Aber er konnte genauso gut das Opfer einer Fehlentscheidung vor dem Kleiderschrank sein. Außerdem war er blond, was in den Reihen des Heeres eher ungewöhnlich war.

Es sei denn, er arbeitet für die Kriegsmarine.

Der Hüne am Chevy war ein Zufall zu viel. Er hatte die finstere Ausstrahlung, die er inzwischen auf Anhieb erkannte. Er trug nur ein Hemd, ja. Aber wenn der Chevy ihm gehörte, musste er nur den Kofferraum öffnen, wenn er zur Waffe greifen wollte.

Es lungerten zu viele Kerle auf der Straße herum.

Er tauschte Blicke mit einem eleganten Mann mit Anzug und Mantel, der gemächlich ging. Es war nur eine kleine, kaum wahrnehmbare, aber für ihn vielsagende Geste. Er hatte die Augen halb geschlossen.

Er fragt sich, wer ich bin.

Er hielt dem Blick auf alle Fälle stand, denn ihn abzuwenden käme einem Geständnis gleich. Die Haut am Unterleib erinnerte ihn daran, dass sich dort die Waffentasche befand.

Er glaubte das Knistern von Funkgeräten zu hören. *Bei der Sonne kann es sich nicht um eine statische Entladung handeln.* Hatte er das wirklich gehört, oder war es seiner Paranoia entsprungen?

Der elegante Mann blieb zurück. Das Leben ging weiter. Die Kreuzung der Avenidas lag vor ihm. Dort wäre es einfacher, im Verkehr unterzutauchen.

Die Leute bestätigten ihm, dass er in einen Hinterhalt geraten war.

7.

Ecke Entre Ríos und San Juan

Die vier Personen, die ihm entgegenkamen, blieben urplötzlich stehen. Ihre Gesichter nahmen denselben Ausdruck an. Als hätte er das Plakat eines Horrorfilms vor sich. Sie hatten etwas Furchtbares hinter ihm gesehen, vor Panik schlotterten ihnen die Knie.

Er hörte den Trompetenstoß einer Stimme, die ihm befahl, stehen zu bleiben.

Der Augenblick war gekommen. Er war bereit. Aus dieser Ruhe heraus könnte er sich verdoppeln. Ein Teil von ihm würde den anderen beobachten, ihn bewerten. Es war nicht zum Lachen, aber er verspürte eine Art Freude.

Er ließ die Aktentasche fallen und sagte zu den Passanten, sie sollten verschwinden. Die andere Hand glitt am Schoß des Hemdes vorbei. Seine einzige Sorge war, die Schießerei aufzuhalten, Zeit zu gewinnen, damit die Leute aus der Schusslinie kamen.

Der erste Schuss kam nicht von ihm. Er pfiff weit über ihn hinweg. Plötzlich war er nicht mehr dort, sondern in La Plata im Jahr 1956. Warum sollten die Kugeln ihn treffen, wenn er mit dem Scharmützel nichts zu tun hatte?

Er zog die Walther PPK raus, drehte den Oberkörper um. Der Blonde vom Kiosk zielte mit einer Pistole auf ihn, der Hüne vom Chevy richtete ein FAL auf ihn. Er schoss zweimal, erst in Richtung Chevy, wo sich die gefährlichste Waffe befand. Plötzlich war er nicht mehr dort, sondern im Tigre-Delta, wo er auf einer Insel Schießübungen machte. Da hatte er sehr wohl mit der Sache zu tun, viel sogar; da steckte er schon mittendrin im Schlamassel.

Seine Haltung war korrekt: gerader, aber entspannter Rücken, seitlich zum Gegner, um ihm möglichst wenig Angriffsfläche zu bieten.

Der Blonde tauchte hinter dem Kiosk ab. Der Hüne vom Chevy war nicht zu sehen. Ein Auto bremste neben ihm. War es jemand, der sich erschrocken hatte, oder Verstärkung für das Kommando? Er wedelte mit dem bewaffneten Arm hin und her. Bevor er zu einem Schluss gekommen war, ertönte eine weitere Salve. Ein Riese riss etwas heraus, das gut verankert war. Der Schwarm war ziemlich nah an ihm vorbeigekommen, vielleicht zu nah; er verspürte ein Brennen.

Das Auto war nicht mehr da, aber in der Nähe hörte man überall aufheulende Motoren und Bremsgeräusche. Er schlüpfte zwischen zwei parkende Autos. Als er sich hinkniete, stellte er fest, dass sein Hut weg war. Wo war er hin? Wer hatte ihn ihm weggenommen? Ein Mann erträgt alles, aber nicht, dass man ihm seine Eleganz raubt.

Ein Schatten huschte vorbei, aber er schoss nicht. Es konnte sich um irgendjemanden handeln, der sich in Sicherheit bringen wollte. Er musste sich die Kugeln gut einteilen. Er hatte noch vier und eine im Lauf. Wenn es hart auf hart kam, würde er sich mit der letzten aus dem Magazin töten. (Die im Lauf war immer ein Vabanquespiel.)

Die Aussicht, so zu sterben wie Vicki, gefiel ihm. Auch er hatte den Tod nicht gewählt, aber er wollte entscheiden, wie er starb. Das war seine Gelegenheit, die letzte Entscheidung, die er noch treffen konnte.

Was wird Lilia mit dem Fleisch machen, das wir für morgen zum Grillen bestellt haben?

Die Leute schrien. Irgendwo war ein Glas zerborsten.

Die Kerle hatten nicht wieder geschossen. Ein schlechtes Zeichen. Sie hatten den Befehl, ihn lebend zu schnappen, sonst hätten sie ihre Magazine geleert.

Er drückte die Brust auf den Boden, um unter der Autoreihe hindurchzulinsen. Er konnte nichts Hilfreiches entdecken, doch als er wieder aufstand, sah er Blut. Ein paar schwarze Tropfen, versprengt auf dem Asphalt. Sie hatten ihn irgendwo erwischt, ohne dass er es richtig bemerkt hatte.

Er stand auf – zu seiner Erleichterung fiel ihm das nicht schwer – und hielt Ausschau nach seinen Verfolgern. Auf den ersten Blick war keiner zu sehen. (*Waren sie abgehauen? Das wäre ihnen zuzutrauen. Feige, wie sie sind …*), aber als er genauer hinsah, sah er einen Fleck hinter einem Rastrojero Pickup. Er zielte in aller Ruhe. Der Fleck wurde zu einer Visage mit Schnurrbart. Er schoss.

Er drehte sich um hundertachtzig Grad. Jemand war aus der Deckung gekommen, weil er glaubte, ihn von hinten angreifen zu können. Der Kerl richtete sich auf und zielte mit einer Ithaka auf ihn. Er schoss rechtzeitig, um mit seiner Kugel den Gewehrschuss abzulenken. Der Kugelhagel zerstörte die Windschutzscheibe eines Ramblers. In der Schlucht der Avenida durchschnitt das hohe Pfeifen die Luft wie von einem Krummsäbelhieb.

Der unsichtbare Riese riss wieder etwas heraus. Diesmal

merkte er, dass sie ihn getroffen hatten, trotz des Adrenalins. Es tat nicht weh, aber er hatte den Schlag gespürt. Mar Negro hatte ausgetreten und ihn erwischt. Er lag gekrümmt auf einer Motorhaube, die Öl verlor. Das Hemd war nicht mehr beigefarben. Genaugenommen war es auch kein Hemd mehr. Die Salve hatte das Brustteil herausgerissen: mit einem Ruck, und sein Bauch lag frei. Seine Lungen waren ein ätzender Schwamm.

Wenn er nachgab – was jeder getan hätte oder er selbst unter anderen Umständen: den Schalter umlegen und sich fallen lassen, in der Hoffnung auf eine Schicksalsentscheidung –, würden sie ihn lebend fassen und versuchen, ihn zu retten. Er würde gehegt und gepflegt wie ein König, den man mästet, um ihn zu opfern. Und das durfte nicht geschehen. Er würde ihnen nur seine Hülle überlassen. An der würden sie natürlich ihre Wut auslassen. Aber war sie erst mal abgekoppelt, wie die Kapsel einer Apollo-Rakete, was hatte es für eine Bedeutung, was sie mit dem machten, was er zurückgelassen hatte?

Sie würden ihn zermalmen. Auf seine Überreste pinkeln. Und ihn dann aus blanker Wut verbrennen, weil er nicht mehr da wäre. Weil er sie – wieder einmal, zum letzten Mal? – daran gehindert hätte, ihren Willen durchzusetzen. Denn er hätte ihnen vor ihren Augen etwas Wertvolles entrissen. Ein unvergängliches Edelmetall, etwas, das sie niemals bekommen würden – da konnten sie ihn töten, entstellen, wie sie wollten: ein gutes Ende.

Er hob den Arm und wartete. Als der Kerl mit dem Mantel seine Visage zeigte, verpasste er ihm einen Schuss. Er wollte das Manöver wiederholen, das ihm so viel gebracht hatte, doch sein Oberkörper reagierte nicht. Er konnte nicht mehr schreien. Er drehte nur den Arm. Er hatte nicht mal die Absicht zu schießen – es war seine letzte offizielle Kugel –, zumindest noch nicht. Er wollte etwas anderes. Vorhersehbar, wie sie waren, gewährten seine Feinde es ihm.

Ein flammender Wind schüttelte ihn. Die Henker heulten. Ihr Siegesgesang hatte sich rasch in Enttäuschung verwandelt. Wie war es möglich, dass er nicht fiel? Klar, sie sahen den Baum nicht, der ihn hielt. Sie standen auf der falschen Seite und konnten die optische Täuschung nicht erkennen. Er hingegen sah sie genau, er befand sich am perfekten Ort. Obwohl er seine Brille verloren hatte, sah er es ganz scharf: die poröse Rinde, die Astlöcher, das rote Laub. Der Farbe nach zu urteilen, musste es ein Ahorn sein. Der Baum, den Chaucer besungen hat, der Rohstoff für die Souvenirs – *meibutso* –, die aus Hiroshima kommen. Was machte ein Ahorn an der Ecke Entre Ríos und San Juan?

Er hatte keine Kugeln mehr, aber er drückte trotzdem ab. Plötzlich war er nicht mehr dort, sondern auf der Müllhalde, Seite an Seite mit den Gestalten, für die er ein seltsames Überleben erwirkt hatte. Unter dem Gewehrfeuer war es unmöglich festzustellen, wo der eine aufhörte und der andere anfing; sie waren zu einem einzigen Leib verschmolzen.

Dank

Über Walshs Werk hinaus waren noch andere Bücher beim Schreiben dieses Buches von fundamentaler Bedeutung: Die Ausgabe von *Das Massaker von San Martín* zusammen mit *Die journalistische Kampagne*, zusammengestellt von Roberto Ferro; *Rodolfo Walsh, Journalist, Schriftsteller und Revolutionär 1927–1977* von Michael McCaughan und *Roldolfo Walsh, Wort und Handeln* von Eduardo Jezami.

Dieses Buch würde es nicht geben ohne den tiefen Eindruck, den ein Artikel von Horacio Verbitsky bei mir hinterlassen hat. «Rodolfo Walshs *Facundo*» erschien im zweiten Heft des Wochenblatts *El Periodista de Buenos Aires* (22. September 1984) und lehrte mich, besser zu schreiben und politisch zu denken. Zweiunddreißig Jahre später haben Marcelo Schapces und Paula de Luque das Feuer neu entfacht. Ihnen gilt mein größter Dank.

Danken möchte ich auch den Mitarbeitern des Verlags, meinen Komplizen bei diesem Abenteuer: Juan Ignacio Boido, Julieta Obedman, Juan Pablo Bertazza, Mariana Creo, Florencia Ure, Daniela Fernández, Susana Kaluzynski, Alejandra López.

Ebenso möchte ich den Menschen danken, die auf die eine oder andere Art dazu beigetragen haben, mir das Leben während der Entstehung eines Buches angenehm zu gestalten. In diesem Fall: Indio Solari, Daniel Tognetti, Elsa Drucaroff, Miriam Sosa, Jorge Franco, Rosa Cortez, Silvina Senn, Marcelo Piñeyro, Roxy González, Martiniano Cardoso, Daniel D'Adamo, Laura Marés, Oscar Vitale, Sergio Olguín, Andrea Maturana, Leo Oyola, Alejandro Awada, Claudio Zeiger, Mariana Enríquez, Román und Olga Silva, Eduardo Fabregat, Julio Saéz,

Fabián Palmada, Celsa Mel Gowland, Ezequiel Spucches, Miriam Priotti, Margarita Dejardín, Francisco *Tete* Romero, Pablo Black, Gabriel Lerman, Nicolás Hochman, Marc Baylet, Alejandro Soifer, Ángel Berlanga, Sofía Polimeni, Osvaldo Pereira, Abel Gilbert, Irene Polimeni Sosa, Mariana Moyano, Nicole Witt, Jordi Roca, Marcelo Camaño, Damián Blas Vives, Isabel de Sebastián, Gina Maneri, Acho Estol, Dolores Solá, Juan Pablo Gauthier, Rosana Cecchi, Matteo Fago, Iván Schargrodsky, Ricardo Piterbarg, Eduardo Milewicz, Claudia Acuña, Coco Blaustein, Julia Saltzmann, Alejandro Horowicz, Wado de Pedro, Pablo Méndez Shiff, Walter Lezcano, Bruno Barreto. Bestimmt habe ich jemanden vergessen. Das wäre die Gelegenheit, an die Größe des Verzeihens zu appellieren.

Und zum Schluss danke ich meinen Lieben: Flavia Vitale, meinen Töchtern Agustina und Milena und meinen Söhnen Bruno und Oliverio. *Nothing compares 2 them.*

Hoffentlich wird dieses Buch so verstanden, wie es gedacht ist: als Hommage an *den Mann.* Der vor vierzig Jahren ermordet wurde und der dennoch mit jedem Tag besser schreibt und denkt.

Nachwort zur deutschen Ausgabe

Der Held des vorliegenden Romans, R, ist ein Detektiv. Allerdings kein typischer; in erster Linie ist er ein Autor: ein Ermittler mit anderem Werkzeug. R ist der historischen Person Rodolfo Walsh nachgebildet, oder vielmehr: R ist Rodolfo Walsh. Warum er hier R heißt, warum manche Figuren nur Buchstaben tragen, andere volle Namen (insbesondere die Opfer und die Täter) soll im Folgenden kurz beleuchtet werden.

Als Rodolfo Walsh am Ende eines für ihn langen und atemlosen Rechercheprozesses endlich niederschrieb, was er entdeckt hatte, als er in Worte fasste, was er herausgefunden hatte, blendete er sich selbst als Ich, als Autor seiner Geschichte aus: Für ihn zählten nur die Opfer einer Ungerechtigkeit historischen Ausmaßes und die Suche nach Gerechtigkeit. Er fand, er selbst dürfe nicht im Fokus stehen, und darum machte er sich schmal und versteckte sich im Text. In seinem Buch, *Das Massaker von San Martín*, ist er durchgehend anwesend und gleichzeitig unsichtbar.

Für uns moderne Leser liegen die Dinge anders. Unglücklicherweise haben wir uns an die Schrecken weltweit gewöhnt, mit denen wir konfrontiert werden. Wir sehen täglich grausame Verbrechen, alle Arten von unerträglicher Ungerechtigkeit; oft geschieht sie weit weg, manchmal auch in unserer Nähe. Irgendwie haben wir das Gefühl verloren, wir könnten etwas dagegen tun, wir könnten verhindern, dass diese Dinge geschehen. «Das ist eben unsere Natur», sagen wir uns. «Wir sind im Grunde Tiere, wir können nicht anders.»

Aus diesem Grund wollte ich diese Geschichte erzählen, aber aus einem anderen Blickwinkel. Mir war klar, dass die Hinrichtungen auf der Müllhalde José León Suárez verblassen würden im Vergleich zu vielen anderen Verbrechen, die die Regierung im letzten Jahrhundert begangen hat. Was ich vermitteln wollte, ist Folgendes: «Vielleicht können wir viele schreckliche Dinge nicht verhindern. Aber es gibt etwas, das wir auch nicht verhindern können: die Veränderungen, die diese Dinge und diese Wahrheiten mit uns anstellen.»

Und deshalb habe ich mich auf Walsh konzentriert. So gesehen, wird mein Roman zu einer merkwürdigen Art von Krimi: Das ganze Gewicht der Erzählung liegt nicht auf dem, was der Detektiv über die Welt herausfindet, sondern auf dem, was er über sich selbst entdeckt.

Und so wurde die Form des klassischen Krimis für mein Vorgehen entscheidend: Ein Mann macht sich auf, um eine Wahrheit herauszufinden und ein Stück weit die Ordnung in der Welt wiederherzustellen. Aber dann kommt es anders: Obwohl meine Hauptfigur tatsächlich die Wahrheit ausgräbt und den Verbrecher identifizieren kann, hört ihm niemand zu – das ist der Kafkasche Trick aller modernen Krimis. Es geschieht keine Gerechtigkeit. Und so bleibt er allein zurück, mit seinem Versagen hadernd, bis er realisiert, dass er mit seinen Nachforschungen eine andere Wahrheit entdeckt hat, die Wahrheit, die in dem einzigen Umstand steckte, der sich tatsächlich im Verlauf der Nachforschungen grundlegend verändert hat: er selbst.

Das war es, was dem realen Walsh passierte. Als er mit seinen Recherchen begann, war er ein junger, hungriger Reporter, mit Träumen von Ruhm und Reichtum, ein hoffnungsvoller Autor, der fand, seine ausgedachten Krimis seien – auch wenn sie Preise erhielten – bloß Schrott. (Womit er nicht ganz unrecht hatte.) Aber seine Recherchen veränderten ihn vollständig. Vor 1956 war seine Prosa viel zu bemüht, cool und distanziert zu sein – borgesianisch. Und so fühlt es sich auch heute noch an: zu kopflastig, Figuren, die weniger Charaktere als vielmehr Codes sind,

Bauern auf einem Schachbrett. Aber sobald er die Qual durchgestanden hatte, den Opfern des tatsächlichen Verbrechens gegenüberzutreten, das er recherchierte – der junge Typ, der dem Erschießungskommando mit einer Kugel im Gesicht entkommen war, die Witwen der Männer, die nicht entkommen konnten, die Kinder, die versuchten, sich an ein Leben ohne Vater zu gewöhnen –, kurz: Als er verstanden hatte, dass er nicht *außerhalb* der Geschichte bleiben konnte, sondern Stellung innerhalb davon beziehen musste, da änderte sich für Walsh alles.

In den argentinischen Medien wurde er zum Paria. Er musste seine Frau und seine Töchter verlassen, um unterzutauchen, mit falschem Namen, eine Pistole immer in Reichweite. Er verliebte sich in eine Frau, die ein Schlüssel in seinem Verwandlungsprozess war. Er veränderte seine politischen Ansichten total, aus der Überzeugung heraus, dass er sich nicht zum Komplizen der Täter machen durfte; von da an riskierte er sein Leben, um die Unterdrückten zu verteidigen. Und er wurde zu einem vollständig anderen Autor: immer noch scharf, präzise, eloquent, aber jetzt mit viel Mitgefühl. Seine Prosa vibrierte nun vor Empathie mit seinen Mitmenschen, vor allem mit den Opfern, die diese Welt täglich hervorbringt.

Zu Beginn war Walsh ein mittelmäßiger Möchtegern-Borges. Nach *Das Massaker von San Martín* war er ein genialer Schriftsteller, der Erfinder einer neuen Gattung, die wir heute «Tatsachenroman» nennen – neun Jahre vor Truman Capotes *Kaltblütig*!

Einer unserer bedeutendsten Schriftsteller und Kritiker, David Viñas, sagte einmal: «Wenn ich mich entscheiden müsste, dann würde ich sagen, Walsh ist besser als Borges.» Und damit liegt er nicht falsch. Beide sind großartige Schriftsteller. Aber Borges steht für Literatur als reine Schönheit, eine Art höhere Ordnung, dem gemeinen Mann enthoben; Walsh dagegen hat ebenfalls bleibende Schönheit geschaffen, hat aber Literatur in den Dienst der Wahrheit, der sozialen Veränderung und Gerechtigkeit gestellt – und er hat sein Leben in jedes seiner Worte hineingelegt, bis die Völkermörder ihn 1977 umbrachten.

Daher soll mein Roman mehr sein als ein Krimi. Es ist die Geschichte eines Mannes – eines realen Mannes! –, der ein besserer Schriftsteller werden will und sich deshalb fragt: «Wie kann ich dieser Geschichte am besten dienen, welche Leser will ich erreichen, was für eine Art Autor will ich sein – und kann ich ein großer Schriftsteller sein, wenn ich als Mensch eine Niete bin?»

Als 1955 die militärische Junta die Macht ergriff, begründete sie es damit, dass sie Perón einen Faschisten nannte, ihn anklagte und eine Wiederherstellung der Demokratie in Argentinien versprach. Natürlich war das eine Lüge. Das Militär war nur die öffentliche Maske der Reichen, die Peróns Kampf für den einfachen Arbeiter nicht länger hinnehmen konnten. Sie hatten nicht die Absicht, freie Wahlen abzuhalten, deshalb haben sie den Peronisten die Teilnahme an politischen Prozessen verboten: Es wurde mit Androhung von Gefängnisstrafe sogar verboten, Perón oder Evita auch nur namentlich zu erwähnen! Aber einmal an der Macht, musste die Junta das Gesicht wahren. Aufgrund der Tatsache, dass sie die Richter und die Medien in der Tasche hatten, war das nicht weiter schwer. Alle großen Zeitungen sangen das Loblied des Regimes, das von Freiheit schwafelte, aber die freie Rede verbot! Als einer wie Walsh versuchte, die Mauer der Falschheit einzureißen, wurde das Regime zum Handeln gezwungen. In aller Stille, natürlich: Walsh wurde gejagt, seine Familie bedroht, seine Kollegin Aurelia wurde von der Polizei drangsaliert, Verlage weigerten sich, seine Bücher zu drucken.

Die widersprüchliche Natur dieses Militärregimes – «Wir sind gewalttätig, aber wir stehen für Frieden; wir sind für Demokratie, aber wir tolerieren keine Opposition» – resultierte in einer perversen Praxis, die ihren Höhepunkt in der Diktatur fand, die 1976 an die Macht kam: die Erfindung der *Desaparecidos*: eine Form von Verbrechen, die niemand verfolgen kann, weil es keine Leichen gibt und also keine Opfer. In der Notwendigkeit, die Fassade von Gesetz und Rechtmäßigkeit aufrechtzuerhalten, fanden sie einen Weg der Unterdrückung im Verborgenen. Um einen gewissen Grad an Zustimmung des argentinischen Volkes zu erreichen und damit an der Macht zu bleiben, mussten sie ihre eiserne Faust kaschieren.

Die Verbrechen der siebziger Jahre kann man nicht verstehen, ohne zu wissen, dass die Wurzel der Junta ins Jahr 1955 zurückreicht. Die Soldaten und ihre reichen Herren waren so schamlos, ihr Regime «die Freiheitsrevolution» zu nennen! Genauso wenig lässt sich verstehen, was derzeit geschieht, ohne Kenntnis dieser zwei Militärregierungen. Und es ist sehr wahrscheinlich, dass man in Europa nicht wirklich etwas von der argentinischen Realität 2017 mitbekommt, weil man dort nur die Nachrichten kennt, die von unseren großen Zeitungen und Fernsehkanälen produziert werden – die, wie 1955 und 1976, unter vollständiger Kontrolle der jetzigen Macht stehen!

Wir sind demselben wirtschaftlichen und politischen Plan unterworfen wie zu der damaligen Zeit. Der Hauptunterschied ist der, dass die Reichen das Militär nicht mehr brauchen, um ihre Pläne durchzusetzen: Jetzt verwenden sie es bloß noch, um in den Straßen die Opposition zu kontrollieren. (Und auch, um zu morden, wie Santiago Maldonado – der erste *Desaparecido* der Ära Macri.) Es sind dieselben mächtigen Leute – ihr rechtmäßiges Erbe –, nur modernisiert, verbessert, mit größerer medialer Finesse. Die Medienbündelung ist so massiv, dass es nicht mit Europa, sondern nur noch mit Russland oder China zu vergleichen ist. Proteste werden gewaltsam unterdrückt. Die Richter, die Macri nicht willfahren, werden erpresst, abgesetzt oder als Angeklagte vor Gericht gezerrt. Für ein einzelnes Tweet kann man eingesperrt werden – ich übertreibe nicht! Ich spreche von Tatsachen. Unsere Dollarschulden wachsen lawinenartig, und die Reichen lenken das ganze Geld aus Argentinien hinaus (es gibt Macri-Freunde, -Familie und politische Verbündete in allen Papers, die man sich denken kann – Panama, Paradise …)

Deshalb bin ich überzeugt, dass es eine direkte Verbindung gibt zwischen dem Argentinien von 1956 im Roman und dem Argentinien der Gegenwart. Wir leben unter einem anderen Regime – schlimmer noch, das heutige wurde demokratisch gewählt: manchmal können Mehrheiten Fehler von historischen Ausmaßen begehen –, das sich als republikanisch darstellt (noch eine «Befreiungsrevolution»!), aber Nachrichten sperrt und freie Rede abwürgt. Das erste Mal seit Jahrzehnten haben wir wieder politische Gefangene. Und echte Gewalt dräut am Horizont: Das ist nicht nur eine Möglichkeit, es wurde als Versprechen angekündigt. Ehrlich gesagt, weiß ich nicht, was mit mir geschehen wird – und mit Millionen anderer Argentinier – in nächster Zukunft. Vielleicht werden wir alle unsere Arbeit verlieren. Oder eingesperrt. Oder Schlimmeres.

Marcelo Figueras, im November 2017

Anmerkungen

Operación Masacre von Rodolfo Walsh ist in der Ausgabe von 1972 auf Deutsch unter dem Titel *Das Massaker von San Martín* in der Übersetzung von Erich Hackl 2010 im Rotpunktverlag Zürich erschienen. Einige direkte Zitate sind dieser Übersetzung entnommen.

9 *Leguí*: argentinischer Likör.

9 *Briscola*: italienisches Stichkartenspiel.

12 *El Séptimo Círculo*: Seit 1945 von Jorge Luis Borges und Adolfo Bioy Casares herausgegebene Krimireihe, zunächst mit vornehmlich klassischen englischen Krimis. Der Name ist eine Anspielung auf den siebten Kreis der Hölle Dantes, den Kreis der Gewalttäter.

13 *Pedro Aramburu und Eduardo Lonardi*: Die Generäle putschten in der sogenannten Befreiungsrevolution («Revolución Libertadora») gegen Juan Domingo Perón, der am 16. September 1955 abgesetzt wurde. Zunächst übernahm Lonardi, der schon am 13. November von Aramburu verdrängt wurde. Durch die Erschießungen zahlreicher Militärs und Zivilisten im Zusammenhang mit der Rebellion von General Valle erhielt das Regime den Namen «Fusiladora», die Revolution der Erschießungen.

34 *The readiness is all*: William Shakespeare, *Hamlet*, 5. Akt, 2. Szene.

45 *Juan José Valle*: argentinischer General, der 1956 die Rebellion gegen Aramburu anführte und hingerichtet wurde.

49 *Jorge Luis Borges* (1899–1886): berühmtester Autor der argentinischen Moderne, außerdem viele Jahre lang Direktor der Nationalbibliothek von Buenos Aires. Mit den Schwestern Victoria und Silvina Ocampo gründete er die Zeitschrift *Sur*. Borges und die Gruppe «Florida» stehen für eine dezidiert ästhetische, Europa zugewandte Literatur.

50 *Isaac Rojas*: Marineadmiral und Vizepräsident unter Aramburu. Hardliner gegen Peronisten und Kommunisten.

57 *Adolfo Bioy Casares* (1914–1999): Schriftsteller der phantastischen Literatur, mit Borges befreundet.

58 *Eduardo Estivariz*: Korvettenkapitän, an den Bombardierungen der Plaza de Mayo beteiligt, im Kampf gefallen und zum Helden erklärt.

60 *Leónidas Barletta* (1902–1975): Schriftsteller und Dramaturg, Anhänger von Roberto Arlt, dessen «Boedo-Gruppe» mit ihrer sozialkritischen Haltung der Gruppe «Florida» von Borges gegenüberstand. Herausgeber von *Propósitos*.

73 *Dead and not buried* (1938): der einzige Krimi der britischen Schriftstellerin und Historikerin Hilda Francis Margaret Prescott (1896–1972).

94 *Roberto J. Payró* (1867–1928): Autor und Journalist, Mitglied der Gruppe «Boedo».

99 *Justizialismus*: 1952 von Perón verkündete populistisch-nationalistische Doktrin (=Peronismus) mit den Zielen: soziale Gerechtigkeit, ökonomische Unabhängigkeit, politische Souveränität.

105 *Casa Rosada*: Präsidentenpalast an der Plaza de Mayo in Buenos Aires.

107 *Gaston Leroux* (1868–1927): französischer Journalist und Schriftsteller, bekannt durch den Roman *Das Phantom der Oper*.

108 *Héctor Murena* (1923–1975): argentinischer Autor, angestellt bei *La Nación*.

108 *Bajo*: Stadtviertel in Buenos Aires mit Vergnügungslokalen.

108 *Hormiga Negra*: Spitzname von Guillermo Hoyos (1837–1918), Prototyp des ungezähmten argentinischen Gauchos, Inspiration für den gleichnamigen Roman von Eduardo Gutiérrez.

110 *Enrique Santos Discépolo* (1901–1951): Komponist; von ihm stammt der Satz: «Tango ist ein trauriger Gedanke, den man tanzen kann.»

120 *Chicharrón*: Titel eines Kinderbuchs von Constancio Vigil aus dem Jahr 1956, dessen Protagonist ein kleiner Hund ist.

128 *Marcelo Sánchez Sorondo* (1913–2012): Rechtsanwalt und Journalist, Vertreter des katholischen Nationalismus, Herausgeber der Zeitschrift *Azul y Blanco*.

133 *Corín Tellado*: Künstlername der spanischen Bestsellerautorin María del Socorro Tellado López (1927–2009).

157 *Juan de Garay* (1528–1583): Entdecker und Eroberer; durch ihn erfolgte 1580 die zweite Gründung von Buenos Aires.

161 *Leopoldo Lugones* (1874–1938): Dichter und Essayist, in seiner Jugend sozialistischer Intellektueller, später mit Nationalismus und Faschismus sympathisierend.

161 *Patricio Lafcadio Tassima Carlos Hearn* alias *Koizumi Yakumo* (1850–1904): prägte durch seine Schriften das westliche Bild Japans.

161 *Villiers de L'Isle Adam* (1838–1889): Autor phantastischer Romane und Novellen, Begründer des Symbolismus. Sein Buch *L'Ève de future* ist einer der ersten Science-Fiction-Romane.

169 *Pasionaria*: die spanische Kommunistin und Revolutionärin Dolores Ibárruri Gómez (1895–1989).

182 *General Raúl Dermirio Tanco* (1905–1977): unterstützte Valle bei der Rebellion gegen die «Befreiungsrevolution».

186 *Domingo Faustino Sarmiento* (1811–1888): argentinischer Präsident; schrieb den berühmtesten identitätsbegründenden Essay der argentinischen Nationalliteratur: *Zivilisation und Barbarei. Das Leben des Facundo Quiroga.*

194 *Ricardo «Chino» Balbín* (1904–1981): Rechtsanwalt und Politiker der Unión Cívica Radical (Radikale Bürgerunion), wurde wegen seiner Opposition gegen Perón politisch und juristisch verfolgt und landete im Gefängnis von Olmos, wie «die Erschossenen, die überlebten» bei Walsh/Figueras.

195 *You base football player*: Shakespeare, *King Lear*, 1. Akt, 4. Szene.

210 *Das Fass Amontillado*: von Edgar Allen Poe.

213 *Murder in the Cathedral (Mord im Dom)*: von T. S. Eliot.

216 *Abbott und Costello*: berühmtes amerikanisches Komiker-Duo der 1940er und frühen 1950er Jahre.

219 *Nick und Nora Charles*: Figuren aus dem Film *Der dünne Mann* aus dem Jahr 1934 nach dem gleichnamigen Roman von Dashiell Hammett. Der Detektiv und seine millionenschwere charmante Ehefrau waren beim Publikum so beliebt, dass es mehrere Fortsetzungen gab.

238 *John Donne*: hier Parodie seiner *Meditation XVII, Devotions upon Emergent Occasions*: «No man is an island entire of itself; every man is a piece of the continent, a part of the main.»

249 *Das böse Spielzeug* von *Roberto Arlt* (1900–1942): Journalist und Mitglied der «Boedo»-Gruppe, Begründer des Großstadtromans in Argentinien.

273 *Vizcacha*: Figur aus dem Heldenepos *Martín Fierro* von José Hernández (1834–1886), ein identitätsstiftendes Werk der argentinischen Literatur, weil es – im Gegensatz zu Sarmientos *Zivilisation und Barbarei* – nach einem von Europa unabhängigen Muster sucht und an die Tradition der argentinischen Volkspoesie und der Gauchos anknüpft.

329 *Matrería*: abgeleitet von dem Adjektiv «matrero»: gerissen, flüchtig (nach dem Gesetz).

339 *Humberto Ríos* (1929–2014): bolivianischer Regisseur und Dokumentarfilmer. Seit 1960 in Buenos Aires.

381 *Daniel Tinayre* (1910–1994): Regisseur, Drehbuchautor und Filmproduzent.

393 *Alejandro Casona* (1903–1965): spanischer Schriftsteller und Dramatiker, der infolge des spanischen Bürgerkriegs zunächst in Frankreich und später in Argentinien lebte.

400 *James Langston Hughes* (1902–1967): Schriftsteller der afroamerikanischen Künstlerbewegung Harlem Renaissance.

411 *Fuerzas extrañas (Seltsame Kräfte)*: Sammlung von Kurzgeschichten von Leopoldo Lugones aus dem Jahr 1906. Es gilt als Pionierwerk der Science-Fiction und der Fantasyliteratur in Argentinien.

427 *Esteban Echeverría* (1805–1851): Autor von *El matadero* (*Das Schlachthaus*), sozialromantische Erzählung, die zu den Gründungstexten der argentinischen Nationalliteratur gehört.

435 *Of all the wonders …*: William Shakespeare, *Julius Cäsar*, 2. Akt, 2. Szene.

Liste der wichtigsten genannten Zeitschriften und Zeitungen

Azul y blanco: nationalistisches politisches Wochenblatt, erschien von 1956 bis 1969, herausgegeben von Sánchez Sorondo.

Crítica: die populärste Volkszeitung damals, an der Grenze zum Revolverblatt. Sie wurde von Natalio Poroto Botana gegründet, einem Zeitungsmogul: der Charles Foster Kane des Río de la Plata.

El Día: traditionelle Zeitung La Platas von extrem konservativem Zuschnitt. In den 1970er Jahren hat sie offen die Militärdiktatur unterstützt.

Esto es: nationalistisches politisches Wochenmagazin der Brüder Tulio und Bruno Jacovella, erschien von 1953 – den letzten Jahren der Regierung Perón – bis 1956. Die «Befreiungsrevolution» bezichtigte die Verantwortlichen, Geld von dem peronistischen Unternehmer Jorge Antonio angenommen zu haben und beschlagnahmte alle Exemplare.

El Gráfico: klassische Sportzeitschrift seit 1919.

Leoplán: literarische Zeitschrift, auch mit journalistischen Inhalten, erschien von 1934 bis 1965.

Mayoría: heimlich verbreitete nationalistische Zeitschrift, mit der die Brüder Jacovella 1957 nach der Schließung von *Esto es* in den Ring zurückkehren wollten. Hier erschienen zwischen Mai und Juli 1957 Walshs Texte über das Massaker von José León Suárez. 1960 wurde das Magazin durch Arturo Fondizi, dem Präsidenten, der auf die «Befreiungsrevolution» folgte, verboten und Tulio Jacovella verhaftet, weil er Walshs Ermittlung zum Fall Satanowsky publiziert hatte, aus dem später das Buch *El caso Satanowsky* wurde.

La Nación: von Bartolomé Mitre 1870 gegründet, eine der bedeutendsten argentinischen Tageszeitungen, sehr konservativ. Wegen ihrer Unterstützung der Militärdiktatur von 1976 bis 1983 heftig in der Kritik: die Zeitung fordert bis heute Amnestie für die Mörder.

La Opinión: gegründet von dem Journalisten Jacobo Timerman im Jahr 1971, sollte es «eine Zeitung für die immense Minderheit» sein, das Credo lautete: rechts in wirtschaftlichen Belangen, politisch «centrista» und links in der Kultur. 1977 wurde Timerman verhaftet und gefoltert, die Redaktion geschlossen.

La Prensa: konservative Tageszeitung, gegründet 1869. Das ehemalige Gebäude des Verlagshauses in der Avenida de Mayo beherbergt seit 1995 eine Casa de Cultura.

Propósitos: Kulturzeitung, die von dem linken Journalisten Leónidas Barletta geleitet wurde.

La Razón: Tageszeitung, gegründet 1905. Mit der Übernahme durch Ricardo Peralta Ramos 1937 wurde sie zu einem journalistischen Leitmedium. Einer der Teilhaber, Marcos Satanowsky, wurde am 13.6.1957 in seinem Büro durch Schergen des Regimes ermordet.

Revolución Nacional: Zeitschrift, die in Argentinien von dem spanischstämmigen Anwalt für Arbeitsrecht Luis Benito Cerruti Costa gegründet und geleitet wurde. Er war der Erste, der sich traute, den ursprünglichen Text Walshs über den Erschossenen, der überlebte, zu publizieren.

Quattroruote: italienische Motorsportzeitung, gegründet 1956.

Vea y Lea: halbmonatlich erscheinende Zeitschrift, die in den 1940er und 1950er Jahren der Kriminalliteratur zum Höhepunkt verhalf. Hier publizierten Walsh, Poletti, Borges und Bioy Casares.

Inhalt

DRITTER TEIL
Die Bestie im Menschen

EPILOG
25. März 1977

Marcelo Figueras

Der Spion der Zeit

Aus dem Spanischen von Sabine Giersberg

Roman. 260 Seiten

In einem fiktiven Land ist die Herrschaft einer Militärjunta zu Ende. Ihre Schergen werden von der nachfolgenden demokratischen Regierung durch eine Amnestie geschützt. Jemand ist damit aber gar nicht einverstanden und nimmt blutige Rache: einer nach dem andern werden die Generäle auf mysteriöse Weise ermordet. In einem atemberaubend spannenden Thriller gelingt Marcelo Figueras eine ungewöhnliche und hellsichtige Auseinandersetzung mit der argentinischen Vergangenheit.

Marcelo Figueras

Kamtschatka

Aus dem Spanischen von Sabine Giersberg

Roman. 320 Seiten

Kurz nach dem Militärputsch in Buenos Aires 1976 taucht ein regimekritischer Anwalt mit seiner Familie in einem abgelegenen Landhaus unter. Was für die Eltern bitter-gefährliche Überlebenstechnik ist, wird für die beiden Söhne zu einem grandiosen Abenteuer mit Codes, Agenten und Verstecken. Figueras verwebt aus der Sicht des zehnjährigen Harry Bedrohung und Spiel, Spannung und Angst zu einem tragikomischen Roman voll existentieller Kraft und mit einer wunderschönen Erzählstimme.